FÜR IMMER EINS

MEIN PEINIGER: BUCH 3 & 4

ANNA ZAIRES

♠ MOZAIKA PUBLICATIONS ♠

Veröffentlicht von Mozaika Publications, einer Druckmarke von Mozaika LLC.
www.mozaikallc.com

Aus dem Amerikanischen von Grit Schellenberg
Lektorat: Fehler-Haft.de

Cover Design von Najla Qamber Designs
najlaqamberdesigns.com

e-ISBN: 978-1-63142-541-7
Print ISBN: 978-1-63142-542-4

MEIN SCHICKSAL

MEIN PEINIGER: BUCH 3

TEIL I

ara

Warme Lippen drücken gegen meine Wange, der Kuss ist weich und zärtlich, auch wenn ich einen Tag alte Bartstoppeln spüre.

»Wach auf, Ptichka«, flüstert eine vertraute Stimme mit ausländischem Akzent in mein Ohr, während ich einen schläfrigen Protest murmele und mich tiefer ins Kissen kuschle. »Es ist Zeit, zu gehen.«

»Hmm-mm.« Ich halte die Augen geschlossen und lasse meinen Traum nicht los. Es war ausnahmsweise einmal ein angenehmer Traum, mit einem sonnigen See, einem Paar tobender Hunde und Peter, der mit meinem Vater Schach spielt. Die Einzelheiten verblassen bereits in meinem Kopf, aber das leichte, euphorische Gefühl bleibt, auch wenn sich die Realität zusammen mit der bitteren Erkenntnis, dass der Traum unmöglich ist, einschleicht.

»Komm schon, meine Liebe.« Er drückt einen sanften Kuss auf die empfindliche Unterseite meines Ohres und sendet angenehme Schauer durch mich hindurch. »Das Flugzeug wartet. Du kannst auf dem Heimweg schlafen.«

Der letzte Rest des Traums verblasst, und ich rolle mich auf meinen Rücken und unterdrücke ein Stöhnen über den anhaltenden Schmerz in meiner linken Schulter, während ich meine Augen öffne, um dem warmen, silbernen Blick meines Entführers zu begegnen. Er beugt sich über mich, ein zärtliches Lächeln umspielt seine gemeißelten Lippen, und einen Moment lang verstärkt sich die euphorische Leichtigkeit.

Wir sind am Leben, und er ist hier bei mir. Ich kann ihn berühren, küssen, fühlen. Sein Gesicht ist schlanker als zuvor, ausgehöhlt durch Stress und Schlafentzug, aber der Gewichtsverlust verstärkt nur seine männliche Schönheit, schärft die Wölbung dieser exotisch geformten Wangenknochen und betont die starke Linie seines Kiefers.

Er ist umwerfend, dieser Mörder, der mich liebt.

Der Mörder meines Mannes, der mich nie freilassen wird.

Meine Brust verengt sich, da meine Freude durch den vertrauten Selbsthass und die Schuldgefühle verdorben wird. Vielleicht wird es einen Tag geben, an dem ich mich nicht mehr so widersprüchlich fühle, so zerrissen, dass ich den Mann brauche, der mich ansieht, als wäre ich sein Leben, aber im Moment kann ich nicht vergessen, was er ist und was er getan hat.

Ich kann die Schande nicht vergessen, dass ich mich in meinen Peiniger verliebt habe.

Peters Lächeln verblasst, und ich weiß, er spürt meine Gedanken, liest die Schuldgefühle und Anspannung in meinem Gesicht. In den letzten zwei Wochen, seit ich hier in der Klinik aufgewacht bin, habe ich es vermieden, über die Zukunft nachzudenken und darüber, was zu dem Unfall geführt hat. Ich brauchte Peter zu sehr, um ihn wegzustoßen, und er brauchte mich. Aber heute Morgen kehren wir zu seinem Versteck in Japan zurück, und ich kann meinen Kopf nicht mehr im Sand verstecken.

Ich kann nicht so tun, als ob der Mann, an den ich mich klammere, nicht die Absicht hätte, mich für den Rest meines Lebens gefangen zu halten.

»Nicht, Sara.« Seine Stimme ist tief und weich, auch wenn das warme Silber seines Blicks zu eisigem Stahl abkühlt. »Tu das nicht.«

Ich blinzele und entspanne meine Gesichtszüge. Er hat recht: Jetzt ist nicht der richtige Zeitpunkt. Ich stütze mich auf meinen rechten Ellenbogen und sage ruhig: »Ich sollte mich anziehen. Wenn du mich bitte entschuldigst …«

Er richtet sich auf und macht mir Platz, damit ich mich hinsetzen kann. Ich bin dankbar für meinen Krankenhauskittel, als ich aus dem Bett schlüpfe und ins Badezimmer eile, bevor er seine Meinung ändert und beschließt, die Diskussion doch noch zu führen. Wir müssen darüber reden, was passiert ist – die Konfrontation ist längst überfällig –, aber ich bin nicht bereit dafür. In den letzten zwei Wochen waren wir uns näher als je zuvor, und ich will das nicht aufgeben.

Ich will Peter nicht wieder als meinen Feind sehen.

Während ich mir die Zähne putze, betrachte ich die diagonale Narbe auf meiner Stirn, wo ein Glassplitter eine lange Wunde hinterließ. Die plastischen Chirurgen in der Klinik haben gute Arbeit geleistet, um das zu korrigieren, was ein entstellender Makel gewesen sein könnte, und seit die Fäden gezogen wurden, sieht die Narbe schon weniger schlimm aus. In ein paar Wochen wird sie eine dünne weiße Linie sein, und in ein paar Jahren vielleicht völlig unsichtbar, genau wie die schwachen blauen Flecken, die immer noch mein Gesicht schmücken.

Wenn das Kind, das Peter mir aufzwingen will, alt genug ist, um Fragen zu stellen, sollte von meinem katastrophalen Fluchtversuch keine Spur mehr zu sehen sein.

Mein Atem stockt bei dem Gedanken, und ich drücke die Hand gegen meinen Unterleib und zähle die Tage mit wachsender Angst. Es ist zweieinhalb Wochen her, seit wir ungeschützten Sex während eines potenziell fruchtbaren Fensters hatten, was bedeutet, dass meine Periode vor ein paar Tagen hätte beginnen sollen. Durch die Operationen und die Medikamente habe ich nicht auf das Datum geachtet, aber jetzt, da ich nachrechne, merke ich, dass ich spät dran bin. Nicht so spät, dass ich in den kompletten Panikmodus verfalle, aber spät genug, um mir ernsthafte Sorgen zu machen.

Ich könnte schon schwanger sein.

Mein erster Impuls ist, die nächste Schwester zu finden und einen Bluttest zu verlangen. Ich bin mir sicher, dass sie mich vor zwei Wochen auf eine Schwangerschaft getestet haben, als ich nach dem Unfall in die Klinik gebracht wurde, aber die ersten Spuren von hCG in meinem Blutkreislauf würden erst sieben bis zwölf Tage nach der Empfängnis nachzuweisen sein. Ich würde zweifellos negativ getestet werden, und sie hätten keinen Grund, mich erneut zu testen.

Keinen Grund, außer dass meine Periode zu spät ist.

Ich greife schon nach der Türklinke, als ich innehalte. Sobald ich den Bluttest mache, wird Peter es wissen. Er wird vor mir Zugang zu den Ergebnissen haben, und etwas in mir schreckt bei diesem Gedanken zurück. Ich hatte bisher keine Wahl, keine Kontrolle über irgendetwas in unserer Beziehung, und ich muss mich so fühlen, als hätte ich sie jetzt, auch wenn es nur in diesem einen Fall so ist.

Wenn es ein Kind gibt, wächst es in *meinem* Körper, und ich möchte entscheiden, wann ich diese Neuigkeit teilen möchte.

Es ist keine rationale Entscheidung, ich weiß. Peter ist nicht dumm. Er kann auch Tage zählen. Wenn er noch nicht gemerkt hat, dass meine Periode ausgeblieben ist, wird er es bald, und dann wird er wissen, dass er gewonnen hat, dass wir in guten wie in schlechten Zeiten durch das Bündel von Zellen, das vielleicht schon in mir wächst, miteinander verbunden sind.

Von dem Kind, das einem Mörder geboren werden wird, der von den Behörden weltweit gejagt wird, und seinem gefangenen Objekt seiner Besessenheit.

Ein schmerzhaftes Pochen beginnt hinter meinem linken Auge, als ich plötzlich und unerbittlich Kopfschmerzen bekomme. Ich kann es nicht vermeiden, an die Zukunft zu denken, kann es mir nicht leisten, jeden Tag so zu nehmen, wie er kommt, und auf das Beste zu hoffen.

Ich muss das Baby beschützen, aber ich weiß nicht, wie.

Ich kann nicht entkommen, und Peter wird mich nie freilassen.

2

Peter

Sara ist ungewöhnlich ruhig, als wir die Klinik verlassen, ihre schlanken Finger fühlen sich in meiner Hand kalt an, was mir sagt, dass sie wieder Zweifel an uns hegt, ihr überaktiver Geist alle Gründe durchgeht, warum das, was wir haben, falsch ist und nicht funktionieren kann.

Ich wünschte, ich könnte sie beruhigen, ihr meinen neuen Plan erklären und ihr sagen, dass sie nur Geduld haben muss, aber ich möchte keine Versprechungen machen, die ich vielleicht nicht halten kann. Mein Plan ist so vielschichtig, besteht aus so vielen beweglichen Teilen, dass die Wahrscheinlichkeit eines Scheiterns viel größer ist als die eines Erfolgs.

Wenn ich das Angebot von Danilo Novak annehme, Julian Esguerra zu eliminieren, werden mein Team und ich uns mit dem gefährlichsten Mann, den ich kenne, anlegen.

Unter anderen Umständen würde ich die Idee nicht einmal in

Erwägung ziehen. Esguerra hat geschworen, mich zu töten, weil ich seine Frau einmal in Gefahr gebracht habe, um ihn zu retten, aber vorher habe ich ein Jahr lang für ihn als Sicherheitsberater gearbeitet, um die Liste der Personen zu bekommen, die in das Massaker meiner Familie verwickelt waren. Ich kenne den kolumbianischen Waffenhändler; ich habe gesehen, wie gewalttätig und gnadenlos er ist. Seine Organisation hat im Alleingang eine der tödlichsten Terrorgruppen der Geschichte ausgelöscht, und er hat unsagbar grausame Dinge mit anderen Feinden gemacht. Mit seinem enormen Reichtum und seinen Kontakten zu Regierungen auf der ganzen Welt ist Esguerra fast unantastbar und sein Anwesen im Amazonas-Dschungel eine militärische Festung. Deshalb bietet Novak auch so viel Geld: Weil niemand, der bei klarem Verstand ist, gegen einen so mächtigen und rücksichtslosen Menschen antreten würde.

Der einzige Grund, warum ich überhaupt darüber nachdenke, ist Sara.

Ich muss den Unfall wiedergutmachen, der sie fast getötet hätte.

Ich muss alles tun, um ihr das Leben zu geben, das sie verdient.

Anton ist schon im Flugzeug, als die Zwillinge und ich mit Sara ankommen, und sobald ich sie sicher hingesetzt habe, heben wir ab. Es ist ein vierzehnstündiger Flug nach Japan. Sobald wir in der Luft sind, ziehe ich Saras Turnschuhe aus und schlage ihr eine Decke um die Füße, in der Hoffnung, dass es für sie bequem genug ist, um ein Nickerchen zu machen.

Ich habe seit dem Unfall selbst nicht viel geschlafen, aber ich möchte, dass sie sich ausruht und gesund wird.

Sie sieht mich mit düsteren haselnussbraunen Augen an, als ich nach meinem Laptop greife, und ich frage: »Hast du Hunger, mein Liebling?«

Wir haben gefrühstückt, bevor wir die Klinik verlassen haben, aber sie hat kaum etwas gegessen, also habe ich extra Sandwiches für den Flug mitgebracht.

Sie schüttelt ihren Kopf. »Nein, danke.« Ihre Stimme ist melodiös und ein wenig rau – die Stimme einer Sängerin, wie ich immer gedacht habe. Ich möchte ihr für immer zuhören, ob sie nun spricht oder einen der Popsongs, die sie liebt, singt. Vor allem aber möchte ich sie unserem Baby ein Schlaflied singen hören, damit das Kind weiß, dass es sicher ist und geliebt wird.

Angestrengt schiebe ich dieses verführerische Bild beiseite. Ich kann jetzt nicht daran denken, eine Familie mit Sara zu gründen … nicht, wenn ich eine so gefährliche Aufgabe vor mir habe.

Es ist das Beste, wenn Sara nicht schwanger ist, und bis wir diese Hürde genommen haben, werde ich dafür sorgen, dass es so bleibt.

3

eter

»Du hast *was* getan?«

Anton starrt mich an, als hätte ich den Verstand verloren, und sein bärtiges Kinn klappt vor Entsetzen nach unten. Wie ich sind die Jungs trotz unserer späten Ankunft gestern Abend früh auf, also dachte ich, dass ich sie über unsere nächste Mission informieren sollte, bevor Sara aufwacht.

»Ich habe ein Treffen mit Novak angesetzt«, wiederhole ich, wobei ich ein Ei in eine Rührschüssel schlage, bevor ich ein wenig Milch einrühre. »Wir fliegen Mitte Dezember nach Belgrad. Der serbische Bastard ist zu paranoid und hat gesagt, er würde die Einzelheiten über das, was er in Esguerras Organisation hat, nur persönlich mitteilen, nicht per E-Mail oder am Telefon.«

Yan lehnt sich an einen nahegelegenen Tresen, und seine grünen Augen sehen kühl-amüsiert aus, als er seine Beine auf Knöchelhöhe überkreuzt. »Warum Mitte Dezember? Es ist erst Anfang November.«

Ich zucke mit den Schultern. »Wir haben es nicht eilig, und er auch nicht.« Letzteres stimmt eigentlich nicht. Novak wollte sich nächste Woche mit mir treffen, aber ich habe die Zusammenkunft auf nächsten Monat verschoben. Sobald wir den Ball ins Rollen bringen, wird es kein Halten mehr geben, und ich bin noch nicht bereit.

Ich will – nein, ich *muss* – Zeit mit Sara verbringen, bevor ich mich auf diese Mission begebe. Außerdem sind unsere Hacker Wally Henderson auf den Fersen und könnten bald eine weitere heiße Spur entdecken. Er ist der letzte Name auf meiner Liste und bei weitem der schwierigste. Er ist auch der General, der für die Daryevo-Operation verantwortlich war – was ihn zum direktesten Verantwortlichen für das Massaker an meiner Frau und meinem Sohn macht. Ohne Saras Unfall hätten wir ihn vielleicht in Neuseeland erwischt, als das Bild seiner Frau auf Instagram erschien, als ein ahnungsloser Besitzer eines Weingutes stolz seine Kundschaft dort postete. Als wir jedoch in die Schweizer Klinik fuhren und ich mich wieder genug zusammenreißen konnte, um meine Männer nach ihm suchen zu lassen, war er bereits wieder untergetaucht. Aber dieses Mal ist seine Spur frisch, und unsere Hacker haben eine bessere Vorstellung davon, wo sie suchen müssen.

Wir werden Walter Henderson III. finden, und wenn wir das tun, werde ich den *sookin syn* in kleine Stücke zerlegen.

Ilya runzelt die Stirn, und seine Schädeltattoos glänzen im Morgenlicht, als er sich auf einen Barhocker setzt. »Bist du dir da sicher, Mann? Hundert Millionen *sind* gepfeffert, aber wir reden hier von Esguerra. Kent wird mit reingezogen und …«

»Scheiß auf Kent.« Ich zerschlage das nächste Ei so heftig, dass es an die Seite der Rührschüssel spritzt. »Dieser Bastard verdient es, nachdem er die Sache mit Sara versaut hat.«

»Aber Esguerra?«, fragt Anton, als er über seinen Schock hinwegkommt. »Der Kerl hat eine kleine Armee auf seiner Gehaltsliste, und sein Anwesen im Dschungel – du hast selbst gesagt, dass es uneinnehmbar ist. Wie zum Teufel sollen wir …«

»Deshalb treffen wir uns mit Novak, um herauszufinden, was er im Ärmel hat.« Ich fange an, die Geduld zu verlieren. »Ich bin doch nicht selbstmordgefährdet, wir machen das nur, wenn wir lebend aus der Sache rauskommen.«

»Wirklich?« Yan geht durch die Küche und setzt sich auf einen Barhocker neben seinen Bruder. »Bist du dir da sicher? Weil Sara unter Kents Aufsicht verletzt wurde.«

Seine Stimme ist seidenweich, aber ich erkenne eine Herausforderung, wenn ich sie höre.

Mit ruhigem Gesichtsausdruck gehe ich zum Waschbecken und wasche mir alle Spuren von rohem Ei von den Händen. Anton, der mich am besten kennt, entfernt sich vorsichtig, aber die Ivanov-Zwillinge rühren sich nicht von ihren Plätzen und sehen mich mit identischen grünen Augen an, während ich ruhig die Bar umrunde und mich Yan nähere.

»Also glaubst du, dass ich mit meinem Schwanz denke?« Die Sanftheit meiner Stimme passt zu seiner. »Du glaubst, ich bin bereit, uns alle umzubringen, um Kent dafür zu bestrafen, dass er Sara einen Unfall haben ließ?«

Yan dreht seinen Barhocker, um mir direkt ins Gesicht zu schauen. »Ich weiß es nicht.« Sein Ausdruck ist leicht amüsiert, aber seine Augen sind kalt und scharf. »Tust du es?«

Meine Lippen verziehen sich zu einem grimmigen Lächeln, während sich meine rechte Hand um das Klappmesser in meiner Tasche schließt. »Und wenn ich es täte?«

Yan erwidert meinen Blick für ein paar angespannte Sekunden, während die Luft im Raum dicker wird. Ich mag Yan, aber ich kann den Ungehorsam nicht zulassen. Er wusste, worauf er sich einließ, als er sich diesem Team anschloss. Er war sich dessen voll bewusst, dass er mir mit meiner persönlichen Agenda helfen muss, um an dem lukrativen Geschäft teilzunehmen, das ich aufgebaut habe. Das war unser Deal, und ich habe vor, ihn dazu zu bringen, sich daran zu halten, auch wenn es jetzt Sara ist, die mich zu meinen Handlungen motiviert, anstatt meine tote Frau und mein Sohn.

»Yan.« Ilyas Stimme ist ruhig, als er aufsteht und eine massive Hand auf die Schulter seines Bruders legt. »Peter weiß, was er tut.«

Yan schweigt noch einen Moment, dann neigt er seinen Kopf mit einem harten Lächeln. »Ja, da bin ich mir sicher. Er *ist* schließlich der Teamleiter.«

Seine Worte sind versöhnlich, aber ich lasse mich nicht täuschen. Ich muss bei dieser Mission besonders wachsam sein.

Yan könnte die Sache leicht verkomplizieren.

4
___

Sara

Als wir fünf frühstücken, komme ich nicht umhin, die Spannung am Tisch zu bemerken. Ich weiß nicht, ob etwas passiert ist, bevor ich herunterkam, oder ob jeder so mit dem Jetlag zu kämpfen hat wie ich, aber die lockere Kameradschaft, die ich immer zwischen Peter und seinen Männern wahrgenommen habe, scheint heute Morgen nicht da zu sein.

Statt miteinander zu scherzen und mich mit Anekdoten über Russland zu unterhalten, verschlingen Peters Teamkollegen schweigend und schnell ihre Omeletts, bevor Anton den Hubschrauber für eine Versorgungsfahrt nimmt und die Zwillinge zu einer Trainingseinheit im Wald aufbrechen.

»Was ist los?«, frage ich Peter, als wir die Einzigen in der Küche sind. »Habt ihr euch gestritten?«

»So ähnlich.« Er steht auf, um die leeren Teller wegzuräumen.

17

»Sagen wir einfach, dass nicht jeder mit meinen Plänen einverstanden ist.«

»Welche Pläne?«

»Ich denke darüber nach, ein weiteres Jobangebot anzunehmen – ein besonders lukratives.«

Ich runzele die Stirn und stehe auf, um ihm zu helfen, das Geschirr in die Spülmaschine einzuräumen. »Ist es gefährlich?«

Seinem Lächeln fehlt jede Spur von Humor. »Unser Leben ist gefährlich, Ptichka. Unsere Arbeit ist nur ein Teil davon.«

»Warum sind die Jungs dann dagegen?« Ich lege den Teller hin, den ich ausgespült habe, und wische mir die Hände an einem Geschirrtuch ab. »Ist es irgendwie schlimmer als deine üblichen *Mission-Impossible*-Aufträge?«

Sein stählerner Blick erwärmt sich bei meinem besorgten Ton. »Es ist nichts, worüber du dir Gedanken machen musst, mein Liebling – zumindest nicht für eine Weile. Wir werden den potenziellen Kunden nicht vor Mitte Dezember treffen, und dieses Treffen wird überhaupt erst entscheiden, ob wir diesen Job annehmen oder nicht.«

»Oh.« Meine Sorge nimmt leicht ab, da sie von wachsender Neugier verdrängt wird. »Triffst du diesen Kunden persönlich?« Als Peter nickt, frage ich: »Warum? Das machst du doch normalerweise nicht, oder?«

»Nein, aber diesmal machen wir eine Ausnahme.« Er scheint nicht vorzuhaben, das näher zu erklären, also beschließe ich, das Thema für den Moment fallenzulassen. Mitte Dezember ist Wochen entfernt, und er wird es mir sagen, wenn er bereit dazu ist – wahrscheinlich, wenn er sich nicht gerade mit seinen Teamkollegen gestritten hat.

Wir beenden das Aufräumen in geselliger Stille, und ich wundere mich, wie natürlich sich das alles anfühlt: mit Peter und seinen Männern frühstücken, abwaschen, über seine Arbeit reden. Es ist egal, dass wir uns auf einem unzugänglichen Berggipfel in Japan befinden, wo bereits einige Zentimeter Schnee den Boden bedecken, oder dass es sich bei der Arbeit um blutige Morde handelt. Meine Abwesenheit von hier – die Tage, die ich mit den Kents in Zypern verbracht habe, gefolgt von dem zweiwöchigen Aufenthalt in der Schweizer Klinik – beginnt schon, zu einer schlechten Erinnerung zu verblassen, ein beängstigendes Zwischenspiel in meinem neuen Leben.

Ein Leben, das mit jedem Tag, der hier vergeht, angenehmer und realer wird, an diesem fremden Ort, der sich wie zu Hause anfühlt.

Ich warte auf das schmerzhafte Gefühl von Selbsthass und Schuld, aber alles, was ich fühle, ist eine Art müde Resignation. Ich habe es satt, mich selbst und diese verwirrenden Gefühle zu bekämpfen, mich zu wehren und vorzugeben, dass der Mann, der mich mit diesen metallischen Augen betrachtet, nichts anderes als mein Entführer ist – dass ich mich in der Klinik nicht an ihn wie ein Babykoala an seine Mutter geklammert habe. Als ich heute Morgen allein in einem leeren Bett aufgewacht bin, wollte ich weinen – und das hatte nichts damit zu tun, dass ich meine Periode noch nicht bekommen habe.

Ich habe diesen Gedanken verdrängt, bevor ich wieder ausflippen konnte. Ja, ich bin jetzt einige Tage zu spät dran, aber es gibt andere mögliche Erklärungen für die Verzögerung. Stress, zum Beispiel, sowohl körperlich als auch emotional. Ohne Schwangerschaftstest und ohne andere Symptome kann ich zu diesem frühen Zeitpunkt nicht wissen, ob es sich um die Folgen des Unfalls oder des ungeschützten Sex handelt. Da ich also noch nicht bereit bin, dieses Thema bei Peter anzusprechen, muss ich es mir aus dem Kopf schlagen und auf das Beste hoffen.

Wenn ich schwanger bin, werden wir beide es früh genug wissen.

»Geht es dir gut?«, fragt Peter, wobei seine dunklen Augenbrauen sich besorgt zusammenziehen, und ich merke, dass ich versehentlich mein Gesicht so verzogen habe, als hätte ich Schmerzen.

»Ich habe nur Jetlag«, sage ich, und um seine Sorgen zu zerstreuen, setze ich ein strahlendes Lächeln auf. »Du weißt schon, langer Flug und so.«

»Ah.« Er hebt seine große Hand und berührt sanft die heilende Narbe auf meiner Stirn. »Du solltest dich die nächsten Tage schonen. Du bist noch nicht ganz gesund.« Sein Stirnrunzeln vertieft sich. »Vielleicht hätten wir länger in der Klinik bleiben sollen.«

Ich lache und schüttele den Kopf. »Oh, nein. Wir sind schon so eine Woche zu lange geblieben. Ich bin nur etwas müde, das ist alles.«

»In Ordnung.« Er sieht nicht überzeugt aus, und spontan stelle ich mich auf die Zehenspitzen und küsse die harte Linie dieses sinnlichen Mundes.

Es ist nur ein kurzer, verspielter Kuss, aber wir beide sind davon getroffen wie von einem Schlag. Ich weiß nicht, warum ich das getan habe, warum es sich so natürlich angefühlt hat, ihn so zu beruhigen. Es war nicht, weil ich Sex möchte, obwohl ich es will – er hat mich seit Zypern nicht mehr genommen, und mein Körper sehnt sich nach seiner Berührung. Nein, es war nur etwas, was ich tun wollte, etwas, was sich richtig anfühlte.

Er erholt sich zuerst, und ein langsames, verführerisches Lächeln erscheint auf seinen gemeißelten Lippen, als er nach mir greift, wobei ein Arm um meine Taille gleitet, um mich näher an sich zu ziehen, während die andere Hand sich sanft um mein Kinn legt und sein schwieliger Daumen über meine Wange streicht. »Sara …« Seine Stimme ist leise und heiser, so warm wie das Leuchten in seinem Blick. »Meine schöne Ptichka … Ich liebe dich so sehr.«

Meine Brust verengt sich und drückt die Luft in meiner Lunge zusammen. Er hat mir schon vorher gesagt, dass er mich liebt, aber nie so … nie mit dieser Tiefe des Gefühls. Es erschüttert mich bis auf die Knochen, denn zum ersten Mal glaube ich ihm.

Ich glaube ihm, und ich will es erwidern.

Diese Erkenntnis trifft mich wie ein Hammerschlag. Ich habe so hart dagegen angekämpft, alles getan, um zu verhindern, dass ich mich in diesen Mann verliebe, um ihm zu entkommen. Doch schon als ich vor ihm weglief, wusste ich, dass ich auch vor mir selbst flüchtete, vor dem dunklen Teil in mir, der den Mörder meines Mannes umarmen will, um der Fantasie eines glücklichen Lebens mit dem Mörder nachzugeben, der mich von jedem, den ich liebe, gestohlen hat. Ich kämpfte, rannte, und irgendwo auf dem Weg ist es trotzdem passiert.

Ich habe mich in ihn verliebt.

Ich verliebte mich in den Mann, den ich hassen sollte, ein Monster, dessen Kind ich vielleicht in mir trage.

Er blickt mir in die Augen, und in seinen Augen sehe ich dieselbe heftige Sehnsucht, die ich so unbedingt zerstören wollte. Er braucht mich, mein tödlicher Entführer, braucht mich so sehr, dass er bereit ist, alles zu tun, um mich zu haben. Und aus irgendeinem Grund erschreckt mich dieses Wissen nicht mehr so sehr wie früher.

Ich weiß nicht, ob ich meine Gedanken irgendwie telegrafiere oder ob die Abstinenz der letzten zweieinhalb Wochen für Peter genauso schwer war wie für mich, aber das konzentrierte Feuer in seinem Blick brennt heller und der mächtige Arm um meine Taille spannt sich an und zieht mich gegen seinen Körper.

Seinen harten, voll erregten Körper.

Mein eigener Körper spannt sich an, zieht sich plötzlich vor Verlangen zusammen, während sich meine Hände heben, um gegen seine breite Brust zu drücken. Ich will ihn, so wie ich ihn die ganzen Nächte in der Klinik wollte, als ich platonisch in seiner Umarmung schlief. Er weigerte sich damals, mich anzufassen, aus Sorge um meine Verletzungen, aber ich habe keine Schmerzen mehr – zumindest nicht von dem Unfall.

Sein Kopf beugt sich nach unten, und ich begrüße seinen harten, verschlingenden Kuss. Das ist genau das, was ich will: von ihm in Besitz genommen werden, die Gewalt seiner Leidenschaft spüren. Er ist nicht mehr sanft, aber ich will auch nicht, dass er es ist. Ich will ihn genau so: rau und fast außer Kontrolle, dass er mich mit seinem Verlangen verzehrt und mich mit seinem überwältigenden Hunger brennen lässt.

Meine Hände landen irgendwie in seinen dunklen Haaren und krallen sich in die dicken, seidigen Strähnen, während ich ihn mit der gleichen Wildheit zurückküsse und unsere Zungen sich duellieren, während sich unsere Körper, durch die Barriere der Kleidung getrennt, aneinanderdrängen. Ich atme jetzt schwer, und er auch, als er mich gegen den Rand des Tresens drückt, mich auf ihn hebt, und meine Yogahose und meinen Tanga mit einem rauen Ruck herunterzieht. Dann ist sein Reißverschluss offen, und sein dicker Schwanz spießt mich auf und lässt mich wegen der brutalen Dehnung aufschreien. Wenn ich nicht so nass wäre, hätte er mich zerrissen, aber ich bin mehr als feucht vor Verlangen, und als er anfängt, in mich zu stoßen, schlinge ich meine Beine um seine Hüften, nehme ihn auf und umarme alles, was er zu geben hat.

Es dauert nicht lange, bis sich mein Körper zusammenzieht, sich in einem schwindelerregenden Tempo dem Höhepunkt nähert und seine Stöße schneller werden, bis der wilde Rhythmus uns beide an den Rand der Vernunft treibt. »Oh, fuck«, stöhnt er und wirft seinen Kopf zurück, als der Orgasmus ihn überrollt, und ich schreie, erschaudere vor quälendem Vergnügen, während meine inneren Muskeln sich um seinen pulsierenden Schwanz zusammenziehen. Die heißen Ergüsse seines Samens überschwemmen meinen Unterleib, und mein Körper krampft immer wieder, da die Entladung eine Ewigkeit anhält.

Als sie irgendwann vorbei ist, bemerke ich den unnachgiebigen Stein der schmalen Quarz-Theke unter meinem Rücken bewusst, und ebenso Peters schweres Gewicht, das mich niederdrückt. Wir atmen beide abgehackt, und selbst durch den Stoff seines Hemdes spüre ich den Schweiß, der seinen Rücken bedeckt.

Wir haben gerade auf der Küchentheke gefickt, wo uns jeder hätte erwischen können.

Wir haben es wie Tiere getan, so als hätten wir schon seit Jahren keinen Sex mehr gehabt.

Ein manisches Kichern entweicht mir, während Peter leise wütend flucht und mich wegstößt. Der donnernde, dunkle Ausdruck auf seinem Gesicht, als er seine Jeans hochzieht, lässt mich noch mehr lachen. Ich keuche wegen meines hysterischen Gelächters, während ich auf wackeligen Beinen vom Tresen rutsche und meine Hose und meinen String unter dem Geschirrspüler entdecke.

Ich bin von der Taille abwärts nackt.

Mein nackter Hintern lag auf der Küchentheke, wie ein Truthahn, der darauf wartet, gestopft zu werden.

Meine Hysterie erreicht einen neuen Höhepunkt, und ich beuge mich mach vorn und lache so sehr, dass mir Tränen aus den Augen strömen. Peter starrt mich an, als sei ich verrückt geworden, und das macht es nur noch schlimmer, denn ich weiß, wie ich aussehen muss, so nackt mit einem irren Lachen.

Nach ein paar Minuten beruhige ich mich genug, um darüber nachzudenken, wie ich meine Kleider wiederfinden kann, aber Peter fängt meine Schultern ein, bevor ich auf allen vieren landen kann. Das besorgte Stirnrunzeln in seinem Gesicht treibt mich in erneute Hysterie. »Du … du wirst alles desinfizieren müssen«, keuche ich zwischen unkontrolliertem Gelächter. »Da du hier kochst und so …«

Ich lache jetzt zu viel, um zu reden, aber er muss meinen Wink verstehen, denn eine zögerliche Belustigung schimmert in seinen Augen und krümmt seine Lippen. Und dann lacht er auch, denn es gibt immer noch überall schmutziges Geschirr, und wir haben gerade dort gefickt, wo uns jeder sehen konnte, und sein Sperma tropft von meinen Schenkeln auf den sauberen Fliesenboden.

Schließlich beruhigen wir uns und holen mein Höschen und meine Unterwäsche unter dem Geschirrspüler hervor. Meine Kehle ist wund, und mein Bauch schmerzt vom Lachen, aber ich fühle mich irgendwie gereinigt, von all der Bitterkeit und Verstimmung befreit. Peters Gesichtsausdruck verdunkelt sich jedoch wieder, und als er mich nach oben zum Duschen führt, frage ich: »Was ist los?«

Er antwortet zunächst nicht, sondern beschäftigt sich nur damit, die Dusche einzuschalten und uns beide auszuziehen, als wir das Badezimmer erreichen. Ich warte geduldig, und als wir unter den Wasserstrahl treten und er mir den Rücken wäscht, murmelt er endlich: »Habe ich dir wehgetan?«

Ich blinzele und drehe mich um, um ihn anzusehen. Das macht ihm Sorgen? Dass er grob war? Meine linke Schulter ist immer noch wund vom Auskugeln beim Autounfall, aber ich bin mir ziemlich sicher, dass unser leidenschaftlicher Sex ihr keinen Schaden zugefügt hat. »Nein, natürlich nicht. Ich habe dir doch gesagt, dass es mir gut geht.«

Er schaut mich nicht überzeugt an, seufzt dann und zieht mich in einer Umarmung an sich. Ich schließe die Augen, um das fließende Wasser fernzuhalten, und wickle meine Arme um seinen muskulösen Oberkörper. Wir stehen so da, halten uns ohne Worte, und es fühlt sich so richtig an, in all seiner Falschheit.

Es fühlt sich an, als ob wir zusammengehören, als ob wir dazu bestimmt wären.

5

Peter

AM NÄCHSTEN MORGEN WACHE ICH VOR SARA AUF, UND SO WIE IMMER in letzter Zeit beobachte ich sie ein paar Minuten lang, bevor ich mich zwinge, aus dem Bett zu steigen.

Ich weiß nicht, ob es nur Wunschdenken ist, aber es hat sich gestern anders angefühlt. Gestern hat es sich angefühlt, als wäre der vorläufige Waffenstillstand, den wir in der Klinik etabliert haben, noch da. Normalerweise konnte ich nach dem Sex spüren, wie Sara inmitten bitterer Selbstbeschuldigungen ihre Mauern wieder aufbaute, aber gestern nicht. Gestern konnte ich ihren inneren Konflikt nicht spüren, und nachdem ich mich versichert hatte, dass ich sie nicht verletzt habe, habe ich aufgehört, mich selbst in den Hintern zu treten, weil ich die Kontrolle verloren hatte – und weil ich das Kondom trotz meiner früheren Entscheidung, dies nicht zu tun, wieder weggelassen hatte.

An diesem Punkt ist es instinktiv, Sara mit meinem Samen zu füllen, und diese Instinkte weigern sich, die Gründe zu akzeptieren, um zu warten, bis die Esguerra-Situation gelöst ist.

Auf jeden Fall bezweifle ich, dass es gestern gefährlich war. Sara muss, ihrer letzten Periode nach zu urteilen, gegen Ende ihres Zyklus sein. Und wann genau war der? Vor drei Wochen oder vier? Ich runzele die Stirn im Badezimmerspiegel, während ich den letzten Rasierschaum abwische und das Rasiermesser ablege. Nein, das kann nicht stimmen. Wir waren fast drei Wochen weg, und davor hat sie nicht geblutet für mindestens …

Ein Klopfen an der Badezimmertür unterbricht meine Berechnungen. »Peter?« Saras schlaftrunkene Stimme ist seltsam angespannt. »Yan will mit dir reden.«

Fuck. Ich wische mir mit einem Handtuch über das Gesicht, um den Schaum loszuwerden, der noch an meiner Haut haftet, und verlasse das Badezimmer. Sara steht am Bett, eingewickelt in einen dicken Bademantel, den sie angezogen haben muss, um die Tür für Yan zu öffnen.

»Er hat gesagt, du sollst so schnell wie möglich runterkommen«, meint sie mit einem besorgten Stirnrunzeln. »Es ist dringend.«

Ich nicke und ziehe mir bereits eine Jeans an. Das dachte ich mir bereits, weil die Jungs normalerweise nicht an unsere Schlafzimmertür klopfen. Etwas muss passiert sein, aber ich kann mir im Leben nicht vorstellen, was. Es gibt keine Möglichkeit, dass die Behörden oder unsere Feinde uns hier aufgespürt haben, und das ist der einzige Notfall, den ich mir vorstellen kann, der eine solche Dringlichkeit verdient hätte.

»Zieh dich an«, sage ich zu Sara, als ich zur Tür gehe. »Für den Fall, dass wir schnell verschwinden müssen.«

Ihre Augen weiten sich, weil sie versteht, was ich meine, und sie beeilt sich damit, sich anzuziehen, während ich nach unten eile.

Alle drei meiner Teamkollegen sind schon da, haben sich um Yan herum versammelt, der auf seinen Laptop-Bildschirm schaut. Anton schreibt etwas auf seinem Handy.

»Was ist los?«, frage ich scharf, und die Zwillinge schauen mich mit grimmigen Gesichtern an.

»Sara ist noch oben, oder?«, fragt Yan, wobei er einen unleserlichen Blick auf die Treppe wirft, und ich nicke und trete mit ein paar langen Schritten dicht an ihn heran.

»Was ist los?«

»Schau es dir an«, sagt er und dreht den Bildschirm zu mir.

Zuerst sehe ich nur die vertraute, schäbige Gemütlichkeit der Küche von Saras Eltern, mit ihren abgenutzten Geräten und einer Fensterbank voller Topfkräuter. Saras Vater im Bademantel schlurft mit seinem Gehwagen durch die Küche, gießt sich Kaffee ein und holt sich einen Joghurt aus dem Kühlschrank. Er ist mit seinem Frühstück fast am Küchentisch, als ein klingelndes Handy den ruhigen Morgen unterbricht.

Charles »Chuck« Weisman stellt seine Kaffeetasse vorsichtig auf die Küchenzeile und greift in seine Tasche, um sein Telefon herauszunehmen. »Lorna?« Seine Stimme ist trotz seines Alters stark und laut. »Hast du vergessen, zu überprüfen …« Er verstummt abrupt, und selbst auf dem körnigen Bild kann ich sehen, wie er erblasst und sein Mund sich unter wortlosem Schock öffnet und schließt.

Seine freie Hand greift krampfhaft an seine Seite, verfehlt aber den Griff des Gehwagens, und ich halte den Atem an, als er stolpert. Zu meiner Erleichterung schafft er es, sich am Rande der Theke aufzufangen. So zerbrechlich wie Saras Vater ist, hätte ihn ein Sturz leicht umbringen können.

»Wo?«, ist alles, was er nach einer Minute angespannten Zuhörens fragt, und dann steckt er das Telefon wieder in seine Tasche und steht für einen Moment mit zitternden Knien da, bevor er sich zusammenreißt und mühsam ins Schlafzimmer geht, um sich anzuziehen.

»Das wurde vor etwa zehn Stunden aufgenommen«, sagt Yan, als ich vom Bildschirm aufblicke und bereit bin, ihn mit wütenden Fragen zu zerreißen. »Wir haben gerade die komplette Audioaufnahme dieses Anrufs gehört. Es hört sich so an, als ob Saras

Mutter einen Autounfall hatte – einen schlimmen. Sie waren sich nicht sicher, ob sie es schaffen würde. Unsere Hacker greifen gerade auf die Krankenakten zu, aber die Ärzte in der Notaufnahme fügen ihre Notizen nur langsam in das System ein. Die gute Nachricht ist, dass Saras Vater immer noch im Krankenhaus ist – oder zumindest war er nicht zu Hause.«

»Ich habe gerade mit der amerikanischen Crew Kontakt aufgenommen«, sagt Anton und legt sein Handy weg. »Sie sind auf dem Weg ins Krankenhaus, also werden wir in Kürze ein Update über ihren Zustand bekommen. Ich habe ihnen gesagt, sie sollen besonders vorsichtig sein; ich bin mir sicher, das FBI wird den Ort beobachten, für den Fall, dass Sara auftaucht.«

Fuck. Ich schließe die Augen und reibe meine Schläfen, um den aufkeimenden Kopfschmerzen entgegenzuwirken. Das ist Saras schlimmster Alptraum: ihren Eltern passiert etwas – und sie ist nicht da. Sie hatte immer befürchtet, dass es ihr Vater mit seinen Herzproblemen sein würde, aber jetzt ist es ihre relativ junge und gesunde Mutter – für ihre achtundsiebzig Jahre. Sara wird mehr als erschüttert sein, und all die Fortschritte, die wir in den letzten Wochen in unserer Beziehung gemacht haben, werden verlorengehen.

Sie wird mir nie verzeihen, wenn ich sie vom Sterbebett ihrer Mutter fernhalte. Es wird eine weitere Kluft zwischen uns schaffen, die vielleicht noch schwerer zu überwinden ist als die, die der Tod ihres Mannes hinterlassen hat.

Ich öffne die Augen, und ein bohrender, aussaugender Schmerz breitet sich tief in meinem Bauch aus. Meine Männer beobachten mich mit einer Mischung aus Neugier und Mitleid, und ich weiß, dass sie es verstehen. Sie haben Sara in den letzten Monaten kennengelernt und mögen sie. Sie haben gesehen, wie sehr sie sich um ihre älteren Eltern sorgt, wie sie jeden Tag nach ihnen fragt und sich die Videos, die wir ihr zur Verfügung stellen, aufmerksam ansieht.

Sie wissen, dass es sie zerstören wird.

Sie wird sich selbst genauso die Schuld geben wie mir.

»Haltet mich über alle Neuigkeiten der Amerikaner auf dem Laufenden«, befehle ich heiser und gehe nach oben.

Ich muss Sara erreichen, bevor sie herunterkommt.

Sie darf das nicht herausfinden, bis wir alle Fakten kennen.

6

Sara

ICH BEEILE MICH MIT MEINER MORGENROUTINE, DUSCHE UND PUTZE mir die Zähne in weniger als fünf Minuten. Ich brauche noch drei Minuten, um mich anzuziehen, und dann überlege ich, was ich tun soll. Soll ich nach unten gehen, um herauszufinden, was los ist? Oder packen, falls wir es eilig haben sollten?

Der Pragmatismus siegt über die Neugier, also finde ich einen Rucksack in einem Schrank und fange an, ihn mit dem Nötigsten zu füllen: drei Sets saubere Unterwäsche, sowohl für mich als auch für Peter, dann Socken, Jeans, Hemden, Pullover, alles für uns beide. Ich bin sicher, dass Peter und seine Männer in der Lage sein werden, neue Kleidung zu besorgen, wenn wir alles zurücklassen und in ein anderes Versteck evakuieren müssen, aber es wird hilfreich sein, wenn wir Bekleidung für ein paar Tage haben, damit es weniger dringend ist. Ich habe den Flug hierher nicht vergessen, als meine einzigen Kleideroptionen entweder die Decke, in der

Peter mich gestohlen hat, oder die überdimensionale Männerkleidung waren.

Wenn ich es vermeiden kann, in Peters Jogginghose herumzulaufen, tue ich das gerne.

Nach der Bekleidung mache ich mit den Toilettenartikeln weiter und packe unsere Zahnbürsten und Zahnpasta in eine Plastiktüte, die ich unter dem Waschbecken finde. Als ich sie zusammen mit Peters Rasiermesser und einer kleinen Tube Feuchtigkeitscreme verschließe, fällt mir auf, dass ich dabei seltsam ruhig bin. Meine Handflächen sind verschwitzt und mein Herzschlag ist erhöht, aber ich bin nicht gestresster, als wenn wir zu spät zu einem Flug kommen würden. Ich nehme an, das liegt daran, dass ich tief im Inneren so etwas erwartet habe. So geschickt wie Peter und seine Männer auch darin sind, sich den Behöfden zu entziehen … früher oder später werden sie zwangsläufig gefunden werden. Wenn nicht vom FBI oder Interpol, dann von einem Verbrecher, der eines ihrer Opfer rächen will.

Sogar Drogenbarone und korrupte Bankiers können jemanden haben, der sie liebt.

Ich laufe zurück ins Schlafzimmer, um einen Gürtel für Peters Jeans zu holen, als er mit einem pechschwarzen Gesichtsausdruck hereinkommt.

»Was ist passiert?« Ich lasse den Rucksack auf das Bett fallen und eile zu ihm. »Müssen wir …?«

Er nimmt mein Gesicht zwischen seine mit Hornhaut überzogenen Handflächen und drückt seine Lippen für einen harten und hungrigen Kuss auf meine. Wir hatten nach dem Mal in der Küche keinen Sex mehr – ich bin wegen des Jetlags früh eingeschlafen, und Peter hat mich rücksichtsvoll schlafen lassen – und ich kann die aufgestaute Lust in diesem Kuss schmecken, das dunkle Feuer, das immer zwischen uns brennt.

Er drückt mich gegen das Bett, reißt erst mir die Kleider vom Leib und dann sich selbst, bevor er ohne Vorwarnung in mich hineinstößt, mich mit seiner Dicke ausdehnt und mich mit seiner harten Hitze überwältigt. Ich schreie vor Schreck auf, aber er hört nicht auf, wird nicht langsamer. Seine Augen glitzern wild, als er meine Arme über meinem Kopf ausstreckt, bevor seine Hände meine Handgelenke fesseln, und ich merke, dass es mehr als nur Lust ist, was ihn heute treibt, etwas Wildes und Verzweifeltes.

Mein Körper reagiert schnell und plötzlich, wie Öl, das Feuer fängt. In der einen Minute knirsche ich wegen der gnadenlosen Kraft seiner Stöße mit den Zähnen, in der nächsten überwältigt mich ein Orgasmus, und ich schreie, während ich in brutaler Ekstase explodiere. Dieser Orgasmus bringt keine Erleichterung, nur eine Verminderung der unerträglichen Spannung, aber auch die ist nicht von Dauer. Der zweite Höhepunkt, so heftig wie der erste, überkommt mich sofort danach, und ich schreie wegen der quälenden Zuckungen, der Lust, was mich auseinanderreißt, während er in mich hineinfährt, immer und immer wieder, mich durch den Höhepunkt und darüber hinaus reitet.

Ich weiß nicht, wie lange Peter mich so fickt, aber als er kommt und seinen brennend heißen Samen in mich spritzt, ist meine Kehle vom Schreien rau, und ich habe den Überblick darüber verloren, wie viele Orgasmen er aus meinem geschundenen Körper gewrungen hat. Die harten Muskeln seiner Brust glänzen vor Schweiß, als er sich von mir zurückzieht, und ich liege keuchend da, zu benommen und erschöpft, um mich zu bewegen.

Er geht weg und kommt einige Augenblicke später mit einem nassen Handtuch zurück, mit dem er die Nässe zwischen meinen Beinen auftupft. »Sara …« Seine Stimme ist rau und voller Emotionen, als er sich über mich beugt, um eine Haarlocke von meiner schweißgedämpften Stirn zu streichen. »Ptichka, ich …«

Ein hartes Klopfen an der Tür erschreckt uns beide.

»Peter.« Es ist Yan, und seine Stimme ist so scharf wie heute Morgen. »Du musst das hören. Jetzt.«

Peter flucht leise, springt vom Bett, findet seine weggeworfenen Jeans im Kleiderstapel auf dem Boden und zieht sie an, ohne sich mit Unterwäsche aufzuhalten. Der Blick, den er mir über seine Schulter zuwirft, ist grimmig, fast wütend, aber er sagt nichts, als er mit großen Schritten den Raum verlässt.

Ich setze mich auf und zwinge mich, aufzustehen und noch einmal schnell zu duschen, bevor ich mich wieder anziehe.

Ich habe keine Ahnung, was los ist, aber ich bekomme eine schreckliche Vorahnung.

7

Peter

ES IST EIN BEWEIS FÜR DIE ERNSTHAFTIGKEIT DER SITUATION, DASS niemand anzüglich grinst, als ich barfuß und ohne Hemd die Küche betrete und mich der Geruch nach Sex wie ein Parfum umgibt.

»Es ist schlimm«, sagt Yan sofort, als ich mich nähere. »Ein betrunkener Fahrer ist ihr an einer Kreuzung in die Seite gefahren, und das Auto hat sich dreimal überschlagen, bevor es auf dem Dach liegen geblieben ist. Sie hat über ein Dutzend gebrochene Knochen und innere Blutungen. Sie operieren sie gerade zum zweiten Mal, aber es sieht nicht gut aus. Angesichts ihres Alters und des Ausmaßes ihrer Verletzungen glauben sie nicht, dass sie es schaffen wird.«

Jedes Wort, das er sagt, ist wie ein Messerstich in meinen Bauch »Was ist mit Saras Vater?«, frage ich, und mein Kopf dreht sich. »Ist er …«

»Er reißt sich bis jetzt zusammen, aber sein Blutdruck ist gefährlich hoch.« Antons düsterer Blick ist ernst. »Sie haben versucht, ihn nach Hause zu schicken, damit er sich ausruht, aber er weigert sich zu gehen. Einige ihrer Freunde sind bei ihm, aber sie können ihm nur begrenzt helfen.«

»In Ordnung.« Ich starre meine Teamkollegen an, und in ihren Augen sehe ich das düstere Wissen, über das, was ich tun muss.

Das Geräusch leichter Schritte auf der Treppe zieht meine Aufmerksamkeit auf sich, und als ich mich umdrehe, sehe ich, dass Sara die Treppe hinuntereilt und ihr herzförmiges Gesicht blass vor Sorge ist.

»Was ist los?« Ihre nur mit Socken bekleideten Füße gleiten über die Küchenfliesen, bis sie vor uns zum Stillstand kommt. Ihre haselnussbraunen Augen springen von mir zu meinen Teamkollegen und zurück. »Ist etwas passiert?«

»Gebt uns eine Minute«, sage ich den Jungs, und sie verschwinden sofort. Die Zwillinge gehen nach oben, während Anton auf das Regal neben der Tür zuhält.

»Soll ich den Hubschrauber vorbereiten?«, fragt er auf Russisch, als er an mir vorbeikommt, und ich nicke und halte meinen Blick auf Sara gerichtet, die mit jeder Sekunde besorgter aussieht.

»Was ist passiert?«, fragt sie noch einmal, während sie auf mich zukommt, und ich weiß, ich kann es nicht länger hinauszögern. Ich greife hinüber, nehme ihre zarte Hand zwischen meine Handflächen und vermittele so sanft wie möglich, was ich gerade erfahren habe.

Als ich fertig bin, fehlt ihrem Gesicht jegliche Farbe, und ihre Finger sind eiskalt in meinem Griff. Ihre Augen sind immer noch trocken, aber ich weiß, dass es der Schock ist, der sie davon abhält, zu zerbrechen. Meinem Singvogel wurde gerade ein verheerender Schlag versetzt, und wenn ich jetzt nicht handele, wird er sich nie davon erholen.

Ich werde sie verlieren.

Ich weiß es.

Ich fühle es.

Das ist das Schwerste, was ich je tun musste, aber ich sage ruhig:

»Ich habe dich eben schon packen sehen. Bist du fertig, um zu gehen?«

Sie blinzelt verständnislos. »Was?« Ihre Stimme ist benommen, auch wenn ihr Blick mit einer plötzlichen verzweifelten Hoffnung auf mich gerichtet ist. »Wohin?«

»Nach Hause«, sage ich, während sich der ziehende Schmerz in meinem Bauch verstärkt und die Hohlheit sich ausbreitet, um mein Herz einzuhüllen. »Ich bringe dich zurück, mein Liebling, bevor es zu spät ist.«

8

 ara

ICH STARRE AUS DEM FLUGZEUGFENSTER AUF DIE WOLKEN UNTER MIR, und meine Gedanken sind zerstreut und meine Brust quälend eng. Vielleicht liegt es daran, dass ich immer noch unter Schock stehe, aber alles geschah so schnell, dass ich es einfach nicht begreifen kann, keinen Sinn in dieser Entwicklung und dem Gefühlsgewirr erkenne, das mich innerlich erstickt.

Meine Mutter hatte einen Autounfall. Sie könnte sterben.

Peter bringt mich nach Hause.

Meine Atemzüge sind flach, aber jedes Mal, wenn ich einatme, tut es weh, als wäre die Luft in der Kabine zu dick. Es fühlt sich an, als ob es nur Minuten gedauert hätte, bis wir gegangen sind, um in den Hubschrauber zu steigen und loszufliegen, als ob dies die ganze Zeit der Plan gewesen wäre, als ob wir darüber gesprochen und entschieden hätten, dass es Zeit wäre.

Zeit für mich, nach Hause zu gehen.

Zeit für meine Mutter, zu sterben.

Mein Atem stockt bei einem besonders tiefen Einatmen, und ich muss kämpfen, damit sich meine Lungen ausdehnen, um Sauerstoff durch eine Luftröhre zu ziehen, die sich nicht breiter anfühlt als eine Nadel.

Wir haben nicht darüber gesprochen. Überhaupt nicht. Peter hat mich informiert, und das war's. Dann war da nur noch die Hektik, loszufliegen, alles zu holen, was wir brauchen, und in den Hubschrauber zu steigen. Und als wir drin waren, war er auch schon am Telefon und arrangierte etwas, wobei er viel Russisch und etwas Englisch sprach. Ich fing Teile seiner Gespräche auf, aber ich war zu sehr mit mir beschäftigt, um sie zu verstehen. Eigentlich, um irgendetwas zu verstehen. Wie kann er mich zurückbringen, wenn sie nach ihm suchen? Wenn er weiß, dass ich in dem Moment, in dem ich auftauche, irgendwohin gebracht werden könnte, wo er mich vielleicht nie findet?

Wie kann er mich gehen lassen, wenn er geschworen hat, es nie zu tun?

Ich möchte Peter das alles und noch mehr fragen, aber er ist nicht neben mir. Er sitzt auf der Couch und ist mit den Zwillingen über einen Laptop gebeugt. Ich höre eine Flut von schnellem Russisch, während sie auf etwas auf dem Bildschirm zeigen, und ich weiß, dass sie die Logistik dieser unvorhergesehenen Operation planen und herausfinden müssen, wie sie mich direkt vor der Nase der Behörden absetzen können.

Ich könnte aufstehen und Antworten von ihnen verlangen, aber das könnte sie ablenken, sie dazu bringen, ein entscheidendes Detail zu übersehen, das den Unterschied zwischen Leben und Tod bedeuten könnte, oder zumindest zwischen Gefangennahme und Freiheit. Also sitze ich einfach da, schaue aus dem Fenster und konzentriere mich auf die anstrengende Aufgabe, zu atmen.

Einmal einatmen, einmal ausatmen. Langsam und ruhig. Ich kämpfe, um die unnatürlich dicke Luft zu verbrauchen, während ich meinen Blick auf die fluffigen Wolken draußen gerichtet halte. Es hilft mir, mich auf sie zu konzentrieren, um mit dem Wissen fertigzuwerden, dass da draußen, Tausende von Meilen entfernt, meine Mutter unter dem Messer eines Chirurgen liegt und ihr gebrechlicher Körper aufgeschnitten ist und blutet. Ich habe Hunderte von Operationen gesehen, habe selbst Dutzende von Kaiserschnitten durchgeführt, und ich weiß, wie es aussieht und sich anfühlt, dass menschliches Fleisch in diesem Moment nur Fleisch ist, etwas, was der Arzt durchtrennt und schneidet und näht, um die Person zu retten, die in diesem Moment keine Person für ihn ist, sondern eine Aufgabe, eine Herausforderung, die er zu erfüllen hat.

Mein Magen zieht sich zu einem Knoten zusammen, meine Brust wird immer enger, und ich streiche über ein lästiges Kitzeln auf meiner Wange, nur um meine Hand wieder sinken zu lassen, als es sich nass anfühlt.

Mir war nicht klar, dass ich weinte, aber jetzt, da ich es weiß, versuche ich, mich zusammenzureißen und mich auf etwas anderes als das geistige Bild von Mamas Körper auf einem OP-Tisch zu konzentrieren, deren Bauch aufgeschnitten ist, um den Verletzungen beizukommen – und auf etwas anderes als auf meinen Vater im Wartezimmer des Krankenhauses, erschöpft und schlaflos, mit seinem schlechten Herzen, das überwältigt und überarbeitet ist.

Warum tut Peter das? Ich versuche, darüber nachzudenken, denn es ist besser als die Bilder in meinem Kopf. Lässt er mich für immer gehen oder will er für mich zurückkehren? Wenn es Letzteres ist, muss er erkennen, dass es nicht so einfach sein wird, mich ein zweites Mal zu stehlen. Er geht ein enormes Risiko ein, indem er mich zurückbringt, aber trotzdem tut er es. Warum?

Könnte er von mir gelangweilt sein?

Nein. Ich verwerfe diesen erbärmlichen, unsicheren Gedanken. Was auch immer er sonst sein mag, Peter ist das polare Gegenteil von unbeständig. Wenn er einmal einen Kurs festgelegt hat, weicht er nicht davon ab, ob es nun darum geht, seine Familie zu rächen oder sich in mein Leben hineinzudrängen. Gestern hat er mir gesagt, dass er mich liebt, und ich habe ihm geglaubt. Das tue ich immer noch.

Er bringt mich nicht zurück, weil er mich loswerden will.

Er tut es für mich. Weil er mich liebt.

Er liebt mich genug, um zu riskieren, mich zu verlieren.

Wir landen auf einem privaten Flugplatz in der Nähe von Chicago, gerade als die Sonne untergeht. Ich habe keine Ahnung, wie viele Gefallen Peter einfordern musste, um das mit der Luftkontrolle zu klären, aber das Flugzeug landet ohne Störungen auf der Landebahn. Ein unscheinbares Auto wartet auf uns, als wir das Flugzeug verlassen, und Peter führt mich zu ihm, wobei seine starken Finger meinen Ellenbogen sanft festhalten.

Sein Gesicht ist wie ein Granitblock, so hart und distanziert, wie ich es noch nie gesehen habe. Wir hatten keine Gelegenheit, während des Fluges miteinander zu reden, und ich habe keine Ahnung, was er denkt. Die meiste Zeit der Reise war er am Telefon und plante mit seinen Männern, und ich wechselte zwischen unruhigen Nickerchen und stillem Weinen hin und her. Vor ein paar Stunden haben wir erfahren, dass meine Mutter die Operation überstanden hat, aber ihre Vitalfunktionen sind weiterhin instabil.

Das ist kein gutes Zeichen.

Wir halten vor dem Auto, und ich sehe einen Mann auf dem Fahrersitz.

Ich schaue zu Peters verschlossenem Gesicht hoch. »Wirst du …«

»Er wird dich am Krankenhaus absetzen«, sagt er in einem harten, flachen Ton. »Ich werde nicht mitkommen.«

Das hatte ich erwartet, aber die Worte schneiden mir trotzdem ins Herz. »Wann …« Ich schlucke den wachsenden Klumpen in meinem Hals herunter. »Wann kommst du mich wieder abholen?«

Er starrt mich an, und seine gefühllose Maske fällt für einen Moment. »Sobald ich kann, Ptichka«, sagt er belegt, »sobald ich es verdammt nochmal kann.«

Der Knoten in meinem Hals dehnt sich aus, und frische Tränen brennen in meinen Augen. »Also werde ich hier sein, bis meine Mutter sich erholt hat?«

»Ja, und bis ich damit fertig bin …« Er bricht ab und holt tief Luft. »Vergiss es. Du hast genug um die Ohren. Alles, was du wissen musst, ist, dass ich zu dir zurückkommen *werde*.« Seine Augen brennen sich in meine, als er mein Gesicht zwischen seine großen, rauen Handflächen nimmt. »Hörst du mich, Sara? Egal, was passiert, solange noch ein Funken Leben in meinem Körper ist, komme ich zu dir zurück. Du gehörst mir, Ptichka. Solange wir beide leben.«

Ich umschließe seine kräftigen Handgelenke mit den Händen, und brennende Tränen strömen über meine Wangen, während ich seinen Blick erwidere. Früher hätte mich seine Aussage erschreckt, aber jetzt lindert sie die quälenden Schmerzen in meiner Brust, gibt mir etwas, woran ich mich festhalten kann, wenn er geht und meine neue Welt, die sich um ihn dreht, zerfällt.

Nach Hause zu kommen ist das, wofür ich all die Monate gekämpft habe, aber jetzt empfinde ich keine Freude, nur eine schreckliche Leere in meinem Herzen, wo Peter so unbarmherzig einen Raum für sich selbst geschaffen hat.

Er lehnt sich vor und küsst mir die Tränen von den Wangen. »Geh, mein Liebling.« Er lässt mich los und tritt zurück. »Wir haben keine Zeit zu verlieren.«

Und bevor ich irgendetwas sagen kann – bevor ich ihm sagen kann, was ich fühle – dreht er sich um, geht zum Flugzeug und lässt mich am Auto stehen.

Er lässt mich allein nach Hause gehen.

9

eter

ICH SOLLTE MICH FREUEN, DASS WIR DIE US-BEHÖRDEN ÜBERLISTET haben und diese Mini-Operation reibungslos verlaufen ist, aber der Schmerz in meiner Brust ist zu erdrückend, zu roh. Ich weiß, dass das nur vorübergehend ist, aber ich fühle mich, als hätte mich jemand aufgerissen und mein schlagendes Herz herausgerissen.

Mein Ptichka hat geweint, als ich gegangen bin. Und vielleicht ist es Wunschdenken, aber ich hatte das Gefühl, dass sie nicht überglücklich war, zu Hause zu sein – und das nicht nur wegen der Umstände. Die Art, wie sie mich fragte, wann ich zu ihr zurückkehre – *wann*, nicht *ob* –, und der Blick in ihren haselnussbraunen Augen …

Sie war das Einzige, was ich je wollte, und ich hatte keine andere Wahl, als sie gehen zu lassen. Sie gehen zu lassen, obwohl jeder egoistische Instinkt in mir schrie, sie festzuhalten, sie an mich zu ketten und sie niemals gehen zu lassen. Und über allem steht die irrationale Angst um ihre Sicherheit, die schreckliche Paranoia, dass ihr etwas passieren könnte, wenn ich nicht da bin. Das Gefühl kommt durch ihren Unfall, ich weiß, aber das macht es nicht besser.

Ich werde sie beobachten lassen, aber ich werde nicht in der Nähe sein, und das bringt mich um.

»Bist du dir sicher?«, fragt Ilya und schnallt sich auf dem Sitz neben mir an, als unser Jet abhebt und die Räder kreischend eingefahren werden. »Es ist noch nicht zu spät. Wir könnten noch umdrehen und …«

»Nein.« Ich schließe die Augen und zwinge meine Atmung, sich zu beruhigen. »Es ist vorbei.«

Ich würde alles geben, um Sara bei mir zu behalten, aber ich kann nicht – nicht ohne sie und eine eventuelle Chance für eine gemeinsame Zukunft zu zerstören.

Auf jeden Fall ist es vielleicht das Beste, dass sie nicht in meiner Nähe ist, wenn ich das Nötige tue, um diese Zukunft zu sichern.

Ich werde sie holen kommen, aber zuerst muss ich mich um Novak und Esguerra kümmern.

S ara

Die Fahrt zum Krankenhaus dauert fast zwei Stunden – es ist viel Verkehr unterwegs – und meine Nerven liegen blank, als der Fahrer mich am Eingang des Krankenhauses absetzt und verschwindet. Er hat auf keine meiner Fragen geantwortet, also habe ich keine Ahnung, wer er ist oder was seine Beziehung zu Peter und seinem Team ist. Und vielleicht ist es das Beste. Ich habe keinen Zweifel daran, dass ich verhört werde, sobald das FBI erfährt, dass ich hier bin.

Meine Hoffnung ist, meine Mutter und meinen Vater zu sehen, bevor das passiert.

Während ich darum kämpfe, meine Angst einzudämmen, eile ich durch die vertrauten Gänge. Ich brauche keine Schilder, die auf die Intensivstation verweisen. Dieses Krankenhaus ist der Ort, an dem ich meine Facharztausbildung gemacht und wo ich all die Jahre gearbeitet habe; es ist mehr ein Zuhause für mich als das Haus, in dem ich gelebt habe.

»Lorna Weisman?«, frage ich, als ich an der Rezeption der Intensivstation ankomme, und dann warte ich beinahe schreiend vor Ungeduld, während eine Rezeptionistin mittleren Alters mit einer grellroten Dauerwelle gemächlich den Namen nachschlägt.

Ich erkenne den exakten Augenblick, in dem sie den besonderen Vermerk sieht, den das FBI im System hinterlassen hat. Ihre Augen fliegen zu meinem Gesicht, sehen hinter ihrer grün umrandeten Brille groß und erschrocken aus, und sie stottert: »N-Nur einen Moment.«

Ich ergreife die Kante der Theke. »Wo ist sie?« Ich lehne mich nach vorn und imitiere Peters gruseligsten Ton. »Sagen Sie es mir *jetzt.*«

»S-Sie wird gerade operiert.« Die Frau zieht sich so weit zurück, wie es ihre stattliche Gestalt erlaubt. Ihre ringbeladenen Finger schieben sich zum Telefon auf dem Tisch. »Sie haben sie vor einer Stunde abgeholt.«

»Schon wieder?«

Sie wackelt hektisch mit dem Kopf, als sie endlich den Notrufknopf am Telefon findet. »Es sind mehr innere Blutungen aufgetreten und ...«

Ich bleibe nicht, um die Details zu hören. In ein paar Minuten wird der Sicherheitsdienst – und möglicherweise das FBI – hier sein, und ich muss meinen Vater vorher finden. Das Letzte, was Peter gehört hatte, war, dass Papa immer noch nicht nach Hause gegangen war, und angesichts dessen, was ich gerade erfahren habe, habe ich keinen Zweifel, dass er hier ist, um zu sehen, ob Mama durchkommt.

Es gibt ein großes Wartezimmer bei der Intensivstation, aber ich sehe ihn dort nicht. Es ist möglich, dass er in die Cafeteria gegangen ist, um einen Happen zu essen, oder dass er auf der Toilette ist. So oder so, ich habe keine Zeit, hier herumzuhängen, also laufe ich zu einem der kleineren Warteräume, die sich etwas abseits befinden. Einige Familien bevorzugen diese für mehr Privatsphäre, also gibt es eine kleine Chance, dass mein Vater ...

»Sara?«

Ich drehe mich nach rechts, da mein Herzschlag bei der vertrauten Stimme klopft.

Es ist meine Freundin Marsha. Sie hat ihren Krankenschwesternkittel an und starrt mich an, als wäre ich gerade unter ihrem Bett herausgesprungen. Hinter ihr sehe ich ein weiteres schockiertes – und vertrautes – Gesicht: Isaac Levinson, einer der engsten Freunde meines Vaters. Er und seine Frau, Agnes, sitzen in der Ecke des kleinen Wartezimmers, in das ich meinen Kopf gesteckt habe, und neben ihnen ist …

»Papa!« Ich eile zu ihm und stolpere beinahe über einen Stuhl, während Tränen meine Sicht verschwimmen lassen und meinen Atem ersticken.

»Sara!« Papas Arme legen sich so viel dünner und schwächer um mich, als ich sie in Erinnerung habe, und ich merke, dass er auch weint und sein gebrechlicher Körper von Schluchzern geschüttelt wird. Er zieht sich zurück und starrt mich ungläubig, vermischt mit dämmernder Freude, an, und sein Mund zittert, als er meine Hände ergreift. »Du bist hier. Du bist wirklich hier.«

»Ich bin hier, Papa.« Ich drücke seine zitternden Hände und trete zurück, um mir die Tränen abzuwischen, während ich meine Stimme beruhige. »Ich bin jetzt hier. Wie geht es Mama?«

Sein Gesicht fällt ein. »Sie hat immer noch innere Blutungen. Sie dachten, sie hätten es unter Kontrolle, aber sie müssen etwas übersehen haben oder die Nähte sind wieder aufgeplatzt. Ihr Blutdruck ist wieder gesunken, also öffnen sie sie erneut und …«

»Dr. Cobakis.«

Meine Muskeln spannen sich an, während ich mich der unbekannten Männerstimme zuwende.

Es ist ein Wachmann, begleitet von einem babygesichtigen Polizisten. Ihre Gesichtsausdrücke sind misstrauisch, aber entschlossen, und die rechte Hand des Polizisten schwebt über seiner Waffe, als ob er erwartet, dass ich eine Schießerei mit ihm anfange.

»Dr. Cobakis, Sie müssen mit uns kommen«, sagt der Wachmann, und mir ist klar, dass mir sein blonder Spitzbart irgendwie bekannt vorkommt. Ich muss ihn im Krankenhaus gesehen haben. Nicht, dass es wichtig wäre. Dem entschlossenen Blick auf seinem sommersprossigen Gesicht nach zu urteilen, kann ich keine Hilfe oder Sympathie von ihm erwarten – oder von dem jungen Polizisten, der mich anstarrt, als würde ich eine Selbstmordweste anstelle von Jeans und Pullover tragen.

»Warten Sie …«, beginnt mein Vater empört.

»Er ist nicht hier«, unterbreche ich und hebe meine Hände über meinen Kopf, um zu zeigen, dass ich nicht bewaffnet bin. »Ich verstehe, woher ihr Misstrauen kommt, und ich beabsichtige, alles in meiner Macht Stehende zu tun, um es zu zerstreuen. Ich bin ganz allein, versprochen.«

Marsha, die sich scheinbar vom Schock erholt hat, tritt nach vorne und runzelt die Stirn. »Was machst du da, Bob? Das ist meine Freundin Sara. Sie ist …«

»Wir wissen, wer sie ist.« Die Stimme des jungen Polizisten zittert leicht, und seine Finger schließen sich um den Griff seiner Waffe, als er sich vorsichtig nähert. »Wir wollen keinen Ärger, aber …«

»Um Himmels willen, die Mutter des Mädchens wird gerade operiert!« Agnes Levinson bahnt sich mit Ellenbogen ihren Weg an ihrem Mann und meinem Vater vorbei, um die Wache und den Polizisten aus ihrer vollen Höhe von ein Meter achtzig wütend anzublicken. Ihre graumelierten Haare liegen wie ein Heiligenschein um ihr kleines Gesicht, als sie mit Händen auf den Hüften in einer wütenden Pose vor mich tritt und sagt: »Mein Mann und Sohn sind beide Anwälte, und ich kann Ihnen versichern, wir *werden* Sie wegen Belästigung verklagen. Lassen Sie das Mädchen mit ihrem Vater reden, und dann bekommen Sie Ihre Gelegenheit.« Sie wendet sich mir zu, und ihre braunen Augen werden weicher. »Sara, Liebes, geht es dir gut?«

Ich blinzele und lasse langsam meine Hände sinken, als sich weder Bob der Wächter noch der Polizist auf mich zubewegen. »Mir … mir geht's gut. Danke.« Die Freundschaft der Levinsons mit meinen

Eltern reicht fast zwei Jahrzehnte zurück, und meine Eltern haben immer gesagt, dass Agnes und Isaac mich als die Tochter ansehen, die sie nie hatten. Bis zu diesem Zeitpunkt war ich überzeugt, dass es eine Übertreibung war; ich habe sie mit Sicherheit nie für etwas anderes gehalten als ein nettes älteres Ehepaar, das zufällig mit meinen Eltern befreundet ist. Wie Agnes mich verteidigt, ist jedoch eher etwas, was ein Familienmitglied tun würde, und ich bin eigenartig berührt, besonders als Isaac vortritt und anfängt, meine Möchtegern-Festnehmer mit all der Juristensprache zu belästigen, die ihm zur Verfügung steht, und meinem Vater dadurch die Chance gibt, meinen Arm zu ergreifen und mich zur Seite zu ziehen.

»Schnell, Liebling, rede mit mir.« Vaters Stimme ist leise und eindringlich, als sein Blick über mein Gesicht schweift, bevor er besorgt auf der halb verheilten Narbe auf meiner Stirn verweilt. »Was ist passiert? Was hat er dir angetan? Wie bist du entkommen?« Bevor ich antworten kann, lehnt er sich vor und flüstert mir ins Ohr: »Wir müssen dich sofort zu einem Anwalt bringen. Ich weiß, dass du diese Dinge am Telefon sagen musstest, aber sie weigern sich, mir zu glauben. Ich hörte sie darüber reden, und sie werden sich wegen seiner Verbindungen zum Terrorismus auf den Homeland Security Act berufen. Wir müssen dir einen guten Anwalt besorgen, oder ...«

»Sara! Heilige Scheiße, Mädchen, wo bist du gewesen?« Marsha kommt zu uns und packt meinen Arm, als würde ich mich gleich in Luft auflösen. Ihre Marilyn-Monroe-Locken schwingen wild, als sie mich zu sich dreht. »Was ist mit dir passiert? Wo warst du denn?« Ihre blauen Augen erblicken meine Narbe, und sie schnappt nach Luft. »Was ist mit deinem Gesicht passiert?«

Überwältigt trete ich einen Schritt zurück. »Marsha, bitte ...«

»Sara Cobakis.« Der babygesichtige Polizist ist irgendwie an den Levinsons vorbeigekommen und schiebt Marsha zur Seite, wobei er seine Hand wieder an den Griff seiner Waffe legt. »Sie müssen *sofort* mit mir kommen.«

Ich hebe wieder meine Hände. »Kein Problem. Bitte, ich kooperiere, ich verspreche es.«

Jetzt ist es mein Vater, der streitlustig vortritt. »Sie geht nirgendwohin, bis sie einen Anwalt hat und …«

»Alle stehen bleiben!«

Und während wir alle schockiert starren, schwärmen SWAT-Kommandos mit herabgelassenen Gesichtsschilden und gezogenen Waffen im Raum aus.

ara

»ICH HABE IHNEN DOCH GESAGT, DASS ICH NICHT WEISS, WO ER IST«, wiederhole ich zum vierten Mal. »Ich weiß nicht, wie er unbemerkt in das Land ein- und ausreisen konnte, und ich kenne den Mann nicht, der mich vom Flughafen zum Krankenhaus gefahren hat – ich habe ihn noch nie zuvor gesehen. Es tut mir leid, aber ich kann Ihnen wirklich nicht helfen.«

Agent Ryson starrt mich an, und seine Augen sind kalt in seinem verwitterten Gesicht. »Sie sollten das vielleicht überdenken, Dr. Cobakis. Die Anschuldigungen gegen Sie sind ernst, und je weniger Sie kooperieren, desto schlimmer wird es für Sie.«

»Ich kooperiere voll und ganz.« Meine Nägel haben sich unter dem Tisch in meine Handflächen geschnitten, aber ich bleibe ruhig. »Ich habe Ihnen alles gesagt, was ich weiß. Ich wurde entführt und auf einen entlegenen Berg in Japan gebracht, wo ich die letzten fünf Monate geblieben bin, abgesehen von einem kurzen Aufenthalt in

Zypern, wo mein gescheiterter Fluchtversuch zu einem zweiwöchigen Aufenthalt in einer Klinik in der Schweiz führte.«

Ryson lehnt sich nach vorn, und ich rieche einen Hauch von abgestandenem Kaffee. Er muss einiges getan haben, um zu dieser späten Stunde aufmerksam zu bleiben. »Für wie dumm halten Sie uns, Dr. Cobakis? Niemand kauft Ihnen das nochmal ab. Eine von Sokolovs Briefkastenfirmen besitzt Ihr Haus, und das seit Monaten. Wir haben Augenzeugenberichte von Ihren Treffen mit ihm bei Starbucks und in einem Klub in der Innenstadt einige Wochen vor Ihrer sogenannten Entführung – ganz zu schweigen von den Aufzeichnungen all Ihrer Telefonate mit Ihren Eltern.«

»Ich habe das alles schon erklärt.« Meine Ruhe hängt an einem seidenen Faden. »Was ich meinen Eltern am Telefon gesagt habe, war ein Versuch, ihre Sorgen um mich zu zerstreuen – nichts weiter. Was meine Treffen mit ihm betrifft, ja, sie sind passiert. Nachdem er in mein Haus eingebrochen war – als er mich betäubt und gewaterboardet hatte, falls Sie sich erinnern – verschwand er für ein paar Monate, bevor er zurückkam und begann, mich zu verfolgen. Ich habe mich an diesem Punkt an Sie gewandt und Ihnen gesagt, dass ich das Gefühl habe, dass ich beobachtet werde. Ich habe Sie gefragt, ob er zurückkommen könnte, und Sie haben mir versichert, dass ich in Sicherheit bin. Aber das war ich nicht. Er war da, beobachtete jede meiner Bewegungen, und Sie hatten keine Ahnung. Sie haben mich nicht vor ihm beschützt, so wie Sie George nicht beschützt haben, also tun Sie nicht so, als hätte ich keinen Grund, zu glauben, dass es weniger als nutzlos wäre, mich an Sie zu wenden.«

Der Mund des Beamten wird dünner, als er sich zurücklehnt. »Also haben Sie was getan? Haben Sie sich entschieden, allein mit diesem Psychopathen umzugehen, als er auftauchte? Erwarten Sie wirklich, dass wir das glauben?«

Mein Gesicht brennt beim Spott in seiner Stimme. »Im Nachhinein war es nicht die beste Entscheidung, aber damals sah ich nicht viele Möglichkeiten. Er sagte, er würde hinter mir her sein, egal wo Sie mich verstecken, was bedeutet, dass mehr Menschen auf diese

Weise verletzt werden könnten – und ich glaubte ihm. Ich wusste nicht, was ich tun sollte, also machte ich das, was er wollte, und lebte einen Tag nach dem anderen, bis ich eine bessere Lösung fand.«

»Ach, wirklich? Und was wollte er?«

Ich begegne Rysons anklagendem Blick mit meinem eigenen. »Was denken Sie?«

Er ist der Erste, der blinzelt und wegschaut. Er seufzt schwer und reibt sich die Stirn in einer müden Geste, und für einen Moment habe ich fast Mitleid mit ihm. Wenn er akzeptiert, dass ich unschuldig bin, muss er auch akzeptieren, dass er bei seinem Job versagt hat – dass er einem Monster erlaubt hat, in mein Leben einzudringen und mich direkt vor seinen Augen wegzuschnappen. Es wäre so viel einfacher, wenn ich der Bösewicht in dieser Geschichte wäre, wenn sie irgendwie beweisen könnten, dass ich mich die ganze Zeit gegen sie verschworen habe. Außer, dass die Fakten es nicht wirklich belegen, und sie wissen es.

Ich bin seit über einer Stunde hier, und trotz all ihrer Drohungen und Gebärden haben sie mich immer noch nicht angeklagt.

Einem Klopfen an der Tür folgt eine Beamtin, die ihren blonden Kopf hereinsteckt. »Agent Ryson? Wir brauchen Sie für eine Sekunde.«

Er folgt ihr hinaus, lässt mich in dem kleinen Verhörraum allein, und ich falle erschöpft in meinen unbequemen Metallstuhl. Dann erinnere ich mich daran, dass ich wahrscheinlich beobachtet werde, und setze mich gerade hin und versuche zu vermeiden, auf mein verkniffenes, blasses Gesicht im großen Spiegel an der Wand zu schauen. Ich bin so gestresst, dass ich kurz davor bin, zu zerbrechen, aber ich will nicht, dass sie das wissen. Das Verhör, kombiniert mit den unvermeidlichen Auswirkungen des Jetlags und meiner Sorge um Mama, hat alles von mir gefordert, und wenn ich könnte, würde ich für die nächsten achtzehn Stunden zusammenbrechen und schlafen. Leider muss ich aufmerksam und wachsam bleiben.

Ich muss sie von meiner Unschuld überzeugen, damit ich für meine Eltern da sein kann.

Nachdem das SWAT-Team das Krankenhaus gestürmt und mich hinausgezerrt hatte, beschloss ich, die Fragen des FBI so wahrheitsgemäß wie möglich zu beantworten und nur das auszulassen, womit ich sicher davonkommen kann. Peter hat mir diesbezüglich keine Anweisungen gegeben, also muss er von mir erwarten, dass ich alles offenbare, und unternimmt wahrscheinlich bereits Schritte, um die Folgen abzumildern – das Team in einen anderen Unterschlupf bringen und so weiter. Was die Kents betrifft, bin ich ziemlich sicher, dass sie mit all ihrem Reichtum und ihren Verbindungen unantastbar sind, aber ich gehe immer noch auf Nummer sicher, indem ich ihre Namen nicht erwähne – es gibt keinen Grund für die Beamten, anzunehmen, dass solche Details mit mir, einer Gefangenen, geteilt wurden.

Das Wichtigste, was ich aber verbergen will, ist der aktuelle Stand meiner Beziehung zu Peter – und dass er bald wiederkommen wird.

»Irgendwelche Neuigkeiten von meiner Mutter?«, frage ich Agent Ryson, als er ein paar Minuten später in den Raum zurückkehrt, und er nickt und nimmt wieder mir gegenüber Platz.

»Die Operation ist gut verlaufen«, sagt er, und ein riesiger Knoten von der Anspannung löst sich zwischen meinen Schulterblättern. »Sie haben die Ursache der Blutung gefunden und sie behoben«, fährt er fort. »Es ist noch zu früh, um sie für stabil zu erklären, aber es sieht recht gut aus.«

Trotz meiner Entschlossenheit, stoisch zu bleiben, muss ich schnell blinzeln, um einen Strom der Tränen einzudämmen. »Danke.« Meine Stimme ist voll von kaum beherrschten Gefühlen. »Ich weiß das zu schätzen.«

Er rutscht unbehaglich in seinem Stuhl hin und her. »Natürlich«, sagt er schroff. »Wir sind keine Monster. Was uns zu meiner nächsten Frage bringt, Dr. Cobakis.« Er verschränkt seine Arme vor der Brust und starrt mich wieder an. »Wenn das, was Sie sagen, wahr ist – wenn Sokolov Sie verfolgt, bedroht und entführt hat, wenn er Sie all diese Monate gefangen gehalten hat – warum sollte er Sie jetzt zurückbringen?«

Ich schiebe alle Gedanken an meine Mutter beiseite und konzentriere mich darauf, dieses Verhör zu überstehen. Je eher ich Rysons Fragen beantworte, desto eher kann ich sie sehen.

»Sokolov war gelangweilt von mir«, sage ich, ohne zu blinzeln, nachdem ich die Lüge auf der Fahrt hierher im Kopf geübt habe. »Er hat versucht, mich dazu zu bringen, mich für ihn zu erwärmen, erlaubte Telefonate mit meiner Familie und behandelte mich im Allgemeinen ziemlich gut, aber ich lehnte seine Annäherungsversuche ab, und schließlich hatte er die Nase voll. Ich vermute, dass er eine andere unglückliche Frau gefunden hat, auf die er sich konzentrieren kann, aber das ist reine Spekulation meinerseits.«

»Genau.« Der Ton des Agents trieft vor Sarkasmus. »Sie langweilten ihn gerade dann, als Ihre Eltern Sie am meisten brauchten.«

»Nein, er hatte schon angefangen, kälter zu werden, als das«, ich berühre die Narbe auf meiner Stirn, »passierte. Danach konnte er sich nicht einmal mehr dazu durchringen, mich zu berühren. Trotzdem hat er mich bei sich behalten, bis Mamas Unfall ihm eine Entschuldigung gab, mich loszuwerden.«

Rysons buschige Augenbrauen heben sich spöttisch. »Er brauchte einen Vorwand?«

»Sehen nicht alle Monster sich selbst gern als Engel?« Ich halte meinen Blick auf sein Gesicht gerichtet. »Selbst die schlimmsten Kriminellen halten sich gerne für gute Menschen und werden einfach missverstanden – gerade Sie sollten das wissen. Und Sokolov ist nicht anders, das kann ich Ihnen versichern. Er überzeugte sich selbst, dass er Gefühle für mich hätte, und als er sich mit seinem neuen Spielzeug langweilte, brauchte er eine Ausrede, um es wegzuwerfen. Mutters Unfall hat das ermöglicht, und hier bin ich, nur ein wenig abgenutzter.« Ich berühre die Narbe wieder, so als ob ich verbittert über die Verunstaltung wäre.

»Uh-huh.« Ryson starrt mich an, ohne etwas anderes zu sagen, und ich merke, dass er darauf wartet, dass ich etwas sage, um die immer unangenehmere Stille zu füllen.

Als ich ihn nur ruhig anschaue, steht er auf und lächelt mich steif an. »In Ordnung, Dr. Cobakis. Mein Kollege hat mich vorhin informiert, dass der Anwalt, den Ihre Familie engagiert hat, bereits hier ist und vor unserer Tür protestiert. Da wir Sie noch nicht formell angeklagt haben, können Sie gehen … vorerst. Wir werden Ihre Geschichte überprüfen, und wenn sich herausstellt, dass Sie lügen – und ich meine auch die *kleinste Lüge* – wird Sie kein schicker Anwalt retten können.«

»Ich verstehe.« Ich verstecke meine Erleichterung, als ich ihm aus dem Raum folge. Wie ich gehofft hatte, hat sich meine vorgetäuschte Kooperation ausgezahlt. Auf dem Weg hierher hatte ich überlegt, nach einem Anwalt zu verlangen, aber dann beschlossen, dass es das Beste ist, sich wie jemand zu verhalten, der nichts zu verbergen hat, selbst auf die Gefahr hin, mich ungewollt durch die Beantwortung von Fragen ohne Anwalt zu belasten. Diese Strategie mag immer noch ins Auge gehen, aber im Moment kann ich das tun, wofür ich hergekommen bin: Zeit mit meinen Eltern verbringen.

Ein großer Mann mit hellbraunen Haaren wartet auf uns, als wir den Verhörraum verlassen. Zu meinem Schrecken kenne ich ihn.

Es ist Joe Levinson, Agnes und Isaacs Sohn – und anscheinend mein Anwalt.

Mit einem Pokerface schüttele ich Joe die Hand und danke ihm für sein Kommen. Er lächelt Ryson höflich an, verspricht, dass ich die Stadt nicht verlassen werde, ohne sie zu benachrichtigen, und führt mich ruhig zum Aufzug. Erst als wir zusammen das Gebäude verlassen haben und in ein Taxi steigen, lasse ich mein Erstaunen zum Vorschein kommen.

»Ich dachte, du praktizierst Wirtschaftsrecht«, sage ich und starre den Mann an, der, wenn nicht gerade ein Freund aus der Kindheit, doch ein sehr enger Bekannter ist. »Wie hast du …?«

»Ich habe gerade mit Kunden etwas in der Innenstadt getrunken, als mein Vater mich angerufen hat«, erklärt mir Joe grinsend. »Natürlich bin ich so schnell wie möglich hergekommen. Du erinnerst dich wahrscheinlich nicht daran, aber gleich nach dem

Jurastudium habe ich zwei Jahre lang bei einer gemeinnützigen Menschenrechtsorganisation gearbeitet und das Recht von mutmaßlichen Terroristen auf einen Prozess und so weiter verteidigt. Die Bezahlung war scheiße, und offen gesagt haben viele der Klienten mir Angst gemacht, also bin ich zu Wirtschaftsrecht gewechselt. Aber die alten Fähigkeiten und Fachausdrücke sind immer noch da, also wenn du jemals beschuldigt wirst, einem verdächtigen Terroristen geholfen zu haben und einen Anwalt brauchst, bin ich dein Mann.«

Peter ist ein Mörder, kein Terrorist, aber ich will nicht darüber streiten. »Stimmt«, sage ich lächelnd. »Ich erinnere mich jetzt daran. Deine Eltern haben sich die ganze Zeit Sorgen um dich gemacht, als du dort gearbeitet hast.«

»Genau.« Sein Grinsen wird eine Sekunde lang breiter. Dann wird sein Gesichtsausdruck ernst, und er sagt leise: »Es tut mir leid wegen deiner Mutter. Sie ist eine fantastische Frau, und ich hoffe, sie kommt durch.«

»Danke, ich auch.« Meine Kehle zieht sich zusammen, und ich muss wieder blinzeln.

Joe lässt mich rücksichtsvoll aus dem Fenster schauen, bis ich mich wieder unter Kontrolle habe. Dann sagt er sanft: »Sara ... offensichtlich bin ich nicht wirklich dein Anwalt – dein Vater wird jemanden finden, der viel qualifizierter für deinen Fall ist – aber ich möchte, dass du weißt, dass du immer noch mit mir reden kannst, wenn du willst. Ich weiß nicht, was passiert ist, und es ist völlig in Ordnung, wenn du nicht darüber reden willst, aber ich will, dass du weißt, dass ich für dich da bin, okay?«

Ich schaue ihn an, sehe die Ernsthaftigkeit seiner blauen Augen, und zum ersten Mal wünschte ich, ich hätte im College eine andere Wahl getroffen. Dass ich, anstatt mich in eine verbindliche Beziehung mit George zu stürzen, als ich kaum achtzehn Jahre alt war, die Dinge langsamer angegangen wäre und dem Sohn der Freunde meiner Eltern mehr Aufmerksamkeit geschenkt hätte ... dem netten, ruhigen Menschen, der immer Teil meines Lebens war. Ich fand ihn zwar nie aufregend, aber vielleicht wäre die Anziehungskraft mit der Zeit gewachsen, wenn ich ihm eine Chance gegeben hätte.

Ich wuchs mit Geschichten über Joe auf, über seine Erfolge in der Schule und wie stolz seine Eltern auf ihn waren, aber ich habe ihm nie viel Aufmerksamkeit geschenkt. Er ist sieben Jahre älter, und dieser Altersunterschied schien unüberwindbar, als ich ein Teenager war. Als ich in den Zwanzigern war, war es nichts – aber da war ich bereits verheiratet.

Wir hatten nie eine Chance, zu erforschen, was hätte sein können, und wir werden diese Chance jetzt sicherlich nicht bekommen – nicht mit einem russischen Attentäter, der mein Leben und mein Herz beherrscht.

»Danke, Joe. Ich weiß das zu schätzen.« Ich behalte einen unverfänglichen Tonfall bei und tue so, als ob das Angebot nichts bedeutete, als ob er nicht gerade die Bereitschaft gezeigt hätte, sich in das schreckliche Chaos, das mein Leben ist, einzubringen. Ich weiß nicht, was meine Eltern den Levinsons über meine Situation erzählt haben, aber zwischen dem »verdächtigen Terroristen«-Kommentar und der Notwendigkeit, mich vom FBI-Gebäude in der Innenstadt zu holen, muss Joe eine Vorstellung davon haben, was ihn erwartet.

Er versteht mein Schweigen richtig als eine Ablehnung und verstummt. Für den Rest der Fahrt ins Krankenhaus sprechen wir nicht, und das ist gut so.

Es gibt keinen Platz in meinem Leben für Joe, und es ist nicht sicher für ihn, etwas anderes zu denken.

eter

WIR KEHREN NICHT NACH JAPAN ZURÜCK – MIT SARA IN DEN KLAUEN des FBI ist das zu riskant. Stattdessen fliegen wir nach Prag, wo unser Versteck in einem kleinen Dorf etwa zwanzig Kilometer von der Stadt entfernt liegt. Es hat über Nacht geschneit, und der Ort sieht bemerkenswert malerisch aus, mit einer unberührten weißen Schicht, die alle Dächer und kahlen Äste bedeckt.

»Warum konnten wir nicht an einen warmen Ort gehen?«, schimpft Anton, als er aus dem Auto in eine dicke Schneeschicht steigt. »Im Ernst, der Unterschlupf in Indien klingt im Moment verdammt gut.«

Hätte ich die Frau, die mein Leben ist, nicht gerade gehen lassen, hätte ich über den angewiderten Blick in seinem Gesicht gelacht. Aber ich bin nicht in der Stimmung für Antons Schwachsinn, also sage ich nur kurz: »Weil Osteuropa der Ort ist, wo wir sein müssen.« Nicht, dass ich es sagen müsste – er weiß so gut wie ich, warum wir hier sind. Während des Fluges habe ich das Treffen mit Novak auf nächste Woche vorgezogen.

Henderson ist immer noch verschwunden, und wenn ich keine Zeit mit Sara verbringen kann, gibt es keinen Grund, das Treffen zu verzögern.

»Ich mag es hier«, sagt Ilya und schaut sich in der verschneiten Landschaft um. Wir haben hier nicht so viel Privatsphäre wie in Japan, aber das Haus ist weit genug von den Nachbarn entfernt, um uns zumindest die Illusion eines privaten Winterquartiers zu geben. »Es ist hübsch.«

»Ich stimme Anton zu. Ich habe die Kälte satt«, sagt Yan auf dem Weg zum Haus. »Wenigstens werden wir es bald warm haben. Ich habe gehört, Esguerras Anwesen im Dschungel ist hübsch und warm.« Er schaut mich an, als er das sagt, aber ich schlucke den Köder nicht.

Zu diesem Zeitpunkt muss niemand wissen, was ich wirklich plane.

So ist es für alle sicherer.

Erst als wir ausgepackt und in das neue Haus eingezogen sind, erlaube ich mir, an Sara zu denken und die quälende Leere zu spüren, die ihre Abwesenheit für mein Leben bedeutet. Es war erst ein Tag, aber ich sehne mich schon nach ihr, will sie so sehr, dass es mich innerlich zerreißt. Die Amerikaner beobachten sie, also bekomme ich tägliche Berichte, aber das ist nicht genug. Ich will sie hier, an meiner Seite. Ich will sie halten, ihr Lächeln sehen und sie lachen hören. Sie ficken, bis sie zu heiser ist, um meinen Namen zu schreien und das rohe Brennen in meinen Adern nachlässt.

Bald verspreche ich mir, als ich das Gebiet erkunde und das Grundstücksende mit Alarmen absichere. Ich werde mein Ptichka bald wiederhaben.

Vorläufig kann sie ihr früheres Leben genießen.

 ara

»MAMA!« ICH BEUGTE MICH ÜBER IHR BETT UND LÄCHELE MIT TRÄNEN in den Augen. Ihre Augen sind von Schmerzmitteln benebelt, aber sie sind offen, und als ich meine Finger sanft um ihre unverletzte rechte Hand lege, bewegen sich ihre rissigen Lippen.

»S-Sara?«

»Ich bin's, Mama.« Die Tränen strömen unkontrolliert über mein Gesicht, und ich wische sie nicht weg. Ich bin zu erleichtert, zu überglücklich.

Nach einer ungewissen Nacht ist meine Mutter aufgewacht.

»Hier, trink.« Ich hebe einen Becher mit einem Strohhalm an ihre Lippen, und sie schafft einen Schluck, bevor sie ihre Augen wieder schließt.

Ich drücke ihre Hand und drehe mich zu meinem Vater um, der hinter mir aufgestanden ist. Seine Wangen sind nass, als er seine Frau anstarrt.

»Sie wird wieder gesund, oder?« Seine Augen sind rot umrandet, aber hoffnungsvoll, als er mich ansieht, und ich nicke, ohne meine Freude zu verbergen.

»Ihre Vitalfunktionen sind stabil, und das seit drei Stunden. Ohne eine Infektion kommt sie durch.«

Mamas Finger zucken in meiner Hand, und ich schaue zurück, um zu sehen, dass ihre Augen wieder offen sind.

»Sara, bist du wirklich …?« Sie blinzelt und versucht, sich durch den anhaltenden Dunst der Anästhesie zu konzentrieren. »Liebling, bist du das wirklich, oder träume ich?«

»Ich bin wirklich hier, Mama.« Meine Stimme bricht. »Ich bin zu Hause.«

»Sie ist zurückgekommen, Lorna.« Papa legt einen Arm um meine Taille, und sein Lächeln ist zittrig, aber triumphierend. »Unsere kleine Sara ist zurückgekommen.«

»Was …« Sie beginnt zu husten, und ich gebe ihr schnell noch einen Schluck Wasser. »Was ist passiert?« Ihr verwirrter Blick wandert von mir zu den Rollen, die den Gipsverband an ihren Beinen und ihrem linken Arm hochhalten, und dann wieder zurück zu mir.

Papa sinkt in einen Stuhl neben dem Bett, während ich mir die Tränen vom Gesicht wische und so ruhig wie ich kann sage: »Ein betrunkener Fahrer ist seitlich in dich hineingefahren, als du auf dem Weg zum Supermarkt warst. Du hast gebrochene Rippen, deine Beine sind an mehreren Stellen gebrochen, und dein linker Arm ist im Grunde genommen zerquetscht. Du hattest auch innere Verletzungen, die drei Operationen dicht nacheinander erforderten.« Ich hätte es beschönigen können, aber Mama hasst das, wenn es um wichtige medizinische Dinge geht. Sie will immer das ganze Ausmaß des Problems so genau wie möglich wissen. Ich werde nie vergessen, wie sie hinter Vaters Ärzten her war, als er vor ein paar Jahren einen Herzinfarkt hatte.

Als Papa das Krankenhaus verließ, wusste sie mehr über seinen Zustand und seine Behandlungsmöglichkeiten als die meisten Kardiologen.

Ihre trockenen Lippen bewegen sich wieder. »Nein, ich meinte …« Sie kämpft um Worte. »Du bist hier. Wie bist du …?«

»Peter hat mich nach Hause gebracht, Mama«, sage ich leise und drücke ihre Hand wieder. »Sobald wir von dem Unfall hörten, brachte er mich nach Hause.«

Es ist ein gefährliches Spiel, das ich spiele – die Lüge – die jetzt die Wahrheit ist –, Peters Geliebte für meine Eltern zu sein, während ich es dem FBI gegenüber abstreite. Aber ich sehe keine andere Möglichkeit, damit umzugehen. Peter wird zu mir zurückkommen, und ich kann nicht zulassen, dass meine Eltern ihn für ein Monster halten, wenn er mich wieder mitnimmt. So riskant es auch ist, sie müssen glauben, dass wir uns lieben. Und gleichzeitig muss das FBI glauben, dass ich Peters Opfer bin. Ich habe keine Ahnung, wie ich diesen Drahtseilakt bewältigen soll, aber ich werde mein Bestes geben.

Nicht, dass mein Vater mir wirklich glaubt. Während wir darauf gewartet haben, dass Mama aufwacht, hat er mich einem Verhör unterzogen, das das FBI im Vergleich dazu alt aussehen ließ. Sein Ziel war es, Löcher in das Märchen zu reißen, das ich ihnen all die Monate erzählt habe, und trotz meiner Bemühungen war er nicht ganz erfolglos.

Nein, ich wusste nicht, dass Peter ein gesuchter Mann war, als wir uns trafen und begannen, uns zu verabreden, habe ich meinem Vater erzählt, indem ich wiederholte, was ich vorhin gesagt hatte: Dass ich geglaubt hatte, dass mein neuer Freund ein Unternehmer war, der für verschiedene Firmen in den USA und im Ausland arbeitete. Nein, ich wusste nicht, dass er Probleme mit dem Gesetz hatte, als ich das Land mit ihm verließ, obwohl ich anfing, einige Verdachtsmomente zu haben. Nein, er ist nicht so gefährlich, wie man sagt; es ist alles ein großes Missverständnis. Er arbeitet in der Tat als unabhängiger Auftragnehmer für Sicherheitsberatung; es ist nur so, dass einige seiner Kunden nicht ganz gesetzestreu sind, und das ist es, was ihn in Schwierigkeiten mit dem FBI gebracht hat. Ja, wir trafen uns zum ersten Mal in einem Nachtklub in Chicago und verabredeten uns heimlich mehrere Wochen lang. Ja, er hat mein Haus durch eine Scheinfirma gekauft, wie das FBI gesagt hat. Warum? Weil er dachte, ich würde es bereuen, es so impulsiv verkauft zu haben.

Einige Fragen waren schwieriger zu beantworten. Ich weiß, was das FBI meinen Eltern über Peters angebliche Verbrechen erzählt hat: fast nichts, mit dem Hinweis auf den geheimen Status seines Falles. Aber meine Eltern sind nicht dumm, und sie haben selbst ein paar Nachforschungen angestellt. Die »mutmaßlichen Terroristen« und »getöteten Menschen« stammen aus einem Gespräch zwischen den Beamten, das mein Vater mit anhörte, aber er verband meine Entführung auch irgendwie mit einer Verfolgungsjagd auf der I-294, bei der ein Polizeihubschrauber explodierte, was zu einem massiven Aufruhr und einem erneuten Aufschrei über Kriege zwischen Verbrecherbanden in Chicago führte.

»Sie geschah in der Nacht, als du verschwandst, und war wochenlang in den Nachrichten«, hat mein Vater mir erklärt. »Das FBI wollte es uns gegenüber nicht zugeben, aber ich weiß, dass er es war. Es musste so sein. Warum sollten sie sonst eine ganze Sondereinheit schicken, um dich zu holen? Der Mann ist gefährlich, und das FBI weiß das. Ich weiß nicht, ob er in Drogen oder Terrorismus verwickelt ist, aber er ist ein schlechter Mensch.«

Und egal, wie sehr ich versuchte, meinen Vater davon zu überzeugen, dass Peters angebliche Verbrechen einen wirtschaftskriminellen Hintergrund haben und dass ich nichts über diesen Zwischenfall weiß – was ich nicht tue, weil ich während meiner Entführung betäubt war –, weigerte er sich, mir zu glauben.

»Erzähl mir von Marsha und den Levinsons«, habe ich ihn schließlich gebeten, weil ich verzweifelt das Thema wechseln wollte. »Wie kam es dazu, dass sie bei dir waren?«

Glücklicherweise hat das funktioniert, und in den nächsten Stunden haben wir über das Leben meiner Eltern in meiner Abwesenheit gesprochen und darüber, wie die Levinsons sich wirklich selbst übertroffen haben, als sie meinen Eltern auf verschiedene Art und Weise durch die Krise geholfen haben. Und auch Marsha – sie hat anscheinend jede Woche meine Eltern angerufen, sich nach ihnen erkundigt und nach mir gefragt.

»Sobald sie hörte, dass Lorna in die Notaufnahme gebracht wurde, tauchte sie auf, holte die besten Ärzte für ihren Fall und half uns, die Bürokratie zu bewältigen«, sagt mein Vater, und seine Augen funkeln mit Tränen. »Wenn sie nicht gewesen wäre, weiß ich nicht, ob deine Mutter es …« Er bricht ab, atmet zitternd ein, und ich umarme ihn, fühle das vertraute Brennen von Schuld und Scham, von Selbsthass, vermischt mit frisch entflammter Wut auf Peter.

Ja, mein Peiniger hat mich zurückgebracht, aber zuerst hat er mich gestohlen. Monatelang hat er mich von meiner Familie ferngehalten. Das kann ich nicht vergessen. *Ich* hätte für meine Eltern da sein sollen, nicht Marsha und ihre Freunde. *Ich* hätte diejenige sein sollen, die dafür sorgt, dass Mama die beste Pflege bekommt. Stattdessen war ich in Japan und verliebte mich in den Mörder meines Mannes … und ließ ihn in mein Herz und meinen Verstand eindringen, während ich meine Eltern immer wieder belog.

Ich möchte Peter dafür hassen – für alles – aber stattdessen hasse ich mich selbst. Ich hasse es, dass ich ihn schon vermisse, dass meine verzweifelte Sehnsucht nicht ein bisschen nachgelassen hat. Ich sehne mich so sehr nach ihm, dass es wie ein körperlicher Schmerz ist; meine Haut tut buchstäblich weh, wenn ich daran denke, wie sehr ich seine Berührung will.

Bald sage ich mir, als ich mich nach unten beuge, um meine Mutter zu küssen, die ihre Augen wieder geschlossen hat. Ich kenne Peter – er wird sich nicht lange von mir fernhalten. Ich sollte diese Zeit mit meiner Familie genießen, anstatt mich nach dem Mann zu sehnen, der mich von ihr wegnehmen wird.

Ich bin eine schreckliche Tochter, aber das müssen sie noch nicht wissen.

Sie werden es früh genug herausfinden.

14

Gegen Mittag überzeuge ich Papa endlich, nach Hause zu gehen und sich auszuruhen, und ich bleibe mit Mama im Krankenhaus, wobei ich abwechselnd entweder ihr Gesellschaft leiste oder auf einem Beibett schlafe, das die Schwestern in ihr Zimmer gebracht haben. Immer wenn ich herauskomme, um einen Kaffee oder einen Happen zu essen zu holen, folgen mir mehrere verdächtig aussehende Männer. FBI-Beamten höchstwahrscheinlich, obwohl sie auch Polizisten in Zivil sein könnten – ich habe keine Ahnung, wie ihre Gerichtsbarkeiten funktionieren. Ich bin offensichtlich noch nicht vom Haken, aber im Moment lassen sie mich mit meinem Leben weitermachen, und dafür bin ich dankbar.

Ich will nicht die wenige Zeit, die ich hier habe, im Gefängnis verbringen.

Marsha kommt nach ihrer Schicht in Mutters Zimmer vorbei, und nachdem ich mich vergewissert habe, dass Mama tief schläft, lasse ich mich von Marsha überreden, zu Patty's zu gehen, damit wir uns auf den neuesten Stand bringen können.

»Also«, sagt sie, als wir uns an den Ecktisch setzen. »Du bist zurück.«

»Ich bin zurück«, bestätige ich und winke dem Kellner zu, damit er zu uns kommt. Ich habe fast keinen Schlaf bekommen und sehne mich nach etwas wirklich Fettigem und Ungesundem. Ich fühle mich generell, als würde ich auseinanderbrechen, mein ganzer Körper schmerzt vor Erschöpfung und mein unterer Rücken bringt mich um, weil ich die Nacht auf dem Krankenhausbett verbracht habe.

»Burger und Pommes, mit extra Käse und Gurken«, sage ich dem Kellner, als er kommt. »Und schnell, bitte. Ich bin am Verhungern.«

Marsha hebt die Augenbrauen an, kommentiert aber meine bevorstehende Fettorgie nicht. Stattdessen bestellt sie einen griechischen Salat und zwei Bier, eines für jeden von uns.

»Damit wir die Rückkehr der verlorenen Tochter feiern können«, sagt sie, und ich versuche, ihr Grinsen zu erwidern, während die Schuldgefühle erneut meine Brust überschwemmen.

»Danke, dass du dich um meine Eltern gekümmert hast, während ich weg war«, sage ich, als der Kellner geht. »Mein Vater hat mir gesagt, wie sehr du bei meiner Mutter geholfen hast, und ich bin sehr dankbar. Wenn es jemals etwas gibt, was ich für dich tun kann …«

Sie winkt meinen Dank mit einer perfekt manikürten Hand ab. »Ach, bitte. Es war mir ein Vergnügen. Ich mag deine Eltern, und es tut mir wirklich leid, dass das deiner Mutter passiert ist. Ich hoffe, sie erholt sich bald.«

»Ich auch.« Ich versuche ein weiteres Lächeln. »Also … was hast du so gemacht? Und Andy und Tonya? Ist Andy immer noch mit …«

»Oh, nein, das wirst du nicht tun.« Marsha überschlägt ihre Unterarme auf dem Tisch, lehnt sich nach vorn und durchbohrt mich mit ihrem Blick. »Wir werden nicht darüber reden, bis du mir erzählt hast, wo zum Teufel du warst, mit wem du weggelaufen bist und warum ich keinen Piep über ihn gehört habe, bis du vom Erdboden verschwunden bist.«

»Ich bin nicht verschwunden. Ich habe meine Eltern die ganze Zeit über angerufen und …«

Sie schneidet mich mit einem weiteren Winken ab. »Wortklaubereien. Du warst *weg*. Kein Wort zu irgendjemandem im Voraus, keine Mitteilung an deine Praxis, du hast alle deine Patienten hängen lassen – auch das Mädchen, das am nächsten Tag einen Kaiserschnitt brauchte, wohlgemerkt. Oh, und das FBI hat uns wochenlang deinetwegen belästigt. Wenn das kein Verschwinden ist, dann weiß ich es auch nicht …«

»Okay, okay, in Ordnung. Du hast gewonnen.« Ich schnappe mir mein Bier vom Kellner, als er sich dem Tisch nähert, aber ich trinke es nicht, sondern befeuchte nur meine Lippen. Nicht nur, dass ich unter Jetlag und Schlafentzug leide, sondern es besteht auch die Möglichkeit, dass ich schwanger bin.

Ich stelle das Glas ab, starre auf die braune Flüssigkeit und unterdrücke alle Gedanken an eine mögliche Schwangerschaft, damit ich mich konzentrieren kann. Ich weiß nicht, welche Version der Geschichte ich Marsha erzählen soll: die für das FBI, in der ich Peters Opfer bin, oder die, die ich meinen Eltern gegeben habe, in der ich in einen Mann verliebt bin, der in etwas Dubioses verwickelt ist, aber zum größten Teil zu Unrecht von den Behörden verfolgt wird.

»Du hältst mich hin«, sagt Marsha, und ich seufze und schaue vom Bier auf.

»Du hast recht: Ich bin verschwunden«, fange ich langsam an und versuche immer noch, zu entscheiden, was die beste Geschichte für Marsha ist. »Du hast doch mit meinen Eltern geredet, oder nicht? Sie müssen dir doch gesagt haben, was passiert ist.«

»Was sie wussten, und das war nicht viel.« Marsha nimmt ihr Bier hoch. »Es ergab auch keinen Sinn mit dem FBI, das wie Bombenspürhunde um uns herumschnüffelte.«

»Uh-huh.« Ich schaue mich instinktiv um und sehe zwei der Männer, die mir im Krankenhaus gefolgt sind, an einem Tisch auf der anderen Seite der Bar. Drei Tische weiter sind zwei weitere meiner

Stalker, und ich bin mir ziemlich sicher, dass ich den Kerl an der Bar auch schon einmal gesehen habe.

Nun, das entscheidet es. Die »Bombenspürhunde« sind in vollem Einsatz, und ich habe keinen Zweifel, dass Marsha kurz nach unserem Gespräch befragt werden wird.

Tatsächlich gibt es keine Garantie, dass sie im Moment nicht mit ihnen arbeitet.

Sobald mir der Gedanke in den Sinn kommt, fühle ich mich wie eine schreckliche Freundin, aber das lässt den Verdacht nicht verschwinden. Es ergibt einfach zu viel Sinn. Wir kennen uns seit einigen Jahren – ich habe Marsha kennengelernt, als ich meine Assistenzzeit im Krankenhaus begann – aber wir waren immer mehr Arbeitsfreunde als alles andere. Zum einen war Marsha Dauersingle und auf Männerjagd, während ich verheiratet war und achtzig Stunden arbeitete. Ich konnte sie nie auf den Mädchenabenden, die sie liebt, begleiten, und sie fand ruhigere Aktivitäten wie Familienessen langweilig, so dass sich unsere Freundschaft eher um das Krankenhaus drehte und unsere Gespräche selten über Oberflächliches hinausgingen. Sie war nach Georges Unfall freundlich und fürsorglich, immer bereit, in den Kaffeepausen ein offenes Ohr zu haben, aber sie hat sich nie in die schwierigeren Aspekte meines Lebens eingemischt.

Marsha ist eine gute Freundin, eine Freundin zum Spaßhaben, aber nicht die Art von Freundin, die jede Woche meine Eltern anrufen würde – zumindest nicht ohne einen Anstoß.

Ein Anstoß, der leicht vom FBI hätte kommen können.

Natürlich ist es genauso möglich, dass ich viel zu müde bin, um klar zu denken. Entweder das – oder das Zusammensein mit Peter hat mich viel zu paranoid gemacht. Dennoch, da die Chance besteht, dass mein Verdacht richtig ist – oder auf der weitaus vernünftigeren Annahme, dass ich nicht erwarten kann, dass Marsha das FBI für mich belügt –, entscheide ich mich für die Opferversion der Geschichte.

Leider bedeutet das, dass ich an den Anfang zurückgehen und das mit George erklären muss. Und da ich mir ziemlich sicher bin, dass das FBI nicht will, dass ich geheime Informationen preisgebe, muss ich auch hier kreativ werden.

Mein Kopf tut weh, wenn ich nur an all die Halbwahrheiten und Lügen denke, die ich aufrechterhalten muss.

Als ich mir den Anfang der Geschichte ausgedacht habe, sind Marshas Augen größer als der Burger, den ich verschlinge. »George war auf der Abschussliste dieses russischen Attentäters? Warum? Was hat er …«

»Ich habe nie alle Details herausgefunden, aber es hatte etwas mit einer Mafiageschichte zu tun, über die George schreiben wollte.« Ich beschließe, die ursprüngliche Lüge des FBI als Rechtfertigung für Peters Handlungen zu benutzen. »Jedenfalls ist er in mein Haus eingebrochen, hat mich gewaterboardet und betäubt, um Georges Aufenthaltsort herauszufinden, und dann hat er ihn getötet.«

Ich lasse Marsha das verdauen, während ich mir zwei Pommes in den Mund stopfe. Ich bin wirklich am Verhungern. Als ich sehe, dass sie dabei ist, weitere Fragen zu stellen, sage ich: »Ja, so haben wir uns wirklich getroffen. Du verstehst, warum ich das meinen Eltern nicht sagen konnte, oder?«

Sie nickt, ihr Gesicht sieht kränklich blass aus unter ihrem Make-up, und ihr Salat vor ihr ist vergessen.

»Gut«, fahre ich fort. »Ich brauchte eine Weile, um darüber hinwegzukommen, und dann hast du mich für eine Nacht mit Andy und Tonya eingeladen. Wir waren in dem Klub in der Innenstadt, erinnerst du dich? Der mit dem süßen Barkeeper, der später nach mir gefragt hat?«

Marsha nickt wieder, immer noch stumm.

»Dort kam er wieder auf mich zu«, sage ich ihr. »Genau dort in diesem Klub. Deshalb dachte Andy, dass ich mich seltsam benommen habe, als ich abgehauen bin: Ich war gerade vom Mörder meines Mannes angesprochen worden und sollte ihn am nächsten Tag bei Starbucks treffen. Und von da an ging es nur noch bergab. Er hatte Kameras im ganzen Haus installiert, er folgte mir überallhin, und als ich versuchte, in ein Hotel zu fliehen, tauchte er in meinem Zimmer auf und … na ja, das ist egal.« Ich lasse Marsha ihre eigenen Schlüsse ziehen – was nach dem Entsetzen in ihrem Gesicht viel schlimmer zu sein scheint als das, was tatsächlich passiert ist.

Ich fühle mich schrecklich deswegen – ich will instinktiv meine Freundin vor dem gefährlichen Durcheinander in meinem Leben schützen, so wie ich meine Eltern abgeschirmt habe – aber das ist es, was ich dem FBI gesagt habe und ich muss dabei bleiben. Außerdem ist alles wahr, zumindest faktisch. Der einzige Teil, den ich zurückhalte, ist meine eigene Verwirrung über all das – meine unwillige Anziehungskraft auf den Mann, den ich nur hassen und verachten sollte.

Eine Attraktion, die so viel mehr geworden ist.

»Oh Gott, Sara …« Marsha sieht aus, als ob sie kurz davor ist, das bisschen Salat, das sie gegessen hat, wieder hochzuwürgen. »Es tut mir so, so leid, Süße. Ich hatte ja keine Ahnung. Und dieses … dieses *Monster* hat dich dann entführt?«

»Nach ein paar Wochen, als das FBI herausfand, dass er in der Gegend ist, ja. Davor ließ er mich mit meinem Leben weitermachen, und er war einfach … darin.« Ich winke dem Kellner für Wasser, da ich mein Bier nicht trinken kann. Ich bin durstig, und mir ist seltsam schwindelig, als hätte ich schon Alkohol getrunken.

Ich fühle mich generell schrecklich, die Schmerzen in meinem unteren Rücken verstärken sich unerträglich, und mein Magen rumort von der ganzen fettigen Nahrung. Mir ist auch unangenehm heiß, und ich habe das Gefühl, dass ich weinen will – das muss der ganze Stress sein, der mich einholt.

»Ich verstehe nicht«, sagt Marsha, während ich tief durchatme, um meinen Kopf frei zu bekommen. »Warum hat er das getan? Warum du? Ist das etwas, was er normalerweise tut, Frauen entführen? Hatte er einen ganzen Harem von Opfern an dem Ort – wo hat er dich überhaupt hingebracht?«

»Japan, und nein. Soweit ich weiß, bin ich die Einzige, der er das je angetan hat. Was das Warum betrifft, warum tun manche Männer etwas?« Ich schaffe ein wackeliges Lächeln. »Er war von mir besessen, schätze ich. Jedenfalls langweilte er sich schließlich, und hier bin ich.«

Marsha starrt auf die Narbe auf meiner Stirn. »Hat er dir das angetan?« Sie berührt ihre eigene Stirn, und ihre Stimme ist angespannt. »Hat er dir wehgetan?«

»Nein, diese Narbe ist von einem Autounfall, als ich versuchte zu fliehen und stattdessen verunglückte«, sage ich. »Er hat mir eigentlich nicht wirklich wehgetan. Abgesehen von der ganzen Entführung und Ermordung von George behandelte er mich ziemlich gut.«

»Okay. Das ist … das ist gut, schätze ich.« Marshas Stimme zittert, als sie nach ihrem Bier greift. Ich merke, dass auch ihre Hand zittert, und neue Schuldgefühle breiten sich in meinem Inneren aus. Ich wünschte, ich könnte ihr alles erzählen, sie verstehen lassen, wie kompliziert Peter ist, wie grausam und freundlich er gleichzeitig sein kann. Wie wunderbar und furchterregend es war, mit ihm zusammen zu sein, wie auf einer Achterbahn ohne Bremsen zu fahren.

Ich wünschte, ich könnte ihr die ganze schmutzige Wahrheit sagen, aber ich kann nicht, also klebe ich mir ein Plastiklächeln aufs Gesicht und entschuldige mich, um die Toilette zu benutzen. Mein Magen rumort so stark, dass er anfängt zu krampfen, und ich schwitze trotz des kalten Luftzuges, der von der offenen Tür in die Bar hineinströmt.

Als ich den kleinen, schmuddeligen Toilettenraum betrete, verstärkt sich das krampfende Gefühl, und ein plötzlicher Verdacht kommt auf, der meinen Atem zum Stillstand bringt.

Könnte es sein? Ist sie endlich da?

Als ich nachschaue, entdecke ich einen Blutfleck auf meiner Unterwäsche. Meine Periode – jetzt über eine Woche überfällig – hat endlich begonnen. Deshalb fühle ich mich so beschissen: Es ist der erste Tag, und alle Symptome sind da, von den Schmerzen im unteren Rücken und den Hitzewallungen bis hin zur Launenhaftigkeit und den Krämpfen.

Es ist offiziell.

Ich bin nicht schwanger.

Peter und ich bekommen kein Baby.

Es hätte eine Erleichterung sein sollen, aber als ich auf diesen rotbraunen Fleck starre, wächst er in meiner Vision und färbt meine Welt im gleichen blutigen Farbton. Zitternd halte ich mir die Faust an den Mund, aber ich kann weder den Schluchzer, der in meiner Kehle aufsteigt, noch den, der folgt, eindämmen. So verrückt es auch ist, ich fühle mich, als hätte ich etwas verloren, als hätte sich ein perverser Teil von mir nicht nur mit der Möglichkeit eines Kindes versöhnt, sondern sich auch darauf gefreut.

Dieses Baby – ich war mir so sicher, dass ich es nicht wollte – existierte nie außerhalb meiner Ängste, aber ich fühle seinen Verlust so scharf, als ob ich eine Fehlgeburt gehabt hätte.

»Bist du okay?«, fragt Marsha, als ich etwa zwanzig Minuten später aus der Toilette komme, und ich nicke, ohne meine geschwollenen Augen und mein fleckiges Gesicht zu verstecken, während ich mein jetzt warmes Bier hinunterschütte. Ich weiß, was sie denkt: dass das Erzählen der Geschichte meiner Entführung einen emotionalen Tribut gefordert hat und mich an das Trauma dessen erinnert, was ich durchgemacht habe. Und ich lasse sie das denken, weil es besser ist als die Wahrheit.

Es ist besser, als dass sie weiß, dass ich trotz allem, was Peter getan hat – trotz der schrecklichen Verbrechen, die er gegen mich und andere begangen hat –, genauso besessen von ihm bin wie er von mir.

Dass ich, so falsch es auch ist, jetzt ihm gehöre, mein Kopf, mein Körper und mein Herz.

eter

Die Woche vor dem Treffen mit Novak gehört zu den längsten meines Lebens. Wir füllen unsere Vorräte auf, beschaffen mehr Waffen und intensivieren das tägliche Training, treiben uns an bis zur völligen Erschöpfung, aber es ist nicht genug, um die Stunden schneller vergehen zu lassen. Jeder Tag fühlt sich an wie ein Monat, jede Nacht ist ein endloser Kampf, Sara nicht an meiner Seite zu haben. Ohne die täglichen Berichte der Männer, die ich angeheuert habe, um sie zu beobachten, wäre ich schon im Flugzeug in die USA, und das Bedürfnis ihrer Eltern nach ihr und mein Plan wären verdammt.

Nicht, dass die Berichte so umfangreich wären. Das FBI ist an Sara dran, folgt ihr überallhin, und meine Männer müssen aufpassen, dass sie nicht auffallen. Abgesehen von der offensichtlichen Gefahr für sie wäre es nicht gut für Sara, wenn das FBI wüsste, dass ich immer noch an ihr interessiert bin. Dank der Tatsache, dass unsere Hacker in

Rysons Dateien eingedrungen sind, weiß ich, was Sara ihnen erzählt hat, und ich möchte keinen Aspekt ihrer Geschichte untergraben. Die Beamten müssen glauben, dass ich mich mit ihr langweilte und sie für immer gehen ließ, sonst verstecken sie sie und klagen sie wahrscheinlich wegen Beihilfe und Anstiftung an. Der einzige Grund, warum sie das nicht schon getan haben, sind die Verbindungen von Saras Familie. Zwischen den Medienkontakten ihres verstorbenen Mannes und den Anwaltsfreunden ihrer Eltern mit Beziehungen zu Washington hat dieser Fall das Potenzial, nationale Schlagzeilen zu machen – etwas, was viele hochgestellte Personen, einschließlich Henderson, verzweifelt vermeiden wollen.

Im Moment ist Sara in Sicherheit, aber das wird sie nicht mehr sein, wenn sie beim Lügen erwischt wird.

Während sie weg war, fand das FBI alle Kameras und Abhörgeräte, die ich in ihrem Haus platziert hatte, und nachdem sie so zufällig nach dem Unfall ihrer Mutter erschien, kam es ihnen in den Sinn, auch das Haus ihrer Eltern gründlich zu durchsuchen. Alles, was ich jetzt noch habe, sind die FBI-Notizen, die unsere Hacker mir schicken, und die allgemeinen Berichte über ihre Bewegungen von den Männern, die ich angeheuert habe, um ihr zu folgen. Es ist nicht annähernd genug, und es frisst mich auf, dieses Bedürfnis: zu wissen, was sie tut, wie sie sich fühlt, was sie denkt.

Wenn ich vorher von ihr besessen war, ist es jetzt, da ich sie all die Monate bei mir hatte, eher eine körperliche Abhängigkeit.

»Geh sie einfach holen, verdammt nochmal«, murmelt Anton und wischt sich das Blut von der Lippe, nachdem ich ihn für eine Trainingseinheit viel zu brutal geschlagen habe. »Oder nimm wenigstens eine Beruhigungspille. Ernsthaft, Mann, kannst du nicht ein paar Tage durchhalten, ohne deinen verdammten Druck loszuwerden?«

Dafür lande ich einen Treffer direkt auf seinen Solarplexus, und als er sich bückt und wie ein an Land gezogener Fisch keucht, schnappe ich mir einen Rucksack mit Gewichten und gehe laufen, um ihn nicht auf der Stelle zu töten. Ich weiß, dass mein Freund recht hat

– mein Temperament war am Siedepunkt, und ich habe es an den Jungs ausgelassen – aber das mindert meine Wut und Frustration nicht. Ich habe keine ganze Nacht geschlafen … nun, seit Saras Unfall, wenn ich daran denke. Die Alpträume über den Tod meiner Familie – die dank Sara fast verschwunden waren – sind zurück. Erst jetzt werden sie von einem noch schrecklicheren Traum begleitet, in dem ich auch sie verliere.

Dies ist meine nächtliche Realität, und jedes Mal, wenn ich mit kaltem Schweiß bedeckt aufwache, greife ich nach dem neuesten Bericht über sie, lese ihn immer wieder, um mich zu vergewissern, dass es nur ein Traum war, dass mein Ptichka lebt und ohne mich gesund ist.

Angesichts dessen, was ich tun werde, ist sie zu Hause viel sicherer als an meiner Seite.

Es ist dieser letzte Gedanke, der es mir ermöglicht, weiterzumachen, dem Drang zu widerstehen, genau das zu tun, was Anton gesagt hat, und sie wieder unter der Nase des FBI zu stehlen. Ich kann es tun – ihre Beamten sind keine Gegner für mich und mein Team – aber Saras Mutter ist immer noch weit davon entfernt, gesund zu sein, und Sara würde mich hassen, wenn ich sie so schnell von ihrer Familie wegholen würde. Außerdem habe ich ein ganz anderes Ziel vor Augen, und um es zu erreichen, muss ich auf diesem Weg bleiben, egal wie schwierig er auch sein mag.

Ich muss daran glauben, dass sich letztendlich alles auszahlen wird.

16

S ara

Eine Woche ohne Peter.

Es fühlt sich unwirklich an, wie ein Traum, aus dem ich darauf warte, aufzuwachen. Oder vielleicht ist es die Tatsache, dass ich nicht richtig schlafe, die meinen Tagen diese seltsame, traumartige Qualität verleiht. In gewisser Weise ist es, als ob ich eine Zeitmaschine betreten hätte – ich bin in einem Krankenhaus und warte darauf, dass sich ein geliebter Mensch von einem lähmenden Autounfall erholt. Nur war damals der Patient George, und er hat es nie aus dem Koma geschafft.

Die Prognose meiner Mutter ist viel besser. Die Ärzte haben sie gut zusammengeflickt, und ihre Wunden haben sich nicht entzündet. Sie ist mit all den Gipsverbänden immer noch ruhiggestellt, und sie wird ihren linken Arm vielleicht nie wieder voll nutzen können – zu viele Nerven und Sehnen wurden dort beschädigt – aber sobald ihre gebrochenen Beine verheilt sind, sollte sie mit ausreichender Physiotherapie wieder laufen können.

Mein Vater ist überglücklich, sowohl über Mamas Prognose als auch über die Tatsache, dass ich zu Hause bin. Jedes Mal, wenn er ihr Zimmer betritt und mich an ihrem Bett sitzen sieht, zittert sein Mund, als würde er weinen, aber stattdessen bricht er in ein strahlendes Lächeln aus.

»Ich denke immer noch, dass du jederzeit verschwinden wirst«, gesteht er, als wir in der Cafeteria des Krankenhauses zu Abend essen. »Dass du, wenn ich mich für eine Sekunde abwende, *verpuffst.*« Er öffnet seine Hände in einer Bewegung wie ein Zauberer. »In einem Moment hier, im nächsten weg.«

»Ach, Papa.« Ich verziehe mein Gesicht und schaue nach unten, während ich mit einer Plastikgabel in meiner Pasta herumstochere. Die Schuldgefühle fressen mich bei lebendigem Leibe auf, denn genau das wird in naher Zukunft passieren – sobald Peter meine Mutter für gesund genug hält. Mit Mühe schaffe ich es, nach oben zu schauen und meinen Vater anzulächeln. »Bitte, mach dir keine Sorgen. Alles ist in Ordnung, okay? Ich bin hier, und alles ist gut.«

Ich weiß, dass ich ausweichend klinge – mein Vater hat mir das die ganze Woche lang vorgehalten –, aber es ist schwer, überzeugend zu sein, während ich mit all den Lügen, Halbwahrheiten und Fakten jongliere, die ich an die verschiedenen Personen verfüttere. Die Geschichte für meine Eltern und ihre Freunde ist, dass Peter mein Liebhaber ist und dass er mich trotz seiner andauernden *Missverständnisse* mit dem FBI nach Hause gebracht hat, weil er mich liebt und will, dass ich für Mama da bin. Ich deute damit an, dass Peters rechtliche Probleme eines Tages vorbei sein werden und wir eine Chance haben, zusammen glücklich zu werden.

Im Gegensatz dazu ist das Bild, das ich für das FBI und alle anderen male, das eines Monsters, das mich aus einer Laune heraus entführt hat und schließlich gelangweilt genug war, um mich gehen zu lassen. Der einzige Grund, warum ich in der Lage bin, die beiden Geschichten zu verbreiten, ist, dass die Behörden nicht wollen, dass meine Eltern – oder überhaupt irgendjemand – von Georges Rolle in der ganzen Geschichte erfahren. Und das gilt doppelt für die Ereignisse, die Peter auf den Pfad der Rache geführt haben. Nachdem ich an jenem Tag in der Bar mit Marsha gesprochen hatte, brachte mich Ryson wieder in das Büro in der Innenstadt und befahl mir nicht sehr subtil, den Mund zu halten, was meinen Verdacht über Marshas Zusammenarbeit mit dem FBI bestätigt hat.

Es war zu laut an der Bar, als dass die Beamten unser Gespräch hätten mithören können, also konnte er nur deshalb genau wissen, was ich ihr gesagt habe, weil sie es ihm sofort gemeldet hat – oder vielleicht sogar einen Apparat zum Mithören trug.

Natürlich habe ich mich reuevoll verhalten und versprochen, diskreter zu sein. Und im Gegenzug habe ich ein Versprechen erhalten, dass die FBI-Beamten ihren Mund in der Nähe meiner Eltern halten und nichts tun werden, um das weniger besorgniserregende Paradigma zu zerstreuen, das ich für sie geschaffen habe.

»Wie Sie wissen, ist das Herz meines Vaters schwach, und er braucht nicht zu wissen, dass ich gezwungen war, sie alle diese Monate anzulügen, das würde ihn nur unnötig stressen«, habe ich Ryson gesagt, und dem Agent war das mehr als recht.

Ich schätze, er hat auch Marsha ein Schweigegelübde abgenommen, denn als ich Andy im Flur getroffen habe, wusste sie nicht mehr als das, was sie vorher bereits gehört haben musste.

»Was ist passiert?«, hatte sie mich gefragt und mich dabei mit unverblümter Neugier und Verwirrung angeschaut. »Du bist eines Tages einfach verschwunden, und das FBI war überall und hat alle befragt. Die Leute sagten, du hättest dich mit einem Kriminellen zusammengetan?«

»Das ist eine lange Geschichte«, sagte ich und schenkte ihr ein unangenehm berührtes Lächeln. »Vielleicht können wir uns bald mal treffen und reden? Im Moment wartet meine Mutter ...«

»Oh, natürlich.« Sie versuchte, ihre offensichtliche Enttäuschung zu zügeln. »Marsha hat mir erzählt, was mit deiner Mutter passiert ist. Es tut mir so leid. Ich hoffe, sie erholt sich bald.«

»Das wird sie, danke. Wir sehen uns.« Ich hatte ihr zugewunken und war weitergegangen, während ich versuchte, nicht daran zu denken, wie fehl am Platz ich mich hier fühlte, in diesem Krankenhaus, das einst mein zweites Zuhause war.

Wie verloren und allein ich mich ohne Peter fühle.

Bald, sage ich mir. Er wird bald kommen, um mich zu holen. Ich muss nur warten.

Und ich schiebe die Schuldgefühle, die der Gedanke mit sich bringt, beiseite, setze ein strahlendes Lächeln auf und betrete Mamas Zimmer.

eter

Wir treffen Danilo Novak in einem Café in Belgrad, einem modernen, stilvollen Ort, der vollständig mit den Männern des serbischen Waffenhändlers besetzt ist. Abgesehen von den beiden jungen Baristas hinter der glänzend weißen Theke ist jeder im Café bis auf die Zähne bewaffnet – und wahrscheinlich sind es auch die hübschen Teenager-Baristas.

Anton ist als Backup zurückgeblieben – eine Vorsichtsmaßnahme für den Fall, dass etwas schiefgeht – aber die Zwillinge sind bei mir.

Wir treten ein und bleiben dann stehen, um uns umzuschauen.

Novak sitzt an einem kleinen, runden Tisch in der Mitte des Cafés. Das ist ein Ort, an dem wir uns unwohl fühlen sollen, da wir von allen Seiten umzingelt sind, aber ich lächele den Waffenhändler einfach an, während wir zu ihm gehen.

»Nettes Café«, sage ich auf Russisch, da ich davon ausgehe, dass er eher meine Muttersprache spricht als Englisch. »Gehört es Ihnen?«

Novaks dünne Lippen biegen sich nach oben. »Das tut es. Schön, dass es Ihnen gefällt.« Sein Russisch ist akzentuiert, aber so fließend, wie ich vermutet habe. Natürlich könnte ich mit ihm auf Serbisch sprechen – ich beherrsche die meisten osteuropäischen Sprachen sowie Arabisch und einige andere – aber ich möchte lieber nicht verraten, dass ich seine Muttersprache verstehe.

Wenn man mit Männern wie Novak zu tun hat, zählt jeder kleine Vorteil.

Er lehnt sich zurück und betrachtet mich seltsam uninteressiert. Ein großer, dünner Mann Mitte vierzig, mit einem fliehenden Haaransatz und einer dicken Brille – Novak sieht aus wie eine Kreuzung zwischen einem Buchhalter und einem Mathematikprofessor. Nur seine Augen verraten, was er ist. Sie sind ausdruckslos und blass und sehen aus, als gehörten sie einer Eidechse … oder einem eiskalten Killer.

Es gibt überraschend wenig, was unsere Hacker über den Mann erfahren haben. Er erschien vor zehn Jahren, scheinbar aus dem Nichts, und hat seitdem ein illegales Waffenimperium in Osteuropa aufgebaut, das Rivalen mit einer Geschwindigkeit und Rücksichtslosigkeit eliminiert, die ich nur einmal zuvor gesehen habe – bei Julian Esguerra, dem Mann, von dem Novak will, dass wir ihn töten.

Der einzige Waffenhändler, dessen kriminelle Geschäfte die von Novak übertreffen.

»Also«, sagt Novak, als ich seinen distanzierten Blick erwidere, »Sie sind Sokolov.«

Ich nicke kühl und lasse nicht zu, dass sich mein Gesichtsausdruck verändert, und ich weiß, dass die Zwillinge genauso ruhig aussehen. Er wird uns mit diesen Spielen nicht beunruhigen, und das kann er genauso gut wissen.

»Setzen Sie sich.« Er deutet auf die zwei leeren Stühle an seinem Tisch.

Ich bewege mich nicht, und Yan und Ilya auch nicht. Das ist ein weiterer kleiner Test, um zu sehen, wer am wenigsten wichtig, am wenigsten wertvoll im Team ist. Drei von uns, zwei Stühle – diese Rechnung geht nicht auf, und er weiß es. Irgendjemand wird stehen müssen, das dritte Rad am Wagen sein, und das werde ich nicht zulassen.

Er wird keine Zwietracht unter uns säen. Ich werde ihn nicht lassen.

Seine starren Augen betrachten mich für ein paar lange Momente, dann winkt er einem der Schläger am anderen Tisch zu. »Victor. Noch einen Stuhl für unsere Gäste.«

Ich warte, bis Victor den Stuhl herüberbringt, und dann setze ich mich. Die Zwillinge folgen mir. Ilyas Gesicht ist wie versteinert, aber Yan sieht amüsiert aus. Er versteht die Bedeutung dieser kleinen Dominanzspiele, weiß, wie wichtig es ist, frühzeitig den richtigen Ton vorzugeben.

Die Teenager-Baristas kommen vorbei, um unsere Bestellungen für Getränke entgegenzunehmen, aber ich lehne alles ab. Ilya und Yan tun dasselbe.

»Wir haben keinen Durst«, sage ich ruhig, und Novaks Mund lächelt wieder leicht.

»Ich habe keinen Grund, Sie zu vergiften«, sagt er, und ich zucke mit den Achseln und ignoriere seine Versicherung als den Mist, der sie ist. Es gibt viele Substanzen, die man verwenden kann, von bewusstseinsverändernden Drogen bis hin zu Giften, die so langsam wirken, dass sich die Symptome wochen- oder monatelang nicht zeigen. Er könnte leicht etwas Tödliches in meinen Drink geben, und ich würde hier hinausgehen, ohne es zu merken, bis ich den Job für ihn erledigt habe.

Bis ich ihm nicht mehr nützlich bin.

»Also«, sagt Novak, als er sieht, dass ich meine Meinung nicht ändern werde. »Esguerra.«

Ich verschränke meine Arme vor meiner Brust und schaue ihn an. Endlich kommen wir zum Kern dieses Treffens.

»Sie haben für ihn gearbeitet«, fährt Novak fort, als einer der Baristas seinen Drink bringt – einen High-End-Scotch, dem Geruch und der Farbe nach zu urteilen.

»Das habe ich«, bestätige ich. Ich habe erwartet, dass er das weiß, und das tut er auch. Er hat eindeutig seine Sorgfaltspflicht bei mir erfüllt. »Ist das ein Problem?«

»Ich weiß es nicht. Ist es das?« Seine blassen Augen durchbohren mich.

»Wir haben uns nicht im besten Einvernehmen getrennt. Er hat geschworen, mich zu töten, wenn ich ihm jemals wieder begegne. Aber das wissen Sie doch bereits, oder etwa nicht?« Ich schenke Novak ein kaltes Lächeln. »Ist das nicht der Grund, warum Sie mich überhaupt kontaktiert haben? Weil ich in der einzigartigen Position bin, einmal in Esguerras innerem Kreis gewesen zu sein?«

Novaks Blick bleibt ungerührt. »Ja. Ist das ein Irrtum von mir? Ist Ihr Team zu dem fähig, was ich verlange?«

»Das kommt darauf an.« Ich verschränke meine Arme und lehne mich nach vorn. »Was sind die Trümpfe, die Sie erwähnt haben? Die, die uns helfen würden, diesen Job zu erledigen?«

»Abgesehen von Ihnen und Ihrer Vertrautheit mit Esguerras Gelände?« Novaks Augen funkeln, als er auf die Zwillinge blickt, die bisher stoisch still geblieben sind. »Ich nehme an, man kann Ihren Männern trauen?«

Ich schaue ihn an, ohne mir die Mühe zu machen, das mit einer Antwort zu würdigen.

Ein Lächeln breitet sich erneut auf seinen dünnen Lippen aus. »In Ordnung. Ich habe vielleicht jemanden im Inneren. Sie müssen noch nicht wissen, wer das ist. Es genügt zu sagen, dass bestimmte Dinge in bestimmten Momenten arrangiert werden können, damit Sie Ihren Teil ausführen können.«

Ich bin verärgert. Er sagt mir nichts, was ich nicht schon vermutet habe. Mit unverändertem Gesichtsausdruck stehe ich auf. »In diesem Fall können Sie gerne ein anderes Team suchen«, sage ich, während Yan und Ilya meinem Beispiel folgen.

Ich wende mich dem Ausgang zu, nur um mit einer Mauer von

Novaks Schlägern konfrontiert zu werden, deren Waffen gezogen und deren Gesichter wild entschlossen sind.

»Nicht so schnell«, sagt Novak leise. »Wir haben noch viel zu besprechen.«

Ich drehe mich um und ignoriere die Artillerie auf meinem Rücken. »Wir haben nichts zu besprechen«, sage ich ruhig. »Ich vertraue die Sicherheit meines Teams nicht vagen Zusicherungen von Hilfe aus unbekannten Quellen an. Wenn wir diesen Job annehmen sollen, müssen wir alles wissen, bis hin zum kleinsten Detail. So arbeiten wir, deshalb sind wir so erfolgreich. Wenn Sie unsere Dienste wollen, sagen Sie uns alles – oder wir gehen und Sie lassen das jemand anderes machen.«

Seine ausdruckslosen Gesichtszüge straffen sich. »Sie machen einen Fehler, Sokolov. Ich bin niemand, mit dem Sie sich anlegen wollen.«

Ich entblöße meine Zähne mit einem humorlosen Lächeln. »Das ist Esguerra auch nicht, aber trotzdem sind wir hier.«

Er starrt mich an, dann legt er seinen Kopf ruckartig auf eine Seite. »Lasst sie vorbei«, befiehlt er, und als ich mich umdrehe, sehe ich, dass sich die Mauer aus Schlägern auflöst, sie ihre Waffen senken, aber ihre Haltung ist weiterhin angespannt. Er will nicht, dass es hässlich wird, und ich bin froh. Antons Scharfschützengewehr hätte wahrscheinlich drei oder vier von Novaks Männern ausgeschaltet, und wir drei hätten weitere sieben oder acht leicht erwischen können, aber fliegende Kugeln sind nie eine gute Sache. Die ultradünnen kugelsicheren Westen, die wir unter unserer Kleidung tragen, würden uns nicht vor einem Kopfschuss schützen, und so geschickt wir auch sind, wir sind nicht immun gegen Blei.

»Sie machen einen Fehler.« Novak hebt seine Stimme, als wir zum Ausgang gehen. »Merken Sie sich meine Worte, Sokolov. Sie machen einen großen Fehler.«

Ich antworte nicht, und wir gehen auf die belebte Straße hinaus und mischen uns unter die Fußgänger, als wir zu unserem Treffpunkt zurückkehren.

»ER WIRD NICHT DAMIT HERAUSRÜCKEN«, SAGT ANTON, ALS WIR IHM beim Abendessen in einem örtlichen Restaurant davon erzählen, was passiert ist. »Wir haben unsere Zeit verschwendet. Was auch immer sein Trumpf auf Esguerras Gelände ist muss echt sein, wenn er ihn so sorgfältig bewacht. Er wird uns nicht sagen, was es ist, also können wir es genauso gut vergessen. Du hast einige der anderen Angebote gesehen, die wir in letzter Zeit bekommen haben, oder? Sie sind auch nicht schlecht. Wir erledigen ein paar dieser Jobs, und schon haben wir unsere hundert Millionen. Wir brauchen Novak und seinen geheimnisvollen Scheiß nicht.«

Ich nicke, während ich in mein Steak schneide. »Ich stimme dir zu. Konzentrieren wir uns auf andere Jobs.«

Yan zieht die Augenbrauen hoch. »Wirklich? Einfach so?«

Ich begegne seinem Blick. »Wir werden diesen Auftrag nicht blind ausführen, und Novak wird nichts preisgeben, also sind wir hier fertig. Ist das ein Problem? Weil ich den Eindruck hatte, dass du nicht erfreut warst, als ich diesen Job annehmen wollte.«

Yan starrt mich an, und ich starre ihn an, mein Ausdruck ist ruhig. Ich spüre die wachsende Spannung zwischen uns, aber ich kann es mir nicht leisten, dieses Spiel nicht zu spielen.

Soweit ich sehen kann, gibt es nur einen Weg für mich und Sara, und das ist mein erfolgversprechendster Versuch.

»Ich denke, Peter und Anton haben recht«, sagt Ilya und bricht die unangenehme Stille. »Wir brauchen diesen Job nicht. Es ist zu riskant. Lass uns stattdessen ein paar zusätzliche Aufträge annehmen.«

Ich schiebe mir ein Stück Steak in den Mund, kaue und schlucke es herunter. »Dann ist es entschieden«, sage ich und nehme mein Wasser in die Hand. »Wir sind hier fertig. Morgen früh fliegen wir nach Hause.«

Ich liege wach, lausche und warte, und um vier Uhr morgens höre ich es.

Das leise *Knarren* des Hotelzimmerschlosses und das Quietschen der Scharniere, als die Tür sich zu bewegen beginnt.

Ich reagiere sofort, und mein Körper schnellt nach oben wie eine Spiralfeder. Im Handumdrehen halte ich den Eindringling auf den Knien in einem Würgegriff fest, während ich mich hinter ihn hocke und eine Waffe an seine Schläfe halte.

Er keucht und windet sich, versucht zu entkommen, aber ihm fehlt die Kraft, mich zu schlagen oder mich abzuschütteln, und jede seiner Bewegungen verbraucht nur seine Atemreserven.

»Wer hat dich geschickt?«, frage ich, als seine erbitterte Gegenwehr nachlässt. »Warum bist du hier?«

Ich lockere meinen Griff gerade so weit, dass er etwas Luft bekommt. Er nimmt den Kampf wieder auf, also ziehe ich meinen Arm wieder fester und schneide seine Luftzufuhr komplett ab. Dieses Mal dauert es nur wenige Sekunden, und ich lockere meinen Griff, kurz bevor er in die Bewusstlosigkeit rutscht.

»Wer hat dich geschickt?«, wiederhole ich, und er ist endlich klug genug, um zu kooperieren.

»N-Novak«, keucht er heiser.

»Warum?«, frage ich weiter, ohne loszulassen. Ich weiß bereits, was er sagen wird, aber ich will es trotzdem von ihm hören.

»Er ... will Sie sehen«, krächzt der Schlägertyp. »Nur Sie, niemand sonst.«

Ich festige meinen Griff, als ob ich verärgert wäre, aber dann lasse ich los und stehe auf, wobei ich ihn gleichzeitig nach vorne schiebe, um ihn mit dem Gesicht nach unten auf den Boden zu stoßen. Während er Luft einzieht und darum kämpft, auf allen vieren aufzustehen, mache ich das Licht an und ziehe meine Winterjacke und Stiefel an. Den Rest der Kleidung trage ich bereits, da ich genau so einen Besuch erwartet hatte.

»Du hast gewonnen«, sage ich dem Schläger, als er mich wütend anstarrt und sich nachtragend die Kehle reibt, während er mühsam aufsteht. »Geh vor.«

Meine Entscheidung, in einem Hotel in Belgrad zu übernachten, hat sich gelohnt. Es ist Zeit, zu sehen, welches Ass Novak im Ärmel hat.

eter

EINE SCHWARZE LIMOUSINE WARTET VOR DEM HOTELEINGANG AUF UNS, und als ich hineinklettere, finde ich im Inneren Novak vor.

»Das war nicht sehr einladend von Ihnen«, sagt er, als der Schläger neben uns einsteigt, immer noch seine Kehle reibt und mich anstarrt, als wolle er mich auf der Stelle verbrennen. »Victor wollte lediglich meine höfliche Einladung überbringen.«

»Indem er mitten in der Nacht in mein Zimmer einbricht?«

Der Waffenhändler zuckt mit den Schultern. »Er wollte nicht anklopfen und riskieren, Ihre Kollegen in den Nachbarzimmern zu wecken.«

»Ich verstehe.« Ich schenke ihm ein eiskaltes Lächeln. »Sehr aufmerksam von Victor.«

Novaks Antwortlächeln passt zu meinem. »Ich bin sicher, Sie waren nicht zu verstört, angesichts Ihres Berufes. Aber warum vergessen wir nicht die Art meiner Einladung und konzentrieren uns auf die eigentliche Sache?«

»In Ordnung.« Ich lehne mich zurück und strecke die Beine aus, um sie an den Knöcheln zu überkreuzen. »Nur zu.«

Novak betrachtet mich einige Augenblicke lang und sagt dann unverblümt: »Ich traue Ihren Männern nicht. Ich weiß, *Sie* haben eine Vergangenheit mit Esguerra, aber Ihre Leute haben keinen Grund, sich mit ihm anzulegen.«

»Außer hundert Millionen Euro, meinen Sie?«

»Das *ist* viel Geld«, räumt er ein. »Aber Ihr Team hat keine finanziellen Probleme, wie ich höre. Wie hatten Sie gesagt? Ein paar extra Aufträge, und Sie haben Ihre hundert?« Seine Eidechsenaugen leuchten im Licht der Straßenlaterne.

Ich behalte das Pokerface bei, das weder Überraschung noch Verärgerung zeigt. Das ist einfach, weil ich beides nicht fühle. Ich wusste, dass die Chance groß war, dass wir in diesem Restaurant belauscht werden würden, und ich habe diese Chancen genutzt und jedes einzelne Wort berechnet, um dieses genaue Ergebnis zu erreichen.

»Warum bin ich dann hier?«, frage ich, als Novak mich weiter anstarrt. »Wenn Sie uns oder unseren Beweggründen nicht trauen, warum kommen Sie dann zu uns … und warum schleppen Sie mich mitten in der Nacht hierher?«

»Ich habe nicht gesagt, dass ich *Ihren* Beweggründen nicht traue.« Seine dünnen Lippen krümmen sich. »Ich kenne die ganze Geschichte Ihrer Anstellung bei Esguerra. Sie haben Ihren Job gut gemacht – haben sogar sein Leben gerettet –, und dafür sind Sie auf seiner Scheißliste gelandet. Das kann kein gutes Gefühl sein, da bin ich mir sicher. Und jetzt haben Sie die Chance, die Waage auszugleichen und dabei etwas Geld zu verdienen.«

Ich lasse meine Schultern leicht entspannen, so als ob ich mich entspannen würde. »Das ist sehr tiefgründig von Ihnen.«

Novaks Gesichtsausdruck ändert sich nicht, aber ich fühle seine

Zufriedenheit. Er ist zweifellos stolz darauf, ein guter Menschenkenner zu sein, und gerade jetzt beglückwünscht er sich selbst dazu, dass er seine Sorgfaltspflicht erfüllt und die richtigen Schlüsse gezogen hat. Er könnte sogar von meinem Bruch mit Kent nach dem Vorfall mit Sara wissen, möglicherweise indem er jemanden in der Klinik bestochen hat, um mein Team zu belauschen, während wir dort waren. Das würde den günstigen Zeitpunkt seines Angebots erklären.

Er handelte, sobald er herausfand, dass meine letzte Verbindung zu Esguerras Organisation zerbrochen war.

Wenn seine Gründlichkeit so umfassend ist, weiß er natürlich auch von Sara. Das beunruhigt mich, aber ich hoffe, er kauft mir die Geschichte, die Sara dem FBI erzählt, ab: dass ich sie satthatte, dass die Narbe auf ihrer Stirn sie irgendwie weniger attraktiv für mich gemacht hat. Sicherlich ist die Tatsache, dass ich sie gehen ließ und riskiere, sie nicht zurückholen zu können, nichts, was ein Mann in unserer Welt tun würde, wenn er immer noch an der Frau interessiert ist, die er entführt hat.

Meine erzwungene Beziehung zu Sara ist nicht so ungewöhnlich in Novaks Kreisen, aber sie gehen zu lassen, wenn ich sie noch will, *ist* es. Deshalb ist es sicherer für sie zu Hause.

Wenn Novak wüsste, was ich wirklich für Sara empfinde, würde er sie als Druckmittel benutzen, und das kann ich nicht zulassen.

»Also«, sagt er, als sich die Stille in eine unangenehme Minute ausdehnt. »Ich nehme an, Sie wollen den Job.«

Ich neige meinen Kopf. »Das tue ich, aber es spielt keine Rolle, was ich will. Ich werde das noch immer nicht blind tun. So arbeite ich nicht, und so sehr ich Esguerra tot sehen möchte, ich bin nicht bereit, Selbstmord zu begehen, damit es passiert.«

Novak betrachtet mich noch eine Minute lang und sagt dann: »In Ordnung. Hier ist, was ich Ihnen an dieser Stelle zu sagen bereit bin. Der Aktivposten, den ich vor Ort habe, kann noch nicht aktiviert werden. Es wird etwa acht Monate dauern, bis ich die entsprechenden Vorkehrungen getroffen habe. Zuerst müssen ein paar Dinge geregelt werden.«

»Acht Monate?« Nur mein Training ermöglicht es mir, meinen Gesichtsausdruck unverändert zu lassen, da sich meine Eingeweide vor Schock über seine Worte verdrehen.

Acht Monate, bis ich das beenden kann.

Acht qualvolle Monate ohne Sara.

Novak nickt. »Vielleicht etwas früher, aber dafür gibt es keine Garantie. Das gibt Ihnen und Ihrem Team auf jeden Fall genügend Zeit, Ihren Aktionsplan auszuarbeiten.«

Ich schlucke die Wut, die in meinem Hals brodelt, hinunter. »Es gibt keinen Plan, wenn wir nicht genau wissen, was wir wie vorhaben«, sage ich ruhig. »Wo ist Ihr Informant? Auf Esguerras Gelände oder anderswo? Was genau erwarten Sie von uns, was Ihr Spion nicht selbst tun kann? Wenn es jemand von innen ist, warum lassen Sie ihn den Job nicht ausführen? Ich nehme an, er hat Zugang zu Esguerra.«

»Noch nicht, aber das wird sie.« Novak registriert mein unfreiwilliges überraschtes Blinzeln mit offensichtlicher Freude. »Ja, das ist eine andere Sache, die ich Ihnen sagen will: mein Informant ist eine Frau. Sie wird Zugang zu Esguerra haben, aber weder die Fähigkeiten noch die Neigung, die Aufgabe auszuführen. Sie kann jedoch zu einem bestimmten Zeitpunkt am richtigen Ort sein, für Ablenkung sorgen, bestimmte Sicherheitsmaßnahmen deaktivieren, etc. Die Einzelheiten der Hilfe werden warten müssen, bis sie an Ort und Stelle ist und die Situation beurteilen kann, aber ich versichere Ihnen, Sie *werden* jemanden im Inneren haben.«

Ich starre ihn hin- und hergerissen an. Das ist immer noch nicht genug Information, aber ich habe das starke Gefühl, dass, wenn ich dieses Mal weggehe, Novak nicht noch einmal auf mich zukommen wird. Angesichts dessen, was er bisher enthüllt hat, könnte das, was er das nächste Mal zu mir schickt, eine Kugel und kein Schläger sein. Ich bin nicht allzu besorgt über diese Möglichkeit – ich bin es gewohnt, dass Leute auf mich schießen – aber Sara ist verletzlich, und ich kann nicht riskieren, dass Novak sie an meiner Stelle verfolgt.

Es ist unwahrscheinlich, angesichts des »er ist von mir

gelangweilt«-Szenarios, das sie für das FBI entworfen hat, aber ich kann es nicht riskieren.

»Also lassen Sie mich das zusammenfassen«, sage ich und lehne mich nach vorn. »Sie werden eine Frau im Inneren haben, aber nicht viel früher als in acht Monaten. Sie ist nicht in der Lage, sich die Hände schmutzig zu machen, aber sie wird es uns erleichtern, dass wir unsere Arbeit machen können.« Als er nickt, frage ich: »Warum können Sie sie nicht früher in die richtige Position bringen? Was wird sich in den nächsten acht Monaten ändern?«

»Sie werden warten müssen, um das zu erfahren«, sagt Novak. »Im Moment besteht immer noch die Möglichkeit, dass ich das Objekt nicht wie erwartet platzieren kann. Wenn sich bestimmte Dinge nicht so entwickeln, wie sie sollten, müssen wir vielleicht auf eine andere Gelegenheit warten – das, oder Ihr Team geht ohne Unterstützung rein.« Er sieht mich erwartungsvoll an, und ich schüttele den Kopf.

»Nein. Das wird nicht passieren. Esguerra hat mehrere Ebenen von Sicherheitsvorkehrungen auf seinem Gelände. Ich weiß es, weil ich ihm geholfen habe, sie zu installieren. Und ja, obwohl ich von ihnen weiß, komme ich nicht an ihnen vorbei. Sie sind so konzipiert, dass sie undurchdringlich sind. Der einzige Weg hinein ist mit Hilfe von innen, und wenn man das nicht leisten kann …« Ich zucke mit den Schultern und zeige meine leeren Handflächen.

Novak nickt. »Okay. Das habe ich mir schon gedacht. Also verstehen Sie den Wert meines Trumpfs. Sobald sie in Position ist, *wird* Esguerra eine Lücke in seiner Sicherheit haben. Wie dem auch sei, es wird Zeit brauchen.«

»Es gibt keine Möglichkeit, diesen Prozess zu beschleunigen?« Ich denke, ich kenne die Antwort, aber ich muss trotzdem fragen.

»Nein. Ich habe versucht, an andere im Inneren heranzukommen, aber jeder ist zu loyal – oder hat zu viel Angst vor Esguerra. Sie ist die einzige, die vielversprechend ist. Der Zeitpunkt ist jedoch so, wie er ist.«

Ich verdaue das für einen Moment, dann frage ich: »Warum

kommen Sie jetzt schon auf mich zu? Warum haben Sie nicht gewartet, bis Sie die Informantin an Ort und Stelle haben?«

»Wenn Sie nicht an Bord sind, muss ich andere Vorkehrungen treffen – und es braucht Zeit, um ein kompetentes Team zu finden und zu überprüfen. Und in diesem speziellen Fall, mit Esguerras Ruf … Nun, ich bin sicher, Sie wissen, wie das ist.«

»Richtig.« Selbst mit dem Anreiz von hundert Millionen Euro wären nur wenige Menschen bereit, sich mit jemandem anzulegen, der so gefährlich ist wie Julian Esguerra. Fast jeder hat etwas zu verlieren, und Esguerra kennt keine Gnade, wenn es um seine Feinde geht. Ich weiß es, weil ich ihm geholfen habe, diejenigen zu dezimieren, die sich mit ihm angelegt haben, und dabei ganze Gemeinschaften ausgelöscht. Der kolumbianische Waffenhändler unterscheidet nicht zwischen Unschuldigen und Schuldigen; jeder, der eine Verbindung zu seinen Feinden hat, zahlt.

»So.« Novak lehnt sich nach vorn, und sein blasser Blick ist auf mein Gesicht gerichtet. »Kann ich auf Sie und Ihr Team zählen, wenn es so weit ist?«

Ich denke einen Moment lang darüber nach und nicke. »Ja, das können Sie.« Mein Tonfall ist ruhig, auch wenn ich innerlich immer noch nervös bin. Meine Trennung von Sara sollte ein paar Wochen dauern, höchstens ein paar Monate. Nicht fast ein Jahr. Es ist natürlich möglich, dass das, was ich brauche, früher als in acht Monaten zustande kommt, aber im Moment klingt es nicht sehr wahrscheinlich.

Novak wird die Identität seines Trumpfes nicht früher als nötig preisgeben.

»Gut.« Sein dünnlippiges Lächeln verströmt Genugtuung. »Ich hatte gehofft, den richtigen Mann zu haben, und es klingt so, als hätte ich ihn. Nur noch eine Sache …«

Ich ziehe eine Augenbraue hoch. »Ja?«

»Ich hoffe, Sie verstehen, dass die Informationen, die ich heute mit Ihnen geteilt habe, sehr delikat und nur für Ihre Ohren bestimmt sind.

Das bedeutet, dass Sie sie niemandem in Ihrem Team mitteilen dürfen.«

So viel hatte ich nach seiner Einleitung erwartet, also nicke ich. »Verstanden. Und auf unserer Seite verlangen wir eine Anzahlung. Normalerweise ist es die Hälfte im Voraus, aber angesichts des verlängerten Timings können wir jetzt 25 Millionen akzeptieren, und weitere 25 Millionen unmittelbar vor dem Job.«

Novak verzieht keine Miene. »Sie werden das Geld morgen auf Ihrem Konto haben.«

Wir schütteln uns die Hände, und während wir das tun, versuche ich, die quälende Leere zu ignorieren, die sich bei dem Gedanken an die kommenden Monate in meiner Brust ausbreitet. Jetzt, da ich diesen Weg eingeschlagen habe, habe ich keine Wahl mehr, nicht wirklich zumindest.

Ich muss das tun. Das ist der einzige Weg nach vorn.

Wenn ich Sara langfristig will, muss ich ihr das Leben geben, das sie verdient.

TEIL II

19

S ara

DER REST DES MONATS NOVEMBER VERGEHT MIT Krankenhausbesuchen, zufälligen FBI-Verhören und Warten. Endlosem Warten. Ich bin ständig nervös, weil ich darauf warte, dass Peter auftaucht. Jedes Mal, wenn ich den Parkplatz des Krankenhauses überquere, die Straße entlanggehe oder in meinem alten Schlafzimmer im Haus meiner Eltern einschlafe – mein Haus wurde auf Grund der Zugehörigkeit zu einem gesuchten Verbrecher von der Regierung beschlagnahmt –, erwarte ich, abgefangen und mitgenommen zu werden. Wenn nicht von Peter, dann von einem der Männer, die er angeheuert hat.

Und sie beobachten mich ständig. Ich weiß es. Ich fühle es. Es ist das gleiche kribbelnde Gefühl wie vorher, das gleiche paranoide Gefühl von versteckten Augen, die mir folgen. Ein Teil davon ist darauf zurückzuführen, dass die FBI-Beamten jeden meiner Schritte verfolgen, aber nicht alles. Ich bin gut darin geworden, das FBI zu erkennen. Es ist immer das unscheinbare Auto auf der anderen Straßenseite, der Fußgänger, der nicht ganz dazugehört, der einsame Mann oder die Frau an der Bar.

Peters Männer sind anders. Ich sehe sie nie, ich spüre ihre Anwesenheit nur. Sie sind der Schatten um die Ecke, das Echo der Schritte auf dem Parkplatz, das Kribbeln zwischen meinen Schulterblättern. Sie sind immer da, aber nie nah genug, um von mir oder dem FBI entdeckt zu werden.

Natürlich ist es möglich, dass ich diesmal wirklich paranoid bin, aber ich glaube es nicht. Ich kenne Peter. Er würde mich nicht hierlassen, ohne mich im Auge zu behalten. Zumindest sage ich mir das immer wieder, während Woche für Woche ohne ein Wort von ihm vergeht ... ohne einen Hinweis, dass er zu mir zurückkommt.

Ich versuche, mich auf die Tatsache zu konzentrieren, dass ich die ganze Zeit mit meinen Eltern verbringen kann, und ich bin froh darüber. Das bin ich wirklich. Mein Vater scheint seit meiner Rückkehr neue Lebenskraft gefunden zu haben und widmet sich voller Energie und Hingabe dem Schwimmen und seinen vom Arzt zugewiesenen Übungen. Meiner Mutter geht es jeden Tag besser, da ihre Knochen mit der Geschwindigkeit einer Frau heilen, die halb so alt ist wie sie. Sie ist noch immer an ihr Bett gefesselt – eine Tatsache, die sie in den Wahnsinn treibt –, aber die Ärzte versprechen, dass sie mit der Physiotherapie beginnen kann, sobald ihr Körper so weit ist, möglicherweise ab Mitte Januar.

Der November geht in den Dezember über, und trotzdem geht das unendliche Warten weiter. Es ist, als würde ich in einem Schwebezustand zwischen meinem alten Leben und dem, in das ich mich mit Peter eingelebt hatte, leben. Ich lebe in meinem Elternhaus, umgeben von meiner Familie und meinen Freunden, aber ich kann das Gefühl nicht loswerden, dass ich ein Gast bin, ein Besucher an einem Ort, zu dem ich nicht mehr gehöre.

Ich denke, meine Eltern spüren das, weil sie im Dezember anfangen, sich zu fragen, warum ich bestimmte Dinge nicht tue, wie zum Beispiel einen neuen Job zu suchen oder eine andere Wohnung zu finden. Ich wehre sie ab, indem ich sage, dass ich mich vorerst auf Mama konzentrieren will, aber da sich ihre Gesundheit weiter verbessert, klingt diese Entschuldigung immer hohler.

»Sara, Schatz … du musst nicht die ganze Zeit hier sein«, sagt meine Mutter, als ich sie an einem kühlen Dezembermorgen besuchen komme. »Dein Vater kann mich genauso gut unterhalten, und ich weiß, dass du Dinge hast, die du deswegen aufgeschoben hast.« Sie deutet mit ihrer unverletzten Hand auf die Gipsverbände, die sie unbeweglich halten.

Lächelnd schüttele ich den Kopf. »Es gibt nichts, was nicht warten kann, Mama. Dank dem Verkauf des Hauses habe ich Geld auf der Bank, und ich lebe sehr gerne bei meinem Vater. Es sei denn, er hat es satt, mich ständig in der Nähe zu haben?«

»Natürlich nicht«, sagt meine Mutter sofort, so wie ich es mir gedacht habe. »Er liebt es, dich wieder zu Hause zu haben. Du hast keine Ahnung, was für eine Erleichterung es ist, dich zurückzuhaben. Wenn du für immer bei uns wohnen willst, bist du mehr als willkommen. Ich weiß nur, dass du immer unabhängig warst, und ich will nicht, dass du dich verpflichtet fühlst, dich um uns zu kümmern, anstatt dein Leben wieder auf den richtigen Weg zu bringen.«

Mein Leben wieder auf den richtigen Weg zu bringen. Ich widerstehe dem Drang, ihr zu sagen, dass ich nicht mehr weiß, was das bedeutet. Dass es für mich keinen »Weg« gibt, keinen geraden Weg, den ich sehen kann. Meine Zukunft, die einst so klar und geradlinig war, ist jetzt in Dunkelheit gehüllt, voller Wendungen, die ich nur erahnen kann.

»Keine Sorge, Mama«, sage ich und schüttele den düsteren Gedanken ab. »Ich bin froh, hier bei dir und Papa zu sein.«

Und lächelnd lenke ich das Gesprächsthema sanft von mir weg.

Weg von der Zukunft, die ich mir nicht mehr vorstellen kann.

Wir feiern Chanukka bei den Levinsons, und dann Weihnachten

und Neujahr im Krankenhaus mit Mama. Bei den Feierlichkeiten lache und lächele ich, tausche Geschenke aus und tue so, als wäre ich für immer zurück. Ich sage meinem Vater, dass ich mir bald einen neuen Job suchen werde, und ich bespreche den Kauf eines neuen Hauses mit Joe Levinson. Er empfiehlt mir einen guten Immobilienmakler, und ich schreibe den Namen auf, so als ob es wichtig wäre.

Als ob irgendetwas davon wichtig wäre, wenn ich jeden Moment wieder verschwinden könnte.

Als sich Mitte Januar nähert, fordert das Warten und Vortäuschen, das ständige Jonglieren mit allen Halbwahrheiten und Lügen einen Tribut von mir. Peters Abwesenheit ist eine rohe Wunde in meinem Herzen, und egal wie sehr ich mich auf meine Familie und Freunde konzentriere, ich vermisse ihn die ganze Zeit. So sehr, dass er alles ist, woran ich den ganzen Tag lang denken kann. Ich weiß, wie falsch das ist, und ich trete mich selbst dafür in den Hintern, aber an diesem Punkt bin ich so sehr an die erstickende Schuld gewöhnt, dass es sich nicht mehr so schrecklich anfühlt wie früher.

Meinen Peiniger zu wollen fühlt sich nicht wie ein schwerer Verrat an.

Ich kann immer noch nicht vergessen, dass Peter George getötet und mich monatelang gefangen gehalten hat oder dass er Menschen für Geld ermordet, aber wenn ich an ihn denke, sind es die süßen, zärtlichen Momente, die mir in den Sinn kommen, all die kleinen Dinge, mit denen er täglich gezeigt hat, wie sehr er mich liebt. Ich ertappe mich beim Tagträumen darüber, wie er meine Füße massiert und mir Frühstück ans Bett bringt, wie er sich um mich kümmert, wenn es mir nicht gut geht.

Wie ich in seinen Armen anstatt in meinem kalten, leeren Bett einschlafe.

Die Nächte sind definitiv am schlimmsten. Das ist, wenn meine Sehnsucht nach ihm am akutesten ist, wenn mein Verlangen körperlich wird. Jeden Abend drehe ich mich hin und her und kämpfe darum, einzuschlafen, während mein Körper für einen Mann brennt, der Tausende von Kilometern entfernt ist. Ich versuche, mit Spielzeug zu spielen, erotische Geschichten zu lesen, sogar Pornos anzuschauen, aber nichts füllt diese schmerzhafte Leere in mir. Es ist wie damals, als Peter auf seinem Gig in Mexiko war, nur tausendmal schlimmer, denn damals, am Anfang unserer seltsamen Beziehung, war er noch ein angsteinflößender Fremder. Jetzt aber ist er ein Teil von mir, da er sich so sehr in mein Herz und meinen Verstand gezwängt hat, dass sich das Leben ohne ihn so leer anfühlt wie mein Bett.

Es ist so schlimm, dass ich überlege, dem Drängen meiner Eltern nachzugeben und wirklich nach einem Job zu suchen. Stattdessen beschließe ich, wieder ehrenamtlich in der Frauenklinik zu arbeiten.

Zu meiner Erleichterung sind sie mehr als glücklich, mich zurückzuhaben.

»Wir haben dich so sehr vermisst«, sagt Lydia, die Empfangsdame. »Wir wussten nicht einmal, wie sehr wir dich brauchten, bis du weg warst. Ist jetzt alles in Ordnung? Das FBI tauchte auf, befragte uns alle, und …«

»Ja, alles ist in Ordnung. Es war nur ein Missverständnis wegen des Mannes, mit dem ich in den Urlaub gefahren bin«, sage ich, da ich hier nicht noch einmal alles erzählen möchte. »Jetzt ist alles geklärt, keine Sorge.«

Ich kann sehen, dass Lydia vor Neugierde stirbt, aber sie schweigt, da sie meine Abneigung spürt, das Thema weiter zu besprechen. Ich habe keine Ahnung, welche Gerüchte hier kursieren, aber zum Glück haben die Klinikmitarbeiter und Freiwilligen immer wieder mit sensiblen Situationen zu tun und wissen, wann sie nachfragen können und wann sie die Dinge ruhen lassen sollten. Nach einer Runde »Was ist passiert?« und »Wo warst du?« lassen mich alle in Ruhe, damit ich mich auf die Patienten konzentrieren kann – was ich in Vollzeit und noch ein wenig mehr mache.

Im Grunde genommen immer dann, wenn ich nicht bei meinen Eltern bin.

»Wie zum Teufel schaffst du es, dich zu überarbeiten, während du arbeitslos bist?«, beschwert sich Marsha einen Monat später, als ich anrufe, um einmal wieder ihre Einladung zum Ausgehen abzulehnen – und behaupte, ich sei erschöpft von einer Nachtschicht in der Klinik. »Ernsthaft, Süße, ich habe dich seit Wochen nicht außerhalb der Krankenhausflure gesehen. Zuerst war es deine Mutter, die dich rund um die Uhr brauchte, jetzt ist es das. Wir sind nach dem einen Mal bei Patty's nicht mehr zusammen weggegangen.«

»Ich weiß, ich weiß.« Ich seufze in das Telefon und massiere meinen Nasenrücken. »Es tut mir leid, Marsha. Vielleicht wird es nächste Woche einfacher sein.«

Das wird es nicht sein – ich bin nächste Woche für über sechzig Stunden in der Klinik, inklusive zwei Nachtschichten – aber ich werde mir trotzdem Zeit für Marsha nehmen. Ich habe sie gemieden, nachdem ich von ihrer Zusammenarbeit mit dem FBI erfahren habe, und ich fange an, mich deswegen schlecht zu fühlen. Was sie getan hat, fühlte sich wie ein Verrat an, aber das ist keine völlig rationale Reaktion. Sie hat wahrscheinlich getan, was sie für das Beste hielt, vielleicht hat sie sogar gedacht, sie würde mir helfen. Auf jeden Fall ist die Zusammenarbeit mit dem FBI generell die richtige Strategie für einen durchschnittlichen, gesetzestreuen Bürger, für den ich mich nicht mehr halten kann.

Nicht, wenn ich meine wahren Gefühle für einen gesuchten Mörder verheimliche.

Ich glaube, Agent Ryson spürt, dass ich nicht die volle Wahrheit sage, weil er mich ständig ins FBI-Büro in der Innenstadt schleppt. Zu diesem Zeitpunkt habe ich mindestens zehn Verhöre überstanden, und jedes Mal habe ich mich an meine Geschichte gehalten und den Beamten nur das erzählt, was ich am Anfang offenbart habe, und nicht mehr. Es hilft, dass meine Herzfrequenz in die Höhe schnellt und mein Körper in einen ausgewachsenen Panikmodus verfällt, jedes Mal, wenn sie anfangen, tiefer zu bohren.

Es ist wie mein PTBS oder was auch immer für Peter spricht.

»Gehen Sie zu einem Therapeuten, Dr. Cobakis?«, fragt Ryson, nachdem sie Karen, eine Beamtin mit medizinischer Ausbildung, holen müssen, um mich nach einer besonders gründlichen Befragung zu beruhigen. »Wenn nicht, kann ich jemanden empfehlen.«

Meine Atmung ist immer noch flach und unruhig von der Panikattacke, aber ich schaffe es, den Kopf zu schütteln. »Ich habe jemanden, danke.«

Ich habe meinen Therapeuten, Dr. Evans, seit meiner Rückkehr nicht mehr gesehen, aber er ist gut. Er half mir damals, als ich die Alpträume und Ängste nach Peters Überfall in meiner Küche nicht verkraften konnte. Ich sollte ihn wiedersehen, aber ich kann mich nicht dazu bringen, in sein Behandlungszimmer zu gehen und ihn mit der gleichen verwirrenden Mischung aus Wahrheit und Lügen zu füttern, die ich für das FBI zusammengestellt habe.

Ich kümmere mich lieber allein um meine Probleme, während ich auf Peter warte.

Er wird jederzeit zu mir zurückkommen.

ICH ZÄHLE DIE TAGE IN EINEM KALENDER, MARKIERE SIE WIE JEMAND, der darauf wartet, aus dem Gefängnis zu kommen. Mein Tag der Befreiung – der Tag, an dem ich mit Sara wiedervereinigt werde – kann nur geschätzt werden, also wähle ich ein Datum acht Monate nach meinem Treffen mit Novak und zähle bis dahin, denn die Einzelheiten von Novaks Trumpf herauszufinden ist der erste Schritt in Richtung meines Plans, mir eine echte Zukunft mit Sara zu sichern.

Da unser japanisches Versteck vermutlich kompromittiert ist, gehen wir von einem Versteck zum anderen und bleiben nie länger als ein paar Wochen an einem Ort. Währenddessen erledigen wir verschiedene Aufgaben, einige schwieriger als andere, aber keine so kompliziert oder gefährlich wie die, die wir mit Novak vereinbart haben.

Meine Teamkollegen – sogar Yan – akzeptieren meine Entscheidung, den Esguerra-Job anzunehmen, sowie die Tatsache, dass wir mehr über den Aktivposten erfahren werden, wenn die Zeit reif ist. Wie ich Novak versprochen habe, habe ich ihnen nichts von den Details erzählt, die wir besprochen haben. Das liegt zum Teil daran, dass es noch nichts zu besprechen gibt, aber vor allem daran, dass ich sicherstellen muss, dass Novak mir vertraut. Meine Jungs können so gut schauspielern wie Hollywoodstars, aber wenn man es mit jemandem mit Novaks riesigen Ressourcen zu tun hat, weiß man nie, wer wann zuhört. Unsere Unterkünfte sind sicher, aber wir wagen uns heraus, und ein parabolisches Mikrofon kann aus überraschenden Entfernungen benutzt werden.

Vor allem deshalb ist Sara kein Thema mehr zwischen uns. Soweit es alle in meinem Team betrifft, könnte sie genauso gut nicht existieren.

»Ich will weder ihren Namen noch das Pronomen *sie* hören«, sagte ich ihnen. »Erwähnt sie mir gegenüber nicht und sprecht nie wieder unter euch über sie. Sie ist weg, und das war's. Verstanden?«

Sie alle haben genickt und meine Bedenken verstanden, und ich habe die Sicherheit in meiner Kommunikation mit den Hackern und den Männern, die wir angeheuert haben, um Sara in den USA zu beobachten, erhöht. Ich kann nicht *nicht* auf mein Ptichka aufpassen, aber zu ihrer Sicherheit darf niemand von meiner anhaltenden Besessenheit von ihr wissen.

Und ich *bin* besessen. Es ist eine Krankheit, die durch ihre Abwesenheit noch verschlimmert wurde. Ich träume jede Nacht von Sara. Manchmal geht es um etwas so Harmloses wie sie zu halten und ihr seidiges Haar zu bürsten, aber oft sind die Träume dunkel und gewalttätig. In einigen verliere ich sie, in anderen bin ich die Ursache ihres Schmerzes. Unser erstes Treffen, bei dem ich sie betäubt und gewaterboardet habe, hat mich in den letzten Wochen verfolgt, die Erinnerungen haben mich mit exquisiten, brutalen Details heimgesucht. Am schlimmsten ist, dass ich aus den Träumen, in denen ich sie verletze, mit einem harten und schmerzenden Schwanz aufwache, und ich weiß, dass, so sehr ich sie vermisse – so sehr ich sie auch liebe –, meine Gefühle für Sara niemals einfach und süß sein werden, unberührt von der Dunkelheit unserer Vergangenheit.

Durch die Dinge, die ich ihr angetan habe … und vielleicht erneut tun werde.

Wenn die Nächte schlecht sind, sind die Tage noch schlimmer. Das Erste, was ich jeden Morgen tue, ist, die Berichte über Sara durchzugehen, sowohl die von den Hackern als auch die von den Amerikanern, die sie beobachten. Deshalb weiß ich, dass sie wieder freiwillig in der Klinik arbeitet und dass ihre Mutter eine Physiotherapie begonnen hat. Gelegentlich schaffen es die Amerikaner auch, aus der Ferne ein Video von Sara zu bekommen, und an diesen Tagen schaue ich mir die Aufnahmen mehrmals vor dem Frühstück an, und dann noch ein Dutzend Mal am Abend, kurz bevor ich einschlafe. Dazwischen trainiere ich mit meinem Team und führe das Geschäft, aber bin in Gedanken nicht dabei.

Die sind bei ihr.

Bei meinem schönen Ptichka, das ich wie ein abgetrenntes Glied vermisse.

Ich denke ständig daran, sie zurückzuholen. Dank Saras Geschichte, dass ich mich mit ihr langweilte, hat das FBI nicht versucht, sie vor mir zu verstecken. Sie beobachten sie immer noch, falls ich zurückkehre, aber sie haben es nicht für notwendig gehalten, sie in ein Zeugenschutzprogramm oder irgendetwas in dieser Richtung aufzunehmen. Ich glaube, weil sie *hoffen*, dass ich zu ihr zurückkehre.

Sie ist ein Köder, obwohl sie es nicht zugeben wollen.

Und ich bin versucht. Scheiße, bin ich versucht. Jetzt, da ihre Eltern sie nicht mehr so sehr brauchen, träume ich täglich davon, sie zurückzubekommen, bis zu dem Punkt, dass ich die ganze Operation im Kopf habe. Ich weiß genau, wie wir die Luftkontrollen umgehen und wo wir landen würden, wie wir eine Ablenkung schaffen würden, um die FBI-Beamten von Sara wegzulocken und wie wir eine falsche Spur legen würden, um sie von unserer Fährte abzulenken, während wir fliehen.

Wir könnten es morgen machen, wenn wir wollten.

In etwa zwanzig Stunden könnte ich Sara im Arm halten.

Die meiste Zeit kann ich die Fantasie abschütteln, mir die Gründe, warum ich das tue, wiederholen und mich daran erinnern, dass sie sicherer dort ist, wo sie ist. Es gibt jedoch Tage, an denen die Fantasie alles ist, woran ich denken kann, und ich ertappe mich dabei, dass ich nur Sekunden davon entfernt bin, ihr nachzugeben und Anton zu befehlen, das Flugzeug vorzubereiten.

Um nicht meinen Verstand zu verlieren, verstärke ich die Suche nach Henderson, der letzten und am schwersten fassbaren Person auf meiner Liste. Die Tatsache, dass wir ihn und seine Familie noch nicht gefunden haben, bestätigt das Gerücht über seinen CIA-Hintergrund. Der Wichser ist gut darin – so gut wie jemand in meinem Beruf.

Es könnte an der Zeit sein, etwas nachzuhelfen.

»Wir fliegen nach North Carolina«, kündige ich am nächsten Morgen am Frühstückstisch an. »Wir werden Asheville aufmischen, mal sehen, ob wir das Arschloch auf die harte Tour herauslocken können.«

Meine Mannschaftskameraden mit identischen, nicht überraschten Gesichtsausdrücken schauen von ihrem Teller auf. Das war die ganze Zeit der Notfallplan. Wir würden lieber keine Unschuldigen einbeziehen – Freunde von Henderson und entfernte Familienmitglieder, die nichts mit dem Massaker von Daryevo zu tun hatten – aber angesichts der Unauffindbarkeit unseres Ziels ist es die einzige Möglichkeit.

»Er erwartet uns«, sagt Anton und schiebt seinen Teller zur Seite. »Es ist höchstwahrscheinlich eine Falle.«

Ich lächele grimmig. »Ich weiß.«

Die Schwierigkeit dieser Operation ist das, worauf ich mich am meisten freue. Wir müssen nicht nur unbemerkt in das Land ein- und ausreisen, sondern Henderson wird zweifellos das FBI auf seine Freunde achten lassen. Logistisch gesehen wird das ähnlich sein wie Sara zurückzustehlen, nur anstatt eine Frau zu entführen, werden wir ein halbes Dutzend Leute verhören, die wahrscheinlich alle von

Hendersons Freunden vom FBI und vielleicht sogar von der CIA beobachtet werden.

»Sollte spaßig werden«, sagt Yan, und seine grünen Augen funkeln. »Besser als hierzubleiben.« Er wedelt mit der Hand, um auf die rustikale Hütte zu zeigen, in der wir uns die letzte Woche aufgehalten haben – unser Unterschlupf in Ostpolen.

Ilya wirft ihm einen bösen Blick zu und isst weiter. Er ist seit einer Woche böse auf seinen Bruder, seit Yan eine Budapester Kellnerin gefickt hat, die Ilya auch wollte. Es ist nicht das erste Mal, dass sich diese Situation ergeben hat – die Zwillinge haben einen ähnlichen Geschmack bei Frauen – aber in der Vergangenheit haben sie einvernehmlich geteilt, entweder indem sie das Mädchen im Doppelpack genommen oder sich abgewechselt haben. Ich habe keine Ahnung, was bei dieser Kellnerin anders war, aber Ilya ist, seit wir hier sind, sauer auf Yan.

Ich werde mich nicht in diesen Streit einmischen, also tue ich einfach so, als würde ich die Spannung am Tisch nicht bemerken. »Macht euch bereit«, sage ich den Jungs. »Ich will noch vor Ende der Woche in Asheville sein, also müssen wir bis morgen einen brauchbaren Plan haben.«

Und ich stehe auf, um meinen US-Kontakten eine E-Mail zu schreiben.

Sara

Ich treffe Marsha in einem Klub in West Loop in Chicago. Er ist neu, trendy und so laut, dass meine Ohren von der Musik aus den Lautsprechern dröhnen. Marsha ist bereits auf der Tanzfläche, und reibt sich an zwei jungen Bankertypen, also mache ich mich auf den Weg zur Bar und bestelle mir einen Gin Tonic. Ich hoffe, dass der Alkohol den allgegenwärtigen Knoten in meinem Magen beruhigt.

Es kann jeden Moment passieren. Jeden Moment. Das sage ich mir schon seit Wochen, aber ich bin immer noch hier, immer noch in diesem beunruhigenden Schwebezustand. Vor fünf Tagen ging Mama die ganze Strecke von ihrem Bett bis zur Toilette mit Hilfe ihrer Krücken allein, aber trotzdem bin ich immer noch hier und lebe im Haus meiner Eltern, ohne zu wissen, wann oder ob Peter zu mir zurückkommt.

Könnte es sein? Könnten die Lügen, die ich dem FBI erzählt habe, die Wahrheit sein? Vielleicht wurde es meinem russischen Mörder langweilig mit mir. Vielleicht hat er das Interesse an mir verloren, weil ich mich in der Klinik an ihn geklammert habe. Ich weiß, er lebt von Gefahren und Herausforderungen aller Art, und vielleicht ist das alles, was ich für ihn war: eine Herausforderung. Denn was gibt es Größeres, als die Zuneigung der Witwe des Feindes zu gewinnen, einer Frau, die allen Grund hat, dich zu hassen?

Der Gedanke dringt immer wieder in meinen Kopf ein, und ich schiebe ihn immer wieder beiseite und erinnere mich an den Blick auf Peters Gesicht, als er geschworen hat, für mich zurückzukehren. »Solange noch ein Funken Leben in meinem Körper ist«, hat er gesagt, und ich habe nicht einen Moment lang an ihm gezweifelt – nicht nach den Anstrengungen, die er unternommen hat, um mich zu der seinen zu machen.

Ich zweifle immer noch nicht an ihm – nicht wirklich –, und das bedeutet nur eine Sache.

Wenn Peter nicht für mich zurückgekehrt ist, dann, weil er es nicht kann.

Weil etwas passiert ist.

Ich habe versucht, nicht darüber nachzudenken, die schreckliche Möglichkeit aus meinem Kopf zu verdrängen, aber ich kann sie nicht länger ignorieren. Peters Leben ist so, dass er genauso gut ein Soldat in einem Kriegsgebiet sein könnte. Zwischen den Behörden, die ihn weltweit jagen, und den mächtigen Kriminellen, mit denen er die ganze Zeit zu tun hat, stellt er sich der Herausforderung, von Tag zu Tag zu überleben. Und wenn seine *Jobs* dazukommen, sind die Chancen nicht gering, dass er verletzt wird oder Schlimmeres passiert.

Im Moment habe ich einen permanenten Knoten im Magen.

Das Einzige, was mich tröstet, ist, dass ich immer noch beobachtet werde, sowohl vom FBI als auch von Peters schattenhaften Männern. Dieses kribbelnde Gefühl zwischen meinen Schulterblättern lässt nie nach, wenn ich in der Öffentlichkeit bin. In diesem Moment bin ich mir sicher, dass es zumindest ein paar meiner Stalker im Klub gibt – der unscheinbare FBI-Beamte, der mir gefolgt ist und ein Bier auf der anderen Seite der Bar trinkt, und jemand anderen, den ich nicht identifizieren kann, dessen Anwesenheit ich aber fühle.

Wenn Peter tot oder gefangen wäre und das FBI es wüsste, würden sie aufhören, mir zu folgen. Dasselbe gilt für diejenigen, die Peter angeheuert hat.

Es ist keine große Erleichterung – er könnte immer noch irgendwo schwer verletzt sein –, aber es ist immerhin etwas.

Das ist es, was mich jeden Morgen aufstehen und meinen Tag trotz des nagenden Lochs in meinem Magen überstehen lässt.

»Da bist du ja!« Marsha taucht neben mir auf und strahlt mit dem einzigartigen Leuchten, das nur das Tanzen unter Alkoholeinfluss erzeugt. »Ich dachte schon, du kommst nicht mehr.«

»Ich bin hier«, versichere ich ihr, als der Barkeeper mir mein Getränk reicht. »Ich wurde nur in der Klinik aufgehalten – du weißt ja, wie das läuft.«

Sie nickt mitfühlend und sagt dem Barkeeper: »Ein Corona, bitte.«

Er gibt ihr die Flasche und sie stößt sie gegen mein Glas. »Darauf, dich endlich zum Ausgehen bewegt zu haben«, sagt sie, und ich lache, während meine Freundin einen großen Schluck nimmt.

»Also«, sagt sie, »wie geht es dir? Ich kann nicht glauben, dass es bald März ist und wir uns seit deiner ersten Woche nicht mehr gesehen haben.«

»Ja, ich weiß.« Ich setze einen entschuldigenden Gesichtsausdruck auf. »Das tut mir leid. Es ist nur, das mit meiner Mutter und allem anderen …«

Marsha schneidet mir das Wort ab, indem sie mit ihrem Bier winkt. »Sag nichts weiter. Ich verstehe es, wirklich. Sag mir nur eins …« Sie sieht sich um, lehnt sich dann näher zu mir und legt eine Hand auf meinen Unterarm. »Geht es dir gut, Süße?« Ihre Stimme ist trotz der dröhnenden Musik leise, und ihr Blick verweilt auf der nun verblassten Narbe auf meiner Stirn. »Wir haben nie wirklich darüber gesprochen … na ja, darüber, was passiert ist.«

Mein Hals wird enger. »Ich habe dir doch schon erzählt, was passiert ist.«

Sie nickt ernst. »Ich weiß. Davon rede ich nicht. Wie kommst du damit klar?«

»Ich bin« – *bis zum Äußersten angespannt, unfähig zu essen oder zu schlafen, habe Alpträume davon, dass Peter verletzt oder tot ist* – »okay.«

»Aha.« Marsha blickt auf meinen Unterarm, der unter ihren gebräunten, elegant manikürten Fingern besonders dünn und blass aussieht. »Deshalb imitierst du ein Anatomie-Laborskelett.«

Ich ziehe meinen Arm weg. »Ich bin auf Diät.«

Sie seufzt und lehnt sich zurück. »Ich verstehe.«

Ich schlürfe meinen Drink und wünschte, ich könnte ihr die Wahrheit sagen: dass ich nicht an einem psychologischen Trauma leide, sondern den Mann vermisse, der mir das angetan hat, dass ich darauf warte, dass er zurückkehrt und mich zurückfordert. Aber wenn ich das sage, kann ich genauso gut meine eigene Haftstrafe unterschreiben.

»Mir geht's gut«, wiederhole ich. Mit einem strahlenden Lächeln sage ich: »Wie wäre es, wenn wir aufhören, über deprimierende Dinge zu reden und einfach tanzen gehen?«

Marsha zögert, aber dann grinst sie. »In Ordnung. Gehen wir tanzen.«

Ich greife nach ihrer Hand, und wir machen uns auf den Weg zur überfüllten Tanzfläche. Sie beginnen gerade, einen von Nicki Minajs neuesten Hits zu spielen, und ich lache, als ich mich daran erinnere, dass ich den Jungs in Japan meine eigene Version dieses Songs präsentiert habe.

Marsha lacht auch, legt ihren Kopf in den Nacken, um ihr Bier zu trinken, und wir fangen an zu tanzen. Ich singe mit, ersetze an wichtigen Stellen die Texte mit meinen eigenen, und schon bald haben wir wirklich Spaß. Der Beat vibriert durch meine Knochen, so dass sich meine Füße von selbst bewegen, und ich kichere, als ein wenig meines Getränks auf meine Hand schwappt.

»Warte«, sage ich zu Marsha und kippe den Rest meines Gin Tonics herunter, um einen weiteren Unfall zu vermeiden. Ich stelle das leere Glas auf einen nahegelegenen Tisch, schiebe mich durch die

Menge zur Bar und bestelle eine Flasche Bier – viel tanzfreundlicher. Als ich zurückkehre, tanzt Marsha bereits mit ein paar neuen Jungs, und als ich mich nähere, greift sie nach meiner Hand und zieht mich zu ihnen.

»Das sind Bill und Rob«, schreit sie über die laute Musik, und ich lächele unangenehm berührt. Das hatte ich nicht im Sinn, als ich diesem Abend mit Marsha zugestimmt habe.

»Ich muss mal auf die Toilette«, sage ich und lehne mich vor, damit Marsha mich hören kann. »Ich bin gleich wieder da.«

»Warte, ich komme mit.« Marsha lässt ihre Begleiter ohne zu zögern stehen und folgt mir durch die Menge.

Es ist noch früh, also ist die Schlange zur Damentoilette noch nicht zu lang. Während wir warten, erzählt Marsha mir alles über den Klub, in den sie letztes Wochenende mit Tonya gegangen ist, und den heißen Kerl, den sie dort getroffen hat. Ich höre zu, lächele und nicke, und staune die ganze Zeit, wie anders das Leben meiner Freundin ist, wie geradlinig und unkompliziert. Wann war das letzte Mal meine größte Sorge, ob mich ein Mann anrufen wird? College, vielleicht? Als ich George traf, kam mein Dating-Leben zum Stillstand, und ich nahm es nach seinem Tod nicht wieder auf.

Peter hat mich schon beansprucht, bevor ich die Chance dazu hatte.

Endlich schaffen wir es auf die Toilette und kehren danach auf die Tanzfläche zurück. Jetzt ist sie noch überfüllter, und nach einer halben Stunde, in der wir herumgeschubst wurden und Getränke auf uns verschüttet wurden, schreit Marsha mir ins Ohr: »Verschwinden wir von hier.«

Ich folge ihr dankbar, und wir gehen in eine Lounge ein paar Straßenblöcke weiter, wo wir uns an die Bar setzen und einer Live-Band zuhören, die 80er-Jahre-Rock-Songs mit aktuellen Top-100-Hits vermischt spielt. »Du singst doch, oder?«, fragt Marsha, nachdem wir ein paar Drinks genommen haben, und ich nicke, wobei mein Kopf sich vom Alkohol dreht.

»Alles klar.« Marsha grinst. »Lass uns das machen.« Sie springt vom Barhocker, greift nach meinem Handgelenk und hebt meinen Arm in die Luft. »Hey, Leute«, schreit sie über die Musik hinweg. »Meine Freundin hier kann hervorragend singen. Wollt ihr alle mal hören?«

Ich will vor Scham im Boden versinken, aber ein paar Leute in der Menge – meist angetrunkene Kerle – antworten im Chor: »Ja, klar.«

»Komm schon.« Marsha schiebt mich fast auf die Bühne, wo die Bandmitglieder nicht gerade erfreut aussehen, es mit einem Amateur zu tun zu haben.

Normalerweise würde ich mich davonschleichen und Marsha später anschreien, aber durch den Alkohol, der meine Hemmungen löst, und meine kleinen Auftritte für Peter und seine Männer in Japan finde ich irgendwie den Mut, auf der Bühne zu bleiben.

»Kennt ihr ›Karma‹ von Alicia Keys?«, frage ich den Gitarristen, in der Hoffnung, dass ich meine Worte nicht lalle.

Der Gitarrist – ein rotwangiger Typ mit einem fliehenden Haaransatz – sieht mich vorsichtig an. »Vielleicht. Du singst, während wir spielen?«

»Wenn du nichts dagegen hast?« Ich schenke ihm mein schönstes Lächeln. »Nur ein Lied, und ich bin wieder weg.«

Er tauscht einen Blick mit den anderen Musikern aus, drückt mir dann ein Mikro in die Hände und sagt: »Okay, was soll's. Dann los, Mädchen. Zeig uns, was du draufhast.«

Sie spielen die ersten Töne, und ich wende mich der Menge zu – und mein Puls wird schneller, als ich merke, auf was ich mich eingelassen habe. Das letzte Mal, als ich vor so vielen Leuten aufgetreten bin, war in der Mittelschule, als ich eine Hauptrolle in einem Schulmusical bekam. Und genau wie damals spüre ich einen Schwarm Schmetterlinge im Bauch, eine nervöse Aufregung.

Benutze sie, sage ich mir, atme tief durch und fange dann an zu singen, wobei ich meinen eigenen Text mit den vertrauten Worten des Liedes mische. Trotz der vielen Drinks ist meine Stimme stark und rein, so kraftvoll, dass ich die Schwingung der Töne spüren kann. Alle anderen Geräusche in der Lounge verstummen, und ich sehe sowohl

Überraschung als auch Verwunderung auf den Gesichtern, die mich anschauen – einschließlich des verdeckten FBI-Beamten, der uns aus dem Klub gefolgt ist und jetzt einen Drink in der Ecke vor sich stehen hat.

Marsha sieht auch erstaunt aus, und mir wird klar, dass sie mich noch nie allein singen gehört hat. Wir haben als Gruppe »Happy Birthday« für ein paar Krankenschwestern gesungen, und sie hat mich wahrscheinlich vor ein paar Monaten bei diesem Klubausflug mitsingen hören, aber nie so.

Niemals als Vorführung … schon gar nicht mit meinen eigenen Texten.

Fast verschlucke ich mich bei diesem Gedanken. Ich habe meine Texte noch nie mit jemandem außer Peter und seinem Team geteilt. Aber ich schaffe es irgendwie, weiterzumachen, und während ich meine Version des Refrains singe, sehe ich, wie die Leute im Publikum anfangen, mitzusingen, ihre Handflächen auf die Tische zu schlagen und mit den Füßen im Takt zu klopfen. Die Schmetterlinge in mir dehnen sich aus und füllen jede Spalte in meiner Brust, bis ich das Gefühl habe, auf ihren schlagenden Flügeln zu schweben, und ich singe weiter, während mein Körper anfängt, der Musik zu folgen, und mein Tanztraining die Führung übernimmt.

Ich bin mir nicht bewusst, dass ich mich fühle, als würde ich schweben, bis das Lied endet und donnernder Applaus ausbricht. Als ich von meinem Hoch herunterkomme, sehe ich Marsha in der ersten Reihe wie verrückt klatschen und schreien, und ich strahle, während ich mich umdrehe, um der Band zu danken. Aber sie klatscht auch, und es fühlt sich an wie ein Traum, wie etwas, was mein jugendliches Selbst in einem Tagtraum beschworen haben könnte.

»Das war unglaublich. Hast du noch mehr solche Lieder?«, fragt der Gitarrist, und ich nicke, obwohl die Schmetterlinge jetzt eher wie Kolibris in meiner Brust sind. In Japan habe ich Dutzende von Liedern komponiert und aufgenommen, einige zu existierenden Songs, andere zu meinen eigenen Mischungen, und ich habe sie für meine Entführer als Teil unseres Abendrituals aufgeführt. Peter hat mir immer gesagt, dass ich gut bin, aber ich habe es Schmeichelei und dem Mangel an anderer Unterhaltung zugeschrieben. Diese Menschen sind jedoch Fremde; es gibt keinen Grund für sie, mir zu schmeicheln.

Wenn überhaupt, sollten die Musiker mich von der Bühne scheuchen, damit sie zu ihrer Musik zurückkehren können.

»Ich habe noch dieses eine andere«, sage ich dem Gitarristen atemlos, als sich der Traum nicht auflöst. »Kennst du die Melodie zu Bruno Mars' ›Just the way you are‹?«

Er grinst. »Natürlich. Alles klar, das spielen wir – wie heißt du?«

»Sara«, sage ich und bereue es sofort. Mein Name ist mehr als gewöhnlich, und diese Nacht verdient etwas anderes. Etwas wie Madonna oder Rihanna oder Sza.

»Ein Applaus für Sara«, ruft der Gitarrist, und ich vergesse meinen gewöhnlichen Namen, als die Leute im Publikum klatschen und schreien.

Die Band beginnt, *Just the way you are* zu spielen, und ich atme tief durch, um mich vorzubereiten. Anstatt des eigentlichen Textes benutze ich wieder meine eigene Version, und das hochfliegende Gefühl kehrt zurück, als ich die Reaktion des Publikums sehe. Sie lieben sie. Sie lieben sie wirklich.

Der Song ist viel zu schnell vorbei, und ich stürze wieder auf die Erde, nur um erneut aufzusteigen, als das Publikum einen weiteren Song verlangt, dann noch einen und noch einen. Ich führe sieben meiner besten Nummern hintereinander auf, und dann gibt meine Stimme nach.

»Das war's«, sage ich der Band und gebe dem Gitarristen das Mikro zurück. »Danke, dass ihr mich unterstützt habt.«

»Mädchen, du kannst jederzeit mit uns singen«, sagt er. »Eigentlich ...« Er dreht sich um, nimmt Blickkontakt mit seinen Bandkollegen auf und dreht sich dann wieder zu mir zurück. »Wir werden das ganze Wochenende hier auftreten, und wir würden uns freuen, wenn du dich uns anschließt.«

»Oh, ich ...«

»Wir würden die Einnahmen natürlich mit dir teilen«, sagt er, so als ob ich aus finanziellen Gründen ablehnen würde. »Es ist ein ziemlich netter Auftritt hier.«

»Ihr könnt sie euch nicht leisten«, sagt Marsha, und ich drehe mich um, um sie mit wiegenden Hüften auf die Bühne kommen zu sehen. »Sie ist Ärztin.«

»Ernsthaft?« Der Gitarrist betrachtet mich von oben bis unten. »Talentiert, hübsch *und* klug, was?«

Ich erröte, als Marsha sagt: »Darauf kannst du wetten. Also wenn du sie buchen willst, musst du zuerst mit mir reden. Hier.« Sie ergreift sein Handgelenk, zieht einen Stift hervor und kritzelt ihre Nummer auf seinen Unterarm, direkt neben ein Tattoo von einem Herz, das mit einem Pfeil durchbohrt ist. Mit einem Augenzwinkern fügt sie hinzu: »Ich bin jederzeit verfügbar.«

Ich lache, als ich begreife, was Marsha tut, und ziehe meine Freundin von der Bühne, bevor sie gleich auf der Stelle mit dem Musiker herummacht. Den Gerüchten im Krankenhaus zufolge hat sie schon verrücktere Dinge getan, wenn sie betrunken war.

Wir drängen uns durch das noch immer applaudierende Publikum und stürmen nach draußen, aber die frostige Februarluft tut wenig, um unsere Aufregung zu kühlen. Ich bin immer noch vom Alkohol beschwipst und high von meinem Auftritt, und Marsha ist auch aufgedreht, lacht und redet darüber, was gerade passiert ist und wie sie meine Agentin sein wird, damit wir beide reich werden, wenn ich groß herauskommen sollte.

Wir haben so viel Spaß, dass ich für einen Moment vergesse, dass nichts davon real ist, dass mein Leben im Moment nur ein großes Warten ist. Aber als ich in ein Taxi einsteige, um nach Hause zu fahren, erinnere ich mich, und mein Hoch verschwindet spurlos.

Während ich gesungen und mich betrunken habe, ist ein weiterer Abend vergangen.

Ein weiterer Tag ist zu Ende gegangen, ohne dass Peter zurückgekommen ist.

2 2

eter

ICH DENKE DARÜBER NACH, SARA ZU KONTAKTIEREN, ALS WIR AUF EINEM kleinen privaten Flughafen in den Ausläufern der Great Smoky Mountains landen, etwa neunzig Kilometer von Asheville und nur ein paar Staaten von ihr entfernt. Es ist mehr als verlockend, sie anzurufen, um ihre Stimme zu hören. Aber wenn ich das täte, würden die FBI-Beamten, die sie immer noch beobachten und ihre Anrufe abhören, sie erneut in die Mangel nehmen und an ihrer Geschichte zweifeln.

Es ist nicht das erste Mal, dass ich darüber nachdenke, sie zu kontaktieren. Ich denke ständig daran. So aufmerksam das FBI auch ist, ich könnte immer noch einen der Männer, die ich angeheuert habe, dazu bringen, ihr heimlich einen Brief zukommen zu lassen. Es wäre riskant, aber ich könnte es tun.

Was mich davon abhält, ist nicht die Logistik, sondern dass ich mir nicht sicher bin, was ich sagen sollte – und wie Sara auf einen solchen

Brief reagieren würde. So gerne ich glauben möchte, dass sie mich genauso sehr vermisst wie ich sie, weiß ich, dass es eine sehr reale Möglichkeit gibt, dass der zerbrechliche Bund, den wir gegen Ende ihrer Gefangenschaft aufgebaut haben, verschwunden ist und dass sie mich wieder hasst und fürchtet.

Sie könnte hoffen, dass ich für immer weg bin, und meinen Brief zu bekommen würde sie aufwühlen.

Außerdem, was kann ich ihr sagen, warum ich wegbleibe? Ich kann nichts über Novak und Esguerra verraten – das wäre zu gefährlich, falls der Brief abgefangen wird – und somit bliebe mir nur, dass ich ihr die Gewissheit geben könnte, dass ich noch am Leben bin und zu ihr zurückkomme.

Gewissheiten, die sie leicht als Bedrohung interpretieren könnte, falls sie glücklich ist, ohne mich zu Hause zu sein.

Ich kann sehen, dass meine Jungs darauf brennen, etwas zur Situation zu sagen, aber die Regel, nicht über Sara zu reden, bleibt bestehen, und sie wissen es besser, als sie zu brechen. Also schweigen sie, und ich konzentriere mich darauf, die Tage ohne Sara zu überstehen, indem ich mich auf die täglichen Berichte über sie verlasse, um meine Besessenheit zu nähren.

Vor ein paar Tagen ist sie mit ihrer Freundin Marsha ausgegangen und hat in einer Lounge gesungen und einige ihrer eigenen Lieder öffentlich aufgeführt. Schon das Lesen darüber hat meine Brust mit einem warmen Glühen erfüllt, und ich habe die Amerikaner angewiesen, sie das nächste Mal aufzunehmen, damit ich ihr zuhören und die Reaktion des Publikums beobachten kann. Ich bin absurd stolz auf den Gedanken, dass mein kleines Singvögelchen sich auf diese Weise in Szene setzt, ihre Hemmungen abschüttelt und das Talent zeigt, von dem ich immer wusste, dass sie es hat.

Natürlich war Stolz nicht meine einzige Reaktion auf diesen Bericht. Der Gedanke, dass sie an Orte geht, an denen andere Männer sie anmachen könnten, ist wie ein glühendes Stück Kohle in meiner Seite. Sara gehört mir. Die physische Distanz zwischen uns ändert nichts daran. Bis jetzt haben die Berichte niemanden angedeutet, der sich ernsthaft für sie interessiert, aber das bedeutet nicht, dass es nicht passiert ist. Mit dem FBI, das Sara ständig verfolgt, müssen meine Männer besonders vorsichtig sein, und es gibt Momente, in denen sie einfach nicht nah genug herankommen können, um sicherzustellen, dass nicht irgendein Arschloch sie um ihre Telefonnummer bittet oder sie auf ein Getränk einlädt.

Wenn ich ein Abhörgerät an Sara anbringen könnte, würde ich es im Handumdrehen machen.

Ich würde ihr einen Chip ins Gehirn einpflanzen, wenn ich könnte.

»Bist du bereit?«, fragt Yan, und ich merke, dass ich in den letzten Minuten gedankenlos meine Waffe gereinigt habe, anstatt meine Tasche zu packen und aus dem Flugzeug zu steigen.

»Ja«, sage ich, setze die Waffe wieder zusammen und stecke sie in meinen Hosenbund. »Lasst uns loslegen.«

~

Lyle Bolton, Wally Hendersons erster Cousin, besitzt einen kleinen Bioladen in Asheville. Laut seiner Freunde und Nachbarn ist er ein freundlicher, friedlicher Mann, mit den typischen zweieinhalb Kindern – zwei Vorschulkinder und ein Baby auf dem Weg. Seine schwangere Frau ist eine Hausfrau, und für Außenstehende scheinen sie das perfekte Vorstadt-Paar zu sein.

Schade, dass keiner von ihnen weiß, was unsere Hacker aufgedeckt haben.

Wir warten auf ihn in der Berghütte der Nutte, während unser SUV außer Sichtweite hinter dem Schuppen steht. Technisch gesehen ist das Mädchen ein Escort-Girl, aber Sex für Geld ist für mich alles das Gleiche. Bolton kommt jeden Dienstag und Donnerstag auf dem Rückweg von den lokalen Bauernhöfen, wo er Produkte für den Laden bekommt, hierher. Seine Frau ist völlig ahnungslos, und alle anderen in der Gemeinde auch.

Niemand würde sich vorstellen, dass der stille, gottesfürchtige

Herr Bolton, der sich für den Tierschutz und die Umwelt einsetzt, ein kaum legales *Escort-Girl* dafür bezahlen würde, zweimal pro Woche seinen Darm auf ihr zu entleeren – nachdem er sie verprügelt hat.

Henderson lässt nur Boltons Haus und den Arbeitsplatz von seinen Freunden im Auge behalten, weshalb diese Hütte ein perfekter Ort ist, um den Wichser zu befragen. Seine schmutzige kleine Angewohnheit ist ein Geheimnis vor jedem, auch vor seinem Cousin, und dank all der Vorsichtsmaßnahmen, die er für diesen Zeitraum getroffen hat, wird niemand nach ihm suchen, bis er vier Stunden später im Laden auftaucht.

Wir können in vier Stunden viel tun.

Die Hütte ist bis auf uns leer. Yan hat die Nutte heute Morgen weggelockt, indem er vorgab, ein zahlungskräftiger Kunde zu sein. Sobald er sie in ein Hotelzimmer gebracht hatte, fesselte er sie und ließ sie dort zurück. Wenn wir Zeit haben, wird er sie heute noch losbinden; wenn nicht, wird das Reinigungspersonal sie morgen früh finden. So oder so, das Mädchen wird nicht zur Polizei gehen, besonders dann nicht, wenn sie die Bezahlung auf dem Nachttisch findet.

Lyle Bolton ist pünktlich wie immer und taucht um viertel vor zehn auf. Sein Truck rumpelt in die Schottereinfahrt, und ich gebe den Jungs ein Zeichen, sich bereitzuhalten.

Uns die Beute zu schnappen ist ein Kinderspiel. Er hat keine Ahnung, was auf ihn zukommt. Der Wichser kommt mit einem großen Scheißgrinsen auf seinem molligen Gesicht herein, und Ilya tritt hinter der Tür hervor und schlägt ihm in den Magen. Er macht es uns leicht – so leicht wie möglich für jemanden, der so massiv ist –, aber Bolton fällt trotzdem auf alle viere, keucht, schnauft und versucht wegzukommen.

Yan tritt ihm in die Rippen, und dann komme ich dazu und ziehe den Wichser an der Rückseite seines Hemdes hoch, als er anfängt zu brabbeln und um Gnade zu bitten.

»Dein Cousin«, sage ich ruhig und setze ihn auf einen Küchenstuhl, »wo ist er?«

Er starrt uns an, und ich sehe eine neue Art von Angst auf seinem Gesicht. Er erkennt jetzt, dass das kein Versehen ist, dass wir keine Einbrecher sind, die nur zufällig hier sind.

»I-Ich weiß es nicht«, stottert er hervor, und ich seufze, bevor ich meine Waffe ziehe.

»Noch eine letzte Chance«, sage ich und lege ihm den Lauf an die Stirn. »Wo zum Teufel ist Wally?«

Er pisst sich in die Hose. Ein dunkler Fleck breitet sich über den Schritt seiner Kordhose aus, und ich rieche den beißenden Geruch von Urin. Es irritiert mich fast so sehr wie die Tränen und der Rotz, die sein Gesicht herunterlaufen.

»Ich schwöre Ihnen, ich weiß es nicht!«, jammert er, und ich senke die Waffe und drücke zweimal in schneller Folge ab.

Seine Schreie sind ohrenbetäubend, als er vom Stuhl fällt und sich auf dem Boden zu einem kleinen Ball zusammenrollt. Ich habe ihm gerade zwei Kugeln verpasst – eine in jeden Fuß – und warte eine Minute, bis die Schreie verstummen, bevor ich wiederhole: »Wo ist dein scheiß Cousin?«

»Ich weiß es nicht, weiß es nicht, weiß es nicht!« Er ist jetzt hysterisch und hält seine blutenden Füße mit beiden Händen fest. »Bitte, ich schwöre, ich weiß es nicht. Er ist vor über zwei Jahren verschwunden, und seitdem habe ich nichts mehr gehört.«

»Nichts? Keine Anrufe, keine E-Mails, keine Briefe?«

Die Antwort darauf kenne ich schon von unseren Hackern, weshalb ich nicht überrascht bin, als der heulende Idiot seinen Kopf wie ein Aufziehspielzeug schüttelt. »Nein, nein, ich schwöre es! Nichts! Niemand hat von ihm gehört, seit er verschwunden ist.«

Ich drehe mich zu Yan. »Was denkst du?«, frage ich auf Russisch. »Du glaubst diesem Stück Scheiße?«

Er betrachtet ihn und nickt dann. »Ja, ich denke schon. Henderson ist zu vorsichtig, um ihn zu kontaktieren.«

»Also gut. Gehen wir.«

Ich beuge mich nach unten, nehme Boltons Handy aus seiner Tasche und lasse ihn blutend auf dem Boden zurück, während wir aus der Hütte gehen. Bevor wir gehen, mache ich seinen Wagen fahruntüchtig, um sicherzugehen, dass er eine Weile nicht von hier verschwinden kann.

Wir müssen noch fünf weitere Arschlöcher verhören, bevor das Schicksal dieses Mannes bekannt wird.

23

Peter

Die nächsten beiden Leute auf unserer Liste stellen ungefähr so viel Herausforderung dar wie Bolton. Der Erste, Ian Wyles, ist ein pensionierter Lehrer, der Hendersons Onkel zweiten Grades ist. Die beiden tauschten regelmäßig E-Mails aus, bevor Henderson verschwand, und es ist möglich, dass Henderson immer noch irgendwie mit ihm in Kontakt geblieben ist.

Doch in der Minute, in der wir den alten Mann auf dem Heimweg von der Post schnappen, wird klar, dass er nichts weiß. Er ist so ahnungslos und verblüfft von unseren Fragen, dass wir ihn nicht einmal verprügeln. Wir fesseln ihn einfach und lassen ihn mit seinem Behindertenfahrzeug im Wald zurück, wo er in ein paar Stunden gefunden werden wird, wenn seine Frau nach Hause kommt und entdeckt, dass er verschwunden ist.

Die zweite Person, Jennifer Lows, ist eine Freundin von Hendersons Frau. Eine mollige Frau mittleren Alters, die sich förmlich in die Hose scheißt, als wir sie vor dem Pflegeheim ihrer Eltern ergreifen. Schon in der ersten Minute unseres Verhörs wird klar, dass auch sie ahnungslos ist, und wir lassen sie gefesselt, geknebelt und verängstigt, aber ansonsten unverletzt in einer Gasse zurück.

»Dreimal nichts«, merkt Anton an, als wir aus der Gasse herauskommen, aber ich zucke nur mit den Schultern. Das kommt nicht unerwartet. Wenn Henderson mit diesen Leuten in Kontakt geblieben wäre, hätten wir es wahrscheinlich schon entdeckt. Auch wären die Sicherheitsvorkehrungen um sie herum strenger gewesen. Die Tatsache, dass es relativ einfach war, an sie heranzukommen, sagt mir, dass sie nicht in Hendersons innerem Kreis sind.

Die Menschen, die ihm wichtig sind – seine Frau und seine Kinder – sind so gut verborgen wie ein Schatz.

Auf jeden Fall ist es nicht unser primäres Ziel, Informationen über den Verbleib von Henderson zu erhalten. Es geht darum, ihm zu sagen, dass niemand in seinem Leben – egal wie weit entfernt die Verbindung ist – sicher ist.

Wir wollen ihn erzürnen und erschrecken, weil wütende, verängstigte Männer Fehler machen.

Die nächste Person, hinter der wir her sind, ist ein ortsansässiger Polizist, der zufällig Hendersons Freund aus der Kindheit ist. Jimmy Gander, fünfundfünfzig Jahre alt, ist einer der ältesten Polizisten der Truppe, und als wir ihn vor seiner Lieblingsbar schnappen, schafft er es, Anton ins Gesicht zu schlagen, bevor wir ihn k. o. schlagen.

»Ich werde ihn umbringen«, murmelt Anton, als wir in den Wald fahren, wo wir unseren Gefangenen verhören wollen. »Der Bastard wird es zurückkriegen.«

»Kein unnötiges Töten«, erinnere ich ihn. »Wir werden ihm nur etwas einheizen, wenn er nicht kooperiert.«

Anton blickt finster. »Scheiße. Ich werde ein blaues Auge haben.«

»Du hättest dich nicht von dem Opa überwältigen lassen sollen«, sagt Yan grinsend. »Vielleicht sollten wir ihn deinen Platz im Team einnehmen lassen. Er scheint besser zu sein.«

»Haltet eure Klappe«, sage ich den beiden, als unser SUV auf einer Waldlichtung hält. »Ihr könnt das später nachholen.«

Wir ziehen den Polizisten heraus und warten, bis er zu sich kommt, bevor wir anfangen, ihn zu befragen. Wie die anderen scheint er wirklich von der Situation überrascht zu sein. Im Gegensatz zu unseren anderen Opfern heute weigert er sich jedoch zunächst, unsere Fragen zu beantworten. Zu Antons Freude müssen wir ihn einige Male schlagen, bevor wir das übliche »weiß nichts« und »habe nichts von ihm gehört« erfahren. Unter anderen Umständen würde ich Ganders Loyalität gegenüber seinem Freund bewundern, aber da wir nur noch weniger als zwei Stunden Zeit haben, um die beiden verbleibenden Personen auf unserer Liste zu befragen, frustriert mich die Verzögerung nur.

»Verpass ihm eine verdammte Kugel«, sage ich zu Anton, als der Bulle sich sträubt, uns von dem letzten Mal zu erzählen, als er Henderson sah. Anton gehorcht dem Befehl gerne und schießt Gander in die rechte Schulter.

Danach gibt es kein Zurückhalten von Antworten mehr: es sprudelt nur so aus ihm heraus, bevor er darum bittet, ins Krankenhaus gebracht zu werden.

»Lasst uns gehen«, sage ich den Jungs, sobald ich überzeugt bin, dass wir alles aus dem Polizisten rausbekommen haben. »Fesselt ihn und lasst ihn hier.«

Als wir wegfahren, behalte ich im Hinterkopf, den Notruf anzurufen und dort den Standort des Mannes mitzuteilen, sobald wir sicher in der Luft sind.

Hendersons Freund oder nicht, es gibt keinen Grund, den Polizisten sterben zu lassen.

WIR HABEN JETZT ZEITDRUCK, ALSO BESCHLEUNIGEN WIR DEN PROZESS, indem wir unsere letzten beiden Ziele schnappen und sie zusammen verhören. Wir haben sie bis zum Schluss aufgehoben, weil sie noch weiter von Henderson entfernt sind, und wenn wir sie aus irgendeinem Grund nicht erwischt hätten, wäre das kein großer Verlust gewesen.

Der erste Typ ist der Ex-Freund von Hendersons Tochter, Bobby Carston. Er ist zwanzig, etwa drei Jahre älter als die Tochter, und laut unserer Akten haben sie sich getrennt, als er mit ihrer besten Freundin auf ihrem Abschlussball schlief. Ich kann Fremdgeher nicht ausstehen, also verprügeln wir das Kind ein wenig, während wir es befragen – ein Schritt, der sicherstellt, dass unser letzter Gefangener, der Lieblingslehrer von Hendersons Sohn, von Anfang an kooperativ ist.

Tatsächlich ist Sam Briars in seinen Antworten über Jimmy Henderson so ausführlich, dass wir etwas bekommen, was wir nicht erwartet haben.

Eine mögliche Spur.

»… und dann machten sie vor fünf Jahren Urlaub in Thailand, und Jimmy sagte, wie sehr sie die lokale Kultur und all die Früchte liebten und dass sie dort leben wollten. Es gab eine lokale Familie in Phuket, mit der sie sich wirklich angefreundet haben. Nicht in einer der touristischen Gegenden, wohlgemerkt, sondern tiefer im Landesinneren, abseits aller Menschenmassen. Jimmy hat allen seinen Freunden in der Klasse davon erzählt. Und dann war da noch Singapur, das Jimmys Mutter immer geliebt hat, weil es so sauber ist, und Island, wo Jimmys Eltern ihren Jahrestag feiern wollten, und da ist Maryland, wo Jimmys Schwester zur Schule gehen wollte, und ich kann mehr nachdenken, wenn Sie mir nur Zeit geben …«

Der Lehrer spricht so schnell, dass er geradezu plappert, also lassen wir ihn reden und machen Notizen über die Orte, die er erwähnt, damit wir sie später überprüfen können. Wir haben uns die meisten dieser Orte schon einmal angesehen, einschließlich Thailand, aber die Hendersons sind herumgezogen, um nicht entdeckt zu werden, und wir wussten nichts von dieser lokalen Familie in Phuket.

Es ist sicherlich eine Spur, die es wert ist, erforscht zu werden.

Zehn Minuten vergehen, und der Lehrer zeigt keine Anzeichen

davon, dass ihm der Dampf ausgeht. Seine Ausführlichkeit wird zweifellos durch das Wehklagen des verletzten Ex-Freundes angeheizt. An diesem Punkt wiederholt er sich nur, dreht sich im Kreis mit allem, was er über die Hendersons weiß, also nicke ich Ilya zu, und er klopft ihm leicht auf die Rippen.

»Genug«, sage ich, als Briars anfängt zu schreien, als ob ihm das sanfte Klopfen die Rippen gebrochen hätte. »Fesselt sie und lasst sie hier. Wir müssen los.«

Als wir zu unserem Flugzeug fahren, achte ich auf Anzeichen, dass wir verfolgt werden, aber wir schaffen es ohne Zwischenfälle.

Die Operation ist offiziell ein Erfolg: Wir haben Henderson eine Nachricht geschickt und eine mögliche Spur erhalten.

Ich sollte mich gut fühlen, aber als die Räder des Flugzeugs vom Boden abheben, kann ich nur daran denken, dass ich nicht näher dran bin, das zu bekommen, was ich wirklich will.

Dass ich noch Monate davon entfernt bin, Sara zurückzuholen.

ara

»ER HAT WAS GETAN?« ICH STARRE RYSON AN, MEINE HANDFLÄCHEN sind feucht vor Schweiß, und mein Herz hämmert. Meine erste Reaktion – Freude darüber, dass Peter noch lebt und wohlauf ist – wird schnell durch einen schmerzhaften Knoten in meinem Magen ersetzt.

»Er hat sechs Menschen in North Carolina überfallen«, wiederholt der Agent. »Zwei wurden mit Schusswunden ins Krankenhaus eingeliefert, die anderen vier wurden durch eine gewalttätige Befragung verletzt und traumatisiert. Alles unschuldige Bürger. Können Sie uns etwas über den Vorfall sagen?«

»Ich … was?« Ich schüttele den Kopf, um ihn von den grausamen Bildern zu befreien. »Warum sollte er das tun?«

»Den Opfern zufolge wollte er wissen, wo ein Bekannter von ihnen ist – ein Walter Henderson III. Er hat das Pech, auf derselben Liste zu stehen wie Ihr verstorbener Mann.« Ryson verschränkt seine kräftigen Arme. »Es scheint, dass Sokolov zu extremeren Maßnahmen greift, um an diesen Mann ranzukommen. Können Sie uns etwas darüber sagen? Über das, was er will?«

Ich schlucke die Galle, die in meinem Hals aufsteigt, herunter. In den letzten Monaten habe ich es irgendwie geschafft, die brutale Realität des Mannes zu vergessen, den ich vermisst habe, um die dunklen Stellen in meinen Erinnerungen zu verschönern. »Sie wissen es nicht?«

»Ich sagte doch, ein Großteil seiner Akte ist geschwärzt.« Ryson öffnet seine Arme und stützt sich auf sie, um sich nach vorn zu beugen. »Dr. Cobakis, Sie wissen so gut wie ich, dass dieser Mann tödlich ist. Er muss aufgehalten werden, bevor noch mehr Unschuldige verletzt werden. Es ist wichtig, dass Sie uns alles sagen, was Sie über ihn wissen, damit wir eine bessere Idee davon bekommen, wo er als Nächstes zuschlagen könnte.«

Ich starre ihn an und fühle mich abwechselnd heiß und kalt. »Er … hat mir nicht viel erzählt.« Das ist es, was ich den Beamten erzählt habe, und ich muss bei der Geschichte bleiben, egal wie krank ich mich fühle, weil ich weiß, dass Peter Unschuldige auf der Suche nach Rache verletzt.

Auf jeden Fall, selbst wenn Ryson von dem Massaker an Peters Frau und Sohn wüsste, würde das nichts ändern. Peter wird nicht aufhören, bis er Henderson findet und ihn von seiner Liste gestrichen hat, und wie er in North Carolina anschaulich demonstriert hat, ist das FBI immer noch kein Gegner für ihn und seine Crew.

Peter und seine Männer sind unbemerkt in die USA eingedrungen, haben sechs Bürger überfallen und sind wieder verschwunden.

Er war im selben Land wie ich, und wenn Ryson sich nicht entschieden hätte, mich zu befragen, hätte ich es nie erfahren.

Mein Magen zieht sich weiter zusammen, und zu meinem Entsetzen stelle ich fest, dass ich nicht nur über den Schmerz und das Leid, das er diesen Menschen zugefügt hat, aufgebracht bin.

Ich bin auch verletzt und sauer, dass Peter nicht zu mir gekommen ist.

Wir waren nur ein paar Staaten auseinander, und er kam nicht zu mir.

»Dr. Cobakis.« Ryson schaut mich aufmerksam an. »Geht es Ihnen gut?«

»Ich ... ja.« Ich balle meine Hände unter den Tisch und grabe meine Nägel in meine Handflächen. Der Hauch von Schmerz beruhigt mich, so dass ich in einem halbnormalen Ton sagen kann: »Es tut mir leid. Es ist nur eine Menge zu verarbeiten.«

Und das ist es auch. Es ist eigentlich zu viel. Bis zu diesem Moment habe ich nicht ganz verstanden, wie kaputt ich bin, wie diese Monate mit Peter mich verdreht und mein Empfinden von Richtig und Falsch verzerrt haben. Hier bin ich, nachdem ich gerade erfahren habe, dass der Mörder, von dem ich besessen bin, sechs unschuldige Menschen verletzt hat, und ich bin verärgert darüber, dass er sie über mich gestellt hat? Dass er mich nicht entführt hat, als er eindeutig die Chance dazu hatte?

Ich bin krank.

Das ist mir jetzt klar – ebenso wie die Tatsache, dass Peter vielleicht nie zu mir zurückkommt. Die ganze Zeit über war die Rache seine wahre Liebe, seine wahre Besessenheit, und was auch immer er für mich empfunden hat, war nicht von Dauer ... wenn es überhaupt jemals da gewesen ist. Ich weiß nicht einmal, warum ich immer noch beobachtet werde, oder ob ich es überhaupt noch werde – dieses kribbelnde Gefühl kann auch Paranoia sein – aber es ist klar, dass ich nicht länger seine Priorität bin.

Ich ertrage irgendwie den Rest von Rysons Verhör, beantworte seine Fragen wie ferngesteuert, und als ich nach Hause komme, nehme ich das Telefon und rufe Dr. Evans an, den Therapeuten, der mir schon einmal geholfen hat.

Es ist an der Zeit, mein zerbrochenes Leben wieder aufzubauen.

Es ist Zeit, zu akzeptieren, dass alles, was Peter und ich hatten, vorbei sein könnte.

TEIL III

Peter

Wir verbringen die nächsten zwei Monate damit, der thailändischen Spur nachzugehen – es ist nicht einfach, herauszufinden, mit welcher lokalen Familie die Hendersons sich angefreundet haben – und als uns das nicht näher an unser Ziel bringt, nehmen wir einen Job in Russland an, wo ein Öl-Oligarch will, dass wir einen seiner Geschäftsrivalen eliminieren. Es ist nicht so lukrativ wie einige der anderen Jobs, aber die Lage ist es wert.

Wir waren seit Jahren nicht mehr in unserer Heimat.

»Fühlt sich das für dich genauso seltsam an wie für mich?«, fragt Anton, als wir am Roten Platz vorbeigehen, und ich nicke und weiß genau, was er meint. Diese Straßen entlangzugehen und die russische Sprache überall um uns herum zu hören ist wie eine Zeitreise in die Vergangenheit. Das letzte Mal war ich in Moskau, als ich meinen Vorgesetzten, Ivan Polonsky, für seine Mithilfe bei dem Massaker von Daryevo tötete.

»Vermisst du es?«, frage ich Anton, und er zuckt mit den Achseln.

»Nee. Ich meine, es macht nicht gerade Spaß, immer der Ausländer zu sein, aber ich habe mich daran gewöhnt. Und dank Sara hat sich mein Englisch verbessert, also …« Er bleibt stehen, und sein Blick wird vorsichtig, als er merkt, was er gerade gesagt hat. »Das heißt, während wir …«

»Genug.« Meine Nackenmuskeln sind schmerzhaft angespannt, und meine Hände sind zu Fäusten geballt, aber meine Stimme ist leise, sogar, als ich wiederhole: »Das ist genug.«

Anton hält weise den Mund, und wir gehen den Rest des Weges in Stille. Er weiß, dass es verboten ist, über sie zu reden, und es geht nicht mehr nur um ihre Sicherheit. Sara bestimmt momentan meine Gefühle, und zwar so sehr, dass die bloße Erwähnung ihres Namens ausreicht, um mich zum Mörder werden zu lassen. Die klaffende Wunde, die ihre Abwesenheit hinterlassen hat, heilt nicht, sie eitert.

Ich sehne mich jede Sekunde eines jeden Tages nach ihr, und ich hasse es verdammt nochmal.

Die täglichen Berichte machen es nur noch schlimmer, denn es scheint, als hätte sie mich vergessen. Letzten Monat nahm sie einen anderen Job an, schloss sich zwei älteren Gynäkologen in deren Praxis an und zog aus dem Haus ihrer Eltern in eine neue Wohnung. Ich freue mich über all das – ich möchte, dass sie glücklich ist –, aber in den letzten sechs Wochen ist sie auch jedes Wochenende ausgegangen und hat mit ihren Freunden getrunken und getanzt. Darüber hinaus begann sie am Freitagabend, in einer Band zu singen – eine Entwicklung, die mir gefiel, bis ich eine Aufnahme von ihr in einem sexy Kleid sah und feststellte, dass jeder Mann im Publikum bei ihrem Anblick sabberte.

Sie beobachten sie wie ein Rudel Wölfe, das einen Hasen anschmachtet.

Wenn ich mit ihr dort gewesen wäre, hätte ich das verhindern können – wenn nötig, indem ich ein paar Gesichter neu arrangiert hätte – aber ich bin auf der anderen Seite der Welt, und es frisst mich auf. Mehr noch, es besteht die Möglichkeit, dass Sara mich so völlig vergessen hat, dass sie sich in einen anderen Mann verliebt ... vielleicht sogar in einen der Idioten, die nach jedem Auftritt zu ihr kommen, um über sie herzufallen und um ihre Telefonnummer zu betteln.

Das Einzige, was mich davon abhält, einen Überfall auf diese Arschlöcher anzuordnen, ist, dass sie bisher mit keinem von ihnen ausgegangen ist.

Es ist allerdings nur eine Frage der Zeit. Das weiß ich. Je länger ich weg bin, desto wahrscheinlicher ist es. Und deshalb habe ich, kurz bevor wir diesen Job angenommen haben, endlich eine Nachricht an sie geschickt.

Sie sollte sie bald bekommen.

In der Zwischenzeit müssen wir einen sehr reichen und sehr korrupten Mann töten.

Sara

»SARA! SARA! SARA!«

Die Rufe des Publikums in Verbindung mit dem ohrenbetäubenden Applaus sind wie ein Schuss Heroin in meine Adern. Ich bin so high, dass ich mich fühle, als würde ich fliegen, und ich verbeuge mich lachend, während sich die Rufe verstärken.

Meine Bandkollegen – Phil, Simon und Rory – verbeugen sich neben mir. Aber das Publikum scheint sich eher auf mich zu konzentrieren. Wahrscheinlich, weil die Jungs letzten Monat den Namen der Band von *The Rocker Boys* in *Sara & the Rocker Boys* geändert und meine Einwände völlig ignoriert haben. Aus irgendeinem Grund hat Phil entschieden, dass die Band mit mir als Leadsängerin viel marktfähiger ist, und jedes Plakat zeigt jetzt neben meinem Namen auch mein Gesicht. Letzte Woche hatte ich tatsächlich eine Patientin in der Klinik, die mich als »diese Sara« erkannte und um ein Autogramm bat – ein höchst peinlicher Vorfall, der dazu führte, dass mich das Klinikpersonal jetzt »VIP-Sara« nennt.

Das hier war das erste Mal, dass wir eine größere Freiluftveranstaltung gemacht haben, und ich war mir nicht sicher, ob wir es schaffen würden. Obwohl es fast Mai ist, ist das Wetter immer noch unberechenbar, und bis vor zwei Tagen wussten wir nicht, ob es zehn Grad und Regen oder zwanzig und sonnig sein würde. Letztendlich war es etwas irgendwo in der Mitte mit siebzehn Grad und teilweise bewölkt – und es kamen viele Leute. Unser Ziel war es gewesen, mindestens hundert Tickets zu verkaufen, um die Veranstaltungskosten zu decken, aber nach der Zahl der enthusiastisch klatschenden Zuschauer zu urteilen, haben wir fast viermal so viel verkauft.

Wir beenden die Verbeugung und spielen noch einen Song als Zugabe, bevor wir die Bühne verlassen. Wie immer nach einem erfolgreichen Auftritt ist es schwer, wieder runterzukommen, also gehen wir in eine nahegelegene Bar, um zu feiern und zu entspannen.

Wie ich machen meine Bandkollegen das als Hobby. Phil, unser Gitarrist, ist Mathematiklehrer, Simon, der Schlagzeuger, ist freier Autor und Rory, unser Bassist, arbeitet in einem Callcenter. Im Gegensatz zu mir möchten alle drei jedoch eine Musikkarriere machen, und wie so oft nach einem tollen Auftritt sprechen sie sofort davon, auf Tour zu gehen.

»Wir könnten in Seattle anfangen und dann die Westküste hinunterfahren«, sagt Phil und nimmt sein Bier in die Hand. Seine blauen Augen glitzern fiebrig in seinem rötlichen Gesicht. »Von dort aus könnten wir den ganzen Südwesten durchqueren und …«

»Scheiß auf Seattle.« Rory kippt einen Tequila und schiebt das Glas dem abgehetzten Barkeeper zu. »Wir fahren direkt nach Kalifornien. San Francisco, dann L. A. Es ist das Beste für Künstler wie uns, nicht zu vergessen das Wetter und die Kultur und das Essen …«

Er fährt fort, gestikuliert wild, während er spricht, und ich grinse, als ich mehrere Frauen sehe, die ihn offen anstarren. Mit seinem sommersprossigen Gesicht, den widerspenstigen roten Locken und dem Körperbau eines Bodybuilders sieht Rory wie eine Kreuzung aus Little Orphan Annie und einem Abercrombie-Model auf Steroiden aus. Es ist eine Kombination, die eigentlich nicht funktionieren sollte, aber sie funktioniert – und ich vermute, dass der Erfolg der Band sowohl seinem Aussehen als auch unserem gemeinsamen Talent zu verdanken ist.

Nicht, dass Phil und Simon schlecht aussehen. Besonders Simon erinnert mich an einen jungen Denzel Washington, nur mit einem Punk-Rock-Vibe. Phil ist etwas durchschnittlicher, mit einem schwindenden Haaransatz und einem leichten Bierbauch, aber seine kontaktfreudige Persönlichkeit gleicht die körperlichen Mängel mehr als aus. Alle drei meiner Bandkollegen sind auf ihre Weise attraktiv – und jeder hat irgendwann angedeutet, dass er mit mir ausgehen möchte.

Schade, dass alles, was ich heutzutage sehe, wenn ich einen Mann anschaue, ist, dass er nicht Peter ist.

Die Jungs wissen das natürlich nicht. Sie sind glücklicherweise ahnungslos, was das schreckliche Durcheinander in meiner Vergangenheit und die FBI-Beamten, die mir immer noch hartnäckig folgen, betrifft. Alles, was meine Bandkollegen wissen, ist, dass ich eine Witwe bin, und sie denken, dass die Trauer um meinen toten Mann der Grund ist, warum ich mich nicht verabrede.

»Wie lange ist es her?«, fragte Phil mitfühlend, als ich im Februar der Band beitrat, und ich erzählte ihm, dass mein Mann etwa anderthalb Jahre zuvor gestorben war, nachdem er nie aus dem Koma erwacht war, dass er sich bei einem Autounfall zugezogen hatte. Phil drückte sein Beileid aus und hat das Thema seitdem taktvoll gemieden, ebenso wie Simon und Rory.

Nachdem sie mich vorsichtig wissen ließen, dass sie interessiert sind, und ebenso vorsichtig abgelehnt wurden, haben sie sich komplett zurückgezogen und haben mich als eine Art heilige Figur behandelt, eine unberührbare Madonna, umhüllt von einer Trauerblase.

Sie sind nicht weit von der Wahrheit entfernt, nur dass der Verlust, um den ich trauere, nichts mit George zu tun hat, der jeden Tag mehr aus meinen Erinnerungen verschwindet. Zu diesem Zeitpunkt ist es mehr als drei Jahre her, seit sein Unfall passiert ist, und noch länger, seit unsere Liebe unter dem Gewicht seiner Sucht erstickt wurde. Jedes Mal, wenn ich jetzt an ihn denke, erinnere ich mich nur daran, wie ich mich gefühlt habe, als ich von seinem Doppelleben als CIA-Agent erfuhr ... von den Geheimnissen und den Lügen, die Peter mir offenbart hat.

Ich wünschte, ich könnte *ihn* auch vergessen, aber das ist unmöglich. Obwohl es fast sechs Monate her ist, seit mein Entführer mich nach Hause gebracht hat, denke ich jede Nacht an ihn, während ich in den Schlaf gleite. Manchmal bin ich davon überzeugt, dass ich ihn fühlen kann. Nicht neben mir, sondern irgendwo da draußen, über die Kontinente hinweg, um mich zu quälen, und seine Anziehungskraft ist sowohl magnetisch als auch tödlich, wie die Gravitationskraft der Sonne.

Ich träume auch von ihm. Von der zärtlichen Art, wie er mich festhält, wenn ich weine, und der brutalen Art, wie er mich fickt, von all den großen und kleinen Dingen, die den Widerspruch ausmachen, der Peter ist. Manchmal wache ich aus diesen Träumen erregt und frustriert auf, aber häufiger finde ich mein Kissen mit Tränen durchtränkt und meine Arme um meine Decke geschlungen, um die quälende Einsamkeit abzuwenden, die mich innerlich gefrieren lässt.

Ich muss nach vorne schauen, ich weiß. Und ich versuche es. Ich gehe jedes Wochenende mit Marsha und den Mädchen aus, und wenn ein besonders attraktiver Typ nach meiner Nummer fragt, gebe ich sie ihm meistens. Aber da endet es für mich. Ich kann den nächsten Schritt nicht machen und mich wirklich mit ihnen verabreden, wenn sie mich anrufen oder mir eine Nachricht schicken.

»Warum gibst du sie ihnen dann überhaupt?«, hat Marsha letzte Woche gefragt, als sie erfuhr, dass ich es schon wieder getan hatte. »Warum lehnst du nicht einfach ab?«

Ich habe mit den Achseln gezuckt, ohne zu wissen, was ich sagen soll, und sie hat das Thema fallen lassen, weil sie mich nicht stressen wollte. Wie die meisten meiner Bekannten, die die FBI-Version der Peter-Geschichte gehört haben, hat Marsha mich behandelt, als sei ich aus Kristall und könnte beim geringsten Druck zerbrechen. Ich denke, dass sie, genauso wie andere im Krankenhaus, denkt, dass meine Tortur noch schlimmer war, als ich zugebe. Einmal, als Mama noch im Krankenhaus war, hörte ich zwei Krankenschwestern darüber reden, wie ich einem »sexuellen Sklavenring« entkommen bin und noch immer mit den Folgen der »Zwangsprostitution« zu kämpfen habe.

Das ist unangenehm, aber der einzige Weg, diese Gerüchte auszuräumen, wäre, die Wahrheit zu sagen, und das werde ich nicht tun.

Glücklicherweise wissen meine neuen Mitarbeiter nicht mehr als meine Bandkollegen. Dr. Wendy und Bill Otterman, das Ehepaar, das die kleine gynäkologische Praxis besitzt, waren so beeindruckt von meinem Lebenslauf und meinen akademischen Zeugnissen, dass sie kaum Fragen über die neunmonatige Lücke in meiner Arbeitsgeschichte stellten. Ich habe ihnen erzählt, dass ich eine Pause gemacht habe, um um die Welt zu reisen, und sie haben mich auf der Stelle eingestellt, mit dem Vorbehalt, dass ich sofort anfange, damit sie eine lang erwartete Kreuzfahrt nach Alaska zu ihrem vierzigsten Hochzeitstag machen können.

Ich hätte nach besser bezahlten, prestigeträchtigeren Angeboten suchen können, aber ich nahm diesen Job sofort an und begann am nächsten Tag. Da meine Mutter gerade aus dem Krankenhaus gekommen war, wollte ich etwas relativ Anspruchsloses, damit ich sie und meinen Vater im Auge behalten konnte. Aber was den Deal wirklich interessant für mich machte, war die Lage der Praxis – eine fünfzehnminütige Autofahrt vom Haus meiner Eltern und ein kurzer Spaziergang zu Fuß von meiner neuen Wohnung entfernt.

»Erde an Rory.« Simon winkt mit seiner Bierflasche vor Rorys Gesicht und unterbricht damit seine Ansprache über die Wunder von

Kalifornien. »Lasst uns einfach realistisch bleiben. Sara, gehst du mit uns auf Tour?«

Ich lächele und schüttele den Kopf. »Geht nicht, tut mir leid. Ich kann nicht so lange von der Arbeit wegbleiben.«

»Seht ihr?« Simon schaut triumphierend auf seine Bandkollegen, als hätte er eine Wette gewonnen. »Sie wird nicht mitkommen. Es wird nicht passieren.«

»Ach, komm schon.« Phil schnappt sich das Bier von Simon und trinkt es mit zwei Schlucken aus, bevor er sich zum Barkeeper bewegt, um mehr zu holen. Er wendet sich mir zu und gibt mir die volle Dosis des berühmten Phil-Hudson-Charmes. »Sara, Schätzchen …« Seine Stimme wird schmeichelnd. »Wir alle haben Arbeit und andere Verpflichtungen, aber solche Möglichkeiten gibt es nur einmal im Leben. Wir werden gerade richtig heiß, ich spüre es, und wir müssen die Gunst der Stunde nutzen. *Du* musst die Gunst der Stunde nutzen, weil … weißt du, was morgen passiert?«

Ich schüttele grinsend den Kopf. Ich habe von ihm schon einige Versionen dieses Vortrags gehört, und er wird jedes Mal kreativer. »Nein, was?«

»Genau.« Er wedelt mit dem Zeigefinger wie ein Lehrer. »Du weißt es nicht, und auch sonst niemand. Das Leben ist nur eine Reihe von zufälligen Ereignissen, die ein Muster zu haben scheinen, es aber nicht haben. Du denkst vielleicht, dass du weißt, was morgen kommt, aber alles, was passieren muss, ist eine Änderung in einer einzigen Variablen, und bumm! Ab geht's in eine ganz andere Richtung.«

»Wie auf eine Tournee?«, frage ich trocken, und sowohl Rory als auch Simon lachen.

»Eine Tournee, ja, das wäre eine neue Variable«, sagt Phil, unbeirrt. »Aber es ist eine, die *du* einbringen würdest. Meistens kommen die neuen Variablen, wenn man sie am wenigsten erwartet, und dann gehen alle sorgfältig ausgearbeiteten Pläne schief – das ist doch scheiße.«

»Scheiße – ist das ein offizieller Algebra-Fachbegriff? Habe ich gerade Mathe gelernt?«, fragt Rory, kratzt sich am Kopf, und wir alle platzen vor Lachen, als Phil mit den Augen rollt und etwas über Ignoranten und betrunkene Arschlöcher murmelt.

»Ich muss los«, sage ich den Jungs entschuldigend, als das Gelächter nachlässt. »Ich muss morgen früh bei der Arbeit sein.«

»Keine Sorge, das wissen wir.« Simon klopft mir auf die Schulter. »Tu, was du tun musst, und lass diese Idioten vom Ruhm träumen.«

Ich lache und schüttele den Kopf, während ich aus der Bar und zum Parkplatz gehe. Ich hatte meine Zweifel, der Band beizutreten, aber es war die beste Entscheidung aller Zeiten. Ich habe nicht nur das Gefühl, dass ich jedes Mal, wenn ich auf der Bühne stehe, dazu geboren wurde, sondern meine Bandkollegen sind auch sehr lustig. Ich ziehe es tatsächlich vor, mit ihnen statt mit Marsha und den Mädchen abzuhängen; es ist irgendwie entspannter.

Ich bin gerade dabei, die Autotür zu öffnen, als ich es bemerke.

Ein Stück von etwas Dickem – vielleicht zusammengefaltetes Papier? –, das an die Innenseite des Türgriffs geklebt ist.

Meine erste Reaktion ist, es herauszuziehen und sofort einen Blick darauf zu werfen, aber irgendein sechster Sinn hält mich auf. Das kribbelnde Gefühl zwischen meinen Schulterblättern, das so allgegenwärtig ist, dass ich es kaum noch wahrnehme, ist plötzlich viel intensiver, und anstatt das Objekt herauszuziehen und es anzustarren, reiße ich es unauffällig los, halte es in meiner geschlossenen Faust fest und steige ins Auto.

Ich lasse das Objekt – es ist definitiv zusammengefaltetes Papier – in meine Jackentasche gleiten und fahre vom Parkplatz in Richtung meines Zuhauses. Hinter mir ist der unvermeidliche FBI-Verfolger, und während ich fahre, fühlt sich das Papier an, als würde es sich durch meine Tasche brennen.

Es kostet mich meine ganze Kraft, vor meinem Wohnhaus zu parken und ruhig und ohne Eile durch die Lobby zum Aufzug zu gehen. Es ist möglich, dass dies eine Werbung ist, die nur seltsam platziert ist, aber irgendwie bin ich mir sicher, dass es das nicht ist.

Ich betrete meine Wohnung, schließe die Tür ab und sehe mich um. Ich glaube nicht, dass es hier Kameras oder Abhörgeräte gibt;

nach all der High-Tech-Ausrüstung, die in meinem alten Haus und dann Monate später im Haus meiner Eltern gefunden wurde, durchsuchen die Bundesbehörden meine Wohnung halbwegs regelmäßig, und sie selbst würden einen Haftbefehl brauchen, um diese Art von invasiver Überwachung durchzuführen. Aber um auf Nummer sicher zu gehen, streife ich meine Schuhe ab und gehe auf meinen Schlafzimmerschrank zu, wobei ich die ganze Zeit mein ruhiges Verhalten beibehalte.

Falls mich jemand beobachtet, werde ich ihm keinen Grund geben, Verdacht zu schöpfen.

Meine Ein-Zimmer-Wohnung ist ziemlich klein, mit einer winzigen Küche und einem engen Wohnzimmer, aber sie hat etwas Tolles zu bieten: einen geräumigen begehbaren Kleiderschrank im Schlafzimmer. Ich gehe hinein, so wie ich es normalerweise tun würde, um mich auszuziehen, aber sobald ich keine potenziellen Kameras mehr sehe, nehme ich das Papier aus meiner Tasche und entfalte es mit zittrigen Händen.

Es sind nur zwei Zeilen, die in scharfer, männlicher Handschrift auf das dicke Papier gekritzelt sind.

Vergiss nicht, Ptichka. Solange wir beide leben.

eter

DER JOB IN MOSKAU LÄUFT REIBUNGSLOS – WIR ELIMINIEREN UNSER Ziel in einer kurzen Woche – und dann sind wir wieder auf der Jagd nach Henderson, während wir auf Nachrichten von Novak warten. Letzten Monat bestätigte der serbische Waffenhändler, dass alles wie geplant im achtmonatigen Zeitrahmen verläuft, aber er schweigt sich immer noch über seinen Trumpf in Esguerras Organisation aus – die wichtigste Information, die ich brauche, um meinen Plan umzusetzen.

Leider bleibt Henderson nach wie vor verschwunden, so dass wir im Laufe des Monats Mai eine weitere Runde bei seinen Bekannten wegen irgendwelcher Spuren machen. Dieses Mal konzentrieren wir uns auf die Verbindungen seiner Frau in ihrer Heimatstadt Charleston, nur um etwas zu verändern.

»Wieder nichts«, sagt Ilya angewidert, als wir das Flugzeug besteigen, nachdem wir unsere fünf Zielpersonen verhört haben. »Die Idioten wussten nichts.«

Ich zucke mit den Schultern und setze mich. »Das war zu erwarten.«

Ich betrachte die Operation trotzdem als Erfolg. Wir kamen ohne eine Verfolgungsjagd davon und zeigten Henderson erneut, dass niemand in seinem Leben, egal wie weit entfernt eine Verbindung ist, sicher ist. Früher oder später wird es wirken, und dann wird er einen Fehler machen. Vielleicht macht sich seine Frau Sorgen um eine Freundin und kontaktiert sie, um zu wissen, wie es ihr geht, oder die Teenager-Tochter flippt aus und ruft ihren Ex an.

Egal, was passiert, sobald sie es vermasseln, sind wir bereit, und meine tote Frau und mein Sohn werden gerächt.

Es ist Anfang Juni, als es endlich passiert.

Ich bekomme eine E-Mail von Novak, dass er sich nächsten Mittwoch mit mir treffen will.

Nur Sie, steht in der E-Mail. *Niemand sonst.*

Ich unterdrücke eine Welle wilder Freude und beginne, die Vorbereitungen zu treffen.

In den letzten zwei Wochen haben wir in unserem polnischen Unterschlupf gewartet, bis Novak uns kontaktiert, also lasse ich mich am Mittwochmorgen von den Jungs in Belgrad absetzen, mit dem Auftrag, ihre Positionen einzunehmen.

Sie werden nicht bei mir sein, aber sie werden mit Sicherheit in der Nähe sein.

Ich treffe Novak im selben Café wie damals. Als ich hereinkomme, bemerke ich, dass seine Schläger seltsamerweise abwesend sind – so wie die hübschen Baristas. Novak selbst sitzt am kleinen Tisch in der Mitte des Cafés, mit nichts als einer braunen Ledermappe vor sich.

»Ganz allein?«, frage ich und versuche, meine Überraschung nicht zu zeigen, und Novaks dünne Lippen formen ein leichtes Lächeln, als er aufsteht und um den Tisch kommt, um mich zu begrüßen.

»Ich dachte, wir könnten auf den ganzen Mist verzichten.« Seine blassen Augen leuchten, als er mir die Hand schüttelt. »Wir brauchen einander, und ich denke, es ist an der Zeit, dass wir etwas Vertrauen aufbauen.«

Ich bin sicher, dass *das* Bullshit ist – seine Männer sind wahrscheinlich so strategisch positioniert wie meine – aber ich schwäche meinen steinigen Ausdruck etwas ab, als ich seine Hand loslasse. »Ich könnte nicht mehr zustimmen.«

»Gut.« Er setzt sich wieder an den Tisch und fordert mich mit einer Geste auch dazu auf. »Bitte.«

Ich setze mich und nehme einen neutralen Gesichtsausdruck an. »Also, ist der Spion an Ort und Stelle?«

Novak nickt und behält sein selbstgefälliges Lächeln bei. »Sie ist gerade auf dem Weg zu Esguerras Anwesen.«

Mein Puls beschleunigt sich. Zeit und Datum der Beförderung des Spions – das ist bereits etwas, was ich verwenden kann. »Herzlichen Glückwunsch. Das ist eine große Leistung«, sage ich und behalte den ruhigen Tonfall bei.

Novak nimmt das Lob über seine Leistung an. »Danke. Es hat viel Arbeit gekostet, aber ich habe es geschafft.«

»Also erzählen Sie mir von ihr, Ihrem geheimnisvollen Trumpf«, sage ich.

Er trommelt einige Sekunden lang mit den bleichen Fingern auf den Tisch und sagt dann: »Sind Sie mit der Finanzstruktur von Esguerras Organisation vertraut?«

Ich starre ihn an. »Nein. Nicht wirklich. Ich war sein Sicherheitsberater, nicht sein Finanzberater.« Ich hatte nicht erwartet, dass Novak in diese Richtung geht. Könnte der Trumpf jemand sein, der mit Esguerras Portfoliomanager verbunden ist? Ich weiß, der Typ wohnt irgendwo in Chicago, aber ich kann nicht recht folgen.

»Sie wissen also nicht, dass Esguerras Frau seine Geschäftspartnerin ist und im Falle seines Todes alles erben wird?«

»Nein, aber es würde mich nicht überraschen«, sage ich langsam. Schon damals, als ich noch für Esguerra arbeitete, zeigte Nora, das amerikanische Mädchen, das er entführte und dann heiratete, eine ungewöhnliche Begabung für das Geschäft ihres Mannes.

Novak lächelt wieder und öffnet den Ordner vor ihm. »Ja. Die junge Frau Esguerra ist schon etwas Besonderes, nicht wahr? Sie hat Stanford als Klassenbeste beendet.« Er nimmt ein Foto heraus und legt es mir vor. Es zeigt Nora in einem voluminösen Abschlusskleid, die ein Diplom von einem Universitätsangehörigen entgegennimmt. Ihr lächelndes Gesicht ist halb weggedreht, da sie woandershin schaut, aber selbst aus diesem Blickwinkel ist es offensichtlich, dass sie ekstatisch ist.

»Wann wurde das aufgenommen?«, frage ich erstaunt. Wenn Novaks Leute nah genug dran waren, um das Foto zu machen, müssen sie auch in der Nähe von Esguerra selbst gewesen sein.

Der kolumbianische Waffenhändler würde seine Frau nicht länger als eine Minute aus den Augen lassen.

»Vor ein paar Monaten, bei der Abschlussfeier im Frühjahr«, antwortet Novak. »Hübsch, nicht wahr? So klein und doch so stark …«

Seine Stimme ist ungewöhnlich weich, als er das sagt, und seine Berührung streichelt das Bild fast, als er es zurücknimmt und in den Ordner legt. Ich ziehe die Augenbrauen hoch, während ich darauf warte, zu erfahren, worauf er hinauswill. Hat er irgendwie eine Vorliebe für Esguerras zierliche Frau entwickelt?

Das wäre merkwürdig, aber es sind schon merkwürdigere Dinge passiert.

Beim Schließen der Mappe schaut er nach oben. »Ich weiß, was Sie denken«, sagt er. »Warum habe ich ihn nicht gleich bei der Zeremonie ausschalten lassen? Warum sollte ich mir die Mühe mit Ihnen machen, wenn ich damals eine Chance hatte, auf ihn zu schießen, und zwar ganz allein?«

Ich neige meinen Kopf. »Die Frage kam mir in den Sinn, aber ich nahm an, dass Esguerras Sicherheitsvorkehrungen strenger waren, als Ihr Besitz dieses Fotos vermuten lässt.«

Novaks Lippen verformen sich in einem weiteren dünnen Lächeln. »Sie haben recht, die Sicherheitsmaßnahmen waren beeindruckend. Trotzdem, wenn ich es wirklich gewollt hätte, hätte ich es versuchen können. Ich hätte schwere Verluste erlitten, aber es bestand eine kleine Chance, dass ich es geschafft hätte.«

»Aber Sie wollten es nicht riskieren?«

»Oh, ich hätte es riskiert ... wenn Esguerras Tod alles wäre, was ich will.«

Jetzt kommen wir zum Kern des Problems. »Sie wollen auch sie.« Ich nicke zum Ordner. »Gehört das auch dazu?«

Novaks blasser Blick verhärtet sich. »Ja ... aber nicht so, wie Sie denken. Sehen Sie, Nora Esguerra ist nicht nur ein hübsches Gesicht – sie besitzt außerdem die Schlüssel zu Esguerras Königreich. Wenn ich ihn töte, übernimmt sie einfach die Führung – und ich habe einen neuen Feind zu bekämpfen, einen mit fast unbegrenzten Mitteln und einem sehr persönlichen Groll gegen mich.«

Das wird immer interessanter. »Also wollen Sie beide eliminieren?«

»Das war mein ursprünglicher Gedanke, aber nein. Sehen Sie, Esguerra ist schlau – viel schlauer als die meisten in unserem Geschäft. Fast alle seine Unternehmen werden rechtlich einwandfrei geführt, und alles ist unter Schichten über Schichten von Briefkastenfirmen vergraben. Wenn beide Esguerras getötet werden, werde ich Jahre brauchen, um das Chaos zu entwirren, und obwohl ich die Eliminierung eines Rivalen erreicht habe, werde ich keinen Zugang zu dem haben, was ich wirklich will.«

»Seine Geschäftsanteile.«

»Ja. Das stimmt genau.« Er beugt sich vor. »Ich will nicht nur, dass Esguerra verschwindet – ich will das, was er hat ... seine Frau eingeschlossen.«

Ich lege meinen Kopf auf die Seite. »Sie wollen also, dass Julian Esguerra getötet, aber seine Frau entführt wird?«

»Ja, und nicht nur seine Frau.« Sein Lächeln ist frostig. »Sehen Sie, sie ist nutzlos für mich ohne irgendein Druckmittel.«

»Druckmittel? Sie meinen so etwas wie ein Familienmitglied?«

»Ja, genau. Und nicht irgendein Familienmitglied. Ich brauche jemanden, für den sie alles tun würde … sogar den Mörder ihres Mannes mit offenen Armen aufzunehmen.«

Mein Gesicht bleibt unverändert, aber mein Blut verwandelt sich in eisigen Schlamm. Ist das ein Hinweis darauf, dass er von meiner Besessenheit von Sara weiß? Wenn dem so ist, töte ich ihn auf der Stelle, ich scheiß auf seine versteckten Schläger. Wenn er sie auch nur bedroht, häute ich ihn und …

»Sehen Sie«, fährt Novak fort, ohne meine aufsteigende Wut zu bemerken, »Ich brauche Nora, und ich brauche sie völlig unter meiner Kontrolle. Ich habe darüber nachgedacht, ihre Eltern dafür zu benutzen, aber das könnte nicht genug sein. Schließlich opfern sich Eltern für ihre Kinder, nicht umgekehrt.«

Ich zügele meine blutrünstigen Gedanken. »Was schwebt Ihnen vor?« Er redet vielleicht gar nicht von Sara; zumindest sollte er es verdammt nochmal besser nicht tun. Ich gehe davon aus, dass er nicht dumm genug ist, mich so unverblümt zu bedrohen, deshalb beschließe ich, ihn für bare Münze zu nehmen und zu sagen: »Soweit ich weiß, hat Nora außer ihren Eltern keine …«

»Ganz genau. Soweit Sie wissen.« Novak lehnt sich zurück und genießt seinen Moment der Überlegenheit. »Sie und der Rest der Welt, einige wenige Menschen ausgeschlossen.«

Ich starre ihn an, und meine Gedanken springen von einer Tatsache zur nächsten. »Ihr Informant«, sage ich langsam. »Die achtmonatige Wartezeit … Wollen Sie damit sagen, dass Esguerra ein …«

»Kind hat? Ja.« Sein blasses Gesicht wird lebhaft. »Eine Tochter, die letzten Dienstag in der Schweiz geboren wurde, zwei Wochen früher als geplant. Elizabeth Esguerra – Kurzform: Lizzie. Hübscher Name, nicht wahr?«

»Ja, sehr«, gelingt es mir zu sagen. Mein Herz droht aus meinem

Brustkorb auszubrechen, und unter dem Tisch formen sich meine Hände zu Fäusten.

Ein Baby. Ein verdammtes Neugeborenes. Das ist sein Plan, sein Vorteil. Er hat recht damit, dass es der perfekte Weg wäre, Nora zu kontrollieren. Eine Mutter würde alles für ihr Kind tun; sie würde ein Imperium und ihr eigenes Leben aufgeben, wenn nötig.

Es sollte für mich keine Rolle spielen, da Esguerra kein Freund von mir ist, aber aus irgendeinem Grund macht die Beteiligung eines Kindes Novaks Plan für mich geradezu obszön.

Ich bin froh, dass ich den Wichser schon die ganze Zeit hintergehen wollte.

Aber Moment mal. Er erwähnte, dass sein Spion in der Lage sein würde, bei dem Anschlag zu helfen. Das heißt, dass das Kind es nicht ist. Wie auch immer – »Ist es ein Kindermädchen?«, frage ich ruhig. »Ihre Informantin – sie ist mit dem Kind verbunden, nicht wahr?«

Novak nickt, und seine Hand krümmt sich auf dem Tisch vor ihm. »Ja, aber kein Kindermädchen«, sagt er, und sein Gesichtsausdruck glättet sich. »Eine Kinderärztin, die Esguerra von den Schweizer Klinikärzten sehr empfohlen wurde.«

Natürlich. Ich vermutete, dass Novak eine Verbindung zu diesem Ort haben könnte. »Sie haben das Klinikpersonal bestochen?«

»Ich habe es versucht, aber leider nein.« Er seufzt. »Sie haben solche Angst vor ihren Patienten, dass sie fast unmöglich zu bestechen sind. Ich musste mich stattdessen in ihre Computer hacken.«

»Ich verstehe.« Alle Teile passen jetzt zusammen. »Deshalb wussten Sie so früh von Noras Schwangerschaft.«

Er nickt. »Esguerra brachte sie zur Untersuchung dorthin, sobald sie ihre Periode einmal nicht bekommen hatte. Und sobald sie es wussten, wusste ich es – und ich habe mich an Sie gewandt.«

Ich unterdrücke den Drang, über den Tisch zu greifen und ihm das Genick zu brechen. Vielleicht liegt es daran, dass ich Nora kenne, oder vielleicht daran, dass ich mir meinen Sohn in diesem Alter vorstelle, aber von der bloßen Vorstellung, dass ein Neugeborenes so benutzt wird, wird mir schlecht.

Ich sage: »Sie wollen also, dass ich Esguerra töte, Nora und ihr Baby entführe und sie zu Ihnen bringe, damit Sie auf einen Schlag Ihren größten Rivalen eliminieren und die Kontrolle über seine Besitztümer erlangen.«

Novak lächelt so breit, dass alle seine Zähne zu sehen sind. »Genau.«

»Das ist sehr clever.« Ich gebe meiner Stimme eine bewundernde Note. »Wenn Sie nur Nora und das Kind nehmen würden, um Esguerra zu kontrollieren, würde er einen Weg finden, Sie auszutricksen, um sie zurückzubekommen – das hat er schon mal gemacht. Aber seine Frau – seine Witwe, sollte ich sagen – wird leichter zu handhaben sein, besonders mit einem Baby, um sie zu kontrollieren. Haben Sie vor, ihre Beziehung zu ihr zu formalisieren?«

»Ja, natürlich. Die Ehe ist der einfachste Weg, all diese lästigen Eigentumshürden zu umgehen. Ich werde auch die Tochter adoptieren.«

»Und sie als Ihre eigene aufziehen?«

Er zuckt mit den Schultern. »Mehr oder weniger. Alle Kinder, die ich mit Nora zeugen werde, werden natürlich Vorrang haben, aber solange sich seine Mutter benimmt, habe ich nicht die Absicht, dem Kind zu schaden.«

»Sehr großzügig von Ihnen.«

Entweder hört er den Sarkasmus in meiner Stimme nicht – oder er ignoriert ihn. »Ja. Ich denke, auf lange Sicht werden wir alle davon profitieren – genau wie Sie. Hundert Millionen werden Ihnen sehr bei Ihrer kleinen Vendetta helfen.«

Ich bin nicht im Geringsten überrascht, dass er davon weiß. »Ja, das werden sie«, sage ich, ohne zu blinzeln.

»Gut. Haben Sie schon eine Idee, wie Sie auf Esguerras Gelände kommen?«

»Ja«, sage ich und schaue ihm direkt in die Augen. »Ich werde mich an Lucas Kent wenden und ihn bitten, mich zu Esguerra zu bringen. Ich werde ihm sagen, dass ich das Kriegsbeil begraben will und dass ich bereit bin, einen Verräter zu entlarven, damit das geschieht.«

28

Sara

ICH SCHLAFE DIE GANZE NACHT NICHT MEHR, UND AM MORGEN BIN ICH
so erschöpft, dass ich zum Kaffee in die Küche krieche. Wenn heute
ein Arbeitstag wäre, hätte ich mich krankmelden müssen. Aber es ist
trotzdem ein seltsamer Tag.

Ein Samstag, an dem ich absolut nichts vorhabe.

Wenn es ein Tag vor Peters Nachricht gewesen wäre, wäre ich
vielleicht für ein paar Stunden in die Klinik gegangen, um zu helfen,
oder ich hätte meine Eltern überrascht, indem ich zum Frühstück
gekommen wäre. Es ist aber ein Tag danach, und durch den
Schlafmangel und das ständige unruhige Warten ist alles, was ich tun
kann, auf die Couch zu plumpsen und eine Kochshow einzuschalten.

Ich habe in letzter Zeit eine Menge davon gesehen. Sie erinnern
mich an Peter.

Wie immer, wenn ich an ihn denke, fängt mein Verstand an,
sich im Kreis zu drehen. Es ist jetzt acht Monate her, seit er mich

nach Hause gebracht hat – acht Monate, in denen mein einziges Wort von ihm diese Nachricht war. Vor zwei Monaten, also vor dieser Nachricht, war ich mehr oder weniger davon überzeugt gewesen, dass seine Besessenheit von mir nachgelassen hat und dass er trotz seines Schwurs vielleicht nie für mich zurückkommen würde. Aber jetzt weiß ich nicht, was ich denken soll.

Wenn er mich noch will, warum bin ich dann hier?

Worauf wartet er noch?

Meiner Mutter geht es jetzt sehr gut oder zumindest so gut, wie es ihr jemals wieder gehen wird. Ihr linker Arm ist noch schwach, aber sie kann ihre Finger bewegen und mit dieser Hand leichte Gegenstände greifen – ein viel besseres Ergebnis als zunächst angenommen. Sie läuft auch ohne fremde Hilfe und hat, seit sich das Wetter gebessert hat, viel Zeit in ihrem Garten verbracht. Papa ist begeistert von ihrer Genesung, und beide freuen sich auf ihre Kreuzfahrt zum Hochzeitstag im September – ein Geschenk, das ich ihnen endlich machen konnte.

Als sich der Gesundheitszustand meiner Mutter gebessert hatte und die Aufregung über meine Rückkehr nachließ, gingen meine Besuche bei ihnen von einem täglichen zu einem wöchentlichen Ereignis über. Meine Eltern freuen sich natürlich immer, mich zu sehen, aber sie schätzen auch ihre Unabhängigkeit. Vor allem mein Vater ist stolz darauf, selbstständig zu sein, und ich will es ihm nicht wegnehmen, indem ich ständig wie ein Kindermädchen über ihnen schwebe.

Meine Eltern lieben mich, aber sie brauchen mich nicht mehr so sehr, wie ich einst dachte - zumindest sage ich mir das, um die Schuldgefühle zu lindern, die unweigerlich mit meinem Verlangen nach Peter einhergehen.

Mein perverser Wunsch, dass er kommt und mich holt.

Ich habe so oft darüber nachgedacht, dass ich es mir wie einen Film in meinem Kopf vorstellen kann. Eines Tages werde ich meine Wohnung betreten, und er wird da sein, groß und gefährlich, so tödlich und schön wie immer. Er wird dort sein, trotz der Polizeistreifen draußen, trotz aller Vorsichtsmaßnahmen des FBI.

Er wird darauf warten, mich zu stehlen, und nichts, was ich sage, wird wichtig sein.

Das ist wahrscheinlich der schändlichste Teil dieser Fantasien: dass ich nie eine Wahl habe … und dass mir das gefällt. Ich will, dass Peter mich entführt und sich über meine Einwände hinwegsetzt. Dann, und nur dann, werde ich mit dem Wissen leben können, dass ich wieder einmal aus dem Leben der Menschen verschwunden bin, die mich lieben und brauchen, dass ich meine Familie, meine Patienten, meine Bandkollegen und meine Freunde verlassen habe.

Peter muss böse für mich sein, damit ich wenigstens ein wenig gut sein kann.

Ich muss ihn hassen, um ihn zu lieben.

Ich fange an, das über mich selbst zu verstehen, diese perverse Seite in mir zu erkennen, aber was ich nicht verstehe, ist, warum ich immer noch hier bin, wenn er mich will. Es kann nicht mehr um meine Eltern gehen, also muss es um etwas anderes gehen – etwas, was er mir nicht erzählt hat.

Ich habe mir den Kopf über das, was es sein könnte, zerbrochen, und das Beste, was mir eingefallen ist, ist etwas, was er sagte, als wir uns trennten. Ich fragte ihn, ob ich zu Hause sein werde, bis Mama sich erholt hat, und er fing an zu sagen, dass er auch zuerst etwas erledigen müsse. Er hat aber nicht verraten, was es war, und auch nicht angedeutet, wie lange es dauern würde. Das Einzige, was ich mir vorstellen kann, ist seine Rache, aber ich weiß nicht, warum ihn das so lange von mir fernhalten würde.

Er hat Henderson gejagt, als wir zusammen waren, und laut FBI macht er das immer noch.

Vor zwei Monaten, direkt nachdem ich Peters Nachricht bekommen hatte, ließ mich Ryson wieder in sein Büro in der Innenstadt bringen. Ich hatte fast eine Panikattacke, weil ich dachte, dass das FBI irgendwie von der Nachricht erfahren hatte, aber wie sich herausstellte, wollte Ryson mich befragen, weil Peter und seine

Männer wieder zugeschlagen und fünf weitere US-Bürger *verhört* hatten, um Hendersons Aufenthaltsort aufzudecken.

»Sie waren alle in Charleston, South Carolina«, sagte Ryson. »Wieder einmal kam Sokolov unbemerkt rein und raus. Wir müssen wissen, wie er es macht, damit wir ihn davon abhalten können, Menschenleben zu zerstören.«

»Tut mir leid, ich weiß nichts darüber«, hatte ich ehrlich geantwortet. Peter hat nie viel über seine Verbindungen gesprochen oder darüber, wie er die unmöglichen Dinge tut, die er tut. So schrecklich wie ich mich wegen der Menschen fühle, die er verängstigt und gefoltert hat, weiß ich nichts, was den FBI-Beamten helfen könnte.

Vorausgesetzt, ich würde ihnen helfen wollen. Wenn Peter nicht mehr in die USA kommen könnte, würde er keine weiteren Menschen hier verletzen. Aber er wäre auch nicht in der Lage, mich zurückzuholen, und dieser perverse, widersprüchliche Teil von mir – derjenige, der mich nachts wachhält und mit einer Mischung aus Freude und Angst an diese Nachricht denkt – kann diese Möglichkeit nicht ertragen.

Ich brauche ihn.

Ich sehne mich so sehr nach ihm, dass es wehtut.

Vor dieser Nachricht konnte ich den Schmerz in mir halten, um stark zu sein, während ich mir sagte, dass es vorbei sei, aber von Peter zu hören, dass er zurückkommen würde, hat meine zerbrechlichen neuen Abwehrsysteme zerstört und mich in diesen endlosen Wartemodus zurückversetzt.

»Komm zurück«, flüstere ich und umarme ein Kissen an meiner Brust, während ich auf den Fernseher starre. »Bitte, Peter, ich brauche dich. Komm zurück und bring mich nach Hause.«

29

Peter

»DU HAST *WAS*?« YAN STARRT MICH AN, ALS WENN MIR EIN PAAR Tentakel gewachsen wären.

»Ich habe Lucas Kent kontaktiert, um ein Treffen mit Esguerra zu arrangieren«, wiederhole ich, während ich die Nudelsauce umrühre. »Gibst du mir bitte das Basilikum?«

Yan bewegt sich nicht, also schiebt Ilya das gehackte Basilikum schweigend auf mich zu, und ich streue es großzügig über die Sauce. Ich mache heute Abend italienisches Essen – nicht gerade die Lieblingsküche meiner Männer, aber Sara liebt sie.

Für dich, Ptichka. Damit ich das Gefühl habe, dass du hier bei mir bist.

Ich habe diese Woche damit angefangen, mit ihr in Gedanken zu reden. Es ist wahrscheinlich nicht gesund, aber ich fühle mich ihr dadurch näher, so als wäre sie hier bei mir und nicht einen Ozean entfernt.

Vielleicht, weil ich weiß, dass ich sie bald wiedersehen könnte, aber ich vermisse sie noch mehr als sonst. Jeder Tag ohne sie ist eine verdammte Qual.

»Ich dachte, du wolltest Kent töten«, sagt Yan verwirrt. »Dafür, dass er Sara verunglücken ließ.«

»Und das könnte ich immer noch, nur nicht zu diesem Zeitpunkt.« Ich tauche einen langen Löffel in die Sauce und schmecke sie ab, bevor ich eine Prise mehr Salz hinzufüge. »Er muss mich auf Esguerras Anwesen bringen.«

Anton stellt sich neben Yan. »Das ist also dein großartiger Plan? Dass Kent dich auf einem Silbertablett an Esguerra übergibt? Du erinnerst dich doch daran, dass der Kerl geschworen hat, dich umzubringen, oder?«

Ich sehe ihn ruhig an. »Er wird mich nicht töten, wenn er den Namen von Novaks Agenten will.«

»Ah.« Yans Gesichtsausdruck entspannt sich. »Also wirst du so tun, als würdest du Novak hintergehen, um Zugang zu Esguerras Gelände zu bekommen.«

»Genau.« *Und dann werde ich ihn wirklich hintergehen*, denke ich, aber ich sage es nicht. So sehr ich meinen Jungs auch vertraue, ich muss davon ausgehen, dass Novak immer Augen und Ohren auf uns hat. Es ist sehr unwahrscheinlich in der Privatsphäre dieses Versteckes, aber ich kann es mir nicht leisten, es zu riskieren.

Ich konnte den Serben ohnehin kaum davon überzeugen, meinem Plan zu folgen.

»Sie werden *was* tun?« Er stand auf und warf beinahe den Tisch dabei um, als ich ihn im Café über meine Absichten informierte. Im Handumdrehen tauchten seine Schläger aus ihrem Versteck im Hintergrund auf und umgaben ihn wie eine menschliche Mauer, wobei ihre M16s auf mich zeigten.

»So viel zum Aufbau von Vertrauen«, hatte ich amüsiert gesagt, und Novak warf mir einen düsteren Blick zu, bevor er ihnen befahl, sich zurückzuziehen.

Ich hatte mich hingesetzt und darauf gewartet, dass er das Gleiche tat, bevor ich ihm das Kernstück meines Plans erklärte. Es dauerte eine Weile, aber schließlich hatte er verstanden, warum das die einzige Möglichkeit war … warum wir selbst mit seinem Spion nicht gewaltsam auf Esguerras Gelände gelangen konnten.

»Selbst wenn Ihre Kinderärztin eine Technikexpertin wäre, die es schaffen würde, die Drohnen und die elektrischen Zäune, die das Gelände schützen, zu deaktivieren, hätten wir immer noch mit den Wachtürmen zu kämpfen. Was für mein Team kein Problem wäre, wenn Esguerra nicht Generatoren und Backup-Drohnen hätte, die innerhalb einer Minute nach der Deaktivierung der Hauptdrohnen online gehen würden. Und dann, während wir es mit den Drohnen zu tun hätten, die vom Himmel auf uns schießen, würden Esguerras Ersatzwachen – über hundert von ihnen – auftauchen und uns ausschalten. Der einzige Weg, sie zu überwinden, wäre mit einer noch größeren Truppe – etwa ein paar hundert Söldnern wie wir selbst –, aber eine Gruppe dieser Größe hat keine Chance, sich dem Gelände unentdeckt zu nähern. Wir könnten nicht einmal nach Kolumbien einreisen, ohne dass Esguerra davon erfahren und uns abfangen würde, lange bevor wir in seine Nähe kommen.«

»Also planen Sie, meinen Trumpf zu opfern, um Esguerras Vertrauen zu gewinnen?«, hatte Novak stirnrunzelnd gefragt, und ich hatte genickt und ihm erklärt, dass, wenn ich einmal drin wäre, es nicht allzu schwer sein würde, in greifbare Nähe von Nora zu kommen – und dass ich, sobald ich sie als Geisel hätte, ein Druckmittel gegen Esguerra haben würde.

Er würde sein Leben geben, um sie zu retten.

»Meine Männer werden außerhalb des Geländes warten, also werde ich, sobald ich Nora und das Baby habe, die Verteidigung selbst deaktivieren und die Verwirrung über Esguerras Tod nutzen, um zu entkommen«, hatte ich Novak gesagt. »Es wird nicht einfach, aber es ist die einzige Chance, die wir haben.«

Die Nudelsauce ist endlich fertig, und als wir uns zum Abendessen hinsetzen, gebe ich denselben Plan an die Jungs weiter.

»Auf gar keinen Fall«, sagt Anton, als ich fertig bin. »Geiseln oder nicht, du wirst das Gelände nie lebend verlassen. Du sprichst von einer Selbstmordmission.«

»Nicht unbedingt«, sagt Yan leise und wickelt Pasta auf seine Gabel. Seine grünen Augen leuchten seltsam. »Esguerra hat jetzt eine Schwäche: seine Frau und seine Tochter. Und wir werden sie ausnutzen. Ist es nicht so?«

»Ja, ganz genau«, antworte ich und erinnere mich daran, Yan während dieser Mission im Auge zu behalten.

Da alles so heikel ausbalanciert ist, könnte das kleinste unvorhergesehene Element – wie das doppelte Spiel einer meiner Männer – alles zum Einsturz bringen.

30

Peter

Die Antwort von Lucas Kent kommt fast sofort. Er ist bereit, sich mit mir zu treffen, was der erste Schritt in Richtung Esguerra ist.

Er schlägt das neue Restaurant seiner Frau in London als möglichen Treffpunkt vor. Es ist nicht gerade neutraler Boden, aber ich stimme zu. Ich weiß, was er denkt: Dass das ein Trick sein könnte, um ihn herauszulocken, damit ich ihn und seine Frau dafür bestrafen kann, dass sie die Sache mit Sara versaut haben.

Unter anderen Umständen hätte er sich nicht geirrt. Das Bild von meinem Ptichka in diesem Krankenhaus, ihr zartes Gesicht blass und gequetscht, taucht immer noch in meinen Alpträumen auf. Eines Tages *wird* Kent dafür bezahlen, dass er sie entkommen und abstürzen hat lassen, aber im Moment brauche ich ihn.

Er ist meine beste Möglichkeit, Esguerra zu erreichen.

Natürlich hätte ich einen Notfallplan gehabt, wenn er abgelehnt hätte. Ich kenne Nora Esguerras E-Mail-Adresse, da ich in der

Vergangenheit mit ihr wegen meiner Liste kommuniziert habe. Allerdings ist Esguerra nicht gerade rational, was seine kleine Frau angeht, und könnte es falsch verstehen, wenn ich sie nach all den Jahren kontaktiere.

Es ist besser, über Kent zu gehen – Esguerra könnte in diesem Fall eher bereit sein, zuzuhören.

KENTS FRAU, DIE SCHÖNE YULIA, IST NIRGENDWO ZU SEHEN, ALS ICH DAS stilvolle Restaurant betrete und mich auf den Weg zu einem separaten Tisch mache, wo Kents blonder Kopf über der Trennwand sichtbar ist.

Er steht auf, um mich zu begrüßen, und sein hartes Gesicht ist misstrauisch, als er seine Hand ausstreckt. »Sokolov.«

Ich schüttele seine Hand und drücke seine Finger mit etwas zu viel Kraft. »Kent.«

Seine Augen verengen sich, aber er lässt meine Hand los, ohne sich zu revanchieren. »Ich habe nicht erwartet, wieder von dir zu hören«, sagt er, als wir uns setzen und die Speisekarten öffnen. »Wie geht es deiner Sara?«

»Wer? Oh, das.« Ich fange den Kellner ab und sage ihm, dass er mir eine ungeöffnete Flasche Guinness und einen Öffner bringen soll. Kent bestellt eine Tasse Earl Grey für sich selbst. Ich warte darauf, dass der Kellner geht, bevor ich Kent sage: »Ich habe keine Ahnung, wie es ihr geht. Ich habe sie letztes Jahr gehen lassen und habe sie seitdem nicht mehr gesehen.«

Seine Augenbrauen heben sich. »Wirklich?«

Ich zucke mit den Schultern. »Was soll ich sagen? Es wurde Zeit.«

»Okay.« Er scheint mir nicht zu glauben, aber er richtet seine Aufmerksamkeit auf das Menü und betrachtet es, bevor er aufschaut und fragt: »Weißt du, was du willst?«

»Ich habe keinen Hunger, danke.« Angesichts dessen, was mit Sara passiert ist und was ich ihm sagen werde, vertraue ich Kent oder dem Essen im Restaurant seiner Frau nicht mehr.

Sein Mund verzieht sich zu einem trockenen Lächeln. »Ich verstehe.« Er schließt die Speisekarte und wartet darauf, dass der Kellner unsere Getränke auf den Tisch stellt, bevor er fragt: »Warum willst du Esguerra treffen? Er hat dir den Vorfall mit Nora immer noch nicht vergeben.«

»Ja, das weiß ich.« Ich benutzte seine Frau als Köder und ließ es zu, dass sie entführt wurde, um herauszufinden, wo eine Terrorgruppe ihn damals festhielt. Damals wusste ich, dass er wegen Noras Beteiligung sauer sein würde, aber seine Wut ergab für mich wirklich überhaupt keinen Sinn – schließlich war es der einzige Weg, sein Leben zu retten.

Aber jetzt verstehe ich seine Reaktion besser. Wenn jemand Sara so in Gefahr bringen würde, würde ich mich auch nicht für die Gründe dafür interessieren.

Mein Leben für ihr Leben wäre nie ein faires Geschäft.

»Ich habe ein sehr lukratives Angebot bekommen«, sage ich Kent und öffne mein Guinness. »Infolgedessen bin ich in den Besitz einiger Informationen gekommen, die Esguerra vielleicht zu schätzen weiß.«

Kent runzelt die Stirn und hebt seine Tasse Tee an. »Oh? Und was für Informationen sind das?«

»Es gibt einen Verräter auf seinem Gelände«, sage ich und nehme einen großen Schluck, während sich Kents Stirnrunzeln vertieft. »Ein Verräter, der mir bei meinem Auftrag helfen soll.«

Kent stellt seinen Tee ab. »Jemand hat dich angeheuert, um einen Anschlag auf Esguerra durchzuführen?« Als ich bestätigend nicke, fragt er scharf: »Wer?«

Ich öffne meinen Mund, um es ihm zu sagen, aber er kommt von selbst zum richtigen Schluss.

»Novak«, spuckt er aus und schiebt den Tee beiseite. Sein Kiefer bewegt sich heftig. »Natürlich. Wer sonst würde es wagen?«

Ich nehme noch einen Schluck von meinem Bier. »Hundert Millionen Euro ist sein Angebot, aber ich bin bereit, Esguerra damit gleichziehen zu lassen – wenn du mich nach Kolumbien bringst, um mit ihm zu reden.« Ich will, dass die Vergangenheit Vergangenheit ist. Das und hundert Millionen«, verdeutliche ich, damit er nicht denkt, dass es mir nur darum geht, Frieden zu schließen.

Kent starrt mich an, und seine Augen verengen sich. »Du weißt, dass er es vielleicht nicht machen wird, oder? Jetzt, da wir wissen, dass es einen Verräter gibt, werden wir herausfinden, wer das ist. Es ist nur eine Frage der Zeit.«

»Sicher. Aber Zeit ist wichtig – besonders, wenn ein verletzliches Neugeborenes im Spiel ist.«

Kents Gesicht verwandelt sich zu Stein. »Was zum Teufel weißt du über Neugeborene?« Seine Stimme ist gefährlich leise. »Denn wenn du versuchst, anzudeuten …«

»Dass Lizzie in Gefahr ist? Ich deute nichts an, ich sage es dir. Novak weiß alles über den jüngsten Zuwachs in Esguerras Familie, und er hat Pläne mit ihm.« Ich gehe das Risiko ein, zu viel zu enthüllen, denn ich kann es mir nicht leisten, alles aufs Spiel zu setzen.

Ich muss Esguerra dazu bringen, mir zuzuhören.

Meine Zukunft mit Sara hängt davon ab.

Der Kellner kommt, um unsere Bestellung entgegenzunehmen, aber Kent schickt ihn mit einer kurzen Handbewegung weg. »Was, wenn Esguerra dir die hundert Millionen überweist?«, fragt er und zieht seinen Tee wieder zu sich. »Hundert Millionen für einen Namen, alles ohne Risiko für dich.«

»Auf gar keinen Fall«, sage ich und trinke mein Bier aus. »Ich muss nicht den Rest meines Lebens über meine Schulter schauen und darauf warten, dass Esguerra Rache an mir nimmt. Entweder hört er mich persönlich an, oder ich nehme den Job an. Das liegt an ihm.«

Ich stehe auf und gehe aus dem Restaurant, obwohl mein Magen wegen der köstlichen Gerüche, die aus der Küche kommen, knurrt.

Wenn alles gut geht, esse ich hier eines Tages richtig … mit Sara an meiner Seite.

31

Peter

ICH MUSS NICHT LANGE AUF ESGUERRAS ANTWORT WARTEN. SEINE E-Mail ist in meinem Posteingang, als ich wieder im Hotel ankomme.

Heute Abend um sieben, steht da. *Lucas wird dich abholen.*

Sieben Uhr ist bereits in einer halben Stunde, also benachrichtige ich meine Jungs und mache mich bereit.

Kent taucht um Punkt sieben in meinem Hotelzimmer auf. Ich bin nicht überrascht, dass er weiß, wo ich wohne; ich wusste, dass ich von dem Moment an verfolgt wurde, als ich das Restaurant verließ.

Kents Gesicht könnte genauso gut aus Granit gemeißelt sein. »Keine Waffen«, sagt er, und ich hebe meine Arme und lasse mich von Kopf bis Fuß filzen.

Er findet das Messer in meinem Stiefel, die beiden Messer in meinen Taschen und den kleinen Revolver in der Innentasche meiner Lederjacke. Allerdings bemerkt er die Rasierklinge im Saum meiner Jeans und die in meinen Jackenkragen eingenähte Drahtrolle nicht.

Camp Larko hat mich gut ausgebildet.

»Gehen wir«, sagt er, als er sich davon überzeugt hat, dass ich clean bin, und ich folge ihm aus dem Hotel in eine gepanzerte Limousine.

Die Fahrt zum Flughafen verläuft schweigend. Ich erwarte, dass Kent mich zu Esguerras Privatflugzeug bringt und es abhebt, aber er steigt mit mir ein.

»Du fliegst mit?«, frage ich, und er nickt kurz.

»Esguerra hat darum gebeten, dass ich dich selbst bringe.«

Er klingt nicht sehr erfreut darüber, und ich lächele, als ich auf der cremefarbenen Ledercouch in der Kabine Platz nehme. Dass Kent wegen der Störung seiner Routine angepisst ist, ist für mich ein Bonus.

Ich kann ihn noch nicht töten, weil er Sara verunglücken ließ, aber ich kann es mit Sicherheit genießen, seine Pläne zu vermasseln.

ICH VERBRINGE EINEN TEIL DES ELFSTÜNDIGEN FLUGES MIT EINEM Nickerchen, und den Rest damit, mit meinem Team E-Mails auszutauschen. Sie sind auch auf dem Weg nach Kolumbien und werden außerhalb des Geländes auf mich warten, wie in unserem von Novak genehmigten Plan vorgesehen. Wenn alles gut geht, werde ich sie nicht brauchen, aber wenn es schiefgeht, können sie mir vielleicht helfen.

Angenommen, ich bin noch am Leben, um herauszukommen.

Esguerras riesiges Anwesen liegt im Südosten Kolumbiens, direkt am Rande des Amazonas-Regenwaldes. Es ist Nacht, als wir auf der kleinen Landebahn innerhalb des Geländes landen, und die feuchte Luft ist warm und völlig ruhig, als wir aus dem Flugzeug steigen.

Ich erkenne den Fahrer des Autos, der auf uns wartet. Er war einer der Wächter hier, als ich bei Esguerra beschäftigt war.

»Hey, Diego«, begrüße ich ihn, und er grinst, wobei seine weißen Zähne aufblitzen.

»Sokolov. Ich hätte nie gedacht, dass ich dich wiedersehe, Mann.« Sein spanischer Akzent ist nicht so stark, wie ich ihn in Erinnerung habe, aber dennoch sehr auffällig. »Was hast du so gemacht?« Dann bemerkt er den blonden Mann an meiner Seite. »Hey, Lucas. Wo ist Yu…«

»Fahr einfach«, schnappt Kent, steigt ins Auto, und ich folge ihm.

Sieht so aus, als würden wir auf die Nettigkeiten verzichten. Nun ja.

Anstatt mich zu der Villa zu bringen, in der Esguerra und seine Frau wohnen, bringt uns Diego zu einem Schuppen am äußeren Rand des Geländes. Ich erkenne den Ort – dort habe ich Esguerra einst geholfen, seine Feinde zu befragen – und ein kalter Schauer läuft mir über den Rücken.

Nichts kann den kolumbianischen Waffenhändler daran hindern, mich aufzuhängen und den Namen des Verräters aus mir herauszuquetschen.

Nichts außer der Tatsache, dass Esguerra mich kennt – und hoffentlich weiß, dass ich nicht leicht zu knacken sein werde.

Er tritt aus dem Schuppen, als Kent und ich aus dem Auto steigen, und als die Scheinwerfer des Autos sein Gesicht erhellen, sehe ich, dass er immer noch seinen Filmstar-Look hat, sogar mit dem künstlichen Auge, das das von seinen Feinden ausgestochene ersetzt. Ich habe ihn seit dieser Zeit nicht mehr gesehen – ich wusste, dass er über die Methode seiner Rettung erzürnt sein würde, also ging ich, bevor er mich töten lassen konnte – aber er ist derselbe, an den ich mich erinnere.

Immer noch verdammt gefährlich und ohne Einfühlungsvermögen … außer, wenn es um seine Frau geht.

Und jetzt möglicherweise seine kleine Tochter.

»Sie haben Eier«, sagt er leise und bleibt vor mir stehen. Sein Englisch ist amerikanisch, ohne eine Spur von einem spanischen Akzent. Seine Mutter war Amerikanerin, erinnere ich mich – ein Model.

»Ich wollte an einem sicheren Ort mit Ihnen reden«, sage ich und erwidere seinen durchdringenden blauen Blick, ohne zu zucken. Ich habe keine Angst, auch wenn ich sie wahrscheinlich haben sollte. Julian Esguerra ist einer der grausamsten Männer, die ich kenne, ein wahrer Sadist. Ich habe ihn gesehen, wie er Männer bei lebendigem Leib gehäutet und es genossen hat, und ich habe mich oft gefragt, wie seine junge Frau mit diesem Aspekt der Natur ihres Mannes umgeht.

Er liebt sie, aber ich bezweifle, dass er sie verschont.

»Warum?«, fragt er mit der gleichen tödlich leisen Stimme. »Warum sollten Sie ausgerechnet hierherkommen wollen?«

»Weil ich einen Deal mit Ihnen machen will«, sage ich ruhig, während Kent zu Esguerra geht und sich neben ihn stellt. »Und ich bin mir sicher, dass Novak hier keine Augen und Ohren hat.« Während ich das sage, weiß ich, dass Diego im Auto sitzt und der Motor noch läuft – wahrscheinlich, um genug Lärm zu erzeugen, damit er unser Gespräch nicht hören kann.

Es sieht so aus, als ob Kent die einzige Person ist, der mein ehemaliger Arbeitgeber voll und ganz vertraut.

»Denken Sie, Novak weiß nicht, dass Sie auf Lucas zugegangen sind?«, sagt Esguerra, und sein Mund verzieht sich höhnisch. »Dass er nicht benachrichtigt wurde, als mein Flugzeug mit Ihnen abflog?«

»Oh, mit Sicherheit.« Ich lächele kalt. »Er wusste die ganze Zeit von meinem Plan.«

Weder Kent noch Esguerra blinzeln, aber ich spüre ihre Überraschung. »Er wusste, dass Sie ihn hintergehen würden?«, fragt Kent und runzelt die Stirn.

»Ja. Das habe ich ihm gesagt, als er mir den Namen des Spions genannt hat.«

Esguerras Kiefer spannt sich an. »Sie haben ihm gesagt, dass Sie ihn verraten werden?«

»Nicht ganz. Ich sagte ihm, ich würde so tun, als würde ich ihn verraten, um Zugang zu Ihrem Gelände zu bekommen. Er weiß von dem Deal, den ich Kent vorgeschlagen habe: Frieden mit Ihnen und 100 Millionen für den Namen von Novaks Spion.«

Kents Stirnrunzeln vertieft sich, aber Esguerra neigt seinen Kopf und betrachtet mich nachdenklich. »Der Deal, von dem Sie Kent erzählt haben, dass Sie ihn machen wollen«, sagt er langsam. »Ich nehme an, das ist nicht der eigentliche Deal, hinter dem Sie her sind.«

»Richtig.« Ich werde mir schmerzhafter Verspannungen in Nacken und Schultern bewusst und entspanne diese Muskeln. »Oder zumindest ist es nicht der ganze Deal.«

Esguerra verschränkt seine Arme vor der Brust. »Was ist dann der komplette Deal?«

»Ich liefere Ihnen Novaks Informanten auf Ihrem Gelände … und ich werde Ihnen Novak persönlich übergeben, damit Sie sich nie wieder um ihn sorgen müssen.«

Esguerras Augen verengen sich. »Im Austausch für was?«

»Den Frieden und die hundert Millionen, die ich bereits erwähnt habe – und noch eine Sache.«

»Was für eine Sache?«, fragt Kent, ohne seine Neugier zu verstecken.

»Amnestie«, sage ich und schaue vom kolumbianischen Waffenhändler zu seinem Partner und wieder zurück. »Ich will eine weltweite Amnestie für alle Verbrechen, die mir vorgeworfen werden, sowie Immunität vor weiterer Verfolgung. Ich will von allen Fahndungslisten gestrichen werden – und ich will, dass Sie es möglich machen.«

IN DIESER NACHT TRÄUME ICH WIEDER VON IHM. ER KOMMT ZU MIR WIE ein Phantom, umhüllt mich in seiner Dunkelheit, hält mich fest, während ich weine und kämpfe, um mich zu befreien. Ich weiß nicht, ob ich gegen ihn oder mein eigenes Verlangen kämpfe, aber so oder so verliere ich.

Ich verschmelze mit ihm, lasse mich von seiner Dunkelheit umgeben und verjage jede Einsamkeit und jedes Licht.

Dann nimmt er mich, stößt mit strafender Wut in mich hinein, und ich umarme ihn und schreie seinen Namen, während mein Körper vor glühender Lust krampft, mich mit so qualvoller und erlesener Glückseligkeit erfüllt, dass es mich zu zerreißen droht. Wir lieben uns immer und immer wieder, bis ich ausgelaugt und wund bin.

Bis ich nichts mehr zu geben habe und er geht.

Er geht, weil er mich nicht mehr will.

Weil er von mir gelangweilt ist.

Ich wache auf, und mein Kissen ist von Tränen durchtränkt und mein Geschlecht ist feucht und pocht vor Verlangen. Ich weiß, dass der Traum nur eine Manifestation meiner Ängste war, dass nichts davon real ist, aber ich fühle mich trotzdem erschüttert und zerstört durch Peters Zurückweisung.

Durch die Rückkehr der schrecklichen Einsamkeit, die nachts mein Begleiter ist.

Als ich aufstehe, suche ich meine Handtasche und fische den Zettel heraus, den Peter mir hinterlassen hat. Er verschleißt an den Rändern, also glätte ich ihn, während ich ihn öffne, die Worte lese, und sie immer wieder wiederhole.

Vergiss nicht, Ptichka. Solange wir beide leben.

Ich nehme die Nachricht mit und lege sie unter mein Kissen, bevor ich wieder einschlafe.

Peter wird kommen. Daran muss ich glauben.

Irgendwie wird er zu mir zurückkommen.

33

P eter

ESGUERRA STARRT MICH AN, ALS OB ER SEINEN OHREN NICHT TRAUEN könnte, und lacht dann schallend. »Amnestie und Immunität? Für Sie?«

Kent an seiner Seite schweigt, aber ich sehe das Verständnis in seinem Blick.

Er weiß, worum es hier geht.

Er und Yulia haben mich mit Sara gesehen.

»Eigentlich für mich und meine Jungs«, sage ich Esguerra. »Sie sind nicht so beliebt bei den Strafverfolgungsbehörden, aber sie stehen trotzdem auf ihren Abschusslisten. Sie bringen Ihre CIA-Freunde dazu, uns von diesen Listen zu entfernen, und Sie können Novak für immer vergessen.«

»Wirklich?«, sagt er, immer noch lachend. »Angenommen, ich könnte dieses Wunder für Sie vollbringen, seit wann interessiert es Sie, ob Sie gesucht werden?«

Kent könnte das beantworten, aber zu meiner Erleichterung hält er seinen Mund, während ich sage: »Das geht Sie nichts an. Das ist der Deal, den ich anbiete. Nehmen Sie ihn an oder lassen Sie es.«

Alle Spuren von Humor verschwinden aus Esguerras Gesicht. »Scheiß drauf. Sie werden mir sagen, wer der Verräter ist, und Sie werden es jetzt tun.«

Jetzt lache ich. »Und im Gegenzug gewähren Sie mir einen schnellen, barmherzigen Tod?«

Esguerras Lächeln ist messerscharf. »Das ist der beste Deal, den Sie kriegen werden. Sie wissen, dass ich den Namen so oder so von Ihnen bekomme.«

»Ich weiß, dass Sie es versuchen werden, und vielleicht werden Sie es sogar schaffen. Aber es wird Sie was kosten.«

Seine Augen verengen sich. »Warum?«

»Lange bevor Sie diesen Namen aus mir herausbekommen«, sage ich leise, »wird mein Team den Spion aktivieren. Vielleicht gelingt es ihnen, den Auftrag ohne mich auszuführen, oder vielleicht auch nicht, aber das ist ein Risiko, das Sie eingehen werden. Wie alt ist Lizzie jetzt? Acht, zehn Tage? Vielleicht hängen Sie noch nicht so sehr an ihr, aber Novak hat auch Pläne für Nora. Große Pläne ...«

Esguerra ist auf mir, bevor ich zu Ende sprechen kann, und seine perfekten Gesichtszüge sind zu einer wilden Maske der Wut verzerrt. Er trainiert oft mit seinen Wachen, also ist er schnell und tödlich, aber ich habe den Angriff erwartet. Im letzten Moment drehe ich mich, und seine Faust streift meinen Wangenknochen, anstatt meine Nase zu zerquetschen. Es gibt jedoch keine Möglichkeit, seiner anderen Faust auszuweichen, und der Schlag dröhnt durch meinen Solarplexus und treibt mir die Luft aus der Lunge.

Wenn ich nicht dafür trainiert hätte, würde ich keuchend zusammensacken. Aber ich weiß, wie man den Schmerz überwindet. Anstatt um Atem zu ringen, wie es mein Körper verlangt, schalte ich jedes Bewusstsein für das Unbehagen aus und greife ihn mit meinen eigenen Schlägen an.

Wir sind gleich groß und stark, und er ist gut darin – vielleicht genauso gut wie meine Jungs. Aber ich habe den kühleren Kopf in diesem Kampf. Jeder meiner Schläge ist so berechnet, dass er schadet und abwehrt, während er aus Instinkt handelt und sich von seiner Wut leiten lässt.

Ich weiche den meisten seiner Schläge aus, aber die wenigen, die treffen, tun höllisch weh. Ich ignoriere den Schmerz, schlage zurück, und nach einer Minute schaffe ich es, ihn von seinen Füßen zu reißen. Der Wichser gibt aber nicht auf. Anstatt zu versuchen aufzustehen, schnappt er sich meinen Fuß und reißt daran, so dass ich auf ihn falle.

In letzter Sekunde drehe ich mich, so dass mein Ellenbogen auf seinem Brustkorb landet. Mein Arm explodiert vor Schmerz, aber er grunzt, also muss ich ihm eine Rippe gebrochen haben. Im nächsten Moment jedoch blinkt etwas Glänzendes in meinem peripheren Sehen, und ich reagiere instinktiv, indem ich nach seinem Handgelenk greife, um die Klinge abzufangen, die auf mich zukommt. Er nutzt den Moment, in dem ich abgelenkt werde, um einen Schlag auf einer Seite meines Gesichts zu landen, aber ich konzentriere mich auf das Messer und drehe das Handgelenk, entschlossen, um …

»Das reicht.« Starke Hände ergreifen mich von hinten und ziehen mich von Esguerra weg, bevor ich ihm das Handgelenk brechen kann. Ich möchte mich instinktiv auf den neuen Angreifer stürzen, aber ich habe genug Geistesgegenwart, um nicht zu kämpfen.

Kent oder Esguerra zu töten wäre kontraproduktiv für mein Ziel.

Esguerra ist auf den Beinen, bevor Kent mich freilässt, aber er greift nicht wieder an. Stattdessen wischt er sich das Blut, das von seiner Nase tropft, ab und sagt mit kehliger Stimme: »Was für verdammte Pläne?«

Natürlich. Er will die Einzelheiten der Bedrohung für Nora wissen.

»Novak will sie benutzen, um Ihr ganzes Vermögen zu kontrollieren«, sage ich, als Kent mich gehen lässt und sich neben Esguerra stellt. Mein Gesicht und mein Ellenbogen pochen höllisch, und mein Mund schmeckt nach Kupfer, aber ich ignoriere es.

Mit dem Messer, das Esguerra aus dem Nichts gezogen hat, hätte es viel schlimmer kommen können.

»Wie?«, verlangt Esguerra zu wissen, und ich freue mich, zu sehen, dass eine Seite seines Gesichts bereits anschwillt. »Wie zum Teufel glaubt er, wird er das schaffen?«

»Indem er sie heiratet. Wie sonst?« Ich spucke das Blut unter meiner Zunge aus. »Er hat gewartet, bis Ihre Tochter geboren wurde, damit er ein sicheres Druckmittel gegen Nora hat. Er will sie beide, Ihre Frau für sich und Ihre Tochter als Werkzeug, um Ihre Frau zu kontrollieren. Die zu diesem Zeitpunkt *seine* Frau sein würde, aber das haben Sie ja bereits verstanden.«

Einen Moment lang bin ich überzeugt, dass Esguerra mich wieder angreifen wird, aber diesmal hält er sich zurück. Gerade so. Nicht, dass ich es ihm verübeln kann.

Wenn jemand versuchen würde, mir Sara wegzunehmen, würde ich seine Eier in kleine Stücke hacken und sie an die einheimische Tierwelt verfüttern.

Ich vermute stark, dass Esguerra versucht ist, genau das mit mir zu tun, also sage ich: »Ich kann Novak für Sie holen, und ich kann es schnell tun. Ich weiß, dass Sie in der Lage sind, allein mit ihm fertigzuwerden, aber es wird Zeit vergehen, bis Sie ihn aufspüren und durch seine Verteidigung an ihn herankommen – genau wie es Zeit brauchen wird, bis Sie den Namen seines Helfers von mir bekommen … vorausgesetzt, Sie würden das überhaupt schaffen. In der Zwischenzeit sind Ihre Frau und Ihre Tochter in Gefahr. Wenn mein Team scheitert, wird Novak jemand anderen finden, der hinter Ihnen her ist, einen anderen Weg, um zu Nora und dem Baby zu kommen. Ich habe diesen Kerl getroffen – er wird nicht aufhören. Er will, was Sie haben – alles, was Sie haben, Nora eingeschlossen – und er wird immer wieder kommen, bis Sie ihn töten. Oder bis ich es für Sie tue – etwas, was schon Ende dieser Woche passieren könnte.«

Esguerra vibriert vor Wut, aber er muss die Weisheit dessen sehen, was ich sage, denn er bleibt an seinem Platz, auch wenn seine Hände sich an seinen Seiten verkrampfen. Ich spüre seinen inneren Kampf, aber schließlich sagt er knapp: »Fünfzig Millionen. Und ich will, dass Novak lebendig zu mir gebracht wird.«

Mein Puls explodiert, aber ich behalte eine ruhige Stimme. »Fünfundsiebzig. Das ist mein letztes Angebot.«

Eigentlich würde ich sogar null Dollar annehmen – Saras Glück ist es mir wert –, aber zumindest kann ich so meine Teamkollegen für die bevorstehende Auflösung unseres Geschäfts entschädigen.

Sobald ich nicht mehr auf der Flucht bin, werden wir keine Anschläge mehr durchführen.

»Abgemacht«, sagt Esguerra mit zusammengebissenen Zähnen. »Fünfundsiebzig Millionen, und ich tue mein Bestes, um Ihnen und Ihren Männern Immunität zu verschaffen, im Austausch für Novak und den Verräter.«

»Sie verschaffen uns Immunität«, korrigiere ich. »Keine Immunität, kein Deal.«

»Sie sind seit Jahren auf einer verdammten globalen Mordserie. Ich kann nicht garantieren …«

»Doch, das können Sie. Unsere Verbrechen sind nicht schlimmer als das, was Sie und Kent«, ich nicke dem blonden Mann zu, der das Geschehen schweigend beobachtet, »jeden Tag tun, und niemand kommt zu Ihnen. Machen Sie es möglich, Julian. Bitten Sie um alle Gefallen, die Sie noch irgendwo offen haben, und ich serviere Ihnen Novak auf einem Silbertablett.«

Esguerra starrt mich an, und seine Finger zucken immer noch. »In Ordnung«, sagt er nach einem Moment, und sein Ton ist deutlich ruhiger. »Sie haben Ihren Deal bekommen. Jetzt sagen Sie mir, wer der Verräter ist.«

Ich betrachte seinen Gesichtsausdruck und treffe eine sekundenschnelle Entscheidung. »Bringen Sie mich zu Nora, und ich werde es tun.«

Esguerras Gesicht verhärtet sich, und Kent spannt sich merklich an – wahrscheinlich macht er sich bereit, ihn notfalls zurückzuhalten.

»Warum?«, knirscht Esguerra. »Was zum Teufel hat sie damit zu tun?«

»Nichts … außer, dass sie es vielleicht wissen möchte«, sage ich ruhig. »Und sobald sie es weiß, wird sie ein Problem damit haben, dass Sie mich, trotz des Deals, den wir gerade gemacht haben, umbringen.«

Seine Nasenlöcher beben. »Sie nennen mich einen Lügner?«

Ich zucke mit den Schultern. »Sie würden alles tun, um Ihre Familie zu schützen, so wie ich meine. Auf jeden Fall habe ich nicht vergessen, dass es Ihre Frau war, die mir meine Liste geschickt hat, nicht Sie. Bringen Sie mich zu Nora, und ich sage Ihnen beiden, was ich weiß. Darauf haben Sie mein Wort.«

Und ich warte mit angespannten Muskeln, während Esguerra seine Entscheidung trifft.

eter

Ich werde noch fünf weitere Male von Kopf bis Fuß durchsucht, zweimal von Kent und Diego und einmal von Esguerra selbst. Bei der dritten Suche finden sie die Rasierklinge und die Schnur, also bin ich wirklich unbewaffnet – wenn man meinen Körper und seine Fähigkeiten ignoriert.

Die Fahrt zu Esguerras Villa verläuft in explosiver Stille, und ich weiß, dass der kleinste Funke meinen Gastgeber zum Explodieren bringen würde. Er ist so nervös, wie ich ihn noch nie gesehen habe, die Gewalt in ihm steht kurz vor dem Überkochen.

Ein Kontingent von zwanzig Wächtern trifft uns an der weißen Villa im Kolonialstil und folgt uns in das geschmackvoll eingerichtete Wohnzimmer. Esguerra lässt mich und Kent bei ihnen und verschwindet nach oben – vermutlich um seine Frau, die frischgebackene Mutter, zu wecken.

Mit einem Verräter auf freiem Fuß konnte er nicht bis zum Morgen warten.

Für ein paar Minuten höre ich nur, dass die Wachen atmen und ihr Gewicht von einem Fuß auf den anderen verlagern. Dann durchdringt der Schrei eines Babys die Stille, der Klang ist stark und süß und so vertraut, dass das Herz in meiner Brust brennt.

Pascha hat als Säugling immer so geschrien. Es war sein Hungergeschrei – eine Forderung nach Nahrung, die immer innerhalb von Minuten erfüllt wurde.

Die Trauer, die mich trifft, ist so scharf wie am Anfang, in jenen dunklen Tagen, als Wut das Einzige war, was mich am Leben hielt. Eine Sekunde lang kann ich vor Schmerzen nicht atmen, wegen der Qualen, die so akut sind, dass sie sich wie eine Klinge durch meine Wirbelsäule schneiden.

Mein Sohn. Mein kleiner Junge, der nie die Chance hatte aufzuwachsen, von einem Spielzeugauto zu einem echten zu wechseln.

Wenn ich Bedenken über das gehabt hätte, was ich tue, würden sie sich in diesem Moment verflüchtigen. Ich verrate einen Kunden, aber das ist es wert. Selbst ohne den Deal mit Esguerra würde ich dem hilflosen Baby nie wehtun.

Nicht mit Paschas Gesicht in meinem Kopf.

Es dauert ein paar Minuten, bis das Weinen aufhört, und fast eine halbe Stunde, bevor Esguerra zurückkehrt und seinen Arm um ein zierliches, dunkelhaariges Mädchen gelegt hat, das in einem dicken Frotteebademantel gehüllt ist, der es von Kopf bis Fuß bedeckt.

Esguerras eigene Besessenheit.

Nora, seine Frau.

Ihr kleines Gesicht erstrahlt, als sie mich sieht. Im Gegensatz zu ihrem Mann trägt sie mir die Rettung, die sie gefährdet hat, nicht nach – was sie auch nicht sollte, denn es war ihre Idee.

»Peter!« Sie macht den Eindruck, als würde sie zu mir kommen wollen, um mich zu begrüßen, aber der besitzergreifende Griff ihres

Mannes hält sie zurück. Verlegen bleibt sie stehen und lächelt mich stattdessen an. »Wie geht es Ihnen?«

»Gut, danke.« Trotz der Wachen um uns herum und der Tatsache, dass sich mein Gesicht von Esguerras Schlägen wie ein riesiger blauer Fleck anfühlt, kann ich nicht anders, als zurückzulächeln. Es ist schwer zu glauben, dass jemand, der so jung und zart aussieht, eine Mutter sein kann – oder jemanden so skrupelloses wie Esguerra überlebt. »Herzlichen Glückwunsch zum jüngsten Familienzuwachs.«

Ihr Lächeln breitet sich aus. »Danke. Ich würde sie Ihnen gern vorstellen, aber Sie wissen ja …« Sie blickt auf ihren Mann, dessen wütender Gesichtsausdruck während unseres Austausches noch düsterer wurde.

Seine Geduld ist definitiv am Ende. Er drückt seine kleine Frau enger an seine Seite und fragt mit tödlicher Sanftheit: »Wirst du mir sagen, wer es ist, oder nicht?«

Das war er. Der Zeitpunkt für mich, meine Trumpfkarte aufzugeben. Trotz Noras Anwesenheit und dem Deal, den wir gemacht haben, könnte er mich immer noch töten lassen, sobald er den Namen erfährt.

Nun ja. Kein Risiko, keine Belohnung.

Ich begegne Esguerras eisigem Blick und sage ruhig: »Ich kenne ihren Namen nicht, aber es ist eure Kinderärztin. Sie ist Novaks Informantin.«

35

Sara

»Weißt du, Joe hat nach dir gefragt«, sagt Mama und schmiert den Honig, den ich vom Bauernmarkt mitgebracht habe, auf ihren Toast. »Du hast in letzter Zeit nichts von ihm gehört, oder?«

»Mama, bitte.« Ich bekämpfe den Drang, mit den Augen zu rollen wie ein übergroßer Teenager. Aus welchem Grund auch immer taucht dieses Thema beim Frühstück am Samstagmorgen zwangsläufig auf. »Er ist nur nett, das ist alles. Da ist nichts zwischen uns, versprochen.«

»Aber warum nicht, Liebling?« Sorgenfalten kräuseln Mamas Stirn, während Papa in seinen Kaffee seufzt. »Du bist seit fast neun Monaten zurück und hattest noch kein einziges Date mit jemandem. Du schuldest dem Verbrecher nichts. Das weißt du doch, oder? Offensichtlich ist alles, was ihr beide hattet, vorbei, und du musst weitermachen. Er wird nicht zurückkommen.«

Das wird er, seiner Nachricht nach zu urteilen, aber das kann ich meinen Eltern nicht sagen. Trotz meiner Bemühungen, sie davon zu überzeugen, dass ich freiwillig bei meinem Entführer war und die ganze FBI-Fahndung ein großes Missverständnis ist, wird Peter für sie immer »dieser Verbrecher« sein. Ich weiß nicht, ob es daran liegt, dass sie irgendwie Wind von meiner offiziellen Geschichte für das FBI bekommen haben oder ob sie einfach ein normales Misstrauen gesetzestreuer Bürger gegenüber den Behörden haben, aber sie sind überzeugt davon, dass Peter böse ist und dass die Gefühle, die ich für ihn hatte, das Stockholm-Syndrom waren.

Nicht, dass sie so falsch damit liegen – zumindest hätten sie sich vor neun Monaten nicht geirrt. Peters Anziehungskraft auf mich *war* unnatürlich und giftig, und ich habe mit allem, was ich hatte, dagegen gekämpft. Ich habe bis zum Ende gekämpft, als ich fast mein Leben bei dem Unfall verloren hätte.

Nein. Das stimmt nicht ganz.

Das war, bis er meine Bedürfnisse über seine eigenen stellte und mich gehen ließ. Das war der wahre Wendepunkt für mich, obwohl ich mir erst vor kurzem erlaubt habe, darüber nachzudenken … über die Tatsache, dass ich es irgendwie geschafft habe, die Gefühle, die ich für den Mörder meines Mannes entwickelt habe, zu akzeptieren, dass er, wenn ich jetzt an ihn denke, in meinem Kopf »Peter« ist.

Der Mann, der mich liebt, nicht der Mann, der George ermordet hat.

Meine Eltern wissen nichts von dem letzten Teil, zumindest hoffe ich, dass sie es nicht wissen, aber sie hassen Peter immer noch dafür, dass er mich so lange von ihnen ferngehalten hat. Sie denken, er ist so gefährlich, wie das FBI sagt, und es macht mich krank, daran zu denken, wie wütend sie sein werden, wenn Peter mich wieder entführt.

Trotzdem kann ich mich nicht davon abhalten, es zu wollen.

Ihn zu wollen und alles, was er ist.

»Ich bin einfach nicht bereit, Mama«, sage ich ihr und stehe auf, um mir mehr Kaffee einzuschenken. »Bitte versteh das. Ich bin immer noch in Peter verliebt, und wenn alles geklärt ist, *wird* er zurückkommen. Du wirst schon sehen.«

Und damit wechsele ich das Thema und beginne, ihnen von meinem letzten Auftritt mit meiner Band zu erzählen.

Es ist besser, als weiter zu lügen. Nichts wird jemals gelöst werden, weil es kein Missverständnis gibt.

Peter *ist* ein Verbrecher, und wenn er zurückkommt, wird es sein, um mich mitzunehmen.

Um mich für immer mitzunehmen.

36

P eter

ICH VERBRINGE DIE NACHT IM SCHUPPEN, WO ESGUERRA SEINE Gefangenen hält, und mein Knöchel ist mit einem Metallring an eine Kette gefesselt, die im Boden verankert ist.

»Nur eine Vorsichtsmaßnahme«, erklärte Kent, als die Wachen die Kette verschlossen haben. »Nicht, dass wir dir nicht trauen …«

»Genau.« Die Kette ist etwa zwei Meter lang, was bedeutet, dass ich mich auf die Liege legen kann, die die Wachen in den Schuppen geschleppt haben. Alles in allem ist es also nicht so schlimm. Ich wäre natürlich lieber nicht angekettet, aber wenn man bedenkt, was Esguerra gerade mit der Kinderärztin gemacht hat, beklage ich mich nicht.

Es wird eine Weile dauern, bis mir die Schreie der Frau aus dem Kopf gehen.

Sie brach sofort zusammen, als die Esguerras, begleitet von mir und den Wachen, ihr Zimmer betraten. Ich weiß nicht, was sie erwartet hatte – Brownie-Punkte für ihre Ehrlichkeit? –, aber sie gab ihre Schuld sofort zu und entschuldigte sich bei Esguerra und seiner Frau, wobei sie schwor, dass sie wirklich keinen Schaden anrichten wollte und dass sie sie oder Lizzie nicht wirklich kannte, als sie die Bestechung annahm.

Es ist, als ob sie dachte, dass wenn sie einmal gestanden hätte, alles vergeben und vergessen wäre, dass es das Schlimmste wäre, wenn sie ohne ein Arbeitszeugnis gefeuert werden würde.

Vielleicht, weil ich Esguerra buchstäblich dabei zugesehen habe, wie er die Idiotin buchstäblich filetiert hat, als Nora gegangen ist, um das Baby zu füttern, oder weil ich so nah an meinem Ziel bin, aber mein Schlaf ist wieder ruhelos und voller Alpträume. Zweimal träume ich davon, den Körper meines Sohnes in einem Haufen Leichen zu finden, und mindestens weitere zwei Male entpuppt sich dieser Körper als der von Sara.

Trotzdem bin ich am Morgen müde, aber vorsichtig optimistisch. Die Tatsache, dass ich noch am Leben bin, ist ermutigend – ein Zeichen, dass Esguerra sich an seinen Teil der Abmachung halten könnte. Es gibt natürlich keine Garantien, aber ich vermute, dass Nora mittlerweile eine Menge Einfluss auf ihren Mann hat – plus er schuldet mir etwas für die Kinderärztin.

Auf jeden Fall bin ich nicht überrascht, als Esguerra und Kent zusammen auftauchen und mich losketten.

»Was ist Ihr Plan?«, fragt Esguerra, als Kent meine Knöchelfesseln aufschließt. »Wie wollen Sie an ihn rankommen? Ihnen ist klar, dass, sobald Sie ohne Nora und das Baby im Schlepptau auftauchen, er weiß, dass Sie ihn hintergangen haben. Das, oder Sie sind gescheitert – so oder so, er wird nicht erfreut sein.«

Ich atme tief durch. Hier kommt ein weiterer kniffliger Teil. »Ja. Das weiß ich. Und deshalb muss ich mir Ihre Frau für diesen Teil der Operation ausleihen. Sie wird absolut nicht ...«

»Auf keinen Fall.« Esguerras Kiefer zuckt. »Nora wird keinen Fuß von diesem Gelände setzen.«

Enttäuschend, aber nicht unerwartet. »Okay, denken Sie dann, dass Sie jemanden finden können, der wie Nora aussieht? Wenigstens ein bisschen?«

Esguerra runzelt die Stirn, und ich spüre, dass er im Begriff ist, Nein zu sagen, als Kent sagt: »Es gibt niemanden auf dem Anwesen, aber ich kann die Wachen die umliegenden Siedlungen nach einer potenziellen Kandidatin absuchen lassen. Es sollte nicht allzu schwer sein, ein dunkelhaariges Mädchen in Noras Größe zu finden. Ihre Haut- und Haarfarbe ist hier nicht gerade ungewöhnlich.«

Das stimmt. Wenn wir ein Körperdouble für Kents blonde, blauäugige Frau bräuchten, wären wir in Schwierigkeiten, aber Nora ist teilweise Mexikanerin, mit dunklen Augen und einem braunen Teint. »Sie sollten vielleicht nach jemandem suchen, der wirklich jung ist«, schlage ich vor. »Vielleicht ein Schulmädchen, um Noras Körperbau zu entsprechen. Wie ich sagen wollte, wird sie in keinerlei Gefahr sein – ich muss nur dafür sorgen, dass Novak erfährt, dass ich mit einer Frau, die wie Nora aussieht, und ihrem Kind im Schlepptau aus dem Flugzeug gestiegen bin. Eine Puppe reicht für Letzteres; das Mädchen muss sie nur fest eingewickelt halten.«

Kent schaut Esguerra an, und der nickt. »Tu es. Und, wenn möglich, finde auch ein Kind. Wir wollen nicht, dass es wegen einer Puppe scheitert.«

Ich öffne meinen Mund, um das abzuwenden, aber dann entscheide ich mich dagegen.

Ich habe nicht über die Ungefährlichkeit für *Nora* gelogen, also können wir auch ein richtiges Kind benutzen.

Was auch immer nötig ist, um einen Köder für die Falle zu finden und Novak für immer zu vernichten.

ACHT STUNDEN SPÄTER VERLASSE ICH DAS GELÄNDE ZU FUß, bewaffnet mit einer M16, die ich einer Wache *gestohlen* habe, und mit einer verängstigten Sechzehnjährigen und ihrer zwei Monate alten

Schwester im Schlepptau. Die Familie der Mädchen wird für ihren Auftritt gut entschädigt, aber die Aussicht auf hübsche Kleidung und Schulgeld für das College reicht nicht aus, um die Sechzehnjährige zu beruhigen.

Sie hat schreckliche Angst, und das ist perfekt.

Die echte Nora hätte das auch.

Kents Wachen haben einen Teenager gefunden, der Mrs. Esguerra unheimlich ähnlich sieht – zumindest von hinten und von der Seite. Von vorn ist das Gesicht des Mädchens runder, mit einer dickeren Nase und kleineren, tief sitzenden Augen, also haben wir Make-up benutzt, um diese Gesichtszüge zu verändern.

Dank gekonnt aufgetragenem Lidschatten, Rouge, Lippenstift und dunkler Grundierung hat Noras Doppelgängerin jetzt zwei blaue Augen, eine aufgeplatzte Lippe und mehrere gelbliche Prellungen, die die kindliche Fülle ihrer Wangen verbergen.

Sie spricht auch ein wenig Englisch, aber ihr Akzent ist sehr stark, also haben wir ihr gesagt, dass sie unter keinen Umständen sprechen soll. »Du kannst entweder weinen oder schweigen«, hat Esguerra sie angewiesen, und das Mädchen hat mit zitterndem Kinn genickt.

»Sí, Señor. Ich werde schweigen.«

Bis jetzt hat sie Wort gehalten. Wir schleppen uns seit über zwei Stunden durch den Dschungel, und sie hält ihre schreiende kleine Schwester die ganze Zeit, ohne dass sie eine einzige Beschwerde geäußert hat – obwohl es viel zu beklagen gibt.

Es hat heute noch nicht geregnet, und die feuchte Hitze ist erstickend, die Luft so dick, dass sie sich wie eine nasse Decke auf der Haut anfühlt. Wir haben dem Mädchen eines von Noras üblichen Outfits angezogen – ein legeres weißes Sommerkleid und ein Paar flache Sandalen – und ich kann die schmerzhaften Beulen an ihren Füßen sehen, die sie von einem Ameisenhaufen hat, in den sie vor einigen Kilometern getreten ist. Wir sind beide schweißgebadet, und winzige Mücken summen um uns herum und übersehen jeden Zentimeter unseres freiliegenden Fleisches mit Stichen.

Sie sieht elendig aus, und das ist eine gute Sache.

So wirkt es viel authentischer.

Nach einer weiteren quälenden Stunde treffen wir uns mit meinen Jungs am vorgesehenen Treffpunkt. Ich kann den Schock auf ihren Gesichtern sehen, als ich das Mädchen nach vorne schiebe, wobei sie das schreiende Kind fest an ihre Brust drückt.

»Du hast es geschafft.« Yans ungläubiger Blick wandert von mir zu meiner Geisel und zurück. »Du hast es tatsächlich getan.«

»Ja. War nicht einfach, aber hier sind wir.«

Mein Nora-Ersatz schweigt und gibt eine gute Imitation einer traumatisierten, verängstigten Gefangenen ab. Ihr wasserfestes Make-up ist während unserer Reise ein wenig verschmiert worden, aber sie sieht immer noch glaubhaft zerschunden und verprügelt aus, ihre dunklen Augen wirken durch die Dehydrierung und Erschöpfung matt. Keiner meiner Jungs hat die echte Mrs. Esguerra jemals gesehen, nur Bilder von ihr, also haben sie keinen Grund, an ihrer Echtheit zu zweifeln.

Die *Prellungen* erfüllen ihre Aufgabe.

Das Baby weint weiter, und ich behalte im Hinterkopf, dass ich ihr die Flasche mit der Babynahrung gebe, die ich meine Jungs für das Flugzeug kaufen ließ, nur für den Fall, dass *Nora* Probleme beim Stillen hat. Wir haben auch Windeln im Flugzeug, zusammen mit anderen Babyutensilien.

»Ist er tot?«, fragt Anton auf Russisch, und ich nicke und schaue das Mädchen an, so als ob ich über ihre Reaktion besorgt wäre.

»Ja, ich habe den Bastard erwischt. Das weiß sie vielleicht noch nicht, also haltet euch bedeckt. Sie hat wie eine Furie für das Baby gekämpft.«

Ilya sieht angewidert aus, sagt aber nichts, als wir zum Flugzeug gehen. Er mag nicht, was ich tue, und ich kann es ihm nicht verübeln. Ein Neugeborenes und seine frischgebackene Mutter zu entführen fühlt sich falsch an, selbst für erbarmungslose Killer wie uns. Und genau darauf zähle ich. Die subtile Missbilligung, die von meinen

Männern ausgeht, wird dieser Operation den authentischen Charakter verleihen, den sie braucht.

Ich will, dass Novak die Unstimmigkeit unter uns spürt.

Ich möchte, dass er die Abneigung meiner Jungs spürt, eine traumatisierte junge Frau und ihr Baby in seine grausamen, gierigen Krallen zu geben.

eter

ICH GEBE DEM MÄDCHEN DIE FLASCHE MIT DER BABYNAHRUNG, SOBALD wir im Flugzeug sitzen, und sie füttert ihre kleine Schwester, wobei sie uns die ganze Zeit ängstliche Blicke zuwirft. Sie übertreibt es ein bisschen – die echte Mrs. Esguerra würde ihre Angst nicht zeigen – aber da meine Jungs Nora und alles, was sie durchgemacht hat, nicht kennen, funktioniert es.

»Wie hast du das gemacht?«, fragt Yan leise, als das Baby endlich einschläft und das Mädchen sich genug beruhigt hat, um aus dem Fenster zu schauen anstatt auf die Couch, auf der ich mit den Zwillingen sitze. »Wie hast du Esguerra getötet?«

»Ich habe ihn erschossen.« Meine Antwort ist knapp und sachlich, aber ich werde mir dafür keine ausführliche Geschichte ausdenken. »Ich habe ihm den Kopf weggepustet.«

»Hast du den Beweis?«, fragt Ilya und runzelt die Stirn. »Denn Novak braucht …«

»Hier.« Ich ziehe ein Telefon hervor, das ich auch einer Wache *gestohlen* habe, und zeige ein Bild eines dunkelhaarigen Mannes, der in einer Blutlache auf dem Boden liegt. Die Hälfte seines Schädels scheint zu fehlen, aber die andere Hälfte ist unverkennbar Esguerra.

Es dauerte eine Stunde, um ein so gutes Foto zu machen; obwohl er aussieht wie ein männliches Model, ist mein ehemaliger Arbeitgeber schlecht im Posieren.

Yan schaut mich an, dann auf das Bild und zurück zu mir. Ich starre ihn mit versteinertem Gesicht an. Kann er erkennen, dass das *Blut* Ketchup mit viel Dreck vermischt ist oder dass die fehlende Schädelhälfte Noras geschicktes Photoshopping ist? Ich weiß, dass das Bild gefälscht ist, also ist es schwer für mich, objektiv zu sein.

Zu meiner Erleichterung gibt mir Yan das Telefon zurück, ohne etwas zu sagen, und Ilya wendet sich ab und konzentriert sich darauf, das Bestechungsgeld auf das Privatkonto des serbischen Fluglotsen in der Schweiz zu überweisen. So kommen wir in dieses Land hinein und wieder heraus – und in viele andere, auch in die USA.

Ich bin versucht, mit meinen Leuten zu reden und ihnen den wirklichen Plan zu erzählen, aber ich unterlasse es. Ich kann es nicht riskieren, dass er in letzter Minute scheitert. Wir haben ein lukratives Geschäft auf der Grundlage unseres guten Rufs aufgebaut, und was ich jetzt tun werde – einen zahlenden Kunden zu hintergehen –, stellt mehr oder weniger sicher, dass es keine weiteren Aufträge geben wird.

Wir haben darüber gesprochen, uns eines Tages zur Ruhe zu setzen, aber ich weiß nicht, ob sie schon für diesen Tag bereit sind.

Auf jeden Fall wird mein Team, wenn alles gut geht, finanziell nicht darunter leiden. Zusätzlich zu Novaks hundert Millionen, von denen die Hälfte bereits auf unseren Bankkonten liegt, werden wir die fünfundsiebzig Millionen von Esguerra erhalten. Selbst wenn wir die andere Hälfte von Novak nicht bekommen, bevor ich ihn schnappe, haben wir genug für den Rest unseres Lebens.

Alles, was wir tun müssen, ist, das zu überleben.

Noch ein paar Tage, und ich werde Sara wiederhaben.

Ich kann es kaum erwarten.

Ilya und ich treffen Novak in seinem Lagerhaus vor den Toren Belgrads – wie von ihm gewünscht. Wie üblich kommt er mit einem vollen Kontingent an Söldnern und genug Feuerkraft, um ein kleines Gebäude dem Boden gleichzumachen.

»Wo sind sie?«, fragt er, sobald er uns dort stehen sieht. »Du hast gesagt, du hättest sie. Wo sind sie?«

»Sicher und geborgen bei meinem Team«, sage ich und hole das Telefon des Wächters heraus, um ihm die Fotos zu zeigen, die wir vor einer Stunde gemacht haben. Sie sind von Noras zerbrechlicher und verletzter Stellvertreterin und ihrem Kind, umgeben von meinen Männern.

Er schnappt mir das Telefon aus der Hand und beobachtet das Display mit unverhohlener Lust, bevor er mich ansieht. »Ist Esguerra …«

»Hier.« Ich nehme ihm das Telefon ab und blättere durch die Fotos von *Nora* bis zu dem von Esguerra in einer Ketchuplache. »Kopf weggeblasen.«

Novaks blasse Augen funkeln. »Gute Arbeit. Ich wusste, dass ich auf Sie zählen kann. Jetzt bringen Sie mich zu Nora und dem Kind.«

Ich verschränke meine Arme vor der Brust. »Zuerst die Bezahlung.«

Diese fünfzig Millionen sind streng genommen vielleicht nicht notwendig, aber es wäre auf jeden Fall schön, sie zu haben.

Novaks Mund wird dünner, aber er nimmt sein Telefon und ruft seinen Buchhalter an. »Mach die Überweisung«, befiehlt er auf Serbisch, und ich warte, bis er mir zunickt, bevor ich das Konto auf meinem Handy überprüfe.

»In Ordnung«, sage ich ihm und schaue zu Ilya, dessen eigentlich ausdrucksloser Gesichtsausdruck trotzdem Missbilligung ausdrückt.

Novak muss es auch bemerken, denn er lächelt wieder. Er mag die

Vorstellung, dass wir Meinungsverschiedenheiten haben; er denkt, das macht uns verwundbar und leichter zu kontrollieren.

»Gehen wir«, sage ich ihm und gebe vor, die ganzen Gefahrenpunkte zu übersehen. »Ich bringe Sie zu Nora und dem Baby.«

Ilya und ich gehen zügig zum Ausgang, und Novak beeilt sich, uns einzuholen. Seine Wachen beeilen sich ebenfalls, um ihren üblichen Schutzkreis um ihn zu formen, aber wir drei gehen zuerst nach draußen.

Das dauert nur einige wenige Sekunden, aber mehr Zeit brauche ich nicht.

Ich ergreife Novak am Arm, rufe »Ducken Sie sich!« und springe hinter einen Müllcontainer, wobei ich Ilya vor mir mitreiße.

Wir schlagen hart auf dem Asphalt auf, während Esguerras Männer das Feuer eröffnen und das Lagerhaus und alle Wachen von Novak mit Hunderten von Maschinengewehren durchlöchern.

3 8

DER REST DES EINSATZES ERFOLGT BLITZSCHNELL. INNERHALB WENIGER
Augenblicke sind wir von drei Dutzend von Esguerras Männern
umgeben, und ich sage dem verblüfften Ilya, dass er seine Waffen
fallen lassen soll, wie ich es auch tue. Novak ist mit seinem Kopf
gegen den Müllcontainer gestoßen, und er sieht benommen aus, als
ich ihn auf die Füße ziehe, während unsere Angreifer ihm
Handschellen anlegen und ihn systematisch abtasten.

Als ich ihnen Novak überlasse, steht Ilya neben mir auf. Sein
ungläubiger Blick schweift von mir zu den Männern, die Novak
wegschleifen, und zurück zu mir. »Hast du gerade …«

»Ja. Ich werde gleich alles erklären. Ruf erst mal Yan an und sag
ihm, dass wir kommen. Sorg dafür, dass er und Anton sich
zurückhalten – wir wollen nicht, dass jemand verletzt wird.«

Ilya zögert, offensichtlich hin- und hergerissen, und holt dann sein

196

Telefon heraus. Ich lasse ihn allein und folge Novak zu einem schwarzen SUV.

Der Serbe erwacht aus seiner Benommenheit und beginnt zu begreifen, was passiert ist. Sein Blick richtet sich mit dämmerndem Verständnis auf mich, und dann verzerrt die Wut sein blasses Gesicht. »Sie verdammter …«

Der Wächter, der ihm am nächsten steht, schlägt ihm auf den Mund. »Halt die Klappe, *pendejo*«, knurrt er auf Englisch mit einem spanischen Akzent.

Ich schaue auf seinen mit einem Helm bedeckten Kopf. »Diego?«

Der Helm bewegt sich. »Hey, Peter. Wie geht es dir?« Während er spricht, schiebt er den jetzt wieder frisch benommenen Novak ins Auto und schließt die Tür.

»Einfach toll«, sage ich trocken, als Ilya sich nähert. »Alles in allem war es ein erfolgreicher Arbeitstag.«

Mein Teamkollege sieht nicht erfreut aus – wahrscheinlich, weil wir beide immer noch unbewaffnet sind. »Sie warten«, sagt er knapp. »Und sie werden sich zurückhalten.«

»Gut.« Ich klopfe ihm auf die Schulter. »Gehen wir.«

YAN UND ANTON SIND AUF EINER BAUSTELLE IN DER NÄHE UND bewachen die Ersatz-Nora und ihre kleine Schwester. Ihre Waffen halten sie nicht im Anschlag, als wir uns mit Esguerras Wachen nähern, aber ihre Augen sind scharf und wachsam.

»Du hast einiges zu erklären«, sagt Anton, als die Wachen an uns vorbeigehen, um *Nora* und das Baby zu holen. »Viel zu erklären sogar.«

»Ich weiß.« Ilya und ich beobachten, wie die Wachen das Mädchen, das immer noch wie versteinert aussieht, zu einem anderen schwarzen SUV führen. »Ich werde alles erklären.«

»Was gibt es da zu erklären?«, fragt Yan und stellt sich zu uns.

Seine grünen Augen glänzen mit einem kühlen, spöttischen Licht. »Das ist nicht die echte Nora, oder?«

»Nein«, sage ich und erwidere seinen Blick. »Esguerra würde seine Frau oder sein Kind nie derart in Gefahr bringen – nicht, dass sie wirklich in Gefahr waren.«

»Richtig.« Yans Lächeln fehlt der geringste Hauch von Humor. »War das also der Plan von Anfang an? Novak an den Haken zu nehmen, herauszufinden, was sein Vorteil ist, und dann zu Esguerra zu gehen?«

Ich neige meinen Kopf. »Du hast es verstanden.«

Antons schwarze Brauen ziehen sich zusammen. »Ich verstehe das nicht. Warum würdest du das tun – und warum hast du es uns nicht gesagt?«

»Weil er uns nicht ganz vertraut.« Yans Stimme ist trügerisch sanft. »Nicht wahr, Peter? Was das Warum angeht …«

Ich unterbreche ihn mit einer scharfen Handbewegung. »Ich vertraue euch dreien mit meinem Leben. Aber das war eine sehr heikle Operation, die sich über viele Monate hinzog. Ich musste mir das Vertrauen von Novak verdienen, und dafür mussten alle unsere Reaktionen und Interaktionen so echt wie möglich sein. Er ist nicht dumm. Wenn er irgendetwas gespürt hätte – nur den kleinsten Hinweis, dass wir ihn betrügen –, wäre das alles umsonst gewesen.«

»Es ist ihretwegen, nicht wahr?« Ilya spricht zum ersten Mal. Ich öffne meinen Mund, um zu antworten, als er sagt: »Egal. Natürlich ist es das. Was willst du von Esguerra? Mehr Geld, damit du für immer mit ihr verschwinden kannst?«

»Nein«, sagt Yan zu seinem Bruder. »Das ist es nicht.« Er sieht mich an. »Stimmt's, Peter?«

»Nein, obwohl das zusätzliche Geld ein Pluspunkt ist«, sage ich und schaue von einem zum anderen. »Euer Anteil wird in diesem Moment auf eure Konten eingezahlt.« Ich wende mich Anton zu. »Deiner auch.«

»Sag's uns endlich«, knurrt Anton. »Im Ernst, hör auf damit, ein

Geheimnis daraus zu machen. Was hat Esguerra dir dafür versprochen?«

»Ein Leben«, sage ich und schaue auf die SUVs, die vom Bordstein wegfahren. »Die Art von Leben, die Menschen wie wir nicht bekommen.«

»Ah.« Antons Stirnrunzeln verschwindet. »Amnestie.«

Ich nicke. »Und Immunität vor weiterer Verfolgung. Für uns alle.«

Ilyas Gesicht hellt sich auf, aber Yan verschränkt seine Arme vor der Brust. »Wer hat gesagt, dass wir das wollen? Denkst du, wir haben Speznas verlassen und uns mit dir zusammengetan, damit wir Wirtschaftsprüfer und Lehrer werden können?«

»Nein, ich glaube, du hast es getan, damit du stinkreich wirst«, sage ich, passend zu seinem spöttischen Ton. »Was du jetzt bist, Glückwunsch. Oh, und falls ich es noch nicht erwähnt habe, wir haben zusätzliche fünfundsiebzig Millionen von Esguerra bekommen.«

Anton pfeift leise. »Verdammt.«

Yan starrt mich an. »Ein Hundertfünfundsiebzig-Millionen-Gig? Alles für uns?«

»Das und die Freiheit, zu tun, was immer du willst. Wenn ihr mit dem Geschäft weitermachen wollt, dann tut es – auch wenn ihr vielleicht unter neuen Identitäten neu anfangen wollt, falls das alles«, ich kreise mit meinem Zeigefinger in der Luft, »rauskommt. Alternativ könnt ihr auch legal arbeiten und eine Sicherheitsfirma oder so etwas eröffnen.«

»Was ist mit dir?«, fragt Ilya und neigt seinen Kopf. »Was wirst du tun, Peter?«

»Sobald ich die Entwarnung habe, gehe ich in die Staaten«, sage ich und grinse über ihre Gesichtsausdrücke. »Ja, das stimmt, zu Sara. Diesmal spielen wir wirklich Zuhause.«

eter

ESGUERRA WILL MICH WIEDER AUF SEINEM GELÄNDE HABEN, SO DASS ich, nachdem ich meine Männer auf den neuesten Stand gebracht habe, an Bord seiner Boeing C-17 gehe und Novak und die Wachen nach Kolumbien begleite. Ilya, Yan und Anton fliegen mit unserem Flugzeug. Ich traue meinem ehemaligen Arbeitgeber immer noch nicht ganz, also haben meine Teamkollegen zugestimmt, mir zur Seite zu stehen, falls in letzter Minute etwas schiefläuft. Ich erwarte an dieser Stelle kein doppeltes Spiel von Esguerra – die fünfundsiebzig Millionen sind bereits auf unseren Konten – aber es schadet nicht, vorsichtig zu sein.

Ich habe mein Team auch dazu gebracht, mir weiterhin bei der Suche nach Henderson zu helfen. Als letzter Name auf meiner Liste ist er ein unerledigtes Geschäft, und ich habe die Absicht, mich zu gegebener Zeit mit ihm zu befassen.

Aber zuerst muss ich zu Sara.

Sie ist wichtiger als alles andere.

Esguerra begrüßt uns persönlich, nachdem wir gelandet sind, und sein Gesicht wird hart und wild, als er dabei zusieht, wie die Wachen Novak aus dem Flugzeug zerren. Der Serbe kann kaum noch laufen – sie haben ihn weder verpflegt noch seine Verletzungen auf dem Flug behandelt – aber das spielt keine Rolle. Er hat nicht mehr viel Zeit auf dieser Erde.

Esguerra wird ihn nicht einfach töten, er wird ihn auseinandernehmen.

Ganz langsam.

Stück für Stück.

Ich würde mich schlecht fühlen, aber er hat sich das selbst zuzuschreiben. Hätte er sich darauf beschränken können, in Esguerras Geschäft einzudringen, hätte er viel länger gelebt – mindestens noch ein oder zwei Jahre. Aber er war hinter Esguerras Familie her … hinter Nora und ihrem Kind.

Esguerra und ich sind alles andere als Freunde, aber ich mag Nora.

»Wo ist Kent?«, frage ich, als Esguerra zu mir kommt, nachdem er den Wächtern befohlen hat, Novak in den Schuppen zu bringen. »Ist er nach Zypern zurückgekehrt?«

Er nickt. »Er ist gleich nach Ihnen abgereist.« Er erklärt es nicht, und ich entscheide mich dagegen, weiter nachzuforschen. Ich habe Kent immer noch nicht verziehen, was mit Sara passiert ist, aber im Moment habe ich wichtigere Dinge zu erledigen.

»Haben Sie sie erreicht?« Ich begebe mich neben Esguerra, als wir auf eine wartende Limousine zugehen. »Ihre CIA-Kontakte?«

Er wirft einen Seitenblick auf mich. »Das habe ich.«

»Und?« Ich trete vor ihn und zwinge ihn, stehen zu bleiben. »Haben sie zugestimmt?«

Sein Kiefer spannt sich an. »Lass Sie uns im Auto darüber reden.«

Scheiße. Das klingt nicht gut. »Sprechen wir jetzt darüber.«

Seine Augen funkeln gefährlich. »Schön. Hier ist der Deal – der einzige Deal, den sie machen werden. Sie und Ihr Team, Sie erhalten Amnestie für Ihre Verbrechen und Immunität vor weiterer Verfolgung, sofern keine weiteren Verbrechen begangen werden. Wer einen Fehler macht, wird verhaftet und für *alle* Verbrechen der Vergangenheit und Gegenwart verfolgt.«

Ich denke darüber nach und nicke. »Klingt fair.« Ich bin mir fast sicher, dass ich als gesetzestreuer Bürger leben oder zumindest den Anschein erwecken kann. Wir müssen aufpassen, dass wir nicht erwischt werden, wenn wir Henderson finden, aber ich bin sicher, dass ich nicht der einzige Feind des ehemaligen Generals bin. Alternativ können wir es wie einen Unfall aussehen lassen; es gibt alle möglichen Möglichkeiten, einen Anschlag durchzuführen, ohne dass es so aussieht –

»Und da wäre noch etwas«, sagt Esguerra. »Eine weitere Bedingung, die nicht verhandelbar ist.«

»Was?«, frage ich, und mein Bauch spannt sich mit einer Vorahnung an, während sich meine Hände an meinen Seiten zu Fäusten ballen. Das ist besser nicht das, was …

»Dieser pensionierte General, den Sie jagen«, sagt Esguerra und bestätigt meine Vermutung. »Sie müssen ihn aufgeben. Für immer. Ihre Immunität hängt von seiner Gesundheit und seinem Wohlbefinden ab. Wenn er oder jemand, der ihm nahesteht, auch nur eine Lebensmittelvergiftung bekommt, ist der Deal geplatzt, und Sie vier werden wieder auf der Liste der meistgesuchten Verbrecher stehen.«

Fuck. Fuck, fuck, fuck!

Ich nehme an, ich hätte wissen müssen, dass das eine Möglichkeit ist, wenn man Hendersons Verbindungen betrachtet, aber ich habe es irgendwie aus meinem Kopf verdrängt. Ich war so darauf fokussiert, das Haupthindernis für ein Leben mit Sara zu beseitigen – meinen Flüchtlingsstatus –, dass ich nicht einmal daran gedacht habe, dass es einen Preis haben könnte.

Nun, ein Preis, abgesehen vom Ende meines Geschäfts und dem

Risiko, das ich eingegangen bin, als ich mich Esguerra näherte. Die Kosten, die ich kannte und zu tragen bereit war. Aber das? Von allen auf meiner Liste ist Henderson derjenige, der am direktesten für die Tragödie verantwortlich ist, die meiner Frau und meinem Sohn widerfahren ist. Er ist derjenige, der die Befehle gab, die zu dem Dorfmassaker führten.

Wenn es jemand verdient, für den Tod von Tamila und Pascha zu zahlen, dann Henderson.

Er darf nicht wieder sein normales, glückliches Leben führen, nach dem, was er getan hat.

»Ich kann diesen Deal nicht annehmen.« Meine Stimme ist hart und kehlig. »Sie wissen, dass ich das nicht kann.«

Zum ersten Mal erwärmt der Anschein menschlicher Emotionen das blaue Eis von Esguerras Blick. »Ich weiß«, sagt er leise. »Das habe ich mir gedacht. Aber sie werden nicht nachgeben, Peter. Ich habe es versucht.«

Ich drehe mich auf den Fersen um und gehe auf die Limousine zu, wobei die Wut und Trauer, von denen ich dachte, dass ich sie vergraben hätte, wie Magma in meiner Kehle brodeln. Ich atme ein, versuche mich zu beruhigen, aber statt tropischer Vegetation rieche ich Tod und Asche, verkohltes Fleisch und abgestandenes Blut. Ich schmecke Metall auf meiner Zunge und sehe einen Haufen Leichen, zwei Meter hoch aufgetürmte Körperteile.

Und diese kleine Hand, die um ein Spielzeugauto geschlungen ist.

Ich erinnere mich kaum an die ersten Tage nach dem Massaker. Ich weiß, dass ich den Soldaten der Spezialeinheit entkommen bin, die mich aus dem Dorf gezerrt haben, aber ich kann mich nicht erinnern, wie oder wann – oder ob – ich jemanden verletzt habe, als ich geflohen bin. Ich nehme an, dass ich das tat, denn meine eigenen Leute begannen kurz darauf, mich zu jagen, noch bevor ich meine Vorgesetzten tötete, weil sie die Untersuchung innerhalb von Wochen beendet hatten.

Die Rache war alles, was mich in jenen Tagen und in den folgenden Monaten und Jahren am Leben hielt. Ich habe meinem toten Sohn und meiner Frau versprochen, dass ich ihre Mörder mit ihrem Leben bezahlen lassen würde, und ich habe dieses Versprechen gehalten.

Ich habe sie alle bekommen, außer Henderson.

»Du könntest sie einfach wieder entführen«, sagt Esguerra, als er mich einholt, und ich schaue ihn an, ohne überrascht zu sein, dass er jetzt von Sara weiß. Kent muss ihm von ihr erzählt haben, oder er hat von seinen CIA-Quellen von der Entführung gehört. Und sobald er das wusste, war es eine einfache Sache, zwei und zwei zusammenzählen.

Trotzdem ist mein erster Instinkt, ihn und alles, was ihm lieb ist, zu bedrohen, wenn er auch nur in ihre Richtung atmet. Aber wenn er weiß, dass Sara meine Schwäche ist, dann muss er wissen, was ich tun würde, wenn jemand hinter ihr her wäre.

Es ist dasselbe, was er tun würde, wenn jemand hinter Nora her wäre.

Das, was er gleich mit Novak machen wird, sozusagen.

»Sie hat dort ein Leben«, antworte ich stattdessen »Eltern, Karriere, Freunde.«

Er zuckt mit den Schultern. »Sie würde sich anpassen. Nora hat es getan.«

Ich steige hinten in die Limousine, und er setzt sich mir gegenüber hin.

»Sara ist nicht Nora«, sage ich, als sich die Limousine in Bewegung setzt. »Ihre Wurzeln gehen zu tief. Sie würde so nicht glücklich sein.« Ich weiß nicht, ob ich versuche, Esguerra oder mich selbst zu überzeugen – oder den dunklen, herzlosen Teil von mir, der das schon seit Monaten will.

Der hat mir gesagt, dass ich diesen verrückten Plan vergessen und mir zurücknehmen soll, was mir gehört.

»Und du wirst es sein?« Esguerra neigt seinen Kopf und betrachtet mich mit eigenartiger Neugierde. »Denkst du, du wirst dieses eingeschränkte Leben genießen? Im Käfig all dieser Regeln und Gesetze gedeihen?«

Ich zucke mit den Schultern. »Vielleicht.« Ich mache mir keine Sorgen, aber wenn es jemals zu einem Problem wird, werde ich mich darum kümmern.

Eine Sache nach der anderen.

»Und was dann?«, fragt Esguerra, als ich weiterhin schweige. »Wirst du sie für immer gehen lassen? Oder den Deal annehmen?«

»Ich werde sie nicht gehen lassen.« Die Worte sind instinktiv, automatisch. Leben ohne Sara – das ist nicht einmal eine Möglichkeit in meinem Kopf. Die letzten acht Monate waren die Hölle, fast so schlimm wie die dunklen Wochen nach dem Tod meiner Familie.

Lieber würde ich sterben, als mein Ptichka für immer gehen zu lassen.

Sie gehört mir und wird die Meine bleiben.

Ein spöttisches Lächeln krümmt Esguerras Mund. »Na dann«, sagt er leise. »Es scheint so, als hättest du keine andere Wahl.«

Es erstickt mich, es zuzugeben, aber er hat recht.

Entweder nehme ich Sara – oder ich akzeptiere den Deal. Ihr Glück oder meine Rache.

Ich kann nicht beides haben.

TEIL IV

4 0

ara

ZUM ERSTEN MAL SPÜRE ICH, DASS ETWAS NICHT STIMMT, ALS ICH NACH meiner Abendschicht in der Klinik allein nach Hause fahre.

Kein Regierungsfahrzeug folgt mir nach Hause, und niemand beobachtet mich heimlich, während ich mein Auto vor meinem Wohnhaus parke und hineingehe.

Ich sage mir, dass ich verrückt bin, dass ich einfach nur müde bin und Dinge nicht richtig registriere. Ich dusche und falle ins Bett. Es hat keinen Sinn, sich darüber Gedanken zu machen. Wenn ich nicht irgendeine merkwürdige umgekehrte Paranoia habe, haben sich die FBI-Beamten vielleicht die Nacht zum Babysitten ihrer Kinder freigenommen oder so. Es ist seit meiner Rückkehr nicht passiert, aber das bedeutet nicht, dass es unmöglich ist.

FBI-Beamte sind auch nur Menschen.

Trotzdem drehe ich mich hin und her und kann trotz meiner völligen Erschöpfung nicht einschlafen. Ich versuche, mich daran zu erinnern, ob ich mich heute überhaupt beobachtet gefühlt habe, aber ich kann es nicht sagen. Entweder sind meine unsichtbaren Stalker noch besser geworden oder ich habe mich so an ihre Anwesenheit gewöhnt, dass ich sie nicht mehr bemerke.

Das letzte Mal, als ich dieses Kribbeln wirklich erlebt habe, war, als ich Peters Nachricht vor ein paar Monaten bekam.

Könnte es sein?

Werde ich überhaupt nicht mehr beobachtet?

Mein Magen zieht sich plötzlich zusammen. In Anbetracht von Peters Nachricht gibt es nur einen Grund, warum ich plötzlich sowohl für das FBI als auch für Peters Leute nicht mehr von Interesse wäre.

Nein. Ich verschließe mich vor diesem schrecklichen Gedanken.

Peter ist nicht tot oder gefangen.

Das kann nicht sein.

Ich schließe die Augen und zwinge mich, langsam und tief zu atmen. Eine Nacht hat nichts zu sagen, und es gibt gute Chancen, dass, wenn ich am nächsten Morgen aufwache, um zur Arbeit zu gehen – in weniger als fünf Stunden –, die Feds in ihrer grauen Limousine Runden um meinen Block fahren werden.

Ich muss einfach daran glauben.

ABER DIE BUNDESBEAMTEN SIND NICHT DA, ALS ICH ZUR ARBEIT FAHRE, und so sehr ich es auch versuche, ich kann nicht herausfinden, ob ich überhaupt von irgendjemandem beobachtet werde.

Ich durchlebe meinen Tag in einem Zustand kaum unterdrückter Panik. Glücklicherweise habe ich heute nur Termine mit Patienten, und da wir Doppelbuchungen haben, habe ich nicht viel Zeit zum Nachdenken. Ich hetze einfach von Patient zu Patient, führe Untersuchungen durch, schreibe Rezepte zur Empfängnisverhütung und bespreche die pränatale Betreuung – und erinnere mich dabei daran, weiterzuatmen, ruhig zu bleiben und die Tatsache zu ignorieren, dass das FBI weg ist.

Dass ich zum ersten Mal seit meiner Rückkehr allein bin.

Gerade als ich nach Hause gehen will, ruft mich Phil, unser Gitarrist, an, um mich über einen bevorstehenden Auftritt zu informieren, und ich frage ihn spontan, ob er etwas trinken gehen möchte und auch den Jungs Bescheid sagt. Es ist Dienstagabend, und ich habe morgen einen vollen Arbeitstag und eine Klinikschicht, aber ich will nicht mit meinen Gedanken allein sein.

Zu meiner Erleichterung stimmt Phil zu, und wir treffen uns in einer Bar in Uptown Chicago. Nur Rory kann mitkommen – Simon nimmt an einer lokalen Buchsignierung teil – aber nachdem wir ein Bier bestellt haben, wird es genauso gemütlich wie immer, und Phil beginnt mit seiner wöchentlichen Überzeugungsrede.

»Willst du nie einfach alles wegwerfen?«, fragt er und schwingt sein Bier. »Um mehr aus dem Leben zu machen? Etwas Belebendes und Aufregendes?«

»Alter, du klingst wie eine Werbesendung«, sagt Rory, und wir lachen alle. Ich kann die verzweifelte Schärfe meines Lachens hören, aber zu meiner Erleichterung scheine ich die Einzige zu sein. Meine Bandkollegen sind sich meiner wachsenden Unruhe nicht bewusst, scherzen und machen weiter, als würde die Welt nicht untergehen.

So, als sei es nur ein weiterer Dienstagabend.

Und für sie ist es die Art von normaler, vorhersehbarer Dienstagnacht, der Phil entkommen will. Solche, die ich seit langem nicht mehr hatte, denn von dem Moment an, als ich Peter traf, war nichts in meinem Leben normal oder vorhersehbar.

Ich frage mich, was Phil denken würde, wenn er davon erfahren würde – davon, wie der Mörder meines Mannes mich dazu zwang, *alles aufzugeben*, indem er mich in Japan gefangen hielt. Würde er meine zögerliche Liebesgeschichte mit einem Attentäter aufregend finden? Belebend auf eine verdrehte Art und Weise?

Dieses Ausgehen sollte eine Ablenkung von meinen ängstlichen Überlegungen sein, aber ich kann nicht aufhören, an Peter zu denken, und ich bemerke, dass meine Augen diese eine Person suchen, die nicht hierher passt ... nach irgendeinem Hinweis, dass ich immer noch von Interesse für das FBI bin.

»Wartest du auf jemanden?«, fragt Rory, als er mein andauerndes Umherschauen bemerkt.

Ich zwinge mich dazu, zu lächeln und mich nicht mehr wie ein Idiot umzusehen. »Nein, tut mir leid. Ich dachte nur, ich hätte gerade einen alten Freund gesehen.«

Phil wird sofort hellhörig. »Oho, ein alter Freund. Männlich oder weiblich? Weil ich sagen muss, dass deine Freundin Marsha *mmmhhh* ist!« Er küsst dramatisch seine Fingerspitzen, und wir alle lachen wieder.

Marsha, Andy und Tonya kamen vor ein paar Wochen zu einem unserer Auftritte, und wir sind danach alle zusammen ausgegangen. Natürlich hat sich Marsha mit meinen Bandkollegen gut verstanden, wie immer mit Männern.

Eines Tages würde ich gerne einen Kerl treffen, der sich nicht Hals über Kopf in ihr blondes Sexbomben-Aussehen verknallt – oder zumindest nicht sofort versucht, sie aufzureißen.

»Deine Tonya ist auch nicht übel«, sagt Rory, als das Lachen teilweise nachlässt. »Ist sie Single?«

Ich grinse. »Ja, ziemlich sicher.« Ich kenne die junge Krankenschwester nicht so gut, aber ich denke nicht, dass sie einen Freund hat – oder wenn sie es tut, ist er damit einverstanden, dass sie von der Dämmerung bis zum Morgengrauen mit Marsha feiern geht.

»Alter, bist du sicher, dass du die Rothaarige nicht willst?«, sagt Phil mit einem ernsten Gesicht. »Stell dir nur vor, wie hübsch eure Kinder wären. Karottenköpfe in Hülle und Fülle.«

»Fuck off. Du bist nur eifersüchtig, dass ich das hier noch habe.« Rory lockert seine volle Haarpracht auf, und ich ersticke fast an meinem Bier, als Phil instinktiv seinen zurückweichenden Haaransatz berührt, bevor er Rory den Mittelfinger zeigt.

»Das reicht, Leute«, keuche ich hervor, als ich aufhören kann zu lachen. »Andy ist sowieso schon vergeben, und ...«

Ich versteinere, und die Worte bleiben in meiner Kehle stecken, als ich den Mann hinter Phil sehe.

Ich blinzele, weil ich meinen Augen nicht traue, aber die Erscheinung geht nicht weg.

Stattdessen formt sich ein magnetisches Lächeln auf seinen gemeißelten Lippen. »Hallo, Sara«, sagt er mit der tiefen Stimme und dem schwachen Akzent aus meinen Träumen. »Willst du mich nicht deinen Freunden vorstellen?«

P eter

SARAS HERZFÖRMIGES GESICHT VERLIERT SEINE FARBE. SIE SIEHT NICHT so aus, als ob sie bald sprechen könnte, also wende ich mich an die beiden Männer, die mich anstarren.

»Peter Garin«, sage ich, da ich meine neue Identität benutze, und strecke meine Hand aus. »Und ihr beiden seid …?«

Ich weiß natürlich, wer sie sind, aber wenn ich mich für immer in Saras Leben integrieren will, muss ich mich wie ein normaler Bürger verhalten, nicht wie jemand, der jede Person, die meinem Ptichka nahesteht, gründlich überprüft. Das bedeutet auch, dass ich meine Klinge nicht an ihre Kehlen legen und tief genug schneiden kann, damit sie nie wieder feuchte Träume von ihr haben.

Zumindest nicht mitten in der Bar.

Der Pausbäckige erholt sich zuerst und streckt seinen Arm aus, um mir die Hand zu schütteln. »Hi. Ich bin Phil Hudson.«

»Schön, dich kennenzulernen«, sage ich und widerstehe dem

Drang, die Knochen in dieser lächerlich weichen Hand zu zerquetschen.

»Rory O'Rourke.« Der Griff des Rothaarigen ist fester und seine Hand fast so schwielig wie meine – allerdings aus ganz anderen Gründen.

Er hebt Gewichte im Fitnessstudio, um Trophäen zu gewinnen, während ich trainiere, um am Leben zu bleiben.

Trainiert habe, um am Leben zu bleiben, korrigiere ich mich selbst. Wenn alles nach Plan läuft, muss ich das nicht mehr so oft tun.

Sara berührt meinen Arm und lenkt meine Aufmerksamkeit auf sich. »Was …« Ihre melodiöse Stimme bricht. »Was tust du hier, Peter?«

Ich habe es bewusst vermieden, sie direkt anzuschauen, denn ihr so nah zu sein, ohne sie zu packen und auf der Stelle zu ficken, ist eine besondere Art von Folter. Ihre Berührung meines Armes, so leicht sie auch ist, ist wie ein Schuss mit einem Taser. Mein ganzer Körper vibriert vor Bewusstsein über ihre Nähe, und alle meine Sinne sind überdreht. Sie ist einen halben Meter von mir entfernt, und wir sind beide vollständig angezogen, doch ich kann sie so intensiv spüren, als ob sie nackt gegen mich gedrückt ist.

Mein Schwanz ist überzeugt davon, dass wir nackt sein sollten, und tut sein Bestes, um aus meiner plötzlich zu engen Jeans zu platzen.

Ich hätte wahrscheinlich in ihrer Wohnung auf sie warten sollen, wo wir bei diesem Treffen allein gewesen wären, aber ich war zu ungeduldig. Nach einem Monat voller bürokratischem Mist bekam ich endlich die Freigabe von der US-Regierung, zusammen mit meinen neuen Identitäts- und Staatsbürgerschaftspapieren, und ich bin sofort ins Flugzeug gesprungen, nur um dann festzustellen, dass Sara, anstatt nach Hause zu kommen, beschlossen hat, auszugehen.

Mit zwei Männern, die sie ständig anschmachten.

Ich atme tief durch und erinnere mich daran, dass Integration das Thema ist. Das ist es, wofür ich all die Monate gearbeitet habe, der Grund, warum ich zugestimmt habe, Henderson leben zu lassen – ein

Versprechen, das meinen Hals immer noch mit Galle füllt. Es wäre dumm, alles zu vermasseln, nur weil Sara mich mit diesen haselnussbraunen Augen anstarrt und so herzzerreißend schön aussieht, dass ich sie in einen Kartoffelsack wickeln und in mein Versteck tragen will – nachdem ich zuerst jedem Mann, der es auch nur wagt, in ihre Richtung zu sehen, die Eier abgerissen habe.

»Ich bekam die Chance, früher nach Hause zu kommen«, antworte ich ihr, und trotz meiner Bemühungen ist meine Stimme viel zu heiser für die Öffentlichkeit. »Um ehrlich zu sein, habe ich meinen Job gekündigt.«

»Du hast *was*?« Ihre Augen werden riesig. »Wie kannst du …?«

»Das ist eine lange Geschichte, Ptichka.« Ich kämpfe gegen den Drang, sie an mich zu ziehen. »Lass uns nach Hause gehen, und ich erkläre dir alles.«

Der Rotschopf – Rory – räuspert sich. »Seid ihr zwei … zusammen?« Sowohl er als auch Phil starren mich ungläubig an – und mehr als nur ein wenig neidisch.

Die Arschlöcher haben riesiges Glück, dass ich mich jetzt an das Gesetz halte.

»Ja«, sage ich ihnen, und etwas in meiner Stimme lässt sie dennoch erblassen. »Das sind wir.« Ich wende mich an Sara. »Bereit, nach Hause zu gehen, mein Liebling? Wir haben viel zu besprechen.«

Und damit ergreife ich fest ihre zarte Hand, führe sie nach draußen und lasse ihre fassungslosen Bandkollegen in der Bar zurück.

4 2

ICH FÜHLE MICH WIE IN EINEM TRAUM. ODER VIELLEICHT EINEM Alptraum – ich kann mich nicht entscheiden. Peter und ich gehen zusammen auf einer überfüllten Straße, ohne dass er auch nur die geringste Spur von Unruhe zeigt. Er ist irgendwie noch größer, als ich ihn in Erinnerung habe, durch seine breiten Schultern spannen die Nähte seines weich aussehenden schwarzen T-Shirts und seine kräftigen Beine bewegen sich in der Enge seiner abgetragenen Jeans. Sein dunkles Haar ist länger als vorher, weht leicht in der warmen Abendbrise, und meine Finger jucken, um sich in dieser weichen, dicken Masse zu vergraben, eine Handvoll davon zu fassen, während er sich auf mich stürzt und seine geschickte Zunge mich zum Höhepunkt bringt.

Ein glühend heißes Kribbeln durchdringt mich bei diesem Gedanken und verstärkt das Feuer unter meiner Haut. Mein Herz

217

schlägt so heftig, dass es explodieren könnte, und mir ist nicht mehr kalt. Ich bin nicht länger innerlich erfroren. Mein Körper wurde in dem Moment lebendig, in dem er sprach, und seitdem summt er vor Verlangen ... auch wenn ich völlig verwirrt bin.

»Entführst du mich?« Meine Stimme ist dünn und viel zu hoch, aber ich habe Probleme, das zu verarbeiten ... was auch immer *das* ist. Wie kann er nach mehr als neun Monaten einfach aus heiterem Himmel auftauchen und sich meinen Freunden wie ein lang verlorener Freund vorstellen? Bei allen Möglichkeiten, wie ich mir meine zweite Entführung vorgestellt habe, war dieses Szenario, in dem er einfach in eine Bar spaziert und mich an der Hand herausführt, niemals dabei. Ich war vorbereitet auf eine Spritze im Nacken oder eine Kapuze über dem Kopf oder zumindest ein ruppiges Wecken mitten in der Nacht. Aber keinen zwanglosen Spaziergang über den North Broadway in Uptown Chicago. Wie kann er sich so frei in der Öffentlichkeit bewegen? Er hat an der Bar einen anderen Namen benutzt, aber sein Gesicht ist unverändert. Wo ist das FBI? Nach all den Monaten, in denen sie jede meiner Bewegungen beobachtet haben, haben sie plötzlich ...

»Ich entführe dich nicht. Ich bringe dich nach Hause.« Seine Hand festigt ihren Griff um meine, umgibt sie mit ihrer Hitze so stark und unnachgiebig wie eine Naturgewalt.

Ich schüttele den Kopf in einem vergeblichen Versuch, ihn klar zu bekommen. »Nach Hause?« Meint er Japan? Denn wenn ja, muss ich ihm sagen, dass ...

»Deine Wohnung.« Seine metallischen Augen glänzen, als er meinen Blick erwidert. »Zumindest für den Moment, da du all deine Sachen dort hast. Später können wir zurück ins Haus ziehen, wenn du willst – oder ein neues in der Nähe deiner Arbeit kaufen.«

Ich fühle mich entweder komplett betrunken oder völlig bekifft. War da etwas in dem Bier, das ich gerade getrunken habe? »Wovon redest du?«

Er bleibt stehen, und ich bemerke, dass wir neben meinem Auto angekommen sind. Er lässt meine Hand los, legt seine große, raue Handfläche auf meine Wange und sagt zärtlich: »Uns, mein Liebling. Ich rede von uns.«

Und er nimmt mir meine Tasche ab, kramt in ihr herum, zieht den Autoschlüssel heraus und entriegelt das Auto.

4 3

S ara

Peter fährt, und ich bin froh darüber. Ich glaube nicht, dass ich das jetzt könnte, zumindest nicht, ohne einen Unfall zu bauen.

Diese Sorgen mache ich mir bei Peter nicht. Er handhabt das Auto wie alles andere: mit ruhiger, tödlicher Kompetenz. Als ich ihn aus dem Parkplatz herausfahren sehe, fällt mir ein, dass ich ihn noch nie zuvor hinter dem Lenkrad gesehen habe. Immer, wenn wir in einem Fahrzeug saßen, fuhr jemand anderes und Peter war mit mir auf der Rückbank. Was mich zu einer anderen Frage bringt: Wo sind Peters Teamkollegen? Warum ist er allein hier?

Und was meinte er mit »habe meinen Job gekündigt«?

Mein Verstand rast im Einklang mit meinem hämmernden Puls, aber ich sammele meine Gedanken und versuche, mich auf eine Sache nach der anderen zu konzentrieren. »Was meinst du mit ›uns‹?«, frage ich und betrachte sein stark ausgeprägtes Profil. Oder genauer gesagt verschlinge ich es mit meinem Blick. Ich hatte vergessen, wie auffallend männlich seine Gesichtszüge sind, wie schön auf diese gefährlich magnetische Weise. Sein Gesicht ist immer noch so schlank wie damals, als wir die Klinik verließen – was auch immer er danach getan hat, hatte nichts mit Ruhe und Entspannung zu tun – , seine hohen Wangenknochen sind wie Doppelklingen, und sein mit Stoppeln bedeckter Kiefer ist so hart, dass er aus Marmor gemeißelt sein könnte.

Ich sehe seinen silbernen Blick und die Narbe auf seiner linken Augenbraue, als er mich kurz ansieht, bevor er seine Aufmerksamkeit wieder auf die Straße richtet. »Ich meine, dass ich endgültig hierbleibe«, sagt er ruhig. »Ich habe volle Amnestie und Immunität für mich und den Rest meines Teams bekommen.«

Mir stockt der Atem. »Amnestie und Immunität? Meinst du …«

»Ich bin kein Flüchtling mehr, ja.«

Ich verliere einfach so den Boden unter den Füßen. Er wird nicht länger gesucht? »Wie? Was hast du gemacht? Wie ist das überhaupt …?«

»Das ist eine lange Geschichte, aber kurz gesagt habe ich einem ehemaligen Arbeitgeber einen Gefallen getan – erinnerst du dich an Julian Esguerra, Kents Partner?«

Ich atme scharf ein. »Derjenige, der dich töten wollte, weil du seine Frau in Gefahr gebracht hast?«

»Genau der«, bestätigt Peter, als wir auf die Autobahn fahren und einen langsam fahrenden Lastwagen überholen. »Jedenfalls hat Esguerra seinen Einfluss bei verschiedenen Regierungen genutzt, um uns die Jagdhunde vom Leib zu halten.«

Ich starre ihn sprachlos an. Ich hatte keine Ahnung, dass illegale Waffenhändler diese Art von Einfluss haben, obwohl ich es wohl hätte ahnen müssen. Lucas Kent sprach sogar über einen CIA-Kontakt von ihnen – John, Jeff Irgendwer –, als wir alle in seiner Villa auf Zypern zu Abend gegessen haben.

»Wow. Das muss ein mehr als dicker Gefallen gewesen sein«, schaffe ich endlich zu sagen, und Peter nickt, wobei er weiterhin geradeaus schaut.

»Das war er.« Er sagt nichts weiter dazu, und ich dränge ihn nicht. Ich muss mich zuerst um wichtigere Dinge kümmern.

Mit meinen feuchten Handflächen auf dem Schoß versuche ich, beiläufig zu klingen. »Also, wenn du sagst, dass du für immer hier bist, was genau meinst du damit?«

Sein Mundwinkel hebt sich leicht an. »Was glaubst du, was ich meine, mein Liebling? Du wolltest einen Hund hinter einem Holzzaun? Grillen und Kinder im Park? Nun, das kann ich dir jetzt geben – oder besser gesagt: Peter Garin kann es.« Er wechselt auf die rechte Spur und nimmt die Ausfahrt. »Diese andere Welt, die du wolltest, dieses andere Leben – es ist deins, Ptichka ... und ich auch.«

Mein Herz klopft in der Brust. »Du willst mit mir ausgehen? Hier? Wie ein ganz normales Paar?«

»Nein, Ptichka. Ich will nicht mit dir ausgehen.« Er fährt eine Rechtskurve und steuert eine nahegelegene Tankstelle an – und erst dann merke ich, dass der Tank fast leer ist.

»Ich bin gleich wieder da«, sagt er, macht den Motor aus und steigt aus. Ich sehe wie betäubt dabei zu, wie er meinen Toyota volltankt und an der Säule mit einer schicken schwarzen Kreditkarte bezahlt.

Mein russischer Mörder hat eine Kreditkarte, mit der er mein Benzin bezahlt.

Die schiere Unwahrscheinlichkeit, dass Peter plötzlich hier ist und etwas so völlig Alltägliches tut, verstärkt das Gefühl der Unwirklichkeit, gegen das ich ankämpfe, seit wir die Bar verlassen haben. Ich kann das Gefühl nicht loswerden, dass ich in einem bizarren Traum bin und jeden Moment aufwachen werde, kalt und allein in meinem Bett.

Aber nein. Die Fahrertür öffnet sich und bringt eine Welle feuchter Sommerluft und stechenden Benzingeruchs mit sich, als Peter wieder ins Auto steigt und seinen massigen Körper hinter das Lenkrad zwängt.

Wenn es ein Traum ist, ist es der realistischste, den ich je gehabt habe.

»Was meinst du damit, dass du nicht mit mir ausgehen willst?«, frage ich, als wir von der Tankstelle weiterfahren und auf eine zweispurige Straße abbiegen. »Was *willst* du dann?«

Er hält an einer roten Ampel und schaut mich an. »Ich will alles, Sara.« Seine tiefe Stimme ist leise und sanft, und seine grauen Augen reflektieren die Straßenlaternen um uns herum. »Ich will deine Tage und Nächte, deine Stunden und Minuten. Ich möchte deine Freuden und Sorgen, deine Freude und deine Enttäuschung teilen. Ich möchte jede Nacht mit dir in meinen Armen einschlafen und jeden Morgen aufwachen und deine Haare auf meinem Kissen riechen. Ich will *dich*, Ptichka – für immer bei mir, auf alle Arten und Weisen.«

Ich starre ihn an, und mein Brustkorb zieht sich mit jedem Wort, das er spricht, zusammen. »Was …« Ich schlucke, um meine trockene Kehle anzufeuchten. »Wie meinst du das, Peter?«

Die Ampel muss auf Grün gewechselt sein, weil er seine Aufmerksamkeit wieder auf die Straße richtet und weiterfährt.

Zu meiner Überraschung bleiben wir einige Augenblicke später schon wieder stehen, und ich merke, dass er am Straßenrand angehalten hat. Ruhig stellt er das Auto auf »Parken« und wendet sich mir zu.

Ich blinzele, und mein Puls beschleunigt sich, als er seinen Sicherheitsgurt löst und in seine vordere Hosentasche greift, um eine kleine Samttasche herauszuziehen.

»Das hier meine ich«, sagt er leise, und ich höre auf zu atmen, als er den Beutel öffnet, um einen Diamantring herauszunehmen – ein exquisit geschnittener Solitär, der mindestens ein paar Karat groß zu sein scheint. In einem zarten Kreis aus Weißgold oder Platin ist er schlicht und doch auffällig – genau das, was ich gewählt hätte, wenn ich hundert Riesen übrig gehabt hätte.

Überwältigt hebe ich meinen Kopf, um ihm in die Augen zu schauen. »Peter …«

»Ich will dich zu meiner Frau nehmen, Sara«, sagt er leise und greift nach meiner linken Hand. Seine Finger fühlen sich warm und trocken auf meiner kühlen Haut an, und sein Gesicht liegt im dunklen

Innenraum des Autos im Schatten. Es ist, als wären wir ganz allein in der Dunkelheit, als ob der Rest der Welt nicht mehr existierte, als er den Ring auf meinen linken Ringfinger schiebt und das kühle, metallische Gewicht sich wie eine Fessel um mein Herz legt.

Ich atme zittrig aus.

Oh Gott. Das hier passiert gerade.

Es passiert wirklich.

Reflexartig versuche ich, meine Hand zurückzuziehen, aber er festigt seinen Griff und weigert sich, mich loszulassen.

»Ich will dich besitzen, legal und auf jede andere Weise«, fährt er fort, und diesmal höre ich den Stahl hinter der Weichheit, spüre den Stacheldraht, der in Seide gehüllt ist. »Du gehörst mir schon, Ptichka, und ich will es offiziell machen«, sagt er, und seine Lippen formen ein dunkles Lächeln. »Ich will, dass du mich heiratest, und zwar bald.«

44

Sara

Den Rest der Fahrt verbringe ich wie in einem Nebel, und der Ring an meinem Finger fühlt sich gleichzeitig heiß und eisig auf meiner Haut an. Ich habe nicht auf Peters Heiratsantrag geantwortet – ich konnte nicht –, und Gott sei Dank hat er mich nicht unter Druck gesetzt.

Er ist einfach weitergefahren.

Als wir vor dem Haus, in dem ich wohne, parken, geht Peter um das Auto herum, um mir die Tür zu öffnen, und nimmt meine Hand, um mir aus dem Auto zu helfen. Sein Griff ist sowohl fürsorglich als auch besitzergreifend, und sein Blick schweift mit einem Hunger über mich hinweg, der meinen Puls beflügelt und Alarmglocken in meinem Kopf auslöst.

Er wird nicht warten, um mich zu nehmen.

Er wird auf mir sein – und in mir –, sobald wir drin sind.

»Warte«, sage ich, plötzlich, weil ich die Dinge unbedingt

verlangsamen will. So sehr ich ihn auch will – so sehr ich ihn auch körperlich vermisst habe –, ich bin nicht bereit dafür. Es ist zu lange her, und es gibt zu viele unbeantwortete Fragen.

Ich ziehe meine Hand aus seinem Griff und trete zurück, bis ich mit dem Rücken gegen das Auto stoße.

Sein Kiefer spannt sich an, und er kommt nach vorn, um mich zwischen seinen muskulösen Armen festzuhalten. »Denkst du, ich habe nicht gewartet?« Er lehnt sich über mich, seine silbernen Augen glänzen, und obwohl wir uns nicht berühren, spüre ich die Hitze, die von seinem mächtigen Körper ausgeht. »Denkst du, ich war all die verdammten Monate nicht geduldig?«

Mein Puls schießt durch die kaum gedämpfte Wut in seiner Stimme in die Höhe, und als Antwort explodiert meine eigene Wut, die sich in seiner Abwesenheit langsam in mir aufgebaut hat. All diese Monate voller Sorgen und Warten auf die Entführung, nicht zu wissen, ob er verletzt ist oder gefangen genommen wurde, all die Lügen und Halbwahrheiten und schlaflosen Nächte, und er spaziert einfach in eine Bar, so als sei nichts passiert? Schiebt mir einen Ring auf den Finger, so als ob nach Folter und Entführung die Ehe der nächste natürliche Schritt wäre?

Mit zusammengebissenen Zähnen schlage ich mit den Handballen auf seine Schultern. »Wo zum Teufel warst du überhaupt?«, rufe ich, und er weicht von meinem Ausbruch überrascht zurück. »Warum hat es so lange gedauert? Ich habe verdammt nochmal auch gewartet und gewartet und gewartet und gewartet …«

Seine Lippen prallen gegen meine, und seine Hände ergreifen mein Gesicht, während er mich gegen das Auto drückt. Es ist kein Kuss, sondern eine Übernahme, seine Zunge dringt rücksichtslos und gnadenlos in meinen Mund ein. Ich schmecke Blut, wo meine Zähne in meine Lippe schneiden, aber es wird von seinem vertrauten Geschmack überlagert, von der dunklen Hitze und der Gewalt seines Begehrens.

Es hätte zu viel sein sollen, aber mein Körper wird lebendig und antwortet heftig, meine Hände klammern sich an sein Hemd, während ich seinen Kuss erwidere, an dieser invasiven Zunge sauge und seine Invasion mit meiner eigenen vergelte. Genau das ist es, wovon ich all die Nächte geträumt habe, wonach mein Körper gebrannt hat.

Weswegen ich nicht in der Lage war, einen anderen Mann anzusehen, geschweige denn, mir das mit ihm vorzustellen.

Nach einer Minute werden seine Lippen weich, und seine Hände geben mein Gesicht frei, um über den Rest von mir zu fahren, und eine große Handfläche drückt meine Brust, während die andere meinen Po ergreift. Trotz des jetzt sanfteren Kusses ist seine Berührung hemmungslos, kompromisslos besitzergreifend, wie ein König, der sein Geburtsrecht einfordert. Ich spüre die dicke Wölbung in seiner Jeans, die gegen meinen Bauch drückt, und Hitzewellen pulsieren durch meinen Körper, als sein Mund zu meinem Hals wandert und mich mit heißen Küssen und Bissen brandmarkt, während seine Hand meinen Po verlässt, um sich meine Haare zu greifen.

»Du gehörst mir«, knurrt er in mein Ohr und wölbt meinen Kopf zurück. Ich erschaudere, und auf meinen Armen bildet sich Gänsehaut, als er an meinem Ohrläppchen knabbert und sein Knie zwischen meine Beine schiebt, so dass sie sich auf seinem muskulösen Oberschenkel spreizen. Trotz unserer Jeanshosen ist der Druck auf mein Geschlecht plötzlich und intensiv, und als er meine Brust erneut zusammendrückt und den Stoff meines BHs an meiner harten Brustwarze reibt, bewegt sich die pulsierende Hitze zu meinem Kitzler hinunter, und eine vertraute Anspannung baut sich tief in meinem Unterleib auf. Während ich hilflos auf seinem Bein reite, bin ich mir seines starken männlichen Dufts und Geschmacks bewusst, der starken Größe und Härte seines Körpers, und als seine Hand unter mein Shirt gleitet und seine raue, warme Handfläche über meine nackte Haut fährt, steigt die Anspannung ins Unermessliche.

Mit einem erstickten Schrei komme ich, als das aufgestaute Verlangen explodiert und sich mein Körper verkrampft und zusammenzieht, bis sich durch die Ekstase meine Zehen krümmen.

Benommen nehme ich in der Ferne ein Lachen wahr, und dann befinde ich mich plötzlich in der Horizontalen und werde in unglaublich starken Armen getragen.

Erschrocken öffne ich die Augen und schlinge meine Arme um Peters Hals. Er geht schnell, und wir sind schon auf halbem Weg über den Parkplatz, aber ich sehe immer noch die drei Teenager auf der anderen Seite. Sie müssen uns gesehen haben, dämmert mir, als sich der durch den Orgasmus hervorgerufene Nebel in meinem Kopf auflöst.

»Peter, sie …«

»Ich weiß.« Sein Kiefer ist angespannt, als er den Bürgersteig mit langen, sicheren Schritten entlanggeht und mich so leicht trägt, als sei ich ein Kind. »Wir sollten schnell reingehen.«

Das Pfeifen und die Rufe der Teenager erreichen meine Ohren erneut, und ich drücke mich gegen seine Schultern. »Lass mich runter. Bitte, ich kann laufen.«

Das Letzte, was ich brauche, ist, wie eine Braut ohne Brautkleid durch die Lobby getragen zu werden.

Zu meiner Erleichterung hört Peter auf mich und stellt mich hin, als wir den Eingang meines Hauses erreichen. Gerade noch rechtzeitig. Wir haben keinen Türsteher, aber ich sehe meine Nachbarinnen – zwei junge Frauen, die sich für eine Nacht herausgeputzt haben. Sie kommen gerade heraus, als wir hineingehen, und ihre neugierigen Blicke wandern von mir zu Peter, der meinen Arm besitzergreifend festhält.

Ich kenne sie nicht so gut, wir haben nur einmal Smalltalk über das Wetter gehalten, also lächele ich ungeschickt und wünsche ihnen einen schönen Abend.

»Euch auch«, sagt eine der Frauen und starrt Peter unverhohlen an, während ihre Mitbewohnerin anfängt zu kichern wie ein Schulmädchen. »Einen wirklich schönen Abend noch.«

Mein Gesicht errötet stärker, als sie weitergehen und dabei mit zusammengesteckten Köpfen flüstern und kichern, und zum ersten Mal bin ich froh, dass die Bewohner meines Gebäudes nicht viel

Kontakt untereinander haben. Es gibt viele Mieter wie mich, und durch die häufigen Ein- und Auszüge machen sich die Leute nicht die Mühe, ihre Nachbarn kennenzulernen – oder über sie zu tratschen.

»Freundinnen von dir?«, fragt Peter, während er meinen Arm loslässt, um den Fahrstuhlknopf zu drücken, und ich schüttele den Kopf.

»Nicht wirklich.« Ich schaue zu ihm auf und runzele die Stirn. »Weißt du das nicht? Hast du mich nicht verfolgen lassen?«

Seine grauen Augen strahlen vor dunkler Belustigung. »Natürlich. Aber sie konnten nicht so nah an dich herankommen, da das FBI jeden deiner Schritte beobachtet und regelmäßig nach Unstimmigkeiten gesucht hat.«

»Oh.« Das ergibt Sinn – und erklärt, warum ich immer nur das FBI gesehen habe.

Die Türen des Fahrstuhls gleiten auf, und er führt mich hinein, wobei seine Hand auf meinem unteren Rücken warm und sanft und dabei unflexibel wie Stahl ist. Mein Herz setzt einen Schlag aus, bevor es beginnt, in einen schweren, hämmernden Rhythmus zu verfallen.

Er treibt mich hinein.

Er treibt mich buchstäblich wie ein Schäferhund in meine Wohnung, damit wir ficken können.

»Du dachtest doch nicht wirklich, dass ich dich in Ruhe lassen würde, oder?«, fragt er leise, als sich der Aufzug in Bewegung setzt, und ich schüttele wieder den Kopf und weiche seinem durchdringenden Blick aus. Mein Blick fällt auf die große Beule in seiner Jeans, und die Hitze in meinen Wangen verstärkt sich.

Hat er diese Erektion die ganze Zeit gehabt?

Kein Wunder, dass meine Nachbarinnen eine Östrogenüberlastung hatten.

Ich zwinge mich, nach oben und zur Seite zu schauen, aber auch das ist eine Katastrophe. Das Innere des Aufzugs ist auf zwei Seiten verspiegelt, und der Anblick meines Spiegelbildes lässt mich im Boden versinken. Dank unseres spontanen Zwischenspiels auf dem Parkplatz ist nicht nur meine Unterwäsche feucht, sondern meine

Unterlippe ist auch doppelt so groß wie normal, meine Wangen sind knallrot und mein Haar steht auf einer Seite ab.

Ich sehe aus, als käme ich von einer Orgie nach Hause.

Verzweifelt schaue ich weg und begegne erneut Peters Blick. »Was du mir noch nicht gesagt hast … Warum hast du so lange gebraucht, um zu mir zurückzukehren?«

Sein Kiefer spannt sich an. »Weil der Gefallen, den ich Esguerra getan habe, lange gedauert hat. Ich wollte dich früher holen, Ptichka, glaub mir.« Er blickt mich fest an. »Hast du mich vermisst? Hast du gehofft, dass ich wiederkommen würde?«

Ich schlucke und schaue weg, während sich die Fahrstuhltüren öffnen, was mir die Antwort erspart. Ich dachte, ich hätte mich mit meinen widersprüchlichen Gefühlen für Peter versöhnt, hätte mich damit abgefunden, dass der Mörder meines Mannes es geschafft hatte, mein Herz zu stehlen, aber plötzlich bin ich mir nicht mehr so sicher. Dieser Peter hier, in meinem normalen Leben, ist zu unerwartet, zu erschreckend echt. Ich kann die Auswirkungen, die schiere Menge an Komplikationen, die mit dem Versuch einer normalen Beziehung verbunden sind – *einer Ehe* –, mit einem ehemaligen Attentäter, der mich einst gefoltert und entführt hat, nicht auf einen Schlag begreifen. Wenn das wirklich passiert, was soll ich dann meinen Eltern sagen, die ihn immer noch als »diesen Verbrecher« ansehen? Oder Marsha, die nicht nur die offizielle FBI-Geschichte kennt, die Peter als Monster malt, sondern auch weiß, dass er George getötet hat? Und wird das FBI uns wirklich in Ruhe lassen? Wie können sie das, wenn der Mann, der mit mir im Aufzug steht, einer der gefährlichsten Menschen sein muss, den sie kennen?

Wann immer ich uns zusammen vorgestellt habe, war es woanders, mit mir als seiner jetzt willigen Gefangenen. Ich war bereit, meinen Peiniger als mein Schicksal zu akzeptieren, aber ich war nicht bereit für das hier.

Der Ring liegt kalt und schwer um meinem Finger, als wir aus dem Aufzug steigen und Peter mich den Flur entlang zu meiner Wohnung führt. Er war noch nie zuvor in diesem Gebäude – zumindest nehme ich das an –, aber es gibt keine Spur eines Zögerns in seinen Bewegungen, kein Anzeichen dafür, dass er in irgendeiner Weise verloren oder unsicher ist. Er bewegt sich genauso sicher in einem unbekannten Flur, wie er alles andere tut, und ich komme nicht umhin, ihn zu beneiden.

Ich selbst fühle mich, als würde ich unkontrolliert treiben, wie ein ruderloses Schiff im Sturm.

Wir erreichen meine Tür, und ich suche nach den Wohnungsschlüsseln in meiner Handtasche, wobei ich mir Peters Blick auf mir genau bewusst bin. Er sieht nicht ungeduldig aus, aber ich spüre es in ihm, fühle das gewaltige Begehren, das er im Zaum hält. Meine Atmung wird flach, und meine Handflächen werden feucht, als ich das schwer zu findende Objekt endlich zu fassen bekomme.

»Hier, lass mich.« Er nimmt mir die Schlüssel ab, findet zielsicher den richtigen und öffnet die Tür beim ersten Versuch.

Wir treten ein, und er schließt die Tür hinter uns, während ich das Licht im Wohnzimmer anmache. Ich höre das Klicken des Schlosses und drehe mich mit klopfendem Herzen zu ihm um. »Peter …«

Er ist auf mir, bevor ich noch ein Wort sagen kann. Seine großen Hände umrahmen mein Gesicht, als er mich gegen das Sofa drückt, sein Mund sich gierig auf meinen stürzt und wir als ein Gewirr aus Gliedmaßen und ungehemmter Lust auf die weichen Kissen fallen.

Welche Zweifel ich auch gehabt haben mag, sie sind wie weggefegt, ertränkt von einer Welle der Lust, die so intensiv ist, dass sie sich wie Feuer in meinen Adern anfühlt. Der Orgasmus auf dem Parkplatz hat meinen Appetit geweckt, und mein Geschlecht ist so empfindlich und geschwollen, dass es verzweifelt nach mehr verlangt. Meine Brustwarzen sind quälend hart, und zwischen meinen Beinen pocht es, als er mein Shirt zerreißt und sich bewegt, um meinen Reißverschluss zu öffnen. Seine Hände sind vor Verlangen rau, da er den gleichen Hunger verspürt, der mich seit Monaten quält.

Ich erwidere seine Küsse, und meine Hände reißen an seinem Hemd, während er mir die Jeans vom Leib reißt und vor Frustration knurrt, als sie an meinen Ballerinas hängen bleiben. Ich schaffe es, sie zusammen mit der Jeans von meinen Füßen zu schieben, während er meinen BH öffnet und ich nackt unter ihm auf dem Sofa liege, während er nach seinem Reißverschluss greift.

Es gibt keine schönen Worte, keine süßen Liebkosungen – nur animalische Lust, als er gnadenlos in mich eindringt, sein Gesicht vor Begehren verzerrt ist und seine Augen dunkel funkeln, während er meine Handgelenke umfasst und sie über meinem Kopf festhält. Bei diesem schonungslosen Eindringen muss ich tief einatmen, da meine inneren Muskeln zittern und kämpfen, um sich an seine unglaubliche Dicke anzupassen, mein Fleisch sich ausdehnt, um ihn aufzunehmen. Mein Körper hatte diesen Teil irgendwie vergessen, und es fühlt sich wieder an wie unser erstes Mal, nur dass die Scham und die Schuldgefühle jetzt nur noch dunkle Schatten in meinem Kopf sind.

Ich brauche das – ich brauche *ihn* –, und ich kann es nicht leugnen.

Als er ganz in mir ist, hält er inne, gibt mir einen Moment Zeit, mich an ihn zu gewöhnen, und ich sehe, wie er um die Kontrolle kämpft und diesen wilden Teil von sich kontrolliert, damit er mir nicht wehtut.

»Es ist okay«, flüstere ich und ziehe meine Beckenmuskeln um seinen dicken Schwanz zusammen. »Es ist okay, Peter … ich kann ihn ganz in mir haben.«

Ich will ihn ganz in mir haben.

Seine Pupillen weiten sich, und in den Tiefen seiner metallischen Augen sehe ich die Monsteroberfläche. Mit einem tiefen, kehligen Knurren dringt er tiefer in mich ein, und ich schreie und wölbe mich auf, als er einen wilden Rhythmus vorgibt.

Er nimmt mich heftig, hämmert gnadenlos in mich hinein, und meine Schreie werden lauter, als sich der Schmerz und die Lust vermischen, was meinen Verstand mit weißem Rauschen benebelt und das unaufhörliche Summen meiner Gedanken zum Schweigen bringt. Es gibt keinen Raum für Schuldgefühle oder Sorgen, keinen Raum für Zweifel und Fragen. Es gibt nur das, nur uns, und als die

Spannung in mir sich spiralförmig steigert, schreie ich seinen Namen, bemerke nichts als die Qual und die Ekstase, die mich explodieren lassen.

Er kommt fast zur gleichen Zeit, und sein kraftvoller Nacken spannt sich an, während er seinen Kopf nach hinten krümmt und die Hüften an mir reibt. Der Druck löst in mir eine Welle von Nachbeben aus, und ich schreie erneut, weil meine inneren Muskeln sich zusammenziehen und ich jeden harten Zentimeter in mir spüre, als er aufstöhnt und mich mit seinem Samen überschwemmt.

VIELLEICHT HABE ICH DANACH ABGESCHALTET ODER DIE AUGEN geschlossen, denn das Nächste, was ich weiß, ist, dass ich wieder getragen werde, diesmal in mein Badezimmer.

Ich blinzele und schlinge instinktiv meine Arme um Peters Hals, als er in die Wanne tritt, wo er mich absetzt.

»Geht es dir gut?«, murmelt er, während er mich stützt, als ich loslasse, und ich nicke nur, weil ich immer noch zu überwältigt bin, um zu sprechen.

»Ja.«

Er steigt aus der Wanne und zieht die Kleidung aus, die er noch anhatte. Gierig verschlinge ich seine Nacktheit, nehme die kraftvollen Linien seines großen, breiten Körpers auf, während er zu mir in die Wanne tritt, den Vorhang zuzieht und den Wasserhahn aufdreht. Jeder gemeißelte Muskel in seinem Rücken spannt sich an, und sein Hintern ist fest und rund, als er sich nach vorne beugt, um die Temperatur des Wassers zu testen. Seine Eier schwingen schwer zwischen seinen Beinen, sein großer Schwanz ist noch halb hart, und Wärme zieht über meinen Hals, als ich die schimmernde Nässe unserer vereinigten Körperflüssigkeiten auf seiner Haut bemerke.

Wieder kein Kondom. Aus irgendeinem Grund bin ich nicht besonders entsetzt oder überrascht. Wenn Peter das wirklich vorhat, sich mit mir hier niederzulassen, wo wir ein normales Leben führen können, dann sind Kinder nicht wirklich eine verrückte Idee. Da er zugegeben hat, dass er mich schwängern möchte, sollte ich in Zukunft überhaupt keine Kondome erwarten. Wir sind beide gesund, außer ...

»Hast du mit jemandem geschlafen?«, platze ich, entsetzt über die Möglichkeit, die mir gerade in den Kopf gekommen ist, heraus. »Als du weg warst, meine ich?«

Ich bin überrascht, dass mir das nicht schon früher eingefallen ist. Peter ist ein sehr sexueller Mann in seiner Blütezeit, mit der Art von Aussehen und der tödlichen Anziehungskraft, die Höschen feucht werden lassen. So haben zum Beispiel meine Nachbarinnen – beides Frauen Mitte bis Ende zwanzig – wie Achtklässlerinnen gekichert. Es gibt keinen Grund, anzunehmen, dass er mir die ganze Zeit über treu war. Neun Monate Zölibat für jemanden wie Peter ist ...

»Was?« Er dreht sich zu mir, und seine dunklen Augenbrauen ziehen sich tief über seinen Augen zusammen. »Ist das dein Ernst?«

Ich zucke mit den Schultern und versuche, zwanglos zu klingen, so als ob mir nicht schon bei der bloßen Vorstellung, dass er eine andere Frau berührt, schlecht wird. »Neun Monate sind eine lange Zeit, und es ist nicht so, dass wir ...«

»Dass wir was?« Seine Stimme ist gefährlich leise, als er meine Arme ergreift. »Dass wir was, Sara?«

Mein Mund wird durch den Ausdruck in seinen metallischen Augen trocken. »Du weißt schon ...« Ich schlucke belegt. »In einer festen Beziehung wären.«

»Willst du mir sagen, dass du mit jemand anderem geschlafen hast?« Seine Finger bohren sich in meine Haut, als ein winziger Muskel in seiner Schläfe zu zucken beginnt. »Dass du jemand anderen ...«

»Nein!« Wie kann er das überhaupt denken? »Natürlich nicht! Außerdem bin ich sicher, deine Spione hätten es dir gesagt. Du hast gesagt, sie konnten nicht so nah rankommen, aber *das* wäre ihnen nicht entgangen.«

Sein strafender Griff um meine Arme lässt etwas nach. »Nein, das wäre es wahrscheinlich nicht«, stimmt er nach kurzem Überlegen zu.

Er lässt mich los und dreht sich um, um den Regler zu bewegen, der das Wasser vom Wasserhahn zum Duschkopf leitet.

Ich blinzele, um das Wasser aus den Augen zu bekommen, und beobachte, wie er den Sprühstrahl so einstellt, dass er tiefer fällt. Dann wendet er sich wieder mir zu und blockiert den Großteil des Wassers mit seinem Rücken.

»Ich habe nichts anderes als meine Faust gefickt, seit ich dich hier abgesetzt habe«, sagt er ruhig. »Seit wir uns getroffen haben, habe ich Frauen nur noch ungewollt in Menschenmengen gestreift. Du bist alles für mich, Ptichka – alles, was ich will, jetzt und für immer. In den letzten neun Monaten lag ich jede Nacht im Bett, hatte einen so harten Schwanz, dass es wehtat, und dachte an dich. Nur an dich. Du bist jeder feuchte Traum von mir, jede Fantasie und jeder Tagtraum. Ich will dich die ganze Zeit ficken, egal wo wir sind oder was wir tun. Selbst wenn wir Ozeane getrennt sind, bist *du* die Einzige, die ich will – die Einzige, die ich jemals haben will.«

Mein Hals verengt sich und schließt die Luft in meinen Lungen ein. Ich glaube ihm. Wieso sollte ich das auch nicht tun? Er hat mich nie angelogen, nie versucht, seine Gefühle zu verbergen. Von Anfang an kannte ich die Tiefe seiner Besessenheit von mir, und während es mich früher erschreckte, ist es jetzt pervers beruhigend.

Solange wir beide leben.

Etwas macht klick in mir, wie ein Licht, das angeht und sich durch den Nebel des Schocks und der Benommenheit nach dem Sex schneidet. »Peter ...« Meine Stimme zittert, als ich seine Hand zwischen meine Handflächen nehme. »Hast du es für mich getan?«

Er legt seinen Kopf schief, und seine grauen Augen blicken mich fragend an. »Was habe ich getan, Ptichka?«

»Dieser Gefallen für Esguerra, damit er dich von den Fahndungslisten streichen lässt ... die Sache, für die du so lange wegbleiben musstest«. Ich drücke seine Hand und lege sie an meine Brust, wo eine seltsame Enge mein schlagendes Herz umgibt. »Bin ich der Grund? Hast du es getan, damit du hier bei mir sein kannst?«

Er runzelt die Stirn und bedeckt meine verschlungenen

Handflächen mit seiner anderen Hand. »Natürlich, Ptichka. Ist es nicht das, was du wolltest? Ein Leben, in dem ich kein Flüchtling bin, in dem wir zusammen sein könnten, ohne dass du deine Familie und deine Karriere verlierst?«

Ich starre ihn an und begreife endlich, wie gewaltig das ist, was er getan hat. Es *ist* das, was ich wollte, wonach ich mich in den tiefsten Tiefen meines Herzens gesehnt habe. Es ist meine dunkelste, schändlichste Fantasie – ein wirkliches Leben mit meinem Peiniger – und er hat sie Wirklichkeit werden lassen.

Er hat das Unmögliche geschafft, hat Gott weiß wie viele Fäden gezogen – und alles für mich.

Der Dampf, der das Badezimmer füllt, lässt meine Augen brennen, und der Schraubstock um mein Herz drückt sich fester zusammen.

Peter liebt mich.

Er liebt mich wirklich.

Es ist nicht mehr theoretisch, was er für mich tun würde.

Es ist echt. Er hat es schon getan.

»Ist es nicht das, was du wolltest, Sara?«, wiederholt er, runzelt die Stirn, und ich nicke wie eine Marionette, da ich immer noch nicht sprechen kann.

»Gut.« Er zieht seine Hand sanft aus meinem Griff und dreht sich zur Seite, so dass ich unter dem Wasserstrahl stehe. Er nimmt mein Shampoo, gießt es in seine Handfläche und fängt an, es auf meinem Kopf zu verteilen, so als ob es das wäre, was man nach dieser Art von Offenbarung tut.

Als ob das alles wäre, was es zu sagen gibt.

Und vielleicht stimmt das ja. Vielleicht sollten wir dieses Gespräch noch einmal aufgreifen, wenn ich mich nicht so blind fühle, so überwältigt von seiner plötzlichen Rückkehr und all dem, was dazugehört. Weil ich immer noch nicht weiß, was ich ihm sagen soll, wie ich meine Gefühle erklären soll.

Wie kann ich ihm sagen, dass ich zwar überglücklich bin, ihn hier zu haben, aber genauso verängstigt bin.

Er wäscht mein Haar gründlich, seine starken Finger massieren meine Kopfhaut und meinen Hals, und dann trägt er die Spülung auf und lässt sie einwirken, während er den Rest von mir wäscht, wobei seine seifigen, mit Hornhaut überzogenen Hände über meinen ganzen Körper gleiten und meine Haut mit genau dem richtigen Maß an Zärtlichkeit und Rauheit streicheln und liebkosen.

Es fühlt sich fantastisch an, wie eine exklusive Spa-Behandlung, und als er endlich die Seife von mir abspült, beginne ich, ihn zu waschen, genieße das Gefühl seiner glatten, behaarten Haut, während ich meine Hände über seinen großen, muskulösen Körper bewege.

Er hat sich immer um mich gekümmert, mich wie eine Prinzessin verwöhnt, aber ich habe das nie für ihn getan. Die Zuneigung meines Peinigers zurückzugeben hat sich immer wie ein Verrat an George und allem anderen, was wichtig war, angefühlt, und während ich mir im Bett nicht helfen konnte, blieb ich zu anderen Zeiten distanziert und nahm Peters Fürsorge an, ohne sie zu erwidern.

Ich fühle immer noch etwas von dieser Schuld, diesem Gefühl, dass das falsch ist, aber es ist nicht mehr der erstickende Druck, der es einmal war. Als Monate vergangen waren und der Schock über Georges gewaltsamen Tod verblasste, konnte ich rationaler darüber nachdenken und die Ereignisse aus einer anderen Perspektive analysieren.

Zum einen war George nicht wirklich am Leben, als Peter ihm eine Kugel in den Kopf jagte. Er lag seit achtzehn Monaten im Koma, und angesichts des Ausmaßes der Schädigung seines Gehirns gab es fast keine Chance, dass er jemals aus dem Koma erwachen würde. Irgendwann hätte ich die entsetzliche Entscheidung treffen müssen, die lebenserhaltenden Maßnahmen abzusetzen – etwas, woran ich nicht gedacht hatte, zumal ich davon überzeugt war, dass Georges Unfall teilweise meine Schuld war.

In gewisser Weise hat Peter diese schreckliche Verantwortung von mir genommen – etwas, was ich erst kürzlich in Betracht gezogen habe.

Da ist auch die Tatsache, dass George *mich* hintergangen hat. Das Trinken, das unsere Ehe zerstört hat, war schlimm genug, aber die ganze Zeit über hat er auch ein Doppelleben geführt, hatte eine Karriere als Spion, von der ich nichts wusste. Es hat mich viel Zeit gekostet, das Ganze vollständig aufzunehmen, aber jetzt sehe ich Georges Taten als den schweren Verrat, der sie waren, und die Liebe, die ich für ihn empfand, wirkt jetzt wie ein Hirngespinst.

Nicht, dass irgendetwas davon Peters Handeln rechtfertigt – bei weitem nicht. Er ist immer noch der amoralische Mörder, der mehr Menschen getötet hat, als ich mir vorstellen kann, immer noch der Mann, der mich einst gefoltert, verfolgt und entführt hat. Aber jetzt ist er auch der Mann, der mich liebt, der auf die klarste Weise gezeigt hat, dass ich ihm wichtig bin.

Dass er bereit ist, alles zu tun, nicht nur, um mich zu haben, sondern um mich glücklich zu machen.

Als Letztes wasche ich seine Achselhöhlen und die Oberseite seiner breiten Schultern und massiere dann die dicken, schweren Muskeln um seinen Hals mit meinen seifigen Händen. Er scheint es zu genießen und schmiegt sich wie eine große Katze in meine Berührung, so dass ich den Bereich noch etwas knete, bevor ich mich hinhocke und seine Beine wasche. Seine Oberschenkel sind wie aus Stahl, die kraftvollen Muskeln geben keinen Millimeter nach, und seine Gesäßmuskeln sind so rund und hart wie die eines Bodybuilders. Ich kann mich nicht davon abhalten, diese festen Backen zu drücken, und als ich nach oben schaue und wegen des Wasserstrahls blinzeln muss, sehe ich, dass er seine Augen geschlossen und seinen Kopf in rein männlicher Glückseligkeit in den Nacken gelegt hat.

Ihm gefällt, was ich tue. Er mag es sogar sehr, der schnellen Verhärtung seines Schwanzes nach zu urteilen.

Impulsiv lege ich meine Seifenfaust um die sich verhärtende Säule und umschließe seine Eier mit der anderen Hand, bevor ich wieder durch den Wasserstrahl nach oben schaue. Er starrt mich jetzt an, und der verzückte Blick ist einem räuberischen Hunger gewichen.

»Mach weiter damit«, sagt er heiser und schiebt seine Hand in mein Haar. »Und nimm ihn in den Mund.« Seine Faust schließt sich um die nassen Strähnen, und er führt mein Gesicht mit sanftem aber unausweichlichem Druck zu seiner Leiste.

Gehorsam schließe ich meine Lippen um seinen nun voll aufgerichteten Schwanz und schmecke das Wasser und die leichten Seifenreste, während ich auf die Knie gehe. Trotz meiner vorangegangenen Orgasmen baut sich tief in meinem Unterleib Hitze auf, und mein Geschlecht beginnt erneut zu pulsieren. Ich habe es diesmal vielleicht angefangen, aber er übernimmt die Führung, so wie immer. Ungebeten kommt mir die Erinnerung an die Zeit, als er mich bestraft hat, in den Sinn, und meine inneren Muskeln ziehen sich vor Verlangen zusammen. Die Bilder in meinem Kopf sind erotischer als jeder Porno.

Damals hat er meinen Mund gefickt. Er hatte mir die Hände hinter dem Rücken gefesselt und nahm mich gnadenlos, kontrollierte meinen Atem, mein Leben. Es war brutal gewesen, zerstörerisch, aber es hat mich mit der gleichen quälenden Erregung schmerzen lassen wie jetzt, hat mich noch mehr nach der Dunkelheit verlangen lassen.

Ich verstehe nicht ganz, warum mich seine Rauheit so anmacht, warum ich es genieße, so in seiner Gewalt zu sein. Bevor ich Peter traf, waren meine sexuellen Fantasien selten mit Gewalt oder Zwang verbunden; Kuschelsex war meine Komfortzone, sogar in meinem Kopf. Könnte mich das Trauma von unserer ersten Begegnung in meiner Küche irgendwie verändert haben? Vielleicht hatte ich in der Folgezeit eine Art Kurzschluss im Kopf, der dazu führte, dass ich die Gewalt, die ich durch seine Hände erlebte, mit Lust assoziierte?

Was auch immer der Grund ist, ich brenne, als er seinen Schwanz tiefer in meinen Mund drückt, so tief, dass ich fast würgen muss. Reflexartig klammere ich mich an seine stählernen Schenkel, aber ich kämpfe nicht gegen ihn an, auch nicht, als er beginnt, seine Hüften zu bewegen und mit zunehmender Wildheit in meinen Mund zu stoßen. Ich starre ihn nur an, blinzele den Wasserstrahl weg, und als der pulsierende Schmerz zwischen meinen Schenkeln unerträglich wird, schiebe ich eine Hand dorthin, reibe meinen Kitzler und lasse seine Stöße die Bewegungen meiner Finger lenken.

Als er es bemerkt, spannen sich seine harten Züge an, und sein Raubtierblick verstärkt sich. »Ja, genau so, Ptichka.« Seine Stimme ist ein leises, belegtes Grollen, als er sich tief in meinen Hals drückt und mir die Luft abschneidet. »Mach weiter so. Lass mich sehen, wie du kommst.«

Ich gehorche mit tränenden Augen und reibe meine Klitoris schneller, während ich seinen Blick erwidere. Meine andere Hand klammert sich an seinen Oberschenkel, und meine Herzfrequenz steigt an, als mein Körper den Luftmangel bemerkt.

Ich atme nicht.

Ich atme nicht, und ich habe Wasser im Gesicht.

Mein ganzer Körper erstarrt, ich kneife meine Augen fest zusammen, und meine Muskeln verkrampfen sich, als in meinem Kopf Erinnerungen an die Folter in meiner Küche aufflackern, an damals, als er mich in der Spüle gewaterboardet hat. Ich bekomme eine Gänsehaut, aber das Feuer in meinem Unterleib kühlt sich nicht ab. Irgendwie verstärkt die Angst das Ganze und erhöht die Anspannung, und selbst als ich mich in Panik in Peters Oberschenkel kralle, arbeitet meine andere Hand verzweifelt an meiner Klitoris.

Ich komme so stark, dass ich Lichtexplosionen hinter meinen fest geschlossenen Augenlidern sehe. Die Zuckungen erschüttern meinen Körper und lassen mich schreien, und erst als ich gegen Peters Beine sacke, merke ich, dass mein Mund frei ist und ich atme.

Benommen schaue ich auf und sehe, wie er mit einem wilden Gesichtsausdruck seinen Schwanz mit der Hand bearbeitet. Dann kommt er mit einem harten Stöhnen und spritzt mir Sperma über Gesicht und Haare. Ich blinzele ihn an, wische es mir mit einer zitternden Hand von der Stirn, und er hilft mir mit einem festen Griff auf die Füße, obwohl er sich auch noch von seinem Orgasmus erholen muss.

Wir schweigen, während er mir zum zweiten Mal die Haare wäscht. Erst als wir aus der Dusche kommen und er mich abtrocknet, spricht er.

»Du hast mir nie eine Antwort gegeben.« Sein Ton ist ruhig, aber ich sehe Funken der Dunkelheit im kühlen Grau seines Blickes, als er das Handtuch um mich wickelt und dann zur Seite greift, um eines für sich zu nehmen.

Ich blinzele und greife nach den Rändern des Handtuchs. »Welche Frage?«

Ich weiß natürlich, wovon er spricht – der Ring liegt immer noch schwer um meinem Finger – aber ich bin noch lange nicht bereit für diese Unterhaltung. Ich dachte nicht einmal, dass diese Unterhaltung stattfinden würde. Er hat mich nicht gefragt, ob ich ihn heiraten will; er hat mir gesagt, dass das geschehen wird. Also ist es nicht so, dass ich …

»Nicht, Sara.« Er lässt das Handtuch fallen und tritt dicht an mich heran, um mich gegen den Waschtisch zu drücken. »Spiel keine Spielchen mit mir.« Sein Kiefer spannt sich an, als er den glatten Stein auf beiden Seiten neben mir berührt und sich nach vorn beugt. »Willst du mich heiraten?«

Ich starre ihn wie versteinert an, unfähig, zu sprechen oder zu denken. Ich habe nicht erwartet, dass er eine Antwort verlangt. Dass er überhaupt eine Antwort will. Von Anfang an hat er alle Entscheidungen in unserer seltsamen Beziehung getroffen, und es ist schwer zu glauben, dass er mir eine Wahl lässt.

Dass er mir die Möglichkeit gibt, ihn nicht zu heiraten.

»Was, wenn …« Ich schlucke und umgreife das Handtuch fester. »Was, wenn ich nicht will?«

Sein Gesicht spannt sich an. »Ist das ein Nein?«

Ja. Nein. Ich weiß es nicht. Wie kann ich antworten, wenn mein Gehirn von seiner plötzlichen Rückkehr und all den Orgasmen, die er meinem Körper abgerungen hat, überfordert ist? Ich möchte mich davonschleichen, unter meine Decke kriechen und schlafen, damit ich mit magischer Klarheit aufwachen kann, aber selbst in diesem benebelten Zustand weiß ich, dass das nie geschehen wird. Es wird nie ein klares Ja oder Nein geben, wenn es um Peter geht, nie eine einfache Entscheidung. Was wir zusammen haben, ist der feuchte Traum eines Seelenklempners, und ich könnte eine Woche lang durchschlafen, ohne einen Einblick in unseren gegenseitigen Wahnsinn zu bekommen.

Ja oder nein. Heirate ich den Mörder, der mich einst gefoltert hat? Er liebt mich, und ich bin mir fast sicher, dass ich ihn liebe. Das »fast« ist da, weil ein winziger Teil von mir immer noch entsetzt zurückschreckt, in einem giftigen Schlamm aus Schuldgefühlen, Selbsthass und Scham versinkt. Auch wenn ich ihm irgendwann Georges Tod verzeihen sollte, kann ich nie vergessen, dass er ein Mörder ist – im Namen der Rache hat er massives Leid und Schmerz zugefügt.

Dass er selbst mehr gelitten hat, als ich nachvollziehen kann.

Ich schaue ihn an und spüre, wie die Temperatur im feuchten Badezimmer fällt, als ich die wachsende Dunkelheit in seinem stählernen Blick sehe. »Ja. Es ist ein Ja.« Die Worte verlassen meine Lippen wie von selbst, so als habe ein Dämon meine Zunge bewegt. Doch sobald ich sie sage, fühlt es sich richtig an.

Es fühlt sich an, als wäre es Schicksal.

Die gefährliche Anspannung verlässt sein Gesicht, obwohl ich immer noch die Bedrohung tief in seinem Inneren spüre. »Gut«, sagt er leise und stößt sich vom Waschtisch ab. Er dreht sich um und geht aus dem Badezimmer, und ich sinke über das Waschbecken und atme tief durch, um meinen aufgewühlten Magen zu beruhigen.

Ich habe Ja gesagt.

Ich habe zugestimmt, meinen Peiniger zu heiraten.

Oh mein Gott. Was habe ich getan?

45

Peter

ICH BETRACHTE MEINE SCHÖNE VERLOBTE IM SCHLAF UND FÜHLE abwechselnd Freude und dunkle Zufriedenheit. Ihr feines Gesicht ist besonders niedlich und zart, wenn sie schläft und dabei eine schlanke Hand in einer halboffenen Faust unter der Wange liegt und ihr voller Mund leicht geöffnet ist.

Ich sollte wahrscheinlich das Licht ausschalten und auch schlafen gehen, aber das würde bedeuten, das hier zu verpassen. Irgendein irrationaler Teil von mir hat Angst, dass, wenn ich die Augen schließe, alles ein Traum wird, eine Fantasie wie die, die mich all diese Monate genährt hat.

Meine Sara.

Endlich habe ich sie.

Sie gehört mir, und bald wird es die ganze Welt wissen.

Sie war völlig erschöpft, als ich sie endlich ins Bett gebracht habe, so müde, dass sie sofort einschlief. Ich habe sie etwa eine Stunde lang im Arm gehalten, das erneute Begehren meines Körpers ignoriert, und dann bin ich zu ihrem Laptop gegangen, um die entsprechenden Vorkehrungen zu treffen.

Sie hat zugestimmt, mich zu heiraten. Die Freude, die ich bei dem Gedanken empfinde, ist beinahe erdrückend. Ich war bereit, härtere Maßnahmen zu ergreifen, um sie zu überzeugen, aber das musste ich nicht.

Sie hat Ja gesagt.

Sie trägt immer noch meinen Ring an ihrer linken Hand, die gerade unter der Decke liegt. Ich bin versucht, die Decke wegzuziehen, damit ich ihn mir noch einmal ansehen kann, aber das könnte sie wecken, und ich möchte, dass sie gut schläft.

Immerhin findet an diesem Samstag unsere Hochzeit statt.

Während ich im letzten Monat darauf gewartet habe, dass die Bürokraten ihren Papierkram in Ordnung bringen, hatte ich Zeit, alles zu planen und alle erforderlichen Hände zu schmieren. Also, wenn Sara nicht gerade hasst, was ich ausgesucht habe, sind wir, was Ort, Kleidung, Blumen, Fotografen und fast alles andere anbelangt, was mit einer kleinen, privaten Hochzeit einhergeht, auf alles vorbereitet. Es gibt noch ein paar kleinere Entscheidungen zu treffen – wie die, wer die Trauung durchführen wird –, aber ich möchte, dass Sara und hoffentlich auch ihre Eltern dabei mitreden.

Es hilft wirklich, dass sie zugestimmt hat.

Ich atme tief durch, klettere zu ihr ins Bett und mache das Licht aus, bevor ich meinen Körper von hinten um sie lege und sie festhalte, während sie im Schlaf etwas murmelt.

Mein Ptichka.

Sie ist keine Fantasie mehr.

Das ist so real, wie es nur geht, und wenn ich aufwache, wird sie immer noch hier sein.

Das sollte sie besser.

46

Sara

Ich wache von einem Geruch von Eiern, Speck und etwas Süßem auf. Pancakes? Oder vielleicht Kekse?

Bin ich wieder bei meinen Eltern eingeschlafen?

Ich öffne meine schweren Augenlider, rolle mich auf den Rücken und blicke an die Decke.

Das ist die schlichte weiße Decke meiner Wohnung.

Sofort stürmen die Erinnerungen auf mich ein, und ich setze mich keuchend hin und werfe meine Decke von mir.

War die letzte Nacht echt? Ist Peter hier?

Ein heller Glanz zieht meine Aufmerksamkeit auf sich, und ich schaue auf meine linke Hand, wo ein riesiger Diamant in dem kaum vorhandenen Sonnenlicht funkelt, das durch die heruntergelassenen Jalousien sickert.

Heilige Scheiße. Es *ist* echt.

245

Peter ist hier.

Ich bin offiziell mit ihm verlobt.

Ich werfe mir einen Bademantel über und renne in die Küche, wo ich den brutzelnden Speck nicht nur riechen, sondern auch hören kann.

Der Anblick, der mich erwartet, lässt mich stoppen.

Mit nichts als einer dunklen Jeans bekleidet steht Peter am Herd und dreht gekonnt ein Omelett um. In einer anderen Pfanne befinden sich Speckstreifen, und auf einem Teller neben dem Ofen ein Stapel Pancakes. Die Muskeln in seinem breiten Rücken bewegen sich, die Jeans sitzt tief auf seinen schmalen Hüften, und ich muss buchstäblich meine Spucke hinunterschlucken, als er sich umdreht, um mir ins Gesicht zu sehen, wobei er einen soliden Eightpack und eine kräftig gebaute, mit dunklem Haar übersäte Brust zeigt.

Die wenigen Pfunde, die er abgenommen hat, betonen seinen unglaublichen Körperbau, machen ihn noch härter und gefährlicher.

»Guten Morgen, Ptichka.« Seine tiefe Stimme ist wie das Schnurren eines Tigers, während er mich ansieht und sein Blick von meinen nackten Zehen bis zu den Spitzen meiner vom Schlaf verwuschelten Haare fährt. Die Tätowierungen auf seinem linken Arm spannen sich an, als er den Pfannenwender auf den Tresen legt und auf mich zukommt.

»Oh, ähm ... guten Morgen.« Ich ziehe mich zurück, weil mir auffällt, dass ich mir nicht einmal das Gesicht gewaschen habe. »Ich bin gleich wieder da.«

Ich flitze ins Bad, bevor er mich aufhalten kann. Schnell putze ich mir die Zähne und springe dann unter die Dusche, um mich schnell zu waschen. Mein Herz galoppiert in meiner Brust, und meine Atmung ist schnell und flach.

Peter ist *hier*.

In meiner Küche ... und kocht ein leckeres Frühstück.

Ich sollte mir wohl einen Moment Zeit nehmen, um mich zu beruhigen, aber ich will nicht, dass all das köstliche Essen kalt wird.

Immerhin hat mein *Verlobter* es für mich gemacht.

Mein Magen rumort, meine Herzfrequenz beschleunigt sich weiter, und ich zwinge mich, tief durchzuatmen, während ich das Handtuch ablege und den Morgenmantel wieder anziehe.

Dann richte ich mich auf, schiebe meine Schultern nach hinten, und gehe zurück in die Küche.

ara

»WANN MUSST DU BEI DER ARBEIT SEIN?«, FRAGT PETER UND SERVIERT mir einen kunstvoll arrangierten Teller mit Gemüseomelette, Speckstreifen und Pfannkuchen.

Ich schaue auf die Uhr an der Wand. »In etwa vierzig Minuten.« Ich bin froh, dass ich aufgewacht bin, als ich aufgewacht bin, weil ich gestern Abend vergessen hatte, den Wecker zu stellen.

Wahrscheinlich stehe ich immer noch neben mir, weil ich zwar äußerlich ruhig bin, aber innerlich ein hyperventilierendes Durcheinander.

Peter ist *hier*.

Er ist hier, und wir sind *verlobt*.

»Ich bringe dich zu deiner Praxis«, sagt er und setzt sich mir gegenüber mit seinem eigenen Teller hin. »Oder nimmst du das Auto?«

Ich spieße vorsichtig ein Stück Pfannkuchen mit meiner Gabel auf. »Ich wollte von dort aus direkt in die Klinik fahren, also ja …«

Er blinzelt nicht. »Okay. Ich fahre mit dir mit und gehe dann einkaufen. Dein Kühlschrank ist fast leer. Wie lange wirst du in der Klinik bleiben?« Er beginnt, sein Omelett mit offensichtlichem Hunger zu verzehren.

»Ich bin bis zehn Uhr eingeplant, aber wenn es einen Notfall gibt, könnte es auch später werden«, sage ich und beobachte ihn vorsichtig. Wird er etwas dagegen haben? Versuchen, diesen Teil meines Lebens zu kontrollieren? George hatte Verständnis für meine langen Arbeitszeiten, da er selbst oft bis spät arbeitete und viel für die Arbeit reisen musste, aber ich weiß nicht, was Peter davon hält. Er hat mich bisher nicht davon abgehalten, viel zu arbeiten, aber das war etwas anderes.

Damals hat er nur seine Zeit abgesessen, bevor er mich entführte.

»Okay. Ich hole dich dort ab.« Er steht auf und geht zum Tresen, wo meine Handtasche liegt. Er greift hinein, fischt mein Handy heraus und fängt an, auf ihm zu tippen.

»Was tust du da?«, frage ich überrascht.

»Ich gebe dir meine Nummer.« Als er seine Aufgabe erledigt hat, schiebt er mein Handy wieder in meine Tasche und kehrt an den Tisch zurück. »Damit du mich anrufen kannst, wenn du kurz davor bist, in der Klinik fertig zu werden. Ich will nicht, dass du nachts allein in dieser Gegend bist.«

»Du lässt mich nicht mehr überwachen?«

»Das tue ich, aber sie halten Abstand – und das werde ich auch nicht ändern.« Er schneidet sich ein Stück Speck ab und schaut dann wieder nach oben. »Es ist zu deiner Sicherheit, Ptichka.«

Seine Stimme ist sanft, aber fest, völlig unnachgiebig. Er wird keine Kompromisse eingehen, und aus irgendeinem Grund bin ich damit einverstanden. Anstatt mich eingeschränkt und kontrolliert zu fühlen, erfüllt mich sein krankhaftes Bedürfnis, mich zu schützen, mit einer Art sprudelnder Wärme. Ich werde nie vergessen, wie es sich angefühlt hat, als die beiden Meth-Abhängigen versucht haben, mich vor der Klinik auszurauben, und so traumatisch es auch war, dass Peter sie getötet hat, im Nachhinein bin ich dankbar dafür, dass er da war. Außerdem …

»Erwartest du Schwierigkeiten?«, frage ich, als mir der Gedanke in den Sinn kommt. »Ich meine, du musst einige Feinde haben, mit deinem früheren Beruf und allem …«

Er legt seine Gabel nieder und blickt mir in die Augen. »Sie sind immer möglich, Ptichka, das kann ich nicht leugnen. Deshalb werde ich das Sicherheitsteam nicht von dir abziehen – und deshalb habe ich eine neue Identität erschaffen, bevor ich hierherkam. Ich wollte nicht, dass jemand in meinem früheren Leben Peter Garin in einem Vorort von Chicago mit dem Attentäter Peter Sokolov verbindet. Ein Teil des Abkommens, das ich mit den Behörden geschlossen habe, ist, dass Peter Sokolov nicht mehr existiert. Er ist in den Aufzeichnungen von FBI, CIA und Interpol als verstorben aufgeführt, ebenso wie Yan und Ilya Ivanov und Anton Rezov. Der Amnestie-Deal selbst ist streng geheim, und nur wenige hochrangige Personen im FBI und bei der CIA sind mit allen Bedingungen vertraut. Den anderen, wie Agent Ryson, wurde gesagt, sie sollen sich einfach zurückziehen und den Mund halten. Natürlich wissen Esguerra und Kent, wer ich bin, und es besteht immer die Möglichkeit, dass ich von einem ehemaligen Kunden entdeckt und identifiziert werde. Aber im Gegensatz zu meinem Namen war mein Gesicht nicht sehr bekannt, und generell ist die Wahrscheinlichkeit einer zufälligen Begegnung mit jemandem aus meinem früheren Leben gering – besonders in diesem Teil der Welt.«

»Oh. Wow.« Bis zu diesem Zeitpunkt war mir nicht klar, was für ein unmögliches Geschäft er gemacht hat. »Wie hast du sie dazu gebracht, all dem zuzustimmen? Ich meine, ich weiß, dass du gesagt hast, dass dieser Esguerra etwas in der Hinterhand hat …« Ich spreche nicht weiter, als Peters Ausdruck sich merklich verdunkelt.

»Deine Regierung hatte ihre eigenen Bedingungen für mich«, sagt er angespannt. »Aber es ist nichts, was dich beunruhigen muss, Ptichka. Kurz gesagt ist das US-Militär einer der größten Kunden von Esguerra, und sie wollen diese freundschaftliche Beziehung aufrechterhalten, sowohl weil sie die Waffen wollen, die er produziert, als auch weil sie diese Waffen von anderen fernhalten wollen.«

»Indem sie sie selbst aufkaufen?«

Peter nickt und isst weiter. »Genau.«

Sein Gesichtsausdruck ist grimmig, und so sehr ich auch gern mehr wüsste, ich weiß, dass ich mich zurückziehen muss. Während ich ihm dabei zuschaue, wie er sein Essen beendet, habe ich das beunruhigende Gefühl, dass ein wildes Tier in meine enge Küche eingedrungen ist, ein Raubtier, das in den Dschungel gehört. Ich habe ihn schon einmal im häuslichen Umfeld gesehen, aber diesmal fühlt es sich anders an, weil ich weiß, dass er für immer hier ist, dass dieser große, tödliche Mann Teil meines normalen Lebens sein wird ... Teil meiner Familie.

Mein Kopf beginnt erneut, sich zu drehen, und ich schiebe meinen fast leeren Teller weg. »Peter ... wie soll das funktionieren?« Bei seinem fragenden Blick erkläre ich: »Was soll ich meinen Eltern sagen? Das FBI hat ihnen wahrscheinlich irgendwann ein Bild von dir gezeigt. Selbst wenn ich dich als Peter Garin vorstelle, werden sie vermuten, wer du wirklich bist – besonders, weil ich immer gesagt habe, dass du zurückkommen wirst, wenn das Missverständnis mit dem FBI gelöst ist.«

Der grimmige Blick verschwindet aus seinem Gesicht und wird von einer dunklen Belustigung ersetzt. »Nun, dann ist das doch perfekt, oder?« Er greift über den Tisch und bedeckt meine Hand mit seiner Handfläche. »Du kannst ihnen einfach sagen, dass das Missverständnis endlich aufgeklärt wurde und dass ich dabei einen neuen Nachnamen bekommen habe.«

»Aha. Und was ist mit ihren Freunden, die eine Version der gleichen Geschichte gehört haben, und was ist mit *meinen* Freunden, denen eine ganz andere Version erzählt wurde – eine, in der du nichts weiter bist als mein Entführer? Was werden sie alle denken, wenn ich *damit* auftauche«, ich hebe meine linke Hand, zeige meinen Ring, »so ganz aus heiterem Himmel und ihnen einen russischen Verlobten namens Peter vorstelle, der verdächtig nach einem Bild aussieht, das FBI-Beamte herumgereicht haben könnten, als ich verschwunden bin?«

Er drückt meine Hand. »Mach dir deshalb keine Sorgen, Ptichka. Ihre Meinung spielt keine Rolle. Sag ihnen einfach, dass ich jemand bin, mit dem du dich seit ein paar Monaten heimlich verabredest, und lass sie ihre eigenen Schlüsse ziehen.«

»Welche Schlüsse? Dass ich durchgeknallt bin? Oder dass ich einen Fetisch für russische Männer habe, die das gleiche düstere Aussehen haben und zufällig Peter heißen?«

Er grinst, steht auf und nimmt seinen und meinen Teller. »Beides funktioniert. Bestätige einfach nichts. Lass sie denken, ich sei in einer Art Zeugenschutzprogramm und du könntest nicht wirklich darüber reden.«

Das ist eigentlich keine schlechte Idee. Marsha und jeder andere, der Peters wahre Identität vermutet, wird denken, dass ich völlig verrückt bin, aber solange ich ihren Verdacht nicht bestätige, wird es Raum für Zweifel geben. Wie verrückt ist es denn, dass der Mann, der George ermordet und mich entführt hat, Amnestie erhalten hat und mich jetzt heiraten wird? Meine Freunde könnten genauso gut denken, dass ich masochistische Tendenzen habe und deshalb beschlossen habe, mich mit einem Mann zu treffen, der viele der Eigenschaften meines Peinigers teilt.

Es ist sicherlich die einfachere Erklärung.

»Also sagen wir meinen Eltern die Wahrheit und halten uns bei allen anderen an die Peter-Garin-Geschichte«, sage ich und stehe auf, um ihm zu helfen, den Tisch abzuräumen.

»Das wäre meiner Meinung nach das Sinnvollste«, sagt er und schaut auf die Uhr. »Du solltest dich anziehen und losfahren, Ptichka. Sonst wirst du zu spät kommen.«

Richtig. Meine Arbeit. Die hätte ich fast vergessen.

»Lass mich helfen«, sage ich und gehe hinüber, um die Reste wegzuräumen, aber er winkt ab.

»Ich mache das schon, keine Sorge. Mach dich einfach fertig für die Arbeit.« Und mit einem kurzen Kuss auf meine Stirn fängt er an, den Geschirrspüler zu beladen.

eter

ICH FAHRE SARA IN IHRE PRAXIS UND LASSE DAS AUTO BEI IHR STEHEN, damit sie nach der Arbeit wie geplant in die Klinik fahren kann. Es sind nur zehn Minuten zu Fuß von ihrer Praxis bis zu ihrer Wohnung, und der Supermarkt liegt auf dem Weg, also gehe ich hinein, um alles zu kaufen, was ich für unser Abendessen brauche. Es ist nicht viel, so dass ich alles leicht in einer Hand tragen kann – ich möchte meine Waffenhand immer frei haben – und ich merke mir, dass wir ein zweites Auto brauchen, so wie alle anderen in den Vororten.

Das ist auch nicht das Einzige, was wir brauchen. Der Kühlschrank in Saras kleiner Küche ist nur einen Meter hoch, und die Küche selbst ist kaum nutzbar. Ich habe meine prägenden Jahre in einer eiskalten, zerfallenden Zelle in Sibirien verbracht, also bin ich nicht wählerisch, aber ich sehe keinen Grund, warum wir weiterhin in einer Wohnung leben sollten, die eindeutig für einen einzigen

Bewohner konzipiert ist.

Heute Abend, wenn Sara zurückkommt, werden wir über die Wohnverhältnisse und unsere bevorstehende Hochzeit am Samstag sprechen.

Natürlich weiß ich, warum ich an Autos, Wohnungen und Hochzeitsdetails denke. Über organisatorische Dinge nachzudenken lenkt mich von meinem Drang ab, Sara zu schnappen und in mein Schlafzimmer zu sperren, damit ich sie den ganzen Tag lang ficken kann. Und dann die ganze Nacht. Und danach eine Woche lang.

Eigentlich will ich sie an mein Bett ketten und sie für immer dortbehalten.

Ich weiß nicht, was ich bei meiner Rückkehr erwartet hatte, aber auf jeden Fall nicht das. Ich hatte nicht erwartet, dass es mir nach unserem Leben in Japan so schwerfallen würde, Sara wieder in ihren Alltag zurückkehren zu lassen. Damals wollte ich sie auch die ganze Zeit bei mir haben, aber sie zur Arbeit gehen zu lassen hat mich nicht so zerrissen, hat nicht dieses verrückte Bedürfnis ausgelöst, sie einzusperren und den Schlüssel wegzuwerfen. Ich konnte mich heute Morgen kaum noch normal verhalten und sie auf die Stirn küssen und im Büro absetzen wie ein guter Ehemann, statt wie ein Wilder, der sie nur in seine Höhle zerren will.

Es ist die einzige Variable, die ich in meiner Planung nicht berücksichtigt habe.

Meine zunehmende Besessenheit von Sara – die eine Sache, die alles vermasseln kann.

Ich hoffe, es ist eine vorübergehende Situation, dass ich so empfinde, weil wir gerade neun Monate getrennt waren und ich sie so sehr vermisst habe. Dass mit der Zeit, wenn die Erinnerung an diese höllischen Monate verblasst, die Trennung von ihr für ein paar Stunden besser und einfacher wird ... sich weniger wie Folter anfühlt.

Die andere Möglichkeit – dass ich mich in Japan daran gewöhnt habe, Sara rund um die Uhr bei mir zu haben und mich vielleicht nicht mehr an die alte Routine anpassen kann – ist unendlich schlimmer. Der Grund, warum ich das alles getan habe, ist, Sara glücklich zu machen, ihr die Möglichkeit zu geben, ihre Karriere, ihre Beziehungen zu ihrer Familie und ihren Freunden zu behalten. Das war unmöglich, als ich auf der Flucht war, aber jetzt kann ich ein Teil ihres Lebens sein, ohne ihr alles wegzunehmen.

Ich kann ihr alles geben – wenn ich nur mein egoistisches Bedürfnis überwinden kann, sie für mich allein zu behalten.

49

 ara

ICH VERBRINGE DEN GRÖSSTEN TEIL MEINES ARBEITSTAGES DAMIT, zwischen herzzerreißender Freude und Panikschüben zu schwanken.

Peter lebt.

Er ist zurück und wir sind zusammen – ohne dass ich entführt wurde.

Ungeachtet dessen, was Peter über seinen Deal sagte, erwarte ich teilweise, dass das FBI auftaucht und mich wegen Beihilfe und Anstiftung anklagt. Aber niemand kommt. Alles ist normal – oder so normal, wie es sein kann, wenn man mit einem ehemaligen Attentäter verlobt ist.

Ich bin nicht bereit, die Fragen meiner Mitarbeiter zu beantworten, also habe ich meine Hand in der Tasche versteckt und den Ring abgenommen, sobald ich einen Moment Privatsphäre hatte. Jetzt liegt der riesige Diamant auf dem Boden meiner Handtasche und zwingt mich, die Tasche überallhin mitzunehmen.

Ich weiß nicht, wie viel der Ring gekostet hat, aber ich vermute, der Betrag war gut sechsstellig.

Hat Peter ihn gekauft oder gestohlen? Es ist wahrscheinlich Ersteres – er ist reich genug, um es sich leisten zu können – aber ich werde ihn fragen, um sicher zu sein. Ich bezweifle, dass er beleidigt sein wird; er hat definitiv viel Schlimmeres getan.

Dass ich überhaupt darüber nachdenke und mich frage, ob mein millionenschwerer Verlobter meinen Verlobungsring gestohlen haben könnte, hätte jeder normalen Person zu denken gegeben. Ich bin aber nicht mehr im *normalen* Lager. Verglichen mit der Ermordung meines Mannes ist ein Diamantenraub nichts anderes als eine kleine Verfehlung, die ich Peter leicht verzeihen kann. Jetzt, da ich Zeit hatte, mich vom Schock seines Auftauchens zu erholen, ist die sporadische Panik, die mich bei dem Gedanken, ihn zu heiraten, überfällt, weniger intensiv, fast überschaubar. Gegen Abend, als ich in das Auto steige, um zur Klinik zu fahren, fange ich sogar an zu denken, dass wir meine Eltern dieses Wochenende besuchen könnten, und ihnen je nach ihrer Reaktion sagen, dass wir bald heiraten werden.

Vielleicht schon diesen Winter.

Mein Herz fängt wieder an zu rasen, und ich muss zur Beruhigung tief einatmen, bevor ich aus dem Auto aussteige. Nein, Winter ist definitiv zu früh, es gibt viel zu viel zu planen für so eine kurze Zeit. Nächster Frühling wäre besser … vielleicht sogar nächster Sommer.

Sommerhochzeiten sind immer beliebt.

Ja, das ist es, beschließe ich auf dem Weg in die Klinik. Eine einjährige Verlobung wäre perfekt. Wir hätten die Chance, uns aneinander zu gewöhnen und uns in ein geregeltes Leben einzufinden. Ich habe keine Ahnung, ob Peter überhaupt in der Lage ist, so zu leben, ohne das Adrenalin und die Gefahr seiner Missionen. Er hat mir einmal eingestanden, dass er gerne tötet, dass er die Macht und Kontrolle genießt, die mit dem Töten einhergeht. Er hat es eine Sucht genannt, und ich wusste damals, dass er es nie aufgeben würde.

Dass die Dunkelheit ein Teil von ihm ist, der nie ausgelöscht werden kann.

Aber er hat es für mich aufgegeben. Er hat seinen Job aufgegeben, hat er gesagt. Ich hatte noch keine Gelegenheit, genauer nachzufragen, aber es gibt nur einen Weg, das zu interpretieren, was er gesagt hat.

Er wird gesetzestreu leben.

Für mich.

Damit ich nicht alles für ihn aufgeben muss.

Meine Augen brennen, und ich kann Lydia nur anlächeln und ihr zuwinken, während ich in den Raum eile, in dem die Patientin bereits auf mich wartet. Sie ist ein sechzehnjähriges Mädchen, das hier mit ihrer Mutter ihren ersten Pap-Abstrich macht, und ich zwinge mich, meine Emotionen beiseitezuschieben und mich zu konzentrieren, um der Patientin die Aufmerksamkeit zu schenken, die sie verdient.

Glücklicherweise zeigt ihre Prüfung nichts Ungewöhnliches, aber als die Mutter den Raum verlässt, gibt das Mädchen zu, seit letztem Jahr sexuell aktiv zu sein. Ich gebe ihr heimlich eine Packung Kondome, und als die Mutter zurückkehrt, empfehle ich eine Spirale, um die schmerzhaften Perioden der Tochter zu regulieren und sie vor ungeplanten Schwangerschaften zu schützen, falls sie in Zukunft sexuell aktiv werden sollte.

»Meine Tochter ist doch keine Schlampe«, schnauzt mich die Frau an und schleppt das Mädchen fort, so dass ich froh bin, dass ich ihrer Tochter wenigstens die Kondome gegeben habe.

Solche Eltern können die schlimmsten Feinde ihrer Kinder sein.

Meine nächste Patientin ist eine schwangere Frau in den Dreißigern. Sie hat eine Vorgeschichte von Fehlgeburten und keine Krankenversicherung. Nach ihr kommt ein weiteres Teenagermädchen – sie hat Chlamydien –, und dann ist es Zeit für die letzte Patientin.

Endlich.

Zum ersten Mal seit Ewigkeiten möchte ich nach Hause gehen.

Ich hole mein Telefon hervor, suche Peters neue Nummer – *Peter Garin* steht in meinen Kontakten – und schreibe ihm, dass ich in etwa zwanzig Minuten abfahrbereit bin, falls er mich von der Klinik abholen will. Ich weiß nicht, wie er das machen will, da ich diejenige bin, die das Auto hat, aber wie ich Peter kenne, wird er es schaffen.

Ich lege das Telefon weg und stecke meinen Kopf aus dem Behandlungszimmer, um Lydia zu sagen, dass ich bereit für meine nächste Patientin bin.

Ich schreibe ein paar Notizen über das Mädchen mit Chlamydien, als sich die Tür öffnet und die letzte Patientin hereinkommt.

Ich schaue auf und erstarre vor Schreck.

Ich kenne dieses Mädchen.

Es ist Monica Jackson, die Siebzehnjährige, der ich geholfen habe, nachdem ihr Stiefvater sie vergewaltigt hatte.

Ihr kleines, rundes Gesicht ist mit violetten Flecken übersät, und ihre geschwollenen Lippen sind an einem Mundwinkel mit Blut verkrustet. »Hallo, Dr. Cobakis«, sagt sie zitternd, und bevor ich antworten kann, bricht sie weinend zusammen.

Ich brauche ganze fünfzehn Minuten, um sie zu beruhigen und zu erfahren, dass ihr Stiefvater letzte Woche aus dem Gefängnis gekommen ist. »Er sollte sieben Jahre weg sein«, sagt sie mit zitternder Stimme. »Und uns ging es so gut. Mit dem Geld, das Sie uns gegeben haben, haben wir eine neue Wohnung bekommen, ich habe meinen Abschluss gemacht und Vollzeit gearbeitet, und Bobby – das ist mein kleiner Bruder – hat mit der Schule angefangen, in einer wirklich guten, wo sie Computer und alles haben. Und Mama … es ging ihr auch besser, sie hat nur morgens ein wenig getrunken. Ich dachte, wir hätten endlich alles im Griff, und dann kam *er* wegen eines Formfehlers raus und …«

Sie fängt wieder an zu weinen, und ich warte, bis sie sich ein wenig beruhigt hat, bevor ich vorsichtig frage: »Hat er dir das angetan? Hat er dich verletzt?«

Sie nickt und wischt sich die Tränen mit ihrer kleinen Faust vom Gesicht. »Mama ist auf eine Sauftour gegangen, sobald sie gehört hat, dass er draußen ist, und als ich vorgestern nach Hause kam, war er da, mit ihr zu Hause, und sie haben zusammen getrunken, so wie in alten Zeiten. Ich habe mich mit ihm gestritten, ihm gesagt, er soll verschwinden …« Sie bricht ab, und ihre Schultern beginnen wieder zu zittern.

Ich brauche mein ganzes Training, um die für einen Arzt notwendige Distanz zu halten, anstatt sie zu umarmen. »Hast du das der Polizei gemeldet?«, frage ich sanft, als sie sich wieder etwas beruhigt hat, und sie schüttelt den Kopf und schaut auf den Boden.

»Er sagte, er würde Mama auf das Sorgerecht für Bobby verklagen, wenn ich etwas sage, und er hat jetzt Verbindungen. Deshalb kam er so früh raus. Ein befreundeter Drogendealer hat ein paar Strippen gezogen.«

»Selbst wenn er klagen sollte, heißt das nicht, dass er gewinnt«, sage ich, aber Monica schüttelt unerbittlich den Kopf.

»Vielleicht würde er nicht gewinnen, aber er würde sie durch den Dreck ziehen«, sagt sie und schaut zu mir hoch. »Sie hat auch Vorstrafen wegen Trinkens in der Öffentlichkeit und Prostitution, also würde das Jugendamt eingeschaltet werden. Ich bin jetzt achtzehn, also könnte ich auch auf das Sorgerecht klagen, aber in meinem Job bekomme ich den Mindestlohn, und es gibt keine Garantie, dass ich gewinnen würde. Und wenn nicht, wird Bobby in einer Pflegefamilie enden.« In ihren braunen Augen entflammt ein starker Beschützerinstinkt. »Das kann ich nicht zulassen, Dr. Cobakis. Das habe ich schon durchgemacht, und ich will das nicht für meinen Bruder. Er hat besondere Bedürfnisse und würde das System nicht überleben. Das Risiko kann ich nicht eingehen, glauben Sie mir.«

Es bricht mir das Herz. Ich finde immer noch, dass sie zur Polizei gehen sollte, aber ich weiß, dass ich sie nicht davon überzeugen kann. Und dieses Mal kann ich ihr keinen Scheck ausstellen und das Problem verschwinden lassen.

Fünftausend Dollar werden das nicht in Ordnung bringen, und ich verstehe endlich, wie es ist, jemanden genug zu hassen, um ihm den Tod zu wünschen.

Wenn morgen ein Auto ihren Bastard von einem Stiefvater überfahren würde, wäre ich die Erste, die jubelt.

Ich schlucke meine Wut hinunter und konzentriere mich, um tief in mir die nötige Distanz zu finden, um meine Arbeit zu tun. »Okay, Monica, ich verstehe. Steig bitte auf den Stuhl und lass uns sicherstellen, dass du keine inneren Verletzungen hast.«

Sie folgt meiner Bitte, wischt die Reste ihrer Tränen weg, und ich untersuche sie sorgfältig. Obwohl der Übergriff vor zwei Tagen stattfand, gibt es immer noch Anzeichen von vaginalen Blutergüssen und Rissen, also nehme ich ein Vergewaltigungsset, damit es DNA-Beweise gibt, falls sie ihre Meinung ändert und doch zur Polizei gehen will. Ich gebe ihr auch eine Notfallverhütung und überprüfe sie auf Geschlechtskrankheiten, nachdem sie zugegeben hat, dass ihr Vergewaltiger kein Kondom benutzt hat.

»Kannst du mir bitte auch so ein Kupferding geben?«, fragt sie, als ich fertig bin. »Ich will noch lange nicht schwanger werden.«

»Natürlich.«

Sie ist achtzehn, also ist das einfach. Ich plane sie nächste Woche für das Einsetzen einer Spirale ein, um ihr Zeit für den Heilungsverlauf zu geben.

»Kannst du irgendwo bleiben? Außer bei deiner Mutter?«, frage ich, als sie sich darauf vorbereitet, zu gehen.

Sie sollte besser nicht nach Hause zu ihrem Stiefvater gehen.

»Ich wohne jetzt bei einem Freund«, sagt sie zu meiner Erleichterung. »Er hat eine Couch, auf der ich schlafen kann.«

»Was ist mit deinem Bruder?«

Ihre schmalen Schultern sind angespannt. »Bei meinem Freund ist kein Platz für Bobby. Ich hole ihn morgens ab, um ihn zur Schule zu bringen, und bringe ihn danach wieder nach Hause.«

»Zu deiner Mutter, die betrunken ist? Ist dein Stiefvater da, wenn du Bobby zurückbringst?«

Sie schaut weg. »Ich muss gehen, Dr. Cobakis. Danke für alles.«

Und bevor ich ihr weitere Fragen stellen kann, eilt sie aus dem Zimmer.

5 0

S ara

ICH DACHTE, ICH HÄTTE MEINE VERSCHMIERTE WIMPERNTUSCHE GUT ausgebessert, bevor ich die Klinik verließ, aber sobald ich nach draußen trete und auf Peters große, breitschultrige Gestalt schaue, verschwindet das Lächeln auf seinem harten Gesicht.

»Was ist los?«, fragt er scharf und tritt vor, um meine Hände zu ergreifen. »Hat dir jemand wehgetan?«

Ich versuche zu lächeln. »Nein, natürlich nicht. Es ist alles in Ordnung.«

Seine Augen verengen sich gefährlich. »Lüg mich nicht an. Du hast geweint.« Sein Blick fällt auf meine linke Hand. »Wo ist dein Ring?«

»Ich … wollte ihn nicht erklären müssen.« Trotz meiner Bemühungen ist meine Stimme zu belegt, und ich sehe, wie sich sein Ausdruck weiter verdunkelt.

»Hat jemand etwas gesagt?«, fragt er, und ich schüttele den Kopf, ziehe meine Hände aus seinem Griff und trete einen halben Schritt zurück.

»Nein, es ist nichts dergleichen.« Ich schaue mich um, aber die Straße ist dunkel und ruhig, verlassen bis auf einen SUV, der am gegenüberliegenden Straßenrand steht. Seine Mitfahrgelegenheit vielleicht? Als ich nach oben schaue, begegne ich Peters Augen. »Ich habe mich nur wegen einer Patientin aufgeregt, das ist alles.«

Sein harter Gesichtsausdruck entspannt sich etwas. »Verstehe. Das tut mir leid, Ptichka. Wurde jemand verletzt?«

Ich schlucke frisch aufwallende Tränen herunter. »Das ist eine lange Geschichte. Lass uns einfach nach Hause gehen.« Ich wende mich meinem geparkten Auto zu, aber er hält meinen Arm fest.

»Ich lasse es nach Hause bringen, mach dir keine Gedanken«, sagt er und führt mich zu dem am Straßenrand abgestellten Auto – einem schwarzen Geländewagen von Mercedes mit verdächtig dicken getönten Scheiben.

Der Fahrer rollt sein Fenster herunter, als wir uns nähern.

»Bring ihr Auto nach Hause«, befiehlt Peter, und ein großer, kräftig aussehender Mann steigt aus dem Fahrzeug und übergibt Peter die Schlüssel.

Ich blinzele, als er vorbeigeht, ohne mir auch nur zuzunicken. »Ist das …?«

»Einer der Sicherheitsexperten, die dich beobachtet haben? Ja.« Peter führt mich um das Auto herum auf die Beifahrerseite, öffnet mir die Tür und hilft mir, hineinzuklettern, bevor er zurück zum Fahrersitz geht.

»Ich habe beschlossen, anstatt uns ein anderes Auto zu besorgen, dass Danny dein Fahrer sein wird«, sagt er, als er das Auto startet und losfährt. »Ich werde dich immer noch die meiste Zeit abholen, aber wenn ich nicht rechtzeitig ankomme oder du sofort gehen musst, weiß ich, dass du in Sicherheit bist.«

Ich öffne meinen Mund, um zu protestieren, aber dann halte ich inne. Ich habe im Moment nicht die Energie dafür – nicht mit dem gebrochenen Herzen wegen Monicas tragischer Geschichte.

Nicht, wenn ich weiß, dass sie morgen früh ihren Bruder abholen und dabei ihrem Vergewaltiger gegenübertreten wird.

»Was ist passiert, Ptichka?« Peters große, warme Handfläche bedeckt meinen Oberschenkel und massiert den angespannten Muskel, bevor er sich zurückzieht. »Was hat dich so aufgeregt?«

Ich zögere einen Moment, dann kapituliere ich. Es ist doch egal, ob Peter die ganze Geschichte kennt. Also erzähle ich ihm alles, von Monicas Besuch in der Klinik vor meiner Entführung bis zu dem, was heute passiert ist.

Peter hört ausdruckslos zu, bis ich fertig bin. Dann fragt er leise: »Dieses Mädchen ist der Grund, warum du in jener Nacht in dieser Gasse angegriffen wurdest?«

Ich setze mich gerade hin, weil ich plötzlich Angst habe. »Es ist nicht ihre Schuld!« Das Letzte, was ich brauche, ist, dass mein überfürsorglicher Attentäter Monica die Schuld für die Meth-Abhängigen gibt, die versucht haben, mich auszurauben.

»Ich sage nicht, dass sie es ist.« Er nimmt die Ausfahrt von der Autobahn und hält an einer roten Ampel. »Ich will nur sichergehen, dass ich alle Fakten verstanden habe.«

Mein Herz setzt einen Schlag aus. Das geht nicht in die Richtung, die ich erwartet hatte.

»Warum?«, frage ich und starre auf sein kantiges Profil. »Wozu brauchst du das?«

Er sieht mich nicht an. »Mach dir keine Sorgen, mein Liebling. Deiner Patientin wird nichts passieren, ich verspreche es.«

Mein Mund wird trocken. Sagt er das, von dem ich denke, dass er es sagt? Ich habe ihm Monicas Namen nicht gesagt, aber es wäre nicht schwer für jemanden mit Peters Talent, Leute zu finden, die herausfinden, wer sie ist.

»Peter ...«

Das Ampellicht wechselt zu Grün, und er drückt auf das Gas, ohne mich anzuschauen.

Mein Puls beschleunigt sich weiter. »Peter, bitte sag mir, dass du nicht ...«

»Was nicht?« Er biegt in meine Straße ein. »Ich habe dir doch gesagt, dass du dir keine Sorgen machen musst. Dem Mädchen, dem du geholfen hast, wird nichts passieren. Du musst dir keine Sorgen um sie machen.«

Ihr wird nichts passieren … aber was ist mit ihrem Stiefvater?

Ich möchte ihn das fragen, aber ich kann meinen Mund nicht dazu bringen, die Worte zu formen. Wenn ich es laut ausspreche, wird es real, anstatt nur eine erschreckende Möglichkeit in meinem Kopf zu sein.

Es wird mich mitschuldig machen.

Wir fahren auf den Parkplatz meines Gebäudes, und ich verlasse das Auto, bevor Peter die Möglichkeit hat, herumzugehen und die Tür für mich zu öffnen. Mein Herz hämmert in einem hörbaren Rhythmus, und meine Handflächen schwitzen, obwohl ich mir sage, dass ich die Situation wahrscheinlich falsch interpretiere.

Vielleicht will mich Peter nur beruhigen und sagt mir deshalb Dinge, von denen er denkt, dass sie den gewünschten Effekt haben.

Ich will das glauben, und bei jedem anderen Mann *würde* ich es glauben. Wenn das Joe Levinson oder einer meiner Bandkollegen wäre, würde ich diese Worte nur als eine leere Beruhigung betrachten, als eine Art *alles wird gut*. Aber das ist Peter, und deshalb kann ich solche Dinge nicht einfach annehmen.

Ich muss …

»Wann besuchen wir deine Eltern?«, fragt Peter, und ich schaue erschrocken nach oben, um überrascht festzustellen, dass er neben mir steht. Er nimmt meine Hand in seine große Handfläche, führt mich zum Gebäude und sagt: »Wir müssen die Vorbereitungen für diesen Samstag mit ihnen besprechen.«

Ich starre ihn verwirrt an. Habe ich ihm schon von meiner Idee erzählt, meine Eltern dieses Wochenende zu besuchen? Aber nein, daran habe ich bei der Arbeit gedacht, und … »Diesen Samstag?«

Er nickt und schaut mich mit einem Lächeln an. »Da habe ich alles für unsere Hochzeit gebucht. Wir müssen nur ein paar kleine Details besprechen, und dann sind wir bereit.«

Ich bleibe abrupt stehen. »Was?«

Hat er gerade *unsere Hochzeit* gesagt?

Er lässt meine Hand los und dreht sich zu mir um. »Wenn du sie heute Abend anrufst, können wir vielleicht morgen Abend mit ihnen essen. Auf diese Weise haben sie die Chance, ein paar Freunde einzuladen. Und du kannst schon mit deinen Arbeitskollegen reden und allen anderen, die du dabeihaben willst. Wir sollten es aus Sicherheitsgründen klein halten, aber der Veranstaltungsort bietet Platz für bis zu hundert Personen.«

Meine Zunge löst sich von meinem Gaumen. »Du willst, dass wir diesen Samstag heiraten? In drei Tagen?«

Er neigt seinen Kopf. »Ist das ein Problem? Ich wollte es früher machen, aber ich dachte, das Wochenende ist besser als die Wochenmitte, um deine Freunde einzuladen.«

Ich starre ihn an, als wäre ich von einem Güterzug überfahren worden. »Nächstes *Jahr* wäre besser«, schaffe ich endlich herauszupressen. »Dieses Wochenende ist einfach ... Es ist unmöglich.«

»Warum?« Er nimmt meine Hand wieder und geht weiter, als ob wir darüber reden, was wir zum Abendbrot essen sollen, und nicht über unsere verdammte Hochzeit.

Eine Hochzeit, die er in *drei Tagen* haben will.

»Weil ... weil wir nicht können.« Ich suche verzweifelt nach Wegen, ihn zu überzeugen. »Was ist mit Einladungen? Wir haben keine Zeit, sie zu schicken und ...«

»Du kannst diejenigen, die du einladen willst, einfach anrufen. Das ist sowieso persönlicher.«

»Was ist mit dem Essen? Und dem Fotografen? Und dem Kleid?«

»Alles erledigt. Ich habe ein ausgezeichnetes Catering-Unternehmen und einen sehr empfehlenswerten Floristen engagiert, und der Fotograf ist für den ganzen Samstag gebucht, genauso wie der Videofilmer. Für das Kleid werden sie morgen in deine Praxis kommen, um Maß zu nehmen, und du kannst ein Design aus ihrem Katalog auswählen, das dir gefällt. Sie haben mir versprochen, dass es nicht länger als eine halbe

Stunde dauert, damit du es in deiner Mittagspause machen kannst. Die Hair- und Make-up-Artists werden gleich am Samstagmorgen in unsere Wohnung kommen, und für die Musik habe ich eine Band engagiert, die derzeit in Chicago auf Tour ist – die C-Zone Boys, glaube ich, heißen sie. Ich meine, ich habe dich ihre Lieder singen hören?«

Wäre mein Kiefer nicht angewachsen, müsste ich ihn jetzt vom Boden aufheben. Er hat die C-Zone Boys für unsere spontane Hochzeit angeheuert? Die Band, deren Singles seit zwei Jahren die Charts anführen?

»Warum nicht Rihanna oder The Black-Eyed Peas?«, frage ich, als ich wieder sprechen kann, und er wirft mir einen Seitenblick zu, als wir die Lobby betreten.

»Willst du das?« Ich kann sehen, ob wir …«

»Nein! Ich …« Ich schüttele den Kopf und finde nicht einmal die Worte, um es zu erklären. »Vergiss es. C-Zone ist perfekt. Wo findet die Veranstaltung statt?«

»Im Silver Lake Country Club im Orland Park. Das Wetter sollte perfekt sein, so dass wir sowohl die Zeremonie als auch den Empfang im Freien, direkt am See, haben werden. Es sei denn, du willst es drinnen machen? Es ist nicht zu spät, das zu ändern.«

»Nein, das ist … der See ist toll.«

Er führt mich in den Aufzug, und ich drücke wie betäubt den Knopf für meine Etage, während ich das Gefühl habe, dass ein Güterzug mich mit wahnsinniger Geschwindigkeit mitschleift. Wie konnte er das alles tun? Wann? Und warum hat er mich nicht gefragt?

Wird unser gemeinsames Leben immer so sein?

Bevor ich dieses heikle Thema anspreche, muss ich noch ein letztes vernünftiges Argument vorbringen.

»Was, wenn niemand kommt?«, frage ich beim Verlassen des Aufzugs. »Es ist schon Mittwoch. Die meisten Leute haben Pläne für das Wochenende, und …«

»Sie werden sie ändern.« Er greift in seine Tasche und holt einen Schlüsselbund heraus, den er heute gemacht haben muss, da ich meinen in der Tasche habe. Er öffnet die Tür, lässt mich hinein und schließt sie hinter uns.

Ich ziehe meine Sandalen aus. »Und wenn sie es nicht können?«

»Dann werden sie etwas verpassen.« Er zieht seine eigenen Schuhe aus und dreht sich zu mir um. »Ist dir das wirklich wichtig, Ptichka? Deine Eltern werden da sein, und du, und ich auch. Wen brauchst du noch?«

Niemanden – nicht wirklich –, aber das ist nicht der Punkt.

»Peter ...« Ich atme tief durch. »Ich kann dich nicht dieses Wochenende heiraten. Das ist einfach zu früh.«

Sein Blick wird hart. »Wie, zu früh? Ich habe dir doch gesagt, dass alles organisiert ist.«

»Es geht nicht um die Organisation!« Meine Stimme wird lauter, und ich atme erneut tief ein, um die Kontrolle wiederzuerlangen. Ich bemühe mich um einen ruhigeren Ton und sage: »Ich habe dich seit über neun Monaten nicht gesehen, und davor hatten wir keine normale Beziehung.«

»Na und?« Seine Augen verengen sich. »Die haben wir jetzt.«

»Du treibst mich in die Ehe und triffst alle Entscheidungen zu unserer Hochzeit, das ist nicht normal, Peter. Bei weitem nicht.« Ich bin stolz auf meine bisherige Fassung. »Wir brauchen Zeit, um uns in *dieser* Situation kennenzulernen, um zu sehen, ob wir das schaffen können ...« Ich breche ab, als ich sehe, wie sich ein Sturm im reflektierenden Silber seines Blickes zusammenbraut.

»Warum sollten wir es nicht schaffen?« Seine Stimme ist gefährlich leise, als er auf mich zukommt. »Das ist kein Probelauf, keine Wir-schauen-mal-Sache mit einem Mitbewohner in der Uni. Denkst du wirklich, wenn wir uns über das Geschirr streiten, lasse ich dich gehen?«

Mein Puls beginnt erneut zu rasen. Natürlich würde er das nicht. Nicht nach allem, was er getan hat, um uns hierherzubekommen. Dennoch muss er erkennen, dass es nicht der richtige Weg ist, mich an *diesem Wochenende* zu heiraten – und mir keine Wahl zu lassen –, nach einer neunmonatigen Abwesenheit, der eine Zwangsbeziehung mit Mord, Folter und Entführung vorausgingen.

»Wie wäre es mit einer Winterhochzeit?«, frage ich verzweifelt. »Wir könnten es gleich an den Dezemberfeiertagen machen, dann wird die Weihnachtszeit für uns immer besonders festlich sein. Wir könnten auch eine Hochzeitsreise in dieser Zeit planen. Ich kann ein oder zwei Wochen Urlaub nehmen, und ...«

»Wir können die Flitterwochen jederzeit machen.« Er greift nach mir, schiebt seine Hände unter meine Bluse und legt seine warmen Handflächen auf meine nackte Taille. Sein metallischer Blick bekommt einen erhitzten Glanz, während seine Daumen über die empfindliche Haut unter meinem Brustkorb fahren und hin und her streichen. »Wenn du nächste Woche keinen Urlaub nehmen kannst oder willst, musst du das auch nicht. Ich kann bis zum Winter auf die Flitterwochen warten.«

»Warum dann nicht mit der Hochzeit?« Ich erwidere seinen Blick und versuche, mich auf das Thema zu konzentrieren, anstatt auf die Art und Weise, wie das langsame, hypnotische Streicheln dieser Daumen meine Haut erhitzt und meinen Unterleib zum Zittern bringt. »Was ist so schlimm daran, wenn wir dann auch heiraten?«

Sein Mund nimmt eine sinnliche Wölbung an, und er beugt seinen Kopf nach unten und atmet tief ein, so als ob er meinen Duft aufnimmt. »Du meinst, abgesehen von all meinen Planungen, die umsonst gewesen wären?«, murmelt er, und seine Lippen streichen über mein Ohr.

»J-Ja.« Ich schließe die Augen, als er mich an sich zieht und über die Seite meines Halses fährt, während mein Kopf instinktiv zurückfällt, um ihm einen besseren Zugang zu gewähren. Meine Atmung beschleunigt sich, und ich schmelze dahin, während sein erregtes Geschlecht gegen meinen Bauch drückt und mich auf eine schmerzende Leere in mir aufmerksam macht.

»Nun ...« Er beißt mir leicht in den Hals und lindert danach den leichten Schmerz, indem er über die Stelle leckt. »Zum einen will ich dich zu meiner Frau, und ich will es heute, nicht morgen oder in drei

Tagen.« Sein nach Minze duftender Atem ist warm auf meiner Haut und schickt ein elektrisches Kribbeln durch meinen Körper. »Ich will, dass du meinen Ring immer und überall trägst, damit jeder weiß, dass du mir gehörst.« Er beißt und leckt mich erneut hinter mein Ohr, während seine Stimme noch tiefer wird, als er murmelt: »Das ist nicht rational, Ptichka, aber ich brauche dich. Und ich kann nicht warten. Nicht, nachdem ich so lange von dir getrennt war.«

»Was ist mit …« Es wird immer schwieriger, meine Gedanken zu sammeln, während er mich weiterhin auf Nacken und Schultern mit diesen sinnlichen kleinen Bissen übersät. Mit monumentaler Anstrengung zwinge ich mich dazu, mich zu konzentrieren. »Was ist mit Kindern? Und wo werden wir wohnen? Und was …« Ich keuche, als er meinen Reißverschluss aufmacht und seine Hand in mein nasses Höschen schiebt. »Was ist mit …«, ich fange an zu keuchen, als seine Finger meine Klitoris finden und sie mit treffsicherem Geschick bearbeiten, »… deinem Job?«.

»Ich habe dir doch gesagt, dass ich aufgehört habe.« Seine Atmung ist genauso abgehackt wie meine, als er einen langen Finger in mir versenkt und dann mit der Feuchtigkeit Kreise auf meiner pochenden Klitoris malt. »Es ist vorbei.«

»Aber … oh, Gott.« Meine Hüften bewegen sich nun im Kreis und jagen der Bewegung seines verspielten Fingers hinterher. Die Anspannung baut sich so schnell in mir auf, dass ich keinen einzigen Gedanken mehr formen kann. »Oh, Gott, Peter, ich …«

Mit einem erstickten Schrei explodiere ich, und jeder Muskel in meinem Körper spannt sich durch die heftige Lustwelle an, die durch meinen Körper jagt. Der Orgasmus ist so stark, dass mein Kopf leer wird, da er von rein körperlichen Empfindungen überflutet wird. Ich bemerke kaum, dass ich bewegt werde, dass meine Hose und Unterwäsche meine Beine heruntergeschoben werden, und dann bin ich über das Sofa gebeugt und er dringt in mich ein, schiebt seinen großen Schwanz mit einem harten Stoß tief in mich.

Der Schock erschüttert mich bis auf die Knochen, und meine noch zitternden Muskeln spannen sich an, um die Invasion aufzuhalten.

Aber das macht ihn nur dicker, massiver in mir, und ich bemerke, dass ich wieder keuche, als er meine Hüften greift und anfängt zuzustoßen, wobei sein Becken mit jedem erbarmungslosen Stoß gegen meinen Arsch knallt.

»Peter …« Ich spüre, wie sich die Welle wieder sammelt und droht, mich mit glühend heißer Lust zu überschwemmen. »Peter, warte …«

Er wird nicht langsamer; wenn überhaupt, beschleunigen sich seine strafenden Stöße. »Komm mit mir«, befiehlt er heiser. »Ich will fühlen, wie du meinen Schwanz melkst.«

Ich bin da, bevor er zu Ende spricht, und die Welle überkommt mich mit der Kraft eines Tsunami. Die Lust erschüttert meine Sinne, und die letzten Fetzen meines Widerstands verschwinden. Ich weiß nicht, ob ich schreie oder ob es das Blut in meinen Ohren ist, aber alle anderen Geräusche verstummen.

Alles, was ich höre, fühle und spüre, sind die Ekstase und er.

eter

Mein Ptichka ist still, als ich sie ins Badezimmer trage und in das Schaumbad setze, das ich vorbereitet hatte, bevor ich sie geholt habe. Die Wanne ist zu klein für uns beide, also benutze ich das Waschbecken, um mich zu waschen, und setze mich dann auf den Wannenrand, um ihre rosigen Brustwarzen zu betrachten, die ab und an aus dem Schaum ragen. Mit ihrem Kopf auf dem Rand der Wanne, ihren geschlossenen Augen und ihrem zarten, geröteten Gesicht mit dem post-orgastischen Leuchten, sieht sie so verlockend aus, dass ich sie schon wieder nehmen möchte.

Heute Nacht, sage ich mir.

Sobald Sara mit ihrem Bad fertig ist, werden wir essen, und dann gehört sie mir die ganze Nacht.

Sie spürt meinen Blick auf sich und öffnet die Augen. »Danke für das Bad«, murmelt sie und bewegt eine anmutige Hand durch den

Schaum. »Ich kann mich nicht erinnern, wann ich das das letzte Mal gemacht habe.«

Ich bekämpfe den Drang, nach vorn zu greifen und diese Hand einzufangen, sie an mich zu ziehen, damit ich spüren kann, wie sich ihr seifenglatter Körper gegen meinen reibt. »Du wirst mich am Samstag heiraten«, sage ich, und mein Ton ist strenger, als ich wollte. »Das ist nicht verhandelbar.«

Sie versteift sichtbar und setzt sich auf. »Peter, das ist nicht …«

»Oder sie kann heute Abend stattfinden. Ich bin nicht abgeneigt, nach dem Essen mit dir nach Vegas zu fliegen.« Ich tue mein Bestes, um meine Augen von den weichen, weißen Brüsten über dem Wasser fernzuhalten.

Das ist zu wichtig, als dass ich mich von meiner Lust ablenken lassen dürfte.

Als ob sie meine Gedanken spürt, versinkt Sara wieder im Wasser und schützt die verführerischen Brüste mit Schaum vor meinem Blick. »Hast du ein Flugzeug bereitstehen?«

»Mehr oder weniger.« Ich lasse meine Teamkollegen vorerst unser Flugzeug behalten, aber ich kann einen Privatjet mit nur wenigen Stunden Vorankündigung chartern.

Mit genug Geld ist alles möglich.

»Peter …« Sie setzt sich wieder auf, wobei sie diesmal ihre Brüste mit einem ihrer schlanken Arme bedeckt. »Wir müssen darüber reden – über alles eigentlich. Du bist erst gestern zurückgekommen, und ich weiß immer noch nicht wirklich, wo du gewesen bist oder was du getan hast. Wo sind Anton und die Zwillinge? Sind sie hier bei dir?«

»Nein.« Ich atme tief durch und unterdrücke den Instinkt, der verlangt, dass ich sie noch in dieser Sekunde nach Vegas bringe. Sara hat recht, es gibt vieles, was wir noch nicht besprochen haben. »Sie sind in Europa, aber sie werden zu unserer Hochzeit einfliegen«, erkläre ich und stehe auf.

Sie folgt meinem Beispiel, und ich wickele ein Handtuch um sie, als sie aus der Wanne steigt. Sie sieht so unglaublich klein aus, mit gebeugtem Kopf und dem dicken Handtuch, das um ihren schlanken Körper gewickelt ist.

Es macht mir bewusst, wie wehrlos sie ist, wie zerbrechlich.

Es erinnert mich daran, dass ich sie einmal bestrafen wollte … und dass ich das immer noch manchmal will.

»Lass uns essen und reden«, sage ich und zügele den dunklen Impuls. »Ich werde dir alles erzählen.«

Nichts davon wird jedoch etwas daran ändern, was passieren wird.

Vor Ende dieser Woche wird Sara auf jeden Fall meine Frau sein.

52

Sara

UNSER ABENDESSEN IST EINE MISCHUNG AUS RUSSISCHER UND asiatischer Küche, mit saftigen *Pelmeni* – russische, mit Fleisch gefüllte Teigtaschen –, serviert mit saurer Sahne als Vorspeise und einer Gemüsepfanne mit in Chili mariniertem Tofu als Hauptgericht.

Das Mittagessen ist schon ewig her, und der intensive Sex in Verbindung mit dem heißen Bad hat meinen Energiespeicher aufgebraucht. Ich bin so ausgehungert, dass ich sofort, als Peter das Essen auf den Tisch stellt, anfange und fünf große Teigtaschen und zwei Portionen der würzigen Pfanne verschlinge, bevor ich von meinem Teller aufblicke.

»Hungrig?«, fragt Peter amüsiert, als ich die dritte Portion nehme, und ich erröte, als ich merke, dass ich mich so auf das Essen konzentriert habe, dass ich kaum ein Wort gesagt habe.

»Das ist wirklich gut«, sage ich entschuldigend, und er grinst, wobei seine metallischen Augen so warm sind, wie ich sie noch nie gesehen habe.

»Lass es dir schmecken, Ptichka. Ich liebe es, dich das essen zu sehen, was ich gekocht habe.«

»Du bist ein fantastischer Koch«, sage ich ihm ehrlich, und sein Lächeln breitet sich weiter aus.

»Ich freue mich, dass du das findest, mein Liebling.«

»Warum machst du nicht ein Restaurant auf?«, frage ich spontan. »Du weißt schon, so wie Yulia. Oder ein Café?«

Er lacht wieder und schüttelt den Kopf. »Nein, Ptichka. Das ist nichts für mich. Aber ich werde, wann immer du möchtest, für dich kochen.«

»Nein, aber ernsthaft ... was *wirst* du hier tun?« Ich lege meine Gabel weg und betrachte ihn aufmerksam. »Hast du eine Vorstellung davon, was du beruflich machen möchtest? Du hast gesagt, du hast deinen Job aufgegeben. Ich nehme an, das bedeutet, du bist nicht länger ein ... ähm ...«

Aus irgendeinem Grund bleibt mir das Wort im Hals stecken, und er zieht seine Augenbrauen hoch und sieht zutiefst belustigt aus.

»Ein Attentäter? Nein, Ptichka. Dieser Teil meines Lebens ist vorbei.« Er spießt ein Stück Pak Choi mit seiner Gabel auf. »Ich bin jetzt ein gesetzestreuer Bürger.«

»Wirklich?« Ich blicke ihn gleichzeitig hoffnungsvoll und ungläubig an. Ich dachte anfangs, dass er vielleicht gesetzestreu leben wird, aber dann hatten wir dieses Gespräch über Monica. Heißt das, ich habe es missverstanden? Ich hätte schwören können, dass es ein unausgesprochenes Versprechen gab, dem Stiefvater etwas anzutun, aber wenn Peter sagt, dass er nichts Kriminelles mehr tut, dann waren das vielleicht nur leere, beruhigende Worte, die jeder hätte sagen könnte, um seine Freundin zu beruhigen.

Der Gedanke an Monica trübt sofort meine Stimmung und verdirbt mir den restlichen Appetit, also schiebe ich meinen Teller weg, während Peter grinst und sagt: »Wirklich! Das ist eine der Bedingungen der Abmachung: keine weiteren Verbrechen mehr.«

»Oh. Gut.«

Seine Augenbrauen heben sich wieder. »Du klingst nicht sehr enthusiastisch.«

»Was? Nein!« Ich unterdrücke das schwere Gefühl in meine Brust wegen Monica und lächele strahlend. »Ich bin begeistert, dass du jetzt gesetzestreu bist. Wie könnte ich das nicht sein?«

Ich meine es auch so, selbst wenn ich den winzigen Keim meiner mit Schuldgefühlen vermischten Hoffnung auf eine dauerhafte Lösung für Monicas Dilemma zerquetschen muss.

Auf keinen Fall wollte ich das.

Ich weigere mich, das zu glauben.

»Ich weiß nicht, Ptichka.« Peter legt den Kopf auf die Seite und betrachtet mich nachdenklich. »Gibt es etwas, das dich daran beunruhigt?«

»Alles beunruhigt mich«, sage ich unverblümt. »Wie willst du mit dieser Art von Leben zurechtkommen? Was wirst du mit deiner Zeit anfangen? Du sagst, du willst mich diesen Samstag heiraten, aber was dann? Und was ist mit deiner Rache? Hast du den Letzten gefunden?«

»Es ist vorbei.« Sein Ton ist schneidend scharf, und sein Gesicht verdunkelt sich abrupt. »Daran gibt es nichts zu diskutieren.«

Ich starre ihn an, das Essen, das ich gegessen habe, verwandelt sich in meinem Magen in einen Stein. »Was ist passiert?«

Er steht auf und nimmt zuerst seinen halbleeren Teller, dann meinen. »Nichts.« Er geht zur Spüle, stellt das Geschirr so hart ab, dass es klirrt, und kehrt dann zum Tisch zurück, um mehr zu holen.

Ich stehe auch auf, und meine Nerven sind angespannt, als ich ihn mit kaum kontrollierter Wut durch die Küche streifen sehe. »Peter …« Ich nehme meinen ganzen Mut zusammen und ergreife sein Handgelenk, als er das nächste Mal an mir vorbeigeht. »Was ist passiert?«, wiederhole ich leise und schaue auf, um seinem stählernen Blick zu begegnen.

Die Sehnen in seinem kräftigen Handgelenk spannen sich an, und ich weiß, dass es ein Kinderspiel für ihn wäre, meinem Griff zu entkommen. »Nichts«, antwortet er stattdessen, und diesmal höre ich einen Unterton von bitterer Trauer und Wut heraus. »Absolut gar nichts.«

Ich befeuchte meine trockenen Lippen. »Was bedeutet das? Du hast ihn nicht gefunden?«

Sein Mund verzieht sich, und er löst sich vorsichtig aus meinem Griff. »Lass uns das Thema wechseln, Ptichka.«

Ich möchte, aber ich kann nicht. Nicht, wenn wir ein gemeinsames Leben aufbauen wollen.

Ich werde keinen weiteren Mann heiraten, dessen Geheimnisse uns zerstören könnten.

»Bitte, Peter.« Ich nehme seine Hand erneut und drücke sie zwischen meinen Handflächen. Ich schaue ihm in die Augen und sage ruhig: »Sag mir einfach die Wahrheit.«

Seine Finger bewegen sich zwischen meinen, und er schließt seine Augen, während er tief durchatmet. Als er sie öffnet, ist die bittere Wut verschwunden, da sie von Ausdruckslosigkeit verschleiert wird. »Ich habe es dir gesagt, nichts ist passiert«, sagt er ruhig. »Und nichts wird passieren. Henderson wird in sein normales Leben zurückkehren, sicher und gesund, denn das ist Teil des Deals, den ich gemacht habe.« Und als ich ihn wie betäubt anstarre, sagt er: »Es ist vorbei, Sara. Es gibt nichts mehr zu sagen.«

Ich fange an zu sprechen und breche ab, weil ich keine richtigen Worte finde. Eigentlich gar keine Worte. Mein Herz fühlt sich an, als würde es in Stücke zerfallen, und meine Brust ist so eng, dass ich keinen Atemzug machen kann.

Er hat die Chance aufgegeben, seine Familie zu rächen.

Für mich.

Er hat das alles für mich getan.

»Nicht«, sagt er fest, und ich bemerke ein nasses Rinnsal auf meinem Gesicht. Der wässrige Nebel vor meinen Augen müssen Tränen sein.

»Das tut mir leid.« Ich lasse seine Hand los und wische mir mit den Handrücken über die Wangen. »Ich bin nur ... Es ist alles in Ordnung.«

Er starrt mich an, dann dreht er sich um und fährt damit fort, die Küche aufzuräumen, so als wäre nichts passiert.

Als hätte er mir nicht gerade mein Herz aus der Brust gerissen und es in seine Tasche gesteckt.

Ich gebe mir ein paar Minuten, um mich zu beruhigen, und dann gehe ich zu meiner Tasche und nehme mein Telefon heraus.

»Was machst du da?«, fragt Peter, während ich die Nummer meiner Eltern tippe, und ich halte meinen Finger in der Geste für Schweigen an meine Lippen.

»Hallo, Mama«, sage ich, als ich die vertraute Stimme höre. »Wie geht es dir? Wie fühlst du dich?«

»Mir geht es gut, Schatz.« Sie klingt überrascht. »Was ist los? Ist alles in Ordnung?«

Ich schaue auf die Uhr und zucke zusammen, als ich sehe, dass es nach zehn ist. »Ja, es ist alles in Ordnung. Tut mir leid, dass ich so spät anrufe – ich hatte eine Schicht in der Klinik und habe die Zeit vergessen. Ich habe dich nicht aufgeweckt, oder?«

»Mich? Nein. Ich habe gerade noch gelesen, bevor ich gleich ins Bett gehe. Dein Vater schläft allerdings schon. Wolltest du mit ihm reden? Ich kann ihn aufwecken, wenn du ...«

»Nein, nein, schon gut. Lass ihn schlafen.« Ich atme tief durch. »Mama, was macht ihr morgen Abend? Habt ihr Lust auf ein gemeinsames Abendessen?«

Aus dem Augenwinkel sehe ich, wie Peter aufhört, sich zu bewegen, bevor er den Geschirrspüler weiter belädt.

»Nun, wir haben daran gedacht, zur Bingo-Nacht zu gehen, aber das müssen wir nicht«, antwortet meine Mutter. »Warum, Süße? Arbeitest du morgen nicht?«

»Ich habe einen leichten Arbeitstag«, sage ich, und das stimmt auch beinahe. Ich habe morgen keinen Bereitschaftsdienst und keine chirurgischen Eingriffe. Und was meine Klinikschicht angeht, werde ich sie auf einen anderen Tag verschieben. »Wollt ihr zum Essen vorbeikommen?«

Sie schweigt einen Moment lang, bevor sie fragt: »Zu dir nach Hause?«

»Ja. Es gibt jemanden, den ich euch vorstellen möchte«, sage ich, während Peter sich umdreht und mich ansieht.

Das ist erst das zweite Mal, dass meine Eltern in meine neue Wohnung kommen. Ich war noch nie eine besonders gute Gastgeberin, also komme ich entweder zu ihnen nach Hause oder wir gehen zum Mittagessen oder Brunch auswärts essen. Mit Peter denke ich allerdings, dass es das Beste ist, wenn wir bei mir sind.

Auf diese Art werden meine Eltern sich eher beherrschen können.

»Oh.« Mamas Stimme füllt sich mit offensichtlicher Aufregung. »Ja, natürlich, meine Süße, gerne. Sollen wir etwas mitbringen, oder bestellen wir?«

»Wir kümmern uns um alles, Mama. Mach dir keine Gedanken«, sage ich, während Peter mich weiterhin anstarrt. »Wir sehen uns morgen um sechs, okay?«

Ich lege auf, und er kommt mit langsamen und leicht raubtierartigen Bewegungen, die dem faulen Schritt einer Dschungelkatze ähneln, auf mich zu.

»Das war meine Mutter«, sage ich, mich instinktiv verteidigend. »Ich habe meine Eltern für morgen zum Essen eingeladen. Es macht dir doch nichts aus, oder? Wir können bestellen oder …« Meine Worte enden mit einem Quieken, als Peter mich hochhebt, auf dem Tresen absetzt und meinen Bademantel öffnet.

»Peter, warte …« Ich lecke über meine Lippen, als er mir den Bademantel über die Arme nach unten schiebt und mich völlig entblößt. »Wir sollten entscheiden, was wir tun, w… « Ich stöhne, und mein Kopf fällt zurück, als er den empfindlichen Bereich rund um mein Schlüsselbein küsst, während seine Hand in die erregte Spalte zwischen meinen Beinen eindringt und zwei raue Finger sich gnadenlos in mich drücken. Ich bin noch nicht nass genug, und es tut weh, aber mein Körper zieht sich bei diesem leichten Schmerz mit einer Hitzewelle zusammen.

»Du wirst mich heiraten. Diesen Samstag«, knurrt er und fickt mich mit den Fingern, bis ich meine Zustimmung stöhne, da sich mein Körper erneut entzündet.

Diesen Samstag, heute Abend, morgen – es spielt keine Rolle mehr. Ich bin fertig damit, zu kämpfen, mich zu wehren.

Er hatte die ganze Zeit über recht.

Ich gehöre ihm, und er gehört mir.

Das sollte so sein.

53

eter

Sie schläft erschöpft, als ich vorsichtig aus dem Bett klettere und die Kleidung nehme, die ich gefaltet auf einem Stuhl abgelegt hatte. Ich ziehe mich leise an, achte darauf, sie nicht zu wecken, und dann schleiche ich auf Socken aus dem Schlafzimmer.

Meine Stiefel stehen am Eingang, also ziehe ich sie an und fahre über meine Jackentasche, um sicherzustellen, dass mein Handy da ist.

Ich brauche es, um zum aktuellen Standort eines Mr. Samson »Sonny« Pearson, Monica Jacksons Stiefvater, zu navigieren.

Danny wartet schon auf dem Parkplatz auf mich, also rufe ich die E-Mail von meinen Hackern auf und gebe ihm eine Adresse, die ein paar Blocks von Pearsons Wohnort entfernt ist – was zufällig die Wohnung seiner Ex-Frau ist.

Monicas Mutter hat offensichtlich keine Skrupel, den Vergewaltiger ihrer Tochter mit ihr zusammentreffen zu lassen.

Ich gehe ein Risiko damit ein, es selbst zu tun. Es wäre klüger gewesen, jemanden anzuheuern, der in einigen Monaten einen diskreten Anschlag durchgeführt hätte, wenn niemand Pearsons Tod mit dem Besuch seiner Stieftochter in der gemeinnützigen Frauenklinik in Verbindung bringen würde. Aber mein Ptichka hat heute geweint – wegen dieses *Ublyudok* geweint –, und das kann ich nicht zulassen.

Er wird heute Nacht sterben, und seine Stieftochter wird endlich frei sein.

»Lass mich hier raus«, sage ich Danny, als wir die Adresse erreichen, die ich ihm gegeben habe, ein Gebäude, das ein paar Blocks von meinem eigentlichen Ziel entfernt ist. Der Kerl ist loyal und bereit, außerhalb des Gesetzes zu operieren, aber ich traue ihm nicht so sehr wie meinen eigenen Männern.

Es ist besser, wenn ich das allein mache, ohne Zeugen.

Amira Pearsons Wohnung befindet sich im zweiten Stock eines heruntergekommenen vierstöckigen Gebäudes. In der Eingangshalle riecht es leicht nach Urin und Erbrochenem, und die Farbe auf der Treppe ist abgeblättert, was mich an die Gebäude aus der Sowjetzeit in Russland erinnert. Die Wohnungstür, vor der ich stehe, besteht jedoch aus normalem Holz, nicht aus zwei Schichten Stahl, wie es in meiner von Korruption geprägten Heimat üblich ist.

Ich könnte diese Tür mit einem einzigen Tritt aufbrechen, wenn ich das wollte.

Stattdessen drücke ich mein Ohr an das Holz und lausche. Ich kann leise Stimmen hören, also ist meine Information korrekt. Sonny hat einen Job bekommen, bei dem er um drei Uhr morgens Lebensmittel-LKWs auslädt, und er wird in Kürze seine Schicht antreten.

Ich gehe wieder hinunter und hinaus, um zu warten. Ich hätte einbrechen können, während der Wichser schlief, aber Monicas Mutter und Bruder sind auch in der Wohnung, also ist es besser, zu warten.

Es ist besser, wenn ich Sonny allein erwische und es wie einen misslungenen Raubüberfall aussehen lasse.

Es dauert fast eine halbe Stunde, bis er herauskommt, aber ich bleibe wachsam, während das Adrenalin durch meine Adern pumpt. Ich kann die dunkle Vorfreude nicht verleugnen, die mich wie ein Becher starken Kaffees antreibt.

Ich bin ein Raubtier, ein Monster, und ich weiß es.

Jetzt wird es auch Sonny Pearson wissen.

Ich bleibe halb versteckt in einer Gasse, und als er vorbeikommt, greife ich nach ihm und ziehe ihn an der Vorderseite seines Hemdes zu mir.

»Hey!« Er versucht, mich zu schlagen, aber er erstarrt, sobald ich meine Klinge an seine Kehle drücke.

»Nicht bewegen«, flüstere ich und beuge mich nach vorn. »Atme nicht einmal.«

Der Adamsapfel in seinem dicken Hals ist gefährlich nah an meiner Klinge. »W-Was willst du, Mann? Ich habe kein G-Geld.«

»Ich weiß.« Ich muss ihn nicht erblassen sehen, um zu wissen, dass mein Lächeln kalt ist. »Ich will auch kein Geld.«

Und mit diesen Worten schneide ich seine Kehle durch. Sein warmes Blut badet meine Finger, und der Gestank seines sich entleerenden Darms erfüllt die Luft. Ich sehe das Leben aus seinen schlammbraunen Augen entweichen und sage leise: »Mit besten Grüßen von Monica.«

Ich lasse seinen Körper auf den Bürgersteig fallen, wische meine Hand und meine Klinge an der saubersten Stelle seines Hemdes ab, ziehe seine Brieftasche aus seiner Tasche und gehe aus der Gasse dorthin zurück, wo Danny wartet.

Wir müssen auf dem Rückweg bei einem Motel anhalten.

Ich muss duschen, bevor ich wieder nach Hause gehe.

5 4

Sara

ICH BIN IMMER NOCH NICHT BEREIT, MEINEN RING OFFEN IM BÜRO ZU tragen, aber zur Mittagszeit, als die Mitarbeiter des Ladens für das Brautkleid auftauchen – zwei stilvolle Frauen etwa in meinem Alter –, führe ich sie durch die Haupthalle und ignoriere den neugierigen Blick der Empfangsdame. Wir gehen in eines der Untersuchungszimmer, und sie messen mich von Kopf bis Fuß – ein Vorgang, der mit ihren geschickten Händen nur wenige Minuten dauert.

»Sie sind sehr schlank, was toll ist«, sagt eine große, dunkelhaarige Frau, die sich als Suzie vorgestellt hat. »Wir haben ein wunderschönes Monique Lhuillier, das Ihnen mit minimalen Änderungen passen würde. Pam, hast du ein Bild?«

Pam, eine kleine Blondine mit lockigen Haaren, zieht ihr Handy heraus und zeigt mir ein elegantes Kleid im Meerjungfrau-Stil, das an einer Schaufensterpuppe hängt. Es ist mit zarter Spitze überzogen, hat einen quadratischen Ausschnitt und eine Reihe von Perlenknöpfen am Rücken – einfach und doch so perfekt, dass ich nur starren und sabbern kann.

»Wir haben auch viele andere Stile«, sagt Suzie, die meine Sprachlosigkeit falsch interpretiert. »Gibt es irgendetwas Bestimmtes, was Sie …«

»Nein, das ist toll.« Ich löse meinen Blick vom Telefon. »Wie viel kostet es?«

Suzie blinzelt und schaut kurz zu Pam.

»Mr. Garin hat uns gesagt, dass es kein festes Budget gibt«, sagt Pam vorsichtig. »Ist das nicht so?«

»Oh, ähm … doch. Ich frage nur aus Neugier.« Finanzen ist eine weitere Sache, die ich noch nicht mit Peter besprochen habe, also tue ich mein Bestes, um mein Unbehagen hinter einem strahlenden Lächeln zu verstecken.

»Oh, ich verstehe.« Pam strahlt zurück. »Ich versichere Ihnen, dass Ihr Verlobter ein sehr großzügiger Mann ist. Dieses Kleid ist eine einzigartige Haute-Couture-Kreation mit handgefertigter Spitze und kostet dreiunddreißigtausend plus Steuern. Die Änderungen sind aber umsonst.«

»Das ist … sehr nett von Ihnen.« Meine Stimme klingt erstickt, aber ich kann nicht anders. Ich bin nicht Aschenputtel – trotz der schlechteren Bezahlung in meinem neuen Job liegt mein Gehalt gut im sechsstelligen Bereich – aber dreiunddreißigtausend ist immer noch eine unglaubliche Summe für ein Kleid, das ich genau einmal tragen werde.

Ich dachte immer, das Zwölfhundert-Dollar-Kleid bei meiner ersten Hochzeit sei teuer gewesen.

»Sie brauchen auch Schuhe und Accessoires«, sagt Suzie und zieht einen glänzenden Katalog aus ihrer übergroßen Handtasche. »Möchten Sie den durchblättern«, sie hält den Katalog hoch, »oder sollen wir Ihnen lieber etwas empfehlen?«

»Ich würde eine Empfehlung sehr zu schätzen wissen«, sage ich, und sie finden schnell ein Paar weiße Louboutin-Pumps mit zarten

Riemchen um die Knöchel und eine Perlenkette, zu der es auch passenden Haarschmuck mit Perlen- und Diamantbesatz gibt.

»Sie sollten sich auf jeden Fall für eine Hochsteckfrisur entscheiden«, sagt Pam und blättert durch den Katalog, um mir ein paar komplizierte Frisuren an Modellen zu zeigen. »Die wird alles abrunden.«

»Danke. Das werde ich tun«, sage ich, während sie packen und losfahren. Wie versprochen hat der ganze Prozess knapp dreißig Minuten gedauert – ein Bruchteil der Zeit, die ich bei meiner ersten Hochzeit für ein Kleid und Accessoires gebraucht habe.

Vielleicht ist es ein Vorteil, dass Peter mich derart überfallen hat, denke ich trocken, als ich gehe, um in der halben Stunde, die mir bis zu meinem nächsten Patienten bleibt, schnell etwas zu essen. Meine erste Hochzeit war eine große Show, zu der George jeden einlud, den wir kannten, und Geld ausgab, das wir nicht wirklich hatten. Es kamen zweihundert Leute zum Empfang, und es hat ein Jahr gedauert, um alles zu planen – und ich war damals mitten in meiner Facharztausbildung und habe jede Minute dieser Planungen gehasst.

Eine kleine Hochzeit, bei der ich nur auftauchen muss, ist vielleicht genau das Richtige für mich.

»Wer waren diese Leute?«, fragt die Rezeptionistin Annabelle, als ich vom Mittagessen zurückkomme, und ich atme durch und merke, dass ich eine wichtige Aufgabe vor mir habe.

Ich muss meine Freunde und Kollegen einladen und dabei ihre überraschten Fragen aushalten.

»Sie waren hier, um für mein Kleid Maß zu nehmen«, sage ich und beschließe, dass kein besserer Zeitpunkt kommen wird. Ich schiebe meine linke Hand in meine Tasche, ziehe heimlich meinen Ring an und nehme meine Hand wieder heraus, um Annabelle den großen Diamanten zu zeigen. »Ich bin verlobt, und die Hochzeit ist ...«

Ein aufgeregtes Quieken übertönt meine Worte, bevor ich »diesen Samstag« sagen kann. Annabelle, eine gestandene Frau in ihren späten Fünfzigern, die mit Versicherungsgesellschaften und schwierigen Patienten mit gleicher Souveränität umgeht, springt auf ihre Füße wie ein Teenager und greift nach meiner Hand, um den Ring anzustarren und die ganze Zeit zu plappern.

»Oh mein Gott, sieh dir diesen Stein an! Wer ist der Glückliche? Wie hast du ihn kennengelernt? Ich wusste nicht mal, dass du mit jemandem zusammen bist!«

Als sie eine Atempause einlegt, erzähle ich ihr, dass Peter und ich schon seit einiger Zeit zusammen sind, aber dass unsere Beziehung wegen seiner Arbeit, die eine Menge Reisen ins Ausland erforderte, nicht richtig ernst war. Jetzt aber wird er etwas anderes machen, also haben wir uns entschlossen, den nächsten Schritt zu tun und zu heiraten.

»Wir planen keine große Hochzeit«, sage ich, bevor sie die nächsten Fragen stellen kann. »Wir werden diesen Samstag eine kleine Zeremonie abhalten, und ich würde mich freuen, wenn du und dein Mann kommen könntet. Ich weiß, es ist kurzfristig, aber …«

Sie quiekt wieder und umarmt mich. »Oh, danke, Süße, ich fühle mich so geehrt! Wir werden definitiv kommen. Hast du es schon Bill und Wendy gesagt?«

Ich muss wegen ihres aufgeregten Gesichts grinsen. »Nein, das werde ich gleich tun.«

»Oh, dann geh und mach das. Jetzt sofort. Ich kann es kaum erwarten, Bills Gesichtsausdruck zu sehen, wenn er herausfindet, dass ich recht hatte.« Als ich meine Augenbrauen in die Höhe ziehe, erklärt sie: »Ich habe zwanzig Dollar gewettet, dass ein hübsches Mädchen wie du einen Freund haben muss.« Und als ich in Lachen ausbreche, streckt sie ihren Kopf in den Wartebereich und sagt: »Ich sehe deine Patientin noch nicht, also hast du ein paar Minuten.«

»Danke, Annabelle.« Ich lache, als sie mich mit den Händen wegscheucht. »Ich gehe ja schon, versprochen.«

Ich eile zum Büro meiner Chefs, bevor Annabelle mich dorthin schleifen kann, und klopfe an die Tür.

»Wendy? Bill? Habt ihr eine Sekunde Zeit?«

Wendy öffnet die Tür eine Sekunde später. »Natürlich, meine Liebe. Wie kann ich dir helfen?« Ihr Lächeln ist so sanft wie das weiße

Haar, das um ihr freundliches Gesicht liegt. Alles an Frau Dr. Otterman ist freundlich, vom sanften Ton ihrer Stimme bis zur Art, wie sie ihre Patienten regelmäßig anruft, um zu fragen, wie es ihnen geht.

Die Arbeit mit ihr macht sehr viel Spaß, trotz ihres mürrischen Ehemanns, der immer an ihrer Seite ist.

»Ist Bill auch hier?«, frage ich, bevor ich ihn hinter ihr sitzen sehe, wo er ein Sandwich isst, das fast so groß ist wie sein Schnurrbart.

Er starrt mich wie immer böse an und legt das Sandwich ab. »Was?«

Wenn ich es nicht besser wüsste, würde ich denken, dass er mich hasst. Aber er ist bei allen so, auch bei den Patienten, also nehme ich es nicht persönlich.

Die Schwestern sagen, je mehr er dich anstarrt, desto mehr mag er dich.

»Nun …« Aus dem Augenwinkel sehe ich, dass Annabelle neben mich tritt. Sie kann offensichtlich nicht widerstehen, den eben erwähnten Blick auf Bills Gesicht selbst zu sehen. »Ich habe mich gefragt, ob ihr Pläne für diesen Samstag habt«, sage ich und denke, es ist das Beste, keine große Sache daraus zu machen. »Ich werde in einer kleinen, unspektakulären Zeremonie heiraten, und …«

»Du wirst *was*?« Bills Schnurrbart zittert, als sein Blick auf meine linke Hand fällt. »Du bist verlobt?«

»Seit gestern«, sage ich und hebe meine Hand, um den Ring zu zeigen. »Ich weiß, es ist kurzfristig, also wenn ihr andere Pläne habt, ist es völlig …«

»Oh, nein, wir werden da sein, meine Liebe. Herzlichen Glückwunsch.« Wendy strahlt mich an und drückt meine rechte Hand. »Wer ist der Glückliche?« Sie schaut auf meine linke Hand. »Er hat dir einen wunderschönen Ring geschenkt.«

Bills Schnurrbart hört nicht auf, sich zu bewegen. »Du hast einen Freund?« Sein böser Blick verstärkt sich, als er aufsteht. »Wir wussten nicht, dass du einen Freund hast.«

Ich lächele und wiederhole meine Erklärung, dass wir eher locker zusammen waren, weil Peter viel unterwegs war. »Jetzt sind wir bereit für den nächsten Schritt«, schließe ich ab und schaue auf die Uhr an der Wand. »Oh, so spät schon. Meine Patientin ist jetzt wahrscheinlich schon hier«, sage ich und sehe zu, wie die grinsende Annabelle zu ihrem Arbeitsplatz zurückeilt.

»Tut mir leid, ich muss los«, sage ich meinen Chefs. »Also, werdet ihr kommen?«

»Mit Pauken und Trompeten«, sagt Bill sauer.

Ich verstehe das so, dass er sich auch für mich freut, also winke ich fröhlich Wendy zu und eile davon, erleichtert, dass zumindest dieser Teil meiner Aufgabe reibungslos verlaufen ist.

Jetzt muss ich es nur noch allen anderen sagen – und es dann meinen Eltern erklären.

ICH HABE EINE TERMINABSAGE IN DER ZWEITEN HÄLFTE DES Nachmittags, also nutze ich diese Zeit, um die notwendigen Anrufe zu tätigen.

Simon und Rory heben nicht ab, also hinterlasse ich ihnen eine Nachricht auf der Mailbox, damit sie mich anrufen. Phil muss aber schon mit seinem Arbeitstag in der Schule fertig sein, denn er nimmt nach dem ersten Klingeln ab.

»Hey, da bist du ja. Wir dachten, dein mysteriöser Freund hätte dich vielleicht mitgenommen«, sagt er, und ich lache und hoffe, dass er den halbhysterischen Unterton nicht heraushört.

Er macht einen Scherz, aber Peter hätte mich leicht verschwinden lassen können.

Das war es, was ich gedacht hatte, als ich die Bar mit ihm verließ.

»Ich bin immer noch hier«, sage ich, als ich aufhöre zu lachen. »Aber ich habe großartige Neuigkeiten.«

»Lass mich raten«, macht sich Phil am Telefon lustig. »Du bist schwanger.«

»Ähm, nein …« Oder zumindest weiß ich es noch nicht, wenn ich es bin. Es ist nicht unmöglich, nach zwei Tagen ungeschütztem Sex, aber es ist definitiv zu früh, um es zu sagen. »Aber ich *bin* verlobt und werde heiraten.«

Totenstille am Telefon. Dann ein lautes »*Was?*«.

»Ja, es ist eine lange Geschichte«, sage ich und beginne mit der gleichen Erklärung, die ich meinen Kollegen über meine Beziehung und Peters Reisen gegeben habe.

»Aber warum hast du uns nichts von ihm erzählt?« Phil klingt immer noch fassungslos. »Wir dachten alle, du hättest dich wegen deines Mannes mit niemandem verabredet.«

»Es war manchmal etwas komplizierter. Und da ich mir nicht sicher war, ob es was Ernstes ist …« Ich hatte gehofft, dass Phil die Lücken selbst füllt. »Auf jeden Fall *werden* wir heiraten, und zwar diesen Samstag, also …«

»*Was?*«

Ich grinse und stelle mir seine hervortretenden Augen vor. »Ja, ich weiß. Wir haben uns gegen eine lange Verlobungszeit entschieden. Auf jeden Fall weiß ich, dass es super kurzfristig ist, also wenn du andere Pläne für diesen Samstag hast, verstehe ich das völlig. Aber *wenn* du es schaffst, würden wir uns freuen, und natürlich kannst du gerne eine Begleitung mitbringen.«

»Du heiratest. Diesen Samstag.«

»Ja, das habe ich gerade gesagt.« Ich halte inne, um ihm die Chance zu geben, noch mehr zu sagen, aber er scheint seine Zunge verschluckt zu haben, also rede ich weiter. »Du musst es mir jetzt nicht sagen, aber wenn du dabei sein kannst, würde ich das gern bis morgen wissen. Peter hat eine Cateringfirma gebucht und alles, also wird es klein, aber hoffentlich schön.«

»Wo …« Phil räuspert sich. »Wo wird die Hochzeit stattfinden?«

»Im Silver Lake Country Club«, sage ich. »Kennst du ihn?«

»Ja, natürlich. Mein Cousin hat dort vor ein paar Jahren geheiratet. Wunderschönes Plätzchen.«

»Oh, gut.« Ich lächle, obwohl er es nicht sehen kann. »Weißt du schon, ob du kommen kannst, oder brauchst du Zeit bis morgen?«

»Machst du Witze? Natürlich werde ich da sein. Hast du es Rory und Simon schon gesagt?«

»Ich habe ihnen eine Nachricht auf dem Anrufbeantworter hinterlassen«, sage ich und schaue auf die Uhr. Ich beeile mich besser, wenn ich Marsha vor meiner nächsten Patientin anrufen will. »Vielen Dank, Phil, und es tut mir leid, dass ich dich so damit überfallen habe«, sage ich ihm. »Wir sehen uns Samstag.«

»Ja. Bis Samstag«, sagt er und klingt immer noch fassungslos, als ich auflege.

Marsha steht als Nächstes auf meiner Liste, und es ist ein Gespräch, das ich fast so sehr fürchte wie das bevorstehende Abendessen mit meinen Eltern. Als ich ihre Nummer wähle, hoffe ich halb, dass sie nicht abhebt, aber sie ist beim ersten Klingeln am Telefon.

»Hey, Süße.«

Ich atme tief durch. »Hey, Marsha. Wie geht's dir?«

»Ach, du weißt schon. Ich will gerade zu meiner Abendschicht. Andy hat diese Woche den kurzen Strohhalm gezogen, aber ihr Freund hat einen Wutanfall bekommen, weil heute ihr Jahrestag ist, also hat sie mich gebeten, mit ihr zu tauschen. Wie geht's dir? Was hast du dieses Wochenende vor? Tonya und ich wollen am Samstag in ein paar Bars gehen. Willst du mitkommen? Du trittst nicht auf, oder?«

»Nein, aber eigentlich, was diesen Samstag betrifft …« Ich halte das Telefon fester. »Ich habe Neuigkeiten.«

»Oh?«

»Es gibt da einen Mann, mit dem ich mich schon eine Weile treffe. Es ging irgendwie hin und her.«

»Wirklich?« Marshas Stimme wird lauter. »Wer? Nicht dieser rothaarige Bodybuilder von deiner Band, oder?«

»Rory? Nein, ganz und gar nicht.«

»Oh, gut. Weil Tonya ihn wirklich mochte und dachte, es könnte auf Gegenseitigkeit beruhen. Wer dann? Kenne ich ihn?«

»Nein, du kennst ihn nicht.« Ich atme noch einmal tief durch. »Es ist aber sehr ernst zwischen uns.«

»Wirklich?« Ihr Interesse nimmt deutlich zu. »Wie ernst?«

Ich nehme all meinen Mut zusammen und rattere heraus: »Wir heiraten diesen Samstag.«

»Ihr macht *was*?«

Die Katze ist aus dem Sack, also wiederhole ich so ruhig wie möglich: »Ich werde heiraten. Diesen Samstag. Und ich würde mich freuen, wenn du kommen könntest.«

»Das ist ein Witz, oder?«

Mit meiner freien Hand massiere ich meinen Nasenrücken. »Nein. Wir haben uns gegen eine große feierliche Zeremonie entschieden, also laden wir nur ein paar Leute ein. Die Feier wird im Silver Lake Country Club stattfinden. Du weißt schon, drüben in Orland Park.«

»Aha. Und ich gehe zu *Dancing with the Stars*.«

»Marsha … Das ist kein Scherz.«

Einige Momente lang herrscht große Stille. Dann: »Du *heiratest*?«

»Ja. Diesen Samstag.«

»Was zum Teufel …? Ist das dein Ernst? Wann habt ihr euch kennengelernt und wie? Wie heißt er? Wieso hast du ihn mir gegenüber nie erwähnt?«

»Das ist eine lange Geschichte. Eine Zeit lang war es ein hin und her, und dann …«

»Was meinst du mit *eine Zeit lang*? Wie lang ist *eine Zeit lang*? Wochen? Monate?«

Ich zucke innerlich zusammen. »Ähm, Monate. Definitiv Monate.« Technisch gesehen wird es in diesem Oktober zwei Jahre her sein, dass Peter mich in meiner Küche gewaterboardet hat, aber in Bezug auf die tatsächliche Zeit, die wir zusammen verbracht haben, sind es insgesamt wahrscheinlich eher sieben oder acht Monate.

»Wow. Okay. Einfach … wow.« Marsha verstummt für eine Sekunde und fragt dann in einem leicht verletzten Ton: »Warum hast du nichts gesagt? Wir dachten alle, du wärst Single nach … na ja, du weißt schon.«

»Ich weiß, es tut mir leid. Weil es so ein Hin und Her war, dachte ich zuerst nicht, dass es so ernst ist. Er ist viel auf Geschäftsreisen gewesen. Aber diese Zeiten sind jetzt vorbei, also haben wir beschlossen, den nächsten Schritt zu tun.«

»Und der nächste Schritt ist die *Ehe*? Was ist aus dem erst einmal Zusammenleben geworden? Sara, Schatz …« Ihre Stimme nimmt einen besorgten Ton an. »Was ist los? Ist alles in Ordnung?«

Das ist der schwierige Teil, denn im Gegensatz zu Phil und meinen neuen Mitarbeitern kennt mich Marsha seit Jahren. Sie weiß, dass ich immer ganz genau abwäge, bevor ich einen Schritt mache, und sie weiß auch, was mit Peter passiert ist.

Nun, zumindest die dunkleren Teile davon.

»Alles ist in Ordnung.« Ich lege so viel Fröhlichkeit in meine Stimme, wie ich kann. »Wir freuen uns, dass wir endlich zusammen sein können, und sehen keinen Grund zu warten. Wir beide wollen keine große Zeremonie, also …«

»Okay, okay, whoa. Ganz langsam und von vorn. Du hast mir immer noch nicht gesagt, wie er heißt oder was er macht.«

Ich atme tief durch. Hier gibt es kein Entkommen. »Sein Name ist Peter Garin. Er war ein Sicherheitsberater, aber er hat gerade damit aufgehört.«

»Peter Garin? Moment mal …« Marshas Stimme wird angespannt. »Hieß nicht der russische Mörder, der dich entführt hat, nicht auch Peter irgendwas?«

»Sokolov – und bitte, lass uns jetzt nicht darüber reden.« Vor allem, weil ich sie nicht mehr anlügen will als ich muss. »Jedenfalls, wie ich schon sagte, werden wir diesen Samstag eine kleine Hochzeit feiern, und wir würden uns freuen, wenn du dabei sein könntest. Aber ich weiß, dass du andere Pläne hast, also wenn du nicht kannst …«

»Ach bitte, Sara. Natürlich werde ich kommen. Die verdammten Bars können warten. Aber ich bin immer noch verwirrt. Der Name deines zukünftigen Mannes ist auch Peter? Und was für ein Name ist Garin? Wo kommt er her?«

Ich trommele mit meinen Fingern auf dem Schreibtisch. »Er ist von … irgendwie überall. Aber er wurde in Osteuropa geboren.« Ich kann nicht lügen, was das anbelangt; Peters Akzent, so schwach er auch ist, kennzeichnet ihn eindeutig als aus diesem Teil der Welt.

Das muss der Grund sein, warum er sich für einen russisch klingenden Nachnamen anstelle von Smith oder Johnson entschieden hat.

»Was?« Marsha hört sich an, als sei sie kurz davor, auszuflippen. »Wo in Osteuropa?«

Ich drücke meine Augen zusammen. »Russland.«

»Du verarschst mich, oder? Sag mir, dass das ein Scherz ist.«

Ich öffne meine Augen und werfe einen Blick auf die Uhr. Zu meiner Erleichterung ist es fast Zeit für meine nächste Patientin.

»Du, Marsha, ich muss los. Du wirst Peter am Samstag persönlich treffen und alles über ihn erfahren, versprochen. Jetzt habe ich eine Patientin.«

»Sara, warte …«

»Ich werde dir morgen alle Einzelheiten mailen«, sage ich, bevor ich auflege, und dann schalte ich mein Telefon stumm, bevor sie mich zurückrufen kann.

Vier Einladungen ausgesprochen, und noch ein Haufen offen.

Ich schaffe das schon.

Das ist gar nicht so schlimm.

Sara

ES *IST* SO SCHLIMM, ENTSCHEIDE ICH, ALS ICH DIE ARBEIT VERLASSE, nachdem ich mit Rory, Simon, Andy, Tonya und meinen Mitarbeitern in der Klinik während eines weiteren abgesagten Termins gesprochen habe. Nachdem ich ein Dutzend Mal hintereinander das gleiche Gespräch geführt habe, bin ich erledigt und muss mich heute Abend noch mit dem großen Kahuna auseinandersetzen.

Abendessen mit meinen Eltern.

»Ich mache das schon«, hat Peter beim Frühstück zu mir gesagt, als ich ihm angeboten habe, auf dem Weg nach Hause etwas zu essen zu besorgen. »Komm einfach pünktlich nach Hause und mach dir keine Sorgen.«

Danny wartet am Straßenrand, als ich aus dem Gebäude komme, und ich rolle wegen Peters übertriebener Schutzmaßnahmen mit den Augen, als ich in das Auto steige. Heute Morgen war das Wetter zu schön, um die kurze Strecke zur Praxis zu fahren, also hat Peter mich zu Fuß zur Arbeit begleitet. Und jetzt habe ich auch noch eine Eskorte nach Hause.

Wenn es so weitergeht, werde ich vergessen, wie es ist, allein auf der Straße zu sein.

Spontan wähle ich Peters Nummer.

»Hi, Ptichka.« Seine tiefe Stimme liebkost meine Ohren. »Bist du auf dem Weg nach Hause?«

»Ich bin mit Danny im Auto.« Ich blicke auf den Fahrer, der vorgibt, taub und stumm zu sein, während er auf die Straße fährt. »Das wusstest du doch schon, oder?«

»Danny hat mir vor einer Minute eine Nachricht geschickt, ja. Wie war dein Tag, mein Liebling?«

»Er war gut. Ich habe so ziemlich jeden eingeladen, den ich einladen wollte, und Simon ist der Einzige, der nicht kommen kann. Er hat eine Familienfeier in South Carolina.«

»Sehr schön.« Ich höre ein klirrendes Geräusch im Hintergrund, gefolgt von fließendem Wasser, und dann sagt Peter: »Warte einen Moment. Ich muss nur die Nudeln abgießen.«

»Kochst du Abendessen?«, frage ich, als er eine Minute später wieder ans Telefon kommt.

»Ja, italienisch. Deine Eltern mögen das, oder?«

»Sie lieben es«, sage ich lächelnd. »Ich bin sicher, dass sie sehr beeindruckt sein werden.«

»Du meinst, sobald sie den Drang überwunden haben, das FBI anzurufen? Ja, du hast wahrscheinlich recht. Das ist wirklich sehr verführerisch.«

Ich muss lachen, und meine Angst vor dem bevorstehenden Abendessen verwandelt sich in pures Schwindelgefühl. Das hier passiert wirklich.

Peter und ich werden gerade ein normales Paar.

»Wie war dein Tag?«, frage ich. »Was hast du heute gemacht?«

Was *macht* ein ehemaliger Attentäter mit so viel Freizeit?

»Ich habe ein paar Besorgungen gemacht, noch ein paar Lebensmittel gekauft und so«, sagt Peter, und ich kann das warme

Lächeln in seiner Stimme hören. »Ich habe auch ein paar Häuser in der Gegend gefunden, die wir uns später ansehen können. Ich hatte gestern keine Gelegenheit, mit dir darüber zu sprechen, aber diese Wohnung ist wahrscheinlich zu klein für uns – besonders diese Küche. Und wenn ich mich nicht irre, erlauben sie keine Haustiere, oder?«

»Stimmt. Das ist einer der größten Nachteile dieses Gebäudes«, sage ich, und mein Herz pocht freudig in meiner Brust. Das passiert, das passiert wirklich. Ein gemeinsames Leben, mit Haus und Hund und so. Ich unterdrücke einen Schwindelanfall und sage: »Ich habe sie gewählt, weil sie sowohl nahe bei meinen Eltern als auch bei meiner Arbeit liegt, aber es würde mir nichts ausmachen, ein bisschen weiter wegzuziehen, jetzt, da meine Mutter sich erholt hat.«

»Das habe ich mir gedacht«, sagt Peter. »Zwei der Häuser, die ich mir angesehen habe, sind in der Nähe, und eines ist etwa eine Meile von deiner Praxis entfernt. Natürlich gibt es auch immer noch dein altes Haus …«

»Sie haben es dir zurückgegeben?«, möchte ich wissen und merke sofort, dass es eine dumme Frage ist. Peter ist nicht mehr auf der Flucht, daher hat die Regierung kein Recht, das Eigentum zu behalten, das sie beschlagnahmt hat, als sie erfuhr, dass es ihm gehört.

»Ja, natürlich«, sagt Peter. »Denk darüber nach und lass mich wissen, was du damit machen möchtest. Selbst wenn wir nicht dorthin zurückkehren, können wir es für alle Fälle behalten, oder wir können es verkaufen. Deine Entscheidung.«

»Ach, wirklich? Und ich dachte, du triffst alle Entscheidungen«, necke ich ihn und merke dann, dass ich nur teilweise scherze. Wieder einmal ist Peter wie ein Wirbelsturm in mein Leben eingedrungen, hat es auf den Kopf gestellt und meinen Seelenfrieden zerstört. Seine Willensstärke, gepaart mit seiner Rücksichtslosigkeit, macht es unmöglich, so zu tun, als hätte ich in irgendeiner Weise mein Schicksal unter Kontrolle, als hätte ich ein wirkliches Mitspracherecht, was unsere Beziehung anbelangt.

Und doch … vielleicht habe ich das. Wir sind hier, anstatt uns in einem abgelegenen Teil der Welt zu verstecken, und ich werde seine Frau sein, nicht seine Gefangene. Auch wenn seine Methoden plump sind, hat Peter ganz klar gezeigt, dass es ihm nicht egal ist, was ich will.

Dass ihm mein Glück wichtig ist.

»Du meinst die Hochzeit betreffend?«, fragt Peter, der meine Hänselei für bare Münze nimmt. »Weil wir noch ein paar Dinge ändern können, wenn es etwas gibt, was dir nicht gefällt.«

»Wie zum Beispiel das Datum?«, frage ich ironisch. Bei der plötzlichen Stille am Telefon sage ich: »Egal. Ich habe schon alle eingeladen. Es ist alles gut.«

»Schön, das freut mich.« Im Hintergrund klappert es noch mehr, als Peter sagt: »Wir sehen uns in ein paar Minuten zu Hause, Ptichka. Ich liebe dich.«

Ich liebe dich auch. Die Worte liegen mir auf der Zunge, doch ich sage: »Bis gleich«, bevor ich auflege. Ich bin mir sicher, dass Peter weiß, was ich fühle – er war von Anfang an überzeugt davon, dass wir zusammengehören – aber weil ich die Worte noch nie zuvor gesagt habe, fühlt es sich falsch an, sie so beiläufig auszusprechen.

Ich liebe ihn trotzdem. Ich kann es mir endlich eingestehen, obwohl sich nichts wirklich geändert hat. Er ist immer noch ein Mörder, immer noch ein Monster, das jede vernünftige Frau fürchten und verabscheuen würde. Aber ich bin nicht mehr bei Sinnen, denn ich liebe ihn und werde ihn heiraten.

Aus freiem Willen bin ich dabei, mein Leben mit einem Mann zu teilen, der mich einst gefoltert und verfolgt hat. Der mich technisch gesehen immer noch verfolgt, wenn mich überwachen zu lassen auch zu dieser Definition passt.

»Wir sind da«, sagt Danny mit rauer Stimme, und ich schaue aus dem Fenster, um überrascht zu bemerken, dass wir bereits vor meinem Gebäude parken – und dass der Fahrer mit dem steinernen Gesicht tatsächlich zu mir gesprochen hat.

»Danke«, sage ich ihm, schnappe mir meine Tasche, und Danny nickt mir beim Aussteigen fast unmerklich zu.

Wow. Fortschritt.

Ich wurde gerade von meinem Fahrer und Bodyguard beachtet.

Die Leichtigkeit, die ich fast verloren hatte, kehrt zurück – zumindest bis ich das Auto meiner Eltern auf der anderen Seite auf den Parkplatz fahren sehe.

Sie sind früh dran.

Volle zwanzig Minuten zu früh.

Ich rufe hektisch noch einmal bei Peter an.

»Sie sind hier«, sage ich atemlos, als er abhebt. »Meine Eltern – sie sind bereits hier.«

»Das ist gut«, sagt er gelassen. »Das Essen ist fast fertig. Bis gleich.«

»Okay, ja.« Ich lege auf und stecke mein Handy wieder in die Tasche. Ich will gerade den Ring von meinem Finger ziehen, um ihn auch in der Tasche verschwinden zu lassen, aber ändere meine Meinung.

Es hat keinen Sinn, etwas zu verbergen, wenn sie Peter sowieso in einer Minute treffen werden.

Ich atme tief durch und gehe zum Auto meiner Eltern. »Hallo Mama, hallo Papa.«

»Oh, hallo, Liebling.« Mama öffnet die Tür und klettert leicht steif heraus. »Kommst du gerade von der Arbeit nach Hause? Tut mir leid, dass wir etwas zu früh sind; dein Vater dachte, es würde Stau geben, also hat er dafür gesorgt, dass wir mehr als rechtzeitig losfahren.«

»Es *sollte* Stau geben, laut GPS«, korrigiert mein Vater und kommt um das Auto herum, um mich zu umarmen.

Ich erwidere seine Umarmung und küsse dann meine Mutter auf die Wange. »Es ist alles gut. Das Essen ist fast fertig.«

Meine Mutter grinst. »Es ist kein bestelltes Essen?«

»Nein, definitiv nicht. Der Mann, den ich euch vorstellen möchte – er kocht.« Ich schaue zurück, um Danny in dem schwarzen Auto sitzen zu sehen, wie er uns schweigend bewacht, und drehe mich dann wieder um, um meine Eltern anzusehen. »Ich muss euch etwas sagen«, beginne ich vorsichtig.

»Was ist los, Liebling?« Mama streckt die Hand aus, um meine linke Hand zu berühren, und ihre Finger berühren meinen Ring. Sofort richtet sich ihr Blick auf den Diamanten, und ihre Augen weiten sich auf die Größe eines Vierteldollars. »Sara, ist das …?«

»Dazu wollte ich gerade kommen«, sage ich, als mein Vater versteinert und ungläubig auf meinen linken Ringfinger starrt. »Ich habe wirklich gute Neuigkeiten.«

»Du bist verlobt?« Mama reißt ihren Blick von dem glitzernden Stein los, um mich anzustarren. »Wie? Mit wem? Du hattest nicht einmal …«

»Mama, Papa.« Ich nehme ihre Hände in meine. »Bitte hört mir zu und versucht, ruhig zu bleiben.« Sie bleiben wie versteinert stehen und starren mich erwartungsvoll an, als ich ihnen ruhig erkläre: »Peter, der Mann, den ich liebe, ist zurück. Es ist ihm endlich gelungen, sein Missverständnis mit den Behörden auszuräumen, und er wird nicht mehr gesucht. Wir können endlich zusammen sein – und ja, wir haben uns gerade verlobt.«

Peter

ICH SCHAUE WIEDER AUS DEM FENSTER ZU SARA, DIE MIT IHREN ELTERN auf dem Parkplatz spricht. Sie sind schon seit acht Minuten dabei, und ich wünschte, ich hätte ein Abhörgerät an Sara, damit ich hören könnte, was sie sagen.

Dem wilden Gestikulieren der drei nach zu urteilen brodeln die Gefühle.

Vielleicht sollte ich Sara mit einer Abhörwanze versehen. Vielleicht sogar mit mehreren – eine in ihrem Handy, eine in ihrer Tasche und einige weitere in ihren Lieblingsschuhen. Ich tracke ihr Telefon bereits, also weiß ich immer, wo sie ist, aber das würde mir einen zusätzlichen Seelenfrieden geben.

Der Tisch ist gedeckt, aber ich warte mit dem Essen. Schließlich informiert mich die Sara-Tracking-App auf meinem Handy, dass ihr Telefon im Gebäude ist und sich der Wohnung nähert, also gehe ich hinüber, um die Tür für sie und ihre Eltern zu öffnen.

»Mama, Papa, das ist Peter«, sagt sie, als das ältere Paar hinter ihr stehen bleibt und mich vorsichtig anblickt. »Wie ich schon sagte, hat er einen klaren Strich unter seine alten Verbindungen gezogen und heißt jetzt Peter Garin. Peter, das sind meine Eltern, Lorna und Chuck Weisman.«

»Es freut mich, Sie beide kennenzulernen«, sage ich und strecke Saras Vater die Hand entgegen.

»Ebenfalls.« Trotz der höflichen Antwort ist Chucks Stimme so fest wie sein Griff, und seine verblassten blauen Augen sind scharf, als er mich wütend anstarrt.

Als Nächstes schüttele ich Lorna die Hand und achte darauf, ihre zarten Finger nicht zu zerquetschen.

»Sie haben viel zu erklären, *Mr. Garin*«, sagt sie leise und schaut mich an, und ich lächele, als ich Sara in den eleganten Linien ihres gealterten Gesichts wiedererkenne.

»Natürlich. Ich erkläre Ihnen gern alles.«

»Das Essen ist fertig, also wie wäre es, wenn wir uns an den Tisch setzen?«, schlägt Sara vor, als sie sich neben mich stellt und sich Wärme in meiner Brust ausbreitet, als sie ihren schlanken Arm in einer besitzergreifenden Geste um meinen Ellenbogen legt.

Mein Ptichka. Endlich hat sie uns als Paar akzeptiert.

»Sicher. Was auch immer gekocht wird, es riecht gut«, sagt Lorna, und ich lächele sie wieder an, da ich feststelle, dass Saras Mutter zumindest bereit ist, mitzuspielen.

Als wir in die Küche kommen, entschuldigt sich Sara, um ins Badezimmer zu gehen, und ich stelle den Caesar-Salat und die Antipasti-Platte auf den Tisch.

»Sara hat gesagt, dass Sie gerne kochen«, sagt Lorna und sieht mir dabei zu, wie ich mich in der Küche bewege, und ich nicke und nehme ihr gegenüber Platz.

»Es ist ein Hobby von mir. Ich finde es sehr beruhigend.«

»Hobby, was?« Chucks böser Gesichtsausdruck verstärkt sich. »Was ist denn Ihr Beruf? Wir haben nie eine klare Antwort von Sara bekommen.«

»Ich habe ein paar verschiedene Dinge getan, aber in letzter Zeit habe ich als Sicherheitsberater gearbeitet und hatte ein Unternehmen in dieser Richtung«, antworte ich und stehe auf. Ich nehme das Salatbesteck und schaue Lorna an. »Salat?«

Sie nickt anmutig. »Ja, bitte.«

Ich beuge mich über den Tisch und gebe eine ordentliche Portion auf ihren Teller, bevor ich zu Chuck schaue.

»Für mich nicht, danke.« Er spießt mit seiner Gabel eine marinierte Artischocke auf und transportiert sie von der Antipasti-Platte auf seinen Teller, wobei er mich die ganze Zeit böse anschaut.

»Was für ein Unternehmen?«, fragt er, sobald ich mich wieder hinsetze. »Sara sagte, Sie wären eine Art Unternehmer. War das die Sicherheitsberatung? Wer waren Ihre Klienten, und wie hängt das alles mit Ihren jüngsten Problemen mit dem Gesetz zusammen?«

Ich unterdrücke den Drang, zu lächeln. Der alte Mann hält sich nicht zurück.

»Mein Hintergrund ist Speznas, die russische Spezialeinheit«, sage ich, als ich entschieden habe, dass ich so viel preisgeben kann. »Nachdem ich das Militär verlassen hatte, reiste ich auf der ganzen Welt umher und beriet eine Reihe von Organisationen und Einzelpersonen, die Grund zur Sorge um die Sicherheit hatten. Ich kann Ihnen nicht sagen, was mich in Schwierigkeiten gebracht hat, denn das ist geheim, aber ich kann Ihnen versichern, dass alles jetzt geklärt ist.«

»Wie geklärt?«, fragt Lorna, als Sara in die Küche zurückkehrt, und ich lächele, als mein Ptichka neben mir Platz nimmt und hungrig nach dem Salat greift.

»Ich habe ein Abkommen mit den Behörden abgeschlossen, das für beide Seiten vorteilhaft ist«, sage ich, als Sara anfängt zu essen, da sie anscheinend zufrieden damit ist, mich die Fragen ihrer Eltern beantworten zu lassen. »Jetzt habe ich einen neuen Nachnamen und eine weiße Weste – und Sara und ich können endlich heiraten.«

»Eine weiße Weste?«, fragt Saras Vater, und seine Nasenlöcher beben. »Ich habe gehört, dass Menschen getötet wurden.«

»Ich kann Ihnen leider nicht mehr sagen, als Sie bereits wissen.« Ich gebe etwas Salat auf meinen eigenen Teller. »Das ist Teil des Deals, den ich gemacht habe.«

Chucks Gesicht rötet sich, und für einen Moment bin ich überzeugt, dass er mich mit seiner Gabel erstechen wird. Allerdings muss er sich besser beherrschen können als ich, denn das Einzige, was er aufspießt, ist eine saftige grüne Olive von der Antipasti-Platte.

»Mr. Garin«, sagt Lorna und legt ihre Gabel nieder, »ich hoffe, Sie …«

»Bitte, nennen Sie mich Peter. Wir sind bald eine Familie.«

Ihr sorgfältig geschminkter Mund spannt sich leicht an. »Okay, *Peter*. Ich hoffe, Sie verstehen, dass wir viele Bedenken haben, sowohl in Bezug auf Ihren Hintergrund als auch auf Ihre Verbindungen. Ganz zu schweigen von der Tatsache, dass Sara für fünf Monate verschwunden war, nachdem Sie beide … na ja …«

»Zusammengekommen sind?«, schlägt Sara hilfreich vor, und ihre Mutter blickt sie mit gerunzelter Stirn an.

»Richtig, zusammengekommen sind.« Lorna wendet ihre Aufmerksamkeit wieder mir zu, und ich erkenne ihr stählernes Rückgrat. Es ist das gleiche, das ihre Tochter besitzt und das es meinem Ptichka ermöglicht hat, mit der Art von Trauma umzugehen, das eine schwächere Person zerstört hätte.

»Hör mir zu, Peter.« Saras Mutter lehnt sich nach vorne, und obwohl ihre Stimme sanft bleibt, ist ihr Blick so scharf wie der ihres Mannes. »Sie mögen Ihr ›Missverständnis‹ mit den Behörden geklärt haben, aber wir sind nicht davon überzeugt, dass Sie keine Gefahr für unsere Tochter darstellen. Wir wissen nichts über Sie, und was wir wissen, ist offen gesagt ziemlich beunruhigend. Sara sagt, dass Sie beide verliebt sind und dass sie von selbst mit Ihnen gegangen ist, aber wir haben ernsthafte Zweifel daran. Sie sind nicht die Art von Mann, die unsere Sara jemals …«

»Mama, bitte.« Sara schiebt ihren Teller zur Seite. »Ich habe euch immer wieder gesagt, dass Peter nicht das ist, was ihr …«

»Deine Eltern haben recht, Ptichka.« Ich bedecke ihre Hand mit meiner Handfläche und drücke leicht, dann drehe ich mich um, um ihre Mutter anzusehen. »Mrs. Weisman«, sage ich und benutze die förmliche Anrede, um meinen Respekt zu zeigen. »Ich verstehe Ihre Vorbehalte vollkommen. Wenn ich Sie wäre, wäre ich genauso besorgt, denn Sie haben völlig recht: Ihre Tochter und ich kommen aus verschiedenen Welten.«

Lorna und Chuck starren mich offensichtlich überrascht an, und ich nutze den Moment, um vorzubereiten, was ich sagen werde. Ich muss hier sehr vorsichtig sein, mich auf einem schmalen Grat bewegen, um ihnen das Gefühl zu geben, dass sie mich kennenlernen, ohne Ihnen zu viel zu sagen, was sie verängstigen könnte.

Ich beschließe, am Anfang anzufangen. »Ich bin in einem Waisenhaus in Russland aufgewachsen«, beginne ich. »Ich habe keine Ahnung, wer meine Eltern sind, aber ich bin mir fast sicher, dass sie nicht wie Sie beide waren. Wahrscheinlich war meine Mutter eine Teenagerin, die schwanger geworden ist, aber das ist reine Spekulation meinerseits. Ich weiß nur, dass ich am Eingang des Waisenhauses zurückgelassen wurde, als ich vielleicht ein paar Tage alt war.«

Sara bedeckt unsere verbundenen Hände mit ihrer freien und gibt mir still ihre Unterstützung, während ich weitermache.

»Es war kein guter Ort, um aufzuwachsen, und als Jugendlicher war ich ständig in Schwierigkeiten«, sage ich, während die Weismans mich weiterhin anstarren. »Als ich siebzehn Jahre alt war, wurde ich in eine spezielle Anti-Terror-Einheit der Speznas rekrutiert, wo ich meinem Land einige Jahre lang gedient habe.«

»Er war wirklich gut darin«, sagt Sara und klingt so stolz wie jede Verlobte. »Mit einundzwanzig Jahren war er bereits Leiter seines Teams.«

Ich lächele sie an, und das warme Gefühl in meiner Brust verstärkt sich, obwohl ich weiß, dass sie gerade eine Show für ihre Eltern veranstaltet. Sara weiß, was ich als Teil dieser Einheit getan habe, und ich bezweifle, dass sie wirklich stolz darauf ist, wie viele Terroristen und radikale Aufständische ich für mein Land gefangen und gefoltert habe. Trotzdem fühlt es sich gut an, ihre Unterstützung zu haben, so gespielt sie auch sein mag.

»Das *ist* beeindruckend«, sagt Lorna, und als ich mich umdrehe, sehe ich, dass sie und Chuck mich etwas weniger feindselig anblicken.

»Danke«, sage ich und lächele sie an. »Ich *war* gut, auch dank meiner fehlgeleiteten Jugend.«

»Warum sind Sie dann gegangen?«, fragt Chuck und beugt sich nach vorn, um eine weitere Olive aufzuspießen. »Wie sind Sie hier gelandet?«

Meine Stimmung verdunkelt sich, als sich die Wärme in mir trotz Saras anhaltender sanfter Berührung verflüchtigt. Ich wusste nicht, ob ich darauf eingehen würde – ob ich es schaffen könnte –, aber jetzt sehe ich, dass, wenn ich diesen wichtigen Teil weglasse, die Weismans es spüren würden und ich die Gelegenheit verliere, ihr Vertrauen zu gewinnen.

»Nach einigen Jahren in meinem Dienst brachte mich die Arbeit in ein kleines Bergdorf in Dagestan, wo ich eine junge Frau traf«, sage ich ruhig und ziehe meine Hand aus Saras Griff. »Sie wurde schwanger, und wir heirateten.«

Lornas Augen weiten sich. »Sie haben ein Kind?«

»Hatte«, sage ich, und trotz meiner Bemühungen kommt das Wort hart, fast bitter heraus. »Pascha, mein Sohn, und Tamila, meine Frau, wurden vor sieben Jahren getötet. Daryevo, das Dorf, in dem sie lebten, wurde fälschlicherweise für einen Unterschlupf von Terroristen gehalten, und dutzende Unschuldige wurden bei einem von der NATO angeführten Säuberungsschlag getötet.«

Saras Eltern starren mich mit blassen Gesichtern und ungläubigen Augen an.

»Das verstehe ich nicht«, sagt Chuck nach einem langen, bedrückenden Moment. »Wie konnte so etwas passieren? Und wäre so ein schrecklicher Fehler nicht überall in den Nachrichten gewesen? Was Sie sagen ist …« Er schüttelt den Kopf und greift mit unsicherer Hand nach einem Glas Wasser.

»Es ist schwer zu glauben, ich weiß, Papa«, sagt Sara. »Aber ich kann dir versichern, dass es wahr ist. Ich habe die Bilder mit eigenen Augen gesehen. Es ist passiert, und es *war* schrecklich.«

Lorna starrt ihre Tochter an und wendet sich dann mir zu. »Es tut mir so leid, Peter.« Ihre Stimme wird noch leiser bei dem, was sie auf meinem Gesicht zu sehen scheint. »Wie alt war Ihr Sohn?«

»Er wäre im folgenden Monat drei Jahre alt geworden.« Eine Welle der Angst erstickt mich, und ich stehe auf, unfähig, Saras Eltern anzusehen. Ich gehe zum Herd, nehme den Topf mit den Nudeln und kehre mit ihm zum Tisch zurück, wobei ich die Zeit nutze, um mich zu sammeln.

»Ich hoffe, Sie mögen diese Pasta alla Marinara«, sage ich in einem ruhigeren Ton und gebe eine große Portion der mit Sauce überzogenen Linguini auf Saras Teller, bevor ich das Gleiche für ihre Eltern tue. »Es ist etwas anders als das, was man im Laden bekommt.«

Saras Mutter wickelt Linguini auf die Gabel, führt sie zum Mund und lächelt mich vorsichtig an. »Die ist sehr gut, Peter. Danke.«

»Gern geschehen.«

Ich spüre Saras zarte Hand auf meinem Knie, die leicht zudrückt, und als ich sie anschaue, sehe ich, dass ihre haselnussbraunen Augen viel zu sehr schimmern. Sie sagt nichts, aber die flüchtige Wärme kehrt zurück und taut den Eisblock auf, der sich bei den Erinnerungen in mir gebildet hat.

Saras Vater räuspert sich demonstrativ. »Also, um … wie sind Sie dann hier gelandet? Nachdem … Sie wissen schon.«

Ich atme ein. Hier muss ich aufpassen, dass ich nicht zu viel verrate.

»Es gab eine Untersuchung«, sage ich und begegne Chucks Blick. »Eine, die dazu führte, dass die Schuldigen offiziell von der Schuld freigesprochen wurden und der ganze Vorfall als eines dieser Dinge, die in jenem Teil der Welt passieren, abgetan wurde. Ich habe dieses Ergebnis nicht akzeptiert, und da meine Vorgesetzten an der Vertuschung beteiligt waren, kündigte ich meinen Job. Danach bin ich als Sicherheitsberater um die Welt gereist, und schließlich bin ich in Chicago gelandet, wo ich Ihre Tochter getroffen habe.«

»Wie sind Sie dann in Schwierigkeiten mit den Behörden geraten?«, fragt Lorna und schaut mich mit Vorsicht und einem Hauch von Mitgefühl an. »Hatte es etwas damit zu tun, was mit Ihrer Familie passiert ist?«

»Das kann ich Ihnen leider nicht sagen. Wie ich schon sagte, ist das geheim.« Ich halte inne, lasse sie ihre eigenen Schlüsse ziehen, und als mir keine Fragen mehr gestellt werden, schaue ich beiden in die Augen und sage leise: »Lorna, Chuck, ich hoffe, ich kann euch so nennen?« Als Lorna nickt, fahre ich fort. »Ich kann Sie nicht darüber anlügen, was für ein Mann ich bin. Ich bin nicht in einer netten Gegend aufgewachsen, und ich bin nicht zur Schule gegangen, um Arzt oder Anwalt zu werden. Ich bin ein Soldat durch Training und Neigung, und ich habe Dinge gesehen und getan, die Sie sich wahrscheinlich nicht vorstellen können. Aber ich liebe Ihre Tochter. Ich liebe sie von ganzem Herzen. Sie ist die einzige Person, die mir wichtig ist, und ich würde alles für sie tun.« Ich wende mich zu Sara, nehme ihre Hand in meine und sage die Wahrheit: »Ich würde mein Leben geben, um sie glücklich zu machen.«

Sara

ICH HATTE KEINE AHNUNG, WIE DAS ABENDESSEN ABLAUFEN WÜRDE, aber das Letzte, was ich vermutet hätte, war, dass Peter meinen Eltern seine Seele entblößen und sie mit Aufrichtigkeit entwaffnen würde, anstatt ihre Einwände mit Arroganz und verschleierten Drohungen zu zerquetschen.

Den Rest des Essens über ist er höflich und respektvoll und beantwortet ihre Fragen mit genügend Details, so dass, selbst wenn er etwas beschönigt, es immer noch wie die ganze Wahrheit klingt.

Wo haben wir uns getroffen? In einem Klub in Chicago. War er da bereits auf der Flucht? Ja. Warum haben wir uns heimlich verabredet? Wegen seines Flüchtlingsstatus, über den er mich erst informiert hat, als ich bereits mit ihm im Flugzeug saß. Warum bin ich fünf Monate lang nicht nach Hause gekommen? Weil die Behörden herausfanden, wo er war, und das war der einzige Weg für uns, zusammen zu sein. Was hat er jetzt vor? Er hat sich noch nicht entschieden, aber er hat genug Geld, damit wir beide für den Rest unseres Lebens davon leben können. Wie hat er so viel Geld bekommen? Durch sein Beratungsgeschäft – und ja, die Einzelheiten davon sind auch geheim.

Zuerst habe ich nur zugehört, aber als ich seine Strategie besser verstanden hatte, warf ich auch eigene Antworten ein und bin sorgfältig Peters Führung gefolgt. Bis wir zur Nachspeise aus frischen Beeren und hausgemachtem Tiramisu kommen, scheinen meine Eltern, auch wenn sie nicht gerade glücklich mit unserer Beziehung sind, sie zumindest besser zu akzeptieren.

Es ist zweifellos besser als ihre panische Reaktion, als ich ihnen auf dem Parkplatz von unserer Verlobung erzählt habe. Sie waren kurz davor, das FBI anzurufen, als ich ihnen sagte, dass unsere Hochzeit am kommenden Samstag ist, und ich musste alles geben, um sie davon zu überzeugen, nach oben zu gehen und Peter persönlich zu treffen.

»Ich verstehe immer noch nicht, warum ihr so schnell heiratet«, sagt Mama und nippt an ihrem Kamillentee, und ich verberge ein Lächeln über die Resignation in ihrem Ton. Zumindest geht es jetzt um die Schnelligkeit der Hochzeit, nicht darum, wie gefährlich Peter ist oder ob wir überhaupt zusammen sein sollten.

»Das ist meine Initiative«, sagt Peter und lächelt meine Mutter so charmant an, dass ich überrascht bin, dass sie nicht auf der Stelle dahinschmilzt. »Ich habe Ihre Tochter so sehr vermisst, dass ich ihr einen Antrag gemacht habe, sobald wir wieder zusammen waren. Das Leben ist einfach zu kurz, verstehen Sie, und wenn man die Richtige findet, muss man sie festhalten – und ich weiß, dass Sara und ich füreinander bestimmt sind. Außerdem«, er blickt mich an, und sein Blick erhitzt sich, »möchte ich, dass wir bald eine Familie gründen.«

Mein Vater wirft beinahe seine Kaffeetasse um. »Sie wollen *was*?«

Peter reicht ihm eine Serviette. »Ich möchte, dass wir Kinder bekommen«, sagt er ruhig, während mein Vater die Flüssigkeit aufwischt. »Ein kleines Mädchen und einen Jungen – oder was auch immer das Schicksal für uns bereithält.«

Ich werde rot, als Mamas Blick sich sofort auf meinen Bauch richtet.

»Sara, Liebling, du bist nicht …«

»Nein, natürlich nicht.« Ich spüre, wie mein Gesicht tiefer errötet, als Mama ihre Augenbrauen ungläubig nach oben zieht. »Es ist zu früh, Peter ist gerade zurückgekehrt.«

»Aber ihr versucht es schon?«, fragt Mama, wobei sich ein freudiges Grinsen über ihr Gesicht ausbreitet und ich entsetzt verstehe, dass sie sich über diese Entwicklung freut.

Der Urdrang, Enkelkinder zu haben, muss ihre restlichen Bedenken über Peter überwiegen.

Papa hingegen sieht so unangenehm berührt aus, wie ich mich fühle. »Lorna, bitte. Das geht uns nichts an.«

»Sobald ein Baby unterwegs ist, wirst du es als Erste erfahren«, verspricht Peter meiner Mutter, und sie schockiert mich erneut, indem sie konspirativ nickt.

»Danke.« Sie senkt ihre Stimme und lehnt sich in Richtung meines ehemaligen Entführers. »Ich dachte nicht, dass wir das noch erleben würden.«

Mein Gesicht muss der Farbe der Himbeeren in meiner Schale entsprechen, aber mein Vater scheint fasziniert zu sein. Ich vermute, dass ihm gerade bewusst geworden ist, dass das alles – von der unerwarteten Rückkehr meines nicht mehr kriminellen Liebhabers bis zu unserer voreiligen Verlobung – eine gute Möglichkeit für etwas ist, auf das er seit meiner Hochzeit mit George gehofft hat.

Wie Mama will er Enkelkinder, aber angesichts seines fortgeschrittenen Alters hatte er die Hoffnung aufgegeben, das noch zu erleben.

Mir dagegen macht der Gedanke immer noch Angst, aber jetzt ist nicht der richtige Zeitpunkt, diese Zweifel zur Sprache zu bringen. Außerdem erinnere ich mich daran, wie ich mich fühlte, als ich diese späte Periode bekam, wie intensiv die Enttäuschung war, es war fast wie Trauer. Vielleicht *will* ich ein Kind mit Peter, obwohl mein rationaler Teil schreit, dass wir abwarten sollten, wie sich das alles entwickelt.

Ob ich wirklich ein normales Leben mit einem skrupellosen Killer aufbauen kann.

Als wir das Dessert beenden, bespricht Peter die Details der bevorstehenden Hochzeit mit meinen Eltern und fragt sie rücksichtsvoll nach ihren Vorlieben und wie viele Leute sie selbst einladen möchten. Ich höre erstaunt zu, wie sich die drei auf einen örtlichen Richter einigen, den mein Vater kennt, und meine Eltern den Wunsch äußern, die Levinsons und einige andere ihrer Freunde einzuladen – etwas, was Peter sehr freut.

»Ich werde nur drei Freunde dabeihaben«, sagt er und bezieht sich zweifellos auf seine russischen Teamkollegen, und das scheint meine Eltern noch mehr zu beruhigen – wahrscheinlich, weil die Tatsache, dass er Freunde hat, ihn in ihren Augen weiter vermenschlicht.

Als wir fertig sind, fängt Peter an, den Tisch abzuräumen, und meine Eltern machen sich fertig, um nach Hause zu gehen.

»Danke. Das war köstlich«, sagt Mama zu ihm.

»Ja, danke«, sagt Papa widerwillig, als mein Verlobter sie anlächelt.

»Es war mir ein Vergnügen. Wir hoffen, Sie bald wiederzusehen«, sagt er, und ich ziehe meine Schuhe an, um meine Eltern zu ihrem Auto zu begleiten.

»Nun, das war nicht das, was ich erwartet hatte«, sagt Mama, als sich die Fahrstuhltüren schließen. »Er ist … interessant, dein Peter.«

Ich grinse sie an. »Du meinst, umwerfend *und* gut erzogen? Ja, ich denke dasselbe.«

Papa schnaubt. »Wenn dieser Mann gut erzogen ist, fresse ich einen Besen. Er ist immer noch wild. Daran habe ich keinen Zweifel.«

»Chuck!« Mama schaut ihn stirnrunzelnd an.

»Hast du nicht gesehen, wie er sie angesehen hat?«, erwidert Papa, als sich die Fahrstuhltüren wieder öffnen. »Ich bin überrascht, dass er sie nicht bewusstlos geschlagen und vor unseren Augen ins Bett geschleift hat.«

»Papa, bitte.« Die Röte, die gerade mein Gesicht verlassen hatte, kehrt zehnmal stärker zurück. »Das ist nicht …«

»Natürlich habe ich das gesehen«, sagt Mama, so als sei ich nicht da. »Das ist aber nicht unbedingt eine schlechte Sache.«

»Das ist es, wenn man es mit so einem Mann zu tun hat.« Papa blickt über seine Schulter, als ob Peter zuhören könnte – was, wenn man seine Stalker-Tendenzen kennt, sehr wohl der Fall sein könnte.

Soweit ich weiß, gibt es bereits Kameras im Gebäude, und wer weiß, was mir untergeschoben wurde.

»Ich glaube nicht, dass er so schlimm ist«, sagt meine Mutter, als wir an ein paar Nachbarn in der Lobby vorbeikommen. »Ich meine, ja, er ist kein durchschnittlicher Joe oder Harry, aber …«

»Er ist gefährlich«, sagt Papa entschieden. »Mach dir nichts vor. Nur weil der Mann eine Familie will, heißt das nicht, dass er nicht zu Dingen fähig ist, bei denen sich deine Fußnägel hochrollen würden. Was er uns heute erzählt hat, ist nur die Spitze des Eisbergs, glaub mir.«

»Oh, ich glaube dir«, sagt Mama, als wir auf den Parkplatz gehen. »Aber ich glaube, er liebt sie, und wenn all diese Probleme mit dem FBI wirklich vorbei sind …«

»Vielleicht wollt ihr zwei Minuten warten, damit ihr mich in der dritten Person besprechen könnt, wenn ich *nicht* da bin?«, schlage ich von hinter ihnen vor. »Ansonsten kann ich auch wieder nach oben gehen und …«

»Nein, nein, Liebling.« Meine Mutter hält an und dreht sich um, um mir einen entschuldigenden Blick zuzuwerfen. »Tut mir leid, wir versuchen nur, mit allem klarzukommen, verstehst du?«

»Das tue ich, Mama.« Ich lächele und beuge mich nach vorn, um ihre weiche Wange zu küssen. »Ich habe nur Spaß gemacht. Ich weiß, dass ihr euch erst daran gewöhnen müsst.«

»Sara, Liebling.« Papa berührt meine Schulter, und als ich ihn anschaue, sagt er leise: »Versprich uns nur eins.«

»Was?«

»Wenn er dir jemals wehtut, dir Angst macht oder irgendetwas anderes tut, das dich beunruhigt, komm zu uns. Verschweige es nicht und versuche nicht, allein damit fertigzuwerden, okay?« Der Blick meines Vaters ist so hart, wie ich ihn noch nie gesehen habe. »Ich weiß, dass du in diesen Mann verliebt bist, aber Tiger legen ihre Streifen nicht ab. Er ist gefährlich. Vielleicht nicht für dich, aber für alle anderen. Ich sehe es in seinen Augen.«

»Papa …«

»Nein, hör mir zu, Sara. Selbst wenn er nicht die Schrecken seiner Vergangenheit in dein Leben bringt – etwas, was ich sehr bezweifle –, wird er nicht wie George sein, der sich damit begnügte, am Rande deines Lebens zu bleiben. Er ist nicht so ein Mann, verstehst du?«

»Das tue ich.« Ich verstehe es besser, als sich mein Vater vorstellen kann, denn ich weiß genau, was für ein Mann Peter ist. Mit George konnte ich, selbst als ich Teil eines Paares war, meine eigene Person bleiben und die nötige geistige Distanz aufrechterhalten, um mich zu schützen. Aber Peter ist zu dominant, zu kontrollierend, um das zu erlauben. Ich werde im wahrsten Sinne des Wortes die seine sein, und mein Vater versteht das intuitiv.

»Chuck.« Meine Mutter legt ihre Hand auf Vaters Arm. »Komm. Wir sollten gehen.«

»Versprich es mir«, besteht mein Vater, ohne sich zu rühren, also nicke und lächele ich.

»Ich verspreche es, Papa. Wenn etwas passiert, komme ich zu dir.«

Papa nickt zufrieden, und wir gehen zusammen zu ihrem Auto. Als ich sie küsse und umarme, sehe ich Danny immer noch in seinem dunklen Auto sitzen, und ich lächele und schaue auf das beleuchtete Fenster meiner Küche.

Bei all ihren Warnungen und Ermahnungen haben meine Eltern keine Ahnung, wie gefährlich und kontrollierend mein Verlobter wirklich ist. Ich habe gelogen, als ich meinem Vater dieses Versprechen gab. Es ist unmöglich, dass ich mit Problemen mit Peter zu ihnen kommen kann, weil es nichts gibt, was sie oder andere tun könnten.

Das Monster, das ich zu lieben gelernt habe, ist für immer in meinem Leben, und ich muss herausfinden, wie ich mit ihm leben kann.

5 8

Sara

Ich gehe wie immer am Freitag zur Arbeit, aber am Ende verbringe ich jede Minute zwischen meinen Patienten damit, die Fragen meiner Kollegen über meine bevorstehende Hochzeit zu beantworten. Um nicht so planlos zu klingen, wie ich es eigentlich dieses Ereignis betreffend bin, sage ich ihnen, wir wollen, dass die Details eine Überraschung sind, und belasse es dabei.

Sie werden morgen die Blumen, den Kuchen und das Kleid sehen.

Meine Eltern rufen auch immer wieder an und fragen nach allen möglichen Einzelheiten, die ich nicht beantworten kann. Ich gebe ihnen Peters Nummer, da er der offizielle Hochzeitsplaner ist, aber meine Mutter ruft immer noch jede Stunde mit irgendwelchen Fragen oder Sorgen an. Ich vermute, dass sie das tut, weil sie immer noch Angst haben, dass ich plötzlich wieder verschwunden sein könnte, also versuche ich geduldig zu sein, aber beim fünften Anruf fällt es mir schwer, das Telefon abzuheben und noch einmal zu erklären, dass ich keine Ahnung habe, ob es bei der Zeremonie Stühle oder Bänke geben wird.

Mit einem Kaiserschnitt bei Zwillingen am Nachmittag ist es auch ein anstrengender Arbeitstag, da ich kaum Zeit zum Mittagessen habe, bevor ich ins Krankenhaus muss, um den Eingriff durchzuführen. Um Zeit zu sparen, hole ich mir ein Sandwich aus einem Lebensmittelladen und esse es im Auto.

Ein Vorteil eines Fahrers ist, dass ich beide Hände zum Essen frei habe.

Die Patientin hat die Epiduralanästhesie bereits bekommen, als ich den Operationssaal betrete, und nachdem ich sie untersucht habe, führe ich den Eingriff sofort durch, da sich der Muttermund bereits öffnet und einer der Zwillinge falsch positioniert ist. Die werdende Mutter macht sich den gesamten Eingriff über Sorgen – sie ist Anfang vierzig und konnte erst bei ihrer sechsten künstlichen Befruchtung schwanger werden –, aber als ich die beiden kleinen, aber vollkommen gesunden Jungen in ihre Arme lege, strahlt ihr Gesicht so glücklich, dass ich ein paar Tränen wegblinzeln muss.

»Danke, Dr. Cobakis«, sagt sie nachdrücklich, als die Schwestern die Babys für ihre Tests mitnehmen. »Vielen Dank für alles.«

»Es war mir eine Freude, glauben Sie mir«, sage ich ihr, als ich ihre Verbände ein letztes Mal überprüfe und einige Notizen in ihre Akte schreibe. »Schmerzen und Blutungen nach dem Eingriff sind normal, aber wenn Sie Fieber oder sehr starke Schmerzen bekommen, rufen Sie mich an, okay?« Ich werfe ihr einen strengen Blick zu. »Ich meine es ernst. Jederzeit, Tag und Nacht.«

»Das werde ich. Sie sind so nett.« Sie lächelt erschöpft, aber glücklich. »Stimmt es, was ich von den Schwestern gehört habe? Sie heiraten dieses Wochenende?«

Solche Dinge verbreiten sich schnell.

Ich unterdrücke einen Seufzer und sage: »Ja, das tue ich. Aber Sie können mich trotzdem anrufen. Ich werde in der Nähe sein, okay?«

»Vielen Dank! Und herzlichen Glückwunsch. Sie werden sicher

eine wunderschöne Braut sein.« Sie strahlt mich an, und ich lächele zurück, weil ich die unkomplizierte Unterhaltung genieße.

Anders als alle anderen in meinem Leben weiß diese Frau nicht, dass diese Hochzeit aus dem Nichts kommt oder dass ich einen Mann heirate, den die meisten meiner Freunde nicht kennen.

»Ruhen Sie sich aus und genießen Sie Ihre Söhne«, sage ich der frischgebackenen Mutter, und dann gehe ich zurück in meine Praxis, um den Tag abzuschließen.

Vielleicht hatte Peter recht damit, es nicht länger als nötig hinauszuzögern.

Mit etwas Glück ist der Hochzeitswahnsinn am Montag vorbei, und dann wird alles wieder normal – oder zumindest so normal, wie es sein kann, wenn man mit dem Mann verheiratet ist, der einen einmal entführt hat.

59

eter

ICH GEBE DANNY EINEN ABEND FREI UND HOLE SARA SELBST AB, DA ICH so ungeduldig bin, sie zu sehen, dass ich die paar Minuten, die sie braucht, um nach Hause zu kommen, nicht mehr abwarten kann. Ich bin froh, dass sie heute Abend weder freiwillig in der Klinik arbeitet noch einen Auftritt hat, denn selbst die Stunden, die sie bei der Arbeit verbringt, sind für mich zu viel Zeit, die wir getrennt verbringen.

Ich brauche sie bei mir. Immer.

Sie kommt aus ihrem Gebäude, und ihre haselnussbraunen Augen suchen die Straße ab – zweifellos nach Danny –, als ich die Autotür öffne und aussteige.

Ihr Blick fällt sofort auf mich, und ein Lächeln erhellt ihr hübsches Gesicht, als sie sich mir nähert. Es ist ein warmer Sommertag, und sie trägt ein ärmelloses graues Kleid, das ihre ballerinaartige Figur hervorhebt. Während sie geht, schwingen ihre glänzenden kastanienbraunen Wellen um ihre schlanken Schultern, und ich werde wieder an ein Hollywood-Starlet der 50er Jahre erinnert, das in die Neuzeit transportiert wurde.

Mein wunderschönes Ptichka.

Ich kann es kaum erwarten, bis sie meine Frau ist.

»Hi«, sagt sie atemlos und bleibt vor mir stehen. »Hast du ein neues Auto? Ich wusste nicht, dass es …«

Ich nehme ihr Gesicht zwischen meine Handflächen und lege meinen Mund auf ihren, um sie leidenschaftlich zu küssen. Ich kann nichts dagegen tun. Ich sehne mich nach allem an ihr, von der Süße ihres Duftes bis zu der Art, wie sich ihr schlanker Körper gegen meinen wölbt und ihre Hände hilflos meine Bizepse umklammern. Ich möchte diese Süße verschlingen, sie trinken, bis ich diesen brennenden Durst lösche – obwohl ich weiß, dass er nicht gelöscht werden kann.

Ich werde mich nach ihr sehnen, bis ich sterbe.

Als ich ein irritierendes Kichern wahrnehme, hebe ich meinen Kopf und werfe den Übeltätern – zwei jungen Mädchen, die ein Dutzend Meter entfernt stehen – einen bösen Blick zu. Ihre Gesichter verblassen unter der dicken Make-up-Schicht, und sie verschwinden schnell, und ich wende meine Aufmerksamkeit wieder Sara zu, die mich mit vom Kuss geschwollenen und rosigen, weichen Lippen anschaut.

»Hi, Ptichka.« Ich kämpfe gegen den Drang an, diese Lippen erneut einzufordern, und lege meine Hände auf ihre Schultern, um sie sanft zu drücken. »Wie war dein Tag?«

»Er war gut.« Sie klingt immer noch etwas außer Atem. »Was ist mit dir?«

»Auch gut. Ich habe ein neues Auto für uns gekauft.« Ich nicke in Richtung des schwarzen Mercedes S-560 hinter mir. Auf den ersten Blick sieht er aus wie jede andere Luxuslimousine. Eine genauere Betrachtung würde jedoch zeigen, dass die Fenster aus kugelsicherem Glas bestehen und der Metallrahmen ungewöhnlich stabil ist.

Er hat mich ein hübsches Sümmchen gekostet, aber er ist es wert. Ich erwarte nicht, dass jemand auf uns schießt, aber man weiß ja nie.

Außerdem ist dieses Auto bei einem Unfall ziemlich unzerstörbar – etwas, was mir nach dem, was mit Sara auf Zypern passiert ist, sehr wichtig ist.

»Schön«, sagt sie, auch wenn sich zwischen ihren Augenbrauen die Stirn ein wenig runzelt. »Was ist mit meinem alten Toyota?«

»Ich habe ihn verkauft.«

Sie tritt einen Schritt zurück, und ihr Stirnrunzeln vertieft sich. »Du hast nicht daran gedacht, mich vorher zu fragen?«

Ich bin versucht, sie an mich zu ziehen und sie wieder zu küssen, bis sie vergisst, worüber sie sich gerade ärgert. Aber wir haben die Passanten schon genug unterhalten, also frage ich einfach: »Hast du an diesem Auto gehangen, mein Liebling? Ich kann es zurückbekommen, wenn es einen sentimentalen Wert hat.«

Das scheint ihr auch nicht zu gefallen. »Nein, das Auto ist mir egal. Es ist nur …« Sie stellt sich gerade hin, schiebt ihre Schultern nach hinten und schaut mir in die Augen. »Peter, du musst mich in Entscheidungen einbeziehen, die mich betreffen – die uns beide betreffen. Du hast mir einmal gesagt, dass dies eine Partnerschaft sein kann, wenn ich will, und das will ich jetzt. Das ist mir wichtig.«

Ich denke über ihre Worte nach und nicke. »Okay.«

Sie blinzelt. »Okay?«

»Ich werde dich fragen, bevor ich noch etwas mit dem Auto mache«, sage ich und öffne die Beifahrertür. Ich ergreife ihren Ellbogen und helfe ihr nach innen, wobei meine Jeans unangenehm eng wird, als ich einen Blick auf die hellblaue Unterwäsche erhasche, als sie ihre wohlgeformten Beine nach innen schwingt.

Wir sollten dieses Kleid vielleicht als Arbeitsbekleidung streichen.

»Ich rede nicht nur vom Auto«, sagt sie, als ich hinter dem Steuer sitze. »Es geht um alles – wie Hochzeitsarrangements, wo wir wohnen werden und was du beruflich machen wirst. Ich will, dass wir all diese Entscheidungen gemeinsam treffen, wie jedes normale Ehepaar.«

»Ich verstehe.« Ich schaue sorgfältig in die Spiegel und fahre auf die Straße. »Du willst, dass ich Entscheidungen mit dir abspreche, so wie es ein Ehemann tun sollte. Das verstehe ich.«

»Wirklich?« Sie klingt aus irgendeinem Grund überrascht. »Ich dachte, dass … na ja, egal. Ich freue mich, dass du es verstehst.«

Ich lächele, lege meine rechte Hand auf ihren schlanken Oberschenkel und genieße die Seidigkeit ihrer nackten Haut. Wenn mein Ptichka möchte, dass ich mit ihr über solche Kleinigkeiten wie das Auto oder was ich mit meiner Zeit machen werde rede, mache ich das gern.

Wir können alle Entscheidungen gemeinsam treffen, solange sie eine einfache Tatsache versteht.

Sie gehört zu mir, für den Rest unseres Lebens.

6 0

 eter

Der Samstagmorgen dämmert warm und klar mit dem blauen, wolkenlosen Himmel, den ich aus einem Hochzeitskatalog bestellt haben könnte. Das Wetter war die einzige unkontrollierbare Variable, aber wie der Zufall es wollte, spielte es mit, also sollte die Veranstaltung reibungslos ablaufen.

Dafür habe ich gesorgt.

Eine Hochzeit zu organisieren ist nicht viel anders als einen Anschlag zu planen, habe ich erkannt. Man muss ebenso methodisch mit der Logistik umgehen und sich auf alle Eventualitäten vorbereiten. Natürlich sind die Ziele sehr unterschiedlich, aber es ist gut zu sehen, dass einige meiner Fähigkeiten im zivilen Leben anwendbar sind.

Esguerra lag falsch.

Ich werde dafür sorgen, dass das funktioniert.

Sara und ich werden hier glücklich sein.

Ihre Frisur- und Make-up-Termine sind erst um zehn, und meinetwegen war sie gestern Abend erschöpft, also lasse ich sie schlafen, während ich das Frühstück mache. Dann gehe ich mit einer dampfenden Tasse Kaffee in der Hand zurück ins Schlafzimmer.

Entweder hört sie mich oder sie riecht den Kaffee, denn sie rollt sich auf den Rücken, und ein schmaler Arm streckt sich über die Matratze aus, während sich die andere Hand zu einer zarten Faust ballt, um ein großes Gähnen zu bedecken. »Ist es Morgen?«, murmelt sie, ohne die Augen zu öffnen, und ich grinse, als ich mich auf die Bettkante setze und die Tasse Kaffee auf den Nachttisch stelle.

»Ja, mein Liebling.« Ich lehne mich nach vorn und liebkose ihre warme, duftende Halsbeuge. »Heute ist unser Hochzeitstag.«

Ihr Haar riecht süß und schwach fruchtig, wie das Shampoo in der Dusche. Es macht mir den Mund wässrig. Ungebeten gleitet meine Hand unter die Decke, schließt sich um eine weiche, runde Brust, und mein Schwanz verhärtet sich, während sich meine Atmung beschleunigt, weil ihre harte Brustwarze sich in meine Handfläche bohrt.

Verdammt. Dafür ist keine Zeit – ganz zu schweigen davon, dass sie immer noch wund von den drei Malen sein könnte, die ich sie gestern Abend genommen habe.

Ich zwinge mich, mich aufzurichten und meine Hand wegzuziehen. »Dein Frühstück ist fertig«, sage ich belegt und stehe auf, wobei ich die unbequeme Beule in meiner Jeans zurechtrücke. Ich muss mich abkühlen, bevor ich hier und jetzt über sie herfalle und Frühstück und Hochzeitstermine vergessen sind.

»Hm.« Sie gähnt wieder, setzt sich auf und zieht eine Decke nach oben, um ihre verführerischen Brüste zu bedecken. Sie blinzelt sich den Schlaf aus den Augen und konzentriert sich auf die Tasse, die auf dem Nachttisch steht. »Ist das Kaffee?«

»Definitiv. Und es gibt Frühstück in der Küche – eine Gemüse-Quiche und Bratkartoffeln. Du brauchst die Energie, um durch den Tag zu kommen.«

Sie grinst mich an. »Du bist fantastisch.«

Mein Herz klopft – und mein Schwanz zuckt erneut –, als sie nackt aus dem Bett springt und ins Badezimmer läuft, offensichtlich belebt durch das Versprechen von Koffein und Essen. Das ist es, wofür ich die ganze Zeit gekämpft habe: dass Sara so verspielt und liebevoll mit mir umgeht. Wir werden nie in der Lage sein, die Dunkelheit der Vergangenheit auszulöschen, aber gemeinsam können wir eine hellere Zukunft aufbauen.

Eine Zukunft, die sich aus irgendeinem Grund immer noch schrecklich zerbrechlich anfühlt.

Ich schiebe den Gedanken beiseite, sobald er auftaucht. Es gibt keinen Grund, anzunehmen, dass diese Art von Morgen vorübergehend ist, dass es etwas anderes als der Beginn unseres neuen Lebens ist.

Heute ist unser Hochzeitstag, und ich werde dafür sorgen, dass es der beste aller Zeiten ist.

Das ist das Mindeste, was mein Ptichka verdient, nach allem, was ich ihr angetan habe.

61

ara

DER ANSTURM BEGINNT, ALS ICH MIT DEM FRÜHSTÜCK FERTIG BIN, DAS Peter für mich gemacht hat. Eine gefühlte Armee von Stylisten, Maskenbildnern und Friseuren stürmt in meine winzige Wohnung und füllt das Wohnzimmer mit genügend Haarprodukten, Kleidersäcken und Lidschattentöpfchen für fünfzehn Bräute – oder Dragqueens. Pam und Suzie, die Frauen, die mich für mein Kleid vermessen haben, sind da, ebenso wie zwei ihrer Assistenten und mindestens vier Friseure und Make-up-Artists. Es ist schwer zu sagen, wie viele von ihnen wirklich hier sind, da es ein ständiges Kommen und Gehen ist, weil immer mehr Zubehör gebracht wird.

Peter überlässt mich umgehend der Folter und behauptet, er müsse die Sicherheitsvorkehrungen und die restliche Organisation am Silver Lake überwachen. Sein Smoking wird direkt dorthin geliefert, so dass ich keine Chance habe, ihn darin zu sehen, bis Danny mich später am Nachmittag dorthin bringt.

»Es ist unfair, dass du einfach nur einen schönen Anzug anziehen musst«, beschwere ich mich, und ziehe einen gespielten Schmollmund, und er grinst, bevor er einen schnellen Kuss auf meine Lippen drückt, der meinen Puls in die Höhe schnellen lässt.

»Benimm dich, sonst …«, warnt er mit vor Belustigung silbern strahlenden Augen, und ich kneife ihm aus Rache in die Seite, wofür ich mit einem Lachen und einem weiteren Kuss belohnt werde.

»Haare zuerst«, verkündet ein extravagant gekleideter junger Mann, sobald Peter gegangen ist, und ich lasse mich zum Sofa führen, wo bereits eine Reihe von gruselig aussehenden Styling-Werkzeugen liegt.

Mein Haar ist noch nass von meiner Morgendusche, also wird es zuerst zur Bändigung geföhnt, dann geglättet und auf Lockenwickler gedreht. Die Hochsteckfrisur erfordert anscheinend eine perfekte Glätte, die mein welliges Haar von Natur aus nicht besitzt. Während das passiert, werden meine Nägel poliert, in Form gebracht und in einem zarten Roséton lackiert, und dann ist es Zeit für mein Make-up.

Mama taucht auf, als die letzte Wimperntusche aufgetragen wird. Sie ist bereits perfekt frisiert und trägt ein langes, pfirsichfarbenes Kleid, das ihre immer noch schlanke Gestalt unterstreicht.

»Wow«, flüstert sie, als ich von der Couch aufstehe, und ich grinse, als ich zu ihr gehe, um sie zu umarmen.

»Du siehst umwerfend aus, Mama.« Ich gehe zurück, um sie eingehend zu betrachten. »Ich liebe dieses Kleid. Wann hast du es besorgt?«

»Dein Verlobter hat es gestern Abend liefern lassen. Es ist von Chanel. Kannst du das glauben? Ich habe mich erst gestern Morgen bei deinem Vater beklagt, dass ich so kurzfristig nichts Anständiges finden würde, und dann, bumm, kommt dieses Kleid – und passt wie von Zauberhand. Kannst du dir das vorstellen? Dein Vater hat auch einen neuen Smoking bekommen.« Sie klingt so aufgeregt wie ein Teenager, der zum Abschlussball geht.

»Wow, ja. Das ist unglaublich.« Peter muss wieder Kameras oder

Abhörgeräte bei meinen Eltern installiert haben – eine Verletzung der Privatsphäre, über die wir reden müssen. Fürs Erste bin ich aber dankbar, dass er meine Eltern in seine wahnsinnig gründliche Hochzeitsplanung einbezogen hat.

Mama liebt es, sich herauszuputzen, und wäre enttäuscht gewesen, wenn sie ein älteres Kleid hätte tragen müssen oder etwas, was ihr nicht besonders genug gewesen wäre.

»Wie geht es Papa?«, frage ich, als Pam und Suzie alle anderen aus der Wohnung scheuchen und ich mich bis auf die Unterwäsche ausziehen muss, um das Kleid anzuprobieren.

»Es geht ihm gut. Ich verarbeite das alles noch, aber …« Mama keucht, als sie das Kleid sieht. »Wow, Sara. Das ist umwerfend!«

»Es ist Monique Lhuillier«, erklärt Pam stolz, als Suzie mir hilft, es anzuziehen und die Knöpfe auf dem Rücken zu schließen. »Alles handgefertigte Spitze – jeder Millimeter davon.«

»Sara, das ist …« Mama blinzelt mehrmals, dann schnüffelt sie hörbar. »Liebling, du siehst so wunderschön aus … einfach nicht wie von dieser Welt, wie eine Art Feenprinzessin.«

»Wirklich? Lass mich mal sehen.« Ich warte, bis Suzie die Haarspangen hinzugefügt hat, und gehe dann zum Spiegel im Badezimmer.

Eine atemberaubende Schönheit starrt mich an, und ihre grün gesprenkelten Augen sind riesig und geheimnisvoll in ihrem makellosen Gesicht. Und es ist wirklich makellos. Die Narbe auf der Stirn von meinem Unfall, die mittlerweile sowieso fast unsichtbar ist, ist komplett verschwunden, und meine Haut ist so glatt und porenlos wie Porzellan. Eine Stunde Make-up, und ich sehe aus, als würde ich kaum etwas tragen – außer, dass jedes Detail so perfekt aussieht, als wäre es mit Photoshop bearbeitet worden.

Das Haar ist es, was für den Prinzessinnenflair sorgt. Es ist hoch auf meinem Kopf kunstvoll zu Locken und Wellen gesteckt, und jeder Strang ist so glänzend und glatt, dass ich das Haar kaum als mein eigenes erkenne. Sogar die Farbe, das dunkle Braun mit einem Hauch von Rot, wirkt durch die eingearbeiteten Diamanten intensiver und leuchtender, obwohl es auch nur der zusätzliche Glanz sein könnte, der durch all diese Produkte erreicht wird.

Pam hatte recht mit der Hochsteckfrisur: Sie ist genau das, was dieses Kleid braucht. Die Spitze verleiht dem filigranen Meerjungfrauenkleid einen himmlischen Touch, doch nur in Kombination mit der aufwendigen Frisur bekommt es diese magische, märchenhafte Ausstrahlung, die meiner Mutter die Tränen in die Augen treibt.

Als ich mich im Spiegel betrachte, verengt sich meine Kehle.

Ich werde heiraten.

Peter.

Heute.

Die Panikwelle ist ebenso spontan wie irrational. Ich sauge einen keuchenden Atemzug ein, schließe die Badezimmertür, lehne mich gegen sie und vergesse die empfindliche Spitze. Mein Herz schlägt wie eine Kriegstrommel in meiner Brust, und mein Atem ist schnell und flach.

Ich werde heiraten. Peter.

Ich verstehe die Ursache meiner Panik nicht, aber das macht sie nicht weniger intensiv. Ich spüre, wie eisiger Schweiß meine Stirn überzieht und meine Achselhöhlen befeuchtet, und ich kann kaum stehen bleiben und dem Drang widerstehen, auf den Boden zu sinken.

Peter und ich werden *heiraten*.

»Sara?« Mama klopft an die Tür und klingt besorgt. »Bist du okay, Liebling?«

Bin ich das? Ich sollte okay sein. Ich sollte sogar überglücklich sein. Ich heirate den Mann, den ich liebe, der sich unglaublich bemüht hat, mir zu zeigen, dass er mich liebt ... und mich trotz unseres ungünstigen Starts glücklich machen möchte.

Ist das das Problem? Ist ein Teil von mir immer noch nicht in der Lage, das zu überwinden, was Peter getan hat?

Das makellose Gesicht im Spiegel hält keine Antworten bereit, so dass ich ein paar tiefe Atemzüge mache und meine Stimme beruhige. »Mir geht es gut, Mama. Ich habe nur einen leicht nervösen Magen.«

»Oh, armer Schatz. Hast du Riopan im Haus?«

»Nein, aber mir geht es gut. Gib mir einen Moment.« Ich atme noch einige Male tief durch, und als mein Herz nicht länger rast, mache ich ein Handtuch nass und erfrische mich unter den Armen. Dann trage ich erneut Deo auf und tupfe meinen Haaransatz mit einem Taschentuch ab, wobei ich darauf achte, mein Make-up nicht zu verschmieren.

Als der Spiegel bestätigt, dass von meiner spontanen Panikattacke keine Spuren mehr zu sehen sind, klebe ich mir ein Lächeln auf die Lippen und komme heraus, um Mama erneut zu versichern, dass es mir gut geht.

Wir kehren ins Wohnzimmer zurück, das jetzt erschreckend leer ist.

»Sie sind alle gegangen«, sagt Mama und lächelt über meinen überraschten Blick. »Während du im Badezimmer warst.«

»Oh.« Ich schaue auf die Uhr und bin schockiert, dass es schon zwei Uhr nachmittags ist.

Kein Wunder, dass Peter dafür sorgen wollte, dass ich ein herzhaftes Frühstück esse.

»Die Zeremonie beginnt um vier, aber Peter hat gesagt, dass der Fotograf um drei Uhr für Familienfotos kommt«, sagt Mama. »Also sollten wir losfahren. Dein Vater ist schon unterwegs.«

»Stimmt.« Ich balle meine Hand zu einer Faust, um das leichte Zittern meiner Finger zu verbergen. Meine Kehle fühlt sich immer noch zu eng an, und der Gedanke daran – die Fotos, die Zeremonie, alle Blicke auf mich gerichtet und das Klatschen – ist unerträglich, völlig überwältigend.

»Mama …« Ich lege meine Hand auf meinen Magen, der jetzt wirklich nervös ist. »Ich glaube, ich muss doch etwas nehmen. Nur einen Block entfernt ist eine Apotheke, also werde ich kurz …«

»Was? Nein, du bist wohl verrückt.« Meine Mutter schiebt mich fast zum Sofa. »In dem Aufzug kannst du nirgendwo hingehen. Setz dich, entspann dich, und ich bin gleich wieder da, okay?«

»Nein, Mama, das ist in Ordnung. Ich schlüpfe einfach aus dem Kleid und …«

»Setz dich hin.« Mamas Tonfall duldet keinen Widerspruch. »Ich bin vielleicht alt, aber ich kann immer noch einen Block gehen. Ich bin in ein paar Minuten zurück, und du setzt dich einfach hin und ruhst dich aus, okay? Vielleicht isst du auch etwas, du könntest einfach einen niedrigen Blutzuckerspiegel haben.«

Das ist ein guter Punkt. Sobald Mama weg ist, gehe ich in die Küche und schiebe ein paar Reste in die Mikrowelle. Daran erinnere ich mich an meine erste Hochzeit: Ich war zu beschäftigt, um zu essen, und fühlte mich, als würde ich ohnmächtig werden. Dieses Mal gibt es viel weniger zu befürchten, dank Peter, der alles überwacht, also habe ich tatsächlich ein paar Minuten Zeit, um einen Happen zu essen.

Der Fotograf kann warten.

Als ich die Nudeln aus der Mikrowelle hole, klingelt es an der Tür.

»Es ist offen, Mama«, rufe ich und schnappe mir ein Handtuch, um sicherzugehen, dass ich mich nicht an dem heißen Teller verbrenne, und dann merke ich, dass es viel zu früh für sie ist.

Hat einer der Make-up-Artists etwas vergessen?

Ich stelle den Teller mit den Nudeln ab, gehe aus der Küche und erstarre.

Agent Ryson ist in meinem Wohnzimmer, und sein Blick schweift spöttisch über mein weißes Kleid.

»DU HAST ES TATSÄCHLICH GESCHAFFT«, MEINT ANTON BEWUNDERND, als ich meine schwarze Krawatte mit Hilfe des Spiegels binde. »Zivilleben, Amnestie, das Mädchen und alles. Ich kann das gar nicht glauben.«

»Kannst du aber.« Ich drehe mich um und grinse meine ehemaligen Teamkollegen an. »Wie sehe ich aus?«

»Nicht schlecht.« Yan geht um mich herum und betrachtet mich kritisch. »Ich hätte allerdings eine weiße Krawatte genommen. Die sieht formeller aus und passt besser zu deinem Hautton.«

Anton rollt mit den Augen. »Hör auf, so ein verdammter Metrosexueller zu sein. Ernsthaft, Ilya, womit hat eure Mutter ihn gefüttert?«

»Mit dem gleichen Mist, den sie mir gegeben hat«, sagt Ilya und tritt vor den Spiegel, um seine eigene Krawatte zurechtzurücken. Im Gegensatz zu seinem eleganten Zwilling, der aussieht, als wäre er für einen Anzug geboren, ähnelt Ilya einfach einem Gangster, der sich verkleiden will. Die Jacke spannt über seinen steroidverstärkten Schultern, und die Tattoos auf seinem rasierten Schädel schimmern bedrohlich im hellen Tageslicht.

Saras Vater könnte einen Herzinfarkt bekommen, wenn er ihn nur sähe – und das, ohne von dem Waffenarsenal zu wissen, das in seiner Jacke versteckt ist.

In all unseren Jacken.

Es gibt natürlich keinen wirklichen Grund zur Sorge, aber ich fühle mich trotzdem unwohl. In der guten alten Zeit waren solche Veranstaltungen, vor allem im Freien, oft eine gute Gelegenheit für uns. Hochzeiten, Geburtstage, Beerdigungen – wir alle haben sie geliebt, weil unsere Ziele vor Aufregung immer einen wichtigen Sicherheitsaspekt vergessen würden.

Dass ist ein Fehler, den ich nicht machen will, weshalb ich zusätzlich zu meiner üblichen Sara-Bewachungscrew zwanzig weitere Bodyguards angeheuert und ein Dutzend Drohnen für die Überwachung aus der Luft eingesetzt habe.

Niemand kommt ohne mein Wissen näher als einen Kilometer an den Veranstaltungsort heran.

»Und, wie ist das zivile Leben bisher?«, fragt Yan und stellt sich neben mich, als ich nach draußen gehe, um zu sehen, ob der Fotograf angekommen ist. »Ist es so, wie du es dir erträumt hast?«

Sein Ton ist spöttisch, wie immer, aber als ich ihn ansehe, kann ich keine Belustigung auf seinem Gesicht ausmachen.

»Ja«, antworte ich und beschließe, die Frage für bare Münze zu nehmen. »Du solltest es irgendwann mal ausprobieren.«

Er lacht, aber dem Geräusch fehlt der Humor. »Nein, danke. Ich genieße dieses Leben zu sehr.«

Ich nicke und bin nicht im Geringsten überrascht. Anstatt die Amnestie, die ich für ihn bekommen habe, zu nutzen, hat Yan das Geschäft übernommen – Akten, Briefkastenfirmen, Teamkonten und so weiter – und hat die Kontakte des Teams genutzt, um neue, noch lukrativere Jobs zu sichern. Die Übernahme geschah am Tag nach meiner Abreise zu Esguerras Gelände, was bedeutet, dass Yan es schon eine Weile geplant hatte.

Ich hatte recht, vorsichtig zu sein.

Wenn ich nicht zurückgetreten wäre, als ich es tat, wäre einer von uns jetzt wahrscheinlich tot.

Wie zu erwarten hat sich Ilya seinem Bruder angeschlossen, aber Anton hat sich immer noch nicht entschieden.

»Ich bin schon verdammt reich«, hat er mir vor zwei Wochen am Telefon gesagt, als Yan ihn einmal zu einer Antwort drängen wollte. »Ich vermisse vielleicht den Nervenkitzel, aber ich brauche nicht noch mehr Geld – nicht so, wie Yan es zu tun scheint.« Er hat innegehalten und dann vorsichtig gefragt: »Du bist doch nicht sauer auf ihn, oder?«

»Nein«, habe ich Anton gesagt, und es auch so gemeint. Ich habe den Jungs gesagt, dass sie mit dem Geschäft weitermachen können, wenn sie wollen, also was kümmert es mich, wenn Yan die ganze Zeit geplant hatte, an meine Stelle zu treten? Keiner von uns ist ein Engel, und tief im Inneren wusste ich immer, dass Yan sich nicht lange damit zufriedengeben würde, Befehle zu befolgen.

Sogar in Russland gab es Hinweise darauf – eine rote Flagge, die ich ignoriert habe, als ich den Ivanov-Zwillingen einen Platz in meinem neuen Team anbot.

Für meine alte Welt – *unsere* Welt – ist Yan Ivanov loyal genug gewesen, und da wir den ultimativen Zusammenstoß vermieden haben, macht es Sinn, ein gutes Verhältnis beizubehalten.

Man weiß nie, wann man einen Gefallen braucht.

»Also, was wirst du hier machen?«, fragt Yan, als ich aufhöre, die Stühle vor dem Pavillon zu zählen. »Außer Hochzeiten zu planen?«

»Ich habe ein paar Ideen«, sage ich, als ich zu Ende gerechnet habe. Wir haben einen Stuhl zu wenig, was das Personal des Veranstaltungsortes sofort beheben muss. »Im Moment passt die Hochzeitsplanung zu mir.«

»Du weißt, dass du dir was vormachst, oder?« Yans Ton fehlt jede Spur von Spott, und als ich mich zu ihm umdrehe, sehe ich eine eigenartige Ernsthaftigkeit in seinen kalten grünen Augen. »Das ist nichts für dich – nicht mehr als für mich.«

Haben er und Esguerra das gleiche Drehbuch gelesen? »Wen willst du davon überzeugen?«, frage ich neugierig. »Mich oder dich selbst?«

Er hält meinem Blick stand, und dann nickt er, so als ob er etwas sieht, was mir entgeht. »Viel Glück«, sagt er leise. »Ich drücke dir die Daumen.«

Und dann dreht er sich um und geht zurück, und ich muss den Fotografen allein suchen.

ara

MEIN PULS SETZT EINEN SCHLAG AUS, BEVOR ER SICH ÜBERSCHLÄGT.

Das kann nicht wahr sein.

Sie können Peter nicht am Tag unserer Hochzeit verhaften.

»Agent Ryson.« Ich bin stolz auf meine ruhige Stimme. »Was machen Sie hier?«

Er schenkt mir ein dünnes Lächeln. »Oh, keine Sorge, Dr. Cobakis – oder wird es bald Dr. Garin sein? Ich bin nicht in offizieller Funktion hier.«

Mein verzweifelter Herzschlag beruhigt sich leicht. »Warum sind Sie dann hier?«

»Um meine Glückwünsche auszusprechen.« Sein Mund verzieht sich. »Sie und Ihr russischer Liebhaber haben uns alle reingelegt.«

Ich schweige, denn was soll ich sagen? Ich verstehe, wie das aus seiner Perspektive aussehen muss – aus der Perspektive eines jeden, der die Geschichte von Anfang an verfolgt hat. Ich werde Georges

Mörder heiraten, den Mann, der mich gewaterboardet, sich in mein Leben gedrängt und mich entführt hat.

Den Mann, den Ryson mehr als die letzten zwei Jahre lang gejagt hat.

»Sagen Sie mir eins, Dr. Cobakis«, fährt Ryson bitter fort, »an welchem Punkt haben Sie und Sokolov sich verschworen, sich von Ihrem hirngeschädigten Ehemann zu befreien? War es vor oder während des sogenannten Überfalls auf Sie?«

Ich atme entsetzt ein. Denkt er das wirklich? »Sie irren sich. Ich habe nie …«

»Nie gelogen? Nie vorgetäuscht, Schutz vor dem Mann zu brauchen, den Sie heiraten werden?« Sein Blick ist schneidend. »Ja, das dachte ich mir.«

Mein Nacken brennt. »So war es nicht. Nicht am Anfang.«

»Ach, wirklich? Wie war es dann? Hat er Sie in Japan einer Gehirnwäsche unterzogen? Ihnen ein paar Schlafzimmertricks gezeigt, damit Sie das ganze Blut an seinen Händen vergessen? Vielleicht war Ihnen der Alkoholiker, von dem Sie sich scheiden lassen wollten, egal – ja, wir wissen alles darüber –, aber Ihr Liebhaber hat auch Cobakis' Wachmänner getötet. Gute Männer, ehrliche Männer. Er hat ihnen das Hirn weggepustet – oder haben Sie das vergessen?«

Ich schlucke die Galle, die in meinem Hals aufsteigt, hinunter. »Natürlich nicht.«

»Nein?« Ryson kommt auf mich zu. »Was ist mit den Polizisten im Hubschrauber, die er abgeschossen hat, als sie versuchten, Sie vor der angeblichen Entführung zu retten? Oder was ist mit all den anderen, die er im Namen der verdrehten Gerechtigkeit, die er verfolgt, getötet und gefoltert hat? Soll ich Ihnen eine Liste aller seiner Opfer geben, damit Sie sie an die Wand über Ihrem Ehebett hängen können?«

Ich zittere jetzt, und mein Magen rebelliert. Der Geruch der aufgewärmten Nudeln, die vor einer Minute so verlockend waren, weckt bei mir den Wunsch, mich zu übergeben und ich schaffe es kaum, Ryson anzuschauen, anstatt mich zu einer kleinen Kugel der Schande auf dem Boden zusammenzurollen.

Es ist wahr, alles.

Peter ist ein Monster, und ich auch, weil ich ihn liebe.

Als ich nicht reagiere, schnaubt der Beamte höhnisch. »Nichts zu sagen? Nun, ich möchte Sie warnen.« Er kommt näher, bis ich keine andere Wahl habe, als zurückzuweichen. Er beugt sich zu mir und sagt leise: »Ich weiß nicht, wer die Fäden gezogen hat, um Ihnen beiden eine reine Weste zu geben, aber wenn ich im Laufe der Jahre etwas gelernt habe, dann ist es, dass sich Psychopathen wie Sokolov nicht ändern. Er *wird* ein weiteres Verbrechen begehen, und wenn er es tut, wird der Deal, den er mit meinen Vorgesetzten gemacht hat, null und nichtig sein. Wir werden warten – und jetzt, Dr. Cobakis, haben wir auch *Sie* auf dem Radar.«

Er tritt zurück und dreht sich um, als wollte er gehen, aber dann hält er inne und sagt über die Schulter: »Oh, und noch einmal herzlichen Glückwunsch. Sie sind eine wunderschöne Braut. Ich hoffe, Sie beide werden sehr glücklich miteinander.«

Dann geht er hinaus, knallt die Tür hinter sich zu, und ich schaffe es gerade noch ins Bad, bevor mein Magen sich zusammenzieht und sich sein Inhalt in die Toilettenschüssel ergießt.

6 4

 eter

Sie ist zu spät.

Die Zeremonie soll in fünfundvierzig Minuten beginnen, und Sara ist immer noch nicht da.

Ich werfe dem Fotografen, der betont auf seine Uhr schaut, einen vernichtenden Blick zu, und er erblasst und schaut weg, wobei er anfängt, mit seinen Manschettenknöpfen zu spielen, so als ob er das die ganze Zeit über getan hätte.

Laut den Leibwächtern, die Saras Wohnung beobachten, sowie den Ortungsgeräten, mit denen ich sie bestückt habe, ist meine Braut immer noch mit ihrer Mutter zu Hause. Ich habe beide mehrmals angerufen, aber nur Lorna hat einmal abgenommen. »Sara hat Magenschmerzen«, hat sie mich kurz und knapp wissen lassen, dann aufgelegt – und seitdem landen meine Anrufe auf der Mailbox.

Besorgt und zunehmend irritiert beobachte ich die Menschen, die in kleinen Gruppen um den Pavillon herumlaufen, Champagner trinken und die kunstvoll arrangierten Kanapees essen. Fast alle sind schon hier und scheinen sich zu amüsieren, obwohl einige der Gäste – vor allem Saras Freunde und ehemalige Mitarbeiter – mich ansehen, als sei ich Osama bin Laden. Yan plaudert mit Saras neuen Kollegen, während Ilya fasziniert davon zu sein scheint, was Saras Bandkollegen ihm über ihre Auftritte erzählen. Anton spricht mit Saras Vater über seine Kindheit in Russland, und ich sehe sogar Joe Levinson, den Anwalt, der Sara mag, wie er Tequila an der Bar trinkt und grimmig in meine Richtung starrt.

Er hat Mut, hier aufzutauchen. Er weiß nicht, dass ich von seinem Interesse an Sara weiß, aber trotzdem. Wenn er sie auch nur falsch ansieht, wird er nicht mehr lange genug leben, um es zu bereuen.

Das heißt, vorausgesetzt, dass sie jemals auftaucht, damit irgendjemand sie in irgendeiner Weise ansieht.

Ich warte noch fünf Minuten, überprüfe alle dreißig Sekunden meine Sara-Tracking-App, und dann rufe ich Danny an, der heute Teil von Saras Bodyguard-Crew ist.

»Du musst in die Wohnung gehen«, sage ich, als er abhebt. »Gib Sara dein Telefon und geh nicht wieder weg, bis sie mich anruft.«

»Verstanden.«

Er legt auf, und fünf Minuten später leuchtet auf meinem Telefon ein Anruf von Dannys Nummer auf.

»Sara?«

»Peter, ich …« Sie schluckt. »Es tut mir so leid. Ich brauche etwas mehr Zeit.«

Meine Sorge verstärkt sich. »Was ist los? Ist etwas passiert?«

»Nein, nichts. Ich habe nur einen nervösen Magen.«

»Soll ich einen Arzt rufen? Soll ich dir was besorgen?«

»Nein, es ist nur …«Sie hält inne und sagt dann vorsichtig: »Schau, Peter, ich weiß, das ist ein schreckliches Timing, aber …«

»Versuchst du, einen Rückzieher zu machen?« Meine Stimme ist sanft und verrät nichts von der Wut, die in mir lodert. »Geht es darum?«

»Nein, ganz und gar nicht. Ich brauche nur etwas mehr Zeit. Deine

Rückkehr, die Hochzeit – es geht alles sehr schnell. Ich sage nicht, dass wir es nicht tun sollten, aber vielleicht ist es noch zu früh, vielleicht können wir einfach eine Weile zusammenleben und sehen, ob es überhaupt …«

»Ob es überhaupt *was*?« Das harte Metall des Telefons schneidet in meine Handfläche. »Möglich ist? Glaubst du wirklich, dass es so laufen wird?« Die Wut in mir kocht, aber ich behalte meinen sanften Tonfall und meinen erfreuten Ausdruck bei, während ich hinter eine kleine Baumansammlung trete, weg von neugierigen Augen und Ohren.

»Peter, bitte. Ich bitte nur um einen kurzen Aufschub. Wir können den Leuten die Wahrheit sagen, dass es mir nicht gut geht, und dann …«

»Lass mich dir sagen, wie es laufen wird, Ptichka«, sage ich mit noch leiserer Stimme. »Du kannst entweder sofort mit Danny kommen, ohne Aufschub, oder ich hole dich ab. Nur werden wir in diesem Fall nicht zurückkommen. Tatsächlich wird es hier nichts geben, wohin ich zurückkommen könnte, denn ich habe nicht vor, Zeugen für dieses unglückliche Ereignis zu hinterlassen.« Ich halte inne und frage dann sanft: »Verstehst du, was ich sagen will, mein Liebling?«

Jetzt herrscht Totenstille am Telefon. Dann sagt sie in einem gebrochenen Flüsterton: »Das würdest du nicht tun.«

»Nein? Versuch es doch.« Ich warte ein paar Sekunden und füge dann hinzu: »Natürlich fallen deine Eltern nicht in die Kategorie der Zeugen. Ich weiß, wie viel sie dir bedeuten, also nehmen wir sie einfach mit, wenn wir verschwinden. Wie hört sich das an? Sie werden eine exotische Flucht genießen, meinst du nicht?«

Sie schweigt so lange, dass ich mir fast sicher bin, dass sie mich herausfordern wird. Aber ich bluffe nicht. Diese Leute sind mir scheißegal, mit Ausnahme von Saras Eltern. Wenn sie mich drängt, werde ich meine Drohung wahrmachen, auch wenn es bedeutet, die Amnestie aufzugeben, für die ich so hart gekämpft habe.

Ohne Sara ist dieser Mist nicht wichtig.

Wenn ich sie nicht haben kann, kann ich genauso gut die ganze verdammte Welt niederbrennen.

»Du bist verrückt«, flüstert sie endlich, und ich lächele dunkel, als ich die Kapitulation in ihrer Stimme höre.

»Ja, das bin ich, Ptichka. Vergiss das nie. Wir sehen uns gleich hier.«

Und damit lege ich auf und gehe zurück, um mich unter die Gäste zu mischen.

Sara

ICH ZITTERE IMMER NOCH, ALS ICH AUS MEINEM SCHLAFZIMMER auftauche und Dannys Handy mit der einen Hand umklammere, während ich die weiche Spitze des Kleides mit der anderen glätte.

»Ich bin bereit zu gehen, Mama«, sage ich ihr, als sie von der Couch aufsteht und offensichtlich überrascht ist, mich zu sehen.

»Bist du sicher? Liebling, du siehst *wirklich* blass aus.«

»Ja, mir geht es gut, Mama.« Ich schaffe ein kleines Lächeln. »Das Medikament wirkt endlich.«

Meine Mutter kam mit der Medizin zurück, gerade als ich aus dem Badezimmer kam, nachdem ich mich übergeben hatte, also nahm ich sofort ein paar Pillen und sagte ihr, dass ich mich für ein paar Minuten hinlegen müsse. Ich dachte, sie hätte diese Erklärung akzeptiert, aber als sich ihre Augenbrauen zusammenziehen, weiß ich, dass ich mir nur etwas vorgemacht habe.

Mama kennt mich viel zu gut.

»Sara, Liebling … du weißt, dass du das nicht machen musst, oder?«, sagt sie und bleibt vor mir stehen. »Wenn du Zweifel hast, darfst du deine Meinung ändern. Jeder würde es verstehen. Du musst ihn nicht heiraten, wenn du nicht bereit bist.«

Sie irrt sich. Ich darf meine Meinung nicht ändern – nicht, wenn alle unsere Freunde den Tag überleben sollen. Ich habe keine Ahnung, ob Peter wirklich tun würde, was er angedeutet hat, aber ich kann dieses Risiko nicht eingehen.

Nicht bei einem Mann, der zu so monströsen Dingen fähig ist.

Wenn es das Ziel des Beamten war, dass ich mich kleiner fühle als ein zerquetschter Käfer, dann ist ihm das wunderbar gelungen. Jedes Wort, das er mir entgegengeschleudert hat, hat sich wie eine Kugel angefühlt, weil jedes einzelne wahr war. Die Verbrechen, die Peter begangen hat, sind schrecklich, unverzeihlich, und ich weiß das. Ich wusste es die ganze Zeit, aber ich habe mich trotzdem in ihn verliebt.

Ich habe das Böse in ihm akzeptiert und es so weit angenommen, dass ich ihn aus freien Stücken heiraten will. Selbst nach Rysons Besuch will ich Peter nicht zurückweisen, obwohl er es so interpretiert hat. Ich war nur noch so sehr von Rysons verbalen Peitschenhieben erschüttert, dass ich instinktiv um mehr Zeit gebeten habe.

Ich will ihn auf jeden Fall heiraten – nur an einem anderen Tag.

»Das ist es nicht, Mama«, sage ich, während ihre Augen über mein Gesicht gleiten und nach einem Hauch von Zweifel suchen. »Ich liebe Peter, und ich will ihn heiraten. Ich habe mich einfach nicht gut gefühlt.«

Ihr Blick fällt auf das Telefon, das ich halte. »Was hat er dir gesagt?«

Ich blinzele sie an. »Was?«

»Der große Fahrer, der kam, hat dir das Telefon gegeben. Ich nehme an, um Peter anzurufen, richtig? Also, was hat dir dein Verlobter gesagt?«

»Nichts weiter. Er hat mich nur an die Zeit erinnert. Und wo wir gerade davon sprechen«, ich schaue betont auf den beleuchteten Bildschirm des Telefons, »wir müssen wirklich gehen.«

Meine Mutter schaut sich mein Gesicht noch ein paar Momente eindringlich an, dann nickt sie. »In Ordnung, Liebling. Wenn es das ist, was du willst, lass uns gehen. Eine Hochzeit wartet auf uns.«

66

 ara

ICH MUSS AUF DEM WEG NACH SILVER LAKE IN GEDANKEN VERSUNKEN gewesen sein, denn die Fahrt scheint nur wenige Sekunden zu dauern. Ich blinzele, als ich unter dem Jubeln einiger Gäste aus dem Auto steige, und mein Blick fällt auf eine große, dunkle Gestalt, die ein Dutzend Meter entfernt steht.

Peter.

Mein Feind.

Mein Stalker.

Mein Liebhaber.

Mein zukünftiger Ehemann.

Seine Augen sind wie grauer Teer, der nichts widerspiegelt, aber ich kann die explosiven Gefühle in ihm spüren, die aufgestaute Gewalt, die von dieser raubtierhaften Ruhe verdeckt wird. Trotzdem kann ich nicht anders, als in ihm zu ertrinken, als ich meinen Blick über die kräftigen Linien seines Körpers schweifen lasse. Ich habe ihn noch nie so formell gekleidet gesehen, aber es passt zu ihm, da der schlanke Smoking die V-Form seines Oberkörpers betont und das reinweiße Hemd seine braune Haut leuchten lässt.

Er sieht atemberaubend aus, so beeindruckend wie jeder Filmstar, und trotz des andauernden Aufruhrs in mir läuft ein heißes Kribbeln über meine Haut, eine Reaktion, die so instinktiv und unkontrollierbar ist wie der begleitende Angstschauer.

Ich habe vielleicht andere gerettet, indem ich aufgetaucht bin, aber ich werde für diese Verzögerung bezahlen.

Peter wird meinen Moment der Schwäche nicht einfach durchgehen lassen.

Ich erwidere seinen Blick, als ich auf ihn zugehe, und er streckt seine Hand aus, wobei sein Mund zu einem spöttischen Lächeln verzogen ist. Ich lege meine Hand in seine große Handfläche und spüre die Wärme bis hinunter zu meinen Zehen, die, was mir erst jetzt bewusst wird, genauso eisig wie meine Finger sind.

»Hallo Ptichka«, murmelt er und beugt den Kopf nach unten, um mir einen sanften Kuss auf die Lippen zu geben. Um uns herum höre ich ein paar Ohs – wahrscheinlich von meinen neuen Kollegen, die keinen Grund zu der Annahme haben, dass es sich hier um etwas anderes als eine einfache Liebesheirat handelt. Aus dem Augenwinkel sehe ich, wie Marsha uns mit angespanntem und blassem Gesicht anstarrt, und hinter Peter steht Joe Levinson, der einen Gesichtsausdruck wie bei einer Beerdigung hat ... wo der Sarg mit Sprengstoff gefüllt ist.

»Hallo«, antworte ich leise und tue mein Bestes, um alle Blicke um uns herum zu ignorieren. »Ist der Fotograf hier?«

»Ja, mein Liebling. Gehen wir.«

Er legt mir eine besitzergreifende Hand auf den Rücken und führt mich zu einer malerischen Stelle am See, wo ein Mann mit einer Kamera Fotos von Phil und Rory macht.

Mein Vater ist auch schon da, und auch meine Mutter ist auf dem Weg, so zügig wie es ihre hochhackigen Schuhe erlauben. Es erwärmt mein Herz, sie so stark und gesund zu sehen; die Erinnerung an sie im

Krankenhaus, verbunden wie eine Mumie, verfolgt mich immer noch in meinen Alpträumen.

Als wir auf halbem Weg zum See und aus der Hörweite der anderen Gäste sind, schaue ich zu Peter auf und murmele: »Es tut mir leid.«

Sein Kinn spannt sich an. »Wir reden später darüber.«

Ich schlucke, schaue nach unten und konzentriere mich darauf, mit meinen hohen Absätzen auf dem unebenen Boden nicht zu stolpern. Ich habe nicht gelogen: Es *tut* mir leid. Jetzt, da ich wieder in Peters Umlaufbahn bin, spüre ich die Unvermeidlichkeit des Ganzen, die Anziehungskraft der dunklen Fäden, die uns verbinden. Meine früheren Zweifel erscheinen unbegründet und naiv, irrational bis wahnsinnig. Was spielt es für eine Rolle, ob unsere Hochzeit heute, morgen oder in einem Jahr stattfindet? Mein Peiniger wird derselbe Mann sein, derselbe tödliche Mörder, in den ich mich verliebt habe.

Von dem Moment an, als ich Peter traf, wusste ich, dass es für mich kein Entkommen geben würde, und was heute passiert ist, hat das nur bestätigt.

Als wir uns dem See nähern, sehe ich Peters Mannschaftskameraden, die zusammen an der Seite stehen, und winke ihnen zu. Ich freue mich, dass sie zurückwinken. Es ist seltsam, aber ich habe sie vermisst.

Für mich sind sie wie Peters Brüder.

Als wir den See erreichen, arrangiert uns der Fotograf – ein fülliger, bärtiger Mann, der einem dunkelhaarigen Weihnachtsmann ähnelt – in verschiedenen Posen, vom sehnsüchtigen Blick in die Augen des anderen bis hin zum gemeinsamen Sitzen auf einer Bank, wobei Peter seinen Arm um mich gelegt hat. Er macht Fotos von uns beiden zusammen und dann von jedem von uns allein, von uns beiden mit meinen Eltern und dann mit all unseren Freunden. Die Kombinationen sind endlos, und nachdem ich Peter allen vorgestellt habe, bemerke ich, wie meine Gedanken abschweifen und ich wie auf Autopilot lächele und posiere.

Hätte Peter das getan, was er angedroht hat?

Hätte er all diese Leute getötet, nur um mich dafür zu bestrafen, dass ich ihn versetzt habe?

Ich möchte glauben, dass die Antwort Nein ist, aber mein Instinkt sagt mir Ja. Er ist dazu fähig, und seine Besessenheit von mir hat immer einen Hauch von Dunkelheit gehabt, genau wie unsere Spiele im Schlafzimmer.

Peter liebt mich, schätzt mich, würde alles für mich tun.

Einschließlich einen Massenmord begehen.

Es ist ein schrecklicher Gedanke, oder zumindest sollte ich ihn schrecklich finden. Und das tue ich … meistens. Es ist nur ein winziger Teil von mir, der diesen Grad der Besessenheit berauschend findet, so aufregend wie den Sprung von einer Klippe in ein stürmisches Meer.

»Bereit, mein Liebling?« Peters große Hand umschließt meinen Ellenbogen, und ich schaue benommen zu ihm auf.

»Für die Zeremonie«, erklärt er, und ich nicke und lasse mich zum Pavillon führen.

Das war es.

Eheleben, wir kommen.

6 7

eter

MEIN PTICHKA IST BLASS UND UMWERFEND SCHÖN, ALS SIE NEBEN MIR steht und der Ansprache des Richters zuhört. Er spricht von Liebe und Engagement, von gegenseitiger Unterstützung in guten wie in schlechten Zeiten, und eine dunkle Welle der Befriedigung rollt durch mich hindurch, als er Sara die traditionelle Frage stellt, und sie leise antwortet: »Ja, ich will.«

Dann wendet er sich mir zu.

»Nimmst du, Peter Garin, Sara Cobakis zu deiner rechtmäßig angetrauten Frau, um sie in Krankheit und Gesundheit zu begleiten und sie zu lieben und zu ehren, bis dass der Tod euch scheidet?«

»Ja«, sage ich deutlich und stelle sicher, dass meine Stimme unser kleines Publikum erreicht. »Ja, ich will.«

»Sie dürfen die Braut jetzt küssen«, sagt der Richter, und ich drehe mich zu Sara.

Sie schaut mich an, ihre Augen sind weit und die Lippen weich,

351

und ich beuge meinen Kopf nach unten und lege meine Lippen sanft auf diesen verführerischen Mund. Es ist sehr wichtig, jetzt sanft zu sein. Der kleinste Kontrollverlust könnte die Wut herauslassen, die in mir brodelt, und das kann ich nicht zulassen.

Nicht, bis wir allein sind.

Es wird geklatscht und gejubelt, und dann ertönt von hinter dem Pavillon ein bekannter Song.

Die Band, die ich engagiert habe – die, von der Sara so begeistert zu sein schien –, ist hier, und hat sich während der Zeremonie vorbereitet und aufgebaut. Es hat mich eine hübsche Stange Geld gekostet, sie für ein paar Stunden hierherzubringen, aber der Reaktion der Gäste nach zu urteilen ist es das wert.

»Wollen wir?« Ich biete Sara meinen Arm an, als die Mehrheit der jüngeren Gäste zur Musik eilt und die Möglichkeit, ihre Idole live zu sehen, kaum glauben kann.

»Natürlich.« Ihre schlanke Hand hakt sich bei mir ein, und sie schenkt mir ein vorsichtiges Lächeln. »Gehen wir.«

Wir haben keinen Tanz vorbereitet, aber auf Drängen von Saras neuen Kollegen nehme ich sie in meine Arme, und wir schwingen zusammen zu einem langsamen, romantischen Lied, das ich als Klassiker und nicht als eine der eigenen Nummern der Band erkenne. Wieder muss ich vorsichtig sein, muss meine Berührung leicht und sanft ausfallen lassen, den entsprechenden Abstand wahren, anstatt Sara an mich zu ziehen und das elegante weiße Kleid wegzureißen, um sie gleich hier und jetzt, auf diesem weichen, grünen Rasen, zu nehmen.

Glücklicherweise endet der langsame Song, bevor meine Selbstbeherrschung zu bröckeln beginnt, und die Band stimmt eine ihrer beliebtesten Nummern an. Saras Bandkollegen und ein paar andere Gäste gesellen sich lachend und klatschend zu uns, und am Ende tanzen wir in einer Gruppe, bevor Saras Freundin Marsha sie wegzerrt, um mit ihr und zwei der anderen Schwestern zu tanzen.

Ich warte, bis das Lied vorbei ist, und dann signalisiere ich dem Catering-Personal, die Vorspeisen herauszubringen.

Da wir nur etwa zwei Dutzend sind, haben wir drei Tische: einen kleinen runden für mich und Sara und zwei größere ovale für den Rest der Gäste. Ich habe keine Sitzordnung erstellt, so dass letztendlich Saras Eltern mit ihren Freunden zusammensitzen und die Mehrheit von Saras Freunden und Kollegen am anderen Tisch Platz nimmt.

Das Essen ist hervorragend, wie es bei einem 8-Sterne-Michelin-Koch sein sollte, und als wir alle anfangen zu essen, scheint sich die Mehrheit der Gäste gut zu unterhalten. Sara muss das auch denken, denn sie sagt leise: »Danke, dass du alles organisiert hast. Das ist eine der schönsten Hochzeiten, auf denen ich je war.«

Ich lächele sie ruhig an, obwohl ich sie am liebsten über den Tisch beugen will. »Das freut mich, mein Liebling. Ich will, dass du glücklich bist.«

Und das wird sie auch sein, wenn sie ihre Zweifel an uns überwunden hat. Dafür werde ich sorgen. Ich werde alles tun, um sie glücklich zu machen.

Das Einzige, was ich nicht tun werde, ist, sie freizulassen.

Ich glaube aber auch nicht, dass sie das will – nicht tief im Inneren, wo es wirklich wichtig ist. Ich weiß nicht, was ihr heute Nachmittag Angst gemacht hat, aber ich habe einen Verdacht.

Könnte sie von Sonny Pearsons Tod erfahren haben?

Ich wüsste nicht, wie, da sie in den letzten Tagen nicht in der Klinik war, aber es ist die einzige Sache, die Sinn ergeben würde. So oder so, ich werde der Sache auf den Grund gehen.

Heute Abend.

Sobald wir allein sind.

Nachdem wir gegessen haben, schneiden Sara und ich den Kuchen an – eine wunderschöne siebenstöckige Kreation mit Sauerrahmglasur –, und dann gehen alle tanzen und Fotos machen. Die kurzen Vorstellungen, die Sara vor der Zeremonie gab, reichten offensichtlich nicht allen, und ich finde mich bald umgeben von Gästen, die neugierige Fragen stellen und deren Mut dem Alkoholkonsum gleichkommt.

»Wie habt ihr zwei euch nochmal kennengelernt?«, fragt Marsha, die auf ihren Füßen schwankt, während sie noch ein Glas Champagner trinkt. »Sara hat gesagt, dass es schon eine Weile ein Hin und Her war bei euch …«

»Ja, genau«, meldet sich Joe Levinson zu Wort, dessen Kiefer kämpferisch angespannt ist. »Wann und wie habt ihr euch getroffen? Keiner von uns wusste, dass Sara in einer Beziehung ist.«

Ich erinnere mich daran, dass das Messer an meinem Knöchel nicht dazu da ist, diesem Mann die Kehle durchzuschneiden. »Wir haben uns vor einigen Monaten in einem Klub in Chicago getroffen«, antworte ich ruhig und gebe Anton heimlich ein Zeichen. »Da ich viel für die Arbeit gereist bin, haben wir beschlossen, unsere Beziehung so lange geheim zu halten, bis wir sicher waren, dass sie eine Zukunft hat.«

»Und Sie sind aus Russland?« Andy, die rothaarige Krankenschwester, betrachtet mich mit einem verwirrten Stirnrunzeln. »Von demselben Ort wie …«

»Da bist du ja!« Anton schlägt mir auf den Rücken. »Ich habe überall nach dir gesucht. Die Jungs brauchen dich für einen Moment.«

»Entschuldigt mich«, sage ich höflich zu den Gästen und folge Anton zum See, wo meine Teamkollegen mit einer teuren Flasche Wodka sitzen.

»Danke für die Rettung«, sage ich, als wir aus der Hörweite von Saras Freunden sind. »Ich bin heute nicht in der Stimmung, ihre Fragen zu beantworten.«

»Du wirst es irgendwann müssen«, sagt Anton, und ich zucke mit den Achseln, obwohl ich weiß, dass er recht hat.

Um mich bei diesen Leuten zu integrieren, werde ich ihnen irgendwelche Antworten geben müssen.

»Wie fühlt es sich an, wieder ein verheirateter Mann zu sein?«, fragt Ilya und schenkt mir Wodka ein.

Ich kippe ihn runter, anstatt zu antworten, und fühle das vertraute Brennen in meiner Kehle. Ich trinke nicht viel, das habe ich nie, aber heute ist es verlockend. Ich möchte vergessen, wie es sich angefühlt hat, als ich Saras zögerliche Stimme am Telefon hörte, als sie mir sagte, sie brauche mehr Zeit.

»Schenk mir noch einen ein«, sage ich und halte ihm das leere Schnapsglas hin, und Ilya kommt meinem Wunsch nach.

Ich kippe den Wodka wieder hinunter und halte Ilya das Glas erneut hin.

»Mehr?«, fragt er trocken, und ich schüttele den Kopf.

»Das reicht, danke.«

Das wird reichen müssen, um den Schmerz ein wenig zu betäuben. Meine Selbstbeherrschung hängt bereits an einem seidenen Faden, und ich werde es nicht riskieren, Sara zu verletzen, wenn ich sie endlich für mich allein habe.

Ich bin kein *so* großes Monster.

»Das ist es also, hm?« Anton gestikuliert in Richtung der Menschen, die sich am Pavillon vermischen. »Das ist es, was du willst?«

»*Sie* ist, was ich will.« Ich setze mich auf den Rasen und sehe Sara dabei zu, wie sie von Gruppe zu Gruppe geht, lacht und plaudert und eine tolle Vorstellung einer glücklichen Braut gibt. »Sie kommt einfach mit all dem hier.«

»Vielleicht«, sagt Yan und greift nach der Flasche. Er schraubt den Deckel ab und nimmt einen Schluck direkt aus der Flasche. »Oder vielleicht auch nicht.«

Ich werfe ihm einen scharfen Blick zu. »Du bist also ein Experte für meine Frau, oder was?«

Er zuckt mit den Achseln und nimmt noch einen Schluck. »Vielleicht überrascht sie dich ja doch. Denkst du, sie ist so anders als wir? Einfach durch und durch gut? Glaubst du, einer dieser Leute« – er deutet mit der Flasche auf die Gäste – »ist einfach durch und durch gut?«

Anstatt zu antworten, wende ich meinen Blick zurück zu Sara und er seufzt. »Es überrascht mich, dass ausgerechnet du es nicht siehst.

Sie will dich, oder? Sie liebt dich, obwohl sie weiß, was für ein Mann du bist?«

Das beantworte ich auch nicht, und er fährt fort. »Was glaubst du, warum sie sich zu dir hingezogen fühlt? Weil sie etwas Gutes in dir sieht? Oder weil sie sich heimlich nach dem Schlechten sehnt?«

Anton schnaubt. »Ach, bitte. Nicht schon wieder diese Scheiße. Jedes Mal, wenn du Wodka trinkst …«

»Ich setze auf Letzteres«, sagt Yan, so als hätte Anton nicht gesprochen. »Sie ist mehr wie du, als du dir vorstellen kannst, und dieser ganze Scheiß«, er winkt wieder mit der Flasche zum Pavillon, »ist das, was sie ihr anerzogen und von dem sie ihr eingeredet haben, dass sie das glücklich machen wird, und nicht das, was sie wirklich will.«

Ich stehe auf und streiche mir ein paar Grashalme von der Hose. »Da ist noch mehr Wodka auf unserem Tisch«, sage ich zu Ilya, der neidisch zusieht, wie sein Bruder die Flasche leert. »Du holst sie besser, wenn du sie willst. Wir werden das bald beenden.«

So amüsant es auch ist, Yans betrunkenem Geschwafel zuzuhören, ich würde lieber meine neue Frau nach Hause ins Bett bringen.

6 8

Sara

ICH FÜHLE MICH, ALS WÜRDEN PETER UND ICH IN EINEM THEATERSTÜCK sein, in dem jeder seine Rolle spielt. Er ist der freundliche Bräutigam, zurückhaltend, aber überaus höflich, und ich bin die strahlende Braut, übersprudelnd und aufgeregt. Oder zumindest bin ich das nach drei Gläsern Champagner; sie helfen wirklich bei dem übersprudelnden und aufgeregten Teil, was wiederum hilft, die bohrenden Fragen meiner Freunde zu vermeiden.

Ich kann immer zu einer anderen Gruppe von Gästen gehen, lachen und sie ermutigen, zu tanzen – etwas, was sie bei dieser Band gerne tun.

»Wie fühlst du dich, Liebling?«, fragt meine Mutter, als ich mich für eine Minute ihrem kleinen Kreis anschließe. »Weitere Magenprobleme?«

»Nein, alles in Ordnung, Mama.« Ich schenke ihr und Papa mein strahlendstes Lächeln. »Wie geht es euch?«

357

Mama lächelt und greift herüber, um Vaters Hand zu nehmen. »Wir amüsieren uns großartig, wie jeder andere auch. Dein Peter hat das alles toll organisiert.«

»Danke, Mama.« Ich strahle sie beide an. Die Reaktion meiner Eltern war meine größte Sorge, und ich bin sehr erleichtert, dass sie meine Beziehung akzeptiert zu haben scheinen – zumindest äußerlich. Ich habe ihnen natürlich keine große Wahl gelassen, aber es ist trotzdem schön, zu wissen, dass sie bereit sind, Peter eine Chance zu geben.

»Da bist du ja«, murmelt eine Stimme mit einem vertrauten Akzent, während sich ein langer Arm um meine Taille legt.

Ich schaue auf, um den silbernen Blick und das Grinsen meines Mannes zu sehen und zu vergessen, dass ich vorsichtig sein muss. »Hi. Wo warst du denn?«

»Drüben, bei den Jungs«, sagt er mit einer Kopfbewegung zum Seeufer, und ich lache, als ich die drei Russen etwas umherreichen sehe, was wie eine Wodkaflasche aussieht.

»Also stimmen die Vorurteile?«, fragt mein Vater, der meinem Blick gefolgt ist, und Peter nickt lächelnd.

»In den meisten Fällen. Ich persönlich bevorzuge Bier, aber manchmal muss man das Brennen spüren.« Er blickt auf mich herab, und seine Lippen lächeln immer noch. »Wie fühlst du dich, Ptichka?«

Meine Atmung beschleunigt sich, als ich den dunklen Unterton in diesem sinnlichen Lächeln bemerke. »Ähm … gut.«

»Gut.« Er wendet sich ganz und gar mir zu und streicht mir zärtlich mit seinen Knöcheln über den Kiefer. »Ich habe mir Sorgen gemacht.«

Ich schlucke, während meine Herzfrequenz sich weiter erhöht. Wir nähern uns dem Moment der Abrechnung, ich kann es fühlen.

»Warum wirfst du nicht deinen Brautstrauß, und dann verabschieden wir uns von den Gästen?«, schlägt er vor, als würde er meine Gedanken lesen können. »Es war ein langer Tag, und es könnte dir immer noch nicht hundertprozentig gut gehen.«

»Ja, Liebling«, fällt meine Mutter ein, ohne die Untertöne zu bemerken. »Warum zieht ihr beiden euch nicht zurück? Es war eine wunderbare Party, und ich bin mir sicher, alle hatten genug zu essen und zu trinken.«

Ich blicke auf den Sonnenuntergang über dem See. »Aber …«

»Komm, meine Liebe.« Peters Arm strafft sich warnend um meiner Taille, auch wenn sein Lächeln makellos bleibt. »Gehen wir.«

»Okay.« Ich sehe meine Eltern an. »Tschüss, alle zusammen. Wir sehen uns bald wieder.«

»Tschüss, Liebling.« Mama macht einen Schritt auf mich zu, und Peter gibt mich lange genug frei, damit ich sie und dann Papa umarmen kann. »Nochmals herzlichen Glückwunsch.«

»Danke.« Ich schenke ihnen ein weiteres strahlendes Lächeln, und Peter führt mich fort, damit ich den Strauß werfen und mich von allen anderen Gästen verabschieden kann.

»Also, ziehen wir um?«, frage ich, als ich neben meinem Apartmenthaus aus dem Auto steige. Meine Stimme ist ein wenig zu dünn, aber der ganze flüssige Mut hat sich auf der Fahrt hierher verflüchtigt, so dass mein Herz umso schneller hämmert, je näher wir unserem Zuhause sind.

»Willst du das?« Peter sieht mich an, und sein Blick ist unleserlich, als wir uns dem Gebäude nähern. »Wie schon gesagt, habe ich ein paar nette Objekte gefunden, aber ich wollte den Schritt nicht wagen, ohne dich zu fragen.«

Sein Ton enthält nicht den kleinsten Hauch von Spott, aber ich spüre ihn trotzdem. Wenn der heutige Tag irgendetwas gezeigt hat, ist es, dass er immer noch die ganze Macht hat und alle Regeln festlegt.

Ich beschließe, seinem Spiel zu folgen. »Ja, ich glaube, ich würde gerne umziehen. Diese Wohnung ist zu klein für uns beide, und es wäre schön, nicht so viele Nachbarn zu haben.«

»Ich bin ganz deiner Meinung.« Seine Augen leuchten heller, und seine Stimme wird tiefer, als er murmelt: »Ich will dich ganz für mich allein haben.«

Ich erröte und öffne den Mund, um zu antworten, aber in diesem Moment beugt er sich herunter, nimmt mich sanft auf und ignoriert mein erschrockenes Einatmen.

»Tradition«, sagt er grinsend zu mir und betritt die Lobby, wobei er mich mit gewohnter Leichtigkeit über die Schwelle trägt.

Wir gehen an meinen jungen Nachbarinnen vorbei, und ich verstecke mein Gesicht an Peters Hals, während sie quieken und schreien: »Herzlichen Glückwunsch!«

Wir müssen definitiv irgendwo hinziehen, wo es weniger Leute gibt.

»Du kannst mich absetzen«, sage ich Peter, sobald wir im Aufzug sind, aber er sieht mich nur an, und seine Augen verdunkeln sich.

»Warum?«, murmelt er, und seine Arme verstärken ihren Griff um mich. »Ich mag dich so.«

Mein Puls steigt wieder, als meine frühere Nervosität zurückkehrt, und ich drücke gegen Peters Schultern. »Nein, wirklich, lass mich bitte runter.«

»Warum?« Sein Kiefer verhärtet sich, und alle Verspieltheit verschwindet aus seinem Gesicht. »Damit du weglaufen kannst? Dich irgendwo verstecken und lügen, dass es dir schlecht geht?«

»Mir *ging* es schlecht!« Ich starre ihn verärgert an, da meine Wut meine Angst verdrängt. »Frag meine Mutter, wenn du mir nicht glaubst. Ich habe mich übergeben und musste Riopan nehmen.«

Seine dunklen Augenbrauen ziehen sich zusammen. »Was?«

»Das hat dir meine Mutter auch schon gesagt. Am Telefon – ich habe gehört, wie sie es dir gesagt hat.« Ich drücke wieder gegen seine Schultern, als sich die Fahrstuhltüren öffnen, und er tritt heraus und trägt mich den Flur hinunter. »Mir war übel.«

Sein Stirnrunzeln vertieft sich, als er vor meiner Wohnungstür stehen bleibt. »Ja, das hat sie erwähnt, aber ich dachte ...« Er stellt mich vorsichtig auf die Füße und greift in seiner Tasche nach den Schlüsseln.

»Du dachtest, es sei eine Ausrede? Nein, es ist passiert.« Aber nicht, weil ich krank war. Ich beiße mir in die Wange und beschließe dann, unser Eheleben nicht mit einer Lüge zu beginnen – auch nicht mit Unterschlagung.

Ich warte, bis wir die Wohnung betreten, und dann sage ich in einem ruhigeren Ton: »Peter … es gibt da etwas, was du wissen solltest. Agent Ryson ist heute hier vorbeigekommen, kurz bevor ich die Wohnung verlassen habe.«

Er verwandelt sich in eine Statue, bevor er sich mit ungläubigem Blick zu mir dreht. »Was?«

»Nicht in offizieller Funktion«, beruhige ich ihn schnell. »Er wollte nur mit mir reden.«

Seine großen Hände ballen sich an seinen Seiten zu Fäusten. »Warum?«

»Ich glaube … Ich glaube, er war frustriert. Darüber, wie sich alles entwickelt hat. Er denkt, dass ich ihn angelogen habe und dass wir …«, ich schlucke, da meine Kehle brennt, »… uns zusammengetan haben, um George zu töten. Dass ich wollte, dass du mir hilfst, George loszuwerden, weil er hirngeschädigt und ein Alkoholiker war, von dem ich mich ohnehin scheiden lassen wollte.«

Peter flucht leise. »Dieser verdammte Ublyudok. Ich hätte …« Er hält inne und atmet beruhigend durch. In einem sanfteren Ton fragt er: »Hat dich sein Besuch aufgeregt, Ptichka?« Als er auf mich zukommt, fängt er sanft mein Kinn ein und lässt mich zu ihm aufblicken. »Wolltest du deshalb mehr Zeit?«

Ich schaffe ein winziges Nicken. »Das tut mir leid. Das tut es wirklich. Es ging alles schon so schnell, und dann kam er und …« Ich schließe die Augen und öffne sie, um seinen sturmgrauen Blick erneut zu erwidern. »Es tut mir leid. Ich habe einfach nicht klar gedacht.«

Peter bewegt seine Hand über meinen Kiefer, und seine Berührung ist weich und zart. »Was hat er dir noch gesagt, mein Liebling?«

»Nichts weiter. Er war nur … oh, er hat gesagt, wenn du noch etwas Kriminelles tust, wäre der Deal null und nichtig – und dass sie jetzt auch mich auf dem Radar haben.«

Peters Blick verhärtet sich wieder. »Ich verstehe.« Er tritt zurück, lässt seine Hand fallen und ich merke, dass er wütend ist – so wütend, wie ich ihn noch nie gesehen habe.

Plötzlich besorgt, trete ich nach vorn und nehme seine Hand zwischen meine beiden. »Du wirst ihm nichts antun, oder? Ich habe dir das gesagt, weil ich keine Lügen zwischen uns haben will – nicht, weil ich will, dass du dich an Ryson rächst.«

Er antwortet nicht, aber ich erkenne meine Antwort an seinem angespannten Kiefer und der Steifheit seiner Handfläche zwischen meinen Händen.

»Peter, nicht, bitte. Hör mir zu …« Ich drücke seine Hand. »Er ist ein Bundesbeamter, und er *will*, dass du einen Fehler machst. Tatsächlich wäre ich nicht überrascht, wenn er deshalb heute hierhergekommen wäre: um dich zu provozieren und sicherzustellen, dass du gegen die Bedingungen des Deals verstößt. Spiel nicht sein Spiel. Das ist es nicht wert.«

Peters Ausdruck ändert sich nicht. »Machst du dir Sorgen um ihn oder mich?«

Ich lasse seine Hand los. »Um euch beide natürlich. Ich will nicht, dass du ihm etwas antust, und ich will definitiv nicht, dass du seinetwegen Ärger bekommst.«

»Hmm.« Peter streichelt wieder sanft über mein Gesicht. »Ich frage mich etwas.«

Ich befeuchte meine Lippen. »Was fragst du dich?«

»Wärst du glücklich, wenn ich einfach weggehen und dich in Ruhe lassen würde? Wenn ich in Schwierigkeiten gerate und für immer gehen müsste?«

Ich blinzele ihn an. »Aber … das würdest du nicht tun. Du würdest mich doch mitnehmen, oder? Wenn du weggehen müsstest?«

Sein Blick verfinstert sich. »Vielleicht. Ist es das, was du willst, Ptichka?«

Meine Brust verengt sich und behindert meine Atmung. »Peter … ich …«

»Du kannst dich immer noch nicht dazu bringen, es zu sagen,

oder?« Er hält mein Kinn wieder fest und zwingt mich dazu, ihm in die Augen zu schauen. Seine Stimme hat einen seltsamen Unterton. »Du kannst nicht zugeben, dass das gegenseitig ist, dass ich nicht der Einzige bin, der verrückt ist.«

Ich schlucke belegt, trete zurück und winde mich aus seinem Griff. »So ist das nicht.«

»Nein?« Er folgt mir, unerbittlich wie ein Hai. »Dann sag mir, warum du heute beinahe weggerannt wärst. Sag mir, was an Rysons Besuch das ausgelöst hat.«

Ich weiche zurück, bis mein Rücken gegen die Wand drückt. »Ich habe es dir schon gesagt. Ich habe dir alles gesagt.«

»Nicht alles.« Er drückt seine Handflächen an die Wand und rahmt meinen Kopf mit ihnen ein. Sein Ton ist grausam und zärtlich, als er murmelt: »Nicht ansatzweise alles, meine Liebe.«

Ich starre ihn an, und mein Puls schlägt in meinen Schläfen. Ich verstehe nicht, worauf er hinauswill, was er gerade von mir will. »Peter, bitte. Es tut mir leid wegen heute. Das tut es wirklich. Ich war so aufgebracht, dass ich nicht nachgedacht habe, aber das ist keine Entschuldigung. Ich hätte nicht …« Ich schüttele den Kopf.

»Nein, das hättest du wirklich nicht tun sollen«, stimmt er zu, seine Augen verdunkeln sich weiter, und dann, ohne Vorwarnung, ergreift seine Hand das Mieder meines Kleides und reißt es mit überraschender Wildheit herunter, zerreißt die handgefertigte Spitze, so dass die Perlenknöpfe auf den Fliesenboden fallen.

Keuchend klammere ich mich an den Saum des zerrissenen Kleides, aber Peter dreht mich herum und drückt mein Gesicht gegen die Wand. »Das hättest du wirklich nicht tun sollen«, knurrt er in mein Ohr und reißt das Kleid ganz herunter, so dass es sich um meine Knie rollt.

Ich habe nur noch meinem weißen trägerlosen BH und einen Stringtanga an – sexy Spitzenwäsche, die ich passend zum Kleid gewählt habe. Sie halten auch nicht länger als einen Moment, da Peter sie mir ebenfalls vom Leib reißt und ich völlig nackt bin.

Keuchend drücke ich meine Handflächen gegen die Wand und

erwarte, dass er meine Beine auseinandertritt und mich fickt, aber stattdessen gleitet sein mächtiger Arm um meinen Brustkorb und hebt mich aus den Resten des Kleides heraus. Meine Schuhe, mit den dünnen Knöchelriemchen, bleiben an meinen Füßen, auch als meine Beine in der Luft schweben, während er mich unbarmherzig ins Schlafzimmer trägt.

Er wirft mich mit dem Gesicht nach unten auf das Bett, und ich kämpfe, um mich umzudrehen, während er sich zurückzieht, um seine eigene Kleidung auszuziehen. Ich sehe etwas Metallisches aufblitzen und höre einen heftigen Schlag, als er seine Jacke zur Seite wirft – *War er bei unserer Hochzeit bewaffnet?* – aber dann verschiebt sich mein Fokus auf etwas viel Gefährlicheres.

Seinen Gesichtsausdruck.

Seine Augen sind verengt, und seine Nasenlöcher beben, während er seinen Gürtel öffnet, und ich kann an seinen ruckartigen Bewegungen den gewaltigen Hunger erkennen, der immer da ist, das dunkle, wilde Bedürfnis, das auch in meinem Inneren pulsiert.

Er wird mir heute Nacht wehtun, ich kann es fühlen, und mein Unterleib zieht sich durch eine Welle aus Angst und Lust zusammen. Ich sollte weglaufen, sollte protestieren, aber mein Körper handelt von selbst, und meine Beine stoßen mich vom Bett ab, um sich vor ihm auf den Teppich zu knien, und meine Hände greifen nach dem Reißverschluss seiner Smokinghose.

»Ja, das ist es, komm her«, murmelt er leise, und seine Hände krallen sich grob in mein Haar, als ich den Reißverschluss öffne und seine Hose herunterziehe, um seine Erektion zu befreien. Er ist schon komplett hart, und sein Schwanz ist lang und dick, so steif, dass die Adern entlang des Schafts herausspringen. Er ist eine Waffe, dieser Schwanz, aber auch ein Werkzeug für unvorstellbare Lust, und mir läuft das Wasser in meinem Mund zusammen, während ich ihn anstarre und mich daran erinnere, wie er mich damit gewürgt hat und wie ich dabei brannte.

Er zieht mein Gesicht näher und schlägt mir mit seinem Schwanz auf die Wange. Einmal, zweimal, ein drittes Mal. Ich öffne meinen

Mund beim vierten Schlag und fange die Spitze, indem ich sie einsauge, wobei ich seinem Blick begegne. Der vertraute Moschusgeschmack erwärmt meinen Unterleib weiter, und meine linke Hand schiebt sich zwischen meine Beine, während meine rechte sich bis zu seinen Eiern ausstreckt.

Sein Gesicht verzerrt sich in wildem Vergnügen, als ich ihn sanft drücke, und er schiebt sich tiefer in meinen Mund, während seine Fäuste ihren Griff an mein Haar verstärken. »Fuck …«, stöhnt er mit leiser und rauer Stimme. »Mach weiter so, genau so.«

Ich gehorche und lasse ihn meinen Hals ficken, während ich seine Eier massiere. Gleichzeitig reibt meine linke Hand meine Klitoris, und meine Oberschenkel zittern vor Anspannung. Seine Pupillen weiten sich noch mehr, seine Hüften bewegen sich immer schneller, und ich bin nah daran, sehr nah daran, zu kommen, als er etwas auf Russisch ausruft und mich plötzlich wegstößt.

Erschrocken falle ich nach hinten auf meine Handflächen, und bevor ich verstehe, was passiert ist, packt er mich und wirft mich wieder auf das Bett.

»So leicht kommst du nicht davon«, knurrt er, und ich atme zitternd ein, als er seinen Gürtel um meine Handgelenke schlingt, sie am Kopfteil befestigt und dann an meinem Körper entlangfährt, bevor seine starken Hände meine Beine spreizen.

»Was tust du da?« Mein Herzschlag ist so schnell, dass ich kaum sprechen kann. »Peter, bitte, du musst nicht …«

»Ruhe«, atmet er gegen meinen Oberschenkel, und ich keuche, während seine Zähne über meine Schamlippen fahren, bevor seine Zunge sich zwischen meine Falten drückt und zielsicher meine pochende Klitoris findet.

Die Entladung erfolgt fast sofort. Feuer leckt durch meine Adern, und ich biege mich nach oben, schreie und ziehe am Gürtel, als der herausgezögerte Orgasmus über mich hereinbricht und mein ganzer Körper krampft. Aber mein Peiniger ist noch nicht fertig. Seine Zunge wird sanfter, gerade so sanft, dass ich die Nachbeben überstehen kann, und dann stoßen zwei raue Finger in mich hinein und finden meinen G-Punkt. Ich schreie auf, und die Anspannung in mir wächst, als seine Zunge die Arbeit des Teufels wieder aufnimmt, und es dauert nicht lange, bis ich erneut komme.

Er ist immer noch nicht fertig, sein talentierter Mund bewegt sich meinen Körper hoch, lässt brennende Küsse auf meinen Bauch und meine Brüste regnen und saugt an meinen Nippeln und dem empfindlichen Teil meines Halses. Und die ganze Zeit bleiben seine Finger in mir, während sein Daumen meine Klitoris bearbeitet und mich wieder zum Orgasmus treibt.

Seine Lippen treffen auf meine, gerade als ich anfange zu kommen, und ich stöhne meine Erleichterung in seinen Mund und schmecke mich auf seiner Zunge, während er den Kuss vertieft. Meine Muskeln fühlen sich an, als hätten sie sich in meiner Haut verflüssigt, meine Handgelenke sind wund vom Ziehen am Gürtel, und doch fickt er mich immer noch mit diesen beiden rauen Fingern durch meinen Höhepunkt und darüber hinaus.

Ich bin am Rande eines weiteren Orgasmus, als er den Kopf hebt und seine Finger zurückzieht, nur um sie weiter nach unten zu bewegen und meine Nässe auf dem ganzen Weg zu verschmieren. Ich winde mich, als ich begreife, was er plant, aber er ist unerbittlich, und ich schreie mit fest geschlossenen Augen, als sein Mittelfinger meine hintere Öffnung findet und die Glätte meines Geschlechts wie ein Gleitmittel wirkt, als sein Finger in mich drückt, vorbei am Widerstand der zusammengepressten Muskeln.

Er hat mich schon einmal so genommen, aber das ist schon über neun Monate her, und sein Finger fühlt sich so riesig an wie sein Schwanz, als die Ränder seines Nagels zartes Gewebe abreiben. Mein Herzschlag dröhnt, und mir stockt der Atem, als er den Finger langsam aus mir zurückzieht, nur um einen zweiten zu ihm zu gesellen.

»Peter …«

»Schscht.« Er küsst mich wieder, und als die beiden Finger auf meine Öffnung drücken und mich in Panik versetzen, findet sein Daumen meine pochende Klitoris. Der Orgasmus, der gerade am

Abklingen war, kommt zurück, und die Anspannung steigt mit explosiver Kraft, und als ich komme und hilflos stöhne, drücken sich die beiden Finger den ganzen Weg hinein.

Ich spanne mich wieder an, aber es ist zu spät, und alles, was ich tun kann, ist, zitternd zu atmen, während er meine enge Passage dehnt und sie stechen und brennen lässt. Die Fülle ist unerträglich, invasiv, aber unter dem Unbehagen spüre ich ein Versprechen von etwas mehr, und mein Körper zieht sich in einem orgastischen Nachbeben zusammen und jagt diesem dunkleren Gefühl nach.

»Ja, das ist es, Ptichka«, atmet er gegen meine Lippen, und ich zittere, als sein Daumen meine Klitoris wiederfindet. Ich kann nicht ein weiteres Mal kommen, das ist unmöglich, aber mein Körper merkt nicht, dass er verbraucht ist. Die Anspannung sammelt sich in meinem Innersten, spult sich auf, und ich stehe am Rande des Orgasmus, zitternd und keuchend, als die eindringlichen Finger sich aus meinem Arsch zurückziehen.

Ich stöhnte frustriert, ziehe am Gürtel und wölbe meine Hüften nach oben, und er lacht leise mit tiefer und dunkler Stimme, während die Matratze links von mir eingedrückt wird.

Erschrocken öffne ich meine Augen, aber er ist schon mit einer kleinen Flasche in der Hand zurück. »Keine Angst, Ptichka. Wir gewöhnen dich daran«, verspricht er heiser, und ich zucke, als er die Flasche kippt und die kühle Flüssigkeit über mein geschwollenes Geschlecht läuft. Es tröpfelt tiefer, in den Spalt zwischen meinen Backen, und mein Puls wird wieder schneller, als sich unsere Blicke treffen.

In seinem Blick sehe ich Hunger und mehr, eine wortlose, aber heftige Forderung. Seine Unterarme schieben sich unter meine Knie, heben meine Beine auf seine Schultern, und dann lehnt er sich nach vorne und dehnt meine Sehnen, als er seinen Schwanz zu meinem Arsch führt.

»Ist es das, was du von mir willst?« Seine Augen glitzern, während er nach vorne drückt. »Ist es das, was du brauchst?«

Er drückt sich tiefer hinein, und ich stöhne bei dem stechenden

Druck, während Schweiß meine Wirbelsäule befeuchtet, als mein Schließmuskel langsam nachgibt. Mit meinen Beinen über seinen Schultern kann ich die Tiefe der Penetration nicht kontrollieren, und er stößt den ganzen Weg hinein, bis mein Magen sich zusammenzieht und mein Atem als hektisches, flaches Keuchen kommt.

»Ich …« Ich atme einen tieferen Atemzug ein und bekämpfe einen Schwindelanfall. »Ich verstehe nicht …«

»Tust du das wirklich nicht?« Sein Mund verzieht sich, und ein grausamer Schimmer erhellt seinen metallischen Blick, als er sich halb zurückzieht, bevor er wieder zustößt. »Oder kannst du es einfach nicht sagen?«

Das stechende Brennen ist immer noch da, die Fülle so extrem wie zuvor, aber als sein Daumen auf meiner Klitoris landet, wird der Schmerz von einer verlockenden Anspannung übertönt. Seine Hüften bewegen sich langsam, sein massiver Schwanz gleitet mit jedem erbarmungslosen Stoß tiefer, und der Orgasmus beginnt sich aufzubauen, wobei die Lust jetzt anders ist als vorher, stärker und dunkler, ebenso qualvoll wie exquisit.

Es ist zu viel, zu intensiv, und ich höre mich betteln und flehen, winde mich, so weit es diese Position erlaubt. Aber das grausame Licht bleibt in seinen Augen, sein Tempo bleibt unverändert, selbst als Schweißtröpfchen auf seiner Stirn erscheinen.

»Antworte mir«, sagt er mit rauer Stimme, lehnt sich nach vorn, wobei er mich fast in der Mitte zusammenklappt, und ich schreie, als der Schmerz den Funken auslöst und das Feuer entzündet, das mich verzehrt. Die Ekstase explodiert durch meine Nervenenden, meine Sicht wird von weißem Licht überflutet, während ich die Augen schließe. Die kribbelnden Schauer rasen über meine Wirbelsäule, und die Entladung zieht sich durch meinen Körper und lässt jeden Muskel erzittern und krampfen.

Ich höre ihn über mir stöhnen und spüre ein warmes Pochen tief in mir. Er kommt auch, bemerke ich benommen, und öffne meine Augenlider lange genug, um das gleiche quälende Vergnügen auf seinen verzerrten Gesichtszügen zu entdecken.

Schwer atmend bricht er auf mir zusammen, und wir bleiben so liegen, während unsere Atemzüge sich angleichen und wir uns erholen. Meine Kniesehnen fühlen sich an, als würden sie wegen der Überdehnung reißen, und mein Arsch brennt, während sein Schwanz allmählich weicher wird, aber ich will mich nicht bewegen.

Ich will so bleiben, mein Körper soll für immer mit seinem verbunden sein.

»Ja«, sage ich leise, als er langsam den Kopf hebt und sich nach oben schiebt, um den Druck auf meine Beine zu verringern. Unsere Augen treffen sich, und ein dunkler Triumph entzündet sich in seinem Blick, als ich müde wiederhole: »Ja, das ist es.«

Ich verstehe seine Frage jetzt, und ich kenne die erschreckende Antwort. Das *ist* es, was ich von ihm will – und es ist definitiv das, was ich brauche. Schmerz, Strafe, Gewalt – das brauche ich von ihm fast so sehr wie Liebe und Zärtlichkeit.

Ich brauche das Gesamtpaket, so verquer das auch sein mag.

Er greift nach vorne und befreit meine Hände, zieht sich dann vorsichtig aus mir zurück und reinigt mich mit einem Taschentuch. Ich schließe die Augen, da ich zu ausgelaugt bin, um mich zu bewegen, und seine starken Arme gleiten unter mich und heben mich vom Bett.

Er trägt mich in die Dusche und wäscht mich, wischt das verschmierte Make-up ab und löst all die komplizierten Locken und Wellen meiner Hochsteckfrisur. Dann wickelt er mich in ein Handtuch und bringt mich ins Wohnzimmer, wo er sich auf die Couch setzt, mich auf seinem Schoß absetzt und umarmt.

Ich lege meinen Kopf auf seine breite Schulter und meine Handfläche über sein Herz, wo ich den stetigen Schlag in seiner muskulösen Brust fühle, während er meinen Nacken sanft massiert und seine starken Finger die Knoten lösen, von denen ich nicht einmal wusste, dass sie da sind.

»Und jetzt erzähl schon.« Seine Stimme ist ein leises, tiefes Rumpeln unter meinem Ohr. »Sag mir, warum du heute fast einen Rückzieher gemacht hast.«

»Weil …« Weil Ryson mich an die Realität der Dinge erinnerte, und ich mich niedriger als eine Nacktschnecke gefühlt habe – das ist es, was ich zu sagen beginne, aber dann halte ich inne. Es ist keine Lüge, aber es ist auch nicht die volle Wahrheit. Ich geriet vor dem Besuch des Beamten in Panik, bevor er mich zwang, die hässlichen Fakten zu ertragen.

»Weil?«, wiederholt Peter und hört auf, mich zu massieren.

»Weil …« Ein Knoten bildet sich in meinem Hals als ich die Augen schließe, sie dann öffne und mich zurückziehe, um ihm in die Augen zu schauen. Es ist an der Zeit, dass ich aufhöre, die Wahrheit vorzutäuschen, und sie stattdessen annehme. Ich hole tief Luft und sage zitterig: »Weil du recht hattest. Damals in Japan, als du gesagt hast, dass es zu spät für mich sei, hattest du recht.« Es wird schwieriger, die Worte herauszuzwingen, aber ich mache weiter. »Damals war es zu spät, und jetzt ist es definitiv zu spät. Ich weiß nicht, wann es passiert ist, aber irgendwo auf unserem zerklüfteten Weg habe ich mich in dich verliebt. Aber ich …« Ich höre auf, da mein Hals sich zu sehr verengt.

Seine grauen Augen werden weich, und seine Hand nimmt die leichte Massage wieder auf. »Aber was?«

»Aber ich kann es nicht ertragen«, gestehe ich, und die Worte sind wie Steine in meinen Stimmbändern. »Ich brauche …« Ich höre auf, kann es nicht ganz aussprechen, aber er versteht es.

»Du brauchst das.« Er hebt seine Hand, um meine Wange zu streicheln. »Du brauchst mich, damit es manchmal wehtut, damit ich die Kontrolle übernehme und dich zwinge. Um die anderen Möglichkeiten auszuschalten, damit du das umarmen kannst, was du wirklich willst.«

Ich nicke ruckartig, zu gleichen Teilen beschämt und erleichtert. Es ist falsch und feige von mir, aber im Zusammenhang mit all dem anderen, was falsch ist, ist es die eine Sache, die sich richtig anfühlt. Unsere Beziehung wird nie so wie die anderer Menschen sein … weil sie überhaupt nicht existieren sollte. Folternder und Opfer, Mörder und Witwe seiner Zielperson – wir sind so unmöglich zusammen wie ein Raubtier und seine Beute, aber wegen Peter sind wir hier.

Seine Besessenheit hat uns erschaffen.

Er versteht es, ich sehe es im warmen Silber seines Blickes. »Als ich dich heute vom Veranstaltungsort aus angerufen habe«, murmelt er und schiebt mir eine feuchte Haarsträhne hinter das Ohr, »hast du das doch gebraucht, nicht wahr, Ptichka? Du musstest wissen, dass Weglaufen keine Option war … dass du mich heiraten musstest.«

Ich schlucke belegt und kämpfe gegen die Versuchung an, wegzuschauen. »Ich denke schon. Vielleicht. Ich …« Ich höre wieder auf, unfähig, die verwirrende Mischung von Emotionen zu formulieren, die ich erlebt habe. Seine Drohung hatte mich wie beabsichtigt erschreckt, aber jetzt merke ich, dass ich auch erleichtert war.

Tief im Innern habe ich darauf gezählt, dass er mir das Schlimmste meiner Scham- und Schuldgefühle nimmt.

Seine warme Hand legt sich um meinen Kiefer, und sein Daumen streicht beruhigend über meine Wange. »Das ist okay, Ptichka. Fühl dich nicht schlecht. Es ist, was es ist, und es ist okay, es zuzugeben.«

Ich schaue ihm in die Augen. »Du denkst nicht, dass ich … eine schreckliche Person bin?«

»Weil du mich liebst, oder weil du es nicht ganz akzeptieren kannst?«

»Weder noch. Beides.«

Sein Lächeln ist sinnlich und traurig zugleich. »Nein, meine Liebe. Du bist ein Produkt deiner Erziehung, so wie ich eines von meiner bin. Du hattest auch recht, damals in der Schweizer Klinik, als du sagtest, dass in einer anderen Welt, einem anderen Leben, alles anders gewesen wäre. Wenn ich könnte, würde ich die Vergangenheit auslöschen, die Geschichte zwischen uns neu schreiben, aber stattdessen gebe ich dir, was du brauchst – was wir beide brauchen, wenn wir ehrlich sind.«

Ich halte seinem Blick stand, auch wenn meine Augen brennen. Er versteht es, weil er mein dunkler, erschreckender Spiegel ist, sein

Verlangen sowohl umgekehrt als auch parallel zu meinem ist. Er liebt mich, das hat er auf die anschaulichste Weise gezeigt, aber ein Teil von ihm muss mich auch verletzen, um mich für den Schmerz der Vergangenheit zu bestrafen.

Und mich kontrollieren, damit ich ihn nicht verlassen kann.

Damit er mich nicht verliert, so wie er Tamila und seinen Sohn verloren hat.

»Ich liebe dich«, sage ich leise, und die Worte kommen beim zweiten Mal leichter über meine Lippen. »Ich liebe dich, Peter, mit allem, was ich bin. Und ich weiß zu schätzen, was du für mich getan hast … was du aufgegeben hast.«

Er hat mich über seine Rache gestellt.

Er hat unsere Liebe dem Wunsch nach dem Tod vorgezogen.

Sein Lächeln verdunkelt sich – die Erinnerung an Henderson muss noch wehtun – aber dann lehnt er sich nach vorn und drückt mir einen sanften Kuss auf die Lippen. »Ich weiß, Ptichka. Ich weiß, dass du mich liebst – und wir werden es auf jeden Fall schaffen. Wir müssen … weil ich dich nicht gehen lassen werde.«

Ich lege meinen Kopf zurück auf seine Schulter, schließe meine Augen und spüre, wie das Herz in dieser mächtigen Brust schlägt.

Er hat recht.

Wir werden das schaffen.

Unsere Liebe mag nicht einfach und geradlinig sein, aber sie ist trotz der Art und Weise, wie sie begann, nicht weniger stark. Diese Ehe wird nicht einfach, aber sie wird für immer bestehen.

Egal was passiert, wir haben einander.

Solange wir beide leben.

EPILOGUE

$\mathcal{H}$enderson

Ich starre auf meinen Computerbildschirm, klicke von einem Hochglanzbild zum anderen, während meine Kehle brennt und meine Hand vor Wut zittert.

Sie sehen schön aus, jung und gesund, tragen die beste Hochzeitskleidung, die blutbefleckter Reichtum kaufen kann. In einem Bild hebt er sie gegen seine Brust, in einem anderen halten sie sich an den Händen und schauen sich in die Augen.

Ich klicke wieder und schmecke die Bitterkeit meiner Galle. Auf diesem Bild lächeln sie sich an und stehen neben ihrer Familie und ihren Freunden.

Weiß einer dieser Leute Bescheid?

Ist ihnen klar, was er ist?

Sie weiß es. Daran habe ich keinen Zweifel. Ich sehe es in ihren Augen, ihrem hübschen, lügenden Lächeln.

Sie weiß es, und sie liebt ihn.

Sie heiratete ihn, obwohl sie wusste, welche monströsen Dinge er getan hat.

Ich rolle meinen Kopf von einer Seite zur anderen und versuche vergeblich, die quälende Spannung zu lösen. Die Steroidspritzen helfen nicht mehr, und der Schmerz frisst mich auf und hält mich nachts wach, was zu meinen Alpträumen und meiner Schlaflosigkeit beiträgt.

Drei Jahre auf der Flucht.

Drei Jahre Angst um das Leben meiner Kinder.

Drei Jahre mit dem Wissen, dass jeder, den ich zurückgelassen habe, getötet oder gefoltert werden kann … dass niemand, der mir wichtig ist, jemals wirklich sicher sein wird.

Ich klicke auf ein Browserfenster und navigiere zur Facebook-Seite meiner Tochter. Da gibt es seit drei Jahren nichts Neues, auch nichts in den sozialen Netzwerken meines Sohnes. Auch sie haben die ganze Zeit über in Angst gelebt.

Aus Angst vor dem Monster, das seine liebende Braut anlächelt.

Er denkt, dass er gewonnen hat.

Er denkt, dass es vorbei ist.

Er ist überzeugt, dass sie seine Schreckensherrschaft auf sich beruhen lassen werden.

Ich wende mich vom Computer ab, öffne den Ordner auf meinem Schreibtisch und versuche, ruhig zu bleiben, während ich die Liste mit den Namen durchsehe – diesmal meine eigene Liste.

Julian Esguerra, das Haustier-Monster der CIA.

Sein treuer Partner, Lucas Kent.

Yan and Ilya Ivanov.

Anton Rezov.

Und natürlich Peter Sokolov selbst.

Sie denken, dass sie es geschafft haben, dass sie unantastbar sind.

Sie könnten nicht falscher liegen.

Es wird Zeit, dass die Welt sie als die Terroristen sieht, die sie sind.

Sie werden auf die eine oder andere Weise dafür bezahlen.

FÜR IMMER MEIN

MEIN PEINIGER: BUCH 4

TEIL I

1

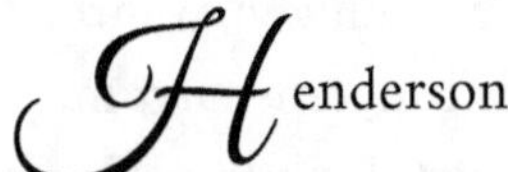enderson

»WAS MACHST DU DA?«

Bonnics ängstliche Stimme schreckt mich aus meinen Planungen, und ich schaue auf und schiebe den Ordner, in den ich vertieft war, unter einen Stapel Akten auf meinem Schreibtisch, während ich mich darauf vorbereite, ihr mit einer plausiblen Lüge zu antworten.

Aber die Frau, mit der ich seit einundzwanzig Jahren verheiratet bin, sieht mich nicht an.

Sie starrt auf den Computer hinter mir, wo das Foto einer wunderschönen Braut mit braunen Haaren, die ihren hübschen Bräutigam anlächelt, den größten Teil des Bildschirms einnimmt.

Verdammt. Ich dachte, ich hätte diesen Tab geschlossen. Meine Nackenmuskeln zucken vor Anspannung, und meine aufsteigende Galle brennt in meinem Hals, als ich sehe, dass Bonnie zu zittern beginnt.

»Warum hast du sein Bild?« Ihre Stimme ist schrill, als ihre Augen zu mir wandern und mich vorwurfsvoll anschauen. »Warum hast du das Bild dieses Monsters auf deinem Bildschirm?«

»Bonnie … Es ist nicht so, wie du denkst.« Ich stehe auf, aber sie zieht sich schon zurück, schüttelt den Kopf, und ihre langen Ohrringe schwingen um ihr dünnes Gesicht.

»Du hast es versprochen. Du hast mir gesagt, dass wir in Sicherheit sind.«

»Und wir werden es sein«, sage ich, aber es ist zu spät.

Sie ist schon weg.

Zurück in die Zuflucht ihres Bettes, ihrer Pillen, ihres gedankenlosen Reality-TVs.

Zurück an dem Ort, an dem die Kinder und ich sie nie erreichen können.

Ich sinke zurück in meinen Stuhl, rolle meinen Kopf von einer Seite zur anderen und löse die schlimmsten Verspannungen, während ich den Ordner wieder hervorhole. Der Name im Inneren starrt mich an, und jeder Buchstabe verspottet mich und schürt das bittere Feuer meiner Wut.

Peter Sokolov.

Ich bin die letzte Person, die noch auf seiner Liste steht. Der Einzige, den er noch nicht getötet hat, für das, was in diesem beschissenen Dorf in Dagestan passiert ist. Ein Fehler, ein fahrlässiger Befehl, und das ist das Ergebnis. Seit Jahren jagt er mich und meine Familie, quält unsere Freunde und Lieben, um an mich heranzukommen. Er beherrscht die Alpträume meiner Kinder und zerstört unser Leben in jeder Hinsicht.

Und jetzt, dank seines Kumpels Esguerra, der mit unserer Regierung zusammenarbeitet, darf er sich frei bewegen. Darf seine hübsche, braunhaarige Ärztin heiraten und in den Vereinigten Staaten leben, als ob alles vergeben und vergessen wäre.

Als ob sein Versprechen, mich nicht zu töten, etwas ist, was ich glauben soll.

Mein Blick fällt auf die restlichen Namen im Ordner.

Julian Esguerra.

Lucas Kent.
Yan und Ilya Ivanov.
Anton Rezov.
Sokolovs Verbündete – und jeder Einzelne ein Monster.
Sie müssen für das bezahlen, was sie getan haben.
Wie Sokolov müssen sie neutralisiert werden.
Dann und nur dann werden wir wirklich in Sicherheit sein.

Sara

ICH WACHE MIT DER ÜBERWÄLTIGENDEN ERKENNTNIS AUF, DASS ICH verheiratet bin.

Verheiratet mit Peter Garin, alias Peter Sokolov.

Mit dem Mann, der meinen ersten Ehemann, George Cobakis, getötet hat, nachdem er in mein Haus eingebrochen war und mich gefoltert hatte.

Mein Stalker.

Mein Entführer.

Die Liebe meines Lebens.

Mein Verstand wandert zum gestrigen Abend, und Hitze breitet sich in meinem ganzen Körper aus – eine Mischung aus Verlegenheit und Erregung. Er hat mich gestern bestraft. Mich dafür bestraft, dass ich ihn fast am Altar stehen gelassen hätte.

Er hat mich brutal genommen und mich dabei gezwungen, alles zuzugeben.

Ich musste gestehen, dass ich ihn liebe – *alles* an ihm, einschließlich seiner dunklen Seiten.

Dass ich diese Dunkelheit brauche … sie am eigenen Leib spüren muss, damit ich die Scham- und Schuldgefühle darüber überwinden kann, zu wissen, dass ich mich in ein Monster verliebt habe.

Ich öffne die Augen und starre an die weiße Decke. Wir sind noch in meiner kleinen Wohnung, aber ich schätze, dass wir bald umziehen werden. Und dann? Kinder? Spaziergänge im Park und Abendessen mit meinen Eltern?

Bin ich wirklich dabei, ein Leben mit dem Mann aufzubauen, der gedroht hat, alle auf unserer Hochzeit zu töten, wenn ich nicht auftauche?

Er muss gerade Frühstück machen, weil ich köstliche Düfte aus der Küche riechen kann. Sie sind süß und gleichzeitig vollmundig, und mein Magen knurrt, als ich aufstehe und wegen meiner schmerzenden Sehnen im Knie zusammenzucke.

Wenn wir häufiger in exotischen Positionen ficken wollen, sollte ich vielleicht mit Yoga anfangen.

Ich schüttele den Kopf bei diesem Gedanken, gehe duschen, putze mir die Zähne, und als ich mit einem Bademantel bekleidet herauskomme, höre ich Peters tiefe, leise Stimme mit dem schwachen Akzent, als er mich ruft.

Oder genauer gesagt ruft er sein »Ptichka«.

»Ich bin hier«, sage ich, als ich in die Küche komme, wo mich unglaublich starke Arme hochheben und ich so intensiv geküsst werde, dass mir die Luft wegbleibt.

»Ja, das bist du«, murmelt mein Mann, als er mich endlich wieder auf die Beine stellt. »Du bist hier, und du wirst nirgendwo hingehen.« Seine großen Hände ruhen besitzergreifend auf meiner Taille, und seine grauen Augen schimmern wie Silber in seinem mit Bartstoppeln bedeckten Gesicht. Er hat sich bereits ein T-Shirt und eine Jeans angezogen, scheint sich aber noch nicht rasiert zu haben, denn diese Stoppeln sehen so einladend rau und kratzig aus, dass ich mich frage, wie es wäre, wenn sie über meine Haut fahren würden.

Ohne nachzudenken, lege ich meine Hand an seinen gemeißelten Kiefer. Er ist genauso kratzig, wie ich es mir vorgestellt habe, und ich grinse, als er seine Augen schließt und sein Gesicht an meiner Handfläche reibt, wie ein großer Kater, der sein Revier markiert.

»Es ist Sonntag«, sage ich ihm und senke meine Hand, als er seine Augen öffnet. »Also ja, ich gehe nirgendwo hin. Was gibt es zum Frühstück?«

Er grinst, tritt zurück und lässt mich los. »Ricotta-Pfannkuchen. Hast du Hunger?«

»Ich könnte definitiv etwas essen«, gebe ich zu und beobachte, wie seine metallischen Augen vor Freude aufleuchten.

Ich setze mich hin, während er die Teller für uns beide holt und sie auf den Tisch stellt. Obwohl er erst letzten Dienstag zu mir zurückgekommen ist, fühlt er sich in meiner kleinen Küche schon wie zu Hause, und seine Bewegungen sind so geschmeidig und sicher, als ob er schon seit Monaten hier wohnt.

Während ich ihn beobachte, bekomme ich wieder das beunruhigende Gefühl, dass ein gefährliches Raubtier in meine kleine Wohnung eingedrungen ist. Teilweise liegt das an seiner Größe – er ist mindestens einen Kopf größer als ich, seine Schultern sind unglaublich breit, und sein Körper eines Elitesoldaten ist voller harter Muskeln. Aber es ist auch etwas an *ihm*, etwas mehr als die Tattoos, die seinen linken Arm schmücken, oder die schwache Narbe, die seine Augenbraue teilt.

Es ist etwas Eigenes, eine Art von Rücksichtslosigkeit, die es gibt, selbst wenn er lächelt.

»Wie fühlst du dich, Ptichka?«, fragt er, als er sich zu mir setzt, und ich schaue auf meinen Teller, weil ich weiß, weswegen er sich Sorgen macht.

»Gut.« Ich will nicht an gestern denken, darüber, wie der Besuch von Agent Ryson mich buchstäblich krank gemacht hat. Ich war wegen der Hochzeit bereits nervös gewesen, aber erst als mir der FBI-Beamte Peters Verbrechen um die Ohren gehauen hat, musste ich mich übergeben und habe Peter fast sitzenlassen.

»Keine Beschwerden wegen gestern Nacht?«, wird er deutlicher, und ich schaue mit erhitztem Gesicht zu ihm auf, als ich verstehe, dass er sich auf unser Sexualleben bezieht.

»Nein.« Meine Stimme ist erstickt. »Es geht mir gut.«

»Gut«, murmelt er mit einem heißen und dunklen Blick, und ich verstecke meine immer stärker werdende Röte, indem ich nach einem Ricotta-Pfannkuchen greife.

»Hier, mein Liebling.« Er legt mir fachmännisch zwei Pfannkuchen auf den Teller und schiebt eine Flasche Ahornsirup in meine Richtung. »Möchtest du noch etwas anderes? Vielleicht etwas Obst?«

»Gerne«, sage ich und schaue ihm dabei zu, wie er zum Kühlschrank geht, um Beeren herauszunehmen und zu waschen.

Mein häuslicher Attentäter. Wird so unser gemeinsames Leben sein?

»Was willst du heute machen?«, frage ich, als er zum Tisch zurückkehrt, und er zuckt mit den Achseln, während sich ein Lächeln auf seinen gemeißelten Lippen ausbreitet.

»Was du möchtest, Ptichka. Ich dachte, wir könnten vielleicht rausgehen und den schönen Tag genießen.«

»Also … ein Spaziergang im Park? Wirklich?«

Er runzelt die Stirn. »Warum nicht?«

»Nichts. Meinetwegen gerne.« Ich konzentriere mich auf meine Pfannkuchen, damit ich nicht hysterisch kichere.

Er würde es nicht verstehen.

WIR ESSEN SCHNELL – ICH HABE HUNGER, UND DIE RICOTTA-Pfannkuchen – er nennt sie *Sirniki* – sind unglaublich gut, und dann fahren wir zum Park. Peter sitzt am Steuer, und als wir bereits die Hälfte des Weges hinter uns gebracht haben, bemerke ich einen schwarzen SUV, der uns folgt.

»Ist das Danny?«, frage ich, während ich mich umschaue.

Seit Peters Rückkehr hat uns das FBI in Ruhe gelassen, und Peter ist viel zu ruhig wegen unseres Verfolgers, als dass es jemand anderes als der Leibwächter und Fahrer sein könnte, den er eingestellt hat.

Zu meiner Überraschung schüttelt Peter den Kopf. »Danny hat heute frei. Es sind ein paar andere Männer der Crew.«

Ah. Ich drehe mich um, um den SUV genauer zu betrachten. Die Fenster sind getönt, so dass ich nichts sehen kann. Stirnrunzelnd schaue ich zu Peter zurück. »Denkst du, wir brauchen immer noch all diese Sicherheitsvorkehrungen?«

Er zuckt mit den Schultern. »Ich hoffe nicht. Aber Vorsicht ist besser als Nachsicht.«

»Und dieses Auto?« Ich schaue mich in der luxuriösen Mercedes-Limousine um, die Peter letzte Woche gekauft hat. »Ist es auch speziell ausgerüstet?« Ich klopfe mit meinem Knöchel gegen das Fenster. »Das Glas scheint wirklich dick zu sein.«

Sein Gesichtsausdruck verändert sich nicht. »Ja. Es ist kugelsicher.«

»Oh. Wow.«

Er blickt mich an, und ein schwaches Lächeln erscheint auf seinen Lippen. »Keine Sorge, Ptichka. Ich habe keinen Grund, zu glauben, dass auf uns geschossen wird. Es ist nur eine Vorsichtsmaßnahme, das ist alles.«

»Okay.« Nur eine Vorsichtsmaßnahme, wie die Waffen, die er bei unserer Hochzeit in seiner Jacke hatte. Oder der Bodyguard-Fahrer, der da ist, um mich abzuholen, wenn Peter nicht kann. Weil normale Ehepaare aus der Vorstadt natürlich immer Bodyguards und kugelsichere Autos haben.

»Erzähl mir von den Häusern, die du gefunden hast«, sage ich und schiebe das unbehagliche Gefühl beiseite, das durch den Gedanken an all diese Sicherheitsmaßnahmen hervorgerufen wird. Wegen seines früheren Berufs und der Art von Feinden, die er sich gemacht hat, ergibt Peters Paranoia vollkommen Sinn, und ich habe nicht vor, gegen die Vorsichtsmaßnahmen zu protestieren, die er für notwendig hält.

Wie er gesagt hat, ist Vorsicht besser als Nachsicht.

»Ich werde dir die Angebote in einer Sekunde zeigen«, sagt er, und ich bemerke, dass wir bereits an unserem Ziel angekommen sind.

Er parkt gekonnt das Auto, steigt aus und kommt dann auf meine Seite, um mir die Tür zu öffnen. Ich lege meine Hand in die seine, lasse mir von ihm aus dem Auto helfen, und ich bin nicht überrascht, dass er die Gelegenheit nutzt, um mich an sich zu ziehen und zu küssen.

Seine Lippen sind weich und sanft, als sie die meinen berühren, und sein Atem ist mit Ahornsirup gewürzt. Es gibt keine Dringlichkeit in diesem Kuss, keine Dunkelheit – nur Zärtlichkeit und Verlangen. Doch als er seinen Kopf hebt, ist mein Puls genauso schnell, als hätte er mich überfallen, und meine Haut ist warm und prickelt, wo seine Handfläche meine Wange umschließt.

»Ich liebe dich«, murmelt er, während er mir in die Augen schaut, und ich strahle ihn an, als mein Unbehagen von einem leichten, schwungvollen Gefühl verdrängt wird.

»Ich liebe dich auch.« Diese Worte sind heute noch einfacher geworden – denn sie sind wahr. Ich liebe Peter.

Ich liebe ihn, obwohl er mir immer noch Angst macht.

Er grinst und führt mich zu einer Bank. »Hier.« Er zieht mich zu sich, damit ich mich neben ihn setze, nimmt sein Handy heraus und streicht ein paarmal über den Bildschirm, bevor er es mir gibt. »Das sind die Angebote, die ich gefunden habe«, sagt er und sieht mich mit einem warmen, silbernen Blick an. »Lass mich wissen, welche Häuser dir gefallen, und wir können sie uns ansehen.«

Ich blättere durch die Bilder, während sich mein gutes Gefühl verstärkt.

Fühlt sich so wahres Glück an?

»Lass uns das besprechen, während wir spazieren gehen«, sage ich ihm, als ich alle Fotos durchgesehen habe. Er stimmt erfreut zu und nimmt meine Hand fest in seine, während wir durch den Park wandern und die Vor- und Nachteile der verschiedenen Häuser diskutieren.

»Du denkst nicht, dass vier Schlafzimmer zu klein sind?«, fragt er, während er mich mit einem fragenden Lächeln betrachtet, und ich schüttele den Kopf.

»Warum sollte ich das denken?«

»Nun …« Er stoppt und sieht mich an. »Hast du darüber nachgedacht, wie viele Kinder du haben möchtest?«

Mein Magen zieht sich zusammen. Da ist es, das Thema, dem wir seit Zypern ausweichen, als Peter zugegeben hat, dass er versucht, mich zu schwängern, und ich einen Autounfall hatte, als ich versucht habe, zu fliehen. Ich hatte erwartet, dass es irgendwann zur Sprache kommen würde – wir haben seit Peters Rückkehr keine Kondome mehr benutzt, und er sagte meinen Eltern, dass er bald eine Familie gründen möchte. Trotzdem hämmert mein Herz in meiner Brust, und meine Handfläche in Peters Hand wird feucht, als ich versuche, mir vorzustellen, wie es wäre, ein Kind mit ihm zu haben.

Mit dem gnadenlosen Mörder, der mich obsessiv liebt.

Ich atme tief durch und nehme meinen ganzen Mut zusammen. Peter ist kein Verbrecher und kein Flüchtling mehr, und ich bin seine Frau, nicht seine Gefangene. Er hat seine Rache aufgegeben, damit wir das hier haben können – ein richtiges gemeinsames Leben.

Spaziergänge im Park, Kinder und all das.

»Ich habe an drei gedacht«, sage ich ruhig, während ich ihm in die Augen blicke. »Aber ich denke, ich könnte auch mit einem glücklich und zufrieden sein. Was ist mit dir?«

Ein erfreutes Lächeln breitet sich auf seinem wunderschönen dunklen Gesicht aus. »Definitiv mindestens zwei – vorausgesetzt, dass mit dem Ersten alles gut geht.« Er legt seine große Handfläche auf meinen Bauch. »Glaubst du, es ist möglich, dass …?«

Ich lache, und gehe einen Schritt weiter. »Machst du Witze? Es ist noch viel zu früh, um das zu sagen. Du bist vor weniger als einer Woche zurückgekommen. Wenn ich wüsste, dass ich schwanger bin, wäre das ein Problem.«

»Definitiv«, stimmt er zu, ergreift meine Hand und drückt sie besitzergreifend. Wir gehen weiter, und er schaut mich von der Seite an. »Also bist du damit einverstanden?«

»Mit einem Baby, meinst du?«

Er nickt, und ich atme tief durch und schaue auf eine Gruppe von Jugendlichen mit Skateboards. »Ich schätze schon. Ich würde gerne noch ein wenig warten, aber ich weiß, dass dir das viel bedeutet.«

Er antwortet nicht, und als ich ihn ansehe, bemerke ich, dass sich sein Gesichtsausdruck verdunkelt und sein Kiefer angespannt hat, während er geradeaus starrt. Mein beflügeltes Gefühl verflüchtigt sich, als ich merke, dass ich ihn ungewollt an die Tragödie in seiner Vergangenheit erinnert habe.

»Es tut mir leid.« Ich hebe unsere verbundenen Hände, um seine Faust gegen meine Brust zu drücken. »Ich wollte dich nicht an deine Familie erinnern.«

Sein Blick trifft auf meinen, und ein Teil seiner Qualen verschwindet. »Es ist okay, Ptichka.« Seine Stimme ist heiser, als er unsere verbundenen Hände höher hebt, um einen zärtlichen Kuss auf meine Knöchel zu drücken. »Du musst dich in meiner Nähe nicht wie auf rohen Eiern bewegen. Pascha und Tamila werden immer in meinen Erinnerungen leben, aber *du* bist jetzt meine Familie.«

Mein Herz zieht sich zu einem schmerzenden Ball zusammen. Er hat recht. Ich *bin* seine Familie – und er gehört mir. Weil die Hochzeit so schnell ging, hatte ich keine Chance, wirklich darüber nachzudenken, diese Realität in meinen Kopf zu bekommen.

Wir sind verheiratet.

Wirklich verheiratet.

Ich kann George nicht mehr als meinen Mann sehen, weil Peter diesen Titel jetzt trägt – so wie er Tamila nicht als seine Frau betrachten kann.

»Und du hast recht«, fährt er fort, während ich diese Erkenntnis verarbeite. »Familie ist mir wichtig. Ich will, dass wir ein Kind bekommen, und ich will es bald. Trotzdem …« Er zögert und sagt dann leise: »Wenn du warten willst, werde ich es nicht erzwingen.«

Ich bleibe stehen und starre ihn an. »Ernsthaft? Warum nicht?«

Ein quecksilbriges Lächeln blitzt auf seinem Gesicht auf. »Willst du, dass ich es tue?«

»Nein! Ich habe nur …« Ich schüttele den Kopf und ziehe meine Hand aus seinem Griff. »Ich verstehe es nicht. Ich dachte, das wäre ein Teil davon, du weißt schon, der Ehe und so. Du hast die Hochzeit erzwungen, also …«

Alle Spuren von Humor verschwinden aus seinem Gesicht. »Du bist fast gestorben, mein Liebling. In Zypern, als du dachtest, ich würde dir ein Kind aufzwingen, hast du versucht zu fliehen und bist fast gestorben.«

Ich beiße mir auf die Lippe. »Das war etwas anderes. *Wir* waren anders.«

»Ja. Aber eine Geburt kann generell gefährlich sein. Trotz all der medizinischen Fortschritte heute riskiert eine Frau ihre Gesundheit, wenn nicht sogar ihr Leben. Und wenn dir etwas passiert, weil ich darauf bestanden habe …« Er verstummt, und sein Kiefer spannt sich an, während er wegschaut.

Ich starre ihn an, und mein Herz schlägt schnell in meiner Brust. Die Chancen, dass mir bei der Geburt etwas Ernstes passiert, sind sehr gering, und mein erster Instinkt als Ärztin ist es, ihm das zu sagen, um ihn zu beruhigen. Aber in letzter Sekunde überlege ich es mir besser.

»Also würdest du warten?«, frage ich stattdessen vorsichtig.

Peter dreht sich zurück zu mir, und sein Blick ist düster. »Willst du warten, mein Liebling?«

Jetzt bin ich an der Reihe, wegzuschauen. Tue ich das? Bis zu diesem Moment hatte ich angenommen, dass Peters Rückkehr und die überstürzte Hochzeit bedeuteten, dass ein Kind Teil unserer nahen Zukunft sein würde. Ich hatte mich mit dem Gedanken abgefunden, ihn sogar auf irgendeiner Ebene angenommen.

Wenigstens könnten meine Eltern die Enkelkinder haben, die sie sich gewünscht haben – ein Pluspunkt, den ich bis zu unserem Abendessen gestern nicht bedacht hatte.

»Sara?«, fragt Peter, und ich schaue auf, um seinem Blick zu begegnen.

Hier ist sie.

Meine Chance, es zu verzögern.

Das Richtige zu tun, das Wohlüberlegte.

Erst dann ein Kind zu haben, wenn ich mir sicher bin, dass wir es schaffen können, dass Peter diese Art von Leben führen kann.

Alles, was ich tun muss, ist, Ja zu sagen, die Wahl zu nutzen, die er mir gegeben hat, aber mein Mund weigert sich, das Wort zu formen. Stattdessen höre ich mich »Nein« sagen, während ich seinen Blick erwidere und die Spannung in ihm sehe.

»Nein?«

»Nein, ich will nicht warten«, erkläre ich ihm und blende die rationale Stimme aus, die laut in meinem Kopf protestiert, während ich zuschaue, wie sich ein strahlendes, fröhliches Lächeln auf seinen Lippen formt.

Vielleicht ist das die falsche Entscheidung, aber im Moment fühlt es sich nicht so an. Peter hatte recht, als er sagte, dass das Leben kurz ist. Es *ist* kurz und unsicher, voller Fallstricke. Ich habe es immer vorsichtig gelebt und für die Zukunft geplant, weil ich davon ausgegangen bin, dass es eine geben würde. Aber wenn es etwas gibt, was ich in den letzten Jahren gelernt habe, dann, dass es keine Garantie dafür gibt.

Es gibt nur heute, nur jetzt.

Nur uns, zusammen und verliebt.

WIR VERBRINGEN EINE WEITERE STUNDE IM PARK UND GEHEN DANACH zusammen die Lebensmittel für die ganze Woche besorgen. Peter kauft genug für zehn Personen, und als ich ihn darauf hinweise, erklärt er mir, dass er vorhat, meine Eltern an diesem Freitag zum Abendessen einzuladen und mir außerdem jeden Tag Mittagessen zu kochen, das ich mit zur Arbeit nehmen kann.

Als wir nach Hause kommen, verschwindet er in der Küche, und ich setze mich an meinen Computer, um die per E-Mail geschickten Glückwünsche und Geschenkkarten – eine beliebte Wahl für die Mehrheit unserer Hochzeitsgäste, da niemand Zeit hatte, nach einem echten Geschenk zu suchen – durchzugehen. Ich drucke alle Geschenkgutscheine aus, sortiere sie nach Kategorien und schicke Dankesmails zurück. Das Ganze dauert weniger als vierzig Minuten – ein weiterer Vorteil unserer einfachen, schnellen Hochzeit.

Mit George brauchte ich damals zwei Wochenenden dafür.

Ich bin dabei, den Computer herunterzufahren, als ich eine weitere E-Mail in meinem Posteingang sehe – eine von einem unbekannten Absender, aber auch mit dem Betreff »Glückwunsch«.

Ich öffne sie und erwarte einen weiteren Gutschein, aber darin ist nur eine kurze Nachricht.

Herzlichen Glückwunsch zu einer wunderschönen Hochzeit. Wenn du uns jemals erreichen musst, benutze diese E-Mail-Adresse.
Mit den besten Wünschen
Yan

Ich blinzele und starre auf die E-Mail. Ich habe keine Ahnung, wie Peters ehemaliger Teamkollege an meine E-Mail-Adresse gekommen ist oder warum er sich dazu entschieden hat, mir zu schreiben, aber ich füge den Absender für alle Fälle zu meinen Kontakten hinzu.

Als ich mit den Geschenken fertig bin, folge ich den köstlichen Gerüchen in die Küche, wo Peter das Mittagessen zubereitet.

Vielleicht ist es noch zu früh, um das zu sagen, aber ich habe ein gutes Gefühl.

Diese Ehe wird funktionieren.

Wir beide werden dafür sorgen, dass sie es wird.

3

Peter

Während wir zu Mittag essen, schmecke ich kaum etwas, da meine ganze Aufmerksamkeit auf Sara liegt, die mir von den Hochzeitsgeschenken und Yans seltsamer E-Mail erzählt. Ihre haselnussbraunen Augen sehen fast grün aus, als sie lebhaft mit ihrer Gabel gestikuliert, und ihre Haut in dem hellen Sonnenlicht, das durch das Küchenfenster strömt, cremefarben. In ihrem legeren blauen Sommerkleid und mit ihren kastanienbraunen Haaren, die locker über ihre schlanken Schultern fallen, sieht sie wie mein wahrgewordener Traum aus, und meine Brust zieht sich bei der Erinnerung daran zusammen, wie es war, all die Monate ohne sie zu sein.

Ich werde sie nie wieder gehen lassen.

Sie gehört mir, bis dass der Tod uns scheidet.

»Warum hat er mir seine Kontaktdaten gegeben? Glaubst du, er will nur in Kontakt bleiben?«, fragt sie, während sie ein Stück Gurke aus ihrem russischen Salat aufspießt. Ich zwinge mich dazu, mich auf das Gespräch zu konzentrieren, anstatt darüber nachzudenken, wie gerne ich sie auf dem Tisch ausbreiten und sie anstelle des Essens, das ich zubereitet habe, genießen möchte.

»Ich habe keine Ahnung«, antworte ich, und das ist die Wahrheit. Yan Ivanov hat unser Attentatsgeschäft übernommen, nachdem ich gegangen bin, also kann ich mir nicht vorstellen, dass er mich zurückholen will. Monate zuvor gab es Spannungen zwischen uns, und ich vermute, wenn ich nicht freiwillig als Teamleiter zurückgetreten wäre, hätte er sein Bestes getan, um meinen Platz einzunehmen.

Andererseits glaubt er nicht, dass ich mich für das Zivilleben eigne; das hat er bei unserer Hochzeit gesagt. Vielleicht erwartet er also, dass ich zurückkehre, und behält die Situation für alle Fälle im Auge.

Bei Yan weiß man nie.

»Nun, ich hoffe, sie kommen uns mal besuchen«, sagt Sara. »Die Jungs, meine ich. Ich hatte keine Gelegenheit, mit ihnen auf der Hochzeit zu reden, und das tut mir leid.«

Ich ziehe meine Augenbrauen in die Höhe. »Ernsthaft? *Das* ist es, was dir leidtut?«

Sie richtet ihren Blick nach unten auf ihre Salatschüssel. »Und offensichtlich, dass ich dich fast versetzt hätte.«

Die Metallkanten meines Gabelstiels schneiden in meine Handfläche, und mir fällt auf, dass ich zu fest zudrücke. Ich bin nicht mehr wütend auf mein Ptichka, obwohl ein Teil der Schmerzen noch nicht verschwunden ist. Ich verstehe, wie schwierig es für sie war, zuzugeben, dass sie mich liebt, mich nach allem, was ich getan habe, vollständig zu akzeptieren. Sie brauchte es, dass ich ihr keine Wahl ließ, und ich musste ihre Freunde bedrohen, damit sie auf unserer Hochzeit erschien.

Nein, die Quelle meines Zorns ist nicht Sara, sondern der Mann, der versucht hat, sie zu manipulieren, damit sie aus unserer Hochzeit aussteigt.

Agent Ryson.

Die Tatsache, dass er es gewagt hat, einfach so aufzutauchen, erfüllt mich mit kochender Wut. Ich lasse Henderson in Ruhe, sie lassen mich und Sara in Ruhe – das war der Deal. Keine FBI-Überwachung mehr, keine Belästigung, nur eine weiße Weste, damit wir ein friedliches Leben führen können.

Er hat Sara bedroht. Sie beschuldigt, mit mir gemeinsame Sache gemacht zu haben, um ihren Mann zu töten. Ich habe keine Ahnung, was genau er zu ihr gesagt hat, aber es muss schlimm gewesen sein, so heftig wie sie reagiert hat.

Unter allen anderen Umständen würde er bereits bei den Würmern verrotten, aber ich sollte jetzt ein gesetzestreuer Bürger sein. Ich kann nicht herumlaufen und FBI-Beamten töten – nicht ohne das Leben aufzugeben, für das ich gekämpft habe, das Zivilleben, das Sara braucht. So verlockend es auch ist, Ryson lebt – zumindest noch. Später, wenn genügend Zeit vergangen ist, könnte er einen unglücklichen Unfall haben oder auf einen übermäßig aggressiven Straßenräuber treffen, so wie der Stiefvater von Saras Patientin … aber das ist ein Gedanke für einen anderen Tag.

Heute habe ich Sara ganz für mich allein, und ich werde es genießen.

»Keine Sorge, mein Liebling«, sage ich, als meine frischangetraute Ehefrau schweigend weiterisst und meinem Blick ausweicht. »Es ist vorbei. Das liegt in der Vergangenheit, genau wie alle anderen Fehler, die wir gemacht haben. Konzentrieren wir uns einfach auf die Gegenwart und die Zukunft … leben wir unser Leben, ohne andauernd zurückzuschauen.«

Sie blickt mit unsicheren Augen auf. »Glaubst du wirklich, dass wir das können?«

»Ja«, sage ich fest, und greife nach vorne, um ihre Hand für einen zarten Kuss zu meinen Lippen zu führen.

~

Nach dem Mittagessen sehen wir uns die Häuser an, die ich ihr gezeigt habe, und Sara verliebt sich in eines von ihnen – ein viktorianisches Haus mit fünf Schlafzimmern, das in den 80er Jahren gebaut, aber letztes Jahr komplett renoviert wurde. Es hat einen großen Garten für den Hund und die Kinder, erzählt sie mir fröhlich – und einen wunderschönen Kamin im Wohnzimmer. Es gefällt mir nicht, dass es so nah am Nachbarhaus steht und der Garten komplett offen ist, aber ich denke, wenn wir ein paar Bäume pflanzen und einen Zaun aufstellen, werden wir genügend Privatsphäre haben.

So oder so, es ist besser, als in Saras derzeitiger Wohnung zu wohnen.

Bevor wir gehen, gebe ich ein überdurchschnittlich hohes Barangebot ab, und der Makler ruft uns ein paar Minuten später an, um uns mitzuteilen, dass das Angebot angenommen wurde.

»Erledigt«, sage ich Sara, als ich auflege. »Der Vertragsabschluss ist nächste Woche.«

Ihre Augen weiteten sich. »Ernsthaft? Einfach so?«

»Warum nicht?«

Sie lacht. »Oh, ich weiß nicht. Ich nehme an, weil die meisten Leute nicht einfach Häuser wie Schuhe kaufen.«

Ich lächele und greife nach ihrer Hand. »Wir sind nicht die meisten Leute.«

»Nein«, stimmt sie schief zu und schaut zu mir auf. »Das sind wir nicht.«

Wir kehren nach Hause zurück, und ich mache uns Abendessen – gegrillte Jakobsmuscheln mit Süßkartoffelpüree und gedämpften Brokkoli. Während wir essen, spricht Sara die Umzugsplanungen an, und ich sage ihr, dass ich mich um alles kümmern werde, genau wie bei der Hochzeit.

»Alles, was du tun musst, ist, in dem neuen Haus aufzutauchen«, sage ich und gieße ihr ein Glas Pinot Grigio ein. Dann erinnere ich mich daran, wie verärgert sie über den Verkauf ihres Toyotas war, und füge hinzu: »Es sei denn, es gibt etwas, worüber du gemeinsam entscheiden möchtest? Vielleicht möchtest du neue Möbel oder Dekoration auswählen?«

Sie lächelt leicht. »Nein, überhaupt nicht. Ich bin nicht allzu wählerisch, was Hauskram betrifft. Wenn du das alles aussuchen möchtest, ist es mir recht.«

»Auf unser neues Haus.« Ich hebe mein Weinglas an und stoße es sanft gegen ihres. »Und ein neues Leben.«

»Auf unser neues Leben«, sagt sie leise, und als sie einen Schluck aus dem Glas nimmt, erinnere ich mich daran, wie sie ganz früh in unserer Beziehung versucht hat, etwas in meinen Wein zu mischen. Sie war damals so trotzig, so sicher, dass sie mich hasste.

Denkt sie das immer noch? Ein klitzekleines bisschen?

Meine Stimmung verdüstert sich, und ich stelle meinen Wein ab und stehe auf. Ich laufe um den Tisch herum und ziehe Sara hoch.

»Was tust du …?«, beginnt sie, aber ich küsse sie bereits und schmecke den Wein auf ihren Lippen.

Ihre weichen, vollen Lippen, die mich den ganzen Tag über abgelenkt haben.

Ich habe mein Bestes getan, mich wie ein guter Ehemann zu benehmen, habe all die normalen Dinge mit ihr getan, anstatt sie an mein Bett zu fesseln und sie den ganzen Tag zu ficken, wie es mein Instinkt verlangt. Ich war ruhig und geduldig, habe sie sich von gestern Abend erholen lassen, aber ich kann jetzt nicht mehr zivilisiert sein.

Ich brauche sie.

Genau hier.

Genau jetzt.

Ihre Arme legen sich um meinen Hals, und ihr schlanker Körper wölbt sich mir entgegen, als ich sie über meinen Arm nach hinten biege, unfähig, genug von ihrem Geschmack und Geruch zu bekommen, von dem Gefühl ihrer zarten Zunge, die gegen meine streicht. Sie ist verdammt köstlich, und mein Schwanz verhärtet sich, während mein Herz in meinem Brustkorb hämmert, als ich mit einer einzigen Armbewegung das Geschirr vom Tisch wische, ohne auf das Chaos zu achten, das entsteht.

Wir müssen sowieso neues Geschirr besorgen.

Sie keucht, als ich sie auf dem Tisch ausstrecke und den Rock ihres Sommerkleides hochziehe, wobei blasse Oberschenkel und ein hübscher blauer String mit Spitzenrändern zum Vorschein kommen. Da ich mich nicht länger beherrschen kann, zerreiße ich die Seide und vergrabe meinen Kopf zwischen ihren Oberschenkeln. Ich tauche meine Zunge hungrig zwischen ihre Falten und lege ihre Beine über meine Schultern, während meine Lippen sich um ihre Klitoris schließen, um fest und gierig an ihr zu saugen.

»Peter … Oh Gott, Peter …« Ihre Hüften heben sich vom Tisch, ihre Hände krallen sich fest in meine Haare, und ich habe das Gefühl, dass mein Schwanz in meiner Jeans durch ihren Geschmack, ihren warmen, femininen Duft und dem Gefühl ihres seidigen Fleisches unter meiner Zunge explodieren wird. Ich liebe alles daran, von der Art und Weise, wie ihre scharfen kleinen Nägel meinen Kopf zerkratzen und ihre muskulösen Oberschenkel meine Ohren zusammendrücken, über die keuchenden Geräusche, die ihrem Mund entweichen, bis hin zur Art und Weise, wie ihre nasse Muschi unter meiner Zunge zittert und sich zusammenzieht.

Das ist das Paradies, der verfickte Himmel, und ich kann nicht glauben, dass ich neun Monate lang ohne das – ohne *sie*– leben musste.

Ich schiebe einen Finger in sie hinein und fühle, wie sich ihre inneren Wände um ihn herum zusammenziehen, während ihre Hüften sich heben, um sich mir entgegenzubiegen und wortlos um mehr betteln.

»Fast da … nur noch ein bisschen länger«, stöhne ich in ihre Falten und streichele sie von innen, bis ich das Stück schwammigen Gewebes, ihren G-Punkt, finde. Ihr ganzer Körper wölbt sich nach oben, als sie mit einem lauten Schrei kommt und sich mit ihren Händen in meinem Haar festkrallt, während ihre Muschi um meinen Finger pulsiert.

Mittlerweile droht mein Schwanz in meiner Jeans zu explodieren, also ziehe ich meinen Finger aus ihr heraus und drehe sie auf den Bauch. Dann ziehe ich sie zu mir, bis sie über den Tisch gebeugt vor mir liegt, und die festen weißen Rundungen ihres Arsches und eine Muschi, die mit ihrer Nässe und meinem Speichel glitzert, durch den hochgezogenen Rock entblößt sind. Ich kann keine Sekunde länger warten, öffne den Reißverschluss meiner Jeans und schiebe diese zusammen mit meinem Slip nach unten, um meinen schmerzenden Schwanz zu befreien.

»Bereit?«, frage ich heiser, beuge mich über sie und führe mich zu ihrem Eingang, und ihr Atem stockt hörbar, als ich in sie eindringe, ohne eine Antwort abzuwarten.

Im Inneren ist sie samtweich und nass, und ihr zartes Fleisch umhüllt mich fest, so perfekt, dass sich meine Eier an meinen Körper ziehen und ein leises Stöhnen meiner Kehle entweicht, während meine Finger ihre Hüften ergreifen.

Das ist verdammt verrückt, voll und ganz verrückt. Nach unserem Gespräch gestern Abend hatten wir noch zweimal Sex, bevor wir einschliefen, und ich sollte mich nicht so fühlen, so verzweifelt hungrig nach ihr, dass ich kurz davor bin, die Kontrolle zu verlieren. Aber ich bin so hungrig. Ich bin gierig nach allen Dingen, die Sara ausmachen. Das Bedürfnis, sie zu besitzen, beherrscht mich tief in mir, und die dunkle Lust, umspielt meine Wirbelsäule. Ich fühle, wie sie in meinen Adern brennt und mich von innen nach außen entzündet.

Sie ist meine Sucht, und ich kann nicht genug von ihr bekommen.

Ich lasse ihre Hüften los, greife nach ihren Ellbogen, ziehe an ihnen, damit sich ihr Rücken wölbt, bevor ich in sie hineinstoße, und fühle, wie ihre inneren Muskeln um mich herum mich zusammenpressen, während ich anfange, sie ernsthaft zu ficken.

Sie schreit bei jedem strafenden Stoß, während ihr Oberkörper durch meinen Griff an ihren Ellbogen vom Tisch gehoben wird, und ich spüre, wie der Orgasmus in mir hochkocht, das Vergnügen wie eine Flutwelle ansteigt. Stöhnend werfe ich meinen Kopf zurück, hämmere schneller in sie hinein, und ihre Schreie verstärken sich, als sich ihre Muschi um mich herum zusammenzieht und ihr ganzer Körper sich versteift. Ich fühle, wie sie zu krampfen beginnt, und dann komme ich selbst, entleere zuckend meinen Schwanz, als ihr nasses Fleisch um mich herum pulsiert, mich melkt und mich drückt, bis nichts mehr übrig ist.

Bis ich auf ihr zusammenbreche, sie schwer atmend auf den Tisch drücke und den berauschenden Duft von Sex, Schweiß und ihr inhaliere.

Meine Sara. Meine Frau.

Meine Besessenheit.

Wir könnten eine Ewigkeit zusammen verbringen, und das wäre immer noch nicht genug.

4

enderson

Ich liege im Bett und starre an die Decke. Die zweite Nacht in Folge kann ich nicht schlafen, da düstere Gedanken mich beschäftigen, während mein Nacken krampft.

Der Plan, den ich gerade ausarbeite, ist extrem, sogar monströs, aber ich sehe keine andere Wahl. Ich kann Sokolov nicht direkt angreifen – er und seine Braut sind zu gut bewacht. Wenn ich es versuche und versage, wird die Hölle losgehen.

Außerdem ist Sokolov nicht der Einzige, den ich eliminieren will.

Seine Verbündeten sind genauso gefährlich … für mich, für meine Familie und für die ganze Welt.

Das ist der einzige Weg.

Er und die anderen müssen bezahlen.

5

Ich wache von dem leisen Piepen meines Weckers auf. Ich schalte ihn aus, drehe mich auf den Rücken und strecke mich, wobei mir auffällt, dass ich mich sowohl wund als auch befriedigt fühle. Nachdem wir die Küche aufgeräumt und geduscht hatten, nahm mich Peter noch einmal, bevor wir einschliefen, und weckte mich mitten in der Nacht noch ein weiteres Mal.

Man sollte den Sexualtrieb dieses Mannes in Flaschen füllen und als Droge verkaufen, das würde ein Vermögen einbringen.

Ich grinse bei diesem Gedanken, springe aus dem Bett und beeile mich, zu duschen. Ich kann bereits die Köstlichkeiten riechen, die Peter in der Küche kocht, und mein Magen ist mehr als bereit, den Tag zu beginnen.

»Morgen, Ptichka«, begrüßt er mich, als ich die Küche betrete, nachdem ich mich schnell fertig gemacht und für die Arbeit angezogen habe. Auf dem Tisch stehen zwei Teller mit Avocadotoast

402

und Ei, und auf der Theke steht ein Lunchpaket, von dem ich annehme, dass ich es zur Arbeit mitnehmen soll.

»Hi.« Mein Herzschlag beschleunigt sich, als ich ihn ansehe. Seine dunkle Jeans sitzt tief auf seinen Hüften, und die Tattoos auf seinem Arm glänzen im Morgenlicht, weil er kein Shirt trägt. Sein Körper ist ein Kunstwerk, mit perfekt definierten Muskeln und breiten Schultern, die sich zu einer schmalen Taille verjüngen. Sogar die Narben an seinem Oberkörper haben eine Art gewalttätige, gefährliche Schönheit – genau wie der Mann selbst.

»Hast du Zeit, etwas zu essen?«, fragt er, und ich nicke, während ich gegen den Drang ankämpfe, über meine Lippen zu lecken, als er seine Bauchmuskeln vor mir anspannt.

Vielleicht ist Peter nicht der Einzige mit einer verrückten Libido.

Dieser Zustand könnte ansteckend sein.

»Ich habe fünfzehn Minuten«, sage ich heiser und zwinge mich, zum Tisch anstatt zu ihm zu gehen. Wenn ich ihm jetzt einen Guten-Morgen-Kuss gebe, landen wir wieder im Bett.

»Gut. Ich bringe dich heute Morgen zur Arbeit«, sagt er und setzt sich zu mir an den Tisch. Er nimmt seinen Toast, beißt in ihn hinein, und ich mache dasselbe mit meinem und genieße den würzigen Limettengeschmack, kombiniert mit dem pikanten Spiegelei und dem knackigen Roggenbrot.

»Wirst du eine anstrengende Woche haben?«, fragt er, als ich mit meinem Toast fast fertig bin, und ich nicke und säubere meine Lippen mit einer Serviette.

»Ja. Ich habe sehr viel zu tun. Wendy und Bill, meine Chefs, sind gerade im Urlaub, also übernehme ich einige ihrer Patienten zusätzlich zu meinen eigenen. Oh, und ich werde morgen Nachmittag die Geburt bei einer meiner Patientinnen einleiten, also werde ich wahrscheinlich spät nach Hause kommen. Außerdem habe ich in der zweiten Hälfte der Woche einige Schichten in der Klinik.«

»Ich verstehe.« Peters Ausdruck ist neutral, aber ich spüre eine subtile Verdunkelung seiner Stimmung. Er ist nicht glücklich darüber, und ich kann es ihm nicht verübeln.

Ich würde auch lieber mehr Zeit mit ihm verbringen, als zur Arbeit zu gehen.

»Kommst du heute zum Abendessen nach Hause?«, fragt er, und ich lächele, weil ich froh bin, an dieser Stelle gute Nachrichten für ihn zu haben.

»Das sollte ich. Wenn es keine Notfälle gibt.«

»Schön.« Er steht auf. »Ich hole mir ein Shirt, und dann fahre ich dich zur Arbeit.«

»Danke – und danke für das leckere Frühstück«, rufe ich ihm nach, aber er ist schon im Schlafzimmer.

 eter

Saras Arbeitsplatz ist einen Spaziergang von ihrer Wohnung entfernt, so dass die Fahrt nur wenige Minuten dauert. Viel zu früh halte ich am Bordstein und gebe Sara ihr Mittagessen, während ich mich die ganze Zeit so fühle, als würde ich lieber meinen Arm opfern, als sie aussteigen zu lassen. Ich hasse es, dass ich sie den ganzen Tag nicht sehen werde, dass ich sie bis zum Abend nicht berühren oder mit ihr reden kann. Es ist noch schwieriger als letzte Woche, weil wir diesen Sonntag zusammen verbringen durften – und ich jetzt weiß, wie sich das Paradies anfühlt.

Es ist das, was wir damals in Japan hatten, nur ohne die bittere Feindseligkeit – ohne dass Sara es mir übelnimmt, dass ich sie von ihrer Karriere und allen, die sie liebt, weggerissen habe.

Ich muss meine ganze Kraft aufwenden, um ruhig sitzen zu bleiben, während sie meine Wange küsst und flüstert: »Ich liebe dich. Bis nachher«, bevor sie aus dem Auto springt.

Ich beobachte, wie ihre schlanke Gestalt in dem Bürogebäude verschwindet, und dann schreibe ich der Crew, um ihr Anweisungen für Saras Überwachung zu geben.

Wenn ich nicht bei ihr sein kann, weiß ich wenigstens, wo sie ist und was sie tut.

Zumindest werde ich wissen, dass sie in Sicherheit ist.

ICH VERBRINGE DEN VORMITTAG DAMIT, DIE GELDER FÜR DEN Vertragsabschluss am Donnerstag zu überweisen und den bevorstehenden Umzug zu organisieren. Ich plane, bis nächste Woche im neuen Haus einzuziehen, was bedeutet, dass noch viel Arbeit zu erledigen ist. Es wurde zwar gerade renoviert und deswegen sind keine größeren Arbeiten erforderlich, aber ich muss die richtigen Sicherheitsmaßnahmen installieren.

Vorort oder nicht … unser Haus wird eine Festung sein, und niemand – schon gar nicht Agent Ryson – wird Sara noch einmal zu Hause überfallen können.

Es ist mitten am Nachmittag und ich wasche gerade das Gemüse für das Abendessen, als mein Telefon auf der Arbeitsplatte vibriert. Ich drücke mit einem halbtrockenen Finger auf den Bildschirm und überfliege Saras Nachricht.

Es tut mir so leid. Die Klinik hat gerade angerufen. Sie sind völlig überlastet und haben mich gebeten, heute Abend zu kommen. Es wird nur bis etwa zehn Uhr sein. Es tut mir wirklich leid.

Die Zucchini, die ich gerade gewaschen habe, zerbricht in zwei Hälften, und ich schiebe das Telefon mit meinem Ellenbogen weg, um zu vermeiden, dass es das gleiche Schicksal erleidet.

Ich hätte es wissen müssen. »Wenn keine Notfälle auftreten« ist der Code für »ein Notfall wird eintreten.« Das war vor Japan so, und obwohl Saras aktueller Job weniger auf die Geburtshilfe ausgerichtet ist, hat sich ihre Einstellung nicht geändert.

Für sie steht immer noch die Arbeit an erster Stelle, sogar die ehrenamtliche Tätigkeit in der Klinik.

Ich brauche zwanzig Minuten, um mich zu beruhigen und wieder rational zu denken. Saras Karriere ist einer der Gründe, warum ich all die Schwierigkeiten mit Novak und Esguerra hatte, warum ich zugestimmt habe, meine Rache an Henderson aufzugeben. Eine Ärztin zu sein, die Patienten hilft, ist ihr wichtig; sie braucht ihre Karriere so sehr, wie sie die Nähe zu ihrer Familie und ihren Freunden braucht. Ich wusste das bereits, als ich sie geraubt habe, aber es war mir damals egal.

Alles, was zählte, war, sie bei mir zu haben.

Jetzt, da ich sie habe und sie glücklich ist, kann ich nicht zu dieser Einstellung zurückkehren, kann nicht vergessen, wie es war, als ich die Quelle ihres Unglücks war, als ich jedes Mal, wenn sie mich anschaute, die Qualen in ihren Augen sah.

Das ist jetzt anders. Was auch immer ihre restlichen Vorbehalte sind, sie hat endlich zugegeben, dass sie mich liebt – mich genug liebt, um mein Kind zu bekommen.

Eine Tochter oder einen Sohn … wie Pascha.

Einen Moment lang tut es wieder weh, zu atmen, aber dann vergeht der Schmerz und hinterlässt ein bittersüßes Brennen. Ich konnte in den letzten Monaten immer mehr an Pascha denken, ohne dass die Wut die Erinnerungen vergiftet hat. Und ich weiß, dass es ihretwegen ist.

Wegen meines kleinen Singvogels, den ich so gern wieder einsperren will.

Ich atme tief ein, lasse die Luft langsam wieder heraus und konzentriere mich auf die beruhigende Aufgabe, das Abendessen zu kochen.

Wenn Sara heute Abend nicht nach Hause kommen kann, muss ich eben zu ihr gehen.

ara

ICH ERWARTE, DASS MICH JEMAND VON PETERS CREW IN DIE KLINIK bringt, aber Peter selbst wartet am Straßenrand auf mich.

Ich grinse, und ein Teil meiner Müdigkeit verschwindet, als seine Augen über meinen Körper gleiten, bevor sie sich hungrig auf meinem Gesicht niederlassen.

»Hi.« Ich gehe direkt in seine Umarmung und atme tief ein, während seine starken Arme sich um mich schließen und mich fest gegen seine Brust drücken. Er riecht warm, sauber und ausgesprochen männlich – ein vertrauter Duft nach Peter, den ich mittlerweile mit Trost verbinde.

Er hält mich einige Momente lang fest, bevor er sich zurückzieht, um mich anzusehen. »Wie war dein Tag, mein Liebling?«, fragt er leise und streicht mir die Haare aus dem Gesicht.

Ich strahle ihn an. »Verrückt vollgepackt, aber jetzt ist alles gut.«

Ich bin, auch wenn das dumm ist, überglücklich, dass er mich selbst in die Klinik bringen wird.

Er grinst mich an. »Du hast mich vermisst, oder?«

»Das habe ich«, gebe ich zu, als er die Autotür öffnet und mir hineinhilft. »Das habe ich wirklich.«

Sein Antwortlächeln lässt mich in meinem Sitz schmelzen. »Und ich habe dich vermisst, Ptichka.«

»Es tut mir leid, dass ich das tun muss«, sage ich, als wir auf die Straße fahren. Im Auto riecht es köstlich, und mein Magen knurrt, als ich sage: »Ich hatte mich wirklich auf ein schönes Abendessen zu Hause mit dir gefreut.«

Peter blickt mich an. »Ich habe dir Abendessen mitgebracht. Es ist auf dem Rücksitz.«

»Das hast du?« Ich drehe mich auf meinem Sitz um und entdecke die Quelle des köstlichen Geruchs – eine weitere Lunch-Tüte. »Wow, danke. Das hättest du nicht tun müssen, aber ich weiß es wirklich zu schätzen.« Ich strecke mich, nehme die Tüte und stelle sie auf meinen Schoß.

Ich wollte ein paar Brezeln an einem Automaten in der Klinik kaufen, aber das ist unendlich viel besser.

»Warum *musst* du das tun?«, fragt Peter und hält an einer roten Ampel an. Sein Tonfall ist entspannt, aber ich lasse mich nicht täuschen.

Er hat sich auch auf unser Abendessen gefreut.

»Es tut mir wirklich leid«, sage ich, und ich meine es ernst. Als Lydia, die Empfangsdame der Klinik, mich mittags anrief, hätte ich ihre Bitte beinahe abgelehnt – aber am Ende gewann das Wissen, dass ein paar Dutzend Frauen ihre Krebsvorsorge und die notwendige pränatale Versorgung verpassen würden, wenn ich nicht auftauchte. »Heute fehlen Freiwillige, und ich konnte sie nicht im Stich lassen.«

Er schaut mich von der Seite an. »Konntest du nicht?«

Ich halte mitten beim Öffnen der Lunch-Tüte inne. »Nein«, sage ich ruhig. »Das konnte ich nicht.«

Genau davor hatte ich die ganze Zeit Angst. Ich hatte vermutet, dass es nur eine Frage der Zeit war, bis meine Überstunden anfangen würden, Peter zu stören, und es sieht so aus, als hätte ich mir zu Recht Sorgen gemacht.

Angespannt bereite ich mich darauf vor, ein Ultimatum zu hören, aber Peter drückt einfach aufs Gas und beschleunigt sanft.

»Iss, mein Liebling«, sagt er im gleichen entspannten Tonfall. »Du hast nicht viel Zeit.«

Ich folge seinem Rat und stürze mich auf das Essen – gemischtes Gemüse mit Couscous und gebratenem Huhn. Die Gewürze erinnern mich an den köstlichen Lammspieß, den Peter in Japan für uns zubereitet hat, und ich esse alles in wenigen Minuten auf.

»Danke«, sage ich und wische mir den Mund mit einem Papiertuch ab, das er zusammen mit dem Besteck eingepackt hat. »Das war unglaublich.«

»Gern geschehen.« Er biegt in die Straße ein, in der sich die Klinik befindet, und parkt direkt vor dem Gebäude. »Komm, ich bringe dich rein.«

»Oh, du musst nicht …« Ich halte inne, weil er bereits um das Auto herumläuft.

Er öffnet mir die Tür, hilft mir heraus und führt mich zum Gebäude, so als ob ich weglaufen könnte, wenn er nicht eine Hand auf meinem Rücken liegen hat.

Ich erwarte, dass er sich von mir verabschiedet, als wir die Tür erreichen, aber er kommt mit mir hinein.

Verwirrt bleibe ich stehen und schaue zu ihm auf. »Was hast du vor?«

»Da bist du ja!« Lydia eilt auf mich zu, ihr rundes Gesicht sieht erleichtert aus. »Gott sei Dank. Ich dachte schon, du würdest nicht … Oh, hallo.« Sie errötet und starrt Peter mit einem Blick an, den ich nur so deuten kann, dass sie für ihn mehr als schwärmt.

»Peter wollte einfach …«, beginne ich, aber er lächelt und tritt vor.

»Peter Garin. Wir haben uns auf unserer Hochzeit getroffen«, sagt er und streckt seine Hand aus.

Die Augen der Empfangsdame werden groß, und sie ergreift seine

Hand und schüttelt sie heftig. »Lydia«, sagt sie atemlos. »Nochmals herzlichen Glückwunsch. Das war eine tolle Hochzeit.«

»Danke.« Er grinst sie an, und ich kann fast spüren, wie sie innerlich in Ohnmacht fällt. »Sara hat mir gerade gesagt, dass heute Freiwillige fehlen. Ich bin natürlich kein Arzt, aber vielleicht kann ich heute Abend etwas tun, um hier zu helfen? Vielleicht gibt es einige Akten, die sortiert werden müssen, oder etwas, was repariert werden muss? Wir haben vorerst nur ein Auto, und ich möchte nicht hin und her fahren, um Sara abzuholen.«

»Oh, natürlich.« Lydias Aufregung nimmt sichtbar zu. »Es gibt so viel zu tun. Und haben Sie gesagt, dass Sie handwerklich begabt sind? Sie sich vielleicht auch mit Computern aus? Weil es dieses hartnäckige Softwareprogramm gibt …«

Sie führt ihn plappernd weg, und ich starre ungläubig hinterher, als mein Attentäter-Ehemann um die Ecke verschwindet, ohne auch nur einen Blick zurückzuwerfen.

8

eter

ICH HELFE LYDIA BEI IHREM SOFTWAREPROBLEM, REPARIERE EINEN undichten Wasserhahn und hänge ein paar dekorative Elemente im Wartebereich auf, während zwei Dutzend Frauen – viele von ihnen schwanger – mich fasziniert beobachten.

Als einzige Ärztin an diesem Abend hat Sara einen endlosen Ansturm von Patienten, also störe ich sie nicht. Es reicht mir, zu wissen, dass sie nur ein paar Zimmer entfernt ist und ich sie in einer Minute erreichen kann, wenn es sein muss.

Sobald alle dringenden Aufgaben erledigt sind, kann ich mit der Montage eines Ultraschallgerätes beginnen, das ein örtliches Krankenhaus gespendet hat. Ich habe noch nie zuvor mit medizinischen Geräten gearbeitet, aber ich war immer gut darin, Dinge zusammenzubauen – Waffen, Sprengstoff, Kommunikationsgeräte – also brauche ich nicht lange, bis ich herausgefunden habe, was wozu gehört und wie man es testet, um sicherzustellen, dass es funktioniert.

»Oh mein Gott, Sie sind ein Lebensretter, genau wie Ihre Frau«, ruft Lydia, als ich es ihr zeige. »Wir warten seit Monaten darauf, dass ein Techniker vorbeikommt, und das wird uns so sehr weiterhelfen! Sara hat jetzt ihre letzte Patientin. Glauben Sie, Sie haben vielleicht noch Zeit, diesen einen Schrank zu reparieren? Er hängt locker und ...«

»Kein Problem.« Ich folge ihr in einen der Untersuchungsräume und befestige den betreffenden Schrank mit einigen Schrauben, um sicherzustellen, dass er nicht hinunterfällt.

»Sie sind so gut darin«, schwärmt die Empfangsdame, als ich fertig bin. »Kommen Sie aus dem Baugewerbe? Sie scheinen so gut mit dem Bohrer umgehen zu können und so ...«

»Ich habe als Teenager bei einigen Bauprojekten geholfen«, sage ich, ohne genauer darauf einzugehen. Diese Frau braucht nicht zu wissen, dass die »Projekte« Zwangsarbeit in einer Jugendversion eines sibirischen *Gulag* waren.

»Oh, das dachte ich mir.« Sie strahlt mich an. »Ich gehe nachsehen, ob Sara fertig ist.«

»Gerne.« Ich lächele sie an. »Ich möchte meine Frau nach Hause bringen.«

Die Empfangsdame eilt weg, und ich strecke meine Arme aus und löse die Steifheit meiner Muskeln. Es ist erst ein paar Tage her, seit ich zurückgekommen bin, aber ich werde bereits unruhig, sehne mich danach, mich zu bewegen und körperlich aktiv zu werden. Nachdem ich das Abendessen gekocht hatte, ging ich für eine längere Zeit in den Park und war in einer Boxhalle, um etwas Dampf abzubauen, aber ich brauche mehr.

Ich brauche eine Herausforderung.

Zum ersten Mal überlege ich ernsthaft, was ich für den Rest meines Lebens machen werde. Dank des Doppelgigs von Esguerra-Novak habe ich genug Geld für mich, Sara und ein Dutzend Kinder und Enkelkinder

– besonders wenn wir uns nicht daran gewöhnen, Privatflugzeuge, Spezialwaffen oder andere teure Requisiten zu kaufen. Ich muss nicht arbeiten, um für uns zu sorgen, und ich hatte keine anderen Pläne, außer Sara zu bekommen und sie an mich zu binden – zum Teil, weil ich die Ausfallzeiten zwischen den Jobs immer genossen habe.

Jetzt beginne ich zu erkennen, dass das daran lag, dass ich wusste, dass die Freistellung vorübergehend war, dass eine weitere herausfordernde, adrenalingeladene Mission vor mir lag. Jetzt gibt es nichts mehr – nur eine Reihe von ruhigen, friedlichen Tagen, die sich bis in die Unendlichkeit erstrecken.

Tage, an denen ich nur an Sara denken werde, während ich darauf warte, dass sie nach Hause kommt.

»Peter?« Sara steckt ihren Kopf in den Raum, und ein breites Lächeln erhellt ihr Gesicht, als sie mich erblickt. »Ich bin bereit, nach Hause zu gehen.«

»Dann lass uns gehen«, sage ich und verschiebe das Problem auf einen anderen Tag.

Ich werde später darüber nachdenken, was ich mit meiner Zeit machen soll.

In diesem Moment habe ich meinen Ptichka, und er ist alles, was ich brauche.

ara

DIE NÄCHSTEN ZWEI TAGE VERGEHEN DURCH DEN HAUFEN ARBEIT WIE im Flug. Am Dienstag bleibe ich für eine Geburt lange im Krankenhaus, und am Mittwoch habe ich eine weitere Schicht in der Klinik, wo ich wieder einmal die einzige Ärztin bin, die alle Patientinnen behandeln muss.

Es ist anstrengend, aber es macht mir nichts aus, denn Peter findet einen Weg, beide Abende in meiner Nähe zu verbringen – am Dienstag, indem er sich im Snacktime Café im Krankenhaus um seine E-Mails kümmert, damit ich ihn sehen kann, während ich darauf warte, dass meine Patientin bereit ist, das Baby zu bekommen. Am Mittwoch meldet er sich erneut freiwillig für alle Hilfsarbeiten in der Klinik.

»Warum tust du das?«, frage ich ihn, während wir zur Klinik fahren. »Ich meine, versteh mich nicht falsch, ich bin sehr froh, dass du das tust – und Lydia ist mit Sicherheit überglücklich. Aber ist es wirklich das, was du willst?«

Er blickt mich an, und seine Augen leuchten silbern. »Was ich will, ist, dich rund um die Uhr in meinem Bett zu haben. Oder, wenn das nicht geht, immer mit Handschellen an mich gekettet. Aber da ich weiß, wie viel dir deine Karriere bedeutet, begnüge ich mich mit dem Nächstbesten.«

Ich starre ihn an, weil ich mir nicht sicher bin, wie ich reagieren soll. Bei jedem anderen Mann wäre ich überzeugt, dass es ein Witz ist, aber bei Peter kann ich mir da nicht sicher sein. Besonders deshalb nicht, weil ich verstehe, wie er sich fühlt.

Ich vermisse ihn auch sehr, wenn wir getrennt sind.

Wir kommen eine Minute später in der Klinik an, und ich gehe mich auf eine Flut von Patienten vorbereiten, während Lydia sich Peter schnappt, um einige Möbel umzustellen. Von sieben bis zehn Uhr sehe ich Frauen mit kleineren und größeren Problemen, bis ein vertrauter Name auf meiner Liste auftaucht.

Monica Jackson.

Meine Brust zieht sich schmerzhaft zusammen. Das achtzehnjährige Mädchen kam letzte Woche nach einem zweiten brutalen Übergriff ihres Stiefvaters zu mir, der wegen einer Formalität aus dem Gefängnis kam, anstatt seine siebenjährige Haftstrafe zu verbüßen, weil er sie vergewaltigt hatte, als sie siebzehn war. Ich hatte ihr damals geholfen und ihr etwas Geld gegeben, um die finanzielle Abhängigkeit ihrer alkoholkranken Mutter von dem Bastard zu mindern, aber letzte Woche konnte ich nichts tun. Monica hatte Angst, dass ihr Stiefvater das Sorgerecht für ihren jüngeren Bruder einfordern und gewinnen würde – oder dass das Kind im Pflegeheim landen würde.

Ihre hoffnungslose Situation hatte mich so sehr erschüttert, dass ich eine ganze Stunde lang geweint hatte.

Ich atme tief durch, setze mein ruhigstes Gesicht auf und stehe auf, als das Mädchen den Raum betritt. »Monica. Wie geht es dir?«

»Hi, Dr. Cobakis.« Ihr kleines Gesicht sieht so strahlend aus, dass ich sie fast nicht wiedererkenne. Selbst die noch sichtbaren, erst halb verheilten Blutergüsse mindern ihr Strahlen nicht. »Ich bin bereit für meine Spirale.«

Ich blinzele angesichts ihrer Begeisterung. »Wunderbar. Ich nehme an, es geht dir besser?«

Sie nickt und springt auf den Untersuchungsstuhl. »Ja, viel besser. Und wissen Sie was?«

»Was?«

Sie grinst. »Er kann mich nicht mehr belästigen. Nie wieder. Letzte Woche war er nachts auf dem Weg zur Arbeit, als er in einer Gasse überfallen wurde. Sie haben ihm die Kehle durchgeschnitten, können Sie das glauben?«

»Sie ... *was*?« Ich sinke zurück in meinen Stuhl, weil meine Beine nachgeben.

Ihr Grinsen verblasst, und sie wirft mir einen reumütigen Blick zu. »Es tut mir leid. Das klang gemein, nicht wahr?«

»Ähm, nein. Das ist ...« Ich schüttele den Kopf, um ihn frei zu bekomme. »Hast du gesagt, jemand hat ihm die Kehle aufgeschlitzt?«

»Ja, die Straßenräuber oder der Straßenräuber. Die Polizei weiß nicht, wie viele es waren. Seine Brieftasche wurde jedoch geklaut, also waren sie definitiv hinter seinem Geld her.«

»Ich verstehe.« Ich klinge erstickt, aber ich kann nichts dagegen tun. Die Erinnerung an die beiden Methheads, die Peter getötet hat, um mich zu schützen, ist so lebhaft in meinem Kopf, dass ich den kupferroten Gestank des Todes rieche und ihre marionettenartigen Körper, unter denen sich dunkle Blutlachen ausbreiten, vor mir sehe.

So viel Blut, dass ihre Kehlen aufgeschlitzt worden sein müssen.

»Dr. Cobakis? Geht es Ihnen gut?«

Das Mädchen klingt besorgt – ich muss blass geworden sein.

Mit Mühe reiße ich mich zusammen und lächele beruhigend. »Ja, es tut mir leid. Nur ein paar unangenehme Assoziationen, das ist alles.«

»Oh, das tut mir leid. Ich wollte Sie nicht aufregen. Und bitte verstehen Sie mich nicht falsch: Ich sage nicht, dass ich glücklich bin, dass er tot ist. Es ist nur, dass …«

»Du bist froh, dass er aus deinem Leben verschwunden ist. Das verstehe ich.« Ich stehe wieder auf und gebe Monica so ruhig wie möglich einen in Plastik verpackten Einwegumhang. »Bitte zieh dich um. Ich bin gleich wieder bei dir.«

Ich lasse das Mädchen allein und trete hinaus, wobei meine Beine zittern und meine Lungen um Luft kämpfen.

Letzte Woche, nachdem ich von dem zweiten Übergriff auf Monica erfahren hatte, habe ich nicht nur geweint.

Ich habe mich Peter anvertraut und ihm genau erzählt, was passiert war.

Wenn das kein makabrer Zufall ist, dann hatte Agent Ryson recht.

Ich bin so ein Monster wie Peter. Ich habe Monicas Stiefvater getötet, indem ich die tödlichste Waffe auf ihn gerichtet habe, die ich kenne.

Meinen frisch angetrauten Ehemann.

10

 ara

ICH KANN IMMER NOCH NICHT ATMEN, ALS ICH MIT PETER INS AUTO steige, da das Gewicht von dem, was Monica mir erzählt hat, wie ein Eisberg auf meine Brust drückt.

»Was ist los, Ptichka?«, fragt er, als wir losfahren. »Geht es dir gut?«

Ich will hysterisch lachen. Geht es mir gut? Sollte es mir gut gehen?

Gibt es ein Wellnessbarometer dafür, dass man versehentlich einen Mord in Auftrag gegeben hat?

»Sara?«, fragt Peter nach und blickt mich an, und obwohl sein Ton leicht neugierig ist, schimmert dunkles Wissen in seinem Blick.

Er muss Monica in der Klinik gesehen haben.

Welche Hoffnungen ich auch immer gehabt hatte, dass dies ein schrecklicher Zufall ist, sie lösen sich in Luft auf und hinterlassen ein immer stärker werdendes Entsetzen.

419

Peter hat diesen Mord für mich begangen.

Das Blut seines Opfers klebt an *meinen* Händen.

Es hat keinen Sinn, zu fragen, aber ich kann nicht anders. Ich muss die Worte laut hören. »Hast du es getan?«

Ich erwarte von ihm, dass er mich hinhält oder es leugnet, aber er antwortet ohne zu zögern und ohne seine Augen von der Straße vor uns zu lösen. »Ja.«

Ja.

Da war es. Ganz klar und deutlich.

Er hat einen Mann für mich getötet.

Ihm die Kehle durchgeschnitten, genau so, wie er es bei diesen Methheads getan hat.

»Wäre es dir lieber, wenn ich das Mädchen in seinen Klauen gelassen hätte?« Seine Stimme ist ruhig, als er mich wieder ansieht. »Ich habe es getan, damit du dir keine Sorgen machen musst – und damit deine Patientin ein normales, glückliches Leben führen kann.«

Ich schlucke belegt und schaue weg, starre blind aus dem Fenster. Was soll ich dazu sagen?

Wie konntest du nur?

Danke?

Ich zwinge mich, zu seinem Profil zurückzublicken. »Ich dachte …« Mein Hals zieht sich zusammen, und ich muss von vorne anfangen. »Ich dachte, du würdest dich jetzt an das Gesetz halten. Ist das nicht eine der Bedingungen für deinen Deal mit den Behörden?«

Peter nickt und behält die Straße im Auge. »Das ist sie – und ich *halte* mich an das Gesetz. Das, was ich getan habe, war, dem Gesetz zu *helfen* – dem Gesetz, das Mädchen wie Monica vor Männern wie ihrem Stiefvater schützen soll.«

Ich schaue wieder weg, und meine Augen brennen, als das kalte Gewicht auf meiner Brust zunimmt.

Er sieht nicht einmal, was er falsch gemacht hat. Und warum sollte er?

Töten ist für ihn so normal wie das Entbinden eines Babys für mich.

»Sara.« Seine tiefe Stimme erreicht mich, und ich merke, dass wir bereits geparkt haben. Ich muss mich für den Rest der Fahrt ausgeklinkt haben.

Ich wappne mich und drehe mich zu ihm um.

Er greift herüber, um meine Hand zu ergreifen. »Ptichka …« Seine Stimme ist weich, und seine große Hand warm, als sie meine eiskalten Finger umschließt. »Warum hast du mir davon erzählt, wenn du meine Hilfe nicht wolltest? Hast du wirklich erwartet, dass ich zusehe, wie du wegen dieses *Ublyudok* weinst und ich nichts tue?«

Ich zucke zusammen. Ich kann nicht anders.

Genau das ist der Kern, warum die Neuigkeiten von Monica so erdrückend sind.

Weil ich tief im Inneren *nicht* von ihm erwartet habe, dass er nichts tut. Auf irgendeiner Ebene wusste ich, was er machen würde – noch bevor er versprach, dass meiner Patientin »nichts passieren« würde.

Ich wusste es und tat so, als würde ich es nicht wissen.

Weil ich insgeheim *wollte*, dass das passiert.

Ich habe Peter auf das Problem hingewiesen, und er hat es gelöst. Einfach so.

»Sara …« Er hebt seine Hand, um meine Wange zu streicheln, wobei sein Blick in dem schwach beleuchteten Inneren des Autos dunkel, aber warm ist. »Tu das nicht, Ptichka. Mach dich nicht selbst verrückt. Er hat es verdient; du weißt das. Glaubst du wirklich, dass Monica das einzige Mädchen ist, das er je verletzt hat? Das Rechtssystem hatte die Chance, die Situation zu verbessern, ihn für immer einzusperren – und sie haben ihn gehen lassen. Du hast der Welt einen Gefallen getan, indem du mir von ihm erzählt hast.«

Ich schließe die Augen und möchte mich in seine Handfläche lehnen, um das Entsetzen und die Schuldgefühle, die mich innerlich auffressen, von seiner tiefen, beruhigenden Stimme verjagen zu lassen.

Ich liebe jetzt nicht nur einen Mörder, sondern ich bin auch selbst zu einem geworden.

»Tu das nicht, mein Liebling. Das ist er nicht wert.« Sein Atem erwärmt mein Gesicht, und dann legen sich seine Lippen für einen sanften, überwältigenden Kuss auf meine.

Als Reaktion darauf fährt ein Schauer durch mich hindurch, Hitze breitet sich unter der Kälte aus, die mich umgibt, und plötzlich reicht Sanftheit nicht mehr aus.

Ich will nicht beruhigt werden – ich will gefickt werden, bis ich alles vergesse.

Ich öffne die Augen, schiebe meine Finger in sein Haar, ergreife seinen Kopf und neige den meinen, um den Kuss zu vertiefen. Meine Zunge dringt in seinen Mund ein, und meine Nägel graben sich in seinen Schädel, während ich mich nach vorne beuge und mich über die Konsole lehne, die unsere Sitze trennt. Sein Atem wird schneller, und seine Hände gleiten in mein Haar, um es zu ergreifen. Ein tiefes Knurren ertönt aus seiner Brust, als er auf mich reagiert, seine Zähne in meine Unterlippe schneiden und er mich immer härter und intensiver küsst, während er mich in meinen Sitz drückt.

Ja, das ist es. Mein Kopf dreht sich, und die Hitze in mir verstärkt sich zu einem lodernden Brand. Er schmeckt nach Gewalt und männlichem Hunger, nach Bestrafung und Liebe, alles vermischt. Ich kann unter seinem sinnlichen Angriff nicht denken, und ich will es auch nicht.

Ich will das hier.

Ich will ihn.

Irgendwie klappt die Lehne meines Sitzes nach hinten, bevor Peter auf mir ist, und das Auto wackelt, als er an meiner Kleidung zerrt und eine Hand unter meine Bluse gleitet, während die andere nach dem Reißverschluss meiner Hose greift. Seine schwielige Handfläche brennt heiß und rau, als sie über meinen nackten Bauch gleitet, und meine Augen öffnen sich lange genug, um zu sehen, wie die Autoscheiben beschlagen. Das reicht fast, um meinen benebelten Verstand klar werden zu lassen und mich daran zu erinnern, wo wir sind, aber dann bewegt sich seine Hand weiter nach unten, sein Kuss wird aggressiver, und der Strudel des Verlangens reißt mich erneut mit sich.

Ich weiß nicht, wann oder wie er meine Hose und Unterwäsche auszieht oder an welchem Punkt ich den Knopf seiner Jeans aufreiße. Alles, was ich weiß, ist, dass er plötzlich in mir ist, so hart und dick, dass es wehtut. Ich schreie auf und keuche, als er anfängt, mich zu ficken, aber er hört nicht auf, wird nicht langsamer – und das will ich auch nicht. Wir benehmen uns wie Tiere, ohne Zurückhaltung oder Finesse, und als ich komme, während ich mich an ihn klammere und schreie, entlädt er sich ebenfalls in diesem Wahnsinn, der unsere Verbindung ist.

In der Dunkelheit, die unsere Liebe ist.

eter

ICH BIN MIR FAST SICHER, DASS EINIGE NACHBARN GESEHEN HABEN, WAS in unserem Auto auf dem Parkplatz passiert ist – und ich weiß, dass meine Crew es definitiv getan hat – aber es ist mir scheißegal, als ich eine wackelige Sara zum Aufzug führe. Sie ist so zerzaust, wie ich sie noch nie gesehen habe, ihre Bluse ist schief geknöpft und ihr Haar ein heißes Durcheinander um ihr errötetes Gesicht. Ich bin mir sicher, dass ich so ähnlich aussehe, und ich kann nicht anders, als zu grinsen, als wir an einem adretten Paar vorbeigehen, das in der Lobby einen Kinderwagen schiebt. Sie werfen uns einen entsetzten Blick zu, und Sara wendet sich ab, wobei ihre Wangen noch mehr glühen.

Das ist so süß. Mein armes Ptichka ist verlegen wegen unseres halböffentlichen Sex – obwohl sie diejenige ist, die ihn begonnen hat.

»Keine Sorge. Wir ziehen noch diese Woche um«, erinnere ich sie, als wir in den Aufzug steigen, und sie drückt ihre Stirn gegen den

Spiegel, während sie mit fest geschlossenen Augen mit ihrer kleinen Faust auf das Glas schlägt.

»Ich kann nicht glauben, dass wir das getan haben. Ich habe einfach … Oh Gott, ich möchte im Boden versinken.«

Sie klingt so beschämt, dass ich sie umarmen möchte. Also tue ich genau das und ignoriere ihre Versuche, mich wegzustoßen, während ich sie halte. Nach einem Moment entspannt sie sich, und ich streichele ihre zerzausten Haare, bis der Aufzug unsere Etage erreicht.

Dann beuge ich mich nach unten und hebe sie in meine Arme, um sie in die Wohnung zu tragen.

Sie hat nichts dagegen und versteckt einfach ihr Gesicht an meinem Hals, als wir an einem anderen Nachbarn im Flur vorbeigehen. Der Typ – ein Junge, kaum aus dem Teenageralter heraus – grinst und zeigt mir Daumen hoch.

Wenn das Kind nur die ganze Geschichte kennen würde …

Als wir an der Tür ankommen, stelle ich Sara hin, um die Schlüssel herauszuholen, und sie läuft in die Wohnung, als ich sie öffne. Ich ziehe immer noch meine Schuhe aus, als ich höre, wie die Dusche angestellt wird, und als ich mich Sara dort anschließen will, tritt sie bereits aus der Wanne und sieht dabei immer noch bezaubernd errötet und verlegen aus.

Ich bin froh, sie so zu sehen.

Das ist mit Sicherheit besser als wie sie im Auto aussah, nachdem sie vom Tod von Monicas Stiefvater erfahren hatte.

»Glaubst du, irgendjemand hat uns gesehen?«, fragt sie ängstlich, wickelt sich ein Handtuch um, und ich unterdrücke ein weiteres Grinsen, während ich anfange, mich auszuziehen.

»Was meinst *du*, Ptichka?«

»Nun, es ist spät, und der Parkplatz ist irgendwie dunkel, und – ach, halt die Klappe!« Sie schlägt mir gegen den Arm, als ich mein Hemd in den Wäschekorb lege und anfange zu lachen, ohne etwas dagegen tun zu können.

Wenn niemand in diesem ganzen Apartmentkomplex das geparkte

Auto gesehen hat, das wie ein Schiff in einem Hurrikan geschaukelt hat, fresse ich einen Besen.

Sie stöhnt und versteckt ihr Gesicht hinter ihren Händen, aber dann schaut sie plötzlich blass auf. »Du glaubst doch nicht, dass wir verhaftet werden, oder? Wegen Erregung öffentlichen Ärgernisses oder so etwas?«

Ich höre auf zu lachen. »Nein, mein Liebling.« Ich kann die Angst und die Schuldgefühle auf ihrem Gesicht sehen, und ich weiß, dass es nicht an unserem Intermezzo auf dem Parkplatz liegt.

Sie erinnert sich daran, was dem vorausging, und sie macht sich Sorgen wegen der Folgen.

»Sara …« Ich nehme ihre Hände in meine. Ihre Handflächen sind wieder kalt, trotz des Dampfes von der heißen Dusche, der immer noch das kleine Badezimmer füllt. »Ptichka, keinem von uns wird etwas passieren. Es gibt nichts, was mich mit dem Tod dieses Mannes in Verbindung bringt – und niemanden, der ihn wirklich untersucht. Ich weiß das, weil ich das von meinen Hackern überprüfen lassen habe. Für alle wurde ein Ex-Knacki in einer schlechten Nachbarschaft überfallen, das ist alles. Kein Polizist wird seine Zeit damit verschwenden, tiefer zu graben – aber selbst wenn sie es täten, würden sie nichts finden. Ich bin gut in dem, was ich tue … oder getan habe.«

»Ich weiß, dass du es bist. Und das ist …« Ihr schmaler Hals bewegt sich, als sie schluckt. »Das ist erschreckend.«

»Warum?«, frage ich sanft und reibe mit meinem Daumen über ihre Handflächen. »Ich habe dir gesagt, dass ein Teil meines Lebens in der Vergangenheit liegt. Wir freuen uns auf die Zukunft, erinnerst du dich? Und jetzt kann deine Patientin das Gleiche tun. Sie ist frei, ihr Leben ohne Angst zu leben. Ist es nicht das, was du für sie wolltest?«

»Natürlich ist es das.« Sie zieht ihre Hände weg, legt ihre Arme um sich selbst und sieht so verlassen aus, dass ich fast bereue, das für sie getan zu haben.

Vielleicht wäre es besser gewesen, wenn ich mir einen anderen

Weg überlegt hätte, um mich um Monicas Problem zu kümmern – oder zumindest die Leiche entsorgt hätte.

Andererseits wollte ich, dass Saras Patientin weiß, dass ihr Angreifer keine Bedrohung mehr darstellt. Ein unerklärliches Verschwinden hätte das nicht geschafft. Das arme Mädchen hätte sich immer über die Schulter geschaut, aus Angst davor, dass das Arschloch zurückkommt.

So war es am besten, da bin ich mir sicher. Jetzt muss ich nur noch Sara davon überzeugen.

»Ptichka …«

»Peter …«, sagt sie gleichzeitig, also höre ich auf und lasse sie sprechen.

Sie atmet durch und lässt es langsam heraus. »Peter, wenn wir das wirklich tun wollen – wenn wir ein normales Leben zusammen aufbauen wollen –, musst du mir etwas versprechen.«

»Was denn, mein Liebling?«, frage ich, obwohl ich es mir denken kann.

»Du musst mir versprechen, dass du das nie wieder tun wirst.« Ihre haselnussbraunen Augen sind auf mein Gesicht gerichtet. »Ich muss wissen, dass, wenn mich jemand verärgert, er nicht mit aufgeschlitzter Kehle in einer Gasse enden wird. Dass, wenn unsere Kinder einen schwierigen Lehrer in der Schule haben oder von einem Klassenkameraden gemobbt werden oder wenn uns jemand beim Vorbeifahren den Mittelfinger zeigt, Mord *nicht* die Lösung ist.«

Ich blinzele langsam. »Ich verstehe.«

»Kannst du mir das versprechen?«, fragt sie noch einmal und umklammert die Ränder ihres Handtuchs. »Ich muss wissen, dass die Menschen um mich herum sicher sind – dass ich nicht noch jemanden zum Tode verurteile, weil ich mit dir zusammen bin.«

Jetzt bin ich an der Reihe, einen tiefen, beruhigenden Atemzug zu machen. »Mein Liebling … ich kann nicht versprechen, dich nicht zu beschützen. Wenn jemand versucht, dich oder unsere Kinder zu verletzen …«

»… gehen wir zu den Behörden, wie alle anderen auch.« Ihr Kinn hebt sich stur an. »Dafür ist die Polizei da. Und ich spreche auch nicht von einem klaren Fall von Selbstverteidigung. Wenn wir die Straße entlanggehen und jemand eine Waffe auf uns richtet, ist das offensichtlich eine ganz andere Sache – auch wenn die Entwaffnung oder das Verletzen dieser Person die bevorzugte Lösung sein sollte. Ich spreche von Mord als eine Art und Weise, mit Menschen umzugehen, die *keine* tödliche Bedrohung darstellen. Du siehst den Unterschied, nicht wahr?«

Das tue ich eigentlich nicht. Ich habe nicht die Absicht, zufällige Idioten zu töten, die uns anhupen, oder was auch immer es ist, was Sara sich hier vorstellt, aber ich habe nicht vor, danebenzustehen, während irgendein Ublyudok sie derart zum Weinen bringt, dass ihr Herz bricht.

Sie schaut mich erwartungsvoll an, und ich weiß, dass sie das nicht fallenlassen wird. »In Ordnung«, sage ich nach einem Moment. »Wenn es das ist, was du willst, verspreche ich dir, dass ich niemanden töten werde, der keine Bedrohung für uns darstellt, oder für jemanden, der uns wichtig ist.«

»Und du wirst sie nicht foltern, verprügeln oder in irgendeiner Weise verletzen, richtig?«

Ich seufze. »Gut. Kein körperlicher Schaden, versprochen.« Es gibt noch eine Reihe anderes – Bestechung, Erpressung, finanzieller Druck – also ist es für mich in Ordnung, dieses Versprechen zu geben. Außerdem ist das, was eine »Bedrohung« darstellt, meiner Meinung nach Interpretationssache.

Wenn ein verdammter Tyrann unser Kind in der Schule angreift, werden er oder seine Eltern *nicht* unversehrt davonkommen.

Sara sieht mit meinem Versprechen nicht zufrieden aus, also greife ich nach ihrem Handtuch und ziehe es weg, während ich meine Jeans öffne.

»Warte …«, fängt sie an, aber ich treibe sie bereits wieder unter die Dusche, wo ich dafür sorge, dass alle hypothetischen zukünftigen Arschlöcher, mit denen ich zu tun haben könnte, aus ihrem Kopf verschwinden.

AM NÄCHSTEN MORGEN IST SARA SCHWEIGSAM UND EIN WENIG
distanziert, da sie zweifellos immer noch über meine Lösung für das
Problem ihrer Patientin nachdenkt. Da das wahrscheinlich zu nichts
Gutem führen wird, versuche ich, sie abzulenken, indem ich ihr neues
Hobby anspreche: das Singen in der Band.

»Wann ist dein nächster Auftritt?«, frage ich beim Frühstück. »Ich
habe die Videos von dir auf der Bühne gesehen, aber ich würde es
gerne persönlich erleben.«

Sie schaut von ihrem Omelett auf und blinzelt, als ob sie gerade
wieder zu sich kommt. »Oh, das wollte ich dir sowieso noch sagen.
Unser Gitarrist Phil hat mir gestern Abend eine Nachricht geschickt.
Er hat uns morgen Abend einen Gig gesichert, aber natürlich nur,
wenn jeder es so kurzfristig schafft. Glaubst du, wir können das
Abendessen mit meinen Eltern auf Samstag verschieben?«

Mein erster Impuls ist es, Nein zu sagen. Ich habe mich darauf gefreut, sie nach dem Abendessen für mich allein zu haben – etwas, was wahrscheinlich sowieso nur zwei oder drei Stunden dauern würde, maximal. Dieser Auftritt würde unsere ganze Freitagnacht in Anspruch nehmen, und dann müssten wir uns am Wochenende immer noch mit ihren Eltern treffen – und in unser neues Zuhause ziehen.

Andererseits habe ich es kaum erwarten können, meinen kleinen Singvogel auf der Bühne voller Hingabe singen zu sehen. Und das ist wichtig für sie, also ist es wichtig für mich.

»Natürlich«, sage ich ruhig und stehe auf, um mit dem Abräumen zu beginnen. »Wir können am Samstag mit deinen Eltern essen gehen. Oder noch besser, wir laden sie zu einem Samstagsbrunch ein.«

Ich habe immer gewusst, dass dieses Leben bedeutet, dass ich Saras Zeit und Aufmerksamkeit teilen muss, und ich kann nicht zulassen, dass meine Besessenheit von ihr das ruiniert.

Ich kann damit umgehen.

Es ist einfach etwas, woran ich mich gewöhnen muss.

ICH RÄUME AUF, WÄHREND SARA SICH ANZIEHT, UND DANN FAHRE ICH SIE zur Arbeit.

»Vergiss nicht: Der Vertragsabschluss ist heute um achtzehn Uhr«, sage ich ihr, als wir vor ihrer Praxis anhalten. »Ich hole dich um halb sechs ab, okay?«

Sie nickt und weicht meinem Blick immer noch aus, als sie nach dem Türgriff greift.

»Sara.« Ich ergreife ihr Handgelenk, als sie die Tür öffnet. »Sieh mich an.«

Sie gehorcht widerwillig, und ich greife mit meiner anderen Hand hinüber und streiche eine verirrte Strähne ihres glänzenden kastanienbraunen Haares hinter ihr Ohr. »Sag es, Ptichka. Ich will die Worte hören.«

Sie starrt mich an, und ich spüre den schnellen Puls in ihrem schlanken Handgelenk, das ich festhalte. Sie kämpft wieder gegen sich selbst, kämpft gegen ihre Gefühle für mich, und ich werde das nicht zulassen.

»Sag es«, verlange ich, festige meinen Griff, und sehe den genauen Moment, in dem sie den Kampf aufgibt.

Sie schließt die Augen, atmet tief ein und öffnet sie dann wieder. »Ich liebe dich.« Ihre Stimme ist leise, aber ruhig, als sie mir in die Augen schaut. »Ich liebe dich, Peter … egal was passiert.«

Etwas tief in mir – eine Anspannung, von der ich nicht einmal wusste, dass sie da war – löst sich, und ich führe ihre Hand zu meinen Lippen, um die weiche Haut an jedem Knöchel zu küssen. »Ich liebe dich auch. Wir sehen uns um halb sechs, okay?«

»Okay«, murmelt sie, und ich zwinge mich dazu, sie gehen zu lassen.

Sie fliegen zu lassen. Wenn auch nur bis heute Abend.

13

WIE ANGEKÜNDIGT HOLT MICH PETER UM PUNKT SIEBZEHN UHR dreißig ab, und wir fahren zum Maklerbüro, um den Kaufvertrag zu unterschreiben.

»Du hast das Haus auf meinen Namen gekauft?« Ich schaue Peter erschrocken an, als ich auf den Dokumenten nur Platz für meine Unterschrift sehe.

Er nickt, und seine Lippen formen ein Lächeln. »Das ist am besten, mein Liebling. Nur für alle Fälle.«

Ein kalter Schauer fährt über meine Wirbelsäule. »Nur für den Fall« könnte sich auf eine Vielzahl von Dingen beziehen, aber wenn der eigene Ehemann früher von Strafverfolgungsbehörden weltweit gejagt wurde und immer noch Verbindungen zur kriminellen Unterwelt hat, erhalten die Worte eine besonders unheimliche Bedeutung.

Ich möchte nachfragen, aber die Maklerin – eine hübsche, gepflegte Frau in den Dreißigern – beobachtet uns mit unverhohlener Neugierde, also unterschreibe ich einfach bei jedem X und versuche, nicht an die schrecklichen Möglichkeiten zu denken.

Wie zum Beispiel ein SWAT-Team, das mitten in der Nacht unsere Tür aufbricht, weil sie Peters Rolle beim Mord an Monicas Stiefvater aufgedeckt haben.

»Alles erledigt«, sagt die Frau fröhlich, als ich ihr die letzten Papiere gebe. »Herzlichen Glückwunsch zu Ihrem neuen Zuhause.«

»Danke.« Ich stehe auf und gebe ihr die Hand. »Wir freuen uns sehr.«

Peter schüttelt als Nächster ihre Hand, und ich bemerke, wie sie ihn ansieht – wie eine Katze eine Untertasse mit Sahne. Er scheint ihr Interesse nicht zu bemerken, aber ich verspüre trotzdem eine hässliche Eifersucht.

Vielleicht sollte ich Peter sagen, dass *sie* mich verärgert hat?

Ich verdränge den dunklen Scherz, als er mir in den Sinn kommt, aber es ist zu spät. Ich bin wieder dabei, über alles nachzudenken und mich krank zu fühlen. Den ganzen Tag lang habe ich versucht, mich selbst davon zu überzeugen, dass das, was passiert ist, ein Einzelfall war, und dass Peter sein Versprechen halten wird, niemanden sonst zu verletzen, aber jedes Mal, wenn ich es fast glaube, erinnere ich mich daran, was er auf unserer Hochzeit zu tun drohte, sollte ich ihn nicht heiraten.

Mord – oder damit zu drohen – wird immer ein Teil seines Arsenals sein, und niemand um mich herum ist wirklich sicher. Ich könnte genauso gut mit einer scharfen Granate herumlaufen.

Peter begleitet mich hinaus, und wir fahren nach Hause, wo der Tisch bereits mit Kerzen gedeckt ist und eine Flasche Champagner in einem Eimer Eis kühlt, während köstliche Gerüche aus dem Ofen strömen.

»Auf unser neues Zuhause«, sagt er, nachdem er uns beiden ein Glas eingeschenkt hat, und ich trinke das prickelnde Getränk und versuche, nicht an marionettenhafte Körper in dunklen Gassen zu denken, um die sich Blutlachen ausbreiten.

An die scharfe Granate, die immer an meiner Seite ist.

14

eter

DIE UMZUGSHELFER KOMMEN AM FREITAG ERST GEGEN MITTAG, ALSO gehe ich, nachdem ich Sara bei der Arbeit abgesetzt habe, mit einem Rucksack voller Gewichte lange laufen, um das frühere Training mit meinen Jungs nachzuahmen. Ich brauche das harte Training, um etwas von der Unruhe, die ich empfinde, abzubauen – und um mich davon abzulenken, wie sehr ich meine arbeitswütige Frau vermisse.

Am Ende meines Laufs in einem ruhigen, fast leeren Park ziehe ich mein schweißgebadetes T-Shirt aus und beginne mit dem Krafttraining, wobei ich den achtzig Pfund schweren Rucksack benutze, um die einarmigen Liegestütze und Klimmzüge an einem nahegelegenen Baum zu erschweren.

Ich bin fast fertig, als ich einen Teenager sehe, der auf mich zuläuft und dessen T-Shirt um seinen dünnen Körper flattert. Für einen herzzerreißenden Moment sieht er genau wie mein Freund Andrey aus, der mir im Camp Larko alle meine Tattoos gemacht hat.

435

Die Illusion löst sich auf, als der Läufer näher kommt, aber ich kann immer noch nicht wegschauen.

Das Kind läuft, als würden die Höllenhunde es verfolgen, seine Augen sind panisch und seine Arme schwingen verzweifelt an den Seiten. Ein paar Sekunden später sehe ich, warum.

Vier ältere, größere Jungen – eigentlich schon junge Männer – jagen hinter ihm her und schreien dabei Beleidigungen.

Es geht mich verdammt nochmal nichts an, aber ich kann nicht anders.

Als der Andrey-Klon an mir vorbeigelaufen ist, öffne ich meinen Rucksack an meiner Taille und werfe ihn lässig auf den Boden. Dann, gerade als seine Verfolger kurz davor sind, an mir vorbeizulaufen, stelle ich mich ihnen in den Weg und strecke meine Arme auf beiden Seiten aus.

Sie kommen abrupt zum Stehen und vermeiden nur knapp, in mich zu prallen.

»Was zum Teufel …, Mann?«, knurrt der größte. »Aus dem Weg!«

Er versucht, mich zur Seite zu schieben – ein großer Fehler seinerseits. Meine gut entwickelten Instinkte werden zum Leben erweckt, und einen Moment später liegt der Typ stöhnend auf dem Boden, während sich seine drei Kameraden mit defensiv erhobenen Händen zurückziehen.

»Verschwindet«, sage ich ihnen, und sie tun es und halten nur inne, um ihren niedergegangenen Freund zu ergreifen und ihn fortzuziehen.

Ich beuge mich nach unten, um meinen Rucksack aufzuheben, als ich aus dem Augenwinkel eine Bewegung sehe.

Es ist das Kind, dem ich geholfen habe, und seine schmale Brust bebt, als es mich anstarrt. »Wie haben Sie das gemacht?« In seiner Stimme höre ich Ehrfurcht und Neid.

»*Was* gemacht?« Ich hebe meinen Rucksack hoch und stopfe mein durchgeschwitztes T-Shirt hinein.

»Ihn so zu Boden zu bringen.«

Ich zucke mit den Achseln, setze den Rucksack auf und befestige die Gurte um meine Taille. »Nur eine Grundausbildung in Selbstverteidigung.«

»Nein, Alter.« Die blauen Augen des Kindes sind riesig und sehen denen Andreys unheimlich ähnlich. »Das war etwas anderes. Waren Sie in der Armee? Und damit trainieren Sie?« Er zeigt auf meinen Rucksack.

»So etwas in der Art, und ja.« Ich drehe mich um, um zu gehen, aber der Junge ist noch nicht fertig mit mir.

»Können Sie es mir beibringen? Wie man kämpft, meine ich?«

Ich tue so, als würde ich nicht hören, und fange an zu laufen.

Er lässt sich nicht abschrecken. Er holt mich ein und joggt an meiner Seite. »Können Sie es mir beibringen? Bitte?«

Ich beschleunige mein Tempo. »Ich trainiere keine Kinder.«

»Ich werde Sie bezahlen.« Er ist atemlos vom Laufen, schafft es aber irgendwie, mit mir Schritt zu halten. »Hier.« Er steckt seine Hand in die Tasche und holt einige Zwanziger heraus. »Die anderen Jungen hätten mir das Geld weggenommen, also können Sie es genauso gut haben.«

Ich will gerade ablehnen, als mir eine Idee kommt. Ich bleibe neben einer Bank stehen und sehe das Kind nachdenklich an. »Du willst das lernen? Wirklich?«

»Ja.« Er hüpft fast vor Aufregung. »Ich will wissen, wie ich mich verteidigen kann. Ich meine, ich habe ein wenig Karate gemacht, als ich jünger war, aber es hat nicht wirklich …«

»Wie alt bist du?«, unterbreche ich ihn.

»Sechzehn. Na ja, fast. Mein Geburtstag ist nächsten Monat.«

»Und wer waren die Typen, die dich verfolgt haben?«

Der Junge errötet. »Die Freunde meines älteren Bruders. Sie alle sind einer Bruderschaft verpflichtet, und das ist eine Art Ritual für sie. Sie wissen schon … sich das Geld von einem Nerd zu schnappen.«

Ich verdrehe fast die Augen, weil das alles so lächerlich ist. Denke ich wirklich darüber nach?

»Bitte, Sir.« Das Kind tritt von einem Fuß auf den anderen. »Mein Vater sagt immer, dass ich mich wehren muss, aber ich weiß nicht, wie. Und wie Sie sie einfach aufgehalten haben … Ich würde töten, um das zu können.«

Das Kind hat keine Ahnung, was es sagt, aber aus irgendeinem Grund – vielleicht, weil ich immer noch an Andrey denke und wie in unserem höllischen Lager immer auf ihm herumgehackt wurde, bevor die sadistische Wache ihn lebendig gekocht hat – strecke ich meine Hand aus und sage: »Gib mir dein Handy«.

Das Kind zieht eifrig sein Handy heraus und reicht es mir. Ich speichere meine Nummer ein und gebe es ihm zurück.

»Ruf mich dieses Wochenende an, und wir vereinbaren einen Termin. Wie heißt du überhaupt?«

»Aiden, Sir. Aiden Walt.« Er zögert und beschließt dann, mutig zu sein. »Und wer sind Sie?«

»Peter Garin«, sage ich, bevor ich weiterlaufe und den Teenager neben der Bank stehen lasse.

15

Peter holt mich wie schon die ganze Woche nach der Arbeit ab, nur anstatt nach Hause oder in die Klinik, fahren wir in die Bar, wo meine Band heute Abend auftritt.

»Vielen Dank dafür«, sage ich zwischen zwei Gabeln der Pasta mit Hühnchen, die er mir zum Essen während der Fahrt mitgebracht hat. »Im Ernst, sie ist köstlich.«

»Gern geschehen.« Sein silberner Blick ist warm, als er mich ansieht, bevor er seine Aufmerksamkeit wieder auf die Straße richtet. »Ich bin froh, dass du sie magst.«

»Ich kann nicht glauben, dass du heute Zeit zum Kochen hattest. Sollten die Umzugsleute nicht kommen?«

Er grinst. »Oh, habe ich es dir nicht gesagt? Sie sind gekommen – und heute Abend werden wir im neuen Haus schlafen.«

»Was?« Ich ersticke fast an meinen Nudeln. »Ist das dein Ernst?«

Er nickt. »Ich hatte vier Leute bestellt, und sie haben alles in

439

Rekordzeit gepackt und ins neue Haus gebracht. Ich habe bereits das Nötigste ausgepackt, einschließlich allem für die Küche und das Schlafzimmer, so dass für das Wochenende nur noch ein paar wenige Kisten übrig sind. Und natürlich müssen wir einige Dinge neu kaufen, aber ich dachte, das könnten wir zusammen machen.«

»Du bist unglaublich«, sage ich, und ich meine es auch so. Seine unerbittliche, besessene Tatkraft – die fast übermenschliche Fähigkeit, unüberwindliche Widrigkeiten auf der Jagd nach seinem Ziel zu überwinden – hat mir immer Angst gemacht, aber jetzt, da ich nicht mehr darum kämpfe, ihm zu entkommen, sehe ich sie als den Vorteil, der sie ist.

Die gleiche gewaltige Willenskraft, mit der Peter mich dazu gebracht hat, mich in ihn zu verlieben, glättet jetzt all die kleinen Unebenheiten in unserem friedlichen Vorstadtleben – einem Leben, das nur möglich ist, weil Peter ein virtuelles Wunder vollbracht und sich von den Listen mit den meistgesuchten Verbrechern entfernen ließ.

Wenn ich es nicht besser wüsste, würde ich ihn für einen Zauberer halten, der Schicksal und Realität seinem Willen unterwirft.

»Also habe ich mich entschieden, ein Sportstudio zu eröffnen«, sagt er beiläufig, während ich weiteresse. »Ich werde nächste Woche anfangen, einen geeigneten Ort zu suchen.«

Ich halte inne und starre ihn ungläubig an. »Wirklich?«

»Ja. Ich habe heute im Park dieses Kind getroffen, und es hat mich um ein paar Kampfstunden angefleht. Dadurch bin ich auf diese Idee gekommen, und je mehr ich darüber nachdenke, desto mehr gefällt sie mir. Ich denke an Selbstverteidigungsklassen für Frauen und Jugendliche, Boot-Camp-Programme für Hardcore-Athleten, Waffentraining für Bodyguards und so weiter. Ich habe etwas Erfahrung mit dem Training anderer, da ich meine Jungs trainiert habe, als ich das Team zusammenstellte, also könnte es Spaß machen.«

»Das ist eine *ausgezeichnete* Idee.« Ich kann die Aufregung in meiner Stimme nicht verbergen. »Das ist perfekt für dich.«

Er wirft mir einen schiefen Blick zu. »Besser als Attentate?«

Ich lache, weil er meine Gedanken gelesen hat. »Ja, viel besser.« Ich habe mir Sorgen gemacht, was er hier tun würde, ob er seinen mit Adrenalin gefüllten früheren Beruf vermissen würde, und diese Entwicklung beruhigt mich ein wenig.

Da das Sportstudio seine Tage in Anspruch nehmen und eine neue Herausforderung für ihn sein wird, könnte sich mein Attentäter-Ehemann vielleicht tatsächlich an unser ruhiges, ziviles Leben gewöhnen.

Ich fühle mich leichter, als es seit Monicas Besuch der Fall war, und beende meine Pasta, während wir an der Bar ankommen, in der ich heute Abend auftreten werde.

DAS LEICHTE GEFÜHL VERFLÜCHTIGT SICH, ALS WIR HINEINGEHEN. DIE Bar ist riesig, laut und überfüllt, die meisten Gäste sind bereits betrunken, und ich spüre Peters wachsende Anspannung, als wir uns den Weg in den Backstage-Bereich bahnen, wo sich die anderen Bandmitglieder vorbereiten.

»Hey, da ist ja das frischgebackene Ehepaar! Ich bin so froh, dass ihr es geschafft habt.« Phil zieht mich in eine riesige Umarmung, und das Gesicht meines Mannes verwandelt sich zu Stein, während seine Hand beginnt, sich zu einer Faust zu ballen.

Scheiße. Ich habe Peters extreme Besessenheit vergessen.

Ich schiebe meinen Bandkollegen fort und greife schnell nach Peters Arm. Der stahlharte Muskel zuckt unter meinen Fingern, und ich weiß, dass ich recht hatte, mir Gedanken zu machen.

Meine Granate war kurz davor, zu explodieren.

»Wo sind Simon und Rory?«, frage ich und reibe meine Hände über Peters Bizeps, so als ob ich es einfach nur genieße, diese tödlichen Muskeln zu berühren – was ich tun würde, wenn ich nicht so besorgt um Phil wäre. »Sind sie schon fertig?«

»Sie ziehen sich da drüben um.« Phil nickt mit seinem Kopf nach rechts. »Du solltest dich auch umziehen. Wir haben dein Outfit vorbereitet. Und keine Sorge, du bekommst ihn zurück, sobald du fertig bist.« Er grinst Peter an, der immer noch so aussieht, als wolle er ihn mit Blicken töten. Langsam.

»Okay. Ich beeile mich.« Ich drücke warnend Peters Bizeps und gehe widerstrebend in die Umkleidekabine.

Unser Gitarrist sollte besser unversehrt sein, wenn ich zurückkomme.

16

eter

»So«, sagt Phil, und sein gutmütiger Gesichtsausdruck verflüchtigt sich, als Sara außer Sichtweite ist. »Du bist extrem eifersüchtig, stimmt's?«

Ich starre ihn ohne zu blinzeln an. »Du kannst dir gar nicht vorstellen, wie sehr.«

Wenn er Sara jemals wieder umarmt, wird es das Letzte sein, was er tut. Allein dieser Ort macht mich nervös – mit all den Betrunkenen, die sich da draußen zusammengedrängt haben, ist es der perfekte Ort für einen Attentäter – und der bloße Gedanke an die Hände dieses bierbauchigen Arschlochs auf Sara lässt meine Finger danach brennen, sich um seinen molligen Hals zu legen.

Er starrt mich an und bricht dann in Lachen aus. »Oh, Mann, du solltest deinen Gesichtsausdruck sehen. Ich wusste nicht, dass es den mörderischen Blick wirklich gibt.«

Ich zwinge mich dazu, zu blinzeln, um den sogenannten

443

»mörderischen Blick« abzuschwächen, während er unbeschwert weiterredet, da er nicht weiß, wie wahr seine Beobachtung war. »Tut mir leid, Mann. Ich wollte nicht in deinem Gebiet wildern. Wir alle kennen Sara einfach seit einer Weile, und sie ist wie eine Schwester für uns. Nun, nicht wirklich, denn wir sind nicht verwandt und sie *ist* verdammt heiß, aber du weißt, was ich meine. Und ehrlich gesagt wussten wir nicht einmal, dass sie auf Männer steht. Ich will damit nicht sagen, dass wir dachten, dass sie auf Frauen steht, wir dachten einfach, dass sie sich gerade nicht mit Männern trifft, weil sie verwitwet war. Dabei ist sie einfach heimlich mit dir ausgegangen und …« Er schüttelt den Kopf. »Verdammt, ich kann nicht glauben, dass wir es nicht gewusst haben.«

»Na ja, jetzt weißt du es.« Ich sollte wahrscheinlich wegen seines offensichtlichen Versuchs, sich mit mir anzufreunden, netter sein, aber ich kann mich immer noch kaum zurückhalten, ihn wegen dieser Umarmung zu töten – und all der anderen Male, die er es zweifellos auf meine »verdammt heiße« Frau abgesehen hatte.

Sie war damals noch nicht meine Frau, aber sie gehörte *mir*.

Glücklicherweise taucht Sara wieder auf, bevor meine Geduld noch weiter auf die Probe gestellt wird. Sie trägt ein weißes Neckholder-Kleid, das mich an Marilyn Monroe in der berühmten Szene mit dem wehenden Rock erinnert. Bei einer anderen Frau mag es einfach nur nett aussehen, aber bei Sara, mit ihrer Haltung einer Tänzerin, ist es genauso elegant wie sexy.

»Ich dachte, das sei passend«, sagt Phil, als ich sie anstarre und mir das Wasser bei dem Gedanken im Mund zusammenläuft, an der weichen Haut zu knabbern, die durch den offenen Ausschnitt des Kleides freigelegt wird. »Weil sie frisch vermählt ist und so.«

Ich reiße meine Augen von ihren zarten Schlüsselbeinen weg. »Was?«

»Das weiße Kleid«, sagt der Gitarrist und grinst. »Ich habe es ausgewählt, als eine Hommage an eurer Hochzeit.«

»Ah.« Ich drehe mich um und beobachte Sara, die stehen geblieben ist, um sich mit ihrem Schlagzeuger Simon zu unterhalten.

Wie schlimm wäre es, wenn ich sie jetzt gleich wegbringen würde? Sie einfach hochheben, hinaustragen und in meinem Bett behalten würde, bis wir beide nicht mehr laufen können?

Ich will, dass sie für mich allein in diesem Kleid singt.

Und in jedem anderen Kleid, wenn ich ehrlich bin.

»Mann, dich hat es aber heftig erwischt«, sagt Phil, und ich sehe ihn gereizt an. Der Idiot schüttelt den Kopf und grinst, als ob er nicht sehen könnte, dass ich ihm gleich das Genick brechen werde.

»Phil, hey!« Eine blonde Frau kommt um die Ecke, und ich weiß, dass es Saras Freundin aus dem Krankenhaus ist, Marsha.

Sie sieht mich, erstarrt für eine Sekunde und nähert sich uns dann zögernd.

»Hi, Marsha.« Ich lächele sie so sanft wie möglich an. Kein Grund, die Frau noch weiter zu erschrecken; sie verdächtigt mich bereits aller möglichen Dinge. »Ich wusste nicht, dass du auch kommen würdest.«

»Ja, nun …« Ihr Blick fällt auf Phil. »Kann ich mit dir reden?«

»Sicher.« Er schaut zu mir zurück. »Entschuldigung.«

Ich richte meine Aufmerksamkeit auf Sara, da Marsha den Gitarristen wegschleppt. Mein Ptichka spricht jetzt mit dem rothaarigen Kerl, Rory, und ich mag die Art und Weise nicht, wie dieser muskelbepackte Pfau sie ansieht.

Ich mache mich auf den Weg zu Ihnen, aber Sara beendet das Gespräch und steckt ihren Kopf in den Bühnenbereich. »Sie sind bereit für uns«, schreit sie über ihre Schulter, und ich verlasse leise den Backstage-Bereich, um mich unter die Menge an der Bar zu mischen.

Der Auftritt meines Ptichkas beginnt gleich, und ich möchte ihn nicht verpassen.

ZU MEINEM ERSTAUNEN BERUHIGT SICH DIE TOBENDE MENGE, ALS SARA die Bühne betritt, und als sie ihren Mund öffnet, verstehe ich, warum. Sie ist so phänomenal wie ein Popstar, und ihre Stimme ist stark und rein, während sie die Songs, die sie komponiert hat, singt. Ich habe sie bereits in Japan üben hören, aber ich höre genauso begeistert zu wie alle anderen in der Bar.

Es ist unmöglich, das nicht zu tun.

Der Song ist sowohl verhalten als auch optimistisch, eine ungewöhnliche Mischung aus Country, R&B und aktuellen Pop-Hits – kombiniert mit Saras einzigartigem Spin.

Sie ist mehr als gut.

Sie ist unglaublich.

Unsere Blicke treffen sich, und mein Herz dehnt sich in meiner Brust aus, bis es sich anfühlt, als ob es gleich platzen wird. Es ist unglaublich, wie sehr ich sie brauche, wie sehr ich sie mit jeder Zelle meines Körpers begehre. Der primitive Instinkt erwacht wieder in mir, dieser Drang, sie über meine Schulter zu werfen und in meine Höhle zu zerren.

Ich will sie weit weg von den Augen aller, damit ich sie ganz allein verschlingen kann.

Ein Lied, drei, fünf, fünfzehn – und wie im Fluge vergehen zwei Stunden. Sie rufen sie immer wieder auf die Bühne, fordern Zugaben, und sie gibt immer wieder nach, bis es irgendwann endlich vorbei ist.

Ich fange sie ab, als sie von der Bühne steigt. Ich ergreife sie, hebe sie hoch und drücke sie an meine Brust.

»Das Privileg der Frischvermählten«, knurre ich ihre fanatischen Fans an, und als sie ihr Gesicht versteckt, errötet und lacht, tue ich das, wofür ich den ganzen Abend gestorben wäre.

Ich trage sie weg, um ganz allein zu genießen.

17

eter

Ich beherrsche mich, um uns erst nach Hause zu bringen, aber jedes Mal, wenn Sara sich auf ihrem Sitz bewegt und ich einen Blick auf ihren nackten Oberschenkel unter diesem sexy weißen Rock erhasche, bin ich versucht, an den Straßenrand zu fahren.

Das Einzige, was mich davon abhält, ist, dass ich keinen weiteren Quickie im Auto will. Ich brauche sie in meinem Bett, wo ich die ganze Nacht über ihren köstlichen Körper genießen kann. Wo ich ihr zeigen kann, dass sie immer mein sein wird, egal wie viele Männer Fantasien mit ihr haben.

Es hilft, dass sie ununterbrochen spricht, da sie von ihrem Auftritt noch ganz high ist. Sie erzählt mir alles darüber, wie Phils Gitarre in letzter Minute gestimmt werden musste, und wie Simon es fast nicht schaffte, weil er einen Abgabetermin für einen Artikel hat. Dass ich mich auf ihre Worte konzentriere, hält mich davon ab, unter ihren Rock zu greifen und mit meiner Hand an ihrem glatten,

447

wohlgeformten Oberschenkel entlangzufahren, bevor ich unter den Spitzenstring greife, den sie heute Morgen angezogen hat, um ihren weichen, seidigen Körper …

»Kannst du glauben, dass Marsha jetzt mit Phil ausgeht?«, sagt Sara, und ich merke, dass ich aufgehört habe, ihr zuzuhören, weil ich mich in meiner heißen Fantasie verloren hatte.

»Tut sie das?« Ich gebe mein Bestes, um mich wieder auf ihre Worte zu konzentrieren. »Seit wann das?«

»Rory sagte mir, dass sie in der Nacht unserer Hochzeit miteinander abgestürzt sind. Ist das nicht lustig? Marsha war anscheinend zu betrunken, um nach der Zeremonie zu fahren, und Phil hat sich freiwillig gemeldet, um sie nach Hause zu bringen. Und der Rest ist, wie man so schön sagt, Geschichte.«

»Das ist toll«, sage ich und zwinge mich, meine Augen auf die Straße zu richten, anstatt Sara mit meinem Blick zu verschlingen. »Das freut mich für sie.«

Und ich meine es auch so. Vielleicht hält die feurige Krankenschwester den Gitarristen auf Trab, und er hört auf, bei jeder Gelegenheit Sara anzuschmachten. Und im Gegenzug wird er Marsha vielleicht genug ablenken, um sich aus unseren Angelegenheiten herauszuhalten.

Sara hatte ihr während meiner Abwesenheit ein wenig zu viel erzählt, und obwohl Marsha nicht mit Sicherheit weiß, dass ich der Mann bin, der Sara verfolgt und ihren ersten Mann getötet hat, vermutet sie es.

»Ja, ich hoffe für sie, dass es klappt«, sagt Sara. »Sie verdienen beide einen guten Partner.«

Ich nicke unverbindlich und riskiere einen weiteren Blick auf Sara. Sie sieht mich mit einem Lächeln an, und dann bringt sie mich um, indem sie beiläufig ihre Hand auf meinen Oberschenkel legt.

Mein Schwanz, der bereits halb hart durch die nicht jugendfreien Bilder in meinem Kopf war, ist jetzt steinhart. Die Berührung ihrer schlanken Finger erhitzt meine Haut sogar durch das dicke Material meiner Jeans. Es ist, als ob ein Stromkabel auf meinem Oberschenkel liegt und Stromstöße direkt in meine Leiste schickt. Meine Herzfrequenz schießt in die Höhe, und mein Kiefer spannt sich an, als die Straße vor mir für eine gefährliche Sekunde verschwimmt.

»Sara.« Ich knurre ihren Namen fast, als sich meine Hände krampfartig um das Lenkrad klammern. »Ptichka, wenn du deine Hand jetzt nicht sofort da wegbewegst …«

Ihr Atem hämmert hörbar, und sie zieht ihre Hand fort, als sie endlich versteht, was sie tut. Es hilft aber nichts. Ich kann ihre Berührung immer noch spüren. Sie ist in meine Haut eingebrannt, meinen Kopf … mein Herz. Vielleicht wird es sich eines Tages nicht mehr so anfühlen, und ihre lockere Zuneigung mich nicht jedes Mal erschlagen, aber im Moment ist das, was wir haben, noch zu neu, zu frisch. Vor nicht allzu langer Zeit hat sie mich gefürchtet und gehasst. In ihren Augen war ich ein Monster. Und vielleicht bin ich es immer noch – aber jetzt liebt sie mich.

Sie weiß, dass sie mich braucht, auch mit meiner dunklen Seite.

Als wir vor unserem neuen Haus parken, halte ich inne, um sicherzustellen, dass nichts meinen ausgeprägten sechsten Sinn für Gefahren alarmiert. Nichts passiert – genau wie es sein sollte. Der Ort ist jetzt so sicher wie möglich, mit modernster Technologie, die alles überwacht, und meiner Crew an strategischen Orten in der gesamten Nachbarschaft.

Ich werde es nicht riskieren, dass Feinde aus meiner Vergangenheit in unsere friedliche Gegenwart eindringen.

»Wow«, ruft Sara, als ich ihr aus dem Auto helfe. Ihr Kopf schwenkt von einer Seite zur anderen, und ihre Augen sind vor Erstaunen weit aufgerissen. »Wo kommen all diese Bäume her? Und der Zaun? Wann hattest du Zeit, das alles zu tun?«

Ich werfe einen Blick auf das, wovon sie spricht. Ich habe einen hohen Zaun aufstellen und Bäume rund um das Grundstück pflanzen lassen, um Privatsphäre zu schaffen und die Sichtlinie für alle potenziellen Scharfschützen zu verdecken.

»Gestern«, sage ich ihr und lege eine Hand auf ihren unteren Rücken, um sie zum Eingang zu führen.

Sie kann morgen unser neues Zuhause bestaunen; heute Abend gehört ihre ganze Zeit mir.

Wir haben gerade die Schwelle übertreten, als meine Beherrschung wie ein Zweig in einem Hagelsturm einknickt.

Ich schließe die Tür mit meinem Fuß, mache das Licht im Flur an und drücke sie mit dem Rücken gegen die Wand, während meine Hände zum Saum ihres Kleides wandern. Als ich ihren Rock nach oben schiebe, finde ich ihren Spitzenstring feucht und ihre Muschi weich und nass vor.

Verdammt, ja. Der Auftritt muss sie auf mehr als eine Weise erregt haben.

»Peter.« Sie bekommt große Augen, und klammert sich an meine Bizeps. »Warte, lass uns zuerst …« Ihre Worte enden mit einem Stöhnen, als ich mit zwei Fingern in sie eindringe und mich an der glatten, seidigen Enge erfreue.

»Sag mir, dass du das willst«, fordere ich, schiebe meine Finger in sie hinein und heraus und lasse die raue Spitze meines Daumens bei jedem Stoß über ihre Klitoris reiben. »Sag mir, dass du *mich* willst.«

Ihre Augen sehen zunehmend glasig aus, und ihre Pupillen werden mit jeder Sekunde weiter. »Das tue ich. Du weißt, dass ich das tue.« Sie klingt atemlos, ihre inneren Muskeln ziehen sich zusammen, und ihre Hüften bewegen sich in einem Rhythmus, der mir sagt, dass sie kurz davor ist. »Bitte, Peter …«

Ich ziehe meine Finger heraus und hebe meine Hand zu ihrem Gesicht. »Sauge an ihnen.« Ich drücke die Finger zwischen ihre vollen Lippen. »Mach sie schön nass, verstanden?«

Ihre Augen weiten sich wieder, aber sie gehorcht, und ihre flinke Zunge wirbelt um meine Finger, als ich sie in ihren Mund schiebe. Es fühlt sich unglaublich an, und ich kann mir die Zunge auf meinem Schwanz vorstellen. Ich will mehr, drücke meine Finger tiefer und spüre den Würgereflex in ihrem Hals, der sie noch dicker mit Speichel überzieht.

Verdammt. Wenn ich nicht gleich in sie eindringe, explodiere ich.

Ich öffne meine Jeans mit meiner freien Hand, ziehe meine Finger aus ihrem Mund und schiebe sie zurück in ihre Pussy, wo ich ihre innere Nässe mit dem Speichel vermische, während ich sie weiterhin mit dem Finger ficke, da ich wieder diesen glasigen Blick in ihren Augen sehen will.

Es dauert nicht lange – innerhalb von dreißig Sekunden atmet sie schnell, und ihre blasse Haut ist wunderschön errötet. Ihr Blick ist immer noch auf mich gerichtet, aber ihre Augen werden benebelt und unfokussiert, während ihr Mund sich öffnet und sich ihre Nägel in meine Bizeps graben, während ihre Oberschenkelmuskeln wie Espenlaub zittern.

Ich warte, bis ich mir sicher bin, dass sie kommt, und dann ziehe ich meine Finger wieder heraus, um sie an ihren muskulösen Oberschenkeln anzuheben und sie mit meinem schmerzenden Schwanz aufzuspießen. Ihr wortloses O verwandelt sich in ein lautes Keuchen, ihre Beine legen sich fest um meine Hüften, während ich mit einem rücksichtslosen Stoß bis zum Anschlag in sie eindringe. Ich spüre, wie ihre inneren Muskeln pulsieren und sich zusammenziehen, während ich tief in ihr stecke und meine ganze Willenskraft aufbringen muss, um nicht meinem starken Verlangen nachzugeben, zu kommen.

Sie wird nicht so leicht davonkommen.

Nicht heute Abend.

Irgendwie schaffe ich es, durchzuhalten, bis ihre Krämpfe nachlassen, ihr Körper sich an dem meinen entspannt und ihre Lider sich schließen, während ein glückliches Leuchten auf ihrem Gesicht erscheint. Ich senke meinen Kopf, küsse ihre geöffneten Lippen und bewege die Hand, deren Finger sie gefickt haben, von ihrem Oberschenkel zur verführerischen Spalte zwischen ihren Arschbacken.

Sie ist so entspannt und gefangen in meinem Kuss, dass es nur minimalen Widerstand gibt, als ich einen feuchten Finger gegen ihre enge hintere Öffnung lege und ihn vorsichtig hineindrücke. Ich bin schon bis zum ersten Knöchel in ihr, als ihre Augenlider aufgehen, ihr Körper sich versteift und ihre inneren Muskeln auf meinen Schwanz und Finger drücken, während sich ihre Beine fester um meine Hüften legen.

»Lass mich rein, Ptichka«, murmele ich gegen ihre Lippen. »Du weißt, dass du das willst.«

Nicht, dass sie eine Wahl hätte. Ich halte sie mit meiner freien Hand und dem Gewicht meines Körpers hoch. Mit ihren Beinen um meine Hüften und meinem Schwanz tief in ihr vergraben, kann sie unmöglich entkommen oder die Tiefe der Penetration in beiden Öffnungen kontrollieren.

Sie ist mir völlig ausgeliefert, und das ist genau das, was ich will.

Ich habe ihren Arsch seit unserer Hochzeitsnacht nicht mehr genommen, aber ich habe nicht aufgehört, über ihn nachzudenken – darüber, wie sich diese perfekten runden Kugeln gegen meine Eier gedrückt angefühlt haben, und ihr Gesicht, das leicht ekstatisch und gleichzeitig gequält ausgesehen hat. Ich habe ihr wehgetan, ich weiß, und etwas daran war pervers richtig gewesen, einzigartig befriedigend.

So sehr ich sie auch liebe, ich möchte sie trotzdem manchmal bestrafen, um zu sehen, wie die Angst und die Erregung in ihren schönen Augen gegeneinander kämpfen.

Ich hebe meinen Kopf und sehe, wie diese Augen genau das widerspiegeln, als sie mich anblickt. »Ich …« Ihr Atem beschleunigt sich wieder. »Ich weiß nicht, ob …«

Ich lasse ihre nächsten Worte mit einem weiteren Kuss verstummen und setze die Arbeit mit meinem Finger in ihrer engen Öffnung fort, während ich sie mit meiner freien Hand höher hebe und sie auf meinem Schwanz bewege. Sie wimmert an meinen Lippen, und ich fühle, wie mein Schwanz durch die dünne Wand, die ihre beiden Öffnungen trennt, gegen den Finger reibt.

Meine Atmung beschleunigt sich, meine Eier ziehen sich enger zusammen, und die letzte Beherrschung, die ich noch besaß, verschwindet. Ich vertiefe den Kuss, dringe weiter in sie ein und drücke gleichzeitig einen zweiten Finger in ihren Arsch. Sie versteift, ihre Nägel graben sich tiefer in meine Arme, und ihre inneren

Muskeln pressen sich zusammen, um Widerstand zu leisten, aber es ist sinnlos. Ich bin bereits in ihr drin, so tief, dass sie mich nie wieder herausbekommen wird.

Es wird kein Entrinnen für sie geben.

Nicht jetzt. Niemals.

Alles in mir schreit danach, sie zu ficken, immer wieder in sie hineinzufahren, bis ich explodiere und die unerträgliche Spannung nachlässt, aber es gibt noch etwas anderes, was ich will. Schwer atmend, hebe ich meinen Kopf und treffe auf ihren Blick, als sie mich benommen mit einem erröteten Gesicht und vor Erregung schweren Lidern ansieht.

»Sag mir, was du brauchst«, befehle ich mit belegter Stimme, und ihr Atem entweicht zischend zwischen ihren Zähnen, als ich meine Finger tiefer in ihren Arsch drücke, um ihn zu dehnen und zu präparieren. »Ich will es von dir hören.«

»Ich weiß nicht …«, stöhnt sie, und ihre Augen schließen sich, als ich meine Finger wie eine Schere öffne und sie weiter dehne. »Ich weiß es nicht.«

»Doch, das tust du. Sieh mich an.«

Ihre Augen öffnen sich gehorsam, und ihre zarte Zunge schiebt sich heraus, um ihre Unterlippe zu befeuchten.

»Sag es mir, Sara. Sag mir, was du wirklich brauchst.«

»Ich …« Ihre Atmung beschleunigt sich weiter, als ich anfange, mich in ihr zu reiben, und darauf achte, mit jeder Bewegung auf ihren Kitzler zu drücken. »Es ist … genau das. Peter, ich brauche das. Ich brauche dich in mir. Ich brauche dich.« Sie schnappt nach Luft, als ich tiefer in sie eindringe, »Nimm mich und …«

»Und was?«, frage ich nach, als meine Wirbelsäule kribbelt, weil ich fühle, wie sich ihre inneren Muskeln verkrampfen.

»Fick mich.« Jetzt keucht sie, und ihr Blick wird verschwommen und unkonzentriert. »Füge mir Schmerzen zu.»

»Ja.« Meine Stimme ist heiser. »Genau das. Und du gehörst mir. Um dich zu ficken, zu verletzen und alles zu tun, was ich will. Nicht wahr, mein Liebling?«

Sie nickt, und ihre Augen richten sich wieder auf meine. »Ja. Für immer.«

Für immer. Diese Worte dringen in meine Brust ein und bringen eine Mischung aus warmer Zärtlichkeit und gewalttätiger Befriedigung mit sich. Ich liebe es, dass sie es jetzt versteht. Dass sie es zugibt.

Wir sind füreinander bestimmt. Ich habe es von Anfang an gewusst – und jetzt weiß sie es auch.

Ich beuge meinen Kopf nach unten, fordere ihre Lippen ein und küsse sie weich und sanft, während ich meine Finger aus ihr herausziehe und beide Hände unter ihre Oberschenkel lege, um ihre Beine weiter zu spreizen, während ich sie anhebe. Mein Schwanz rutscht aus ihrer Muschi und drückt gegen ihren Hintereingang.

Ihr Atem ist keuchend, aber ich setze sie bereits auf meinen steifen Schwanz und nutze die Schwerkraft und ihre eigene Feuchtigkeit, um mein Eindringen zu erleichtern. Wenn ich sie nicht mit den Fingern geweitet hätte, wäre das unmöglich gewesen, aber so gibt der Muskelring dem unnachgiebigen Druck nach, und ich rutsche in ihren engen Kanal und fühle, wie ihr Inneres mich in einem hektischen Versuch, der Invasion zu widerstehen, zusammendrückt.

»Peter …« Sie zittert, als ich meinen Kopf hebe und wieder ihrem Blick begegne. »Peter, bitte …«

»Ja«, verspreche ich heiser. »Ich werde dir geben, was du brauchst, Ptichka. Ich werde dir alles geben, was du brauchst … alles.«

Und während ich ihr in die Augen schaue, beginne ich, mich zu bewegen und sie dorthin zu bringen, wo die Schmerzen zu Lust werden und Liebe und Hass aufeinanderprallen.

An diesen schönen Ort, wo sie mir gehört, und nur mir allein.

18

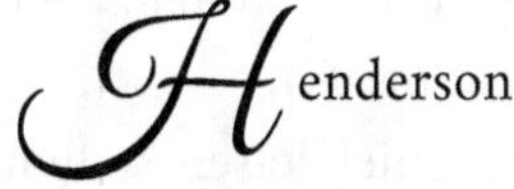

ICH BETRACHTE DIE NEUEN FOTOS AUF MEINEM BILDSCHIRM, WÄHREND ich mir die verknoteten Muskeln im Nacken reibe und versuche, meine sich verschlimmernden Kopfschmerzen zu ignorieren.

Es hat funktioniert, mich an das FBI zu wenden, und ich musste auch nicht lange bitten. Agent Ryson war sehr gerne bereit, seine Nachforschungen über Sokolov für mich fortzusetzen.

Ich denke nicht, dass er etwas aufdeckt, aber das ist auch nicht der Sinn des Ganzen. Ich brauche nur eine bestehende Untersuchung, auch wenn es sich eher um eine persönliche Vendetta eines verärgerten Beamten handelt.

Ich öffne die Mappe auf meinem Schreibtisch und studiere die Grundrisse darin. Der Plan nimmt langsam, aber sicher Gestalt an. Jetzt muss ich nur noch die richtigen Leute finden, um ihn auszuführen.

Der Lärm von Dauerfeuer erreicht meine Ohren und

verschlimmert das schmerzhafte Pochen in meinen Schläfen. Ich schiebe den Ordner beiseite, stehe auf und gehe ins Wohnzimmer.

»Jimmy.«

Mein fünfzehnjähriger Sohn reagiert nicht.

Ich wiederhole seinen Namen lauter.

»Was?«, fragt er genervt, ohne seinen Blick vom Bildschirm abzuwenden.

»Mach dieses verfickte Spiel leiser«, sage ich so ruhig wie möglich.

Er zeigt mir den Mittelfinger.

Meine Kopfschmerzen verwandeln sich in eine lodernde Migräne, und mein Hals zuckt mit frischen Verspannungen, während sich eisige Wut in meinen Adern ausbreitet.

Nach außen hin ruhig, gehe ich zur Couch und schnappe mir den Controller aus den Händen meines Sohnes.

»Hey!« Er springt auf und versucht, ihn sich zurückzuholen, aber mein Handrücken schlägt in sein Gesicht und haut ihn um.

»Ich habe dir gesagt, dass du das verfickte Spiel leiser stellen sollst«, sage ich, als er mich anstarrt, und sein Kiefer zuckt.

Dann lasse ich den Controller auf den Boden fallen und gehe zurück in mein Büro.

19

*S*ara

ICH WACHE AM SAMSTAGMORGEN MIT DEM WISSEN AUF, DASS PETER und ich seit einer Woche verheiratet sind und dass wir gerade die erste Nacht in unserem neuen Haus verbracht haben.

Ich hatte gestern Abend keine Gelegenheit, mir alles anzusehen, also schaue ich mich jetzt im Schlafzimmer um. Es ist hell und geräumig, die Wände sind in einem beruhigenden, blassen blaugrauen Farbton gestrichen, und die Decke mit den eingebauten Lichtern befindet sich dreieinhalb Meter über unserem Kingsize-Bett aus Eiche.

Es ist hübsch und modern, und plötzlich habe ich den Ehefrau-Drang, Pflanzen zu kaufen, um sie in jede Ecke zu stellen.

Grinsend strecke ich mich und zucke sofort wegen meiner inneren Wundheit zusammen. Nachdem er mich so brutal im Flur genommen hatte, trug mich Peter nach oben und nahm mich noch einmal in der Dusche und dann noch einmal in diesem Bett.

Eines Tages werden wir darüber reden müssen, was eine normale, gesunde Menge an Sex ist. Männer sollten ihre Frauen nicht jede Nacht ficken, als seien sie gerade aus dem Gefängnis gekommen.

Ich stelle mir dieses Gespräch vor und schüttele den Kopf. Wem mache ich etwas vor? Wundsein oder nicht, ich habe nichts gegen sein Verlangen nach mir. Peters intensive Sexualität ist ein Teil von ihm, so gnadenlos heftig wie seine Liebe zu mir. Sie akzeptiert keine Grenzen, hält sich an keine Einschränkungen. Und ich will ihn so: wild und doch zart, tödlich und doch pervers süß.

Ich bin fertig damit, so zu tun, als wäre ich alles andere als verrückt nach ihm, so falsch das auch sein mag.

Leckere Frühstücksgerüche ziehen schon unter der geschlossenen Tür herein, also dusche ich schnell in unserem neuen, luxuriösen Badezimmer, ziehe ein T-Shirt und eine Yogahose an und eile mit knurrendem Magen nach unten.

Mein Mann steht neben dem Edelstahlherd in Restaurantgröße, wendet Pfannkuchen, und ich bleibe stehen, während mir bei dem Anblick das Wasser im Mund zusammenläuft. Er trägt nur eine Jeans, und zeigt seine breiten Schultern, die schlanken, harten Muskeln, und die Tattoos, die seinen linken Arm schmücken, zucken bei jeder Bewegung seines kräftigen Bizepses. Sein dickes, dunkles Haar ist sexy zerzaust, als ob es meine Finger einladen will, es zu berühren, und seine braune Haut glänzt im hellen Morgenlicht.

Er dreht sich um und sieht mich mit einem sinnlichen Lächeln an. »Da ist er ja, mein kleiner Singvogel. Wie fühlst du dich?«

Ich lecke mir über die Lippen, und schaffe es nicht, meine Augen von seiner breiten Brust abzuwenden. »Hungrig.«

»Das habe ich mir gedacht.« Er grinst. »Leider, Ptichka, hast du so lange geschlafen, dass es jetzt fast Zeit für den Brunch ist. Deine Eltern kommen in zwanzig Minuten, also musst du warten.«

Ich schaue auf die Uhr und merke, dass er recht hat. »Das ist alles deine Schuld«, sage ich ihm und verschränke die Arme vor der Brust. »Du hast mich *sehr lange* wach gehalten.«

»Ich weiß. Armer Liebling. Komm her.« Er kommt mit dunkel glänzenden Augen auf mich zu, und ich trete einen Schritt zurück.

»Nein, nein. Wir haben keine Zeit.«

Er greift nach mir. »Wir haben immer Zeit.«

»Die Pfannkuchen …«

Seine warmen Lippen legen sich auf die meinen, seine Zunge dringt in meinen Mund ein und meine Finger finden ihren Weg in sein seidiges Haar, während mein Kopf wieder in seine Handflächen fällt. Sein Atem riecht nach Honig – er muss die Pfannkuchen probiert haben –, und ich kann nicht anders, als benommen zu blinzeln, als er schließlich seinen Kopf hebt und mich ohne einen Hauch von Verspieltheit anstarrt.

»Ich kann es kaum erwarten, bis wir wieder allein sind«, murmelt er, beugt dann seinen Kopf nach unten und nimmt sich meinen Mund mit einem wilderen, härteren Kuss, der keinen Zweifel an seiner ultimativen Absicht lässt.

Er wird mich wieder nehmen.

Sobald meine Eltern gehen, bin ich wieder in seinem Bett.

Es klingelt an der Tür, gerade als er wieder Luft holt. »Verdammt.« Er atmet schwer und lässt mich los. »Sie sind wieder zu früh dran.«

Ich glätte mein Haar mit einer zitternden Hand, und bin mir schmerzhaft meiner vom Kuss geschwollenen Lippen bewusst. »Du ziehst dich besser an, und ich begrüße sie.«

»Warte.« Er geht zum Herd und legt die Pfannkuchen aus der Pfanne auf eine Servierplatte. »Damit sie nicht anbrennen«, erklärt er, bevor er aus der Küche geht.

Auf dem Weg zur Tür werfe ich einen Blick in den Spiegel. Ich sehe definitiv so aus, als käme ich gerade frisch aus dem Bett, aber das kann ich jetzt nicht ändern.

Ich glätte mein Haar und öffne die Tür, um meine Eltern zu begrüßen.

Sie bestehen zunächst auf einer Führung durch das Haus, also gehen wir von Raum zu Raum, während Peter den Tisch deckt. Während ich meinen Eltern alles zeige, bin ich wieder einmal erstaunt, wie viel mein Mann gestern erreicht hat. Obwohl ein paar Kisten noch diskret in einigen Ecken stehen, und wir auch nur die nötigsten Möbel haben, ist alles organisiert und ordentlich … fast schon zu sehr.

»Ich kann nicht glauben, dass ihr schon so weit seid«, sagt Mama und spricht damit aus, was mir gerade durch den Kopf gegangen ist. »Ich dachte, ihr habt erst am Donnerstag unterschrieben?«

»Das haben wir«, sage ich. »Aber Peter hat ein Talent dafür, Dinge schnell zu erledigen.«

»Offensichtlich«, murmelt Papa und öffnet einen Wäscheschrank, in dem bereits ordentlich gefaltet die Handtücher liegen. »Dein Mann ist eine Maschine.«

Ich greife hinüber, um Papas faltigen Unterarm zu drücken. »Ja, und das ist eine gute Sache.«

Meine Eltern sind immer noch nicht ganz mit unserer Beziehung einverstanden, aber ich hoffe, dass sie, wenn sie mehr Zeit mit Peter verbringen, auftauen werden. Unser erstes gemeinsames Abendessen letzte Woche verlief relativ gut, vor allem weil Peter überraschend offen über seine Vergangenheit und seine Gefühle für mich war. Es half auch, dass er ihnen sofort sagte, dass er eine Familie gründen will, und meine Eltern mit der Aussicht auf Enkelkinder verzaubert hat, nachdem sie die Hoffnung, dies noch zu erleben, bereits aufgegeben hatten.

Da mein Vater achtundachtzig und meine Mutter nur neun Jahre jünger ist, hören sie die Zeit immer lauter ticken.

Obwohl die Arthritis meines Vaters im Moment schlimm ist und er heute einen Rollator benutzt, besteht er darauf, die Treppe zu nehmen, um das ganze Haus zu sehen. Wir beenden die Tour in unserem Schlafzimmer, wo ich überrascht bin, dass das Bett gemacht ist. Peter muss sich darum gekümmert haben, als er oben war, um sich anzuziehen.

Nachdem sie das Zimmer gesehen haben, geht Papa auf die Toilette, während Mama unseren begehbaren Schrank bewundert.

»Also, was denkst du?«, frage ich, als sie herauskommt.

Sie blickt mich ernst an. »Das ist ein wunderschönes Haus, Schatz.«

»Aber?«, frage ich, als sie nicht weitermacht.

Sie seufzt und geht hinüber, um sich auf das Bett zu setzen. »Dein Vater und ich machen uns immer noch Sorgen um dich, das ist alles.«

»Mom ...«, beginne ich in einem verärgerten Ton, aber sie hält ihre Hand hoch und klopft neben sich auf das Bett.

Ich gehe zu ihr, um mich zu ihr zu setzen, und sie sagt mit leiser Stimme: »Agent Ryson kam gestern Morgen im Park zu deinem Vater. Ich weiß nicht, was er ihm gesagt hat, aber der Blutdruck deines Vaters war den ganzen Tag über sehr hoch. Ich habe versucht, mehr herauszubekommen, aber er wollte mir nichts anderes sagen, als dass er sich um dich sorgt.«

Ich starre sie an, und ein eisiger Schraubstock legt sich um mein Herz. Warum war der FBI-Beamte dort? Was hat er meinem Vater gesagt? Wenn es so etwas wie das ist, womit mich Ryson an meinem Hochzeitstag konfrontiert hat, ist es ein Wunder, dass Dad nicht gleich wieder einen Herzinfarkt hatte.

Könnte das FBI etwas über Monicas Stiefvater wissen?

Meine Lungen funktionieren nicht mehr, als mir dieser Gedanke durch den Kopf geht. Ich muss auch sichtbar erblassen, denn Mama runzelt die Stirn und greift herüber, um meine Hand in die ihre zu nehmen. »Geht es dir gut, Schatz?«

»Ja, ich ...« Ich zwinge mich, wieder zu atmen. »Es geht mir gut.« Meine Stimme ist etwas zu schrill, also setze ich ein Lächeln auf, um überzeugender zu sein. »Tut mir leid, ich mache mir nur Sorgen um Dad. Wie ist sein Blutdruck heute?«

Mama seufzt und lässt meine Hand los. »Besser. Nicht perfekt, aber besser. Ich wünschte, er würde mir sagen, was Agent Ryson wollte.«

»Ja.« Ich schaffe es, mich fast normal anzuhören. »Ich werde Dad heute danach fragen.«

»Ich denke, es ist besser, wenn du das nicht tust.« Sie blickt auf die Badezimmertür und senkt ihre Stimme weiter. »Was auch immer es war, es war offensichtlich stressig, und ich will nicht, dass er weiter darüber nachdenkt.«

»In Ordnung, Mom«, sage ich und stehe auf, um Dad anzulächeln, der gerade aus dem Badezimmer kommt. »Jetzt lasst uns die Pfannkuchen probieren.«

WÄHREND WIR ESSEN, BEOBACHTE ICH, WIE PETER MIT MEINEN ELTERN interagiert. Obwohl ich weiß, dass er viel lieber allein mit mir sein würde, ist er wieder höflich und respektvoll … geradezu liebevoll. Die Treppe hinauf- und hinunterzugehen scheint die Arthritis meines Vaters verschlimmert zu haben, also hilft Peter ihm mit seinem Rollator – und das so beiläufig und geschickt, dass mein Vater vergisst, sich darüber zu ärgern.

Zuerst sind meine Eltern vorsichtig und reserviert, aber während das Essen voranschreitet, scheinen sie sich für Peter zu erwärmen – sogar mein Vater, trotz allem, was Ryson ihm gesagt haben muss. Es hilft, dass Peter das Gespräch lenkt und meine Eltern mit Fragen darüber löchert, wie sie sich kennengelernt haben und wie ich als Kind war, anstatt darauf zu warten, dass sie in seiner düsteren Vergangenheit herumgraben.

»Sara war ein unglaublich perfektes Baby«, sagt Mom zu Peter und starrt mich an. »Sie schlief die ganze Nacht durch, aß, wenn sie es sollte, und weinte fast nie. Und sie war auch nie krank, obwohl sie klein geboren wurde und nicht einmal dreitausend Gramm wog. Wir waren wegen unseres Alters mehr als besorgt, aber sie hat schnell all unsere Ängste ausgeräumt. Es war, als wüsste sie, dass wir nicht die typischen jungen Eltern waren, die die Belastung ertragen konnten, und sie stellte sicher, dass alles nach Vorschrift ablaufen würde. Das ist natürlich albern – sie war nur ein Baby –, aber das ist der Eindruck, den jeder hatte.«

»Das kann ich gut glauben«, sagt Peter und betrachtet mich mit einer solchen Wärme, dass ich rot werde und wegschauen muss.

Peter lenkt nicht nur das Gespräch auf die Lieblingsthemen meiner Eltern, sondern zeigt auch bei anderen Dingen, wie aufmerksam er ist. Mama bekommt ihren Kamillentee ohne zu fragen, und Papas Pfannkuchen werden neben der hausgemachten Erdbeermarmelade mit einer frischen Schale Obst und Schlagsahne serviert. Ich weiß nicht, wo Peter diese spezifische Vorliebe meines Vaters ausgegraben hat, aber meine Eltern wissen das offensichtlich zu schätzen.

»Du bist ein ausgezeichneter Koch«, sagt Mama zu ihm, und er schenkt ihr ein warmes Lächeln, bei dem seine Augen vor Freude funkeln.

Wenn ich ihn so sehe, frage ich mich, ob Peter das wirklich nur für mich tut. Ist es möglich, dass sich ein Teil von ihm auch danach sehnt? Dass er es genießt, Teil unserer Familie zu sein, weil er nie eigene Eltern hatte? Denn wenn er nur so tut, als ob, leistet er gute Arbeit.

Ich bin überzeugt davon, dass er beginnt, meine Eltern zu mögen – und dass sie ihn trotz allem vielleicht irgendwann auch mögen könnten.

Während wir das Essen abräumen, kommen meine Eltern endlich dazu, uns über die Arbeit und alle anderen Dinge zu befragen, die Eltern typischerweise wissen wollen.

»Also hast du entschieden, was du tun wirst?«, fragt Mama Peter, und er nickt und erzählt ihnen alles über das Sportstudio, das er eröffnen will.

»Ich mag die Idee«, meint Dad. »Das scheint bei deinem Hintergrund eine solide Wahl zu sein.«

Peter lächelt über seine Zustimmung. »Das dachte ich mir. Auf jeden Fall ist es etwas, was ich tun kann, wenn Sara bei der Arbeit ist.«

Es gibt keine Spur von Groll in seiner Stimme, aber ich kann immer noch nicht umhin, einen Hauch von Unbehagen zu verspüren, als er aufsteht und anfängt, den Tisch abzuräumen. Meine vielen Überstunden stören ihn, das merke ich. Nach all den Monaten, die wir getrennt verbracht haben, reichen die Abende und Wochenenden, die wir zusammen verbringen können, für keinen von uns beiden aus.

Diese neue Aufgabe könnte diese Situation verbessern, ihm etwas geben, auf das er sich neben mir konzentrieren kann, und sobald wir uns in unser Eheleben eingelebt haben, werden wir uns vielleicht auch nicht mehr so sehr vermissen. Sollte das nicht der Fall sein, dann müssen wir früher oder später etwas ändern, und die Veränderung muss auf meiner Seite geschehen.

Peter hat alles geopfert, um mich glücklich zu machen, und ich werde nicht weniger für ihn tun.

Als meine Eltern gehen, überlege ich, ob ich Peter von Rysons Besuch bei meinem Vater erzählen sollte, entscheide mich aber dagegen. Er war bereits verärgert, als er erfuhr, dass der FBI-Beamte unsere Hochzeit gestört hatte. Wenn er wüsste, dass Ryson weiterhin meine Familie belästigt, könnte er etwas dagegen tun – und das ist das Letzte, was ich will.

Versprochen oder nicht, Peter wird alles tun, was nötig ist, um mich zu beschützen, und ich will nicht den Tod eines weiteren Mannes auf meinem Gewissen haben.

TEIL II

2 0

Sara

IM LAUFE DES NÄCHSTEN MONATS RICHTEN WIR UNS IN UNSEREM neuen Zuhause ein und setzen die Routine fort, in die wir in unserer ersten Woche als Ehepaar gefallen sind. Obwohl Danny und der Rest von Peters Sicherheitsteam immer in der Nähe sind, fährt Peter mich selbst zur Arbeit und zurück und arbeitet freiwillig mit mir in der Klinik. Daneben ist er mit der Gründung seines neuen Unternehmens und der Gewinnung von Kunden beschäftigt – ein Unterfangen, bei dem er großen Erfolg hat.

Ich schleiche mich eines Nachmittags, als einige Termine abgesagt werden, aus meiner Praxis, und lasse mich von Danny in den Park fahren, den Peter als sein Übungsgelände im Freien gewählt hat. Dann beobachte ich grinsend, wie er fünf Teenager auf Herz und Nieren prüft und sie sprinten, über Bänke springen und auf Bäume klettern lässt, während sie außerdem versuchen müssen, ihm ins Gesicht zu schlagen.

Natürlich schafft es keiner von ihnen, aber sie sehen aus, als hätten sie Spaß daran.

Ich weiß, wie sie sich fühlen, weil ich ihn am vergangenen Sonntag gebeten hatte, mir ein paar Bewegungen beizubringen, und wir den Morgen in seinem Fitnessstudio damit verbracht haben, einige Grundlagen der Selbstverteidigung zu üben. Es war wie gegen einen Berg anzukämpfen, und die einzige Bewegung, die ich gemeistert habe, war, meine Beine anzuheben, um ein toter Mann zu werden, als er mich von hinten gepackt hat – angeblich, um meinen Angreifer aus dem Gleichgewicht zu bringen. Natürlich hat das ganze Anfassen unweigerlich damit geendet, dass wir in dem Moment Sex hatten, als wir nach Hause kamen, und ich bin noch weit davon entfernt, mich selbst verteidigen zu können – nicht, dass ich das muss, wenn Peter und die Leibwächter immer da sind.

Er sieht mich eine Minute später, und ein strahlendes Lächeln erhellt sein Gesicht, bevor er sich wieder wegdreht und den Jungs die nächsten Anweisungen gibt. Dann kommt er zu mir, während seine Schüler grunzen und keuchen, als sie versuchen, Klimmzüge an einem Baum zu machen.

Es ist ein heißer Augusttag, und er trägt nur eine Tarnhose und Kampfstiefel, kein Shirt. Ich beobachte mit trockenem Mund, wie er mit schwungvollen Schritten auf mich zukommt und sein muskulöser Oberkörper mit einem Hauch von Schweiß glänzt.

»Was machst du hier, Ptichka?«, fragt er, als er vor mir stehen bleibt, und ich springe hoch und schlinge meine Arme um seinen Hals. Er fängt mich und wirbelt mich herum, während ich ihn hemmungslos küsse, und als er mich absetzt, atmen wir beide schwer, während seine Schüler im Hintergrund uns anfeuern und pfeifen.

»Weitermachen«, ruft er über seine Schulter, ohne die Hände von meiner Taille zu nehmen, und sie gehorchen sofort und setzen ihre Klimmzüge fort.

»Ein echter Drill-Sergeant, was?« Ich grinse ihn an und greife nach oben, um sein dickes Haar zu glätten und einen Anschein von Ordnung zu erwecken. Es wird sowohl an den Seiten als auch oben lang und ist deshalb schwieriger in Form zu halten. Ich mag den verwuschelten Look, also sage ich nichts, aber wahrscheinlich muss er bald zum Friseur.

»Darauf kannst du wetten«, murmelt er, und beugt seinen Kopf wieder nach unten, um mich noch einmal zu küssen, und ich lache und schiebe ihn weg. Wir sind schon zu oft in der Öffentlichkeit zu weit gegangen; Peter hat kein Schamgefühl, wenn es um mich geht.

Teilweise liegt unsere mangelnde Selbstbeherrschung daran, dass wir das Gefühl haben, nicht genügend Zeit miteinander zu verbringen. Mein aktueller Job hat eigentlich feste Arbeitszeiten, aber ich habe auch einige schwangere Patientinnen – und meine Chefs haben ihren Urlaub verlängert, also habe ich diesen Monat auch alle ihre Patientinnen behandelt.

Sie hatten mich gebeten, sie zu vertreten, und ich konnte nicht Nein sagen.

»Doch, das hättest du tun können«, hat Peter gesagt, als ich ihm erklärt habe, dass ich für ein weiteres Wochenende auf Abruf erreichbar sein muss, weil Wendys Patientin im Begriff ist, ihr Baby zu bekommen. »Du hättest definitiv Nein sagen können. Was ist das Schlimmste, was passieren würde? Würden sie dich feuern?«

»Nun, ja«, beginne ich, höre dann aber mit einem Seufzer auf. »Ich weiß, ich weiß. Wir haben Geld, und ich muss eigentlich nicht arbeiten.«

»Das stimmt.« Sein Blick war auf mein Gesicht gerichtet, und ich habe weggesehen, weil ich noch nicht bereit war, in diese Richtung zu denken. Logischerweise weiß ich, dass er recht hat – wir sind dank seiner jüngsten Abenteuer Multimillionäre –, aber ich habe zu hart gearbeitet, um Ärztin zu werden, um meinen Job einfach aufzugeben.

»Du könntest immer noch freiwillig in der Klinik arbeiten«, hatte er geantwortet und wieder einmal recht gehabt. Ich habe mehrmals darüber nachgedacht, wie schön es wäre, wenn ich jeden Morgen mit ihm kuscheln könnte, anstatt vom Wecker geweckt zu werden und zur Arbeit zu rasen. So frustrierend meine Gefangenschaft in Japan auch war, wir waren immer zusammen – etwas, an was ich mich aber jetzt mit perverser Sehnsucht erinnere, auch wenn ich es damals wegen meiner Wut auf Peter nicht zu schätzen wusste.

»Es ist nicht dasselbe«, sagte ich ihm. »Ich würde in der Klinik keine Babys zur Welt bringen können.«

Das ist die Wahrheit, und er hat die Idee aufgegeben, aber ich weiß, dass wir wieder darauf zurückkommen werden.

Es ist unvermeidlich angesichts unserer gegenseitigen Besessenheit.

Und es *ist* eine Besessenheit. Das kann ich nicht leugnen. Ich dachte, dass ich George geliebt habe, zumindest am Anfang, aber meine Gefühle für ihn waren ein blasser Schatten meiner Gefühle für seinen Mörder. Ich habe George nie so vermisst, wenn wir getrennt waren, wollte nie mit dieser Intensität zu ihm nach Hause zurückkommen. Unser Leben war mehr oder weniger getrennt, und ich dachte, dass sei normal, dass alle Ehen – alle Beziehungen – so seien.

Es gibt keine Trennung irgendeiner Art von Peter. Nicht einmal annähernd. Es ist, als gäbe es einen unsichtbaren Faden, der uns zusammenhält, auch wenn wir körperlich getrennt sind. Er ist ständig in meinen Gedanken, und ich sehne mich oft körperlich nach ihm, so als ob mein Körper von seiner Berührung abhängig wäre.

Es hilft auch nicht, dass er mich mit Aufmerksamkeit überschüttet und mich verwöhnt, bis ich mich wie ein verzogenes Haustier fühle, wenn wir zusammen *sind*. Massagen, Fußmassagen, Haare bürsten – er macht alles, wenn wir Zeit haben. Und dann ist da noch der Sex mit ihm.

Oh Gott, der Sex.

Seit unserer Hochzeitsnacht, als ich Peter – und mir selbst – gestand, dass ich ein gewisses Maß an Zwang von ihm brauche, um mit unserer nichttraditionellen Beziehung fertigzuwerden, hatte er keine Bedenken, sein inneres Monster im Schlafzimmer zu entfesseln. Obwohl es häufig vorkommt, dass er süß und zärtlich ist, nimmt er mich meistens mit ungezügeltem Hunger, so dass ich am nächsten Morgen wund bin und Schmerzen habe. Kein Teil meines Körpers ist für ihn tabu, und ich finde mich oft auf den Knien gefesselt wieder, mit seinem Schwanz in meinem Mund und einem Arsch, der von seiner rauen Inbesitznahme brennt.

Er mag jetzt vielleicht mein Mann sein, aber er ist immer noch mein Peiniger.

Der wichtigste Teil ist jedoch das »mein«. Zu meiner Erleichterung scheint Peter beim Sex mit mir seine dunkleren Impulse zu kanalisieren. Soweit ich weiß, hat er sein Wort gehalten, niemanden mehr zu verletzen, und im Laufe der Wochen mache ich mir immer weniger Sorgen, wenn wir in der Nähe meiner Familie und Freunde sind. Meine Eltern erwärmen sich langsam für ihn, und meine Bandkollegen scheinen ihn zu mögen – was mich überrascht, da Marsha jetzt mit Phil zusammen ist und sie *kein* Fan von Peter ist.

Oder zumindest nehme ich an, dass ich sie deshalb seit der Hochzeit kaum gesehen habe.

»Marsha geht in letzter Zeit gar nicht mehr mit uns aus«, sage ich zu Phil, als wir alle nach einem Auftritt an einem Freitagabend etwas trinken gehen. »Ihr seid doch noch zusammen, oder?«

Er errötet und fühlt sich offensichtlich unwohl. »Ja, aber sie war, ähm … sehr beschäftigt.«

Ich nicke und nehme meinen Drink. »Ach so.«

Es ist lächerlich, dass ich mich vernachlässigt und verletzt fühle. Schließlich hatte ich sie für eine Weile gemieden, nachdem ich erfahren hatte, dass sie dem FBI geholfen hatte, mich im Auge zu behalten. Und ich kann es ihr nicht verübeln, dass sie vorsichtig ist. Jede vernünftige Person würde sich von einem Mann fernhalten wollen, von dem sie vermutet, dass er ein gewissenloser Attentäter ist, der einst ihre Freundin gefoltert und deren Mann getötet hat.

»Womit ist sie beschäftigt?«, fragt Peter und kommt hinter mich, um meine Schultern zu kneten. Sein Ton ist leicht und beiläufig, aber ich spüre seine Anspannung in seinen starken Fingern, während er meine verknoteten Muskeln massiert. »Arbeitet sie mehr Schichten?«

»So etwas in der Art«, murmelt Phil und gibt dem Barkeeper dann ein Zeichen. »Eine Runde Tequila. Den besten, den du hast.«

Der Tequila brennt in meinem Hals, und die leicht angespannte Situation löst sich auf, als Rory und Simon eine lebhafte Diskussion über das Für und Wider von natürlichen Blondinen beginnen. Phil schließt sich an, aber Peter bleibt stumm, beobachtet sie mit einem vage amüsierten Gesichtsausdruck, und als ich mich entschuldige, um auf die Toilette zu gehen, höre ich, wie er eine Runde Wodka bestellt.

»Nichts für mich?«, frage ich, als ich bei meiner Rückkehr nur vier Schnapsgläser sehe, und mein Mann grinst mich an.

»Ich befürchte nicht, Ptichka. Ich brauche dich heute Abend wach und bei klarem Verstand in meinem Bett.«

Er begleitet die Worte mit einem Druck auf mein Knie, und die Jungs lachen, während ich gegen meine Röte ankämpfe. Peter geht völlig offen mit seinem Verlangen nach mir um und nutzt jede Gelegenheit, mich zu berühren – zu Hause und in der Öffentlichkeit. Meine Bandkollegen sind überzeugt, dass wir die ganze Zeit wie Kaninchen ficken, und sie haben recht.

Mein Mann hat den Sexualtrieb eines Teenagers auf Viagra.

Immer noch lachend, trinken die Jungs den Wodka aus, und Peter bestellt sofort eine weitere Runde. Ich sehe ihn leicht überrascht an – ich habe ihn noch nie so viel trinken sehen –, aber ich nehme an, dass er nach der langen Woche nur ein wenig Dampf ablassen will.

Zwei weitere Runden Wodka später bemerke ich aber, dass etwas anderes vor sich geht. Ich bin mir ziemlich sicher, dass Peter seine letzte Runde auf den Boden geschüttet hat. Meine Bandkollegen sind zu betrunken, um es zu bemerken, aber ich bin nur leicht angeheitert und habe gesehen, wie er das Glas zur Seite gekippt hat, kurz bevor er es an seine Lippen gesetzt hat.

Es ist, als ob Peter versucht, sie betrunken zu machen.

Nach einer weiteren halben Stunde und drei weiteren Runden wird aus meinem Verdacht Gewissheit. Rory und Simon sind jetzt völlig betrunken, wobei Rory eine irische Ballade singt und Simon falsch einstimmt, während Phil sich tief in eine philosophische Abhandlung über die Zufälligkeit des Lebens und die Regression zur Mitte vertieft. Peter benimmt sich, als wäre er genauso betrunken und voll in Phils Geschwafel vertieft, aber für mich ist es offensichtlich, dass mein Mann das Gespräch manipuliert – nur mit welchem Ziel, weiß ich nicht.

»Und deshalb könnte ein Geschäftsführer eines Filmstudios denken, dass er ein Händchen für Blockbuster hat, aber in Wirklichkeit ist es nur eine Glückssträhne«, sagt Phil und Peter nickt, als ob alles Sinn ergibt. »Du denkst, du hast es geschafft, aber es war nur Glück, Mann. Nur verdammtes Glück. Und dann bumm! Das Pendel schwingt in die andere Richtung. Weil es alles willkürlich ist und zur verdammten Mitte zurückkehrt. Wir Menschen verstehen das nicht – wir denken, dass wir die Kontrolle haben, weil wir ein Muster sehen – aber es ist alles Blödsinn. Das Leben ist wie ein verrostetes Pendel in einem Erdbeben, das sich in diese und jene Richtung bewegt und manchmal bei einem Aufschwung stecken bleibt. Und manchmal … manchmal ist dein ganzes Leben in einem Aufschwung, bis ein Zittern den Rost löst.« Er schüttelt traurig den Kopf, und ich entscheide, dass er definitiv genug hat.

Ich weiß nicht, was Peter vorhat, aber Alkoholvergiftung ist nicht lustig.

Ich lehne mich hinüber, berühre die Hand meines Mannes und spreche mit leiser Stimme. »Lass uns nach Hause gehen. Ich bin müde.«

Er dreht seine Handfläche hoch, drückt sanft meine Hand, und seine Augen sind völlig nüchtern, während sich seine Lippen zu einem anscheinend beschwipsten Lächeln verziehen. »Nur noch ein bisschen länger, mein Liebling. Phil hat recht.«

Ich runzele verwirrt die Stirn. »Tut er das?«

»Oh, ja«, sagt Phil. »Du siehst es nur nicht, weil du es nicht sehen kannst. Du kannst es dir nicht einmal vorstellen. Kein Mensch kann das, denn unser Verstand ist nicht in der Lage, wirklich zufällige Muster zu entwickeln. Und wenn Algorithmen es für uns tun, glauben wir nicht, dass sie zufällig sind. Wie die Shuffle-Funktion auf deinem Musik-Player? Nicht zufällig. Wenn es so wäre, würde man manchmal das gleiche Lied zwei-, drei-, viermal hintereinander hören, und das würde uns nicht wie zufällig erscheinen. Wir würden denken, dass ein Song bewusst ausgewählt wurde, dass ein Zweck dahinter steckt, aber das ist falsch. Das ist nur Mathematik, nur Programmierung. Und deshalb …«

»Deshalb haben sie den Algorithmus optimiert und echte Zufälligkeiten entfernt, um ihn zufälliger erscheinen zu lassen«, sagt Peter und klingt auf eine betrunkene Art ernst, während er mit meinen Fingern spielt. »Ich verstehe dich, Mann. Das ist verrückt.«

Phil wippt mit dem Kopf. »Nicht wahr? Ich sage Marsha das die ganze Zeit, aber sie glaubt es nicht. Sie versteht nicht, dass manchmal ein Zufall nur ein Zufall ist, dass etwas einfach zufällig sein kann. Nimm doch mal dich und Sara. Es gab in ihrer Vergangenheit einen bösen Kerl namens Peter, und Marsha denkt, dass du es bist, obwohl das FBI es ihr gesagt hat – *sie haben es ihr ganz klar und deutlich gesagt* –, dass du es nicht bist. Ich meine, was macht denn mehr Sinn: dass du ein gesuchter Killer bist, der aus irgendeinem seltsamen Grund frei herumlaufen darf, oder dass es zwei Peter im Saras Leben gegeben haben könnte? Es ist wie ein Lied, das zweimal gespielt wird – schwer zu glauben, aber wirklich ein Zufall. Ich meine, es gibt diesen einen FBI-Typen, der immer noch mit ihr redet, aber ich bin mir ziemlich sicher, dass dieses Arschloch sie nur anmacht.«

Ich erstarre, und meine Hand spannt sich in Peters Griff an, als mein Mann kichert und mit dem Kopf schüttelt, um sein männliches Mitgefühl auszudrücken. »Wow. In der Tat ein Arschloch. Wie heißt der Typ?«

»Tyson oder so etwas in der Art.« Phil bekommt Schluckauf und gähnt laut.

Scheiße. Mein Herz hämmert in meiner Brust, als Peter mich mit einem harten und unlesbaren Blick ansieht. Hat er die ganze Zeit so etwas vermutet? Ist das der Grund, warum er Phil – und als Zugabe Rory und Simon – die ganze Nacht Alkohol eingeflößt hat?

Hat er irgendwie erfahren, dass der Beamte sich an meinen Vater gewandt hatte?

Ich hatte versucht, das zu vergessen, damit aufzuhören, mir

Sorgen darüber zu machen, dass das FBI etwas über Monicas Stiefvater herausfindet, aber manchmal wache ich in kaltem Schweiß gebadet aus einem Alptraum auf, in dem SWAT-Beamten durch unsere Schlafzimmertür brechen. Offiziell gibt es einen Deal, aber Ryson hat eindeutig seine eigene Mission.

Was hat er Marsha erzählt? Was hat *sie* ihm gesagt? Mein Kopf dreht sich, als Peter eine letzte Runde bestellt und uns dann bei den Jungs entschuldigt, bevor er mich aus der Bar und in Dannys Auto führt.

Mein ehemaliger Attentäter ist gesetzestreu oder klug genug, nicht zu trinken, wenn er fährt.

Ich warte, bis wir nach Hause kommen, bevor ich anspreche, was Phil uns gesagt hat. »Peter, wegen dem …«

»Warum hast du mir nicht gesagt, dass Ryson noch aktiv ist?«, unterbricht mein Mann mich und kommt zu mir. Ich kann nur einen schwachen Hauch von Alkohol in seinem Atem riechen, als er sich nach vorne beugt und mich mit seinem kraftvollen Körper gegen die Rückseite der Couch drückt.

Er hatte entweder noch weniger zu trinken, als ich dachte, oder sein Stoffwechsel ist überdurchschnittlich.

Mein Hals wird trocken, und meine Atmung beschleunigt sich, als ich die eisige Härte in seinen metallischen Augen sehe. Das ist der Peter, der mir immer Angst gemacht hat, der Mann, der in mein Haus eingebrochen ist und mich völlig rücksichtslos verhört hat, um George zu finden.

Der Mörder, der nie Reue gezeigt hat.

»Ich wusste nicht, dass er mit Marsha spricht«, sage ich, als ich in der Lage bin, halbwegs ruhig zu klingen. Ich weiß, dass Peter mich außerhalb unserer Schlafzimmerspiele nicht verletzen wird, aber es ist schwer, mich nicht einschüchtern zu lassen, wenn er so über mich gebeugt ist, die Hitze seines muskulösen Körpers mich umgibt und seine Nähe sowohl eine Versuchung als auch eine Bedrohung ist.

Er mag mich nicht verletzen, aber er wird andere verletzen.

Agent Rysons Leben – und möglicherweise Marshas – steht auf dem Spiel.

»Nein?« Seine Augen verengen sich. »Was ist mit deinen Eltern? Du wusstest auch nicht, dass er bei ihnen herumschnüffelt?«

»Nein, ich …« Ich höre auf, bevor ich die Situation verschlimmere, indem ich lüge. »Okay, ich wusste, dass er vor ein paar Monaten mit meinem Vater gesprochen hatte, aber ich dachte, es wäre nur das eine Mal gewesen. Willst du damit sagen, dass er sich ihnen wieder genähert hat?« Meine Worte kommen zu schnell heraus, aber ich kann nicht anders.

Ich habe Angst, sowohl um den Beamten als auch davor, was er aufdecken könnte.

Peter starrt mich an, tritt dann endlich zurück und lässt mich einen vollen Atemzug einatmen.

»Heute«, sagt er grimmig, und es dauert eine Sekunde, bis mir klar wird, dass er meine Frage beantwortet. »Meine Crew hat gesehen, wie er sich deiner Mutter näherte, als sie mit Agnes Levinson in einem Einkaufszentrum war. Einer der Jungs verfolgte ihn, als er verschwand, und willst du raten, wohin der Wichser danach gegangen ist?«

Ich schlucke. »Wohin?«

»Ins Krankenhaus. Wo du früher gearbeitet hast – und deine Freundin immer noch.«

Natürlich. Das war es, was ihn auf die Idee gebracht hat, Phil heute Abend zu befragen. Oder genauer gesagt, um ihn nur mit Alkohol anstelle einer Designerdroge als Hilfsmittel zu verhören.

»Glaubst du, er weiß es? Das von Moni…« Ich höre auf, als mir einfällt, dass es nicht sicher ist, so offen zu sprechen.

Wenn das FBI uns verfolgt, könnte das Haus verwanzt sein.

»Es ist sicher hier. Ich mache täglich Kontrollen«, sagt Peter, als er meine Sorge versteht. »Niemand hört zu.«

Tägliche Kontrollen? Es gibt Paranoia, und dann gibt es das hier. Ich weiß, dass unser Haus die Sicherheitsvorkehrungen einer Militärbasis hat – ich habe die futuristische Technologie gesehen, die überall integriert ist – aber ich wusste nicht, dass mein Mann *so* paranoid ist.

»Und nein«, fährt er fort, während ich meine Gedanken sammele. »Ich glaube nicht, dass er etwas weiß. Meine Hacker beobachten die Akten von Sonny Pearson, und seit Wochen hat niemand mehr darauf zugegriffen.«

Sonny Pearson? Ist das der Name von Monicas Stiefvater? Mein Magen krampft, während ich Peter anstarre und Bilder von dunklen Gassen und Blutlachen vor meinen Augen verschwimmen. Ich habe diesen Mord fast vergessen, genau wie all die anderen schrecklichen Dinge, die Peter getan hat, aber jetzt, da ich den Namen des Mannes kenne, sind das Entsetzen und die Schuldgefühle wieder frisch.

»Hör auf, Ptichka.« Peters Ton ist sanft, und ich weiß, dass mein Gesicht meine Gedanken widerspiegeln muss. Er greift nach vorne und nimmt meine beiden Hände in seine. »Denk nicht wieder darüber nach. Es ist vorbei.«

Er zieht mich an sich, nimmt mich in eine beruhigende Umarmung, und ich lege meine Arme um seine Taille und atme seinen vertrauten Duft ein, während meine Wange auf seiner muskulösen Schulter liegt. Es ist pervers, mich von ihm trösten zu lassen, aber ich kann nicht widerstehen.

Es ist der einzige Weg, wie ich damit umgehen kann, jemanden zu lieben, der so rücksichtslos ist.

Während er mich festhält und geduldig über mein Haar streichelt, spüre ich eine wachsende Härte, die in meinen Bauch drückt, und ich weiß, dass er sich in wenigen Augenblicken nicht damit begnügen wird, mich einfach zu halten.

Es ist verlockend, darauf einzugehen, Zuflucht in der alles verbrennenden Lust zu suchen, die er mir immer bereitet, aber ich muss erst einmal etwas sicherstellen.

»Peter …« Ich ziehe mich zurück und blicke zu ihm auf. »Du wirst Marsha oder Agent Ryson nichts antun, oder?«

Er starrt mich an, und seine Hände spannen sich an meinen Seiten an. »Definiere ›nichts‹.«

»Peter, bitte.«

Seine Lippen werden schmal, und er tritt zurück und lässt mich los. »Gut. Deine Freundin ist in Sicherheit. Ich werde nicht in ihre Nähe gehen. Selbst wenn sie uns nicht wie die Pest meiden würde, wüsstest du es jetzt besser, als ihr zu vertrauen.«

»Meine Lippen sind versiegelt, versprochen. Und du wirst auch nicht in die Nähe von Ryson gehen. Richtig?«, frage ich nach, als Peter meine Aussage weder bestätigt noch verneint.

Ein Muskel zuckt in seinem gemeißelten Kiefer. »*Er* ist eine Bedrohung. Das weißt du, Sara. Das ist nicht mehr nur ein Auftrag für ihn. Er will uns erwischen, er ist besessen davon.«

»Ja, aber wir machen nichts falsch – wir leben nur unser Leben. Und wenn wir das weiter tun, wird er uns nichts anhaben können. Aber wenn du seinen Köder schluckst …«

Peter flucht leise, wendet sich ab und geht hinüber, um am Fenster zu stehen. Ich folge ihm und weiß, dass, wenn ich dieses Versprechen nicht von ihm bekomme, die Tage des FBI-Beamten gezählt sind.

»Du weißt, dass es genau das ist, was er sich erhofft«, sage ich, als Peter sich mir zuwendet, wobei sein Gesichtsausdruck düster ist. »Er will, dass du gegen die Bedingungen deines Deals verstößt. Es bringt ihn um, dass du hier bei mir bist und dass wir glücklich sind. Das«, ich strecke meinen Arm aus, um Peters Hand zu umschließen, »ist die beste Rache, die du haben kannst. Lass ihn herumlaufen und an unseren Fersen schnüffeln. Er wird nichts finden, weil es nichts zu finden gibt.«

Während ich spreche, ballen sich Peters Finger zu einer Faust, bevor sie sich langsam entspannen und seine Augen einen eigentümlichen Glanz bekommen. »In Ordnung«, sagt er heiser, als er meine Handgelenke umgreift und sie nach unten bewegt. »Ich verstehe, was du meinst.« Er drückt meine Hände auf seinen Schritt, wo ich eine wachsende Wölbung spüre.

Ich lecke über meine Lippen, als sich als Antwort darauf Hitze in meinem Unterleib ausbreitet. »Also habe ich dein Wort?« Ich massiere seine Erektion sanft durch seine Jeans, bevor ich vor ihm auf meine Knie sinke. »Du wirst Ryson auf keine Art und Weise verletzen?«

Er schließt die Augen und ergreift meine Schultern, während ich seine Jeans öffne. »Ja, du hast mein Wort. Er ist in Sicherheit.« Seine Stimme ist vor Verlangen angespannt, aber ich höre den dunklen Ton heraus, als er hinzufügt: »Solange er nichts versucht.«

enderson

ICH BIEGE IN EINE GASSE EIN UND ERZITTERE DURCH DIE BEIẞENDE Windböe. In Budapest ist es diese Woche so ungewöhnlich kalt, dass es mich an meinen kurzen Aufenthalt in Wladiwostok Anfang der 90er Jahre erinnert.

Verdammt, ich vermisse diese einfacheren Zeiten.

Sie wartet wie vereinbart an der Hintertür auf mich, ihre kleine, knabenhafte Gestalt ist in eine dicke Jacke gehüllt, und ihr kurzes, platinblondes Haar steht um ihr Elfengesicht herum nach allen Seiten ab.

Wenn ich nicht wüsste, was sie wirklich ist, wäre ihre Tarnung, Kellnerin in einer angesagten Bar, leicht zu glauben.

»Mink?«, frage ich, als ich mich nähere, und sie nickt.

»Hier.« Ich reiche ihr einen dicken Umschlag. »US-Pass und die Hälfte der vereinbarten Zahlung.«

Sie nimmt den Umschlag und stopft ihn in ihren Mantel. Als sie ihre Hand wieder herausholt, hält sie eine Akte darin. »Das sind die Männer, die du willst«, sagt sie und übergibt sie mir. Ihr Englisch klingt so amerikanisch wie meins, ohne auch nur einen Hauch von osteuropäischem Akzent. »Sie sind die Besten, und sie werden alles tun.«

Ich öffne die Akte und blättere durch die Dokumente. Jeder der Kandidaten hat ein so langes Vorstrafenregister wie meine Zielpersonen, und alle sind ehemalige Elitesoldaten.

Das Beste an ihnen ist, dass ich vier sehe, deren Aussehen mit Perücken und Make-up ausreichend verändert werden kann.

»Zufrieden?«, fragt sie, und ich nicke, während ich die Akte schließe.

Das waren die letzten Puzzleteile, die mir fehlten.

»Bist du sicher, dass du nicht willst, dass ich ihn selbst ausschalte?«, fragt sie, als ich die Papiere in meinen Mantel stecke. »Weil ich es könnte.«

»Nein, könntest du nicht«, sage ich. »Er ist zu gut bewacht. Und selbst wenn du es schaffen würdest, ist das nicht der Plan. Dein Job ist es, dafür zu sorgen, dass er nicht lebendig gefangengenommen wird, verstanden?«

Sie salutiert spöttisch. »Aye, aye, General. Betrachte es als erledigt.«

Und sie dreht sich auf der Ferse ihrer Doc Martens um, öffnet die Tür und verschwindet in der Bar.

eter

Ich hätte nicht gedacht, dass es möglich ist, Sara noch mehr zu lieben, aber mit den Wochen, die vergehen, während wir unsere Routine als Ehepaar finden, werden meine Gefühle für sie sowohl intensiver als auch tiefer. Ich merke jetzt, dass es viel gibt, was ich noch nicht über das Objekt meiner Besessenheit wusste – unsere Beziehung war so angespannt, dass sie sich nie wirklich um mich herum entspannt hatte. Jetzt sehe ich jedoch eine andere Seite von ihr, und ich liebe jede neue Eigenschaft und Eigenart, die ich entdecke.

Mein Ptichka hasst die Politik, ist aber seltsam fasziniert von Naturkatastrophen und verschlingt wie besessen alle Nachrichten, bevor sie großzügig spendet. Sara behauptet, Hunde mehr zu lieben als Katzen, aber es sind Katzenvideos, von denen sie auf YouTube abhängig ist. Sie denkt, dass *The Big Bang Theory* die lustigste Show aller Zeiten ist, und an den Wochenenden muss ich sie mit ihr ansehen. Und das Beste überhaupt ist, dass sie singt, wenn sie gute Laune hat – manchmal leise, manchmal laut.

»Das solltest du in deinen nächsten Auftritt aufnehmen«, sage ich ihr, als ich sie eines Samstagmorgens in der Küche beim Summen erwische. »Ich mag diese Melodie. Sehr fesselnd.«

Sie grinst mich an. »Ernsthaft? Ich habe sie gerade komponiert. Ich muss noch Worte dafür finden.«

»Das wirst du.« Ich gebe ihr einen Kuss auf ihre glatte Stirn. »Das tust du immer.«

Ihre Musik entwickelt sich weiter, genau wie unsere Beziehung. Sie ist selbstsicherer bei ihren Entscheidungen, und das zeigt sich in den Auftritten der Band, die nun aus Originalmaterial bestehen, das von ihr komponiert wurde – und immer mehr Menschen anziehen. Vor einem Monat hat Simon für ihre Band einen YouTube-Kanal eingerichtet, der bereits fünfzigtausend Abonnenten hat.

»Es ist nur eine Frage der Zeit, bis wir wirklich groß rauskommen«, erzählt Rory uns aufgeregt, nachdem ein beachtlicher Platz im Freien für ihr Freitagabend-Konzert komplett ausverkauft ist. »Wir stehen kurz vor dem Durchbruch, ich weiß es einfach.«

Phil und Simon sind genauso aufgeregt und wollen feiern gehen, aber Sara weigert sich und behauptet, dass sie müde ist. Besorgt bringe ich sie sofort nach Hause, damit ich sie ins Bett stecken kann, falls sie krank wird.

»Mir geht es gut«, sagt sie verärgert, als ich sie hochhebe, um sie vom Auto ins Haus zu tragen. »Ich bin müde, aber ich kann laufen. Im Ernst, es war einfach eine lange Woche.«

Ich ignoriere ihre Proteste, trage sie ins Haus und setze sie nicht ab, bis ich in unserem Badezimmer im Obergeschoss ankomme. Dort lasse ich ihr ein heißes Bad ein und stelle sicher, dass sie alles hat, was sie braucht, bevor ich in die Küche gehe, um ihr etwas Echinacea-Tee zu machen.

Als ich mit dem Tee zurückkomme, schläft sie bereits fast in der Wanne ein und sieht so bezaubernd müde aus, dass ich sie ins Bett bringe, als ich sie abgetrocknet habe und den vorhersehbaren Hunger ignoriere, den ihre Nacktheit in meinen Armen erzeugt.

Ich muss mich jetzt um sie kümmern, nicht sie ficken.

Sie schläft sofort ein, ohne auch nur einen Schluck Tee genommen zu haben, obwohl es erst zehn Uhr ist und wir normalerweise nicht vor elf ins Bett gehen. Ich fühle ihre Stirn, um sicherzustellen, dass sie kein Fieber hat, und dann schnappe ich mir meinen Laptop und setze mich in einen Sessel neben das Bett, weil ich mir denke, dass ich etwas Arbeit erledigen kann, während ich sie im Auge behalte. Es gibt eine überraschende Menge an Papierkram zu erledigen, der mit der Führung eines legitimen Unternehmens wie meinem Sportstudio und der Verwaltung eines Vermögens einhergeht.

Ich bin froh darüber. Nicht über den Papierkram – *den* mag niemand – sondern darüber, dass ich etwas zu tun habe. Zivilisten die Grundlagen der Selbstverteidigung beizubringen ist weit entfernt von den adrenalingeladenen Missionen meiner Vergangenheit, aber es hilft mir, meine Tage zu füllen und meine ständige Sehnsucht nach Sara zu lindern. Obwohl ihre Chefs jetzt zurück sind, arbeitet sie immer noch zu viel, und ich muss meine ganze Willenskraft aufbringen, sie nicht zu drängen, mehr Zeit mit mir zu verbringen.

Außerhalb der Arbeit machen wir alles zusammen, von Besorgungen über Freiwilligenarbeit in der Frauenklinik bis Zeit mit ihrer Familie und ihren Freunden verbringen. Wann immer ein Termin bei ihr abgesagt wird, kommt sie in mein Sportstudio, um einige der Selbstverteidigungsbewegungen zu üben, die ich ihr beigebracht habe, und ich komme oft zum Mittagessen in ihre Praxis, falls sie Zeit hat, einen Happen mit mir zu essen. Ich habe sogar unsere Zahnreinigungen so geplant, dass sie gleichzeitig in derselben Zahnarztpraxis stattfindet, damit wir für die Fahrt zusammen sein können.

Das mag den meisten Leuten als übertrieben erscheinen, aber für mich ist es kaum genug.

Nach einer Stunde schaue ich nach Sara. Sie hat immer noch kein

Fieber, und sie schläft ruhig, wenn auch etwas zu tief. Vielleicht *ist* sie einfach nur müde.

Gähnend stelle ich meinen Laptop weg und dusche kurz, bevor ich ebenfalls ins Bett gehe. Ich ziehe sie zu mir, atme tief ihren süßen Duft ein, und dann schlafe ich ein, während ich das Gefühl von ihr in meinen Armen genieße.

ara

ICH BIN IMMER NOCH EIGENARTIG MÜDE, ALS ICH AM NÄCHSTEN Morgen aufwache, und vom Duft des Frühstücks, der aus der Küche im Erdgeschoss strömt, wird mir schlecht, anstatt dass er wie sonst meinen Appetit weckt. Verschlafen stolpere ich ins Badezimmer, und während ich mir die Zähne putze, dämmert es mir, dass heute Samstag ist.

Vor vier Tagen hätte ich meine Tage bekommen sollen.

Der Adrenalinschub vertreibt die restliche Müdigkeit. Mit rasendem Herzen eile ich zurück ins Schlafzimmer und ziehe mein Telefon heraus, um hektisch die Tage auf dem Kalender zu zählen, und sicherzustellen, dass ich mich nicht geirrt habe.

Nein.

Ich bin definitiv zu spät dran, und diesmal kann ich es nicht auf Stress schieben.

Ich habe seit unserem Gespräch über Kinder einen Vorrat an

Schwangerschaftstests angelegt, also hetze ich zurück zum Badezimmer, um einen zu machen. Aber da ich bereits auf der Toilette gewesen bin, kann ich nicht einen einzigen Tropfen Urin herausdrücken.

Leise verfluche ich meine mangelnde Weitsicht, stopfe den völlig trockenen Test wieder in die Verpackung, lege ihn in die Schublade zurück und ziehe mich an.

Ich muss bis nach dem Frühstück warten, um den Test zu machen.

»DEINE ELTERN SIND GLEICH DA«, INFORMIERT MICH PETER, ALS ICH unten ankomme, und ich erinnere mich plötzlich daran, dass sie heute zum Brunchen kommen.

»Habe ich wieder verschlafen?« Ich schaue auf die Uhr. »Oh, wow, ja.«

Es ist elf Uhr siebenundzwanzig – genau drei Minuten, bevor meine Eltern kommen.

»Du musst wirklich erschöpft gewesen sein«, sagt Peter und garniert eine fluffig aussehende Quiche mit einem Zweig Petersilie. »Wie fühlst du dich heute Morgen, Ptichka?«

Ich zögere und schenke ihm dann ein strahlendes Lächeln. »Gut. Ich musste nur Schlaf nachholen, das ist alles.«

Angesichts der Tatsache, wie sehr mein Mann ein Baby will, ist es besser, wenn ich es sicher weiß, bevor ich es ihm sage. Wenn das ein falscher Alarm ist, würde ich es hassen, wenn er enttäuscht wäre.

Er sieht nicht so aus, als würde er mir glauben, aber es klingelt an der Tür, bevor er etwas sagen kann. Ich öffne sie, um meine Eltern zu begrüßen, und als wir im Esszimmer ankommen, hat Peter bereits den Tisch gedeckt.

»Oh, wow«, sagt Mama, als sie einen Bissen von der Quiche probiert. »Peter, ich muss sagen, ich war in Fünf-Sterne-Restaurants, deren Essen nicht so unglaublich gut ist.«

Er schenkt ihr ein warmes Lächeln, und mein Vater grunzt

anerkennend, als er von seinem eigenen Stück probiert. Meine Eltern sind immer noch etwas misstrauisch Peter gegenüber, aber er gewinnt sie langsam über, indem er ein vorbildlicher Schwiegersohn ist. Mit George sahen wir meine Eltern manchmal einen Monat oder länger nicht, wenn wir beschäftigt waren, aber Peter sorgt dafür, dass wir uns mindestens einmal pro Woche mit ihnen treffen. Er mäht auch ihren Rasen und kümmert sich um technische und handwerkliche Aufgaben rund um ihr Haus, während meine Eltern dabei das Gefühl haben, dass sie es ganz allein machen und er nur gelegentlich hilft.

»Du hast wirklich eine Gabe dafür«, habe ich ihm vor ein paar Wochen gesagt. »Ist feindlich gesinnte Schwiegereltern für sich zu gewinnen etwas, was in der Schule für Attentäter unterrichtet wird?«

Peter hat gelassen genickt. »Schwiegereltern, Sprengstoff, hochkarätige Waffen – alles muss mit Vorsicht behandelt werden. Außerdem mag ich deine Eltern. Sie haben *dich* erschaffen.«

Ich habe ihn damals angegrinst und war rundherum glücklich. Ich weiß nicht, was ich mir unter unserem Leben als Ehepaar vorgestellt hatte, aber bisher hat alles daran meine Erwartungen übertroffen. Die Dunkelheit unserer gemeinsamen Vergangenheit lauert immer noch im Hintergrund, aber die Zukunft sieht jetzt so hell aus, dass es fast egal ist.

Wir haben das Unmögliche geschafft: ein normales, glückliches, gemeinsames Leben.

Nachdem wir mit dem Brunch fertig sind – den ich trotz anhaltender unterschwelliger Übelkeit herunterwürge – nehme ich Mama mit nach oben, um ihr einen schicken neuen Mantel zu zeigen, den ich online gekauft habe. Papa bleibt unten und lässt sich in unserem Wohnzimmer nieder, um die Nachrichten auf unserem Großbildfernseher zu sehen, während Peter das Geschirr wegräumt.

Mama findet den Mantel sofort toll – sie liebt Mode –, und ich bin dabei, mich zu entschuldigen, um endlich den Test zu machen, als Papas angespannte Stimme nach oben tönt.

»Lorna, Sara, kommt her. Ihr müsst euch das ansehen.«

Im selben Moment klingelt mein Telefon, und das meiner Mutter auch.

Wir tauschen besorgte Blicke aus und ziehen gleichzeitig unsere Telefone hervor.

Auf meinem Bildschirm ist eine Benachrichtigung von CNN.

Vermutlich terroristischer Anschlag in der FBI-Außenstelle in Chicago, heißt es. *Anzahl der Verletzten und Toten unbekannt.*

24

Sara

Mein Herz rast, und die Quiche liegt wie ein Stein in meinem Magen, als wir nach unten kommen. Peter und mein Vater sind im Wohnzimmer und starren auf den Fernsehbildschirm, der ein großes Gebäude zeigt, das in Flammen steht.

Dasselbe Gebäude, in dem Ryson mich so oft verhört hat.

Mama bedeckt ihren Mund, und ihr Gesicht ist leichenblass, als wir dabei zusehen, wie Hubschrauber das brennende Gebäude umkreisen. Am Boden arbeiten Feuerwehrleute und Sanitäter hektisch daran, Überlebende zu retten und die Verletzten auf Krankentragen zu laden.

Es sieht aus wie eine Szene aus einem Film, außer, dass es gerade passiert, und das weniger als eine Stunde Autofahrt von uns entfernt.

»Während die Behörden keine offiziellen Aussagen gemacht haben, deuten erste Anzeichen darauf hin, dass es eine starke Sprengstoffexplosion im Inneren des Gebäudes gegeben hat«, sagt die

Nachrichtensprecherin in einem ernsten Ton. »Ab sofort sind alle Flughäfen und Regierungsstellen im ganzen Land in höchster Alarmbereitschaft, und der Flugverkehr in der Region Chicago wurde eingestellt.«

Das Bild im Fernsehen schwenkt, um Sondereinsatzkommandos zu zeigen, die mit Bombenhunden im O'Hare eindringen und die verängstigten Reisenden, die ihnen im Weg stehen, zur Seite drängen.

»Den Bewohnern Chicagos wird empfohlen, sich von den Straßen fernzuhalten, um den Weg für Einsatzfahrzeuge frei zu machen«, fährt die Nachrichtensprecherin fort. »Jeder, der Informationen über dieses schreckliche Ereignis hat, kann die folgende Nummer anrufen.« Eine 1-800-Nummer erscheint fett gedruckt am unteren Bildschirmrand. »Im Moment sind drei Menschen tot und fünfzehn weitere verletzt. Wir halten Sie auf dem Laufenden, sobald wir mehr erfahren.« Sie hält inne und legt die Hand auf ihr Ohr, bevor sie sagt: »Das kommt gerade rein: Sieben Menschen sind nach jetziger Kenntnis tot, und die Explosion scheint sich im dritten Stock des Gebäudes ereignet zu haben.«

Dritter Stock?

Dort ist Rysons Büro.

Könnte er dort gewesen sein?

Ist er unter den Toten?

Ich merke nicht, dass ich taumele, aber ich muss es getan haben, denn plötzlich ist Peter da, und sein mächtiger Arm legt sich um meinen Rücken. »Hier, setz dich, Ptichka«, murmelt er und führt mich zur Couch. »Du siehst aus, als würdest du gleich ohnmächtig werden.«

Ich blinzele ihm zu und bin erstaunt darüber, wie ruhig er wirkt, als er sich neben mich setzt. Abgesehen von einer gewissen Anspannung in seinem Kiefer deutet nichts an Peters Ausdruck darauf hin, dass etwas Ungewöhnliches vor sich geht. Andererseits bin ich mir sicher, dass er schon Schlimmeres gesehen hat.

Vielleicht sogar noch Schlimmeres getan hat.

Ein schrecklicher Gedanke formt sich in meinem Hinterkopf, aber ich schiebe ihn beiseite, da ich ihn nicht einmal zu Ende denken will.

Nicht einmal für eine Sekunde werde ich in diese Richtung denken.

»Ich kann das nicht glauben«, sagt Dad mit zittriger Stimme, und als ich mich umdrehe, sehe ich, dass er neben mir sitzt und sein Gesicht so blass wie das meiner Mutter ist, während er auf den Fernseher starrt. »Ausgerechnet das FBI-Gebäude. Wie konnten sie an den ganzen Sicherheitsvorkehrungen vorbeikommen?«

Ja, wie konnten sie das?

Der dunkle Gedanke erwacht wieder zum Leben, aber ich ignoriere ihn entschlossen. Diese schreckliche Tragödie hat nichts mit mir oder Peter zu tun.

»Geht es dir gut, Dad?«, frage ich und greife hinüber, um seinen Arm zu berühren.

Das kann für sein krankes Herz nicht gut sein.

Er nickt, ohne seine Augen vom Bildschirm abzuwenden. »Gott sei Dank ist heute Samstag. Kannst du dir vorstellen, wie viele Menschen gestorben wären, wenn heute ein Wochentag gewesen wäre?«

Ich blicke zurück auf den Fernseher, wo Feuerwehrleute gegen die Flammen kämpfen und die Opfer auf Tragen weggebracht werden – viel weniger Opfer, als ich bei einer Explosion dieser Größenordnung erwartet hätte. Natürlich könnte es einige Personen erwischt haben, deren Reste noch gefunden werden müssen, aber ich vermute, dass Dad recht damit hat, dass es weniger Opfer gab, weil Wochenende ist.

»Vielleicht ist die Bombe zu spät hochgegangen. Oder zu früh«, sagt Mama unsicher, als sie in einen Sessel neben der Couch sinkt. »Ich bin mir sicher, dass die Tiere, die das getan haben, so viele Menschen wie möglich töten wollten.«

»Ich bin mir nicht so sicher«, sagt Peter, und als ich mich umdrehe, blickt er mit einem nachdenklichen Ausdruck auf den Bildschirm. »Wer auch immer dahintersteckt, wusste genau, was er tut.«

Ich schlucke belegt, und mein Magen beginnt, sich um das felsenartige Gewicht der Quiche in seinem Inneren zusammenzukrampfen. Ich will nicht an die Menschen denken, die das getan haben, denn dort liegen diese dunklen, schrecklichen Gedanken, die ich nicht zulassen will.

»Entschuldigt mich«, murmele ich und stehe auf. Die Übelkeit, die mich den ganzen Morgen gequält hat, wird von Sekunde zu Sekunde schlimmer. »Ich bin gleich wieder da.«

Natürlich kommt Peter hinter mir her und erwischt mich, kurz bevor ich das Badezimmer im Erdgeschoss erreiche.

»Alles in Ordnung, mein Liebling?«

Ich nicke und schlucke. Speichel sammelt sich unangenehm in meinem Mund, und mein Magen zieht sich krampfartig zusammen. »Ich brauche nur die Toilette«, schaffe ich es zu sagen, während ich um ihn herumgehe und auf die Tür zustürze.

Ich habe kaum Zeit, sie hinter mir zuzuschlagen und mich über die Toilette zu beugen, bevor ich den Inhalt meines Magens verliere.

Natürlich war es zu viel verlangt, zu hoffen, dass Peter, sobald er die würgenden Geräusche hört, sich wie die meisten normalen Ehemänner wegschleichen würde. Ich bin immer noch dabei, mich über der Schüssel zu übergeben, als ich fühle, wie seine starken Hände mein Haar zusammennehmen, um es von meinem Gesicht fernzuhalten, und als ich meinen Kopf hebe, hilft er mir auf und gibt mir ein Glas Wasser, um meinen Mund auszuspülen.

Ich bin erbärmlich dankbar für seine Hilfe, als ich mich über das Waschbecken beuge und mir mit zitternden Fingern eine Zahnbürste schnappe. Meine Beine fühlen sich an, als gehörten sie einer Qualle, und mein T-Shirt klebt an meinem verschwitzten Rücken.

Ich putze mir zweimal die Zähne, und dann wasche ich mir mein Gesicht, während Peter spült, die Brille mit einem Papiertuch abwischt und besorgt, aber nicht im Geringsten angeekelt aussieht.

»Komm, mein Liebling, bringen wir dich ins Bett«, sagt er, als ich fertig bin. »Dir geht es offensichtlich nicht gut.«

»Es geht mir jetzt gut«, protestiere ich, als er mich hochhebt, um mich an seine Brust zu halten. »Wirklich, ich fühle mich besser.«

»Ja klar.« Er trägt mich aus dem Badezimmer und vorbei an meinen Eltern im Wohnzimmer, die uns mit großen Augen anstarren. »Du hast dich entweder stark aufgeregt oder bist krank, und du musst dich ausruhen.«

»Was ist passiert?« Mama eilt uns nach, als Peter zur Treppe geht. »Ist Sara krank?«

Peter nickt grimmig. »Ja, sie …«

»Ist vielleicht schwanger«, platze ich heraus und verfluche mich dann im Geiste, während sowohl Peter als auch meine Mutter mich mit identischen Gesichtsausdrücken anstarren.

Ich hatte nicht geplant, die Neuigkeiten so mitzuteilen.

Na ja, mögliche Neuigkeiten. Ich habe den verdammten Test immer noch nicht gemacht.

Mama erholt sich zuerst. »Schwanger? Oh, Sara!«

»Ich weiß es noch nicht sicher«, sage ich schnell, als Tränen – vermutlich vor Freude – in ihren Augen aufsteigen. »Es ist nur, dass meine Periode ein paar Tage zu spät ist und …«

»Du bist schwanger?« Peters Stimme ist angespannt, und als ich nach oben schaue, sehe ich einen seltsamen Ausdruck auf seinem Gesicht.

Verwirrung, vermischt mit so etwas wie Panik.

Flippt er deswegen jetzt aus?

War es nicht das, was er die ganze Zeit wollte?

»Es ist möglich«, sage ich vorsichtig. »Wenn du mich runterlässt, kann ich auf das Stäbchen pullern und es euch sagen.«

Mein Mann sieht immer noch entsetzt aus, als er mich langsam herunterlässt.

»Okay, gut.« Als ich mich aus seinem Griff befreit habe, trete ich zurück und bin dankbar, dass sich meine Beine erholt zu haben scheinen. »Gebt mir ein paar Minuten.«

»Chuck!«, schreit Mama und eilt ins Wohnzimmer, während ich

mit Peter auf den Fersen nach oben gehe. »Hast du das gehört? Unsere Sara könnte schwanger sein!«

Ich zucke zusammen und verfluche mich selbst noch einmal, weil ich das so impulsiv und mit einem so schlechtem Timing herausposaunt habe. Ich höre immer noch den Fernseher, der die neuesten Entwicklungen des tödlichen Anschlags ausspuckt, und trotzdem lenke ich jeden mit etwas so Alltäglichem wie einem potenziellen Baby ab.

Meinem und Peters Baby.

Mein Herz setzt einen Schlag aus, als mein Mann mir ins obere Badezimmer folgt und den Schwangerschaftstest aus der Schublade holt. »Bitte schön, mein Liebling«, sagt er und reicht ihn mir. Seine Stimme ist immer noch rau, aber er scheint sich von dem Schock zu erholen. »Tu, was du tun musst.«

Ich gehe zur Toilette und halte inne und schaue ihn erwartungsvoll an.

»Etwas Privatsphäre, bitte?«, sage ich trocken, als er keine Anzeichen zeigt, Abstand zu nehmen.

Er starrt mich ungerührt an und dreht sich dann um. »Mach. Ich werde nicht hinschauen.«

Ich verdrehe die Augen, aber entscheide, dass es sich nicht lohnt, darüber zu streiten. Grenzen sind in den besten Zeiten nicht die Stärke meines Mannes, und im Moment ist er wahrscheinlich besorgt, dass ich ohnmächtig werde, während ich pinkele.

Ich tue, was ich tun muss, und lege dann den Test auf sauberem Toilettenpapier auf die Ablage und wasche meine Hände, während Peter auf den Test starrt, als ob er versucht, ihn zu hypnotisieren.

»Das sieht nach einem Plus aus«, sagt er mit erstickter Stimme, als ich meine Hände an dem Handtuch abtrockne. »Moment – ja, er ist definitiv positiv. Sara, bedeutet das …«

Mein Herz rast in meiner Brust, als ich mir den Test ansehe – auf dem jetzt ein kleines, aber unverkennbares Pluszeichen zu sehen ist. »Ich glaube schon.« Ich blicke auf und schaue auf Peters Gesicht. »Ich werde einen Bluttest in meinem Büro machen, um sicherzugehen, aber …«

»Du bist schwanger.«

Dass ist eine Aussage, keine Frage, aber ich nicke immer noch, weil ich instinktiv weiß, dass er die Bestätigung braucht. »Etwa in der fünften Woche, wenn meine Berechnungen korrekt sind.«

Einen Moment lang zeigt mein Mann immer noch keine Reaktion, und sein metallischer Blick wird verschlossen, während er mich anstarrt. Aber gerade als ich mir Sorgen mache, dass er seine Meinung über den Wunsch nach einem Kind geändert hat, tritt er vor und umarmt mich fest.

»Ein Baby«, murmelt er in mein Haar, und sein mächtiger Körper zittert, während er mich so fest umarmt, dass er fast die Luft aus meiner Lunge drückt. »Wir bekommen ein Baby.«

»Ihr bekommt ein Baby?« Die Stimme meiner Mutter ist schrill vor Aufregung, und als Peter mich loslässt, sehe ich, wie mein neunundsiebzigjähriger Elternteil wie ein übereifriges Kind im Flur herumspringt.

Sie muss gerade erst nach oben gekommen sein.

Ich beginne zu antworten, aber bevor ich ein Wort sagen kann, rennt Mama aus dem Badezimmer und schreit mit lauter Stimme: »Chuck, er ist positiv! Der Test ist positiv! Sie bekommen ein Baby!«

Ihre Freude muss ansteckend sein, denn ich bemerke, dass ich grinse, als ich zu Peter aufblicke, der mich mit einem weiteren eigentümlichen Gesichtsausdruck anstarrt.

»Geht es dir gut?«, frage ich und streiche über sein stoppeliges Kinn. »Du *freust* dich darüber, oder nicht?«

Er nimmt meine Hand und drückt sie gegen seine Wange. »Tust *du* es?« Seine Stimme ist leise und heiser, und sein Blick unerklärlich besorgt. »Freust du dich, mein Liebling? Ist es das, was du willst?«

»Ich … ja.« Ich atme tief durch. »Ich freue mich.«

Und es stimmt. Ich will dieses Baby. Ich will es so sehr. Ich hatte es mir vorher nicht eingestanden, aber als meine Periode in den letzten drei Monaten pünktlich gekommen ist, war das für mich mehr als nur ein wenig enttäuschend gewesen.

Irgendwo auf unserer verdrehten Reise ist dieses Baby von meinem schlimmsten Alptraum zu meinem innigsten Wunsch geworden.

»Also bereust du es nicht?«, fragt Peter noch einmal nach. »Keine Angst oder Zögern?«

»Nein.« Ich erwidere seinen Blick, ohne mit der Wimper zu zucken. »Keine.«

Und als langsam ein strahlendes Lächeln auf seinem hübschen Gesicht erscheint, stelle ich mich auf die Zehenspitzen und küsse ihn, überwältigt von einer Welle der Liebe zu diesem dunklen, komplizierten Mann.

Dem Vater meines Kindes.

25

eter

ALS WIR NACH UNTEN KOMMEN, HABEN SARAS ELTERN BEREITS DIE Flasche Cristal gefunden, die ich für einen besonderen Anlass im Kühlschrank aufbewahrt habe.

»Lass mich das machen«, sage ich, als ich bemerke, dass Chuck Mühe hat, sie zu öffnen. Ich nehme ihm die Flasche ab, lasse den Korken knallen und gieße drei Gläser ein – eines für jeden, außer für Sara. Für sie nehme ich eine Flasche Perrier heraus und gieße etwas Mineralwasser in ein Champagnerglas.

Mein Ptichka wird während der Schwangerschaft und während sie stillt keinen Alkohol trinken können.

Während sie unser Baby stillt.

Mein Brustkorb wird eng, und mein Herzschlag explodiert. Ich kann immer noch nicht glauben, dass das echt ist, dass das, was ich so lange wollte, endlich passiert.

Sara ist freiwillig mit meinem Kind schwanger.

Wir beide als echte Familie.

Mein Glück ist so absolut, dass es mir Angst macht. Ich kann mich nicht erinnern, dass ich mich jemals so gefühlt habe: überglücklich und gleichzeitig zutiefst unbehaglich. Alles, was ich tun will, ist, mir Sara zu schnappen und sie in einer Festung einzusperren oder sie in einen gepolsterten Sicherheitsanzug zu wickeln und sie immer bei mir zu haben, damit ihr und dem Baby nichts zustoßen kann.

»Auf unser erstes Enkelkind«, sagt Lorna, während sie ihr Champagnerglas hebt, und ich zwinge mich zu einem Lächeln, als ich zuerst mit ihr, dann mit Chuck und dann mit Sara anstoße. Alle drei grinsen und lachen, sind ganz außer sich vor Freude darüber. Ich sollte es auch sein, aber aus irgendeinem Grund kann ich die Besorgnis, die wie eine bösartige Wolke über mir hängt, nicht loswerden.

Etwas fühlt sich falsch an, aber ich kann nicht sagen, was es ist.

Ein Telefon klingelt mit einer Benachrichtigung, und Chuck stellt seinen Champagner ab, bevor er in seine Tasche greift, um seines herauszuziehen und auf den Bildschirm zu schauen. »Zwölf Tote mittlerweile.« Er schaut nach oben, und das Lächeln verschwindet aus seinem Gesicht. »Schade, dass wir an einem so schwarzen Tag erfahren müssen, dass ein Enkel unterwegs ist.«

»Es könnte auch eine Enkelin sein«, sagt Lorna, aber sie klingt ebenfalls düster.

Vielleicht ist es das. Vielleicht ist es das, was mich beschäftigt.

Es *ist* ein schwarzer Tag – zumindest für Ryson und seine Kollegen. Für mich ist es möglicherweise ein Grund zum Feiern. Wenn Ryson in Stücke gerissen wurde, haben wir ihn für immer vom Hals. Es beunruhigt mich jedoch, dass Sara und ihre Eltern so mitgenommen davon sind.

Stress ist nicht gut für die Schwangerschaft.

»Komm, Ptichka. Setz dich.« Ich führe sie vorsichtig zu einem Stuhl am Küchentisch, und dann gehe ich ins Wohnzimmer, wo die Nachrichtensprecherin lautstark spekuliert, welche terroristische Organisation hinter dem Anschlag stecken könnte. Ich betrachte die

Bilder des brennenden Gebäudes für eine Sekunde und schalte dann den Fernseher aus.

Ich will nicht, dass Sara das in ihrem Zustand hört.

Ich kehre zurück, und sehe, dass Saras Eltern im Eingangsbereich stehen und sich fertig machen, um zu gehen. »Kommst du morgen auch mit?«, fragt Lorna Sara, als sie ihre Tasche nimmt. »Ich dachte, wir beide könnten einen Tee zusammen trinken, während Peter deinem Vater hilft, den neuen Receiver einzurichten.«

»Ja, natürlich«, sagt Sara und grinst. »Du weißt doch, dass ich mitkommen werde, Mom.«

»Gut.« Sie küsst Sara auf die Wange. »Jetzt ruh dich aus, Schatz, okay?«

»Wird gemacht«, sagt Sara pflichtbewusst, und ich nicke lächelnd, als Lorna mich demonstrativ ansieht. Sie glaubt ihrer Tochter nicht für eine Sekunde, aber sie kennt mich gut genug, um zu wissen, dass ich dafür sorgen werde, dass das versprochene Ausruhen geschieht.

»Bis morgen«, sagt Chuck schroff zu mir, und zu meiner Überraschung klopft er mir auf die Schulter, während er zum Ausgang schlurft.

»Gute Heimfahrt«, sage ich, und dann bin ich erneut verblüfft, als Saras Mutter mich kurz, aber warm umarmt, bevor sie ihrem Mann folgt.

Ich warte, bis sich die Tür hinter ihnen schließt, bevor ich mich an Sara wende. »Haben sie mich gerade …«

»… offiziell als Teil unserer Familie anerkannt?« Sie strahlt mich an. »Ja, ich glaube, das haben sie. Herzlichen Glückwunsch, Baby-Daddy.«

Mein Herz zieht sich zu einer winzigen Kugel zusammen, bevor es sich ausdehnt, um meine gesamte Brusthöhle zu füllen. »Ich liebe dich«, sage ich belegt und ziehe sie an mich. »Du kannst dir nicht vorstellen, wie sehr.«

Und als sie ihre schlanken Arme um meinen Hals legt, küsse ich sie und schmecke die Weichheit ihrer Lippen – und die Liebe, die sie jetzt freiwillig zurückgibt.

26

Sara

Nachdem meine Eltern gegangen sind, fahren Peter und ich in mein Büro, um einen Bluttest zu machen. Ein paar Minuten später haben wir die offizielle Bestätigung.

Ich bin in der fünften Woche schwanger.

Ich habe auch einen Riesenhunger, da ich das einzige Essen, das ich heute gegessen habe, wieder erbrochen habe. »Ich glaube nicht, dass ich warten kann, bis wir nach Hause kommen«, sage ich Peter, also hält er auf dem Weg nach Hause vor einer kleinen Pizzeria.

Ich war noch nie hier und freue mich zu entdecken, dass, obwohl wir im Moment die einzigen Kunden sind, ihre Pizza unglaublich ist, genauso gut, wie ich sie in schickeren Restaurants gegessen habe. Der einzige Wermutstropfen ist, dass der Fernseher eingeschaltet ist und die Folgen des Anschlags zeigt, und der Besitzer – ein molliger Mann mittleren Alters, der mit einem starken italienischen Akzent spricht – immer wieder mit uns darüber redet, während wir am Tresen essen.

»So ein schreckliches, schreckliches Ereignis«, sagt er düster und knetet eine Teigkugel vor uns. »Was ist aus der Welt geworden? Zuerst der 11. September 2011, dann der Boston-Marathon, und jetzt das. Wenigstens hatten sie es diesmal auf das FBI abgesehen und nicht auf unschuldige Bürger. Nicht, dass diese Agents schuldig wären, aber Sie wissen schon, was ich meine. Wenn man ein Problem mit Amerika hat, macht es mehr Sinn, FBI oder die CIA oder etwas anderes, das mit der Regierung zu tun hat, ins Visier zu nehmen.«

Ich nicke unverbindlich, während ich mich mit der köstlichen Pizza vollstopfe, und das ist die ganze Ermutigung, die der Mann braucht, um weiterzumachen.

»Man sagt, dass der Sprengstoff ungewöhnlich war, etwas wirklich Fortschrittliches«, sagt er und rollt den Teig mit geübten Bewegungen. »Ich frage mich, was es ist und wie diese Terroristen ihn in die Finger bekommen haben. Klingt eher nach etwas, was Russland oder China haben würden, oder sogar nach unserem eigenen Militär. Ich wette, all die Verschwörungstheoretiker werden mit voller Kraft herauskommen und behaupten, es sei ein Insider-Job oder was auch immer.«

Ich beiße in ein weiteres Stück und lasse den Mann reden, während ich einen Blick auf Peter werfe. Ich erwarte, dass er auch ruhig isst, aber zu meiner Überraschung runzelt er die Stirn, und das Stück vor ihm ist unberührt, während er aufmerksam auf den Fernseher starrt.

»Was ist los?«, frage ich leise, als der Besitzer weggeht, um mehr Mehl zu holen. »Stimmt etwas nicht?«

Er reißt seine Augen vom Fernseher weg und schenkt mir ein trauriges Lächeln. »Nicht wirklich. Nur alte Instinkte, die mir keine Ruhe lassen, das ist alles.«

Ich möchte ihn weiter befragen, aber der Besitzer fährt damit fort, den Teig vor uns zu kneten und darüber zu spekulieren, wer hinter der Explosion stecken könnte.

»Vielen Dank. Das war köstlich«, sage ich zu dem Mann, als ich keinen weiteren Bissen mehr essen kann, und Peter bezahlt schnell unsere Rechnung und treibt mich aus dem Restaurant. Obwohl er es bestreitet, sorgt sich mein Ehemann offensichtlich um etwas – ich kann es in der angespannten Art und Weise sehen, wie er das Lenkrad umfasst, während wir nach Hause fahren – und das dunkle Körnchen Misstrauen, das ich unterdrückt hatte, kehrt zurück und lässt meinen Magen wieder rumoren.

Könnte es sein?

Wie hoch sind die Chancen, dass dies alles ein schrecklicher Zufall ist?

Ich bekämpfe den Zweifel, solange ich kann, aber letztendlich kann ich es nicht mehr ertragen.

In dem Moment, in dem wir im Haus sind, wende ich mich meinem Mann zu. »Peter … Ich muss dich etwas fragen.«

Selbst für meine eigenen Ohren klingt meine Stimme seltsam.

Er schenkt mir sofort seine volle Aufmerksamkeit. »Was ist los, Ptichka?« Er umfasst meine Schultern. »Geht es dir gut?«

Ich nicke und schlucke, während ich ihn anstarre. Mein Herz rast in meiner Brust, und erneut steigt Übelkeit in mir auf.

Vielleicht war die Pizza ein Fehler.

Vielleicht ist es ein größerer Fehler, das zur Sprache zu bringen.

»Was ist los, mein Liebling?« Sanft führt er mich zu einem Liebessitz am Eingang. »Hier, setz dich hin. Du siehst blass aus.«

»Nein, mir geht es gut«, sage ich, aber setze mich trotzdem hin, weil es einfacher ist, zu tun, was er sagt, als zu widersprechen. Er setzt sich neben mich, nimmt meine Hände in die seinen und massiert meine Handflächen mit seinen Daumen, als ob ich beruhigt werden müsste.

Und vielleicht tue ich das.

Es hängt alles davon ab, wie er meine nächste Frage beantwortet.

»Peter …« Ich nehme meinen ganzen Mut zusammen. »Ich muss es wissen. Hast du …« Ich hole tief Luft. »Hattest du etwas mit dem zu tun, was heute passiert ist? Mit dieser … Explosion?«

Er verwandelt sich in eine Statue, und in den nächsten Minuten blinzelt er nicht und reagiert auch sonst nicht. Schließlich sagt er tonlos:

»Nein.« Er lässt meine Hände los, steht auf, und ohne ein weiteres Wort zu sagen, geht er zurück zum Eingang, um sich die Schuhe auszuziehen.

Ich blicke ihm hinterher und fühle mich sowohl schrecklich als auch schrecklich erleichtert.

Ich glaube ihm.

Er hat mich nie betrogen, hat nie seine Schuld an einem Verbrechen geleugnet.

Mein Mann mag ein Mörder sein, aber er ist kein Lügner.

»Es tut mir leid«, sage ich, als er an mir vorbeigeht, ohne mich anzusehen. »Peter, es tut mir wirklich leid, aber ich musste fragen. Rysons Büro befindet sich im dritten Stock, und …« Ich höre auf, weil er in der Küche verschwindet.

Ich atme durch und gehe dann zur Tür, um auch meine Schuhe auszuziehen. Ich fühle mich schrecklich, dass ich gefragt habe, dass ich den Gedanken nicht sofort verworfen habe. Dieser Anschlag ist nicht nur eine wirklich abscheuliche Tat, sondern auch etwas, was unser gemeinsames Leben gefährdet hätte – etwas, wofür Peter hart gekämpft hat.

Etwas, wofür er seine Rache aufgegeben hat.

Als ich die Küche betrete, bin ich bereit, ihn auf Knien um Verzeihung zu bitten, aber Peter ist nirgendwo zu finden. Ich gehe durch das Haus, um ihn zu suchen, aber erst, als ich in den begehbaren Schrank des Gästezimmers schaue, finde ich ihn.

Er hockt über einem Laptop, und seine Finger fliegen mit Rekordgeschwindigkeit über die Tastatur.

Stirnrunzelnd knie ich mich neben ihn und schaue auf den Bildschirm. Er schreibt eine E-Mail, aber sie ist auf Russisch, und die Benutzeroberfläche des Programms, das er benutzt, ist anders als alles, was ich je gesehen habe.

»Was machst du da?«, frage ich vorsichtig. »Peter … warum bist du hier drin?«

»Moment«, sagt er, ohne aufzusehen. »Ich will das nur kurz fertig machen.«

Ich schweige und beobachte ihn beim Tippen. Es dauert noch ein paar Minuten, bis er den Laptop zuklappt und an die Wand im Schrank klopft.

Sie gleitet zur Seite und gibt einen weiteren schrankgroßen Raum frei.

Einen Raum voller militärischer Waffen, darunter mehrere Raketenwerfer und Granaten … sowie Ersatz-Laptops.

Sprachlos beobachte ich, wie Peter seinen Laptop in ein Regal legt und gegen eine andere Wand klopft, so dass die Originalwand wieder an ihren Platz gleitet und die Öffnung verdeckt.

Ich finde meine Stimme wieder. »Ist das …«

»Ein versteckter Waffenschrank? Ja.« Er steht auf und streckt eine Hand aus, um mir hochzuhelfen. »Aber keine Sorge, mein Liebling.« Seine Augen leuchten mit frostiger Belustigung, als ich seine Hand ergreife und mich hochziehe. »Ich habe nicht vor, damit Terrorakte zu begehen.«

Ich zucke zusammen und lasse seine Hand los. »Ich weiß. Es tut mir leid. Ich hätte nicht …«

»Falsch, genau das solltest du tun.« Er streicht mir wieder das Haar aus dem Gesicht, und die Geste ist so zärtlich wie immer, auch wenn sein Blick der eines Fremden bleibt. »Ich möchte, dass du immer zu mir kommst, wenn du irgendwelche Zweifel hast. Außerdem haben du und dieser Pizzeria-Besitzer mir geholfen, etwas zu realisieren.«

Ich blinzele ihn an. »Und was?«

»Dass ich mir ansehen muss, was passiert ist. Etwas daran stinkt zum Himmel.«

»Was meinst du damit?«

»Ich weiß es noch nicht.« Er lässt seine Hand fallen und tritt zurück. »Ich habe gerade unsere Hacker kontaktiert, also werde ich bald mehr Informationen haben.«

Er dreht sich um und tritt aus dem Schrank. Ich eile ihm nach und hole ihn ein, kurz bevor er das Gästezimmer verlässt.

»Also bist du nicht sauer?«, frage ich atemlos und stelle mich vor ihn, um den Ausgang zu blockieren. »Dass ich dich gefragt habe?«

Seine Lippen verziehen sich. »Sauer? Nein, Ptichka. Warum sollte ich das sein?«

»Nun, weil du unschuldig bist, und ich dich beschuldigt habe. Es tut mir wirklich leid; ich hätte das nicht einmal in Betracht ziehen sollen.«

»Warum solltest du das nicht tun?« Er legt seinen Kopf zur Seite. »Es wäre nicht das Schlimmste gewesen, was ich je getan habe.«

Mein Magen zieht sich zusammen. »Ich weiß, aber …«

»Es war eine logische Vermutung von dir. Ein raffinierter Sprengstoff, ein schwieriges Ziel und ein Motiv. Eigentlich bin ich überrascht, dass du mir glaubst.«

Ich bin mir ziemlich sicher, dass er mich mit dem letzten Teil ärgern will, aber ich verdiene es. »Was kann ich tun, um das wiedergutzumachen?«, frage ich, anstatt mich noch einmal zu entschuldigen. »Wie kann ich dir zeigen, dass es mir leidtut?«

Er zieht seine Augenbrauen in die Höhe, und seine Augen leuchten mit plötzlichem Interesse. »Hast du eine Idee?«

Mein Puls wird schneller, und eine warme Röte überzieht meinen Körper, als er mich von oben bis unten mit einem erhitzten Blick betrachtet. Sex war nicht das, was ich im Sinn hatte, aber wenn es das ist, was er will, bin ich mehr als glücklich, es zu tun.

»Das«, murmele ich, und schaue ihm weiterhin in die Augen, während ich mich ausziehe.

eter

NACHDEM WIR UNS GELIEBT HABEN, SCHLÄFT SARA IM GÄSTEZIMMER ein, und ich lasse sie dort liegen. Ich habe mein Bestes gegeben, um beim Sex sanft zu sein, aber ich muss sie trotzdem erschöpft haben.

Entweder das, oder sie braucht nur die zusätzliche Ruhe und ich muss sorgfältiger sein, um sicherzustellen, dass sie es in den nächsten acht Monaten langsam angeht.

Die von Angst geprägte Freude erfüllt meine Brust erneut und verdrängt die letzten Überreste meiner Irritation. Es hat keinen Sinn, mich über Saras Frage zu ärgern; wenn überhaupt, dann sollte ich froh sein, dass sie mir genug vertraut, um mich direkt zu fragen, anstatt solche Verdächtigungen aufkommen zu lassen.

Ich kann es ihr auch nicht verübeln, dass sie diesen Gedanken hatte. Ich hätte nie etwas so Offensichtliches und Auffälliges getan wie das FBI-Gebäude zu sprengen, aber ich habe tatsächlich heimlich geplant, Ryson zu eliminieren – der weiterhin herumgeschnüffelt hatte, nachdem ich Sara mein Versprechen gegeben hatte.

Wenn er uns in Ruhe gelassen hätte, wäre er in Sicherheit gewesen, aber das hat er nicht – und das rechtfertigte für mich vollkommen das, was ich mit ihm vorhatte.

Immer noch mit ihm machen werde, sollte er überleben.

Mein Unbehagen verschärft sich erneut, aber diesmal sind meine Befürchtungen konkreter. Ich glaube nicht an Zufälle, und all das fühlt sich zu zufällig an. Ich habe es Sara nicht gesagt, aber ich habe bereits eine Liste der Toten und Verletzten gefunden, und Ryson gehört zu den Letzteren und ist in einem kritischen Zustand ins Krankenhaus gebracht wurden.

Wenn ich es nicht besser wüsste, würde ich denken, dass mir jemand einen Gefallen erweist.

Nach einer halben Stunde schaue ich nach Sara. Sie schläft noch, also mache ich mich auf den Weg zurück in den Gästezimmerschrank und hole ein paar Waffen heraus. Ich verstaue sie strategisch im ganzen Haus und trage ein paar in die Garage, wo ich sie in einem speziellen Fach in unserem kugelsicheren Auto verstecke.

Nur für alle Fälle.

Als sich meine Paranoia beruhigt hat, öffne ich meinen Laptop und beginne, E-Mails von meinen Auszubildenden zu beantworten, während ich darauf warte, dass mein Ptichka aufwacht.

»OH MEIN GOTT«, SAGT SARA AM NÄCHSTEN MORGEN, WÄHREND IHR Blick am Fernseher klebt. »Peter, Ryson *war* da. Sie haben gerade die Opfer der Explosion identifiziert, und er befindet sich in einem kritischen Zustand. Kannst du das glauben?«

Ich nicke unverbindlich. »Ich habe vorhin davon gehört. Das ist wirklich bedauerlich für ihn.«

Meinen Quellen zufolge hat er Verbrennungen dritten und vierten Grades über den größten Teil seines Körpers. Ich habe beinahe

Mitleid mit dem Wichser. Ich hätte ihn auf eine viel humanere Art und Weise umgebracht – höchstwahrscheinlich mit einem drogeninduzierten Herzinfarkt, damit es so ausgesehen hätte, als sei er eines natürlichen Todes gestorben.

»Was für eine schreckliche Tragödie«, sagt Sara, und ihr Blick ist immer noch auf den Bildschirm fixiert. »Ich hoffe, er erholt sich.«

»Mm-hmm.« Es gibt keinen Grund, sie zu verärgern, indem ich ihr widerspreche. »Willst du etwas essen – oder ist dir immer noch schlecht, mein Liebling?« Alles, was sie heute Morgen bisher hatte, war ein Stück trockener Toast, obwohl ich ihr Lieblingsomelett und Pfannkuchen gemacht habe.

Sie dreht sich zu mir um. »Ich möchte nichts weiter, danke. Die Übelkeit ist fast verschwunden, aber ich denke, ich werde einfach bei meinen Eltern essen, während du dich mit Papas Receiver beschäftigst.«

»Okay. Wollen wir los?«

Sie steht auf und kommt zu mir. »Ja. Gehen wir.«

Ich nehme einen anderen Weg zum Haus meiner Schwiegereltern und stelle sicher, dass meine Jungs das Gebiet vor unserer Ankunft durchsuchen. Die Hacker untersuchen noch immer die Explosion, aber mein innerlicher Gefahrenalarm schlägt nonstop an.

Vielleicht sollten Sara und ich aus der Stadt verschwinden, jetzt in die Flitterwochen fahren, anstatt wie ursprünglich geplant in den Ferien. Es könnte ein früher Babyurlaub sein, oder wie auch immer diese Dinge genannt werden.

Saras Eltern begrüßen uns herzlich, und ihre Mutter geht in ihren üblichen Hostessenmodus über und bietet uns Tee, Cracker, Obst und alles Mögliche andere an. Ich lehne höflich ab – ich hatte ein großes Frühstück – aber Sara nimmt die Angebote ihrer Mutter an, während ich Chucks neuen Receiver einrichte.

»Du musst das hier reinstecken«, sagt er und zeigt auf das

Audiokabel, und ich nicke und danke ihm, als ob ich das nicht selbst gewusst hätte.

Saras Vater braucht das als Teamprojekt, und ich bin gerne bereit, dies zu einem werden zu lassen.

Ich bin fast fertig damit, den Surround-Sound zu testen, als mein Handy in meiner Tasche vibriert. Als ich es herausziehe und ich auf den Bildschirm blicke, vereist das Blut in meinen Venen.

Ein SWAT-Team ist unterwegs, sagt die Textnachricht von meiner Crew. *Noch drei Minuten entfernt.*

2 8

ara

ICH HÖRE ES, KURZ BEVOR PETER IN DIE KÜCHE KOMMT, WO MAMA UND ich über die Kinderzimmereinrichtung reden.

Das unverwechselbare Gebrüll von Hubschraubern.

»Lass uns gehen.« Er hebt mich hoch, bevor ich blinzeln kann. »Entschuldigung«, sagt er zu meiner fassungslosen Mutter, und drückt mich fest an seine Brust, als er um sie herum zur Tür geht.

Ich kralle mich an seinem Hemd fest. »Peter, was …«

»Keine Zeit.« Er reißt die Tür auf und geht mit mir im Arm nach draußen, aber versteinert an Ort und Stelle, als ein riesiger schwarzer Van auf unserer Straße quietschend zum Stehen kommt und Männer und Frauen in SWAT-Ausrüstung mit heruntergeklapptem Gesichtsschutz herausströmen und die Sturmgewehre auf uns gerichtet haben.

Mein Gehirn fühlt sich an, als hätte es sich plötzlich in Matsch verwandelt.

511

Ich kann das nicht verarbeiten.

Ich weiß gar nicht, wo ich anfangen soll.

Langsam und sehr bewusst stellt Peter mich hin und tritt vor mich, um mich mit seinem Körper abzuschirmen. »Nicht schießen.« Sein Ton ist seltsam ruhig, während er seine Hände über den Kopf hebt. »Es gibt keinen Grund zur Gewalt. Ich komme mit Ihnen.«

Meine Zunge löst sich irgendwie von selbst. »Halt!« Ich stürme auf zittrigen Beinen vorwärts. »Es gab einen Deal. Sie können nicht …«

»Zurück, Ma'am!«, bellt der vorderste Agent, und ich erstarre, als mehrere Waffen in meine Richtung schwingen.

»Ich habe bereits gesagt, dass das nicht nötig ist.« Peters Stimme wird schärfer, als er nach vorne tritt und mich wieder hinter sich schiebt. »Ich widersetze mich nicht. Niemand muss verletzt werden, verstehen Sie?«

»Was ist hier los?«, fragt mein Vater von hinter mir, und mir wird mit einer Panikwelle klar, dass meine Eltern aus dem Haus gekommen sind.

»Geht wieder hinein.« Meine Stimme zittert, als ich einen Blick hinter mich riskiere. »Dad, bitte bring Mom wieder rein.«

Der Hubschrauber ist jetzt fast direkt über uns, sein Gebrüll übertönt meine Worte.

»Auf die Knie«, ruft jemand, und als ich zurückblicke, sehe ich, dass mein Mann mit so langsamen und bewussten Bewegungen wie zuvor gehorcht.

Er will sie nicht nervös machen, bemerke ich mit übelkeitserregender Angst. Sie wissen, wozu er fähig ist, und obwohl er unbewaffnet ist, haben sie Angst, ihm entgegenzutreten.

»Peter Garin, Sie werden hiermit der Ermordung von Bundesangestellten, der Zerstörung von Regierungseigentum, der Verwendung von Sprengstoffen und der Verschwörung zum Mord angeklagt«, ruft der Agent, der bereits eben gesprochen hatte, durch den Hubschrauberlärm. Er geht mit Handschellen auf Peter zu, während seine Kollegen ihre Sturmgewehre auf das Gesicht meines Mannes gerichtet halten. »Sie haben das Recht, …«

Sein Helm explodiert, bevor er das nächste Wort sagen kann, und die Hölle bricht los.

eter

ICH BEWEGE MICH, BEVOR ICH DAS GERÄUSCH DES Scharfschützengewehrs vollständig registriere.

Es ist instinktiv, rein automatisch.

Ich habe nur ein Ziel.

Lange genug zu überleben, um Sara und das Baby zu schützen.

Wie immer in solchen Situationen sind meine Gedanken klar und scharf.

Scharfschütze auf fünf Uhr, Identität unbekannt.

Ein Agent ist tot. Der Rest wird gleich das Feuer eröffnen.

Neun Gegner vor mir. Sara und ihre Eltern hinter mir.

Ich nehme die M4 von dem Beamten, dessen Gehirn auf mich gespritzt ist, und werfe mich zur Seite, während ich seine Kollegen mit Kugeln besprühe und dorthin ziele, wo ich weiß, dass wahrscheinlich Lücken in ihrer Rüstung sind.

Ich muss ihr Feuer von Sara weglocken, damit sie sich auf mich als einzige Bedrohung konzentrieren.

Aus dem Augenwinkel sehe ich Saras Eltern, die sie ins Haus schleppen. Sie schreit etwas, aber es ist unmöglich, etwas über das Hubschraubergeräusch und das *Rat-Tat-Tat* des automatischen Kanonenfeuers zu hören.

Der Boden neben mir explodiert vor Kugeln, aber ich bewege mich weiter, drücke weiterhin den Abzug. Ihre Rüstungen schützen sie, aber sie verlangsamen sie auch, was mir wertvolle Sekunden verschafft. Selbst wenn ich sie nicht töte, treffen meine Kugeln sie und machen sie handlungsunfähig.

Jetzt sind noch fünf Feinde übrig.

Alle Waffen, die ich vorbereitet habe, sind in unserem Auto, und ich habe nur eine Glock, die an meinem Bein befestigt ist. Als meine geliehene Waffe also leer ist, werfe ich sie beiseite, lasse mich hinter zwei außer Gefecht gesetzte Beamte fallen und schnappe mir auf dem Weg die Waffe.

Ein wie Feuer brennender Schmerz bricht in meinem linken Arm aus, aber ich ignoriere ihn.

Ich kann immer noch die Waffe halten, also kann die Wunde nicht so schlimm sein.

Der SWAT-Van ist jetzt nur noch ein paar Schritte entfernt, also werfe ich mich in seine Richtung, sowohl zur Deckung als auch, weil dies so weit wie möglich vom Haus entfernt ist. Als ich auf den Boden aufschlage, schieße ich noch ein paar Salven ab und habe Glück mit meinem Winkel, weil ich zwei Agents unter ihrem Gesichtsschutz erwische.

Ein brennender Schmerz breitet sich in meiner rechten Wade aus, aber das Adrenalin treibt mich an.

Weitere Kugeln bedecken den Boden um mich herum, obwohl ich jetzt hinter dem Auto bin.

Der Hubschrauber.

Ich rolle mich auf den Rücken, um in seine Richtung zu schießen, und ein Rotorblatt explodiert, wodurch er stark in der Luft kippt. Ich schieße erneut, und er schwenkt weg und verschwindet ein paar Blocks weiter hinter den Bäumen.

Ohne innezuhalten, rolle ich unter dem Van hindurch und komme auf der anderen Seite mit Blick auf die drei verbliebenen Beamten heraus.

Aber nur zwei von ihnen sind vor mir.

Einer rennt auf das Haus zu.

3 0

 ara

ALLES PASSIERT BLITZSCHNELL. IN EINEM MOMENT STEHE ICH HINTER Peter, während der Agent im Begriff ist, ihm Handschellen umzulegen, und im nächsten Moment ertönt ein donnerndes Geräusch, und der Helm des Mannes explodiert. Blut und Hirn sprühen überall hin, als Peter beginnt, sich zu bewegen, und sich die Waffe des Toten schnappt.

»Sara, komm rein!« Meine Mutter ergreift meinen Arm und zieht mich nach hinten, als ein ohrenbetäubender Schusswechsel ausbricht und sich mit dem Gebrüll des Hubschraubers vermischt.

»Nein, *du* gehst rein!«, schreie ich und winde mich aus ihrem Griff. Ich kann Peter nicht hier draußen lassen. »Geh sofort rein!«

»Dein Baby!«, schreit Papa über den Lärm und packt mein Handgelenk, während ich nach vorne stürze. »Du bist schwanger, schon vergessen?«

517

Die Erinnerung ist wie ein Eimer mit Eiswasser, der über mich geschüttet wird.

Ich hatte das winzige Leben in mir vergessen, das Kind, das Peter so sehr will.

»Geh rein, Sara. Jetzt!« Mama zieht an meinem anderen Handgelenk, und diesmal gehorche ich und stolpere ins Haus, während die Straße zu einem Kriegsgebiet wird.

»Wir müssen … weg von den Fenstern«, keucht Dad und bricht im Eingangsbereich zusammen »Die Kugeln, sie …«

»Es ist okay, Dad. Atme.« Ich fasse ihn am Ellenbogen, als er anfängt zu fallen, aber er ist zu schwer für mich, und ich schaffe es lediglich, seinen Sturz zu mindern.

»Wo sind seine Tabletten?« Meine Stimme ist voller Panik, als sein Gesicht anfängt, blau anzulaufen. »Mom, wo sind seine Medikamente?«

»K-Küche.« Sie klingt, als würde sie unter Schock stehen. »Schrank ganz oben rechts.«

»Okay, bin gleich wieder da.« Das Wohnzimmerfenster explodiert, als ich daran vorbeilaufe, aber ich bemerke die Glassplitter, die in meine Haut eindringen, kaum.

Ich muss Dads Medizin holen.

Ich kann gerade nicht an Peter denken, kann mich nicht auf das giftige Entsetzen konzentrieren, das meine Brust einengt.

Er wird es schaffen.

Er muss.

Ich öffne den Schrank und schnappe mir Papas Nitroglyzerin-Tabletten und eine Packung Aspirin, dann laufe ich zurück, während der Lärm des Hubschraubers sich entfernt und das Feuer aufhört.

Mama kniet über Papas bewusstlosem Körper, und ihr Gesicht ist eine Maske des Schreckens, als sie mich ansieht. »Er atmet nicht mehr. Sara, er atmet nicht mehr.«

Ich bin bereits auf meinen Knien und drücke auf Papas Brust, während ich leise zähle und mich dann nach vorne beuge, um in seinen Mund zu atmen.

Seine Brust hebt sich mit der Luft, die ich ihm gebe, dann senkt sie sich und bleibt unbeweglich.

Als ich meine wachsende Panik bekämpfe, beginne ich wieder mit den Brustkompressionen.

Eins, zwei, drei, vier …

Die Tür fliegt auf, und zwei kämpfende Männer stolpern herein.

Ein SWAT-Beamter und ein blutüberströmter Peter.

3 1

eter

Ich schieße, bevor die Beamten es tun, und feuere zwei Salven ab, die sie direkt unter ihrem Gesichtsschutz treffen. Vom Adrenalin angetrieben, springe ich auf die Füße und bin mir nur vage des brennenden Schmerzes in Arm und Wade bewusst.

Ich muss den fliehenden Agent aufhalten.

Ich kann nicht zulassen, dass er zu Sara und ihrer Familie ins Haus geht.

Ich erhöhe meine Geschwindigkeit, hole ihn am Eingang ein und erwische ihn, während er sich dreht und bereit ist, zu feuern. Seine Waffe fliegt klappernd über die Veranda, und wir prallen gegen die Tür und drücken sie mit unserem Schwung auf.

Ich habe nur den Bruchteil einer Sekunde Zeit, um die Szene im Inneren aufzunehmen, aber es reicht mir, um mich nach rechts zu werfen, um nicht auf einer knienden Sara und ihren Eltern zu landen.

Wir schlagen stattdessen auf der Couch auf und rollen gemeinsam über den Boden und kämpfen um die Glock, die in seinem Gürtel steckt. Ich lande auf ihm und ziehe die Waffe heraus, aber er rammt seinen Ellenbogen in meinen verletzten Arm und schlägt mir die Waffe aus der Hand.

Ich ignoriere den brennenden Schmerz, schnappe mir sein Messer und stoße es in den Spalt in seiner Rüstung. Er schnappt nach Luft wie ein Fisch an Land, und ich steche noch einmal, dann noch zweimal zu.

Sein Körper unter mir wird schlaff.

»Peter!« Saras Stimme dringt durch das Dröhnen meines Herzschlags, und ich schaue auf und nehme ihr weißes, tränenüberströmtes Gesicht wahr. Sie drückt im unverwechselbaren Rhythmus der Herz-Lungen-Wiederbelebung auf die Brust ihres Vaters, und ihre Mutter kniet neben ihr.

Ich krabbele von dem toten Mann weg und stelle mich hin. Der Raum dreht sich übelkeitserregend um mich herum, und als ich nach unten schaue, sehe ich, dass mein rechtes Bein mit Blut bedeckt ist und mehr Blut über meinen linken Arm tropft.

Natürlich. Die Schusswunden.

Während ich den wachsenden Schwindel unterdrücke, gehe ich zu Sara und ihren Eltern. »Was ist passiert? Wurde er angeschossen?« Ich sehe kein Blut an Chuck, aber …

Sara schüttelt den Kopf. »Herzstillstand.« Sie beugt sich vor, drückt seine Nase zusammen und beatmet ihn, bevor sie wieder auf seine Brust drückt.

Verdammt. Ich hebe die Pillenflasche, die ungeöffnet auf dem Boden liegt, auf, und meine Brust zieht sich zusammen.

Das ist Saras schlimmster Alptraum, und ich habe ihn wahrgemacht.

»Ihr zwei müsst gehen.« Lornas heisere Stimme klingt wie die eines Geistes, und als ich sie ansehe, bemerke ich, dass sie einem ähnelt, weil ihr Gesicht wie gebleichtes Pergamentpapier aussieht. »Bevor sie die …«

Eine Kugel bricht durch die Wand über uns, und ich springe

instinktiv vor Sara und ihre Mutter, um sie mit meinem Körper zu schützen.

Meine linke Seite explodiert vor Schmerz, und die Kraft des Treffers wirft mich nach vorne, während ich sie beide hinter die Couch schiebe. Meine Wahrnehmung schwindet, und der Schmerz prallt durch meine Nervenenden, während eine weitere Kugel mein Ohr streift.

Nein. Verdammt, nein.

Mit meiner letzten verbleibenden Kraft werfe ich mich zur Seite und lenke das Feuer des Schützen von Sara und ihrer Mutter weg. Eine weitere Kugel schlägt in den Boden neben meinem Knie ein und lässt Holzsplitter überall umherfliegen, und durch meine verschwommene Sicht hindurch sehe ich eine gepanzerte Gestalt in die Türöffnung schwanken, die eine Pistole festhält.

Es ist einer der SWAT-Beamten, die ich angeschossen habe.

Benommen und verletzt, aber lebendig.

Sein Gesichtsschutz fehlt, und ich sehe fleckige Haut und wilde Augen. »Stirb, du Motherfucker«, zischt er, zielt auf meinen Kopf, und drückt den Abzug.

32

Sara

ICH LANDE SCHMERZHAFT AUF DER SEITE, UND MEIN KOPF SCHLÄGT
gegen die Couch, als ein weiterer Schuss ertönt und eine warme,
metallische Dusche auf meinem Gesicht landet und meinen Hals
trifft.

»Peter!« Aus Sorge um ihn klettere ich auf die Knie, wische mir
das Blut aus den Augen – und dann sehe ich es.

Meine Mutter liegt auf dem Boden, und ihr Gesicht ist voller Blut.

Oder besser gesagt der größte Teil ihres Gesichts.

Ein Teil ihrer Wange und ihres Schädels fehlt, weshalb ein blutiges
Loch dort klafft, wo früher ein Wangenknochen war.

Mein Verstand schaltet sich ab, und eine Wand der Taubheit
nimmt ihren Platz ein, als ein dritter Schuss ertönt.

Ich schaue auf meinen Mann, der blutend auf dem Rücken liegt,
und dann auf den Agent in der Türöffnung, der sein Gesicht vor Hass
verzieht, während er auf Peters Kopf zielt.

Mein Blick fällt auf die Waffe, die Peter beim Ringen mit dem anderen Beamten verloren hat.

Sie liegt einen Meter von mir entfernt.

Ich greife nach ihr und hebe sie auf. Sie liegt kalt und schwer in meiner Hand und verstärkt die eisige Taubheit in meinem Herzen.

Meine Eltern sind tot.

Peter steht kurz davor, ermordet zu werden.

Ich ziele und drücke den Bruchteil einer Sekunde früher ab als der Agent.

Meine Kugel verfehlt ihn, aber der Schuss erschreckt ihn und lässt seinen Schuss ins Blaue gehen.

Er dreht sich zu mir, und ich schieße erneut.

Diesmal treffe ich seine Weste, und der Schuss wirft ihn zurück.

Ohne zu zögern, gehe ich zu ihm hinüber und hebe meine Waffe erneut an.

»Nein …«, sagt er erstickt, ringt um Luft, und ich drücke ab.

Sein Gesicht explodiert in Blut- und Knochenstücke. Es ist wie ein hyperrealistisches Videospiel, komplett mit Geruch, Geschmack und Surround-Sound. Fasziniert lasse ich die Waffe fallen und greife zu, um zu sehen, ob es sich wirklich so anfühlt wie …

»Sara.« Peters angespannte Stimme erreicht mich wie durch Wasser. »Sieh mich an.«

Blinzelnd konzentriere ich mich auf seinen ausgestreckten Körper, und etwas von meiner Taubheit löst sich auf, als ich die Menge an Blut sehe, die sich an seiner Seite sammelt.

Er ist verletzt.

Stark.

Eine Welle des Entsetzens verdrängt den verbleibenden Dunst aus meinem Gehirn, und ich sinke auf die Knie und ziehe verzweifelt an seinem Hemd. Ich muss den Blutfluss stoppen, um zu sehen, ob die Kugel …

»Ptichka, hör auf.« Er ergreift mein Handgelenk mit erstaunlicher Kraft, und seine Augen bohren sich in meine. »Wir haben keine Zeit. Du musst mir die Waffe geben. Leg sie in meine Hand. Du hast das nicht getan, verstehst du? Und dann musst du weggehen. Geh so weit weg von mir, wie …«

»Nein.« Ich drehe mich aus seinem Griff. »Ich verlasse dich nicht.«

Er braucht ein Krankenhaus, aber es besteht keine Chance, dass die Beamten ihn nach diesem Massaker dort hinbringen. Sie werden ihn auf der Stelle töten, weil er so viele von ihnen getötet hat.

Unschuldig oder schuldig, es wird ihnen egal sein.

»Ptichka, du musst …«

»Steh auf.« Ich springe auf meine Füße, greife nach seinem unverletzten Arm und ziehe mit aller Kraft daran. »Wir müssen gehen, sofort.«

Ich darf ihn nicht verlieren.

Ich werde ihn nicht verlieren.

Peter verzerrt sein Gesicht zu einer Grimasse, als er versucht, sich aufzurichten, und es nicht schafft. »Mein Liebling, du musst …«

»Jetzt!«, rufe ich, während ich an seinem Arm ziehe, und etwas an meinem Tonfall scheint ihn aufzurütteln.

Mit zusammengebissenen Zähnen kämpft er sich in eine sitzende Position, und ich hocke mich hin, um meinen Arm um seinen Oberkörper zu legen. Er ist unglaublich schwer, sein großer Körper ein harter, fester Muskel. Mein Rücken und meine Beine schreien aus Protest, aber ich schaffe es irgendwie, aufzustehen und den größten Teil seines Gewichts zu tragen.

»Das Auto«, sagt er heiser. »Wir müssen zum Auto.«

Das Auto.

Genau draußen am Straßenrand.

Wir können es schaffen.

Wir müssen es tun.

Ich gehe einen Schritt zur Tür, und plötzlich ist das meiste von Peters Gewicht weg. Als ich hinüberblicke, sehe ich, dass er irgendwie allein steht, obwohl sein Gesicht durch das Blut und den Schmutz grau ist.

»Das Auto. Komm schon«, dränge ich ihn, als wir nach draußen gehen. »Wir haben es fast geschafft. Nur noch ein kleines Stück.«

In der Ferne höre ich das Heulen von Sirenen und das Brüllen eines weiteren Hubschraubers.

Sie sind hinter uns her.

Sie kommen, um mir Peter wegzunehmen, genau wie sie mir meine Eltern genommen haben.

»Die Schlüssel. Sie sind in meiner Hosentasche«, sagt Peter heiser, und ich danke dem Himmel, als ich mich daran erinnere, dass die Schlüssel nur in der Nähe sein müssen, um unseren schicken Mercedes zu entsperren und zu starten.

Ich öffne die Beifahrertür, schiebe Peter hinein und springe dann auf die Fahrerseite. Mein Herz schlägt in einem übelkeitserregenden Rhythmus, und meine Hände zittern, als ich das Auto starte, auf die Straße fahre und auf das Gas trete.

»Wohin soll ich fahren?«, frage ich verzweifelt, als wir um die Ecke auf die Hauptstraße schießen. Die Geräusche des Hubschraubers und der Sirenen werden lauter, und es ist nur eine Frage der Zeit, bis sie bemerken, dass wir weg sind, und uns verfolgen.

Keine Antwort.

Ich riskiere einen Blick auf Peter. Er ist halb in seinem Sitz zusammengesackt, sein Gesicht ist farblos und seine Augen sind geschlossen, während er einen Haufen blutgetränkter Papiertücher an seine Seite hält.

Oh nein. Bitte nicht.

»Peter.« Ich rüttele an seinem Knie.

Immer noch nichts.

»Peter, bitte. Du musst mir sagen, wohin ich fahren soll.«

Er stöhnt, als ich ihn fester schüttele und seine trüben Augen sich öffnen. »Hütte in der Nähe von Horicon Marsh. Auf der I-294 in Richtung 94 fahren, dann 41 und 33 nehmen, rechts in Richtung Palmatory abbiegen und vier Meilen weiter. Schotterweg auf der linken Seite.«

Gott sei Dank.

Ich biege scharf rechts ab in Richtung Autobahn und trete das Gaspedal durch, als er wieder das Bewusstsein verliert. Er verliert zu viel Blut, aber ich kann nichts tun, bis ich ihn in Sicherheit gebracht habe.

Er ist so gut wie tot, wenn sie uns erwischen.

Mein Verstand dreht sich wie ein Kreisel auf Steroiden, als ich den Highway entlangrase. Ich kann nicht an meine Eltern oder die Ungeheuerlichkeit dessen denken, was gerade passiert ist, also konzentriere ich mich auf das Warum.

Warum sind sie zu ihm gekommen?

Warum hat jemand den Beamten erschossen, als Peter sich ergeben hat?

Ich habe meinem Mann geglaubt, als er mir gesagt hat, dass er nichts mit dem Angriff auf das FBI zu tun hat, aber ist es möglich, dass er mich angelogen hat? Wären sie gekommen, um ihn zu verhaften, wenn es keine Beweise gäbe, die ihn mit dem Bombenanschlag in Verbindung bringen?

Die Logik sagt nein, aber ich kann mich nicht dazu bringen, es zu glauben. Peter hat schreckliche Dinge getan, aber er ist kein Terrorist.

Abgesehen von der moralischen Seite tötet er mit Präzision und Diskretion.

Also warum? Warum sollten sie denken, dass er etwas damit zu tun hat? Und wer hat auf den Beamten geschossen? War jemand aus Peters Crew so dumm? Wenn ja, warum haben sie uns nicht geholfen?

Wenn sie bereit wären, einen SWAT-Beamten zu töten, warum sollte Peter den Rest von ihnen allein bekämpfen?

Nichts davon ergibt irgendeinen Sinn, aber darüber nachzudenken hält mich davon ab, am Steuer zu hyperventilieren. Ich kann nicht über unsere unendlich geringen Überlebenschancen nachdenken, oder daran, dass Peter verbluten könnte.

Oder dass das winzige Leben in mir jetzt zwei Eltern auf der Flucht hat.

»Langsamer.« Peters heiseres Flüstern erreicht mich, als ich einen Toyota mit 130 km/h auf der Überholspur fahre. »Fall nicht wegen zu schnellem Fahren auf. Wo ist dein Handy?«

Mein Puls springt vor Freude, als ich meinen Fuß vom Gas nehme.

Reden ist gut.

Reden ist sehr gut.

»Kein Telefon«, antworte ich, und ein Teil meiner Erleichterung verschwindet, als ich zu ihm hinüberblicke und sehe, dass er zwar bei Bewusstsein, aber noch blasser ist. »Meine Tasche ist noch im Haus meiner ...«

»Gut. Das bedeutet, dass sie uns nicht darüber verfolgen können.«

Scheiße. Das ist mir gar nicht in den Sinn gekommen.

»Was ist mit deinem Handy?«

Er grinst und bewegt sich auf seinem Sitz, als er sich mehr Papiertücher von der Rolle nimmt, die in dem Fach an seiner Tür steckt. »Nicht zurückverfolgbar.«

»Okay.« Mein Verstand rast. »Was noch? Sollen wir das Auto wechseln? Gibt es jemanden, den wir um Hilfe bitten können? Deine Leibwächter? Können sie ...«

»Nein.« Er schließt wieder die Augen und drückt die frischen Tücher gegen seine Seite. »Zu gefährlich für sie. Sie werden sich nicht mit dem FBI anlegen.«

Okay. Das ergibt Sinn. Peters neue Crew besteht nicht aus Kriminellen; sie wird bezahlt, um uns vor den gefährlichen Menschen in Peters Vergangenheit zu schützen, und nicht, um uns zu helfen, den Behörden zu entkommen.

Was bedeutet, dass sie nicht hinter diesem Schuss stecken können.

»Peter ...« Ich schaue hinüber, aber er ist wieder weggetreten und sein Kopf zur Seite gekippt.

Eis überzieht mein Innerstes. »Peter, wach auf. Du musst mir sagen, was ich als Nächstes tun soll.«

Keine Antwort, nur das hektische Schlagen des Pulses in meinen Ohren.

Ich greife hinüber, um sein Knie erneut zu schütteln, aber er reagiert nicht, und ich sehe, dass er die Papierhandtücher nicht mehr festhält, weil seine Hand locker an seiner Seite herabhängt.

Mein Brustkorb fühlt sich an, als wäre er auf die Größe eines Kinderbrustkorbs geschrumpft, der alle Organe in mir zerquetscht.

Das kann nicht wahr sein.

Es kann nicht so enden.

»Peter.« Meine Stimme bricht. »Peter, bitte … Ich brauche dich. Das kannst du mir nicht antun.«

Er kann nicht sterben und mich im Stich lassen. Nicht, nachdem er so hart für uns gekämpft hat.

Nicht, nachdem er mich dazu gebracht hat, ihn zu lieben.

»Wach auf, Peter.« Ich schüttele sein Knie fester. »Bitte wach auf.«

Aber das tut er nicht.

Er ist zu stark verletzt.

33

S ara

Ich habe das Gefühl, dass die Autowände sich um mich zusammenziehen, als ich sein Handgelenk ergreife und nach einem Puls suche.

Er ist da.

Schwach und unregelmäßig, aber da.

Ein erleichterter Schluchzer entweicht mir, und die Straße vor mir verschwimmt.

Er ist noch am Leben.

Er ist ohnmächtig, aber am Leben.

Mit übermenschlicher Anstrengung reiße ich mich zusammen. Ich kann nicht zusammenbrechen, nicht, solange es noch einen Funken Hoffnung gibt.

Das Wichtigste zuerst. Ich muss Peters Wunden behandeln. Das kann nicht mehr länger warten. Dann das Auto. Ich nehme an, dass sie danach suchen, und es nur eine Frage der Zeit ist, bis wir auf der

Straße gesehen werden. Das bedeutet, dass ich uns ein anderes Fahrzeug suchen muss.

Die Frage ist, wie.

Wenn Peter bei Bewusstsein wäre, könnte er wahrscheinlich eines für uns stehlen, aber ich allein weiß nicht, wie. Ich muss mir eine andere Lösung ausdenken, etwas, was uns nicht zu sehr aufhält.

Ein Ausfahrtsschild erscheint vor uns, und ich bemerke, dass wir fast am Advocate Lutheran Hospital sind.

Mein Herz setzt einen Schlag aus und rast dann schneller. Vielleicht sollte ich ihn dort hinbringen. Genau jetzt, bevor die Behörden wissen, dass wir hier sind.

Bevor weitere SWAT-Beamten auftauchen und ihn erschießen, weil er so viele ihrer Leute getötet hat, während er sich selbst verteidigte.

Sie müssten ihn in der Notaufnahme behandeln, wenn ich ihn hineinbringen würde. Sie müssten ihn retten. Und wenn die Polizisten kommen, werden sie ihn nicht töten können, wenn all diese Zeugen dort sind. Sie müssen ihn sich erholen lassen, bevor sie ihn wegbringen.

Bevor er für den Rest seines Lebens in Guantanamo oder einem anderen dunklen Loch eingesperrt wird.

Selbst wenn er der Bombardierung für unschuldig befunden würde, würden sie ihn nie herauslassen – und früher oder später würden sie ihre Rache nehmen.

Wenn ich Peter dort hinbringe, werde ich ihn nie wieder sehen. Aber wenn ich es nicht tue, wird er verbluten.

Selbst jetzt ist es vielleicht schon zu spät. Ich könnte ihn verlieren, so wie ich gerade meine Eltern verloren habe.

Ich schlucke die Angst, die mich zu ersticken droht, hinunter, wechsele auf die Ausfahrtsspur und fahre von der Autobahn ab in Richtung Krankenhaus. Als ich dort ankomme, finde ich einen Parkplatz unter einem Baum, zwischen einem SUV und einem Van.

»Wir sollten hier gut versteckt sein.« Meine Stimme zittert, als ich mich an Peter wende. »Jetzt werde ich mir deine Wunden ansehen, okay?«

Er antwortet nicht, aber ich hatte auch nicht erwartet, dass er das tut.

Ich greife über seinen Schoß und senke seinen Sitz in eine Liegeposition. Dann ziehe ich sein Hemd hoch und untersuche die Schusswunde an seiner Seite.

Es gibt ein Austrittsloch, und angesichts der Lage der Wunde besteht eine gute Chance, dass die Kugel keine wichtigen Organe erwischt hat. Wenn ich die Wunde desinfizieren und die Blutung stoppen kann, schafft er es vielleicht ohne Krankenhaus.

Ich halte den Atem an und untersuche schnell den Rest von ihm. Ich finde eine Waffe, die an seinem linken Knöchel befestigt ist, aber sie ist keine Verletzung, also ignoriere ich sie. Dann entdecke ich, dass eine Kugel seinen linken Arm gestreift hat und eine andere durch seine rechte Wade gegangen ist.

Beide Wunden bluten noch, scheinen aber nicht lebensbedrohlich zu sein.

Ich atme aus und zittere, während ich erleichtert seine schlaffe Hand drücke.

Ich weiß jetzt, was zu tun ist.

Ich brauche nur ein wenig Glück.

Ich beuge mich über ihn und glätte sein blutverkrustetes Haar. »Halte durch, mein Liebling, bitte. Ich bin gleich wieder da, versprochen. Halte einfach für mich durch.«

Ich kann das schaffen.

Ich muss das schaffen.

Ich ziehe mich zurück, setze mich gerade hin und drehe den Spiegel um, um mich selbst anzusehen. Ich sehe wie erwartet genauso mitgenommen aus wie Peter. Mein Gesicht ist blass und tränenüberströmt, und ich habe Blut auf meiner Haut und Kleidung.

Gut, dass die Mitarbeiter in der Notaufnahme schon Schlimmeres gesehen haben.

»Ich bin in ein paar Minuten zurück«, flüstere ich und drücke seine Hand ein letztes Mal, bevor ich aus dem Auto springe und über den Parkplatz zum Eingang der Notaufnahme laufe.

Niemand schenkt mir Aufmerksamkeit, als ich hereinkomme, und ich halte meinen Kopf nach unten gebeugt und mein Gesicht von den Kameras in den Ecken weg. Soweit ich weiß, ist mein Bild noch nicht in den Nachrichten, aber es ist am besten, jetzt nichts zu riskieren.

Im Inneren bietet sich mir der übliche Anblick einer Notaufnahme. Mehrere Neuankömmlinge beschweren sich bei der aufnehmenden Krankenschwester und verlangen, dass sie *jetzt sofort* einen Arzt sehen wollen, während ein halbes Dutzend Schwestern und Ärzte um zwei Patienten auf Tragen stehen, von denen der eine wegen seines blutigen Beines schreit und der andere anscheinend einen schlimmeren Anfall hat.

Am Ende des Raumes befindet sich eine Tür nur für Mitarbeiter. Die Krankenschwestern fahren den schreienden Patienten dorthin, und ich folge ihnen hinein und tue so, als gehörte ich zu ihm. Eine Krankenschwester versucht, mich wegzuschicken, aber jemand ruft nach ihr, und sie verschwindet den Flur hinunter und vergisst mich.

Ich folge der Trage, ohne dass mich jemand anderes bemerkt, und als wir an einem Vorratsraum vorbeikommen, gehe ich hinein und schließe die Tür hinter mir.

Hinten im Raum befinden sich gefaltete Kittel, Bettwäsche, Verbände, Medikamentenproben und Erste-Hilfe-Material. Ich schlüpfe schnell aus meiner Kleidung und in den Kittel einer Krankenschwester, wische mir mit einem Kissenbezug so viel Blut wie möglich vom Gesicht und stopfe alles, was ich für nützlich halte, in eine Tasche, die ich aus einem Laken bastele. Dann bedecke ich meine Beute mit noch mehr gebündelter Bettwäsche und mache mich auf den Weg nach draußen, wobei ich so tue, als würde ich schmutzige Laken zum Waschen tragen.

Niemand sagt etwas, als ich den Empfangsbereich der Notaufnahme wieder betrete und zum Ausgang gehe, während ich sicherstelle, dass das Bündel in meinen Armen mein Gesicht vor den in den Ecken blinkenden Kameras verdeckt.

Als ich beim Auto ankomme, ist Peter immer noch bewusstlos.

»Alles wird gut, ich bin wieder da«, sage ich, als ich das Vorratsbündel neben seinen Füßen ablege. »Alles wird gut werden.«

Er kann mich nicht hören, aber das spielt keine Rolle.

Zumindest versuche ich, mir das einzureden.

Er ist zu schwer für mich, als dass ich ihn richtig ausziehen könnte, also schiebe ich seinen Ärmel hoch und schneide das Bein seiner Jeans auf, um an die Wunden zu kommen. Zu meinen gestohlenen Vorräten gehören milde Seife und eine Kochsalzlösung, und ich mische sie mit Wasser, um das Blut und den Schmutz in der Nähe seiner Wunden wegzuwaschen. Im Gegensatz zur gängigen Meinung ist es keine gute Idee, starke Antiseptika zu verwenden, um Wunden zu reinigen; Alkohol und dergleichen können das Gewebe schädigen und den Heilungsprozess verlangsamen.

Als ich davon überzeugt bin, dass die Wunden ausreichend sauber und keine Kugelfragmente mehr im Inneren vorhanden sind, nähe und verbinde ich sie, wobei ich mit der Wunde an seiner Seite beginne. Während ich arbeite, danke ich meinem Schicksal für meine Schichten in der Notaufnahme und all den Schussopfern, die ich dort behandelt habe.

Trotzdem zittern meine Hände, als ich fertig bin, und ich merke, dass mein Adrenalinspiegel zu sinken beginnt.

Das ist nicht gut.

Es gibt noch eine Menge zu erledigen, bevor ich zusammenbrechen kann.

»Ich muss nochmal für ein paar Minuten weg, okay? Also halt einfach für mich durch, mein Liebling«, flüstere ich und streichele Peters Gesicht. Ich beuge mich nach vorne und drücke einen sanften Kuss auf seinen harten Kiefer, bevor ich mich zurückziehe und mir sage, dass alles, was ich jetzt brauche, ein wenig Glück ist.

Ein bisschen Glück und viel Mut.

Meine Beine zittern, als ich wieder in Richtung Notaufnahme gehe. Das ist der unsicherste Teil meines Plans, der von zu vielen äußeren Faktoren abhängt. Inzwischen könnten unsere Gesichter in allen Nachrichten sein, während die Menschenjagd auf Hochtouren läuft. Alles, was man dafür braucht, ist ein neugieriger Fremder, und ein Schwarm von Polizei- und FBI-Beamten wird über uns hereinbrechen.

Vielleicht ist das ein Fehler.

Vielleicht sollte ich einfach wieder ins Auto steigen und fahren und beten, dass durch ein Wunder niemand eine Suchmeldung für unser Fahrzeug herausgegeben hat.

Ich bin dabei, umzukehren und genau das zu tun, als ein älterer blauer Toyota auf den Parkplatz schießt und direkt vor dem Eingang hält. »Hilfe!«, ruft eine ältere Frau, während sie die Tür öffnet, und ich eile zu ihr hinüber, um ihr zu helfen, ihren halb bewusstlosen Mann herauszuholen.

So wie er aussieht, hatte er gerade einen Schlaganfall.

Zwei Krankenschwestern laufen aus der Notaufnahme, um zu helfen, und ich gehe unauffällig zurück und lasse sie den Patienten und seine hektische Frau hineinführen. Das Auto bleibt unbeaufsichtigt, die Fahrertür ist geöffnet, und als ich hineinschaue, sehe ich, dass die Schlüssel stecken.

Bingo.

Das Personal der Notaufnahme schickt in solchen Situationen in der Regel jemanden, um sich um das Fahrzeug zu kümmern, aber wenn derjenige herauskommt und es weg ist, wird er höchstwahrscheinlich annehmen, dass es bereits von jemandem weggefahren wurde.

Es wird ihnen nicht in den Sinn kommen, das Auto als gestohlen zu melden, bis die Frau des Patienten zurückkehrt und es nicht finden kann.

Ich fühle mich schrecklich, als ich hinter dem Steuer Platz nehme und den Toyota in Richtung unseres Autos fahre. Ich kann mir gut vorstellen, wie gestresst die arme Frau sein wird, wenn sie zusätzlich zum Schlaganfall ihres Mannes mit einem gestohlenen Auto konfrontiert sein wird. Aber ich habe keine Wahl – nicht, wenn es um Peters Leben geht.

Ich parke den Toyota direkt gegenüber unserem Mercedes, springe heraus und eile hinüber. Ich öffne die Beifahrertür, schaue auf meinen Mann und frage mich, wie ich zweihundert Pfund bewusstlosen Peter von einem Auto zum anderen bewegen soll.

Nun ja, ich habe keine andere Wahl.

Ich packe seine Knöchel und ziehe mit aller Kraft an ihnen.

Er bewegt sich einen Zentimeter. Vielleicht.

Verdammt.

Ich lege mein ganzes Gewicht hinein und grabe meine Absätze in den Asphalt.

Weitere drei Zentimeter.

Vielleicht sollte ich diese dumme Idee vergessen und einfach mit unserem Auto fahren. Die Frau des Schlaganfallopfers wird glücklich sein, wenn sie ihren Toyota auf dem Parkplatz findet und …

Mein Mann gibt ein leises Stöhnen von sich.

Mein Puls kommt auf Hochtouren. »Peter.« Ich klettere in das Auto und beuge mich über ihn. »Peter, mein Liebling, bitte wach auf.«

Er murmelt etwas Unverständliches, und sein Kopf kippt zur Seite.

»Bitte, ich brauche dich.« Ich schüttele ihn sanft. »Bitte, wach auf.«

Seine Augen öffnen sich unfokussiert.

»Genau so, mein Liebling.« Mein Atem stockt vor Erleichterung. »Du kannst es schaffen. Sieh mich an.«

Er blinzelt, und sein Blick konzentriert sich langsam auf mich. »Sara? Was …?«

»Wir sind auf einem Krankenhausparkplatz«, sage ich schnell. »Ich habe uns ein Auto besorgt, aber ich kann dich ohne deine Hilfe nicht bewegen. Kannst du für mich da rübergehen?«

Sein Kiefer spannt sich an, aber er nickt.

»Gut, los geht's. Komm schon.« Ich bewege den Sitz in eine sitzende Position und helfe ihm aus dem Auto. Er ist unsicher auf den Beinen, lehnt sich schwer auf meine Schultern, aber irgendwie schaffen wir es zu dem anderen Auto.

Sein Gesicht ist grünlich-weiß, als ich ihm hineinhelfe, aber er klammert sich mit jedem Hauch seines eisernen Willens an sein Bewusstsein. »Die Waffen«, krächzt er, während er sich schwer auf den Beifahrersitz fallen lässt. »Unter dem Rücksitz. Hol sie.«

Wir haben Waffen?

Ich bin nicht annähernd so überrascht, wie ich es sein sollte.

Als ich Peter im Toyota zurücklasse, springe ich zurück und versuche, den Rücksitz des Mercedes anzuheben. Das ist nicht besonders einfach, aber schließlich bekomme ich es hin – und starre auf das Arsenal im Inneren.

Neben Pistolen und Sturmgewehren gibt es Granaten und etwas, was wie ein Raketenwerfer aussieht.

Ich kann das unmöglich alles über die Parkplatzreihe tragen, ohne dass mich jemand entdeckt und Alarm schlägt.

Dann habe ich eine Idee.

Ich schnappe mir die Erste-Hilfe-Vorräte, laufe zurück, lege sie auf den Rücksitz des Toyotas und ziehe dann die Laken unter ihnen hervor, um damit zum Mercedes zurückzueilen. Die Waffen sind schwer, also muss ich dreimal gehen, aber ich bringe alles in Laken verpackt in den Toyota.

»Alles erledigt«, sage ich zu Peter, während ich hinter das Steuer rutsche und vor der Anstrengung keuche, aber er antwortet nicht.

Er ist wieder ohnmächtig geworden.

Ich beuge mich hinüber und stelle seine Lehne nach unten, damit er sich ausruhen kann und durch die Fenster nicht gesehen wird.

Dann atme ich tief durch und fahre vom Parkplatz in Richtung Hütte.

3 4

Sara

ICH ERINNERE MICH AN PETERS WARNUNG ÜBER DIE GESCHWINDIGKEIT, also fahre ich vorsichtig und befolge jede Verkehrsregel und jedes Tempolimit. Peters Telefon ist gesperrt, und ich kann ihn nicht wecken, also benutze ich eine Kombination aus Verkehrsschildern und meine eigenen vagen Kenntnisse über die Gegend, um uns auf den von ihm erwähnten Feldweg zu manövrieren.

Ich denke nicht an meine Eltern oder den Mann, den ich so rücksichtslos getötet habe. Ich kann nicht – nicht, solange ich durchhalten muss. Stattdessen konzentriere ich mich darauf, uns ohne Pausen an unser Ziel zu bringen. Als wir in den Wald biegen, steht meine Blase kurz vor dem Platzen, also fahre ich an den Rand und stelle mich hinter einen Baum. Die ältere Dame hat eine kleine Flasche Handdesinfektionsmittel im Auto, und ich benutze es, bevor ich weiterfahre, während ich versuche, nicht daran zu denken, was passieren wird, wenn wir erst einmal in der Hütte sind.

Trotz meiner Bemühungen wirbeln mir gefährliche Fragen im Kopf herum.

Was werden wir tun, wenn Peters Wunden sich entzünden?

Wird es in der Hütte Essen und Trinken geben?

Und die schlimmste von allen: wie lange können wir dort bleiben, bis wir gefunden werden?

Weil sie uns finden werden. Ich kann mir nicht vormachen, etwas anderes zu glauben. Wir hatten bisher Glück, aber wir sind dem FBI nicht gewachsen. Oder zumindest bin *ich* kein Gegner. Peter hatte es seit Jahren mit Hilfe seiner Unterweltverbindungen geschafft, die Gefangennahme zu vermeiden.

Ich habe es noch nie bereut, dass ich keine Kriminellen in meinem sozialen Umfeld hatte, aber jetzt tue ich es. Keiner meiner Freunde oder Bekannten kann uns helfen – nicht ohne selbst in Schwierigkeiten mit dem Gesetz zu geraten. Abgesehen von meinem Mann sind die einzigen Leute mit den richtigen Fähigkeiten und Kontakten, die ich kenne, seine ehemaligen russischen Teamkollegen, und sie sind nicht einmal ansatzweise in der Nähe …

Moment mal.

Ich habe Yans E-Mail-Adresse.

Er hat mir zu unserer Hochzeit gratuliert.

Mein Puls rast, und die Aufregung brodelt durch meine Adern, bevor ich mich an eine wichtige Tatsache erinnere.

Ich habe keine andere Möglichkeit, eine E-Mail zu senden, als Peters Telefon zu benutzen, aber dafür muss Peter zu Bewusstsein kommen, um es zu entsperren.

Ich blicke zu ihm hinüber, und meine Brust zieht sich bei der grauen Blässe seines Gesichts zusammen. Er sollte in einem Krankenhaus sein, mit einer Infusion mit Antibiotika und Flüssigkeiten, ohne auf einer mit Schlaglöchern übersäten Straße herumgerüttelt zu werden.

Wenn er stirbt, wird es meine Schuld sein.

Weil ich ihn vor den Behörden verstecken wollte, anstatt ihn ins Krankenhaus zu bringen.

Ein Schild »Privateigentum« taucht vor uns auf, vor einem großen, umzäunten Grundstück mit einem hölzernen Tor, das die Zufahrt blockiert. Das muss unser Ziel sein, es sei denn, ich bin irgendwo falsch abgebogen.

Ich halte das Auto an und steige aus, um das Tor zu öffnen. Aber eine Kette mit einem Schloss hindert mich daran. Ich ziehe an dem rostigen Schloss und will nicht glauben, dass wir nach allem, was wir durchgemacht haben, an etwas so Dummem scheitern könnten.

Während ich versuche, meine Frustration in den Griff zu bekommen, gehe ich zum Auto zurück und versuche, Peter wachzurütteln. Vielleicht hat er den Schlüssel irgendwo versteckt bei sich.

Er reagiert nicht, egal wie sehr ich ihn anflehe und bettele, und als ich seine Stirn fühle, ist sie heiß und feucht.

Mein Magen zieht sich schmerzhaft zusammen.

Ein so frühes Fieber verheißt nichts Gutes.

Mit zitternden Händen suche ich ihn überall ab und hoffe gegen alle Vernunft, dass er einen Schlüssel in einer der Taschen versteckt hat. Aber es gibt nichts anderes als sein Handy und die Waffe, die an seinem Knöchel befestigt ist.

Erschöpft sinke ich neben der Beifahrerseite des Autos auf den Boden.

Es ist hoffnungslos.

Ich weiß nicht, wie man das macht.

Was habe ich mir dabei gedacht, zu flüchten? Peter ist derjenige mit dem Wissen und den Fähigkeiten, nicht ich. Ich komme nicht einmal durch ein dummes Tor. Wenn er an meiner Stelle wäre, würde er wahrscheinlich das Schloss knacken oder es abschießen oder in die Luft jagen oder …

Natürlich, das ist es.

Ich muss über meinen geradlinigen und engen Horizont hinausdenken.

Ich springe hoch, kontrolliere Peters Sicherheitsgurt und sprinte zurück zum Fahrersitz.

Ich rutsche hinter das Lenkrad, fahre das Auto zurück, bis wir etwa fünfzig Meter vom Tor entfernt sind, und dann trete ich das Gaspedal durch.

Der Toyota springt nach vorne.

Wir treffen mit 100 km/h auf das Tor und schlagen das alte Holz aus den Angeln.

Ein Stück vom Tor zerstört die Windschutzscheibe, als es auf ihr aufschlägt, aber keiner der Airbags wird aktiviert, und ich trete auf die Bremse und grinse triumphierend, als wir mit einer gemäßigteren Geschwindigkeit die Straße hinunterfahren.

Sara 1, dummes Tor 0.

Ich schaue hinüber, um nach Peter zu sehen, und meine Freude verblasst, als ich einen frischen Blutfleck sehe, der sich an seiner Seite über sein Hemd ausbreitet.

Seine Nähte müssen gerissen sein, entweder durch den Aufprall auf das Tor oder generell durch die raue Fahrt.

Ich muss uns in diese Hütte bringen, damit ich ihn sofort behandeln kann.

Die Fahrt dorthin scheint ewig zu dauern, obwohl ich realistisch gesehen weiß, dass es nicht viel mehr als ein Kilometer sein kann.

Endlich sehe ich sie.

Eine Holzhütte, umgeben von Bäumen.

Ich zittere vor Erleichterung, halte vor der Tür und laufe zur Hütte.

Überraschung, Überraschung.

Die Vordertür ist verriegelt.

Aber diesmal bin ich vorbereitet. Ich schnappe mir einen großen Stein, gehe zu einem Fenster und schlage ihn, so fest ich kann, dagegen. Die Fensterscheibe zerbricht, überall fliegen Glasscherben herum, und ich benutze den Stein, um die schärfsten Kanten des restlichen Glases zu entfernen. Dann klettere ich hinein und ignoriere das Blut, das über meine Arme tropft.

Ich werde mich später um meine eigenen Verletzungen kümmern. Im Moment hat Peter Priorität.

Ich gehe zur Vordertür, schließe sie auf, und während ich hinausgehe, zermartere ich mir das Gehirn darüber, wie ich ihn hineinbringen soll. Es wäre erstaunlich, wenn er noch einmal aufwachen und diese unmögliche Willenskraft nutzen würde, um tatsächlich selbst hinüberzugehen, aber seinen fehlenden Reaktionen nach zu urteilen, rechne ich nicht damit. Vielleicht kann ich ihn auf das Laken rollen und dann das hineinziehen, oder …

Mein Blick fällt auf eine alte Schubkarre. Sie lehnt neben einer rostigen Axt an dem Haus.

Sie muss da stehen, um gehacktes Holz zu transportieren.

Ich gehe hinüber, nehme die Griffe in die Hand und teste dann die Schubkarre, indem ich sie hin- und herrolle. Die Räder knarren, scheinen aber zu funktionieren.

Ich schiebe sie zum Auto und drehe sie so, dass die Griffe in der offenen Tür auf dem Boden aufliegen. Dann packe ich Peters Knöchel, grabe meine Absätze in den Boden und ziehe mit aller Kraft.

Er bewegt sich ein paar Zentimeter.

Ich knirsche mit den Zähnen und ziehe erneut.

Dann wieder.

Und noch einmal.

Als er halb über der Schubkarre hängt, gehe ich zur Fahrerseite, um ihn von dort aus weiterzuschieben, und mein Herz schmerzt, weil er vor Qualen stöhnt. »Nur noch ein bisschen, mein Liebling«, verspreche ich leise, und mit einem letzten Stoß schiebe ich ihn in die Schubkarre.

Der erste Schritt ist vollbracht.

Jetzt muss ich ihn ins Haus bringen und auf ein Bett legen.

eter

MEINE WELT BESTEHT AUS FEUER UND SCHMERZEN, VERMISCHT MIT einer sanften Stimme und beruhigenden Händen. Die Qualen sind beinahe unerträglich, aber wenn diese Stimme in meiner Nähe ist und diese kühlen, zarten Finger über meine kochende Stirn streicheln, kann ich alles vergessen.

Ich kann mich einfach auf sie konzentrieren.

Sara, mein Ptichka. Ich weiß sogar in den Tiefen meines Deliriums, dass sie es ist. Was auch immer mit mir passiert, sie ist da, berührt mich, spricht mit mir, flößt mir Wasser ein. Oft stellt sie mir Fragen, und ihre melodiöse Stimme klingt verzweifelt und flehend, aber ich kann ihr nicht antworten, kann nichts anderes tun, als meinen Kopf zu dieser Stimme zu drehen und den flüchtigen Trost genießen, den ihre Berührung spendet.

Nach einer Weile gibt sie auf, ihr Ton wird resigniert, und das gefällt mir, wenn auch nicht so sehr wie wenn sie mir beruhigende

Worte flüstert und ihre Stimme so weich und sanft ist wie die Küsse, die sie auf meine aufgeplatzten und brennenden Lippen drückt.

Sie geben mir ein gutes Gefühl, diese Küsse – zumindest bis ich in der Dunkelheit versinke, und die Dämonen kommen, ihre Tentakel um meine Brust wickeln und ihre glühenden Schürhaken in mich bohren. Meine Seite, mein Arm, meine Wade – sie fallen erbarmungslos über mich her und verbrennen mein Fleisch bis auf die Knochen.

Pascha ist auch da, sein halber Schädel fehlt, und sein Gehirn schaut grotesk unter den glänzenden Wellen seines dunklen Haares hervor. »Papa!«, ruft er, hüpft auf mir herum, treibt die heißen Schürhaken tiefer hinein und bohrt sie bis ins Herz.

»Bitte, Peter, bleib bei mir«, fleht Saras Stimme, und ich halte mich an ihr fest, bekämpfe die Dämonen in der Dunkelheit, kämpfe gegen ihren Griff.

Weitere Küsse kommen. Ihre Lippen sind kühl und nass, seltsam salzig. Wie Tränen. All diese Tränen, die sie meinetwegen vergossen hat. Aber warum weint sie schon wieder? Das will ich nicht. Ich möchte in ihre Fürsorge eintauchen und ihre Liebe genießen, nicht ihre Tränen. Sie hatte gegen mich gekämpft, aber jetzt gehört sie mir. Ich muss mich um sie kümmern und sie beschützen. Aber ich kann nichts anderes tun, als zu verbrennen, weil das Feuer mich verschlingt, mich verzehrt, meinen Verstand mit dem Schmerz ausschaltet.

»Bitte, mein Liebling. Sag mir das Passwort. Ich muss dein Handy entsperren.«

Die Worte sollten Sinn ergeben, aber das tun sie nicht, da die Laute von meinem Gehirn abprallen wie Sonnenlicht von einem See.

»Papa, willst du meinen Truck sehen?« Pascha ist zurück, um auf mir zu springen, und seine kleinen Füße sind wie eine Abrissbirne, die in meine Seite schlägt. »Willst du, Papa? Willst du?«

Ich öffne meinen Mund, um zu antworten, aber die dämonischen Tentakel umschlingen meinen Hals und würgen mich mit einem Lasso aus Feuer.

»Bitte, mein Liebling …« Zarte Hände gleiten über mein Gesicht und meinen Hals und kühlen die Verbrennung im Inneren. »Bitte, du musst mir das Passwort geben, damit ich Hilfe holen kann.«

»Papa. Papa. Spiel mit mir.«

»Das Passwort, Peter, bitte. Es ist unsere einzige Chance.«

»Geh nicht, Papa.«

»Bitte, Liebling. Ich brauche dich. *Unser Baby* braucht dich.«

»Bitte, Papa. Ich werde lieb sein. Ich verspreche es, Papa. Ich werde lieb sein.«

Die Qualen sind unerträglich. Es fühlt sich an, als würde ich zerbrechen, und die brennenden Tentakel verwandeln sich in Peitschenhiebe, während ich tiefer in die Dunkelheit falle.

»Bleib bei mir, Peter. Bitte, mein Liebling …« Die salzige Nässe ist wieder auf meinen Lippen, die Stimme zieht mich hoch und schützt mich vor den Dämonen. »Ich liebe dich, und ich kann das nicht ohne dich tun. Bitte … Ich kann nicht auch noch dich verlieren.«

Etwas tanzt auf meiner Zungenspitze, etwas Wichtiges, an das ich mich erinnern muss. Etwas, was mein Ptichka braucht.

Vier Zahlen schweben in meinem Bewusstsein nach oben, und ich ergreife sie mit Mühe.

Es ist ein Geburtstag.

Der Geburtstag von meinem Freund Andrey.

Wir haben ihn immer in diesem schrecklichen Lager gefeiert.

»Eins, fünf, null, sechs«, flüstere ich – oder ich versuche es. Meine Zunge will nicht gehorchen. Ich versuche es noch einmal, mit meiner letzten Kraft. »Adin pjat' nul' szest'. Ptichka, passvord den' rozhden'ye Andreya.«

36

S ara

ZITTERND STEHE ICH AUF, ALS PETER IN FIEBRIGES RUSSISCH VERFÄLLT und unbekannte Worte murmelt, die mit dem Namen seines Sohnes vermischt sind, wie er es schon seit Stunden tut. Trotz meiner Bemühungen verschlechtert sich sein Zustand rapide, und ich weiß, dass er es nicht schaffen wird, wenn ich keine stärkeren Antibiotika in seinen Körper bekomme.

Die Wirkung des Penizillins, das ich aus dem Krankenhaus gestohlen habe, ist begrenzt.

Die Holzwände um mich herum schwanken, als ich zum Waschbecken gehe und mit einem kühlen, nassen Handtuch zurückkehre – das Einzige, was ihm zu helfen scheint. Ich setze mich auf den Rand des Bettes, streiche es über sein Gesicht, seinen Hals und seine Brust und wische den klebrigen Schweiß weg. Mein Arm zittert vor Erschöpfung, meine Augen brennen vor Tränen, aber ich höre nicht auf.

Ich kann nicht – nicht, solange es noch einen Funken Hoffnung gibt.

Mein ganzer Körper schmerzt, mein Rücken krampft von der Anstrengung, Peter von der Schubkarre auf dieses Bett zu ziehen. Es ist nach Mitternacht, und das Einzige, was ich gegessen habe, ist die einsame Dose Hühnernudelsuppe, die ich vor einer Stunde in einem Schrank gefunden habe. Ich habe versucht, ihn zu füttern, aber ich konnte ihn nur dazu bringen, zwei kleine Schlucke zu nehmen. Den Rest habe ich gegessen. Nicht für mich selbst, sondern für das Baby.

Peters Kind braucht die Nährstoffe.

Die Suppe war nicht sehr kalorienreich, aber sie hat mir ein wenig Energie gegeben – genug, um wieder zu versuchen, Peter zu überreden, mir das Passwort zu geben.

Ich scheitere, wie schon die vorherigen zwanzig Male, aber Peter scheint mich bei diesem Versuch zumindest zu verstehen. Er murmelt »Ptichka« und sagt etwas über ein Passwort mit einem starken russischen Akzent. Oder vielleicht hat er es sogar auf Russisch gesagt. Soweit ich weiß, ist es in beiden Sprachen dasselbe Wort.

Meine Sicht verschwimmt wieder vor Tränen. Es war ein Fehler, hierherzukommen. Ich hätte dieses Risiko nicht eingehen sollen. Selbst in einem sterilen Krankenhaus sind Schusswunden anfällig für Komplikationen, und angesichts dessen, wie viel Blut Peter verloren hat und wo ich ihn behandeln musste, war eine Infektion fast unvermeidlich.

Wenn ich ihn ins Krankenhaus gebracht hätte, hätte er seine Freiheit verloren, aber er hätte vielleicht überlebt.

»Es tut mir leid«, flüstere ich und drücke meine Lippen an seine brennende Stirn. Sein Körper kämpft gegen die Infektion und tötet sich dabei selbst. »Es tut mir so leid. Alles.«

Und das tut es wirklich. Es tut mir leid, dass ich meine Liebe für ihn nicht früher zugegeben habe, dass ich seiner Liebe so lange widerstanden habe. Es schien mir damals wichtig zu sein, nicht meinen Gefühlen für Georges Mörder nachzugeben. Es schien moralisch korrekt zu sein. Aber jetzt sehe ich meinen Widerstand als das, was er war.

Feigheit.

Ich hatte Angst, mich in Peter zu verlieben, und hatte Angst, nachzugeben und ihn zu lieben. Ich hatte Angst, dass ich ihn verlieren würde, wenn ich ihn in mein Herz lassen würde.

So wie ich George an die Flasche verloren hatte.

So wie ich unweigerlich meine Eltern verlieren würde.

Weitere Tränen strömen über mein Gesicht und brennen an meinem Hals. Das ist eine Sorge, die ich nicht mehr haben muss.

Sie sind tot.

Das Schlimmste ist geschehen.

Ich kann immer noch nicht verstehen, was passiert ist, kann das Entsetzen, das ich gefühlt habe, als ich dabei zugesehen habe, wie Mamas Gehirn vor mir weggeblasen wurde, nicht verarbeiten – genauso wenig wie die Tatsache, dass ich selbst geschossen habe. Ich habe nicht gezögert, habe kein Bedauern gespürt, als ich den Beamten getötet habe, der meine Mutter erschossen hat – nur diese schreckliche Taubheit. Es ist, als hätte jemand meinen Körper erobert, jemand, der rücksichtslos und kalt ist … und mächtig.

Gott, ich habe mich so mächtig gefühlt.

Ist es dasselbe für Peter? Wenn er tötet, schaltet er dann den Teil von sich selbst aus, der ihn menschlich macht, und übernimmt dann diese Macht? Ich hatte mich immer gefragt, wie jemand mit einer so tiefen Fähigkeit zur Liebe und Fürsorge ohne Reue ein Leben nehmen konnte, aber ich verstehe es jetzt.

Unter der Oberfläche sind wir alle Monster. Einige von uns haben einfach nie die Chance, es zu entdecken.

Seine aufgeplatzten Lippen bewegen sich, und ich greife nach einer Schüssel Wasser. Ich tauche ein sauberes Handtuch ein, lasse die Flüssigkeit über seinen Mund laufen, tropfenweise, damit er nicht erstickt. Das Fieber, das durch seinen Körper fließt, dehydriert ihn, tötet ihn vor meinen Augen, und es gibt nichts, was ich tun kann.

Selbst wenn ich ihn ins Krankenhaus bringen wollte, würde er eine Rückfahrt auf diesem holprigen Feldweg nicht überleben – und ohne Zugang zu seinem Telefon kann ich von hier aus niemanden anrufen oder per E-Mail um Hilfe bitten. Ich kann auch nicht irgendwo hinfahren, um das zu tun.

Ich kann Peter nicht stundenlang allein lassen, wenn er so krank ist.

Er murmelt wieder, und sein Kopf schlägt aufgeregt von einer Seite zur anderen, während er einen Satz auf Russisch wiederholt. Es klingt wie das, was er vorher gesagt hat, als ich dachte, dass er mich vielleicht verstanden hat.

»Adin pjat' nul' szest'. Den' rozhden'ye Andreya, Ptichka.« Seine heisere Stimme ist kaum zu hören. »Adin pjat' nul' szest'.«

Ich beuge mich über ihn und drücke meine Stirn an seine. »Was bedeutet das, Liebling?«, flüstere ich und drücke meine Augen zu, um einen frischen Tränenstrom abzuhalten. »Was versuchst du mir zu sagen?«

Es ist etwas vage Vertrautes an diesem Satz, oder zumindest an den einzelnen Wörtern. Kenne ich sie? Ich muss mich daran erinnern, was mir Peters Teamkollegen in Japan beigebracht haben. *Spasibo* – das ist »Danke« auf Russisch. *Vkusno* – das bedeutet »köstlich«. Ilya sagte mir auch, wie man die Namen bestimmter Lebensmittel sagt, und Anton fing an, mir das Alphabet beizubringen und die Zahlen bis zehn.

Ich setze mich aufrecht hin, elektrisiert. Das ist es! Deshalb kommen mir einige dieser Wörter bekannt vor.

Das sind Zahlen auf Russisch.

»Peter, Liebling, ist das das Passwort?« Meine Stimme zittert, als ich mich wieder über ihn beuge und sein schweißgebadetes Haar glätte. »Sagst du gerade auf Russisch, wie ich dein Handy entsperren kann?«

Er scheint mich nicht zu hören, und seine Aufregung lässt nach, als er tiefer in der Bewusstlosigkeit versinkt. Mit einem beruhigenden Atemzug versuche ich, mich an die spezifischen Worte zu erinnern, die er gesagt hat, und daran, wie man auf Russisch bis zehn zählt. Es gibt einen fast musikalischen Rhythmus, wenn ich mich recht erinnere. *Adin, dwa, tri,* und so weiter …

Okay, dann. Also ist *Adin* eins, und ich bin mir ziemlich sicher, dass Peter das gesagt hat.

Es war das erste Wort vor etwas, was wie »Null« und »Tschest« klang.

Ich zerbreche mir den Kopf und versuche mich daran zu erinnern, wie Anton den Rest der Zahlen ausgesprochen hat. *Adin, dwa, tri …* war es *Tschet*-nochwas? *Pet*-nochwas? …

Nein, fünf war *pjat'* – das ist es, was Peter als zweites Wort gesagt hat.

Ich versuche, meine Aufregung zu unterdrücken, aber mein Herz rast unkontrolliert. Ich kenne zwei der Zahlen immer noch nicht, aber ich kann eine Vermutung über eine von ihnen anstellen.

Einige russische Wörter sind ähnlich wie Englisch, was bedeutet, dass das, was wie »null« klingt, auch »null« bedeuten könnte.

Okay, dann. Eins, fünf, null, unbekannt, – das sind drei von vier. Ich kann die unbekannte Nummer mit Gewalt erraten … wenn sich Peters Telefon nicht nach zu vielen falschen Versuchen sperrt.

Ich springe hoch, schnappe mir das Telefon, und als ich anfange, die Null einzugeben, sehe ich alle zehn Zahlen vor mir.

Adin, dwa, tri, czetyrie, pjat', szest', siem', wosiem', dziewiat', dziesjat'.

Ich kann fast Antons Stimme hören, wie er sie mir vorsagt.

Ich halte den Atem an und gebe eins, fünf, null und sechs ein.

37

Henderson

Meine Hand schlägt aus und fegt die Porzellanpferde aus dem Regal – Bonnies idiotische Sammlerstücke, die sie mit uns um die ganze Welt schleppt. Sie zerbrechen mit einem befriedigenden Knall, aber das reicht nicht aus, die in mir brennende Wut zu unterdrücken.

Noch nicht gefunden.

Die Worte auf meinem Computerbildschirm verspotten mich und fressen mich von innen heraus auf.

Die Fahndung läuft weiter, aber der Flüchtige ist noch nicht gefunden, heißt es in der E-Mail meines CIA-Kontaktes.

Wie zum Teufel ist das möglich?

Wie konnten sie nur entkommen?

Nach Angaben der SWAT-Beamten, die die Schießerei überlebt haben, war Sokolov mindestens zweimal angeschossen worden – und es gibt Aufnahmen, die zeigen, dass seine Frau einige Vorräte aus einem Krankenhaus gestohlen hat, also musste er zu schwer verletzt worden sein, um zu riskieren, dort anzuhalten. Doch von den beiden ist keine Spur zu finden – auch nicht von dem Auto, das sie im selben Krankenhaus gestohlen hat, obwohl die Polizei glaubt, dass sie es vielleicht bald aufspüren können.

Inkompetente Bastarde. Das war so nicht geplant. Sokolov hätte bei der Verhaftung getötet werden sollen.

Diese Scharfschützenschlampe, Mink, wurde gut bezahlt, um das zu gewährleisten.

Wenn Sokolov es aus dem Land schafft, ist es nur eine Frage der Zeit, bis er herausfindet, was passiert ist und mich und meine Familie verfolgt – und das kann ich nicht zulassen.

Er muss bei der Gefangennahme getötet werden, aber dafür muss er zuerst gefunden werden.

Ich rolle meinen Hals von Seite zu Seite, um die kneifenden Schmerzen zu lindern, und verfasse eine Antwortmail an meinen Kontakt.

Es ist an der Zeit, dass sie das Netz erweitern, indem sie Interpol und den Rest hinzuziehen.

3 8

Sara

Ich gehe auf wackeligen Beinen durch die Hütte und schaue alle fünf Sekunden aus dem zerbrochenen Fenster. Draußen ist es stockdunkel, und die Stille wird nur durch die üblichen Waldgeräusche unterbrochen.

Trotzdem schaue ich mich weiter um und lausche, ob ich Polizeihubschrauber höre.

Es ist jetzt fast sechzehn Stunden her, seit ich das Auto aus dem Krankenhaus gestohlen habe. Inzwischen müsste sein Besitzer bemerkt haben, dass es fehlt und es bei der Polizei als gestohlen gemeldet haben. Wenn sie unseren Mercedes auf dem Parkplatz entdeckt haben – und ich wäre mehr als überrascht, wenn sie es nicht getan hätten –, müsste jetzt jeder Polizeibeamte in der Gegend nach dem blauen Toyota und den Flüchtlingen darin suchen.

Es ist nur eine Frage der Zeit, bis sie unsere Hütte finden.

Wenn Yan nicht bald hierherkommt, wird alles umsonst gewesen sein.

Ich schaue mir das Telefon noch einmal an und lese seine E-Mail zum fünfzehnten Mal. Ich sollte die Batterie schonen, aber ich kann nicht anders. Die fünf Worte auf dem Bildschirm sind das Einzige, was mich am Leben hält.

Wir sind auf dem Weg.

Das ist alles, was Yan geantwortet hat, als ich ihm eine E-Mail geschickt habe, in der ich ihm unsere Situation erklärt und unseren Aufenthaltsort verraten habe. Er wusste genau, was gerade passiert war, denn er hat in weniger als einer Minute geantwortet.

Wir sind auf dem Weg. Das ist alles. Keine Einzelheiten, nicht einmal eine grobe Zeitspanne. Ich habe keine Ahnung, ob er in Minuten, Stunden oder Tagen hier sein wird.

Soweit ich weiß, sind es eher Wochen.

Es war eine weitere qualvolle Wahl gewesen, als ich das Telefon freigeschaltet hatte: Besser den Notruf anrufen, um Peter die medizinische Versorgung zu besorgen, die er so dringend braucht, oder Yan zu kontaktieren und den Wahnsinn mit der Flucht fortzusetzen. Am Ende bin ich meinem Instinkt gefolgt, und als ich den Browser des Telefons betrachtete, nachdem ich Yans Antwort erhalten hatte, war ich froh, dass ich mich dafür entschieden hatte.

Unsere Gesichter sind jetzt überall in den Nachrichten, sowohl meines als auch Peters. In allen Medien, egal ob klein oder groß, wird unser Leben online seziert, und die Artikel werden ständig mit neuen Details über unsere Hochzeit und Spekulationen über unsere Beziehung aktualisiert. In einigen werde ich als Opfer einer Gehirnwäsche dargestellt, in anderen bin ich von Anfang an mitschuldig. Wenn es um Peter geht, gibt es jedoch keine Unklarheiten.

In jeder Geschichte ist er der Bösewicht.

»Sie sagte mir, dass er ihren ersten Mann getötet hat«, wird Marsha in *der Chicago Tribune* zitiert. »Dass er sie gefoltert und verfolgt hat, bevor er sie entführte. Sie war monatelang weg, und als sie zurückkam, war sie völlig durcheinander. Er muss sie irgendwie einer Gehirnwäsche unterzogen haben, denn als er wieder auftauchte, hat sie ihn geheiratet. Innerhalb von Tagen. Sie hat geleugnet, dass er es war – er hatte irgendwie seinen Nachnamen geändert –, aber sie konnten mich nicht täuschen. Ich habe von Anfang an die Wahrheit vermutet.«

Meine Bandkollegen sind ebenfalls interviewt worden. »Er ist einfach aus dem Nichts aufgetaucht«, zitiert die *New York Times* Phil. »Monatelang kannten wir sie alle als schüchterne, zurückhaltende Witwe, und dann heiratet sie plötzlich diesen mysteriösen Russen. Sie hat uns gesagt, dass sie sich heimlich verabredet hätten, aber ich habe immer gedacht, dass an dieser Geschichte mehr dran ist. Und er war so besitzergreifend. Gefährlich besitzergreifend. Man konnte sehen, dass er jeden töten würde, der es wagte, sie einen Moment zu lange anzusehen. Er hatte einfach diese tödliche Aura um sich herum.«

Ich lese mir diese Artikel durch und suche nach der Erwähnung irgendeines spezifischen Beweises, der Peter mit dem Bombenanschlag verbindet, aber es gibt nichts – und es gibt auch nichts über seinen wirklichen Hintergrund und seine Motivationen.

Einige Nachrichtenagenturen behaupten, dass er ein russischer Spion ist und dass die Bombardierung Putins inoffizielle Reaktion auf die Sanktionen war. Andere spekulieren, dass Peter ein Attentäter der russischen Mafia ist und dass die Bombardierung mit einer laufenden Untersuchung zu tun hatte. George wird auch als mutiger Journalist erwähnt, dessen Geschichte über die russische Mafia zu seinem Mord führte.

Es gibt nichts über das kleine Dorf Daryevo oder Peters Familie, kein einziges Wort über den schrecklichen Fehler, der zu ihrem Tod führte.

Einige Artikel sprechen über den Tod meiner Eltern und die Reaktionen ihrer Nachbarn auf die Schießerei, aber ich kann mich nicht dazu bringen, diese zu lesen. Jedes Mal, wenn ich es versuche, schließt sich meine Kehle, und mein Herz beginnt in einem unregelmäßigen Rhythmus zu schlagen. Der Schrecken und die

Trauer sind zu mächtig, zu frisch – ebenso wie meine unerträglichen Schuldgefühle.

Ich habe meine Eltern enttäuscht, es versäumt, sie vor der Dunkelheit zu schützen, die ich in ihr Leben gebracht habe, und ich kann mich dem noch nicht stellen, ebenso wenig wie ich mir eine Welt ohne sie vorstellen kann.

Es ist einfacher, alles beiseitezuschieben, es tief in mir einzuschließen und mich auf das Überleben von einem Moment zum nächsten zu konzentrieren – mich um die eine Person zu sorgen, die ich liebe und die noch am Leben ist.

Ich höre auf, hin und her zu gehen, setze mich auf die Kante von Peters Bett und fühle seine Stirn. Er glüht immer noch, weil sein Körper gegen die Infektion ankämpft, die die Wunde in seiner Seite rot und entzündet aussehen lässt.

Ich wechsele seine Verbände, zermahle dann die nächste Dosis Penizillin zu Pulver und gebe sie ihm vorsichtig mit einem Löffel Wasser. Er reagiert fast nicht, aber ich schaffe es, ihm den Großteil der Medizin einzuflößen. Das ist nicht genug – er braucht stärkere Medizin – aber es ist das Beste, was ich im Moment tun kann.

»Halte durch, mein Liebling«, flüstere ich und lege ihm ein feuchtes Handtuch auf die Stirn, um ihn zu kühlen. »Hilfe ist unterwegs. Halte einfach durch, und alles wird gut.«

Es muss gut werden.

Ich kann es nicht ertragen, etwas anderes zu denken.

Ich nicke gerade neben Peter ein, als sich die Haustür mit einem lauten Knarren öffnet.

Die Adrenalinexplosion ist so stark, dass ich auf den Beinen bin, bevor ich das Geräusch überhaupt verarbeiten kann. »Wa…?«

»Wir sind's nur«, sagt Ilya und tritt mit Yan durch die Tür. »Wir müssen los. Jetzt.«

Ich merke, dass ich keuche und eine Hand auf mein wild hämmerndes Herz drücke. »Ihr seid hier. Ihr seid gekommen.«

Yan beugt sich bereits über Peter. »Hilf mir«, befiehlt er seinem Zwillingsbruder, und Ilya eilt zu ihm. Gemeinsam heben sie Peter vom Bett und tragen ihn schnell aus der Hütte.

Mein Gehirn schaltet endlich, und ich hole die Erste-Hilfe-Vorräte und laufe ihnen nach.

Draußen steht ein dunkel gefärbter SUV mit ausgeschalteten Scheinwerfern, aber laufendem Motor. »Geh mit ihm nach hinten«, sagt Yan, während er und Ilya Peter auf den Rücksitz legen und dann nach vorne gehen.

Ich beeile mich, zu tun, was sie sagen. »Es gibt einige Waffen im Toyota«, sage ich atemlos, als Yan sich hinter das Steuer setzt. »Sollen wir sie holen oder …«

»Keine Zeit«, sagt Ilya, als Yan auf das Gas tritt und das Auto nach vorne springt. »Wenn wir es nicht vor acht Uhr morgens aus dem US-Luftraum schaffen, werden sie unser Flugzeug abschießen.«

Ich ziehe einen scharfen Atemzug ein, halte den Mund und konzentriere mich darauf, Peter vor den schlimmsten Erschütterungen zu schützen. Er liegt auf dem Rücksitz mit dem Kopf auf meinem Schoß, und mit jedem Schlagloch, das wir mit voller Geschwindigkeit treffen, habe ich Angst, dass er vom Sitz fliegt und seine Fäden reißen.

Zuerst habe ich keine Ahnung, wie Yan gut genug sehen kann, um ohne Scheinwerfer zu fahren, aber nach ein paar Minuten passen sich meine Augen an, und ich beginne, die Formen von Bäumen und Sträuchern im schwachen Licht des Halbmondes, der durch die Wolken scheint, zu erkennen.

»Wo ist das Flugzeug?« Ich frage, als wir endlich auf eine asphaltierte Straße biegen und das quälende Rütteln aufhört. »Wie weit ist es von hier entfernt?«

»Nicht weit«, sagt Ilya und blickt mich an, als Yan die Scheinwerfer einschaltet – wahrscheinlich, um sich besser in die wenigen Autos einzufügen, die zu diesem Zeitpunkt unterwegs sind. »Nur noch ein bisschen länger, das ist alles.«

»Okay, gut.« Peter murmelt wieder etwas im Fieberwahn, und ich wäre nicht überrascht, wenn zumindest einige seiner Nähte gerissen wären. »Glaubst du, wir können das schaffen?«

»Ruhe.« Yans Befehl ist messerscharf. »Ich darf diese Abzweigung nicht verpassen.«

Ich schweige wieder und lasse ihn sich darauf konzentrieren, uns an unser Ziel zu bringen. Bald biegen wir auf eine weitere unbefestigte Straße ab, und Yan schaltet die Scheinwerfer wieder aus, während wir uns weiter durchrütteln lassen, dass unsere Knochen klappern.

Ich halte Peter so ruhig wie möglich, während ich über sein verschwitztes Haar streichele. Es scheint ihn zu beruhigen, und es hilft mir auch dabei, ruhig zu bleiben. So erleichtert ich auch bin, dass wir nicht mehr allein sind, so weiß ich doch, dass wir es noch nicht geschafft haben. Die Spannung im Auto ist elektrisch, und das Adrenalin in der Luft greifbar.

»*Zdes'*«, sagt Ilya plötzlich, und Yan nimmt eine scharfe Rechtskurve, die mich fast durch den Wagen fliegen lässt. Ich schaffe es, Peters Schultern festzuhalten, aber er stöhnt trotzdem gequält auf, als sein verletztes Bein gegen den vorderen Sitz schlägt.

»Geht es ihm gut?«, fragt Ilya schroff und schaut sich um. Der Himmel beginnt sich mit den ersten Anzeichen des Morgengrauens zu erhellen, und Ilyas rasierter Schädel, dessen blasse Glätte von dem verschlungenen Muster seiner Tattoos durchbrochen wird, schimmert in der dämmerungsähnlichen Dunkelheit.

»Kommt auf deine Definition an«, antworte ich und spreche weiter leise. Ich will Yan nicht noch einmal ablenken. »Er braucht ein Krankenhaus. Unbedingt.«

»Was ist mit dir?« Ilyas tiefe Stimme wird weicher. »Ich habe gehört, was mit deinen …«

»Es geht mir gut.« Mein Tonfall ist härter, als ich es beabsichtigt habe, aber ich kann jetzt nicht in diese Richtung denken, kann keinen

Blick in diesen dunklen Brunnen der Trauer und Verzweiflung riskieren. Ich kann ihn unter der Oberfläche sprudeln spüren, aber solange ich ihn nicht berühre, nicht öffne, kann ich mich davor bewahren, darin zu ertrinken.

Ilya betrachtet mich noch einen Moment lang, dann dreht er sich wieder um und schaut durch die Windschutzscheibe. Ich hoffe, er ist nicht beleidigt, aber selbst wenn er es ist, kann ich nicht genug Energie aufbringen, um mich dafür zu interessieren. Jetzt, da ich nicht mehr dafür verantwortlich bin, uns in Sicherheit zu bringen, kann ich fühlen, wie ich anfange, mich aufzulösen, Faden für Faden aufzudrehen, und ich brauche all meine Willenskraft, um die ausfransenden Enden zusammenzuhalten.

Ich muss stark bleiben.

Wenn nicht für mich selbst, dann für Peter und unser Baby.

Wir fahren weitere holperige zehn Minuten, bevor wir auf eine asphaltierte Straße abbiegen und ich ein recht großes Flugzeug sehe, das ein Dutzend Meter entfernt steht.

»Das ist der Flughafen?« Ich schaue mich um und nehme den Wald um den schmalen Asphaltstreifen herum wahr, der nicht allzu weit in der Ferne zu enden scheint.

»Eher eine illegale Landebahn«, sagt Yan und springt aus dem Auto. »Ilya, hilf mir, ihn rauszuholen.«

Ich gehe ihnen aus dem Weg, als sie Peter aus dem Auto heben und ihn ins Flugzeug tragen. Ich hole die Erste-Hilfe-Ausrüstung, eile ihnen nach und erwarte, dass Anton, Peters Freund und Teamkollege, im Flugzeug wartet.

Zu meiner Überraschung werde ich anstelle von Antons bärtigem Gesicht mit den harten Gesichtszügen von Lucas Kent konfrontiert – dem Waffenhändler, in dessen Haus ich in Zypern zu Gast war. Er steht in der luxuriösen Kabine und hat die Arme vor seiner breiten Brust verschränkt.

»Hallo«, sage ich vorsichtig, und er nickt mir zu, wobei sein kantiges Kinn angespannt ist. Er muss immer noch sauer auf mich sein, weil ich seine Frau Yulia überredet habe, mir bei der Flucht zu helfen.

Das, oder er macht sich nur Sorgen um diese Operation.

»Wir haben weniger als zwei Stunden, bevor die Schicht meines Mannes vorbei ist«, sagt er zu den Zwillingen und bestätigt, dass es zumindest teilweise Letzteres ist. »Legt ihn hierhin«, er nickt in Richtung einer cremefarbenen Ledercouch, »und dann fliegen wir los.«

Die Zwillinge tun, was Kent sagt, und er verschwindet im Cockpit. Eine Minute später beginnen die Motoren zu brüllen, und ich setze mich neben Peter auf die Couch, als das Flugzeug zu rollen beginnt. Yan und Ilya nehmen jeweils einen Platz vorne ein, und ich schaue aus dem Fenster und behalte die Startbahn im Auge. Kent muss ein verdammt guter Pilot sein, um nicht die Bäume vor uns beim Abheben zu berühren.

Anscheinend *ist* Kent ein verdammt guter Pilot, weil wir ohne Probleme an diesen Bäumen vorbeifliegen. Ich höre die kraftvollen Motoren, während wir in einem steilen Winkel ansteigen, und eine Welle der Erleichterung rollt über mich, als ich merke, dass wir in der Luft sind.

Noch nicht über der Grenze, aber zumindest in der Luft.

Als das Flugzeug abhebt, untersuche ich Peters Wunden. Es gibt einige frische Blutungen an seiner Wade, aber die Nähte in seiner Seite und seinem Arm haben gehalten, obwohl die Seite weiterhin entzündet aussieht. Ich gebe ihm eine weitere Dosis zerstoßenes Penizillin mit Wasser und lege frische Verbände an.

Vielleicht bilde ich mir das ein, aber er fühlt sich etwas kühler an, als ich fertig bin, und sein Gesicht sieht entspannter aus. Es ist eher so, als würde er schlafen, als dass er durch das Fieber verrückt wird.

Ich wische mit einem feuchten Handtuch über sein Gesicht und seinen Hals, um ihn noch mehr zu kühlen, und dann küsse ich seine von Stoppeln raue Wange und gehe hinüber zu den Zwillingen.

»Wie geht es ihm?«, fragt Ilya und steht auf. »Wird er es schaffen, bis wir im Krankenhaus sind?«

Ich schlucke einen Klumpen in meinem Hals hinunter. »Ich glaube schon. Also … ja, das wird er.« Ich hatte es nicht zugelassen, zu denken, dass er das nicht könnte, nicht wirklich, aber die schreckliche Möglichkeit war da gewesen, hat in meiner Brust genagt und ein Loch in meinen Magen gebrannt.

»Er ist ein zäher Bastard«, sagt Yan, und seine grünen Augen glänzen, während er sich auf seinem Sitz niederlässt und in seiner perfekt geschnittenen Anzughose und seinem Nadelstreifenhemd aussieht wie ein düsterer Geschäftsmann. »Es braucht mehr als ein paar Kugeln, um ihn zu töten.«

Ich lache zitternd, dann fühle ich Nässe auf meinem Gesicht.

Weine ich gerade?

Ich wische die unerwünschte Feuchtigkeit weg und wende mich verlegen ab, als eine große Hand auf meine Schulter fällt und sie leicht drückt.

»Es ist okay«, sagt Ilya schroff, als ich mich umdrehe, um ihn anzuschauen. »Du hast alles richtig gemacht, *Kroshka*. Dank dir wird er es schaffen.«

»Und euch«, sage ich heiser. Ich habe keine Ahnung, wie er mich gerade genannt hat, aber es klang eher wie ein Kosename als nach einer Beleidigung. »Wenn ihr nicht gekommen wärt …«

»Ja, dann wärt ihr gefickt gewesen«, sagt Yan nüchtern. »Sie organisieren wirklich gerade eine Jagd auf euch beide.«

Ich nicke und unterdrücke ein Zittern. »Das habe ich mir gedacht, als ich die Nachrichten gesehen habe. Ich weiß nicht einmal, wie ich euch danken soll, dass …«

»Dann tu es nicht.« Yan steht auf. »Wir brauchen es nicht.«

Ich lächele und fühle mich etwas unbeholfen. »Das ist sehr nett von dir, aber ich weiß es trotzdem zu schätzen. Ich weiß, was für ein großes Risiko das ist …«

Yan grinst ironisch. »Tust du das? Bist du jetzt ein Experte für das Leben auf der Flucht?«

»Nein, aber ich lerne jeden Tag mehr darüber«, sage ich ruhig. »Also danke. Ich bin euch sehr dankbar dafür, dass ihr gekommen seid, und ich bin mir sicher, Peter auch.« Ich habe keine Ahnung, was Yan vorhat, aber ich habe den nagenden Verdacht, dass er mit mir spielt, wie eine Katze mit einer Maus.

Ich schiebe dieses beunruhigende Bild weg und wende mich an Ilya. »Wo ist Anton?«, frage ich. »Geht es ihm gut?«

»Er ist geschäftlich in Hongkong«, antwortet Ilya. »Er hätte es nicht rechtzeitig geschafft. Wir hatten Glück, dass Kent mit uns in Mexiko war und dass er ein Flugzeug hatte. Andernfalls …« Er zuckt mit den Schultern.

»Oh.« Ich beiße mir auf die Wange. »Ich muss mich auch bei ihm bedanken.«

»Das würde ich nicht«, sagt Yan trocken. »Er ist nicht besonders gut auf dich zu sprechen.«

»Oh.« Also trägt der Waffenhändler mir meine Flucht *immer noch* nach – oder zumindest die Beteiligung seiner Frau daran. »Ich schätze, ich sollte mich zuerst bei ihm entschuldigen.«

»Warum?« Yan sieht kühl amüsiert aus, als er sich gegen die Seite seines Sitzes lehnt. »Weil du eine Gelegenheit gesehen hast und sie genutzt hast? Er hätte an deiner Stelle dasselbe getan.«

»Ja, nun, trotzdem.« Ich wende mich zur Kabine des Piloten, aber Ilya tritt vor mich und versperrt mir den Weg.

»Du musst das nicht tun«, sagt er, mit einem warmen Gesichtsausdruck. »Das ist eine Sache zwischen ihm und Peter.«

»Okay …« Ich wusste nicht, dass es ein bestimmtes Protokoll für diese Dinge gibt. »Ich schätze, dann überlasse ich es ihnen.«

Ich drehe mich um, um zurück zu Peters Couch zu gehen, aber dann erinnere ich mich an etwas Wichtiges. »Wohin genau fliegen wir?«, frage ich und drehe mich wieder zu den Zwillingen um.

»In die Klinik in der Schweiz«, sagt Yan. »Um diesen hier«, er nickt Peter zu, »wieder aufzupäppeln. Und danach … wer weiß.« Er lächelt dunkel. »Die ganze Welt ist jetzt dein Zuhause, Sara Sokolov. Willkommen in unserem Leben.«

TEIL III

eter

ICH WACHE MIT EINEM WOHLIGEN GEFÜHL AUF, DAS MICH VON DEM unangenehmen Ziehen an meiner Seite ablenkt. Weiche Hände streicheln mein Haar, und eine süße Stimme singt eine beruhigende Melodie, die mich wärmt und entspannt.

Ich öffne die Augen und sehe Saras überraschten Blick. Sie sitzt auf der Kante meines Bettes und hält einen Kamm in der Hand, mit dem sie mich offensichtlich gerade kämmen will.

»Du bist wach.« Ihr Gesicht leuchtet auf, als sie aufspringt, sich über mich beugt und den Kamm auf den Nachttisch legt. »Wie fühlst du dich?«

»Gut.« Meine Stimme klingt rau, als hätte ich sie eine Weile nicht benutzt. Mein Mund ist auch trocken, genauso wie meine Kehle. Ich befeuchte meine rissigen Lippen und frage heiser: »Was ist passiert? Wo sind wir?«

Strahlend greift Sara nach einem Glas Wasser, das neben dem Bett steht. »In der Klinik in der Schweiz. Die Ivanov-Zwillinge haben uns rausgeholt.«

Ich scheine viel verpasst zu haben, also sauge ich Wasser durch einen Strohhalm, während ich meine Erinnerungen durchwühle. Ich erinnere mich an die Kugel, die sich durch meine Seite gebohrt hat, und an Sara, die mich in unser Auto gezerrt hat, aber dann werden die Dinge verschwommen, eher wie ein Durcheinander von Eindrücken. Wir müssen irgendwann das Auto gewechselt haben, denn ich erinnere mich vage daran, in einen blauen Toyota eingestiegen zu sein, aber danach wird alles ziemlich verschwommen. Und vor der Schießerei …

»Das Baby.« Ich ergreife ihr Handgelenk, und mein Puls steigt. »Ptichka, du und das Baby, seid ihr …«

»Uns geht es gut.« Sie stellt den Becher Wasser ab und strahlt. »Sie haben mich untersucht, und es geht uns beiden gut.«

Ich atme erleichtert aus, aber dann erinnere ich mich an etwas anderes. »Deine Eltern.« Mein Herz bricht, als ihr Lächeln verschwindet. »Mein Liebling, es tut mir so leid …«

»Nicht.« Sie zieht sich zurück. »Ich will nicht darüber reden.«

Ich beobachte mit schmerzender Brust, wie sie sich abwendet und sich sichtbar sammeln muss. Ich erinnere mich jetzt an mehr, einschließlich des Beamten, den sie erschossen hat.

Mein kleiner Singvogel, der sein Leben der Heilung gewidmet hat, hat einen Mann getötet.

Um mich zu beschützen … und um seine Mutter zu rächen.

Sie hat nicht nur einmal abgedrückt, sondern dreimal.

Ich kann mir nur vorstellen, was ihr gerade durch den Kopf geht, mit ihren toten Eltern und ihrem unwiderruflich verlorenen alten Leben. Ganz zu schweigen von dem Trauma der Schießerei und der darauffolgenden Flucht.

Wie hat sie uns allein da herausgeholt? Ich bin mir sicher, dass Yan nicht mit dem Flugzeug vor dem Haus ihrer Eltern gewartet hat.

»Sara …« Ich ziehe mich in eine sitzende Position und

unterdrücke ein Stöhnen, als meine Seite schmerzhaft protestiert. »Mein Liebling, komm her.«

Sie kommt sofort. »Was machst du da? Leg dich hin. Beweg dich nicht, es ist noch zu früh.«

»Es geht mir gut«, sage ich, aber ich lasse mich von ihr auf das Bett zurückschieben. Ich mag es, wenn sie sich um mich kümmert und ihr hübsches Gesicht besorgt aussieht.

Es ist besser als unterdrückte Trauer.

»Erzähl mir, was passiert ist, nachdem ich ohnmächtig geworden bin«, sage ich, nachdem sie meine Verbände überprüft hat, um sicherzustellen, dass ich keinen Schaden angerichtet habe. »Wie lange sind wir schon hier? Wie konnten wir entkommen?«

Sie holt tief Luft. »Das ist eine ziemlich lange Geschichte. Aber die Kurzversion ist, dass ich uns zu der Hütte gebracht habe, von der du mir erzählt hast, und dann habe ich Yan eine E-Mail von deinem Telefon geschickt. Er hat Kent überredet, und sie kamen mit einem Flugzeug zu uns – die Zwillinge und Kent als Pilot.« Sie holt noch einmal Luft. »Das war vor zwei Tagen.«

Vor zwei Tagen? Ich muss auf der Schwelle zum Tod gestanden haben, um so lange weg gewesen zu sein.

Ich schiebe Kents Beteiligung beiseite und konzentriere mich darauf, alle Details zu erfahren. »Okay, jetzt erzähl mir die lange Geschichte«, sage ich, und dann höre ich verblüfft zu, wie meine gesetzestreue Frau ihr Undercover-Projekt im Krankenhaus und die clevere Art, wie sie uns ein Auto beschafft hat, beschreibt.

»Also ja«, schließt sie, »nachdem ich herausgefunden habe, was du auf Russisch gesagt hast und dein Handy entsperren konnte, habe ich Yan eine E-Mail geschickt, und die Zwillinge kamen ein paar Stunden später. Yan hat gesagt, dass sie gerade in Mexiko waren und mit Kent an einem Deal arbeiteten, als das alles passierte, also ging es nur darum, Kents Flugzeug zu schnappen und rüberzukommen. Oh, und Kents Flugsicherungstypen mit anderthalb Millionen Dollar zu bestechen. Yan sagte, du schuldest ihm das Geld.«

Ich schulde Yan viel mehr als Geld dafür, und er weiß es. Kent auch.

Manipulative Bastarde. Ich werde ihnen eines Tages einige ernsthafte Gefälligkeiten erweisen müssen.

Als ich mein Telefon auf dem Nachttisch bemerke, nehme ich es mir und scrolle durch meine E-Mails, um zu sehen, ob die Hacker irgendwelche Informationen über den Bombenanschlag gefunden haben. Ich muss herausfinden, wie es zu diesem Chaos gekommen ist.

Leider gibt es immer noch nichts, also lege ich das Telefon beiseite und frage Sara: »Wo sind die Zwillinge und Kent? Sind sie noch da?«

»Die Zwillinge sind gestern zu einem Geschäftstreffen nach Genf gefahren, und Kent ist nach Hause geflogen«, sagt Sara. »Anton fliegt aber morgen aus Hongkong hierher, also bin ich mir sicher, dass du ihn und die Zwillinge dann sehen wirst.«

Das ist gut so; ich brauche ihre Hilfe, um diese Situation zu klären, sobald ich herausgefunden habe, was sie verursacht hat. Aber zuerst gibt es etwas Wichtiges, was ich wissen muss.

»Ptichka …« Ich lege meine Hand auf ihr schlankes Knie. »Warum hast du das getan, mein Liebling? Du hättest auf die Ankunft der Behörden warten können und mich die Schuld für diesen Agent übernehmen lassen können. Niemand hätte es jemals herausgefunden, und du hättest mit deinem Leben weitermachen können, deinen Job behalten und …«

»Und *was*?« Sie springt auf und starrt mich an. »Dabei zusehen, wie du verhaftet wirst, während du verblutest? Dich der Gnade von Menschen überlassen, die nicht nur davon überzeugt sind, dass du ein Terrorist bist, sondern dich auch für den Tod ihrer Kollegen verantwortlich machen? Wie kannst du nur denken, dass ich das tun würde?« Ihre Hände ballen sich an ihren Seiten zu Fäusten, und ihr ganzer Körper ist vor Empörung angespannt. »Du bist mein Mann, und ich liebe dich.«

»Ich bin auch der Mann, der dich gefoltert und entführt hat«, erinnere ich sie schief, während zarte Wärme meine Brust erfüllt. Ich hatte nicht an Saras Liebe gezweifelt, nicht wirklich, aber ein Teil von mir muss immer noch gedacht haben, dass sie die Gelegenheit nutzen würde, um sich zu befreien – dass sie, wenn sie sich zwischen mir und ihrem normalen Leben entscheiden muss, Letzteres wählen würde.

Ihre Augenbrauen ziehen sich zusammen. »Ernsthaft? Das willst du jetzt aufwärmen?«

»Nein, mein Liebling.« Ich unterdrücke ein erfreutes Grinsen und klopfe neben mir auf das Bett. Ich sollte ihre Empörung nicht so bezaubernd finden, aber ich kann nicht anders. »Komm her.«

Sie bewegt sich nicht, sondern starrt mich nur mit verschränkten Armen an.

»Okay, dann stehe ich auf und komme zu dir.« Ich bewege mich, als würde ich mich wieder aufrichten, und mit einem frustrierten Schnaufen setzt sie sich neben mich auf das Bett.

»Bleib ruhig liegen«, faucht sie und drückt mich herunter. »Du wirst deine Naht aufreißen. *Nochmal.*« Trotz ihres scharfen Tons sind ihre Hände sanft, als sie sich über mich beugt, um meine Verbände zu inspizieren, und als ich ihren süßen, warmen Duft einatme, regt sich mein Körper und reagiert wie immer auf ihre Nähe.

»Ptichka.« Es gibt eine heisere Note in meiner Stimme, als ich ihr schlankes Handgelenk umschließe. »Mein Liebling, sich mich an.«

Ihre haselnussbraunen Augen schauen mich an, und ich sehe, wie sich ihre Pupillen erweitern, während ich eine Hand auf ihren Hinterkopf lege und ihr Gesicht zu mir nach unten ziehe.

»Warte, du bist noch nicht so weit …«

Ich ersticke ihren atemlosen Protest mit einem Kuss. Ihre weichen Lippen teilen sich mit einem Keuchen, und ich dringe in ihren Mund ein, um ihren süchtig machenden Geschmack und die Art und Weise, wie sie sich anfühlt, zu genießen. Das ist weder der richtige Ort oder die richtige Zeit, aber ich kann mich nicht zurückhalten, als der Hunger, der durch meine Venen strömt, meine Haut so sehr erhitzt, dass es sich anfühlt, als würde sie kochen.

Sie liebt mich.

Sie hat sich für mich entschieden.

Sie hat ihr Leben aufgegeben, um mich zu retten.

Es fühlt sich an, als ob das Fieber wieder zurückkommt, nur dass die Schmerzen verschwunden sind. Ich brenne mit dem Bedürfnis, sie zu haben, diese sanften Hände auf meiner Haut zu spüren. Sie gehört mir, jetzt ohne Vorbehalte, und während ich ihre Hand unter meine Decke führe, fallen die letzten Fesseln unserer dunklen Vergangenheit ab und lassen uns in der Gegenwart verbunden zurück.

Zusammen, egal was passiert.

40

*H*enderson

Ich lächele, als ich die E-Mail lese, die gerade meinen Posteingang erreicht hat.

Abgesehen von Sokolovs unglücklicher Flucht hat mein Plan funktioniert, vor allem in Bezug auf seine Verbündeten. Die Verwendung eines von Esguerra hergestellten Sprengstoffs bei dem Terroranschlag hat die Augen aller für die Gefahr geöffnet, die vom illegalen Imperium des Waffenhändlers ausgeht, und der besondere Schutz, den Esguerra dank seiner Geschäfte mit der US-Regierung genossen hatte, ist aufgehoben. Er und alle seine Mitarbeiter sind jetzt Freiwild, und eine Mannschaft ist bereits auf dem Weg zur Residenz von Lucas Kent auf Zypern.

Noch besser ist, dass Interpol sich eingeschaltet hat, so wie ich es mir erhofft hatte. Die Brüder Ivanov wurden in Genf gesichtet, was bedeutet, dass Sokolov vielleicht nicht weit weg ist. Tatsächlich verfolgt mein Kontakt ein Gerücht über eine Geheimklinik in den

Schweizer Alpen, die sich auf Patienten spezialisiert hat, die mit dem Gesetz in Konflikt stehen.

Wenn alles gut geht, werden die meisten meiner Probleme bald vorbei sein.

In wenigen Stunden werden Kent, Sokolov und zwei seiner russischen Mörderfreunde tot sein, und in Kürze werden die Behörden auch den letzten Killer, Anton Rezov, finden. Dann geht es nur darum, die kriminelle Organisation Esguerras auseinanderzunehmen und den wichtigsten Mann zu bekommen.

Sobald das erledigt ist, wird die Schreckensherrschaft dieser Monster vorbei sein, und meine Familie und ich werden wirklich in Sicherheit sein.

41

S ara

LÄCHELND GEHE ICH DEN FLUR HINUNTER, UND MEINE LIPPEN SIND geschwollen und kribbeln von dem Blowjob, den ich Peter gerade gegeben habe. Ich nehme an, ich hätte so etwas erwarten sollen, angesichts der übermenschlichen Libido meines Mannes, aber er hat mich trotzdem überrascht.

In meinem Kopf passen bettlägerige Patienten und Sex nicht zusammen.

Nicht, dass Peter ein typischer Patient ist. Von dem Moment an, als wir ihn hergebracht und ihm eine Infusion angelegt haben, hat er alle Erwartungen übertroffen – meine und die des Klinikpersonals. Es ist, als ob sein ganzer eiserner Wille sich auf das Gesundwerden gerichtet hätte. Innerhalb weniger Stunden nach unserer Ankunft war sein Fieber verschwunden, und wenn die Ärzte ihn nicht betäubt hätten, um seine Ruhe und Erholung zu unterstützen, wäre er bereits wieder bei Bewusstsein gewesen.

573

Eine Krankenschwester, die mich im Flur überholt, lächelt und sagt Hallo, und ich erwidere beides.

Ich mag das Personal hier. Es ist nett, auch wenn die Patienten einige der schlimmsten Verbrecher sind, die die Menschheit kennt. Nicht, dass ich es mir leisten kann, sie zu verurteilen.

Ich bin jetzt selbst eine Verbrecherin.

Ich habe kaltblütig einen Mann erschossen.

Ich konnte das noch nicht verarbeiten, so wie ich nicht an meine Eltern denken konnte – oder was es bedeutet, dass wir Flüchtlinge sind, und unsere Bilder in den Nachrichten. Ich habe mich stattdessen auf die positiven Aspekte konzentriert und mich gefreut, dass wir beide hier sind, lebendig und frei.

Dass ich Peter und unser Baby noch habe.

Es hilft, gerade alles Schritt für Schritt zu machen, eine Aufgabe nach der anderen zu erledigen. Wenn ich beschäftigt bin, bemerke ich das Ausfransen dieser gefährlichen Kanten oder den wachsenden Druck der Trauer nicht. Ich kann sogar lächeln, obwohl ein Teil von mir innerlich taub bleibt.

Es ist fast so, als hätte ich mit den Schüssen auch etwas in mir getötet.

Indem ich ein Leben nahm, verlor ich ein Stück von mir selbst.

»Hallo, Dr. Sokolov«, sagt Dr. Jart, als ich in sein Büro gehe. »Wie geht es Ihrem Mann?«

»Besser.« Ich lächele den älteren Mann an. »Viel besser.«

Er zieht seine buschigen, grauen Augenbrauen in die Höhe. »Oh? Er ist wach?«

»Definitiv. Obwohl ich ihn vielleicht … erschöpft habe. Als ich ging, schlief er wieder.«

»Das wird er noch häufiger tun«, meint Dr. Jart. »Sein Körper braucht Schlaf, um gesund zu werden.« Er steht auf und geht um seinen Schreibtisch herum. »Aber ich bin mir sicher, dass Sie das wissen.«

»Das weiß ich«, bestätige ich und beobachte, wie er ein riesiges

Buch aus seinem Bücherregal nimmt. Mit seinem mürrischen Äußeren erinnert er mich ein wenig an meinen Chef Bill, obwohl Dr. Jart viel freundlicher ist.

Ich hatte den Arzt letztes Jahr kurz getroffen, als ich zwei Wochen nach dem Autounfall hier verbracht hatte. Als er neulich hereinkam, um nach Peters Wunden zu sehen, erkannte er mich, und wir kamen ins Gespräch. Als er erfuhr, dass ich eine Gynäkologin bin, lud er mich ein, einer Patientin in den Wehen zu helfen – was ich gerne tat, nachdem ich sichergestellt hatte, dass Peter stabil und ruhig war.

Alles, was mich von den Ereignissen der letzten Tage ablenkt, ist herzlich willkommen.

»Wie geht es María?«, erkundige ich mich nach der betreffenden Patientin – der jugendlichen Geliebten eines mexikanischen Drogenbarons, die gestern Zwillinge zur Welt gebracht hat. »Ist sie schon nach Hause gegangen?«

»Sie erholt sich gut … aber nein.« Dr. Jart seufzt. »Gomez will, dass sie mindestens eine Woche lang hierbleibt, und da er bezahlt …« Er zuckt mit den Achseln und geht zurück zu seinem Schreibtisch.

»Ich verstehe.« Im Gegensatz zu einem traditionellen Krankenhaus, das auf Versicherungsleistungen angewiesen ist und sich an strenge Richtlinien in Bezug auf die Aufenthaltsdauer hält, richtet sich diese Klinik an die Superreichen der Unterwelt, und es sind die Patienten – oder derjenige, mit denen die Patienten verbunden sind –, die entscheiden, wann sie ausreichend geheilt sind.

»Also, Dr. Sokolov …« Der Arzt setzt sich hin und betrachtet mich mit durchdringenden dunklen Augen. »Der Grund, warum ich Sie gebeten habe, vorbeizukommen, ist, dass ich etwas mit Ihnen besprechen wollte.«

»Sicher. Was denn?«, frage ich und setze mich ihm gegenüber hin. Ich hoffe, er hat einen weiteren Patienten, bei dem ich helfen kann, während Peter schläft.

Ich muss beschäftigt bleiben, um mich abzulenken.

»Könnten Sie sich vorstellen, sich uns hier anzuschließen?«, fragt

Dr. Jart. »Ich weiß nicht, welche Pläne Sie mit Mr. Sokolov haben, angesichts der«, er räuspert sich, »Umstände, aber wir könnten wirklich eine Ärztin mit Ihrer Spezialisierung gebrauchen. Wie Sie wissen, ist unser Gynäkologe – Dr. Ludwig – hervorragend, aber er ist ein Mann, und einige unserer Patientinnen, besonders aus traditionelleren Kulturen, fühlen sich ein wenig … unbehaglich damit.«

»Oh.« Ich starre den Arzt an. »Danke. Ich … weiß gar nicht, was ich sagen soll.«

Ein Jobangebot – insbesondere eines, das weitestgehend auf meinem Geschlecht basiert – war definitiv nicht das, was ich erwartet hatte. Aber andererseits … warum sollte ich überrascht sein? Es gibt keine politische Korrektheit in meiner neuen, gesetzlosen Welt, in der Gewalt Teil des Geschäfts ist und Frauen als Anhängsel der mächtigen Männer angesehen werden, zu denen sie gehören.

»Ich bin sicher, Sie müssen das mit Mr. Sokolov besprechen«, sagt Dr. Jart, als ich schweige. »Natürlich nur, falls Sie das Angebot interessiert.«

»Natürlich.« Ich unterdrücke die Feministin in mir und konzentriere mich auf die eigentliche Chance – die interessant zu sein scheint. Der Verlust meiner Karriere ist ebenfalls etwas, worüber ich nicht nachdenken wollte, aber ich weiß, dass ich das nicht für immer verdrängen kann. Auf diese Weise könnte ich immer noch eine Ärztin sein – vorausgesetzt, Peter ist damit einverstanden, dass wir hierbleiben.

Soweit ich weiß, plant er, dass wir uns wieder in Asien verstecken.

»Denken Sie einfach darüber nach«, sagt Dr. Jart. »Sie müssen uns nicht sofort – und auch nicht bald – eine Antwort geben. Wir verstehen, dass die Situation«, er räuspert sich wieder, »im Moment ungünstig ist, also lassen Sie sich so lange Zeit, wie Sie brauchen.«

»Danke.« Ich stehe auf und gebe ihm die Hand. »Ich weiß das zu schätzen.« Ich frage mich, wie oft er Jobangebote auf verdächtige Terroristen ausdehnt, die vor dem Gesetz auf der Flucht sind. Er scheint sich mit »der Situation« nicht ganz wohlzufühlen, aber er lässt sich auch nicht davon abschrecken.

Die Personalakten an diesem Ort müssen eine interessante Lektüre sein.

~

NACH DEM GESPRÄCH SCHAUE ICH UNTEN IM CAFÉ VORBEI, UM MIR einen Snack zu holen, und als ich in Peters Zimmer zurückkehre, ist er wach und sucht mich bereits.

»Wo warst du?«, fragt er und drückt sich in eine Sitzposition – diesmal mit deutlich weniger Kraftaufwand. Die Geschwindigkeit, mit der seine Genesung voranschreitet, ist bemerkenswert – entweder das, oder seine Schmerztoleranz ist weit außerhalb des Normalbereichs. Er zuckte nicht einmal zusammen, obwohl die Bewegung an den Stichen in seiner Seite gezogen haben muss.

Ich bin versucht, ihn zu drängen, sich trotzdem wieder hinzulegen, aber ich unterlasse es. Er scheint jetzt viel wacher zu sein, seine grauen Augen sind klar, als er mich anblickt, und ich weiß, dass es nicht mehr lange dauern wird, bis er wieder ganz der Alte ist.

»Ich habe mit einem der Ärzte gesprochen«, sage ich ihm und gehe hinüber, um mich auf seine Bettkante zu setzen. »Er hat mir einen Job angeboten.«

Peters Augenbrauen ziehen sich zusammen. »Hier? An diesem Ort?«

»Ja. Anscheinend brauchen sie eine Gynäkologin.« Ich hebe seine Hand hoch und reibe meinen Daumen über die Schwielen auf seiner breiten Handfläche. »Was denkst du? Wir müssten natürlich in der Gegend bleiben, und ich weiß nicht, wie sicher es ist.«

Kein Job ist es wert, unsere Freiheit zu gefährden.

Peter schweigt für einen Moment und denkt darüber nach. »Das ist keine schlechte Idee«, sagt er schließlich. »Zuerst müssen wir aber herausfinden, wie das alles passiert ist.«

»Du meinst, warum sie denken, dass du für den Bombenanschlag verantwortlich bist?«

Er nickt grimmig, und ich atme tief durch, um die Enge in meiner Brust zu lösen. Ich habe auch schon darüber nachgedacht, und wenn Peter unschuldig ist – was ich glaube –, gibt es nur eine logische Schlussfolgerung.

»Jemand muss dich reingelegt haben«, sage ich. »Vielleicht sogar jemand vom FBI.«

»Ja.« Sein Ausdruck ändert sich nicht. Er muss zur gleichen Schlussfolgerung gekommen sein. »Die Frage ist, wer und warum.« Er greift nach seinem Telefon, wie er es zuvor getan hat, und ich beobachte, wie er schnell durch seine E-Mails scrollt.

»Vielleicht hat das FBI keine wirklichen Verdächtigen, also haben sie beschlossen, dich als Sündenbock zu benutzen«, meine ich, als er eine E-Mail öffnet. »Es steckt wahrscheinlich eine terroristische Organisation hinter der Explosion, aber sie haben beschlossen, es dir anzuhängen. Jemand neben Ryson hat sich vielleicht über den Deal, den du gemacht hast, geärgert, und also als sich die Gelegenheit ergab …« Ich höre auf, weil Peters Gesicht sich in Granit verwandelt.

»Was ist los?«, frage ich, als er weiterliest, ohne etwas zu sagen, und seine Haltung jede Sekunde angespannter wird. Meine eigenen Nackenmuskeln krampfen, und mein Herz rast, als würde ich gleich loslaufen müssen.

Was auch immer in dieser E-Mail steht, es ist nichts Gutes. Das erkenne ich an seinem Gesichtsausdruck.

Er hebt seine Augen, um mich anzuschauen. »Erinnerst du dich an den pensionierten General, von dem ich dir erzählt habe, dem, der für die Daryevo-Operation verantwortlich war?« Seine Stimme hat eine tödliche Weichheit. »Den, den ich versprochen habe in Ruhe zu lassen, im Austausch für Amnestie und Immunität?«

»Ja, natürlich«, sage ich, und mein Magen zieht sich zusammen. »Henderson, richtig?«

»Richtig.« Seine Nasenlöcher beben. »Verdammter Wally Henderson III.«

Ich atme tief ein. »Ist er derjenige, der dahintersteckt?«

»Es sieht so aus.« Ein Muskel zuckt in Peters Kiefer. »Bevor sie mich holen kamen, bat ich unsere Hacker, sich die Explosion anzusehen, weil irgendetwas daran einfach stank. Jetzt haben sie endlich die Ergebnisse geschickt.«

»Sie haben gesagt, dass Henderson dahintersteckt? Aber wie? Warum? Wie konnte er wissen, dass diese Tragödie passieren würde?«

Sie kamen weniger als vierundzwanzig Stunden nach dem Angriff zu Peter. Selbst jemand mit Hendersons Verbindungen würde Zeit brauchen, um Beweise zu liefern, die stark genug sind, um ein SWAT-Team in ein ruhiges Vorstadtviertel zu schicken. Selbst wenn Henderson sich an die Arbeit gemacht hätte, als er von der Explosion erfuhr, hätte es Tage, wenn nicht Wochen dauern sollen, bis …

»Weil er es organisiert hat.« Peters Gesichtsausdruck ist wild. »Der Wichser ist derjenige, der die Bombe gelegt hat.«

Meine Kinnlade klappt nach unten. »Was?«

»Ein Mann, auf den meine Beschreibung passt, wurde am Tag vor der Explosion als Teil einer Hausmeistercrew vor der Kamera beim Betreten des Gebäudes aufgezeichnet.« Peters Stimme ist hart genug, um Steine zu brechen. »Und meine Fingerabdrücke wurden auf einem der Türgriffe aus dem dritten Stock gefunden, der die Explosion unversehrt überstanden hat. Was den Sprengstoff selbst betrifft, so war er ein ganz spezieller, der so gut wie gar nicht aufspürbar ist – deshalb konnte mein Doppelgänger ihn in einer Lunchbox durch die Sicherheitskontrolle tragen. Weißt du, wer Zugang zu dieser Art von Sprengstoff hat?«

Ich starre ihn verwirrt an. »Ich … nein.«

»Das US-Militär. Sie beziehen es direkt vom Waffenhändler, der es herstellt – Julian Esguerra.«

Meine Herzfrequenz steigt wieder an. »Derselbe, der den Deal für dich vermittelt hat? Der Typ, dem du den Gefallen getan hast?«

»Genau der.« Peters Mund verzieht sich. »Also siehst du, wie sie denken konnten, dass ich dafür verantwortlich bin, oder? Das US-Militär kauft jede Charge des Sprengstoffs, den Esguerra herstellt, und er hat eine kilometerlange Warteliste, falls sie doch nicht alles nehmen. Jedoch *könnte* jemand, der den Waffenhändler persönlich kennt, ein Pfund oder so bekommen. Verdammt, man würde wahrscheinlich nicht einmal so viel brauchen. Das ist hochexplosives Zeug – wie eine Atombombe, nur nicht radioaktiv.«

Oh Gott. Ich erinnere mich jetzt daran, dass Peter mit Kent darüber gesprochen hat, als wir zusammen in Zypern zu Abend gegessen haben. Etwas über Uncle Sam und die Produktionsbedingungen für einen nicht aufspürbaren Sprengstoff. War das der fragliche Sprengstoff?

»Also warum …« Ich sammele meine rasenden Gedanken. »Warum glaubst du, dass Henderson dahintersteckt? Könnte es jemand anders gewesen sein – zum Beispiel Esguerra selbst? Du sagtest einmal, dass er dich tot sehen wollte, und er hat die Verbindungen, um das zu ermöglichen, richtig? Oder vielleicht könnte es ein anderer Feind von dir gewesen sein?«

»Weil es überall nach der CIA riecht«, sagt Peter grimmig. »Der Hausmeister, der wie ich aussieht, meine Fingerabdrücke am Tatort, meine Verbindung zu Ryson und die Bombe, die auf seiner Etage losgeht – das ist alles klassische Vorgehensweise. Seit dem Kalten Krieg machen sie es so. Und rate mal, wer, wie Gerüchte besagen, in seiner Jugend ein Undercover-Agent war?«

»Richtig, Henderson.« Ich erinnere mich daran, dass Peter mir das irgendwann einmal gesagt hat. »Aber hat Esguerra nicht auch einige CIA-Verbindungen? Könnte er nicht …«

»Nein.« Peters Kiefer ist angespannt. »Abgesehen von der Tatsache, dass er mich bereits auf tausend verschiedene Arten hätte töten können, wenn er es wirklich gewollt hätte, hatte er keinen Grund, eine für beide Seiten vorteilhafte Beziehung zur US-Regierung zu versauen. Im Moment glauben die Behörden, dass er an dem Bombenanschlag beteiligt war, und sie sind dabei, auch ihn zu verhaften.«

»Oh, das ist … das ist überhaupt nicht gut.« Soweit ich weiß, war Esguerra bis jetzt völlig unantastbar gewesen.

»Nein, ist es nicht«, sagt Peter düster. »Deshalb muss ich jetzt sofort mit Yan sprechen. Die Beschreibungen der anderen Mitglieder der Hausmeistercrew passen nämlich genau zu Anton, Yan und Ilya, bis hin zu den Tattoos auf dem Schädel.«

4 2

eter

ICH LESE DIE E-MAIL VON DEN HACKERN ZUM DRITTEN MAL UND überprüfe dabei zwanghaft die Uhr auf meinem Handy. Vor drei Stunden habe ich Yan angerufen, um ihm zu erzählen, was ich erfahren habe, aber er hat nicht geantwortet. Ich habe ihm eine Nachricht hinterlassen, dass er mich zurückrufen soll, und ihm dann eine SMS und eine E-Mail geschickt, bevor ich dasselbe bei seinem Bruder tat.

Keiner der Zwillinge hat sich bisher bei mir gemeldet – und Anton auch nicht.

Ich schaue noch einmal auf die Uhr. Es ist 23.33 Uhr – nur zwei Minuten später als bei meinem letzten Blick auf sie. Sara schläft friedlich neben mir, wobei sich ihre kastanienbraunen Wellen über mein Kissen ausbreiten, und so gern ich mich ihr auch anschließen möchte, ich kann mich nicht dazu bringen, meine Augen zu schließen.

Meine Instinkte sind wieder in höchster Alarmbereitschaft.

Vorsichtig, um Sara nicht zu wecken, schiebe ich mich in eine sitzende Position und schwinge meine Beine auf den Boden. Langsam und vorsichtig stehe ich auf und ignoriere die ziehenden Schmerzen an meiner Seite und in meiner Wade. Der Raum um mich herum dreht sich, als ich den ersten Schritt mache, aber meine Beine können mich halten.

Gut.

Ich kann es mir nicht leisten, flach auf dem Rücken zu liegen, wenn gerade etwas schiefläuft.

Auf meinen Wunsch hin wurden ein paar Waffen in mein Zimmer geliefert, also gehe ich zum Schrank, um sie zu inspizieren. Sie sind nichts Besonderes – nur ein M16 und ein paar Glocks – aber es ist besser als nichts.

Ich überprüfe jede Waffe und lade sie, bevor ich eine Hose aus dem Schrank nehme und sie unter meinem Krankenhauskleid anziehe, ohne den Verband an meinem Bein zu lösen. Mein Herz schlägt zu schnell von der Anstrengung, und ich schwitze wie ein Schwein, aber ich ziehe das Krankenhauskleid aus und einen lockeren Pullover an, gefolgt von einem Paar Socken und Stiefeln.

»Peter?« Saras verschlafene Stimme erreicht mich, als ich mir eine der Glocks an den linken Knöchel schnalle. »Was hast du vor?«

Ich schaue von dort, wo ich mich hingehockt habe, nach oben. »Ich ziehe mich nur an, Ptichka. Keine Sorge.«

»Was?« Sara setzt sich auf, und die Schläfrigkeit verschwindet aus ihrer Stimme, als sie mich sieht. »Warum ziehst du dich an? Du musst im Bett sein, dich ausruhen, nicht …«

»Ich denke, wir müssen gehen.« Ich stehe langsam auf und atme durch den Schmerz. »Etwas fühlt sich nicht richtig an.«

Sara verwandelt sich auf dem Bett in eine Statue. »Glaubst du, wir sind hier nicht sicher?«

»Ich glaube nicht, dass wir im Moment *irgendwo* sicher sind«, sage ich, während ich das M16 über meine Schulter lege und die andere Glock in meinen Bund stecke. »Aber es macht mir Sorgen, dass ich nichts von Yan oder den anderen gehört habe.«

»Hast du nicht?« Sie geht barfuß durch den Raum und bleibt vor mir stehen, wobei die Farbe ihres Gesichts zu dem weißen T-Shirt passt, das sie anstelle des Pyjamas trägt. »Könnten sie einfach beschäftigt sein?«

»Alles ist möglich.« Die Zwillinge könnten sich mitten in einem Job befinden, und Anton könnte Empfangsprobleme im Flugzeug haben. »In unserer Situation ist Vorsicht aber besser als Nachsicht.«

»Aber wohin sollen wir gehen? Vor drei Tagen warst du wegen des Fiebers nicht einmal ansprechbar. Du musst in einem Krankenhaus sein, gesund werden.«

»Jetzt geht es mir wieder gut«, unterbreche ich sie. Ich nehme ihr zartes Gesicht zwischen meine Handflächen und sage in einem weicheren Ton: »Keine Sorge, mein Liebling. Du hast deinen Teil getan, und jetzt ist es an der Zeit für mich, meinen zu tun.«

Und als sie mich mit riesigen, ängstlichen Augen anstarrt, küsse ich sie auf ihre verführerischen Lippen und greife dann in den Schrank, um ihre Kleidung zu nehmen.

4 3

Sara

ICH ZIEHE MICH AN, WÄHREND PETER ERNEUT VERSUCHT, ANTON UND die Zwillinge zu erreichen. Meine Hände sind von dem Stress ganz kalt, weshalb ich mit meinen steifen Fingern zwei Versuche brauche, um die Schnürsenkel an meinen Turnschuhen zu binden.

»Und?«, frage ich, als ich fertig bin, und Peter schüttelt mit düsterem Blick seinen Kopf.

»Nichts. Ich werde es bei Kent versuchen, um zu sehen, ob er etwas gehört hat.«

»Oh, das ist eine gute Idee.« Ich kaue auf meiner Lippe, während er eine Nummer tippt und mit dem Telefon an seinem Ohr wartet.

»Ich bin's, Peter«, sagt er kurz und bündig. »Hast du … Moment, was?«

Er hört in angespannter Stille zu, als Kent ihn über das, was passiert ist, informiert, und als er das Telefon senkt, gehe ich bei seinem Gesichtsausdruck einen Schritt zurück.

»Interpol hat Yulias Restaurants gestürmt. Alle von ihnen«, sagt er angespannt. »Lucas hat es kaum geschafft, Yulia rauszuholen, bevor sie zu seinem Haus auf Zypern kamen. Jetzt sind sie auf dem Weg zu Esguerras Anwesen in Kolumbien – dem einzigen Ort, der vielleicht halbwegs sicher für sie ist.«

»Oh Gott.« Eine Welle von Übelkeit überkommt mich. »Glaubst du, Yan und die anderen …?«

»Sie könnten bereits entführt worden sein, ja. So oder so, wir haben keine Zeit zu verschwenden.«

Er greift meine Hand und führt mich aus dem Raum, wobei seine Schritte so stark und sicher sind, als sei er nicht vor wenigen Tagen kurz davor gewesen, zu sterben.

Ich muss joggen, um mit dem Tempo, das er vorgibt, Schritt zu halten, während wir durch den Flur und in das Treppenhaus laufen. »Kein Aufzug?«, frage ich und keuche, während wir zügig nach unten gehen, und er schüttelt den Kopf und umfasst meine Hand fester.

»Der kann zu leicht zu einer Falle werden.«

Ich möchte ihn an seine Wunden erinnern und ihn bitten, es nicht zu übertreiben, aber jetzt ist nicht der richtige Zeitpunkt dafür. Wenn die Behörden so weit gegangen sind, nach Kent zu suchen – Esguerras rechter Hand und damit ebenfalls unantastbar –, hat Peter recht damit, dass die Klinik nicht sicher ist.

Alle üblichen Einsatzregeln des Militärs scheinen außer Kraft gesetzt zu sein.

»Wohin gehen wir?«, frage ich, vor allem, um mich von der wachsenden Übelkeit abzulenken. Die sogenannte Morgenübelkeit überkommt mich zu verschiedenen Tages- und Nachtzeiten, und die ganze Bewegung beim Treppensteigen hilft nicht.

»Ein Geheimversteck«, sagt Peter, ohne mich anzusehen, und ich merke, dass sein Gesicht ungewöhnlich blass ist und seine Schläfen durch die Anstrengung mit Schweißperlen bedeckt sind.

Er ist nicht so erholt, wie er es vorgibt.

Ich muss meine ganze Willenskraft aufbringen, um mich davon abzuhalten, ihm zu sagen, dass er damit aufhören und sich ausruhen soll. Stattdessen werde ich schneller, damit er sich nicht bemühen muss, mich mitzuschleppen. »Du willst mir nicht sagen, wo es ist?«

»Nein.« Sein Blick fällt auf die Ecke der Decke, und ich sehe ein schwaches, rotes Licht, das dort leuchtet.

Natürlich. Kameras.

Ich hätte es besser wissen sollen, als zu fragen.

Wir gehen den Rest des Weges schweigend, und Peter bleibt stehen, als wir die Tür zur Lobby erreichen. Langsam öffnet er sie ein kleines Stück und schaut dann durch den Spalt.

»Die Luft ist rein«, murmelt er nach einer Minute, und ich atme einen zitternden Atemzug aus, als wir hinausgehen.

»Mr. Sokolov«, sagt die blonde Empfangsdame überrascht, als wir an ihrem Schreibtisch vorbeigehen. »Sie gehen schon?«

»Ja. Ich werde die Rechnung später begleichen.«

Sie beginnt, noch etwas zu sagen, aber wir verlassen das Gebäude bereits und betreten einen Innenhof, der als Parkplatz dient. Es ist eiskalt, aber wunderschön hier draußen, mit dem weißen Schein des Mondlichts, das die schneebedeckten Gipfel der Schweizer Alpen umgibt. Ich kann den Anblick allerdings nicht genießen, als Peter mich auf den Parkplatz führt.

Mein Magen rebelliert, und ich muss immer wieder schlucken, um mich nicht zu übergeben.

Plötzlich hält er inne, hockt sich zwischen zwei Autos und zieht mich mit sich hinunter.

»Jemand kommt«, flüstert er, greift nach seinem M16, und eine Sekunde später hält ein schwarzer SUV mit quietschenden Reifen vor der Klinik.

44

ICH ERWARTE, DASS INTERPOL-BEAMTEN AUS DEM AUTO SPRINGEN, ABER stattdessen sehe ich einen Mann, der ganz in Schwarz gekleidet ist.

»Anton!« Ich stehe auf und winke, damit er mich sehen kann. Er dreht sich herum, und Erleichterung breitet sich auf seinem bärtigen Gesicht aus.

»Steigt ein!«, ruft er und zeigt mit dem Daumen auf das Auto. »Wir müssen weg von hier.«

Sara neben mir ist bereits auf den Beinen, und ich greife nach ihrer Hand, während ich mich halb rennend, halb humpelnd Antons SUV nähere. Meine Wade brennt höllisch, und ich fühle mich, als hätte ich ein paar Stiche an meiner Seite aufgerissen, aber nichts davon ist wichtig.

Anton gerät nicht leicht in Panik, und er sieht mehr als ein wenig nervös aus.

Als wir das Auto erreichen, springt er zurück hinter das Steuer, und ich stürze mich auf den Rücksitz und knirsche mit den Zähnen, als mich eine Schmerzenswelle überrollt. Sara steigt neben mir ein, und wir fahren bereits vom Parkplatz, bevor sie die Tür geschlossen hat.

»Yan und Ilya?«, frage ich, als der schlimmste Schmerz nachlässt, und Anton wirft einen grimmigen Blick in den Rückspiegel.

»Interpol hat ihr Treffen in Genf gestürmt. Ich habe seitdem nichts mehr von ihnen gehört.«

»Verdammt.« Ich schließe die Augen und fühle einen Anflug von Übelkeit. Mein Körper ist immer noch angegriffen, schwach und wackelig, also definitiv nicht in Form, um es mit einer Reihe von bewaffneten Agenten aufzunehmen, sollten sie es als Nächstes auf uns abgesehen haben.

Ich öffne die Augen, schaue zu Sara hinüber und sehe, dass sie langsam und tief atmet, und ihr zartes Gesicht einen grünlich weißen Teint hat.

»Alles in Ordnung, Ptichka?«, murmele ich, und sie nickt kurz.

»Morgenübelkeit«, sagt sie in einem kaum hörbaren Flüstern, und ich drücke ihre Hand, während sich meine Brust mit einer Mischung aus Wut und Schuldgefühlen zusammenzieht.

Meine Sara ist schwanger. Dies ist die Zeit in ihrem Leben, in der Stress am giftigsten ist. Sie sollte sich in unserem Haus ausruhen und von mir und ihrer Familie verwöhnt werden – nicht vor den Behörden weglaufen, nachdem sie den Tod ihrer Eltern miterlebt hat.

Ich hätte nie zustimmen sollen, Hendersons Leben zu verschonen. Dieser Ublyudok muss bezahlen – und diesmal wird er es tun.

Ich werde ihn auseinandernehmen, Stück für Stück.

Zuerst aber müssen wir hier lebend herauskommen.

»Ich habe versucht, dich zu erreichen«, sage ich Anton, als er auf die Straße zum privaten Flughafen abbiegt, der für die Patienten der Klinik reserviert ist. »Hast du dein Handy weggeworfen?«

Er nickt. »Ich war gerade gelandet und telefonierte mit Yan, als Interpol ihren Treffpunkt stürmte, also habe ich es vorsichtshalber zerstört.«

»Gut.« Unsere Telefone sind unauffindbar, das Signal prallt von Satelliten auf der ganzen Welt ab, aber es ist besser, nichts zu riskieren. »Besteht die Möglichkeit, dass sie entkommen sind?«

»Alles ist möglich«, sagt er, aber es klingt nicht so, als würde er es glauben.

»Anton …« Saras Stimme ist angespannt. »Es tut mir so leid, aber kannst du das Auto anhalten?«

»Fahr rechts ran«, befehle ich zu Anton, und er fährt von der Straße herunter und bremst. Das Auto bewegt sich immer noch, als Sara die Tür öffnet und sich würgend hinauslehnt. Ich lege einen Arm um ihre schlanke Taille und halte ihr Haar mit meiner anderen Hand aus ihrem Gesicht, während sie sich erbricht.

»Tut mir leid«, murmelt sie, als sie fertig ist, und ich gebe ihr eine Wasserflasche aus dem Koffer auf dem Boden.

»Das muss dir nicht leidtun«, sage ich, als Anton wieder auf die Straße biegt. »Das ist ganz natürlich.«

Ich behalte einen ruhigen Tonfall bei, als ob es mich nicht im Geringsten stören würde, meine Frau am Straßenrand kotzen zu sehen, während wir um unser Leben rennen. Als ob nicht Wut wie Säure durch meine Adern fließen würde und alles, was ich erblicke, in blutige Rottöne färbt.

»Bist du krank, Sara?«, fragt Anton, und ich merke, dass er noch nichts von dem Baby weiß. Und warum sollte er? Wir haben es selbst gerade erst herausgefunden.

»Wir bekommen ein Baby«, sage ich, und trotz aller Bemühungen klinge ich jetzt angespannt.

Wenn Sara oder dem Baby etwas zustößt, werde ich es mir nie verzeihen.

»Oh.« Anton scheint sprachlos zu sein. »Das ist … Glückwunsch.«

»Danke«, murmele ich, und dann höre ich es.

Das Heulen von Sirenen in der Ferne.

Verdammt.

»Weiter«, sage ich Anton, aber er ist schon dabei, das Gas durchzutreten, und sein Gesicht ist angespannt.

Ich wende mich an Sara. »Schnall dich an.«

Sie gehorcht schnell, und ihre haselnussbraunen Augen sind dunkel in ihrem blassen Gesicht, als ich meine Waffen prüfe.

Die Sirenen kommen von hinten – aus der Richtung der Klinik – was bedeutet, dass meine Intuition richtig war.

Sie haben es auf uns abgesehen.

Das Gebrüll eines Hubschraubers schließt sich bald den Sirenen an, und Anton beschleunigt weiter und nimmt eine steile Kurve auf der Straße mit rasanter Geschwindigkeit.

»Fahr verdammt nochmal langsamer«, brülle ich, als Sara erschrocken nach meine Hand greift. »Wir dürfen keinen Unfall haben, verstehst du?«

Wenn es nur ich und Anton wären, würde ich es riskieren, aber nicht mit Sara hier.

Nicht, nachdem sie bei einem Unfall auf einer Straße wie dieser fast gestorben wäre.

Anton geht ein wenig vom Gas, und ich bringe Saras Hand zu meinen Lippen. »Es wird alles gut, Ptichka«, murmele ich und küsse ihre Knöchel. »Wir müssen es nur zum Flugzeug schaffen.«

»Vielleicht warten sie dort schon auf uns«, sagt Anton. »Da sie von der Klinik wussten, wissen sie vielleicht auch von dem Flugplatz.«

»Die Klinik ist auf der Karte, aber der Flugplatz nicht«, sage ich und drücke Saras Hand beruhigend, als ich spüre, wie angespannt sie ist. »Sie müssten ihren Standort vom Personal erfahren.«

Zumindest hoffe ich das.

Weil wir gerade in einen Hinterhalt fahren *könnten*.

Anton reagiert nicht, sondern tritt einfach wieder aufs Gas, als wir eine gerade Strecke erreichen. Wir sind jetzt nur noch ein paar Minuten von der Start- und Landebahn entfernt, aber das Brüllen des Hubschraubers wird von Sekunde zu Sekunde lauter und übertönt das adrenalingeladene Hämmern meines Herzschlags.

Schließlich sehe ich, wie seine Scheinwerfer hinter uns auftauchen, während wir eine weitere scharfe Kurve fahren.

»Runter«, brülle ich Sara an, während ich sie flach auf den Sitz drücke, und das Fenster öffne, um mich hinauszulehnen. Ich ignoriere den ziehenden Schmerz in meiner Seite, während ich mit meinem M16 auf den Hubschrauber ziele.

Er fliegt hinter die Bäume, bevor ich das Feuer eröffnen kann.

Ich warte, weil ich meine Kugeln nicht verschwenden will.

Eine Sekunde später taucht der Hubschrauber wieder auf, und ich feuere eine Salve ab.

Aus dem Hubschrauber wird zurückgefeuert, bevor er wieder wegschwenkt.

Verdammt. Wir sind jetzt fast auf der Landebahn.

Ich warte, bis der Hubschrauber wieder erscheint, und dann eröffne ich das Feuer und drücke den Abzug, bis meine Waffe leer ist und der Hubschrauber zurückfällt, um meinen Kugeln auszuweichen.

Ich suche Deckung im Auto, lade schnell nach und lehne mich dann wieder aus dem Fenster.

Diesmal fliegt der Hubschrauber jedoch hinter uns.

Das ist nicht gut.

Wir können nicht abhauen, wenn diese Wichser auf uns schießen.

Das Auto biegt scharf ab, und als ich nach vorn schaue, sehe ich, dass wir bereits auf der Piste sind und mit voller Geschwindigkeit auf das Flugzeug zusteuern.

»Die RPG ist drin«, schreit Anton und bremst. »Ich gehe sie holen.«

Wir kommen mit quietschenden Reifen ein Dutzend Meter vom Flugzeug entfernt zum Stehen, und ich knirsche mit den Zähnen, als meine Seite in den scharfen Metallrahmen der Autoscheibe knallt.

Wenn wir das überleben, wird Sara sauer sein, dass ich mir meine Nähte wieder aufgerissen habe.

Anton springt aus dem Auto und sprintet zum Flugzeug, und ich sorge für Deckungsfeuer, als sich der Hubschrauber nähert. Die Sirenen werden auch lauter, sie müssen uns direkt auf den Fersen sein.

»Steig ins Flugzeug, sofort!«, schreie ich Sara an, und aus dem Augenwinkel sehe ich, dass sie tut, was ich ihr sage.

Mein M16 klickt leer, aber ich habe keine Zeit zum Nachladen, also nehme ich die Glock aus meinem Hosenbund, während der Hubschrauber wegfliegt und bevor er zurückkommt und ein Kugelhagel über dem Auto niedergeht. Das Glas um mich herum explodiert, und die Scherben schneiden in mein Gesicht und meinen Hals. Ich umgreife die Glock, drücke meine Tür auf, stürze mich heraus und rolle vom Auto weg, während ich zurückschieße.

Ich will, dass sie sich auf mich konzentrieren, nicht auf das Flugzeug oder Sara.

Um mich herum schlagen Kugeln auf dem Boden ein und lassen Asphaltstücke in mein Gesicht regnen. Ich kann das Schießpulver riechen und die Hitze des Metalls spüren, während es vorbeifliegt.

Das war es.

Ich werde es nicht schaffen.

Meine Waffe klickt genau in dem Moment leer, in dem ein schwarzer Van auf die Landebahn rast und mit quietschenden Reifen neben unserem Auto zum Stehen kommt.

45

Sara

Ich bin schon am Flugzeug, als ich den schwarzen Van sehe.

Interpol.

Sie haben uns eingeholt.

»Anton!« Ich schreie über das Geschützfeuer und das Hubschraubergeräusch, als er mit einem Raketenwerfer auf seiner Schulter wieder in der Türöffnung des Flugzeugs auftaucht. »Sie sind …«

Bumm!

Der Blitz der Explosion verbrennt meine Netzhaut, und das Geräusch ist so ohrenbetäubend, dass meine Trommelfelle fast explodieren. Der Himmel scheint sich in einen Feuerball zu verwandeln, und brennende Metallteile regnen herunter.

Heilige Scheiße.

Anton hat den Hubschrauber abgeschossen.

Mein fassungsloser Blick fällt auf den Van, und ich sehe zwei bekannte Gestalten herausspringen.

»Yan! Ilya!« Ich war noch nie so froh, sie zu sehen – besonders, als sie sich nach unten beugen, um Peters Arme über ihre Schultern zu legen und gemeinsam zum Flugzeug zu laufen.

»Beeilt euch!«, schreit Anton, und ich höre, wie die Sirenen lauter werden. »Wir müssen jetzt los.«

Er verschwindet wieder im Flugzeug, und ich eile ihm mit den Zwillingen und Peter auf meinen Fersen nach.

Die Polizeiautos erreichen den Flugplatz, als unsere Räder vom Boden abheben.

»ALSO HABEN SIE EUCH VERFOLGT, NICHT UNS?«, FRAGE ICH YAN, während ich den Schmutz und das Blut von Peters Gesicht abwische, bevor ich ein paar Glasscherben, die sich in seine Haut gegraben haben, entferne. Ich fühle mich eigenartig ruhig, so als würde ich einen routinemäßigen Pap-Abstrich machen, anstatt die Verletzungen meines Mannes nach einer verheerenden Flucht zu behandeln.

Entweder gewöhne ich mich an das Leben auf der Flucht, oder ich stehe immer noch unter Schock, und der Adrenalinschub wird mich gleich treffen.

»Ja, und wir haben es nur knapp geschafft«, sagt Yan vom Sitz neben der Couch, auf der Peter liegt. »Der Hubschrauber flog voraus, um uns abzufangen, aber dann müsst ihr seine Aufmerksamkeit erregt haben.« Während er spricht, hält er einen Spiegel hoch, um eine Antibiotikasalbe auf sein Ohr aufzutragen, wo eine Kugel ihn gestreift und eine hässliche Wunde hinterlassen hat.

»Schön, dass wir zufällig als Ablenkung dienen konnten«, sagt Peter, als ich sein Hemd hebe, um den Verband an seiner Seite zu untersuchen. Er sieht immer noch extrem blass aus, aber er ist bei Bewusstsein und fühlt sich anscheinend gut genug, um sarkastisch zu sein.

»Hey, es war eine Teamleistung«, sagt Ilya, und ein Grinsen breitet sich auf seinem runden Gesicht aus, während er sich in seinen Sitz fallen lässt – erstaunlicherweise völlig unverletzt. »Hätte nicht besser laufen können, wenn wir es geplant hätten.«

Ich schüttelte den Kopf und versuchte, nicht darüber nachzudenken, wie es sich angefühlt hat, zum Flugzeug zu laufen, während Peter vom Feuer des Hubschraubers beschossen wurde. Es ist ein Wunder, dass er überlebt hat – dass wir *alle* überlebt haben und entkommen sind.

Meine Hände beginnen zu zittern, als ich Peters Verband abnehme, und ich merke, dass das Adrenalin *jetzt* kommt.

Peter hätte wieder angeschossen werden können.

Er hätte getötet werden können, sein Schädel hätte von einer Kugel weggeblasen werden können, genau wie …

Nein, stopp.

»Wohin fliegen wir jetzt?«, frage ich, um mich von den Erinnerungen abzulenken, die drohen, meinen Kopf zu überfluten. Ich kann nicht in diese Dunkelheit eintauchen, kann mich nicht darauf konzentrieren, was mit meinen Eltern passiert ist oder was mit Peter hätte passieren können.

Ich bin noch nicht bereit, mich dem zu stellen.

»Das ist eine gute Frage«, meint Yan und legt die Salbe weg, um sein Telefon zu nehmen. »Lasst mich sehen, ob unser türkischer Kontakt durchgekommen ist.« Er streicht ein paarmal über seinen Bildschirm und verzieht sein Gesicht. »Verdammt.«

»Was?« Peter versucht, sich aufzurichten, aber ich drücke ihn wieder nach unten.

»Bleib ruhig liegen«, sage ich und blicke ihn böse an. »Ich bin noch nicht fertig.«

»Unser Typ von der Flugsicherung ist im Gefängnis«, sagt Yan, als Peter gehorcht und mich seine gerissenen Fäden reinigen lässt. »Jemand hat sein Zusatzeinkommen entdeckt.«

»Also ist die Türkei raus.« Peter klingt nicht überrascht. »Was ist mit Lettland?«

»Moment.« Yan wählt eine Nummer und beginnt dann, auf Russisch zu sprechen.

Was auch immer die Person auf der anderen Seite der Leitung sagt, kann nicht gut sein, denn Yans Stirnrunzeln wird mit jedem Moment tiefer.

»Was ist los?«, fragt Ilya, als Yan auflegt. »Was hat dieser Bastard gesagt?«

»Anscheinend ist jeder Flughafen in Europa auf der Suche nach unserem Flugzeug«, sagt Yan. »Das gilt auch für private Landebahnen. Interpol hat einen lächerlich hohen Preis auf unsere Köpfe ausgesetzt, und alle vier Gesichter sind in den Nachrichten als Verdächtige hinter dem FBI-Bombenanschlag zu sehen. Ich würde im Moment niemandem vertrauen; sie werden uns genauso gerne ausliefern wie uns zu helfen.«

»Verdammt.« Peter versucht wieder, aufzustehen, und diesmal lasse ich ihn. Die schockinduzierte Ruhe ist restlos verschwunden, und ich bin mir einer furchtbaren Müdigkeit kombiniert mit einer schrecklichen Angst bewusst.

Wir sind vielleicht geflohen, aber wir sind weit davon entfernt, in Sicherheit zu sein.

»Wenn Europa nicht in Frage kommt, ist Venezuela unsere beste Wahl«, sagt Peter, als ich ihm wie ferngesteuert einen neuen Verband an der Seite anlege. »Haben wir genug Treibstoff, um dorthin zu gelangen?«

»Lass mich mit Anton sprechen«, sagt Yan und steht von seinem Platz auf. Er verschwindet im Cockpit und taucht eine Minute später wieder auf. »Ja, aber gerade so«, berichtet er. »Wenn etwas schiefgeht, sind wir am Arsch.«

»Ich sage, wir versuchen es«, sagt Ilya und kratzt über seinen tätowierten Schädel. »Wenigstens wird es dort warm sein.«

»Gib mir dein Handy«, sagt Peter zu Yan. »Ich werde Esteban kontaktieren. In der Zwischenzeit sag Anton, er soll den Kurs auf Venezuela setzen. So oder so werden wir dort landen.«

Peter

ESTEBAN, DER GIERIGE KLEINE WICHSER, FORDERT NICHT WENIGER ALS drei Millionen Euro, um die entsprechenden Vorkehrungen zu treffen, aber wir haben keine Zeit zum Streiten.

Wenn wir nicht auf seinem kleinen Flughafen landen, sind wir verloren.

Schließlich ist die gesamte Logistik geklärt, und ich mache mich auf den Weg zu Saras Sitz. Er ist groß genug für zwei Männer, und sie sieht darin, zusammengerollt, mit den Knien bis zu ihrer Brust gezogen, während sie aus dem Fenster des Flugzeugs starrt, winzig aus.

»Ptichka.« Ich sinke vor ihr auf die Knie und ignoriere die ziehenden Schmerzen in meiner Wade und meiner Seite, während ich meine Hände auf ihre Knöchel lege. »Mein Liebling, geht es dir gut?«

Sie konzentriert sich auf mich und blinzelt. »Was machst du da? Du solltest dich hinlegen.«

»Es geht mir gut«, sage ich, aber sie ist schon auf den Beinen und zieht mich hoch und auf die Couch. Seufzend lasse ich sie – denn ich fühle mich beschissen.

»Leg dich zu mir«, sage ich, während ich mich auf der Couch ausstrecke. »Ich will dich umarmen.«

Sie runzelt die Stirn. »Aber deine Seite …«

»Mach dir keine Sorgen.« Ich ziehe sie herunter, bis sie keine andere Wahl hat, als sich neben mich zu legen. Ich rolle auf meine unverletzte Seite, lege mich von hinten um sie und inhaliere den zarten Duft ihres Haares, während Ilya und Yan sich auf ihren Sitzen gezielt abwenden und uns ein wenig Privatsphäre geben.

Sie ist anfangs starr, zweifellos besorgt darüber, eine meiner Verletzungen zu berühren, aber nach einer Minute verlässt ein Teil der Steifheit ihre Muskeln. Und dann fühle ich es.

Ein fast unmerkliches Zittern ihres Körpers.

Sie zittert überall.

Meine Brust zieht sich in qualvollem Mitgefühl zusammen. Mein kleiner Singvogel ist nicht körperlich verletzt – das war das Erste, was ich untersucht habe, als wir ins Flugzeug gestiegen sind – aber das bedeutet nicht, dass er ungeschoren davongekommen ist.

Was Sara gerade durchgemacht hat, ist genug, um bei einem erfahrenen Soldaten eine posttraumatische Belastungsstörung auszulösen, ganz zu schweigen von einer Zivilistin.

Einer *schwangeren* Zivilistin.

»Wie fühlst du dich, mein Liebling?«, frage ich leise und lege meine Hand auf ihren Bauch. Vielleicht bilde ich es mir ein, aber er fühlt sich flacher an als sonst, so als ob sie etwas an Gewicht verloren hätte. Und vielleicht hat sie das.

Zwischen der unvorhersehbaren Morgenübelkeit und dem ganzen Stress isst sie vielleicht nicht ordentlich.

»Mir geht es gut«, murmelt sie, obwohl ihr Atem verräterisch abgehackt ist. »Es ist nur …«

»Die Nachwirkung des Adrenalins, ich weiß.« Ich halte meine

Stimme leise und beruhigend, während ich meine Hand von ihrem Bauch bewege, um ihre Hüfte zu streicheln. »Es wird vorbeigehen.«

Sie atmet tief ein. »Ich weiß. Es wird alles gut werden.«

»Das wird es«, verspreche ich. »Wir werden zu unserem Unterschlupf kommen, und alles wird gut werden.«

Es ist das erste Mal, dass ich sie angelogen habe, und nach dem erneuten Versteifen ihres Körpers zu urteilen, weiß es mein Ptichka.

Weil es nicht gut sein wird.

Nichts kann das, was getan wurde, rückgängig machen und Saras Eltern zurückbringen.

Alles, was ich tun kann, ist, Rache zu nehmen – und das werde ich.

Henderson wird um seinen Tod betteln, lange bevor ich mit ihm fertig bin.

47

enderson

WIEDER GEFLOHEN.

Wut vermischt sich in meiner Brust mit wachsender Angst, als ich die neueste E-Mail von meinem Kontakt lese.

Sie sind alle entkommen, direkt vor der Nase Interpols.

Noch eine Minute, und Sokolov und seine russischen Freunde wären umzingelt gewesen. Interpol hätte alle vier auf einmal bekommen können. Stattdessen sind sie jetzt in der Luft, auf dem Weg irgendwohin.

Ganz zu schweigen von Kents erfolgreicher Flucht auf Esguerras Anwesen im Amazonasdschungel, das selbst die kolumbianische Regierung für uneinnehmbar hält.

Wenn sie alle eine Chance haben, sich neu zu gruppieren, bin ich verloren, denn inzwischen haben sie sicher herausgefunden, was passiert ist – und wie.

Ich atme ein, um eine Panikwelle zu kontrollieren, und beginne, eine E-Mail an meinen CIA-Kontakt zu schreiben.

Noch ist Zeit, Sokolovs Flugzeug abzufangen.

Wir müssen nur alle Flughäfen weltweit erreichen und sie dazu bringen, gegen alle Flugsicherungsbeamten vorzugehen, die vielleicht auch nur im Entferntesten für Bestechungen zugänglich sind.

4 8

───────────

Sara

Ich muss in Peters Umarmung eingeschlafen sein, weil ich zu dem leisen Geräusch russisch sprechender Stimmen aufwache. Ich öffne die Augen und sehe meinen Mann auf einem Sitz mit einem Computer auf dem Schoß und die Zwillinge, die neben ihm stehen. Er zeigt auf etwas auf dem Bildschirm, während er in seiner Muttersprache spricht.

»Was ist los?«, frage ich, und setze mich hin. Ich fühle mich so ausgelaugt, als wäre ich schon seit Stunden unterwegs, was wahrscheinlich auch so ist.

Es ist ein langer Flug von der Schweiz nach Venezuela.

Die Männer schauen in meine Richtung. »Ich habe nur versucht herauszufinden, wo sich der Scharfschütze versteckt hatte«, sagt Yan, während Peter gleichzeitig sagt: »Nichts, mein Liebling. Mach dir keine Sorgen.«

»Ein Scharfschütze?« Ein frischer Adrenalinschub lässt mich

603

aufspringen. »Welcher Scharfschütze?« Dann dämmert es mir. »Oh, du meinst, wer auch immer auf den Beamten geschossen hat, der dich verhaften wollte, und so alle in Panik versetzt und die Schießerei verursacht hat? Ich habe viel darüber nachgedacht und glaubte anfangs, es könnte jemand gewesen sein, der versucht hat, dir zu helfen, aber so war es nicht, oder? Jemand hat versucht, Ärger zu machen.«

Peter starrt Yan an – dachte er, ich müsse davor geschützt werden? – bevor er sich mir zuwendet. »Das ist richtig«, sagt er ruhig. »Henderson muss den Scharfschützen angeheuert haben, um sicherzustellen, dass ich bei der Verhaftung getötet werde. Ich schätze, der Plan war, mich zu verleumden, und dann die Behörden zu benutzen, um mich zu Fall zu bringen, zusammen mit allen, die mir jemals geholfen haben – und das auf sehr öffentliche Weise, so dass nichts vor den Medien verborgen bleiben konnte. Wenn ich verhaftet worden wäre, hätte ich vielleicht die Behörden von meiner Unschuld überzeugen können, indem ich die wahren Schuldigen gefunden hätte, und dann wäre alles wieder so geworden, wie es war – und Henderson wäre in echten Schwierigkeiten gewesen.«

»Aber wenn er den Scharfschützen dort hatte, warum erschießt er nicht einfach dich, anstatt den SWAT-Beamten zu töten?«, frage ich und unterdrücke ein Zittern, als ich mir das Bild von Peters explodierendem Kopf vorstelle. »Wenn der Scharfschütze positioniert war …«

»Nun, zum einen war der Winkel nicht optimal, um mich zu bekommen«, sagt Peter. »Oder zumindest denken wir das anhand meiner Erinnerungen. Um diesen Schuss machen zu können, muss er auf dem Dach des dreistöckigen Hauses im benachbarten Block gelegen haben. Erinnerst du dich, das weiße mit dem grauen Dach?«

Ich nicke, und er fährt fort. »Nun, ich war näher an unserem Haus, also muss mich das Dach zumindest teilweise abgeschirmt haben. Aber was noch wichtiger ist: Wenn *ich* von einem unbekannten Scharfschützen erschossen worden wäre, hätte es alle möglichen Verdächtigungen darüber geweckt, wer wirklich hinter dem Angriff steckt, und ich schätze, das ist das Letzte, was Henderson wollte. Aber da der Agent erschossen wurde, war es fast sicher, dass die Polizei annehmen würde, dass es jemand war, der mit mir unter einer Decke steckt, und ich würde sowieso bei der daraus resultierenden Schießerei getötet werden.«

»Und das wärst du auch fast.« Ich kann mein Zittern diesmal nicht unterdrücken. »Du bist dem Tod so nahe gekommen …«

Peters Lippen verziehen sich zu einem kalten Lächeln. »Ja, aber zu Hendersons Pech bin ich nicht gestorben.«

Ich starre ihn an, und die feinen Haare auf meinem Nacken erheben sich bei dem dunklen Versprechen in seiner Stimme. Ich habe diese Seite von ihm nicht vergessen, aber es war einfach gewesen, nicht über sie nachzudenken, als wir unser Vorstadtleben begannen. Der Peter, den ich geheiratet habe, war nicht anders als der rachsüchtige Attentäter, der in mein Haus eingedrungen war, um George zu ermorden, aber es war möglich, so zu tun, als ob er es wäre, als ob er nicht mehr zu den schrecklichen Dingen fähig war, die er getan hatte, um Tamila und seinen Sohn zu rächen.

Aber er ist es.

Das wird er immer sein.

Und jetzt hat er einen weiteren Grund, Henderson zu verfolgen.

»Wie willst du das machen?«, frage ich und bin selbst überrascht, wie ruhig ich klinge. »Hast du schon einen Plan?«

Weil Henderson dafür sterben *wird*. Ich weiß das, so sicher wie ich weiß, dass Peter mich liebt. Mein tödlicher Ehemann wird seinen Feind das Zehnfache zahlen lassen, und so falsch es auch ist, ich kann bei dem Gedanken nicht einen Hauch moralische Empörung aufbringen.

Das kürzlich erwachte Monster in mir *will*, dass Henderson leidet, Schmerzen und verheerende Verluste kennenlernt.

Peters eiskaltes Lächeln ändert sich nicht. »Mach dir keine Sorgen um die Einzelheiten, mein Liebling. Es reicht, wenn du weißt, dass er damit nicht durchkommt.«

»Ich weiß, dass er das nicht wird«, sage ich leise und halte dem Blick meines Mannes stand. »Du wirst ihn nicht lassen.«

Und als ich aufstehe, um mich im Badezimmer frisch zu machen, weiß ich, dass Peters Augen mich verfolgen, während ich durch die Kabine gehe.

49

eter

MENSCHEN VERARBEITEN TRAUMATA AUF UNTERSCHIEDLICHE WEISE. Einige zerbrechen daran und werden nie wieder wie vorher. Andere finden eine Stärke, die sie alles überstehen lässt. Ich habe immer gewusst, dass Sara zu den Letzteren gehört, aber ich habe ihren Stahlkern nie mehr geschätzt als jetzt gerade, wo ich beobachte, wie sich die Badezimmertür hinter ihrer schlanken Gestalt schließt.

Sie ist eine Kriegerin, mein kleines Singvögelchen – auf ihre eigene Weise so stark wie jeder ausgebildete Soldat.

»Also denkst du immer noch, dass sie so süß und oberflächlich ist?«, fragt Yan auf Russisch, als ich von der Tür wegblicke und seinem kühl amüsierten Blick begegne. »Denn von meinem Blickpunkt aus scheint deine perfekte kleine Ärztin einen ziemlichen Blutdurst entwickelt zu haben.«

»Halt die Klappe, Yan«, schnappt Ilya, bevor ich antworten kann. »Jetzt ist nicht die richtige Zeit.«

Unter allen anderen Umständen hätte ich bereits meine Hände um Yans Hals, aber Ilya hat recht.

Wir sind dabei, unseren Abstieg zu beginnen, und es bleibt keine Zeit für Schwachsinn.

»Ich werde die Situation vor Ort noch einmal überprüfen«, sage ich Ilya und ignoriere Yan gezielt. »Esteban hat versprochen, dass alles bereit sein wird, aber du weißt, wie sehr ich diesem Wiesel vertraue.«

»Richtig.« Ilya schnappt sich Yans Handy aus der Tasche seines Bruders und gibt es mir. »Gute Idee.«

Ich gebe die Nummer eines venezolanischen Polizeichefs ein, den ich in den letzten drei Jahren auf meiner Gehaltsliste hatte, und warte darauf, dass sich der Anruf verbindet. Wenn alles in Ordnung ist, wird Santiago nicht wissen, warum ich anrufe. Wenn nicht …

»Hola?«, antwortet er.

»Hier ist Peter Sokolov.«

Es gibt einen Moment angespannter Stille; dann zischt er ins Telefon: »Warum zum Teufel rufen Sie mich an? Es ist zu spät; es gibt nichts, was ich tun kann. Sie sind überall auf dem dämlichen Flughafen. Ich sagte doch, ich kann nichts tun, wenn die ganze Abteilung …«

Ich lege auf, bevor er fertig ist, und schaue auf, um in zwei Paare identischer grüner Augen zu blicken.

»Sieht so aus, als wäre Estebans Landebahn tabu«, sage ich ruhig. »Irgendwelche anderen Ideen?«

5 0

ara

ALS ICH ZURÜCKKOMME, SEHE ICH, DASS PETER UND DIE ZWILLINGE SICH um den Eingang zum Cockpit versammelt haben. Alle drei Männer gestikulieren wild, während sie mit Anton auf Russisch diskutieren.

Mein Magen zieht sich zusammen. »Was ist los? Ist etwas passiert?«

»Unser venezolanischer Kontakt hat uns verkauft«, sagt Ilya über seine Schulter. »Oder vielleicht wurde er erwischt – wir sind uns nicht sicher. So oder so, die Polizei wartet darauf, dass wir landen, was bedeutet, dass wir unsere Treibstoffvorräte strecken und zu einem anderen Flughafen gelangen müssen.«

»Es gibt kein Strecken von Treibstoff, das hat Anton dir auch gesagt.« Yans Stimme ist hart und scharf. »Ich sage, wir wagen es mit der Polizei. Wenn unser Treibstoff ausgeht, ist das der sichere Tod, aber mit den Bullen …«

»Wir haben noch sieben Prozent übrig«, sagt Peter. »Das reicht, um uns zu einem anderen Flughafen in der Nähe zu bringen.«

»Wo sie sowieso auf uns warten werden«, sagt Yan. »Wir sind bereits auf ihrem Radar, und wenn wir uns auch nur ein kleines bisschen verkalkulieren …«

»Das ist besser, als in eine Falle zu gehen«, sagt Ilya. »Ich sage, wir landen woanders. Wie eine private Landebahn oder eine Autobahn oder vielleicht sogar …« Er hält abrupt inne und eilt zu dem Laptop, an dem Peter vorhin war.

»Was ist?«, frage ich, und mein Herz rast.

»Kolumbien.« Seine tiefe Stimme ist eigenartig aufgeregt. »Wir sind nicht weit von Esguerras Anwesen im Amazonas entfernt, und dort gibt es eine Landebahn.«

»Du machst Witze, oder?« Yan verschränkt seine Arme. »Es ist unmöglich, dass unser Treibstoff so lange hält – und das auch vorausgesetzt, dass Esguerra uns helfen würde. Er sitzt gerade tief in seiner eigenen Scheiße.«

»Ja, aber es ist alles derselbe Scheiß, verstehst du nicht?« Ilyas dicke Finger fliegen über die Tastatur. »Wir sind der Grund, warum er angegriffen wird. Also …«

»Also wird er der Polizei gerne die Mühe ersparen und uns selbst abschießen«, sagt Yan. »So oder so, ich verstehe nicht, wie wir genug …«

»Ich werde den Treibstoff mit Anton besprechen«, sagt Peter und verschwindet im Cockpit.

Ich blicke ihm nach, und meine Übelkeit kehrt zurück, während ich die Tatsache verarbeite, dass es keine guten Optionen für uns gibt.

Auch wenn uns auf dem Weg zu Esguerras Anwesen nicht der Treibstoff ausgeht, wird uns der Waffenhändler wahrscheinlich nicht mit offenen Armen begrüßen.

»Wir haben *vielleicht* genug Sprit, um zu Esguerras Anwesen zu gelangen«, sagt Peter und taucht wieder in der Tür auf. »Es hängt alles von der Geschwindigkeit und Richtung des Windes ab. Im Moment haben wir einen starken Rückenwind. Wenn es so bleibt, wie es ist, schaffen wir es.«

»Der Wind? Darauf verlassen wir uns?«

Niemand antwortet auf Yans rhetorische Frage, also geht er zur Couch, lässt sich darauffallen und murmelt leise etwas, was sich nach russischen Flüchen anhört.

»Ich habe gerade Kent kontaktiert«, sagt Ilya und schaut vom Computer auf. »Er befindet sich gerade auf Esguerras Anwesen. Vielleicht kann er ihn überzeugen, uns eine Weile bei sich aufzunehmen.«

»Dafür bleibt keine Zeit«, sagt Peter. »Bis sie darüber geredet haben, haben wir keinen Treibstoff mehr. Ich werde Esguerra direkt anrufen. Er muss uns landen lassen. Das ist unsere einzige Chance.«

5 1

P eter

DER KOLUMBIANISCHE WAFFENHÄNDLER NIMMT BEIM DRITTEN Klingeln ab.

»Ärger im Paradies?«, fragt er seidig.

»Auch auf Ihrer Seite, nehme ich an«, antworte ich ruhig. Das Letzte, was ich will, ist, dass Esguerra meine Verzweiflung wittert. »Ich denke, wir können uns gegenseitig helfen.«

Er lacht spöttisch. »Ja, sicher.«

»Wissen *Sie*, wer hinter dieser beschissenen Nummer steckt?«

»Ich habe eine ziemlich gute Vorstellung. Der ehemalige General, richtig? Der Wichser, den Sie nicht getötet haben, weil Sie ›Haus in der Vorstadt‹ spielen wollten?«

Verdammt. Natürlich wusste er das schon. Informationen sind für Esguerra genauso wichtig wie der Handel mit den Waffen, die er produziert.

Ich ändere meine Taktik. »Es tut mir leid, dass das auf Sie und Ihr

Geschäft übergegriffen hat. Aber der einzige Weg, das in Ordnung zu bringen, ist, Henderson und das, was er getan hat, zu entlarven. Und ich weiß genau, wie man das macht.«

»Ernsthaft? Ist das nicht der Typ, den Sie seit drei Jahren erfolglos jagen?«

Ich ignoriere den Hohn in seiner Stimme. »Ja genau – was bedeutet, dass niemand so viel über ihn weiß wie mein Team und ich. Es wird Monate, wenn nicht Jahre dauern, bis Sie alle Daten, die wir über seine Freunde und Verwandten haben, selbst sammeln, und bis Sie alle Verstecke durchlaufen, die wir gefunden und eliminiert haben. Sehen Sie es ein: Sie brauchen mich, um diese beschissene Situation schnell zu beheben, bevor Sie noch mehr Geld verlieren. Wie viel kosten Sie all die Razzien in Ihren Fabriken? Zehn Millionen pro Tag? Mehr?«

Ich habe nur über die Razzien geredet, aber der Stille am Telefon nach zu urteilen habe ich einen Nerv getroffen.

»Julian, hören Sie mir zu«, fahre ich fort, während Sara und die Zwillinge mich eindringlich anstarren. »Ich kann Henderson ausfindig machen, und ich kann es schnell tun. Alles, was ich brauche, ist ein Ort, an den ich mich ein wenig zurückziehen kann, und einige Ihrer Ressourcen, und ich werde beweisen, dass Sie nichts mit der Explosion zu tun hatten. Nächsten Monat um diese Zeit werden Sie wieder in Uncle Sams Gunst liegen, und wir werden für immer aus Ihrem Leben verschwunden sein. Oder Sie können versuchen, allein damit fertigzuwerden, und es mit jeder Strafverfolgungsbehörde aufzunehmen, die ...«

»Sie und Ihr verdammtes Team.« Man kann die Wut in Esguerras Stimme nicht falsch verstehen. »Sie sind der Grund für dieses ganze verfickte Chaos. Und wissen Sie was? Ich wette, wenn ich Sie und die anderen Terroristen in Ihrem Team an Uncle Sam übergebe, wird das einen großen Beitrag zur Wiederherstellung unserer Beziehung leisten.«

»Wird es das? Sind Sie sicher?« Jetzt bin ich an der Reihe, kühl und spöttisch zu klingen. »Ein gefährlicher Sprengstoff – *Ihr* Sprengstoff

– wurde auf dem Territorium der USA gegen das *FBI* eingesetzt. Alle Behörden, jeder Bürokrat von hoch bis niedrig ist auf Sie angesetzt. Glauben Sie wirklich, dass alles vergeben und vergessen sein wird, wenn Sie Ihre Mitverschwörer ausliefern? Denn das ist es, was sie glauben werden: dass Sie einfach Ihre Kohorten verraten. Wenn Sie Henderson nicht als das entlarven, was er ist, und Ihren Namen schnell reinigen, sind Sie genauso gefickt wie wir.«

Es folgt eine weitere lange, angespannte Stille in der Leitung. Dann sagt Esguerra hart: »Gut. Ich kann Ihnen einen Ort geben, an den Sie sich zurückziehen können. Ich habe einen Kontakt im Sudan. Wenn Sie erst mal da sind …«

»Der Sudan wird nicht funktionieren«, unterbreche ich. »Ich habe an einen anderen Ort gedacht.«

»Ach?«

»Ihr Anwesen. Wir sind in einer Stunde da.«

Und bevor er antworten kann, lege ich auf.

5 2

S ara

ICH BEOBACHTE MIT EINEM STEIN IM MAGEN, WIE PETER RUHIG DAS Telefon einsteckt und zurück ins Cockpit geht – vermutlich, um Anton zu informieren, dass wir zu Esguerras Anwesen fliegen, auch wenn der Waffenhändler nicht davon begeistert ist.

»Du weißt, dass er uns einfach abschießen wird, wenn wir ihm zu nahe kommen«, sagt Yan, als Peter eine Minute später wieder auftaucht. »Und das nur, wenn unser Treibstoff so lange hält.«

»Er wird reichen«, sagt Ilya zuversichtlich. »Und das wird Esguerra nicht tun. Du hast Peter gehört: Er braucht uns, um dieses Chaos schnell zu beheben.«

»Ja, sicher«, murmelt Yan und geht zur Toilette im hinteren Teil des Flugzeugs.

Meine Beine fühlen sich zittrig an, als ich auf die Couch gehe und mich setze.

Werden wir so sterben?

Nicht durch eine Kugel, sondern bei einem Flugzeugabsturz?

Die Couch neben mir sinkt ein, und eine große, warme Hand legt sich auf mein Knie. »Es wird alles gut, Ptichka«, murmelt Peter und hebt die andere Hand, um mein Haar zurückzustreichen. Seine Finger streifen meinen Kiefer, und die Berührung ist so zart, dass ich weinen möchte.

»Woher weißt du das?«, flüstere ich, und dann ärgere ich mich, weil ich mich wie ein bedürftiges Kind benehme.

Natürlich weiß er es nicht.

Er sagt es nur, damit ich mich besser fühle.

»Weil ich Julian kenne«, sagt er leise. Er hat sich seit Tagen nicht rasiert, und die dunklen Stoppeln betonen die ungesunde Blässe seiner Haut. Dennoch strahlt er irgendwie immer noch seine gewohnte Stärke und Selbstsicherheit aus. Ich weiß, dass es höchstwahrscheinlich eine Fassade ist, aber ich kann nicht anders, als mich beruhigt zu fühlen, als er seine Lippen an meine Stirn drückt und dann einen kräftigen Arm um meine Schultern legt, um mich gegen seine unverletzte Seite zu ziehen.

»Du solltest dich ausruhen«, murmele ich nach einer Minute. So stark mein Mann auch ist, er ist nicht unsterblich. Erst vor wenigen Tagen stand er an der Schwelle des Todes. Aber als ich versuche, mich zurückzuziehen, hält er mich fester, und ich gebe mit einem Seufzer auf und lege meinen Kopf auf seine Schulter.

Es lohnt sich nicht, darüber zu streiten.

Schließlich ist das vielleicht unsere letzte gemeinsame Stunde.

53

eter

DER RÜCKENWIND SCHWÄCHT SICH AB, ALS WIR KURZ DAVOR STEHEN, unseren Abstieg zu beginnen. Ich erfahre davon durch eine knappe Meldung von Anton.

Ich entschuldige mich, befreie mich vorsichtig aus Saras Umarmung und gehe, dankbar dafür, dass er die Weitsicht hatte, Russisch zu sprechen, hinüber, um mit ihm zu reden.

Mein Ptichka ist schon besorgt genug.

Ilya und Yan sind bereits im Cockpit, wobei Yan neben Anton hockt und einen Computer hält.

»Wie viel wird uns fehlen?«, frage ich ohne Einleitung.

»Nicht viel«, sagt Anton. »Wenn die Windgeschwindigkeit nicht weiter sinkt, haben wir vielleicht genug für eine harte Landung – oder auch nicht. Es hängt davon ab, wie gut dieses Flugzeug mit Dämpfen läuft.«

»Gibt es irgendwelche näheren Landebahnen?«, fragt Ilya. »Eine breite Straße wäre in Ordnung.«

»Ich kann nichts auf der Karte finden«, sagt Yan, und ich sehe ihn auf Google Maps in einer stark bewaldeten Region heranzoomen. »Wir sind direkt am Rande des Dschungels; es gibt nichts als Bäume, Flüsse und schmale Feldwege.«

Ich unterdrücke einen Fluch.

Das ist schlecht.

Verdammt schlimm.

Wenn wir allein wären, würde ich mir keine Sorgen machen – viele Menschen haben Flugzeugabstürze überlebt – aber selbst eine harte Landung könnte für Sara und das Baby zu viel sein.

»Was ist los?«, fragt sie von hinten, und als ich mich umdrehe, sehe ich, dass sie besorgt auf die Steuerung blickt. »Ist etwas passiert?«

Niemand antwortet. Selbst Yan hat keine sarkastischen Bemerkungen.

»Nichts, Ptichka. Wir bereiten uns gerade auf die Landung vor«, sage ich ruhig, nehme ihre Hand und führe sie aus der Kabine.

5 4

ara

Mein Inneres fühlt sich an wie Blätter in einem Wintersturm, als Peter mich zu meinem Sitz führt, mich anschnallt und den Sicherheitsgurt so fest zieht, dass ich beinahe Schwierigkeiten habe, zu atmen. Dann humpelt er zur Couch und nimmt die Kissen herunter. Er bringt sie zu mir, und lässt sie vor mir fallen, bevor er ein Fach über mir öffnet und einen Seesack herauszieht.

»Was machst du da?« Meine Stimme beginnt zu zittern. »Peter, was machst du da?«

Er antwortet nicht, sondern zieht nur ein langes Seil und ein Messer heraus. Er greift sich eines der Kissen und bindet es an die Rückseite des Sitzes vor mir, genau dort, wo mein Kopf getroffen werden würde, wenn ich die klassische Position für einen Flugzeugabsturz einnehmen und nach vorne geschoben werden würde.

Dann nimmt er das andere Kissen und stopft es links von mir

zwischen meinen Sitz und das Fenster. Es ist fest eingeklemmt, so dass er das Seil nicht benutzen muss, um es an Ort und Stelle zu halten.

»Stürzen wir ab?« Es ist eine dumme Frage, da es offensichtlich ist, was passieren wird, aber ich kann nicht anders. Ich möchte, dass er mich wieder anlügt, mir sagt, dass das, was er tut, nichts anderes als eine dumme Vorsichtsmaßnahme ist.

»Nein, wir landen«, sagt er, als würde er meine Gedanken lesen, und dann schnallt er das dritte Kissen zu meiner Rechten fest, indem er es an mich bindet.

Ich lag falsch.

Ich will nicht, dass er lügt.

Ich will, dass er mir die Wahrheit sagt, damit ich richtig ausflippen kann.

Die Nase des Flugzeugs neigt sich, und mein Magen folgt dementsprechend, als ich die plötzliche Änderung des Kabinendrucks spüre.

»Peter.« Meine Stimme ist überraschend ruhig. »Bitte, setz dich.«

»Gleich«, sagt er und verschwindet nach hinten, als Yan und Ilya aus der Kabine des Piloten kommen und ihre eigenen Plätze einnehmen.

Ein paar Sekunden später taucht Peter mit weiteren Kissen auf. Er ignoriert meine Proteste, bindet die Kissen um mich herum, und legt ein kleines auf meinen Kopf. Als er fertig ist, ähnele ich einem menschlichen Marshmallow.

Erst dann nimmt er neben mir Platz.

»Nimm ein paar dieser Kissen für dich selbst«, bitte ich ihn, aber er legt nur den Sicherheitsgurt um. »Bitte, Peter. Oder gib wenigstens ein paar davon deinen Teamkollegen. Warum sollte ich sie alle haben? Bitte …«

»Hör nicht auf sie, Peter«, sagt Ilya schroff aus der anderen Reihe. »Uns wird es gut gehen.«

»Aber …«

»Entspann dich, Sara«, sagt Yan kühl. »Mein Bruder hat recht. Außerdem macht die Polsterung keinen großen Unterschied.«

Peter bellt etwas Scharfes auf Russisch - wahrscheinlich eine Ermahnung, mir nicht unnötig Angst zu machen – und ich spüre ein Knacken in meinen Ohren, als unser Abstieg beschleunigt wird.

»Sieben Minuten bis zur Landung«, kündigt Anton über die Gegensprechanlage an, und Peter greift über den Tisch zwischen unsere Sitze, und seine Hand gräbt sich durch den Kissenberg, um meine zu ergreifen. Sein Griff ist so stark wie immer, aber seine Finger sind kalt, als sie sich um meine Handfläche legen.

»Sechs Minuten«, sagt Ilya, als das Flugzeug nach links kippt, so dass ich einen Blick auf den grünen Wald darunter werfen kann.

In der Ferne sehe ich ein großes, lichtes Gelände mit einer Vielzahl kleinerer Gebäude in der Nähe eines größeren weißen Gebäudes, aber dann kippt das Flugzeug nach rechts, und alles, was ich sehe, ist der Himmel.

Ein stotterndes Geräusch unterbricht das ständige Dröhnen der Motoren. Es klingt wie ein Riese, der sich räuspert.

Ich höre auf zu atmen, und meine Augen richten sich auf Peter.

Sein Gesicht ist weiß, und sein Kiefer angespannt, aber sein Griff auf meiner Hand bleibt fest und beruhigend.

Die Motoren dröhnen wieder, und ich atme tief die dringend benötigte Luft ein. Kalter Schweiß sammelt sich unter meinen Achseln, und die ganzen Kissen geben mir das Gefühl, dass ich ersticke.

»Fünf Minuten«, sagt Ilya heiser. »Nur noch ein wenig länger, und er kann das Fahrwerk ausfahren, ohne unseren Abstiegsweg zu verändern.«

Die Motoren husten wieder und setzen dann ihre Arbeit fort.

Das Flugzeug neigt sich wieder nach rechts, und ich zwinge mich dazu, aus dem Fenster zu schauen.

Die Gebäude – vermutlich Esguerras Anwesen – befinden sich jetzt fast direkt unter uns, und ich sehe, dass das weiße unter ihnen eine stattliche Villa ist. Ich bemerke am Rande des lichten Bereichs auch etwas, was aussieht wie Gefängniswachtürme.

»Vier Minuten«, sagt Ilya, und ich sehe unser Ziel: eine gepflasterte Start- und Landebahn in einiger Entfernung von der Villa, die auf beiden Seiten von einem dichten Wald umgeben ist.

Die Motoren husten wieder.

»Drei Minuten«, sagt Ilya, und seine Stimme spannt sich an, als sich das Fahrwerk mit einem Kreischen zu entfalten beginnt.

Mit einem letzten Stottern verstummen die Motoren, und das Kreischen hört auf.

Uns ist gerade der Treibstoff ausgegangen.

»Ptichka.« Peters Stimme ist unheimlich ruhig, als mein verängstigter Blick auf den seinen trifft. »Ich liebe dich. Bereite dich auf eine harte Landung vor.«

55

Sara

ICH HABE IMMER GEDACHT, DASS FLUGZEUGE MIT DEFEKTEN
Triebwerken vom Himmel fallen wie abgeschossene Vögel. Aber als
ich Peter in gelähmtem Schrecken anstarre, fühle ich keinen starken
Sinkflug.

Irgendwie gleiten wir während des Abstiegs immer noch nach
vorne.

»Sara.« Seine Stimme verschärft sich. »Beug dich vor und umarme
deine Knie. Jetzt.«

Meine eingefrorenen Gliedmaßen reagieren irgendwie, und aus
dem Augenwinkel sehe ich, dass er die gleiche Position einnimmt.

Oh Gott.

Das passiert wirklich.

Das ist echt.

Wir stürzen ab.

Wir sind dabei, zu sterben.

623

Meine schnelle Atmung ist in meinen Ohren laut wie ein Tornado, und meine rechte Hand rutschig vom Schweiß, als ich sie durch die Kissen schiebe, um Peters Arm zu berühren.

Ich muss ihn spüren.

Ich muss wissen, dass wir bis zum Ende verbunden sind.

Dann legt sich seine große Hand wieder um meine Handfläche, und für den Bruchteil einer Sekunde ist das alles, was ich brauche. Die Freude ist so intensiv wie die Panik, die mich verzehrt, die Welle der Liebe ist so stark, dass sie die Angst vor dem bevorstehenden Tod überwindet.

»Ich liebe dich«, flüstere ich und drehe meinen Kopf, um seinem silbernen Blick zu begegnen. »Ich werde dich immer lieben, Peter … in dieser Welt und darüber hinaus.«

Der erste Aufprall ist wie der Sprung auf einen bockigen Mustang. Das Flugzeug trifft den Boden so hart, dass es zweimal abprallt, jeder Ruck ist rauer als der nächste. Der Gurt über meinem Schoß ist das Einzige, was mich davon abhält, vom Sitz zu fliegen, und meine linke Schulter knallt in das Couchpolster, als das Flugzeug heftig zur Seite kippt, bevor es sich einpendelt.

Das Fahrwerk muss nicht bis zum Anschlag ausgefahren sein, bemerke ich, als das qualvolle Kreischen von Metall, das über den Boden schabt, meine Ohren über das ohrenbetäubende Schlagen meines Pulses erreicht. Aber dann werden wir auf wundersame Weise langsamer.

Wir sind auf dem Boden und werden langsamer.

Die Erkenntnis sackt langsam, aber erst als wir stehen bleiben, kann ich es glauben.

Wir haben überlebt.

Wir hatten keinen Treibstoff mehr, sind aber trotzdem gelandet.

Ich atme abgehackt, als ich mich aufsetze und die Augen öffne, die ich während der Landung geschlossen haben muss. Peter sitzt bereits aufrecht, und die Stirn seines stoppelbedeckten Gesichts ist besorgt gerunzelt, während er seine Hand aus meinem festen Griff befreit.

Er macht seinen Sicherheitsgurt los, steht auf und befreit mich schnell von den Kissen, bevor er mich von Kopf bis Fuß abtastet.

»Geht es dir gut?«, fragt er besorgt, und als ich nicke, werde ich in eine Umarmung gezogen und so kräftig festgehalten, dass ich nicht mehr atmen kann. Nicht, dass ich das müsste. Das hier ist alles, was ich brauche. Seine Wärme dringt in meinen gefrorenen Körper ein, sein beruhigender Duft umgibt mich, und als mein Ohr gegen seine mächtige Brust gedrückt wird, höre ich sein Herz im Einklang mit meinem schlagen.

Wir haben es geschafft.

Wir sind zusammen, und wir leben.

56

Peter

Wenn es nach mir ginge, würde ich Sara für immer festhalten, ihre Wärme spüren und ihren Duft einatmen, aber es gibt immer noch unseren unfreiwilligen Gastgeber.

Widerwillig lasse ich sie los und trete zurück. Ilya und Yan sind bereits an der Tür, öffnen sie und senken die Leiter, und ich gehe hinüber, um ihnen zu helfen.

Natürlich erwarten uns draußen genug bewaffnete Wachen, um ein Polizeiaufgebot zu erledigen. Sie haben unser Flugzeug umzingelt, und hinter ihnen befinden sich mindestens zwanzig SUVs mit Verstärkung. Während ich sie betrachte, kommen noch ein Dutzend weitere an.

»Bleib hier, bis ich dich hole«, sage ich Sara über meine Schulter, und dann trete ich in die feuchte Hitze des Dschungels hinaus, voll darauf vorbereitet, an Ort und Stelle erschossen zu werden.

Nur weil Esguerra uns landen ließ, bedeutet das nicht, dass er uns leben lässt. Er wollte vielleicht nur unser unbeschädigtes Flugzeug.

Als ich die Treppe hinuntergehe, fliegen keine Kugeln auf mich zu, aber ich weiß es besser, als mich zu entspannen. Das Adrenalin hilft mir dabei, das Hinken zu verbergen, und als die mir nächsten Wachen ihre M16s aufrichten, rufe ich: »Ich bin unbewaffnet«,

Sie müssen neu sein; ich kenne keines ihrer Gesichter aus meiner Zeit bei Esguerra. »Sagt eurem Boss, dass ich hier bin, um ihn zu sehen.«

»Sind Sie das?«, fragt Esguerra und tritt hinter einer Gruppe von Wachen hervor. »Was für ein Zufall. Weil ich schwören könnte, dass Ihr Flugzeug gerade hier abgestürzt ist … so als ob Ihnen der Treibstoff ausgegangen ist.«

»Ja, nun, das kann ja mal passieren. Kraftstoffleck in letzter Minute und so.«

Er schnalzt mit gespieltem Mitgefühl. »Sie sollten Ihren Wartungstypen feuern. Kraftstofflecks sind gefährlich.«

»Das sind sie.« Mein Grinsen ist so scharf wie das Messer, das ich in meinem Stiefel versteckt habe. Trotz allem, was ich gesagt habe, bin ich nie völlig unbewaffnet. »Aber Ende gut, alles gut. Jetzt sind wir hier, also warum verschieben wir nicht das Warum auf später und konzentrieren uns auf das, was zählt? – Henderson zu finden und diese Situation so schnell wie möglich zu lösen.«

Esguerras Augen verengen sich zu blauen Splittern, und für einen Moment bin ich mir sicher, dass er mich töten wird. Aber sein Geschäftssinn muss sich durchsetzen, denn er sagt nur kühl: »In Ordnung. Sie haben zwei Wochen Zeit, um dieses Chaos zu beseitigen. Diego wird Ihnen und Ihrem Team die Unterkunft zeigen.«

Er dreht sich um, um zu gehen, und ich erlaube mir, den Atem herauszulassen, den ich angehalten habe.

Wir sind weit davon entfernt, in Sicherheit zu sein, aber wir haben uns gerade etwas Zeit verschafft.

TEIL IV

57

»SCHNELLER«, SCHNAUZE ICH JIMMY AN, ALS ER DEN KOFFER ZUM AUTO schleppt, und sein Gesichtsausdruck ist geprägt von gereizter Teenager-Langeweile. Bonnie und Amber, meine achtzehnjährige Tochter, sind bereits im Fahrzeug und warten angespannt.

Im Gegensatz zu meinem dummen Sohn verstehen sie den Ernst der Lage. Sie wissen, dass, wenn Sokolov und seine Kameraden uns finden, wir alle ein schlimmeres Schicksal erleiden werden als den Tod.

Als ich ins Auto steige und die Tür zuschlage, schmecke ich den bitteren Nachgeschmack der Niederlage auf meiner Zunge. Meinen Quellen zufolge ist Sokolov jetzt auch auf Esguerras Anwesen, was bedeutet, dass meine Feinde sich nicht nur neu gruppieren, sondern auch zusammenschließen.

Wir müssen wieder weglaufen.

Wir müssen uns verstecken.

Zumindest, bis ich einen anderen Weg gefunden habe, um an sie heranzukommen.

5 8

Ich wache überraschenderweise zu den Geräuschen eines weinenden Babys und Frauenstimmen auf, die versuchen, es zu beruhigen.

Ich öffne die Augen, setze mich auf und warte darauf, dass mein Gehirn seinen Tag beginnt, damit ich herausfinden kann, wo ich bin. Während ich mich in dem schlichten Raum mit seinen weißen Wänden und dem grauen Teppich umsehe, fällt es mir wieder ein.

Wir sind in Kolumbien, auf dem Gelände des Waffenhändlers.

Genauer gesagt sind wir in dem Haus, in das Diego – ein junger Wachmann, den Peter anscheinend von früher kennt – uns gestern gebracht hat. Ich vermute, unser Gastgeber hat es uns meinetwegen gegeben. Yan, Ilya und Anton sind zu den Wachen in die Baracken gekommen, aber Esguerra muss sich gedacht haben, dass es für ein Ehepaar seltsam sein könnte, bei einem Haufen Kerle zu schlafen.

Ich bin froh darüber; ich mag die Privatsphäre. Ganz zu schweigen davon, dass das Haus schön ist – sauber und modern, wenn auch nur mit dem Nötigsten eingerichtet. Ich habe sogar ein wenig Kleidung im Schrank gefunden, und es sieht so aus, als sei sie fast in meiner Größe – eine sehr schöne Überraschung, da meine eigene Kleidung derzeit nur aus der Jeans und dem Pullover besteht, in denen ich gelandet bin.

»War das nicht die Wohnung von Kent? Wo wohnt er?«, hatte Peter gefragt, als wir hier angekommen sind, und Diego hatte ihm erklärt, dass Lucas und Yulia Kent im Haupthaus bei den Esguerras sind – wegen zusätzliche Sicherheit, und weil es bequemer für die Geschäftsbesprechungen ist.

Das Weinen scheint von draußen zu kommen, also stehe ich auf und werfe mir einen Bademantel über, den ich gestern im Schrank gefunden habe. Dann gehe ich hinüber, um durch die geschlossenen Jalousien aus dem Schlafzimmerfenster zu schauen.

Zwei dunkelhaarige junge Frauen sind über ein Baby gebeugt, das auf einer Decke auf dem grünen Rasen vor dem Haus liegt. Sie wechseln die Windel des Kindes, während es jammert, als wäre es die schlimmste Sache der Welt.

Wer sind sie?

Und wo ist Peter?

Nach der hellen Sonne draußen zu urteilen, ist es schon Morgen – was, da ich nur wenige Stunden nach unserer Ankunft gestern eingeschlafen bin, bedeutet, dass ich etwa sechzehn Stunden geschlafen habe.

Mein Körper muss die Ruhe nach all dem Stress gebraucht haben.

Automatisch bewegt sich meine Hand auf meinen Bauch. Er ist immer noch flach, ohne Anzeichen von dem Leben, das im Inneren wächst, aber ich weiß, dass es da ist. Ich fühle es.

Mein eigenes Baby.

In ein paar Monaten werde ich auch Windeln wechseln.

Angenommen, wir sind noch am Leben, heißt das.

Meine Brust zieht sich zusammen, und ich trete vom Fenster zurück. Einen Moment lang hatte ich fast vergessen, wie prekär unsere Umstände sind – und was uns hierhergeführt hat.

Das Gebrüll des Hubschraubers inmitten des Kanonenfeuers, das nutzlose Drücken auf Papas Brust, um sein Herz wieder zum Schlagen zu bringen, Mamas Gesicht, von dem ein Teil fehlt ...

Keuchend sinke ich auf die Knie, und mein Herz rast, während kalter Schweiß meinen Körper bedeckt. Für eine Sekunde war es, als wäre ich in der Zeit zurückversetzt worden, da die Rückblende so lebhaft gewesen war, dass ich den metallischen Geruch von Blut gerochen und den warmen Strahl auf meinem Gesicht gespürt habe.

Oh Gott.

Ich kann das nicht tun.

Ich kann nicht darüber nachdenken.

Zitternd stehe ich auf und stolpere in das angrenzende Badezimmer, wo ich die Dusche auf die heißeste Position drehe, eintrete und das kochende Wasser das Eis in mir verbrennen lasse.

Eines Tages werde ich an meine Eltern denken können, aber noch nicht jetzt.

Nicht für eine lange, lange Zeit.

Es klingelt an der Tür, gerade als ich das Wohnzimmer in Jeans-Shorts und einem T-Shirt betrete, die ich im Schrank gefunden habe. Sie passen mir überraschend gut. Da Peter gesagt hat, dass dies Kents Haus gewesen war, schätze ich, dass die Sachen Yulias sind.

Hoffentlich macht es ihr nichts aus, dass ich sie mir ausleihe.

Die Türklingel ertönt erneut.

»Peter?«, rufe ich und schaue mich um, aber niemand antwortet. Er scheint nicht im Haus zu sein.

Ich atme durch, gehe zur Haustür und öffne sie.

Draußen stehen die beiden jungen Frauen, die ich eben auf dem

Rasen gesehen habe, aber das Baby schläft jetzt in einem Kinderwagen. Sie sehen aus, als seien sie Anfang zwanzig, und sie tragen Sommerkleider und bequeme Sandalen. Die eine ist zierlich und auffallend hübsch, mit dicken, glänzenden Haaren bis zur Taille und einem schlanken, athletischen Körperbau, während die andere rundwangig ist, mit einem strahlenden Lächeln und einer kurvigen Figur. Zu meiner Überraschung kommen mir beide bekannt vor.

Wo habe ich sie schon einmal gesehen?

»Hi«, sagt das zierliche Mädchen und studiert mich mit einem eigentümlichen Gesichtsausdruck. Ihre Augen sind riesig und dunkel in ihrem zart gezeichneten Gesicht. »Sie müssen die Frau von Peter sein. Ich bin Nora Esguerra.«

Bei dem Namen läutet eine Glocke, die nicht nur etwas damit zu tun hat, dass er »Esguerra« lautet.

»Und ich bin Rosa Martinez«, sagt die andere Frau mit einem schwachen spanischen Akzent. Wie Nora starrt sie mich an, als wäre ich eine Art exotisches Tier, und ich merke, dass mir auch *ihr* Name bekannt vorkommt.

Wir sind uns definitiv schon einmal begegnet. Aber wo?

»Hi«, sage ich, als in meinem Kopf langsam eine Erinnerung aufsteigt. Sie ist von vor einigen Jahren, hat etwas mit meinem Krankenhaus zu tun … »Ich bin Sara Cobakis, also Sokolov.« Oder Garin, oder was für eine Identität uns Peter als Nächstes annehmen lassen wird.

»Und Sie sind eine Ärztin, richtig?« Nora legt ihren Kopf auf die Seite. »Ich weiß nicht, ob Sie sich erinnern, aber …«

»Sie waren eine meiner Patientinnen!«, rufe ich aus, als es mir endlich wieder einfällt. Mein Blick fällt auf Rosa, und meine Überraschung verstärkt sich. »Sie *beide* waren es.«

Ich erinnere mich jetzt daran. Es ist einige Jahre her und war nicht lange nach Georges Unfall. Ich war in die Notaufnahme gerufen worden, um zwei junge Frauen zu behandeln, die in einem Nachtklub überfallen worden waren. Eine von ihnen – Rosa – war vergewaltigt worden, während die andere – Nora – bei dem Versuch, ihre Freundin zu verteidigen, eine Fehlgeburt erlitten hatte.

Noras Mann war auch dort gewesen, ein atemberaubend gutaussehender Mann, der gewirkt hatte, als ob er kurz davor wäre, jeden außer seiner jungen Frau zu ermorden.

War das Julian Esguerra?

Habe ich den Mann schon kennengelernt, von dem ich so viel gehört habe?

Auf Noras Lippen erscheint ein Lächeln. »Sie haben ein gutes Gedächtnis. Ich bin mir sicher, dass Sie in den letzten Jahren Tausende von Patientinnen hatten.«

»Ich … ja, aber …« Als mir auffällt, dass ich sie behandele, als seien sie Vertreterinnen, trete ich zurück und öffne die Tür weit. »Bitte, kommen Sie rein. Ihnen muss heiß dort draußen sein.«

»Danke«, sagt Nora und geht hinein, und Rosa schiebt den Kinderwagen vor sich her, während sie ihr folgt.

»Ist das Ihr Kind?«, frage ich Rosa, aber sie schüttelt lächelnd den Kopf.

»Es ist Noras.«

»Oh, ja, das ist Lizzie.« Nora schiebt das Verdeck des Kinderwagens zurück und beugt sich darüber, um das schlafende Baby hochzunehmen. Sie legt das Mädchen sanft gegen eine Schulter und strahlt mich an. »Sie ist fünf Monate alt.«

»Herzlichen Glückwunsch«, sage ich leise. Ich erinnere mich daran, wie am Boden zerstört sie im Krankenhaus ausgesehen hatte, wie besorgt sie um ihre Freundin war. Und Rosa … Es ist schwer zu glauben, dass das verletzte Mädchen, das ich in dieser Nacht behandelt hatte, die Frau mit den strahlenden Augen ist, die vor mir steht. Ohne Noras Anwesenheit hätte ich vielleicht länger gebraucht, um sie zu erkennen; eine Hälfte von Rosas Gesicht war geschwollen und mit Blut verkrustet, als ich sie zuletzt sah.

»Danke.« Noras Lächeln wird kurz schwächer, dann kommt es mit voller Kraft zurück. »Sie ist unser Ein und Alles, deshalb habe ich

Julian gesagt, dass wir Sie aufnehmen müssen, egal wie sauer er wegen der Henderson-Situation ist.«

Ich blinzele sie an. »Was?«

Rosa tritt auf Noras Fuß und sagt etwas auf Spanisch.

»Ich bin sicher, dass sie von Henderson weiß«, sagt Nora und runzelt die Stirn, bevor sie mich ansieht. »Sie wissen von Henderson, oder?«

»Ja, natürlich«, sage ich. »Ich bin nur verwirrt, was Ihre Tochter damit zu tun hat, uns aufzunehmen.«

»Ach, das.« Nora sieht erleichtert aus. »Peter hat es Ihnen nicht erzählt?« Sie sieht meinen fragenden Blick und erklärt mir: »Ihr Mann hat uns vor einigen Monaten einen großen Gefallen getan – einen, der Lizzie wahrscheinlich aus den Fängen eines sehr bösen Mannes gerettet hat.«

»Und dich«, erinnert Rosa sie, und Nora nickt.

»Richtig, und mich auch. Und Julians Leben auch, obwohl er diesen Teil nicht anerkennen will.«

»Oh, ich verstehe.« Das muss der Gefallen gewesen sein, den Peter erwähnt hatte – derjenige, der ihm letztendlich die Amnestie gebracht hat. Ich möchte eine Million Fragen dazu und zu allem anderen stellen, aber zuerst muss ich aufhören, eine so schlechte Gastgeberin zu sein. »Möchten Sie etwas essen oder trinken?«, frage ich. »Ich glaube, Peter hat den Kühlschrank gestern aufgefüllt …«

»Nein, danke«, sagt Nora und geht hinüber, um sich auf die Couch zu setzen.

»Ich hätte gern ein Glas Wasser«, sagt Rosa, als ich sie ansehe.

Dankbar dafür, dass ich etwas zu tun habe, gehe ich in die Küche und fülle zwei Gläser mit dem gefilterten Wasser aus dem Kühlschrank – eines für mich und eines für Rosa. Wie der Rest des Hauses ist auch die Küche sauber und modern, wenn auch nicht übertrieben schick. Ich kann mir definitiv vorstellen, dass Lucas Kent hier zu Hause war; die minimalistische Ästhetik wirkt wie etwas, was ihm gefallen würde.

»Also, wie haben Sie und Peter sich kennengelernt?«, fragt Nora, als ich ins Wohnzimmer zurückkehre und Rosa ihr Glas Wasser reiche. Sie sitzt jetzt auf der Couch neben Nora, und Lizzie ist wieder im Kinderwagen und schläft immer noch ruhig.

Sie muss sich durch all das Weinen vorhin erschöpft haben.

»Das ist eine lange Geschichte«, antworte ich auf Noras Frage, während ich mich auf einen Stuhl gegenüber von ihnen setze. »Was ist mit Ihnen und Ihrem Mann? Und was hat Sie damals nach Chicago gebracht? Sind Sie ursprünglich aus der Gegend?«

Ich bin mir nicht sicher, ob ich auf die Einzelheiten meines ersten Treffens mit Peter eingehen möchte. So nett diese jungen Frauen auch zu sein scheinen, ich kann nicht vergessen, dass sie auf der Seite unseres Gastgebers stehen – eines Mannes, der, wenn er auch vielleicht nicht gerade Peters Feind, so doch sicherlich nicht sein Freund ist.

»Meine Eltern wohnen in Oak Lawn«, sagt Nora. »Also ja, ich komme ursprünglich aus der Gegend um Chicago. Und Sie sind aus Homer Glen, oder?«

»Ja. Wow, was für ein Zufall.« Oak Lawn ist weniger als eine Autostunde vom Homer Glen entfernt.

Esguerras Frau und ich waren praktisch Nachbarn.

Nora lächelt. »Ich weiß. So verrückt. Was das Kennenlernen von Julian und mir betrifft, so war es in einem Nachtklub in Chicago. Er war in der Gegend, um Geschäfte zu machen, und ich war mit einer Freundin unterwegs, um meinen achtzehnten Geburtstag zu feiern. Ein paar Wochen später entführte er mich und …«

Ich spucke fast den Schluck Wasser aus, den ich gerade genommen habe. »Er hat *was*?«

»Es ist nicht so schlimm, wie es klingt«, sagt Nora, dann grinst sie und schüttelt den Kopf. »Ach, was sage ich da? Es ist so schlimm, wie es klingt. Aber jetzt sind wir glücklich, also ist das alles, was zählt. Was ist mit Ihnen? Wie haben Sie Peter getroffen?«

»Ja, wie?«, will auch Rosa wissen, und ich spüre etwas mehr als nur einfache Neugierde in ihrem eindringlichen Blick.

Ich starre zurück. Etwas nagt in meinem Hinterkopf, etwas Großes … Und dann fällt es mir ein.

Natürlich.

Wie konnte ich das nur vergessen haben?

Ich wende mich Nora zu und sage ruhig: »Sie wissen bereits, wie wir uns kennengelernt haben. Oder zumindest sollten Sie … weil Sie diejenige sind, die Peter seine Liste gegeben hat.«

Peter

ES IST ERSTAUNLICH, WAS EINE NACHT RUHIGEN SCHLAFES BEWIRKEN kann. Meine Seite tut immer noch weh, wenn ich mich bewege, und meine Wade und mein Arm schmerzen stumpf, aber ich fühle mich unendlich erholt, als ich mich gegenüber von Kent und Esguerra an den Tisch setze.

Ilya, Yan und Anton schließen sich mir auf meiner Seite an, und ich lächele, als eine mollige Frau mittleren Alters eine Platte mit geschnittenen Früchten und Keksen bringt.

Dies ist eine Verbesserung gegenüber der Art und Weise, wie Esguerra früher Geschäftsbesprechungen in diesem Büro abhielt. Soweit ich mich erinnere, gab es damals kein Essen.

»Danke, Ana«, sage ich, als sie die Platte in der Mitte des ovalen Tisches platziert, und die Haushälterin strahlt mich an, weil sie sich freut, dass ich mich an sie erinnere. Ich hatte nicht viel mit ihr zu tun, als ich für Esguerra arbeitete, aber ich habe ein gutes Gedächtnis für Namen.

»Willkommen zurück, Señor Sokolov«, sagt sie mit einem hörbaren spanischen Akzent. »Es ist schön, Sie wiederzusehen.«

»Ebenso«, sage ich, und sie verlässt den Raum.

Mein Lächeln verschwindet, als ich meine Aufmerksamkeit auf die beiden Männer richte, die mir gegenübersitzen. Keiner von beiden scheint sich besonders zu freuen, hier zu sein, und das aus gutem Grund.

Nach Angaben unserer Hacker gab es gestern Abend eine Razzia in Esguerras Büros in Hongkong.

Unbeeindruckt von der Spannung im Raum greift Ilya nach einem Keks. »Das sind die Guten«, sagt er, nachdem er hineingebissen hat, und Anton folgt seinem Beispiel und schnappt sich einen Keks und einen Haufen Trauben.

Esguerra sieht sie kalt an und wendet sich dann an mich. »Also, Henderson.«

»Richtig.« Ich schiebe einen dicken Ordner zu ihm über den Tisch. »Das ist alles, was wir über den Bastard haben. Ich schicke Ihnen die Dateien auch gern per E-Mail, falls Ihre Leute die Datenmuster analysieren wollen.«

»Ich nehme an, das hast du bereits getan?«, fragt Kent, und ich nicke.

»Etwa ein Dutzend Mal.«

»Und?«, will Kent wissen.

Ich zucke mit den Schultern. »Im Moment nichts Schlüssiges. Aber ich habe ein paar Ideen.«

Und als Esguerra sich nach vorne beugt, unterdrücke ich die Überreste meines Gewissens und erkläre ihm, was ich tun will.

Wenn Henderson dachte, dass wir uns vorher im Krieg befanden, lag er falsch.

Das ist Krieg – und lange bevor wir fertig sind, wird er einbrechen und um Gnade flehen.

6 o

S ara

BEI MEINEN ANSCHULDIGENDEN WORTEN ZUCKT NORA ZUSAMMEN, schaut aber nicht weg. »Sie wissen also von der Liste. Als ich Ihren Namen zum ersten Mal in der Zeitung las, habe ich mich gefragt, ob sie euch zusammengebracht hat.«

»Sie meinen, ob Sie der Grund war, warum er in mein Haus eingebrochen ist, um den Aufenthaltsort meines inzwischen verstorbenen ersten Mannes aus mir herauszufoltern?«, frage ich ironisch, und Nora zuckt wieder zusammen.

»Ist es das, was passiert ist? Ich hatte gehofft, dass Peter Sie vielleicht verschont hat, oder zumindest ...« Sie schaut nach unten. »Vergessen Sie es.«

»Sie wollte Sie kontaktieren«, sagt Rosa und beugt sich nach vorne. »Als wir erkannten, wer Sie sind, wollte Nora Sie kontaktieren und Sie vor Peter warnen.«

Ich starre Esguerras Frau an. »Das wollten Sie?« Es hätte George

643

nicht geholfen – Peter hätte ihn sowieso irgendwann aufgespürt – aber vielleicht wäre ich in dieser Nacht nicht in meiner Küche überrascht worden, wenn ich vorher gewarnt worden wäre.

Vielleicht hätte ich zugestimmt, unterzutauchen, so wie das FBI es von mir wollte, und Peter hätte einen anderen Weg gefunden, um zu George zu gelangen.

Vielleicht hätten mein Peiniger und ich uns nie getroffen.

Meine Brust zieht sich bei dem Gedanken zusammen, und zu meinem Entsetzen merke ich, dass ich das nicht will.

Selbst nach allem, was passiert ist, nach allem, was ich verloren habe, wenn ich eine Zeitmaschine hätte und die Geschichte magisch umschreiben könnte, würde ich es nicht tun.

Ich würde mein Hier und Jetzt mit Peter über jedes Leben ohne ihn wählen.

»Ja, aber ich habe es nicht getan.« Nora schaut nach oben, und ihr Blick ist düster. »Es tut mir leid, Sara. Ich sah den Namen Ihres Mannes auf der Liste, als ich sie zu Peter schickte, und als wir im Krankenhaus waren, dachte ich, dass mir etwas an Ihrem Namensschild bekannt vorkam, aber ich habe erst später zwei und zwei zusammengezählt. Und als ich es tat …« Sie atmet ein. »Nun, das spielt jetzt keine Rolle mehr.«

»Es ist wichtig«, sagt Rosa, und ihre braunen Augen glänzen. »Sie hat es nicht getan, weil ihr Mann sie aufgehalten hat.«

»Rosa …«, beginnt Nora, aber ihre Freundin legt eine Hand auf ihr Knie.

»Nein, lass mich ausreden.« Sie schaut mir direkt ins Gesicht. »Wenn Sie jemandem die Schuld geben wollen, Sara, sollte ich es sein. Ich erzählte Señor Esguerra, was Nora vorhatte, und er sorgte dafür, dass sie es nicht durchziehen würde.«

Ich blinzele. »Das haben Sie? Warum?«

Mich stört es nicht wirklich, dass die Warnung nicht kam – sie waren offensichtlich nicht verpflichtet, mir einen Gefallen zu tun – aber ich verstehe nicht, warum Rosa sich eingemischt hat.

»Weil Peter Sokolov ein gefährlicher Mann ist.« Ihr Blick ist unerschütterlich. »Vielleicht so gefährlich wie Señor Esguerra selbst. Und nach allem, was Nora durchgemacht hatte, war das Letzte, was sie brauchte, dass er hinter ihr und Señor Esguerra her war, weil sie sich eingemischt hatte. Ihr Mann war von dieser Liste besessen; er hätte jeden niedergemäht, der seiner Rache im Weg stand.«

»Ja, ich weiß«, sage ich trocken. »Ich war dabei.«

Rosas wendet sich ab, um mich nicht ansehen zu müssen.

»Also, was ist geschehen, dass ihr letztendlich geheiratet habt?«, fragt Nora, und betrachtet mich mit einem ernsten Blick. Ohne ihre großen, dunklen Augen könnte man sie wegen ihrer zierlichen Statur und ihrer babyglatten Haut für einen Teenager halten. Aber ihr Blick verrät sie.

Es ist der Blick einer Frau, die genau weiß, was Leid bedeutet.

Sie sagte, dass ihr Mann sie entführt hat, als sie achtzehn war. Wie war das für sie? Ich war achtundzwanzig, als Peter in mein Leben kam, und ich hatte Schwierigkeiten, mit der emotionalen Komplexität unserer verdrehten Beziehung umzugehen. Wie hat dieses Mädchen das in so jungen Jahren geschafft?

Wie konnte sie einen Mann überleben, der, wie es scheint, der Teufel höchstpersönlich ist?

»Ich nehme an, genauso, wie Sie letztendlich *Ihren* Mann geheiratet haben«, sage ich, während sie mich weiterhin ansieht und auf meine Antwort wartet. »Am Anfang habe ich Peter gehasst, und dann, mit der Zeit, hat es sich einfach … verändert. Nachdem er Georges Aufenthaltsort aus mir rausgefoltert hatte, tötete Peter ihn und verschwand, kam dann aber zu mir zurück.«

Ich könnte ihr die ganze schmutzige Geschichte erzählen, aber das brauche ich nicht. Sie versteht es; ich sehe es in ihren Augen.

»Es tut mir leid, Sara, für meine Rolle in Ihrem Unglück«, sagt sie leise. »Ich hoffe, eines Tages werden Sie mir verzeihen. Und auch wenn es vielleicht nicht hilft, manchmal muss man in die Dunkelheit eintauchen, um das hellste Licht zu finden. Das ist zumindest das, was *ich* tun musste.«

Ich lächele, um ihr zu sagen, dass es nichts zu verzeihen gibt, als das Baby anfängt, sich zu bewegen. Rosa springt auf und läuft zum Kinderwagen, offensichtlich froh, etwas zu tun zu haben, und Nora steht auch auf.

»Wir sollten gehen und Sie ankommen lassen«, sagt sie, als Rosa das Baby hochnimmt und ihre Schreie beruhigt, indem sie es hin und her schaukelt. »Wenn Sie etwas brauchen – irgendetwas –, sind wir nur einen kurzen Spaziergang entfernt, dort drüben im Haupthaus.«

»Danke. Sie waren bereits mehr als großzügig«, sage ich ihr und meine es ernst. Erst jetzt verstehe ich, dass *sie* ihren Mann davon überzeugt hat, uns Unterschlupf zu gewähren; ihre Bemerkung kam so unvorbereitet, dass sie mit fast entgangen war.

Wer weiß, ob ohne sie Esguerra uns landen lassen hätte?

Wir könnten dieser jungen Frau unser Leben verdanken.

»Es war schön, Sie wiederzusehen, Sara«, sagt Rosa und strahlt mich an, als sie Nora die jetzt ruhige Lizzie übergibt, und ich lächele zurück, auch wenn mein Blick auf das Baby gerichtet ist.

»Möchten Sie sie halten?« Nora fragt leise, und ich nicke, während ein fast elektrisches Kribbeln durch mich hindurchläuft, als ich nach ihrer Tochter greife.

Sie ist weich und warm, wie ein kleines Bündel beheizter Kissen, und als ich sie an meiner Schulter ablege, so wie ich es bei Nora gesehen habe, dreht sie ihren Kopf und starrt mich mit riesigen blauen Augen an.

»Sie ist wunderschön«, flüstere ich ehrfürchtig, und das ist sie. Ihr winziger Kopf ist mit dunklem, seidig aussehendem Haar bedeckt, und ihre glatte, zarte Haut ist ein wunderschöner Farbton aus blassem Gold. Alle Babys sollen angeblich süß sein, aber dieses hier … Sie wird eine Herzensbrecherin sein, das weiß ich.

Wie wird mein Kind aussehen?

Wird er oder sie Peters Gesichtszüge haben?

»Sie mag Sie«, sagt Nora. »Schauen Sie nur, wie sie Sie anstarrt. Sie ist fasziniert.«

Ich reiße meinen Blick von dem kleinen Wesen in meinen Armen weg, um mich auf seine Mutter zu konzentrieren. »Ihre Tochter ist umwerfend«, sage ich Nora ehrlich, und sie lächelt.

»Julian und ich denken das auch, aber wir sind voreingenommen.«

»Ich denke das auch«, sagt Rosa grinsend. »Aber ich bin wahrscheinlich auch voreingenommen.«

»Haben Sie Kinder?«, frage ich sie, und sie schüttelt den Kopf, und ihr Lächeln verblasst.

»Nein, leider nicht.« Sie kommt zu mir und greift nach dem Baby. »Komm her, Lizzie, Süße. Du willst doch zu Tante Rosa kommen, oder?«

Ich bin nicht ganz bereit, das Baby wegzugeben, aber ich habe keine Wahl. Lizzie geht mit einem fröhlichen Glucksen in Rosas Arme, und sofort fühlt sich die Stelle, an der ich sie gehalten habe, kalt und leer an, und meine Brust auf eine seltsame neue Weise hohl.

So muss es sich anfühlen, wenn man ein Kind will – wirklich ein Kind will. Ich habe schon einmal mit Babys zu tun gehabt und es genossen, aber ich habe im Entferntesten noch nie so etwas gespürt.

Vielleicht liegt es daran, dass ich schwanger bin. Die Natur bereitet mich darauf vor, Mutter zu werden, indem sie die Hormone freisetzt, um sicherzustellen, dass ich das Kind willkommen heiße, wenn es kommt.

Meine Hand wandert unbewusst zu meinem Bauch, als ich Rosa zuschaue, wie sie das Baby vorsichtig in den Kinderwagen legt, und als ich nach oben schaue, sind Noras große Augen wissend auf mich gerichtet.

»Wie weit sind Sie?«, fragt sie leise, und Rosa dreht sich keuchend herum und starrt mich an.

»Sie sind schwanger?«

Ich beiße mir auf die Lippe. Es ist noch zu früh, um es allen zu sagen, aber es hat keinen Sinn, zu lügen. »Ja«, gebe ich zu. »Erst in der sechsten Woche.«

»Wow, Glückwunsch«, ruft Rosa und starrt auf meinen Bauch.

»Ja, herzlichen Glückwunsch«, sagt Nora mit einem herzlichen Lächeln. »Ich freue mich so für Sie und Peter.«

»Danke«, sage ich und erwidere das Lächeln.

Mein altes Leben ist fort, aber vielleicht ist dies der Beginn eines komplett neuen, komplett mit neuen Freundschaften.

Vielleicht werde ich im Laufe der Zeit etwas von dem zurückgewinnen, was verloren gegangen ist.

61

Peter

ICH NÄHERE MICH GERADE DEM HAUS, ALS SICH DIE HAUSTÜR ÖFFNET und eine kleine, dunkelhaarige Frau mit einem Kinderwagen herauskommt und sagt: »... und auch wenn Dr. Goldberg kein Gynäkologe ist, hat er aber ein Ultraschallgerät. Julian hat es für mich bestellt, als ich schwanger war. Also kann er definitiv nachsehen, ob es Ihnen und dem Baby gut geht.« Sie dreht sich um und bleibt stehen. »Oh, hallo, Peter.«

»Hi, Nora«, sage ich. Dann sehe ich ihre Freundin, das junge Dienstmädchen aus dem Haus, das hinter ihr in der Tür steht, mit Sara an ihrer Seite. »Hallo, Rosa«, begrüße ich das Dienstmädchen, bevor ich meine Aufmerksamkeit auf die einzige Person richte, die mir wichtig ist. »Ptichka, geht es dir gut?«

Sara nickt. »Es geht mir sehr gut. Nora hat mir gerade von ihrem Hausarzt erzählt, für den Fall, dass ich mich nach allem untersuchen lassen will. Aber ich glaube nicht ...«

649

»Das ist eine ausgezeichnete Idee«, sage ich mit Nachdruck. »Lass dich am besten noch heute von ihm untersuchen.« Ich erinnere mich an Goldberg aus meiner Zeit hier, und auch wenn ich Sara lieber von einem Geburtshelfer untersuchen lassen würde, ist Esguerras Unfallchirurg so brillant, wie ein Arzt nur sein kann.

»Gut«, sagt Sara. »Aber du solltest dich auch von ihm untersuchen lassen.«

Ich zucke mit den Schultern. »Wenn du willst.« Als wir gestern angekommen sind, hat sie alle meine Verbände gewechselt und einige Stiche erneuert, und ich bin mehr als zufrieden mit ihrer Arbeit. Aber wenn sie sich besser fühlen würde, wenn ein anderer Arzt mich auch untersucht, macht es mir nichts aus.

Ich würde alles tun, was meine schwangere Frau beruhigt und glücklich macht.

Nora räuspert sich, und ich merke, dass ich völlig vergessen habe, dass sie und Rosa dort stehen.

»Entschuldigung«, sage ich und trete zurück, um sie vorbeigehen zu lassen, und als der Kinderwagen an mir vorbeirollt, sehe ich ein winziges Gesicht mit leuchtend blauen Augen.

Lizzie Esguerra.

Meine Brust zieht sich plötzlich schmerzend zusammen. Verdammt, ich vermisse Pascha. Nach all der Zeit trifft es mich immer noch wie eine Abrissbirne, das Wissen, dass er weg ist, dass das Baby mit dem Grübchen, das zu einem klugen Kleinkind herangewachsen war, nie zur Schule gehen, nie erwachsen werden und nie eigene Kinder haben wird. Nichts kann diese klaffende Leere füllen, aber als mein Blick auf Sara fällt, fühle ich, wie der schlimmste Schmerz abebbt, und eine heilende Wärme die krallenartige Qual der Trauer abschwächt.

Ich kann Pascha nie wieder in meinen Armen halten, aber ich werde mein Kind mit Sara halten. Ich kann es mir schon jetzt vorstellen. Wenn es ein Mädchen ist, wird es süß und anmutig sein, wie eine kleine Ballerina, und wenn es ein Junge ist … Nun, er wird nicht Pascha sein, aber ich werde ihn genauso sehr lieben.

»Nochmals vielen Dank«, ruft Sara und winkt Nora und Rosa zu, als sie die Straße zu Esguerras Villa hinuntergehen, und sie winken lächelnd zurück, als ich das Haus betrete und die Tür hinter uns schließe.

6 2

Ich reibe mir den Hals, während ich aus dem Fenster auf die eisige Landschaft starre.

Die Hütte ist so isoliert wie möglich, weit weg von den Horden der Touristen, die in der Hoffnung, das Nordlicht zu sehen, nach Island kommen.

Meine Feinde werden uns hier nicht finden, obwohl ich weiß, dass sie ihr Bestes tun werden, um es zu versuchen. Im Moment sind meine Familie und ich sicher, aber ich bin mir der Tatsache bewusst, dass wir nicht ewig hierbleiben können.

Bald müssen wir wieder weglaufen und uns wieder verstecken.

Das heißt, es sei denn, ich schaffe es, Sokolov und seine Verbündeten zu Fall zu bringen.

Mein neuer Plan ist wirklich sehr riskant, aber ich sehe keinen anderen Weg. Sie werden nicht aufhören, mir nachzustellen, und irgendwann werden uns die Verstecke ausgehen.

Die gute Nachricht ist, dass ich bereits die richtigen Leute kenne, um diese Mission auszuführen – das gleiche Team, das ich für den Bombenanschlag auf das FBI eingesetzt habe. Es besteht aus zwei skrupellosen und hoch qualifizierten Partnern, die ein würdiger Gegner für meine Feinde sind.

Was ich jetzt brauche, ist der Grundriss von Esguerras Anwesen in Kolumbien.

Dann kann ich den Krieg zu ihnen bringen.

S ara

ICH VERSUCHE, PETER ZUM AUSRUHEN ZU BEWEGEN, ABER ER BESTEHT darauf, Frühstück zu machen, und ich bin zu hungrig, um zu streiten. Er fühlt sich heute deutlich besser, sein Teint kehrt zu seinem normalen gesunden Farbton zurück und seine Bewegungen sind nur leicht steif.

Wenn ich nicht wüsste, dass er vor weniger als einer Woche drei Kugeln abbekommen hat, würde ich es nicht glauben.

Als wir unsere Omeletts in der Küche verschlingen, erzähle ich ihm von Noras und Rosas Besuch, und davon, dass ich sie schon einmal getroffen hatte, lange bevor ich ihn kennengelernt habe.

»Nora hatte eine Fehlgeburt?«, fragt er und runzelt die Stirn, und mir wird klar, dass er davon nichts gewusst hat.

»Ja. Ich nehme an, du hast damals schon nicht mehr bei Esguerra gearbeitet?«

Er nickt. »Ich ging sofort, nachdem ich ihn vor der Terrorgruppe gerettet hatte, die ihn in Tadschikistan gefangen genommen hatte. Erinnerst du dich daran, dass ich dir erzählt habe, dass er sauer war, weil ich seine Frau bei der Rettung gefährdet habe? Nun, sie war definitiv nicht schwanger zu der Zeit, oder wenn sie es war, wusste ich es nicht. Ich hätte mich nicht von ihr überreden lassen, sie als Köder zu benutzen, wenn ich es gewusst hätte.«

Okay. Weil Peter ein Faible für Babys hat. Ich sah den Blick auf seinem Gesicht, als er Lizzie ansah, als sich seine Qualen mit zarter Sehnsucht vermischten. Es brach mir das Herz, auch wenn ich ihn dafür umso mehr liebe.

Er wird ein wunderbarer Vater sein, so fürsorglich, wie mein eigener Vater es war.

»Er atmet nicht mehr. Sara, er atmet nicht mehr.«

Ich bin bereits auf meinen Knien und drücke auf Papas Brust, während ich leise zähle und mich dann nach vorne beuge, um in seinen Mund zu atmen.

Seine Brust hebt sich mit der Luft, die ich ihm gebe, dann senkt sie sich und bleibt unbeweglich.

Als ich meine wachsende Panik bekämpfe, beginne ich wieder mit den Brustkompressionen.

Eins, zwei, drei, vier ...

»Sara!«

Keuchend starre ich Peter verwirrt an. Sein Gesicht ist besorgt, er hält mich an meinen Oberarmen fest, und wir stehen beide, obwohl ich vor einer Sekunde noch gesessen und gegessen habe.

»Was ist passiert?«, frage ich heiser, als er sich hinsetzt, mich auf seinen Schoß zieht und seine starken Arme um meinen zitternden Körper legt. Ich bin froh, dass er mich festhält, denn ich bin mir nicht sicher, ob ich allein aufrecht sitzen könnte. Meine Herzfrequenz liegt in der Überschallzone, und eisiger Schweiß tropft über meinen Rücken.

»Du bist weiß geworden, und dann hast du angefangen zu hyperventilieren.« Seine Stimme ist angespannt. »Und als ich dich berührt habe, hast du angefangen zu schreien.«

»Ich … was?« Mein Hals ist heiser, merke ich, als ich zittrig nach oben greife, um ihn zu berühren.

»Ich möchte, dass du zu einem Therapeuten gehst.« Sein silberner Blick ist hart. »So schnell wie möglich.«

Ich schüttele spontan den Kopf . »Nein, mir geht es g…«

»Dir geht es nicht gut.« Seine Arme spannten sich um mich herum an. »Du hattest ein Flashback. Du warst nicht hier, du warst woanders. Was hast du gesehen? Waren es deine Eltern? Hast du gesehen, wie sie gestorben sind?«

Ich zucke zusammen, weil der Schmerz wie eine Kugel durch mein Herz dringt. »Nein«, lüge ich verzweifelt. Ich kann nicht darüber reden, kann nicht einmal daran denken. Ich spüre, wie die dunklen Erinnerungen unter der Oberfläche sprudeln und mich hineinzuziehen drohen. »Das ist es nicht. Es ist nur …«

Ich lande schmerzhaft auf meiner Seite, und mein Kopf schlägt gegen die Couch, als ein weiterer Schuss ertönt, und eine warme, metallische Dusche auf meinem Gesicht landet und meinen Hals trifft.

»Peter!« Aus Sorgen um ihn klettere ich auf die Knie, wische mir das Blut aus den Augen – und dann sehe ich es.

Meine Mutter liegt auf dem Boden, und ihr Gesicht ist voller Blut.

Oder besser gesagt der größte Teil ihres Gesichts.

Ein Teil ihrer Wange und ihres Schädels fehlt, weshalb ein blutiges Loch dort klafft, wo früher ein Wangenknochen war.

»Sara. Verdammt, Sara!«

Peters Gesicht ist wie eine Gewitterwolke, als er mich mit zusammengekniffenen Augen und angespanntem Körper anblickt. Er muss mich geschüttelt und versucht haben, mich dazu zu bringen, aus dem Flashback herauszukommen, denn ich spüre blaue Flecken, wo seine Finger mit übermäßiger Kraft meine Arme ergriffen hatten.

»Es tut mir leid«, flüstere ich abgehackt. Mein Puls ist in der Stratosphäre, und meine Kehle so rau, als hätte ich Dornen geschluckt. Ich verstehe nicht, warum das passiert, warum mein Verstand mir plötzlich diese schrecklichen Streiche spielt.

»Nein, das muss es nicht.« Er lässt meinen Arm los, umfasst meine

Wange, und seine breite Handfläche liegt warm auf meiner gefrorenen Haut. »Es muss dir nicht leid tun, mein Liebling. Es ist nicht deine Schuld. Nichts davon ist deine Schuld.«

Und als er mein Gesicht gegen seine Schulter drückt und mich hin und her schaukelt, schließe ich meine Augen und versuche, ihm zu glauben.

Peter

Meine Eingeweide ziehen sich zusammen, als ich Goldberg dabei zuschaue, wie er Sara untersucht. Der kleine, kahlköpfige Mann ist eigentlich ein Unfallchirurg, aber er scheint zu wissen, was er tut – und irgendein Arzt ist besser als kein Arzt.

Natürlich ist Sara selbst Ärztin, aber sie kann nicht ihre eigene gynäkologische Untersuchung durchführen.

»Nun, soweit ich sehen kann, geht es Ihnen und dem Baby gut«, meint er, als er fertig ist, und ich atme erleichtert aus.

Der nächste Schritt ist, Sara zu einem Therapeuten zu bringen, der sich um die schrecklichen Flashbacks kümmert.

Eisspitzen dringen immer noch in meine Brust ein, wenn ich daran denke, wie weiß ihr Gesicht geworden war, so als ob alles Leben ihren Körper verlassen hätte. Und als die Hyperventilation und das Schreien anfingen … Fuck, ich würde alles geben, um sie nie wieder in diesem Zustand zu sehen. Ich weiß, was eine posttraumatische Belastungsstörung ist – ich habe es bei vielen Soldaten gesehen – und mein Ptichka so leiden zu sehen war mehr, als ich ertragen konnte.

Ich muss sie wieder gesund machen.

Ich muss den Schaden, den ich angerichtet habe, reparieren.

»Nun, ich bin mir sicher, dass Sie das besser wissen als ich, aber Sie müssen Stress so weit wie möglich vermeiden«, sagt Goldberg zu Sara, und sie nickt und sieht dabei selbst wie eine ruhige, fähige Ärztin aus. Und wenn ich nicht dabei gewesen wäre, wie sie an unserem Küchentisch zusammengebrochen ist – zweimal vor weniger als einer Stunde –, wäre es leicht, zu glauben, dass es ihr gut geht.

Dass die Ereignisse der letzten Woche sie nur leicht mitgenommen haben.

Aber das haben sie nicht. Das ist unmöglich. So stark wie mein Ptichka auch ist, sie hat zu viel durchgemacht, als dass sie es so einfach wegstecken könnte. Sie hat sich zusammengerissen, während wir im Überlebensmodus waren, aber jetzt, da wir in relativer Sicherheit sind, holen ihr Geist und Körper das nach, was sie zurückgestellt hatten, und versuchen, mit dem extremen Trauma umzugehen.

Soweit ich weiß, hat sie nicht einmal um ihre Eltern geweint – oder über den Mann gesprochen, den sie getötet hat.

Ich bin kein Psychiater, aber das kann nicht gesund sein. Vielleicht ist das der Grund, warum die Rückblenden sie so hart treffen: weil sie ihre Gefühle bekämpft und sich weigert, an ihre Trauer zu denken.

Ich habe das auch beim Militär gesehen. Junge Soldaten, die stark wirken wollten, haben versucht, ihre Gefühle so weit zu kontrollieren, dass sie die Kontrolle über sie völlig verloren haben. Diese Art von Trauma wegzuschließen funktioniert nicht; die Männer brachen immer zusammen oder nahmen Drogen und Alkohol, um damit fertigzuwerden. Abgesehen von meinen Alpträumen nach Daryevo hatte ich noch nie solche Probleme – aber andererseits hatte ich einfach irgendwie Glück.

Ich war die meiste Zeit meines Lebens im Überlebensmodus.

»Danke, Dr. Goldberg«, sagt Sara, bevor sie von dem Untersuchungstisch steigt, und als sie hinter einen Vorhang geht, um ihre Kleidung anzuziehen, nehme ich den Arzt zur Seite.

»Geht es ihr wirklich gut?«, frage ich mit leiser Stimme. »Weil sie gerade ihre Eltern verloren hat, und im Allgemeinen waren die letzten Tage … schwierig.«

Der Arzt seufzt und zieht sich die Handschuhe aus. »Ich weiß nicht, was ich Ihnen sagen soll. Körperlich ist sie gesund. Emotional … nun, das ist nicht wirklich mein Fachgebiet. Sie sollten vielleicht mit Julian reden und sehen, ob er jemanden auf das Anwesen bringen kann, mit dem sie reden kann. Ich weiß, dass Nora vor ein paar Jahren eine schwere Zeit durchgemacht hat, und er ließ eine Therapeutin für sie hierherbringen. Vielleicht könnte er das Gleiche für Ihre Frau tun?«

Ich hatte darüber nachgedacht, Sara über das Internet einen Psychiater konsultieren zu lassen, aber persönlich wäre natürlich noch besser.

»Danke, ich werde mit ihm reden«, sage ich Goldberg, als Sara zurückkehrt, und er nickt lächelnd.

»Viel Glück. Und denken Sie daran: alles möglichst stressfrei, okay?«

»Danke. Wir werden unser Bestes geben«, sagt Sara und lächelt ihn an. Es ist ihr süßes, warmes Lächeln, und für eine Sekunde fühle ich die hässliche Eifersucht in mir aufsteigen. Es ist unlogisch – der Doktor ist hundertprozentig schwul – aber ich kann nicht anders.

Ich habe dieses Lächeln von ihr seit Tagen nicht mehr gesehen.

Nicht, seit sie alles meinetwegen verloren hat.

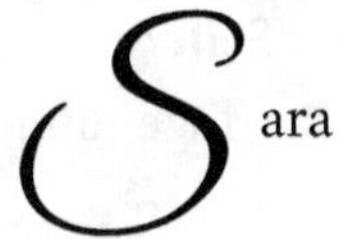

S ara

PETER SCHWEIGT AUF DEM WEG ZURÜCK ZU UNSEREM HAUS, UND SEIN Ausdruck ist verschlossen. Ich weiß, dass er sich Sorgen um mich macht, aber ich wünschte, er würde mit mir reden und mich von meinen Gedanken ablenken. Stattdessen hält er schweigend meine Hand, und so tröstlich seine Berührung auch ist, sie reicht nicht aus, meine Gedanken davon abzuhalten, zu wandern, zu Orten zu gehen, an die sie nicht gehen dürfen.

»Also, wird Esguerra dir helfen, Henderson zu bekommen?«, frage ich ruhig – teilweise, weil ich neugierig bin, teilweise, weil ich etwas zu besprechen habe. »Du verfolgst ihn, oder?«

Peter blickt zu mir herunter. »Ja – und das wird er.«

»Oh, gut. Weißt du schon, wie du ihn finden wirst?«

»Wir haben ein paar Ideen«, antwortet er vage, dann verstummt er wieder.

Großartig. Er will wahrscheinlich nicht darüber reden, damit ich nicht wieder ausflippe. Wird es von nun an so bei uns sein, weil Peter denkt, dass ich so zerbrechlich bin, dass ich bei der kleinsten Provokation zerbrechen könnte?

Das Schlimmste daran ist, dass ich mir nicht sicher bin, ob er völlig falschliegt. Nach dem, was beim Frühstück passiert ist, fühlt sich mein Kopf wie ein Minenfeld voll von Stolperdrähten und versteckten Gefahren an. Ich weiß nicht, was mich zerbrechen lässt und dazu führt, dass diese schrecklichen Erinnerungen mich überkommen. Und Peter weiß nicht einmal von der Mini-Rückblende, die ich heute Morgen vor dem Besuch von Nora und Rosa hatte.

Wenn er es wüsste, wäre er überzeugt, dass ich ein hoffnungsloser Fall bin.

»Wie fühlst du dich?«, frage ich und beschließe, mich auf ein harmloseres Thema zu konzentrieren. »Wie geht es deiner Seite?«

Er lächelt mich an. »Viel besser, danke. Noch ein paar Tage, und ich sollte so gut wie neu sein.«

»Ernsthaft? Du erholst dich bemerkenswert schnell.«

Sein Lächeln verblasst. »Ich habe eine dicke Haut.«

Dasselbe trifft auf mich nicht zu. Ich bin eine verdammt zerbrechliche Blume, die auseinanderfällt, sobald er »buh« macht. Das hat er nicht gesagt, aber ich höre die Worte trotzdem.

Ich *fühle* seine Sorge um mich.

Ich gebe das Gespräch auf und konzentriere mich auf unsere Umgebung. Wir gehen an den Gebäuden vorbei, die die Unterkünfte der Wachen sein müssen; ich sehe hart aussehende Männer mit Maschinengewehren, die aus dem schlafsaalartigen Gebäude kommen oder hineingehen. Um uns herum gibt es exotische Pflanzen, und die Luft ist dick und feucht und riecht nach tropischer Vegetation mit einem Hauch von Ozon aus den Wolken am Horizont.

Esguerras Villa liegt etwas weiter rechts, und das weiße, zweistöckige Gebäude erinnert mich an eine Plantage aus der Bürgerkriegszeit. Es ist umgeben von hübsch angelegten Gärten und üppigen grünen Rasenflächen sowie einigen kleineren Gebäuden.

Die Wachtürme, die ich aus dem Flugzeug gesehen habe, sind mit bewaffneten Wachen darauf in der Ferne sichtbar, und ich bin mir sicher, dass es dutzende andere, weniger offensichtliche Sicherheitsmaßnahmen gibt.

All diese Männer mit ihren Waffen zu sehen und zu wissen, dass ich auf dem Gelände eines rücksichtslosen Verbrechers bin, hätte mich früher, um es vorsichtig auszudrücken, verunsichert. Aber jetzt fühle ich mich sicher.

Jetzt sind die Feinde diejenigen, auf die sich die meisten Bürger verlassen, wenn sie Schutz suchen: die Strafverfolgungsbehörden.

Nun, und Henderson – der diese Autoritäten als sein Werkzeug der Rache benutzt.

ALS WIR ZURÜCK ZUM HAUS KOMMEN, BEREITET PETER UNSER Mittagessen vor, und wir essen – diesmal, ohne dass ich zusammenbreche. Während des Essens ist er jedoch noch ruhig, und sein Blick liegt mit unverhohlener Sorge auf mir.

»Hör auf«, stöhne ich, als ich es nicht mehr ertragen kann. »Bitte, hör auf, mich so anzusehen. Ich werde nicht ausflippen, versprochen.«

»Das kannst du nicht versprechen, denn die Rückblenden sind nichts, was du kontrollieren kannst, Ptichka«, sagt er leise. »Und je mehr du es versuchst, desto schlimmer werden sie. Deshalb werde ich mit Esguerra darüber sprechen, eine Therapeutin hierherzuholen.«

»Was? Ach, komm schon. Das kann warten, bis …«

»Nein, kann es nicht.« Sein Gesicht sieht unnachgiebig aus. »Nicht nach dem, was heute Morgen passiert ist.«

»Peter, bitte. Es ist nicht wirklich etwas passiert. Du machst aus einer Mücke einen Elefanten. Es gibt keinen Grund, mich vor Esguerra zu blamieren, indem du ihn darum bittest. Außerdem … bedeutet das nicht, dass du ihm noch einen weiteren Gefallen schulden würdest? Sobald du mit Henderson fertig bist, können wir über Therapie und all das reden. Bis dahin ...«

»Bis dahin werden wir sehen, wen wir hierherbringen können.«

Bäh. Ich schiebe meinen leeren Teller weg und stehe auf. Es ist unmöglich, Peters Meinung zu ändern, wenn er sich etwas in den Kopf gesetzt hat. Ich liebe und hasse das an ihm – und in diesem Fall ist es definitiv das Letztere.

Warum kann er nicht verstehen, dass ich einfach nicht bereit bin, mich mit den emotionalen Auswirkungen des Geschehens auseinanderzusetzen? Dass ich lieber die gelegentliche Rückblende riskiere, als in den giftigen Pool von Schuldgefühlen und Entsetzen einzutauchen, der in meinem Kopf herumschwappt?

Wenn ich diese Erinnerungen einfach löschen könnte, würde ich es tun. Abgesehen davon will ich einfach nicht an sie denken.

»Ptichka ...« Er ergreift mein Handgelenk, als ich die Küche verlassen will. Seine Berührung brennt durch mich hindurch, und seine Finger binden mich wie eine Fessel. »Hör mir zu, mein Liebling. Du bist verletzt – genauso, als hättest du dir eine Kugel eingefangen. Würdest du meine *Wunden* eitern lassen? Oder würdest du dein Bestes tun, damit sie heilen?«

Ich knirsche mit den Zähnen. »Das ist nicht dasselbe.«

»Ist es nicht?« Seine grauen Augen schauen sanft, als er mit seiner freien Hand eine Haarsträhne hinter mein Ohr streicht. »Warum ist das anders?«

Weil es so ist, will ich schreien. Weil es egal ist, was ich tue, oder mit wie vielen Therapeuten ich spreche.

Nichts wird meine Eltern zurückbringen.

Das ist keine Schusswunde, die mit Pflege heilen wird.

Doch als ich Peter anstarre, fällt mir ein, dass ich wochenlang mit ihm streiten könnte und es nichts ändern würde. Ich kann ihn nicht davon überzeugen, dass es mir gut geht.

Zumindest nicht mit Worten.

Langsam und bewusst lecke ich mir über die Lippen. Vorhersehbarerweise fällt sein Blick auf meinen Mund, und sein Griff um mein Handgelenk strafft sich, während ich erneut mit der Zunge über meine Lippen fahre und danach meine Zähne verführerisch in meine Unterlippe sinken lasse.

Mein Ziel war es, ihn von seiner Sorge abzulenken, aber mein eigener Herzschlag beschleunigt sich, als seine Atmung schneller wird und sein Blick auf den meinen trifft. Seine Pupillen sind bereits erweitert und verwandeln das Silber seiner Iris in dunklen Stahl. Ich bin mir der Hitze bewusst, die von seinen Fingern ausgeht, während er mein Handgelenk hält, und die Nähe seines großen, starken Körpers lässt mich an ihm schmelzen wollen, lädt meine schmerzenden Brüste ein, sich auf seiner breiten, harten Brust zu reiben.

»Ptichka …« Seine Stimme ist tief und belegt. »Du spielst mit dem verdammten Feuer.«

Meine Brustwarzen ziehen sich zu festen, harten Knospen zusammen, und flüssige Hitze durchnässt mein Höschen. Heilige Scheiße, bin ich erregt. Dieser Ton, kombiniert mit dem Hauch von Gewalt seines zu engen Griffs an meinem Handgelenk, bewirkt mehr als ein stundenlanges Vorspiel. Abgesehen von dem Blowjob, den ich ihm im Krankenhaus gegeben habe, hatten wir seit einigen Tagen keinen Sex mehr, und mein Körper sehnt sich verzweifelt nach seiner Inbesitznahme.

Ich trete nach vorne, stelle mich auf Zehenspitzen und drücke meine Lippen auf seine, während ich meinen freien Arm um seinen muskulösen Hals lege. Einen Moment lang versteift er, da ihn meine Direktheit überrascht, aber dann übernehmen seine Instinkte, und er drückt meinen Rücken mit seinem harten Körper gegen den Kühlschrank, und sein Mund verschlingt mich, als gäbe es kein Morgen.

Ich spüre die Ausbuchtung seiner Erektion, als er mein anderes Handgelenk umfasst, meine Arme über meinem Kopf ausstreckt und sie gegen den kalten Stahl des Kühlschranks drückt. Mehr Hitze strömt durch mein Inneres, und ich stöhne in seinen Mund, hebe mein Bein an und lege es über seinen Arsch, damit ich mein schmerzendes, geschwollenes Geschlecht an dieser Wölbung reiben kann. Ich habe mich nicht wohl dabei gefühlt, mir neben den Kleidungsstücken auch noch Yulias Unterwäsche auszuleihen, weshalb die Jeans-Shorts rau und kratzig auf meinen nackten Falten reiben und das Gefühl unangenehm und trotzdem pervers aufregend ist.

»Fick mich«, atme ich, als er seinen Kopf hebt, um mich anzusehen, während seine Augen glitzern und sein Kiefer fest angespannt ist. Er nimmt meine beiden Handgelenke in eine seiner großen Hände, öffnet den Reißverschluss seiner Hose und befreit seine Erektion, während ich ihn anflehe: »Fick mich *jetzt*.«

»Oh, das werde ich. Glaub mir.«

Seine Atmung ist schwer und sein Blick intensiv, als er meine Handgelenke loslässt, meine Shorts öffnet und sie dann grob über meine Beine nach unten zieht. Ich zittere vor Verlangen, als ich aus ihnen heraustrete, und er greift nach meinem Arsch und hebt mich hoch. Als ich seine Schultern umklammere, spreizt er meine Oberschenkel weit, lässt mich auf seinen dicken Schwanz sinken, und dringt mit einem harten Stoß in mich ein.

Luft entweicht meiner Lunge, als ich meine Beine um seine Hüften lege und meine Nägel in die angespannten Muskeln seiner Schultern grabe. Verdammt, er ist groß. Mein Körper hatte diesen Teil vergessen. Er dehnt mich schmerzhaft aus, und meine Erregung wird durch das heiße Brennen seines Eindringens gemildert. Das heißt, bis er sich zu bewegen beginnt.

Er blickt mir immer noch in die Augen, als er sich zurückzieht und sich wieder hineinschiebt. Es gibt kein Warten, kein Spielen mit flachen Stößen; sein Rhythmus ist von Anfang an hart und treibend, so gnadenlos wie der Mann selbst. Und das ist genau das, was ich brauche. Die wachsende Hitze und Anspannung mildern das Unbehagen, mein Körper wird weicher, verflüssigt sich und empfängt ihn tief im Inneren. Jeder Schlag hämmert gegen meinem G-Punkt; jedes Mal, wenn sein Becken gegen meines schlägt, drückt es auf meine Klitoris.

Mein Orgasmus ist so heftig wie plötzlich. Ich explodiere, lange bevor ich psychisch darauf vorbereitet bin, und die Lust zerreißt mich, lässt mich zersplittern. Keuchend schreie ich seinen Namen, und meine Beine straffen sich um ihn herum, aber er hört nicht auf.

Er hämmert in mich hinein, bis ich erneut komme.

Ich reite immer noch auf den orgastischen Nachbeben, als eine Vene in seiner schweißgebadeten Stirn zu pochen beginnt und sein dicker Schwanz weiter in mir anschwillt. Mit einem Stöhnen drückt er sich so tief wie möglich in mich hinein, und meine inneren Muskeln ziehen sich um seinen Schaft zusammen, während er zuckt und pulsierend mein Inneres mit seinem Samen überschwemmt.

Peter

SCHWER ATMEND ZIEHE ICH MICH WIDERWILLIG AUS SARAS ENGER, feuchter Muschi zurück und stelle sie vorsichtig auf ihre Füße. Sie sieht genauso überwältigt aus, wie ich mich fühle, und eine scharfe Prise Reue verjagt das warme Nachleuchten.

Ich war zu hart zu ihr.

Ich war erneut zu hart zu ihr.

Ich weiß, dass es ihr jetzt so gefällt, aber sie ist schwanger.

Traumatisiert und schwanger.

Was zum Teufel habe ich mir dabei gedacht, die Kontrolle zu verlieren? Ich muss sie verwöhnen, dafür sorgen, dass sie ausgeruht und entspannt ist, und sie nicht gegen den Kühlschrank gelehnt ficken wie ein außer Kontrolle geratenes Tier.

Sie schwankt, als ich sie loslasse und zurücktrete, und ich ergreife ihren Arm, stabilisiere sie, als sie nach einem Papiertuch greift, um die Feuchtigkeit zwischen ihren Beinen wegzuwischen.

»Ptichka ... Bist du okay?«

Sie grinst und wirft das zusammengeknüllte Tuch in den Müll. »Es ging mir nie besser. Was ist mit dir?«

Ich runzele die Stirn und erinnere mich dann an meine Verletzungen. Jetzt, da ich darauf achte, tut meine Seite ein wenig weh, aber es ist nichts, womit ich nicht umgehen kann.

»Mir geht es gut«, sage ich, als ein besorgter Blick auf ihrem Gesicht erscheint, und sie den Saum meines T-Shirts ergreift – zweifellos mit der Absicht, es anzuheben, um meinen Verband zu kontrollieren. Ich nehme vorsichtig ihre Hände weg und trete aus ihrer Reichweite. »Wirklich, es geht mir gut.«

Ich kann nicht glauben, dass sie sich Sorgen um mich macht, nachdem ich gerade über sie hergefallen bin. Ich weiß, dass ich sie verletzt habe – ich konnte die extreme Enge ihres Körpers spüren, als ich in sie eingedrungen bin. Was ist, wenn ich auch dem Baby wehgetan habe?

Was, wenn sie eine Fehlgeburt hat, so wie Nora damals?

Als ich wie erstarrt dastehe und diesen schrecklichen Gedanken verarbeite, beugt sie sich vor und hebt ihre Shorts vom Boden auf. Ihr runder, kleiner Arsch reckt sich dabei in die Luft, und obwohl mein Sperma noch meinen Schwanz bedeckt, fühle ich, wie er vor Interesse zuckt.

Verdammt, ich *bin* ein Tier.

»Sara ...« Meine Stimme ist angespannt, als sie sich zu mir umdreht. »Geht es dir wirklich gut?«

Sie blinzelt. »Ja, das habe ich dir doch schon gesagt. Komm, gehen wir duschen.« Und sie greift nach meiner Hand und zieht mich ins Badezimmer.

WIR DUSCHEN ZUSAMMEN – NA JA, SARA DUSCHT, UND ICH BENUTZE DIE Handbrause, um mich um meine Verbände herum zu waschen – und dann legt sie sich für ein Nickerchen hin und behauptet, dass sie mit

Lebensmittelkoma und Müdigkeit nach dem Sex zu kämpfen hat. Ich lege mich zu ihr und halte sie fest, bis sie einschläft. Dann stehe ich leise auf und verlasse das Haus.

Ich weiß, warum sie müde ist, und es hat nichts mit Essen oder Sex zu tun. Ihr Körper kollabiert nach dem Nonstop-Adrenalin der letzten Woche, und die Anforderungen des heranwachsenden Babys helfen nicht.

Meine Schuldgefühle liegen wie eine Rolle Stacheldraht in meinem Magen.

Ich habe ihr das angetan.

Ich bin für das ganze Unglück verantwortlich.

Wenn ich nicht so egoistisch von ihr besessen gewesen wäre, wenn ich sie nur in Ruhe gelassen hätte, wäre sie immer noch bei ihren Eltern zu Hause und würde ihr ruhiges, friedliches Leben führen. Wenn ich nach unserem ersten Treffen weggegangen wäre, hätte sie vielleicht jemand anderen geheiratet … jemanden, der sicherstellen könnte, dass sie ihre Schwangerschaft behütet und sicher erlebt.

Stattdessen ist sie mit mir auf der Flucht und leidet unter PTBS-ähnlichen Rückblenden und Erschöpfung.

»Hallo, Peter«, begrüßt mich Diego, als ich auf der Straße an ihm vorbei gehe, und ich nicke kurz, da ich nicht in der Stimmung zum Plaudern bin.

Ich habe im Moment nur ein Ziel: mit Esguerra zu sprechen.

Ich brauche die Therapeutin sofort hier.

Kurz darauf klopfe ich an die Tür von Esguerras Villa.

»Ist er hier?«, frage ich Ana, als sie mir die Tür öffnet, und die Haushälterin nickt.

»Ja, bitte, kommen Sie rein. Möchten Sie etwas essen oder trinken, während ich ihn hole?«

»Nein, danke. Ich möchte nichts.« Ich folge Ana in das Foyer und lehne mich gegen die Wand, weil ich zu unruhig bin, um zu sitzen.

Sie geht die breite, geschwungene Treppe hinauf, und ein paar Minuten später kommt Esguerra herunter und knöpft im Gehen sein

Hemd zu. Sein Haar ist zerzaust, und ein angepisster Blick ist in sein Gesicht gebrannt.

Entweder habe ich ihn bei einem Nickerchen oder etwas mit Nora gestört.

Ich tippe auf Letzteres.

»Was ist los?«, fährt er mich an. »Hat Henderson …«

»Nein, nichts dergleichen.« Ich atme tief durch, als sich sein finsterer Blick vertieft. »Es ist persönlich. Ich brauche einen Gefallen.«

Er bleibt vor mir stehen, und kalte Belustigung ersetzt die Sorge in seinem Blick. »Ernsthaft? Sind Essen und Unterkunft nicht genug für Sie?«

»Kennen Sie gute Psychiater?«, frage ich und weigere mich, den Köder zu schlucken. »Am besten jemanden, der mit der Behandlung von PTBS vertraut ist.«

Er sieht verblüfft aus. »Für Sie?«

Als ich mich an Saras Worte erinnere, nicke ich kühl. »Für mich.«

Ich will nicht, dass sich mein Ptichka schämt – auch wenn es sowieso keinen Grund dafür gibt. Die Notwendigkeit, Hilfe bei der Verarbeitung extremer Traumata zu benötigen, macht einen nicht schwach, sondern einfach normal.

Esguerra betrachtet mich mit einem unleserlichen Ausdruck und nickt dann. »Ich kenne vielleicht jemanden. Wie schnell brauchen Sie ihn hier?»

»Heute, wenn möglich. Ansonsten morgen oder übermorgen.«

»In Ordnung. Ich werde mein Bestes tun, um ihn morgen hier zu haben.«

»Danke«, sage ich und drehe mich um, um zu gehen. Ich weiß, dass ich ihm dafür etwas schulde, und er wird es sicherlich einfordern, aber wenn es Sara hilft, wird es sich lohnen.

Ich würde alles tun, um sie heilen zu lassen.

»Peter«, ruft Esguerra, als ich aus dem Raum gehen will. Als ich mich ihm zuwende, sagt er leise: »Warum kommen Sie und Ihre Frau heute Abend nicht zu uns zum Abendessen? Nora würde Ihre Sara gerne besser kennenlernen.«

»Sicher«, sage ich und verberge meine Überraschung. »Wir werden kommen.«

»Sieben Uhr«, sagt er, bevor er sich umdreht und wieder nach oben geht.

*H*enderson

MEIN RÜCKEN SCHMERZT VOM SCHNEESCHAUFELN DEN GANZEN TAG, und Jimmy ist sauer, dass ich ihn gezwungen habe, mir dabei zu helfen, aber es musste getan werden.

Wir müssen die Einfahrt freihalten, damit wir bei Bedarf schnell wegkommen können.

Meinem Plan, an Sokolov und die anderen heranzukommen – Operation Air Drop, wie ich ihn nenne –, fehlt noch eine entscheidende Komponente, nämlich der Grundriss von Esguerras Anwesen und ein Überblick über die Sicherheitsvorkehrungen.

Sobald wir beides haben, können wir zuschlagen, aber in der Zwischenzeit muss ich alles in meiner Macht Stehende tun, um meine Frau und meine Kinder zu schützen.

Ich muss sie vor den Monstern retten, die uns jagen.

S ara

ICH WEISS, ES IST ALBERN, NERVÖS WEGEN DES ABENDESSENS ZU SEIN, nach allem, was wir durchgemacht haben, aber ich bin es trotzdem. Das liegt auch an der einzigen Kleidung, die ich im Schrank gefunden habe, Shorts und T-Shirts, und obwohl Peter mir versichert hat, dass wir uns nichts Besonderes anziehen müssen, würde ich mich definitiv besser fühlen, wenn ich so etwas wie ein hübsches Sommerkleid hätte. Nach meinem Mittagsschlaf hat sich meine Morgenübelkeit entschieden, ebenfalls aufzuwachen.

Sie leidet anscheinend genauso unter dem Jet-Lag wie ich.

Ich habe mich schon einmal übergeben, aber ich fühle mich immer noch unwohl, als Peter mich zum Haupthaus führt. Dass ich mich an seinen Wunsch erinnere, mir einen Psychiater zu besorgen, hilft nicht. Hat er bereits mit unserem Gastgeber darüber gesprochen? Ich hoffe nicht, aber wie ich meinen Mann kenne, hat er es höchstwahrscheinlich getan.

Aufschieben ist kein Konzept, mit dem er vertraut ist.

So oder so, mein Magen krampft, als Peter an die Tür klopft. Einen Moment später schwingt sie auf und gibt den Blick auf eine spanisch aussehende Frau mittleren Alters frei. »Señor Sokolov«, sagt sie strahlend. »Willkommen. Und das muss Ihre reizende Frau sein.«

Ich lächele und strecke meine Hand aus. »Hallo. Ich bin Sara.«

»Oh, hallo.« Sie schüttelt mir kräftig die Hand. »Ich bin Ana, Señor Esguerras Haushälterin. Bitte, kommen Sie rein.«

Wir folgen ihr ins Haus. Im Inneren ist Esguerras Herrenhaus eine atemberaubende Mischung aus traditionellem und modernem Dekor, mit schweren Möbeln im barocken Stil, ergänzt durch glänzende Parkettböden und abstrakte Kunst an den Wänden. Ich erkenne ein paar der Gemälde aus einem Kunstkurs, die ich am College besucht habe. Wenn es sich um Originale handelt – und ich vermute das stark –, dann sind allein die Wände im Foyer schon Millionen von Dollar wert.

Ana führt uns in ein formelles Esszimmer, wo ein ovaler Tisch mit glänzendem Besteck und vergoldeten Tellern steht. Weder Nora noch ihr Mann sind schon da, aber ich erkenne das Paar, das auf einer Seite des Tisches sitzt.

Lucas und Yulia Kent.

Ihre blonden Köpfe sind eng zusammengesteckt und ihre Hände auf dem Tisch verschlungen, während sie über etwas lachen. Als wir eintreten, schauen sie nach oben, und das Lächeln verschwindet aus ihren Gesichtern.

Anspannung breitet sich im Raum aus, als Ana verschwindet und uns allein lässt.

Peter ist der Erste, der das Schweigen bricht. »Lucas.« Er nickt dem Mann mit dem kantigen Kinn kühl zu. Dann wendet er sich an Kents modelhafte Frau. »Yulia. Schön, dich zu sehen.«

»Ich freue mich auch, dich zu sehen.« Ihre blauen Augen wandern zu mir, und ihr Ausdruck ist zurückhaltend. »Und dich, Sara.«

Meine Übelkeit verstärkt sich abrupt.

Mist. Panisch schaue ich mich nach einem Badezimmer um, sehe aber keines.

»Ptichka …« Peter greift nach meinem Arm. »Was ist los?«

Wenn ich versuchen würde, zu sprechen, müsste ich mich übergeben. Ich lege meine Hand über meinen Mund, winde mich aus seinem Griff und laufe aus dem Raum, zurück zum Eingang.

Ich schaffe es kaum nach draußen. In der Sekunde, in der ich mich über das Geländer der Veranda beuge, leere ich meinen ganzen Mageninhalt.

Natürlich folgt mir Peter hinaus und sieht die ganze Sache – und Yulia auch, wie ich aus dem Augenwinkel bemerke. Beschämt würge ich alles hoch, während er mein Haar hält, und als ich aufblicke, ist sie weg.

Eine Sekunde später kommt sie jedoch mit einem nassen Papiertuch zurück. »Bitte schön«, murmelt sie und reicht es mir, und ich nehme es dankbar an, um mir den Mund abzuwischen.

Ana kommt als Nächstes heraus – Julia muss ihr gesagt haben, was los ist. Die Haushälterin übernimmt und führt mich zu einem Badezimmer, wo sie mir eine brandneue Zahnbürste und eine Tube Zahnpasta gibt.

Als ich mein Gesicht gewaschen und meine Zähne gründlich geputzt habe, fühlt sich mein Magen unendlich viel ruhiger an.

»Alles in Ordnung, mein Liebling?«, fragt Peter, als ich aus dem Badezimmer komme, und ich nicke und wende meinen Blick ab.

»Es tut mir leid.«

»Das ist nichts, was dir leidtun muss«, sagt er und nimmt meine Hand. »Nimm es als die offizielle Ankündigung deiner Schwangerschaft.«

Er gibt mir einen Kuss auf dir Stirn, lässt seine Finger durch die meinen gleiten und führt mich zurück ins Esszimmer.

~

ALS WIR ZURÜCKKOMMEN, SIND DIE ESGUERRAS BEREITS DA UND SITZEN den Kents gegenüber. Ich erkenne unseren Gastgeber sofort: Er ist in der Tat der wunderschöne Mann, den ich im Krankenhaus getroffen habe. Sein dunkles Haar ist länger als damals, aber seine auffallend sinnlichen Gesichtszüge sind dieselben. Im Gegensatz zum letzten Mal strahlt er jedoch nicht Trauer und Wut aus; er ist ruhig und kontrolliert, wie ein König, der auf seinem Thron sitzt.

Ein grausamer, tyrannischer König, angesichts dessen, was ich über den Mann weiß.

Zum ersten Mal frage ich mich, was mit den Männern passiert ist, die Nora und ihre Freundin angegriffen haben. Hat Noras Mann sie getötet?

Dumme Frage. Natürlich hat er sie getötet.

Die einzige Frage ist, wie sehr er sie zuerst leiden ließ.

»Da seid ihr ja«, sagt Nora und schaut mich an. »Setzen Sie sich hierhin.« Sie klopft auf den Stuhl neben sich, und ich gehe zu ihr.

»Julian, das ist Sara«, sagt sie, als ich neben ihr stehen bleibe. »Du erinnerst dich vielleicht an sie aus dem Krankenhaus in Chicago.«

»Natürlich. Es ist schön, Sie wiederzusehen.« Er schaut mich mit seinen durchdringenden blauen Augen an, und zum ersten Mal bemerke ich etwas Ungewöhnliches an seinem linken Auge – eine dünne Narbe, die von seinem linken Wangenknochen bis in seine Augenbraue reicht.

Hat ihm jemand mit einem Messer durch das Auge geschnitten, und wenn ja, wie hat sein Auge es überlebt?

Es sei denn … ist das ein künstliches Auge?

»Danke. Es ist auch schön, Sie zu sehen – und vielen Dank für Ihre Gastfreundschaft«, sage ich und unterdrücke meine Neugierde. Es wäre nicht angebracht, unseren rücksichtslosen Gastgeber anzustarren.

Er nickt mir kühl zu, als ich mich neben Nora setze, und Peter mir gegenüber neben Yulia Platz nimmt.

»Danke für das Tuch«, sage ich Yulia, und sie nickt unverbindlich, bevor sie wegschaut. Wie ihr Mann muss sie wegen dem, was auf Zypern passiert ist, immer noch sauer auf mich sein. Im Nachhinein fühle ich mich schrecklich, dass ich sie über meine Beziehung zu Peter irregeführt habe, um zu entkommen. Ich hätte sie nicht in meinen verzweifelten letzten Versuch, mich nicht in meinen Peiniger zu verlieben, hineinziehen sollen.

Ich muss sie heute Abend allein erwischen, damit ich mich richtig bei ihr entschuldigen kann.

»Wie fühlen Sie sich?«, fragt Nora leise, beugt sich zu mir, und ich lächele sie an, als ich ihren besorgten Blick sehe und weniger peinlich berührt bin.

»Jetzt viel besser, danke.«

»Ich hatte ziemlich heftige Morgenübelkeit mit Lizzie«, vertraut sie mir mit einem traurigen Lächeln an. »Ich musste mich überall übergeben, bis zu dem Punkt, an dem Julian immer diese Kotztüten aus dem Flugzeug dabeihatte.«

»Das sollte ich vielleicht auch tun«, sage ich und lache, als Peter uns mit einem unleserlichen Gesichtsausdruck zusieht.

Missbilligt er meine aufkeimende Freundschaft mit Esguerras Frau? Und wenn ja, warum?

Während ich darüber nachdenke, kommt Ana mit einem Servierwagen mit Suppenschüsseln herein.

»Ich habe eine spezielle, leichtere Brühe für Sie zubereiten lassen«, sagt Nora, als Ana eine klare Suppe vor mich stellt, und nicht die cremigen Versionen, die ich vor allen anderen sehe. »Ich dachte, es wäre vielleicht einfacher für Ihren Magen. Sagen Sie mir Bescheid, wenn Sie lieber die Pilzcreme haben möchten. Reichhaltiges Essen war in meinem ersten Trimester ein großes Problem für mich, also dachte ich, es könnte das Gleiche bei Ihnen sein.«

»Das ist perfekt, danke«, sage ich, ergriffen von Ihrer Aufmerksamkeit. »Ich habe noch nicht bemerkt, dass ich einige Lebensmittel schlechter als andere vertrage, aber ich sehne mich nach etwas Leichterem, nachdem ich … Sie wissen schon.«

»Ja, das habe ich mir schon gedacht.« Sie grinst. »Und lassen Sie mich wissen, wenn Sie einer der Gerüche am Tisch stört. Ana wird ihn entfernen, egal, was es ist. Gerüche waren ein weiteres großes Problem für mich mit Lizzie.«

»Danke. Das ist sehr freundlich von Ihnen.« Ich tauche meinen Löffel in die Suppe, führe ihn zu meinem Mund und probiere vorsichtig. Zu meiner Erleichterung ist die Flüssigkeit so leicht, wie Nora es versprochen hatte, mit einem pilzartigen Unterton und einem Hauch von Miso. »Schläft Ihre Tochter?«, frage ich, nachdem ich die Suppe heruntergeschluckt habe.

»Sie *hat*, als ich sie vor ein paar Minuten mit Rosa oben gelassen habe«, sagt Nora. Seufzend blickt sie auf den Eingang des Speisesaals. »Ist es falsch, dass ich sie bereits vermisse?«

Ich lächele. »Überhaupt nicht. Sie scheint ein sehr süßes Baby zu sein.«

Nora verdreht die Augen. »Ich wünschte es. Sie ist eine kleine Terroristin. Lassen Sie sich nicht von diesem süßen Äußeren täuschen. Sie ist *voll und ganz* die Tochter ihres Vaters.«

Esguerra schaut genau in diesem Moment zu uns herüber. »Was ist los, mein Kätzchen?«

»Nichts.« Nora schenkt ihm ein strahlendes Lächeln. »Ich erzähle Sara nur, was für ein perfekter Engel unsre Tochter ist.«

Er hebt seine Augenbrauen in offensichtlicher Skepsis, und Nora sieht ihn übertrieben unschuldig an und schlägt schnell mit ihren langen Wimpern. Seine Lider schließen sich leicht, sein Mund nimmt eine sinnliche Kurve an und ein Blick geht zwischen ihnen hin und her, der so intim und erhitzt ist, dass sich mein Unterleib erwärmt.

Ich fühle mich wie ein Spanner, schaue weg und begegne den sturmfarbenen Augen meines Mannes gegenüber am Tisch.

»Du isst nicht«, beobachtet er leise, und ich weiß, dass es nicht meine mögliche Freundschaft mit Nora ist, die ihn beunruhigt.

Ich bin es.

Er beobachtet mich, als könnte ich jeden Moment kotzen – oder ausflippen.

Meine Stimmung verdüstert sich. So viel zum Thema Beruhigung durch Sex.

Ich tauche meinen Löffel in die Suppe und konzentriere mich darauf, die ganze Schüssel aufzuessen, damit ich ihn zumindest in dieser Hinsicht beruhigen kann. Er beobachtet mich für ein paar Sekunden, dann isst er seine eigene Suppe weiter, anscheinend beruhigt, dass ich nicht im Begriff bin, zu verhungern.

Bald haben alle ihre Suppe aufgegessen, und die Männer beginnen eine Diskussion über einige Sicherheitsmaßnahmen auf dem Gelände. Ich höre nur halb zu, weil Nora mir von Chicagoer Klubs und Restaurants erzählt.

Anscheinend haben wir jahrelang dieselben Orte besucht.

Für den zweiten Gang bringt Ana grünen Salat und eine köstlich duftende Meeresfrüchte-Paella heraus. Nora bietet an, mir einfachen Reis und Huhn servieren zu lassen, aber ich lehne dankend ab.

Mein Magen benimmt sich hervorragend, und ich habe wirklich Appetit auf diese Paella.

Als das Essen weitergeht, bemerke ich etwas Eigenartiges am Tisch. Obwohl Nora und Yulia sich direkt gegenübersitzen, schauen sie einander weder an noch reden sie miteinander. Tatsächlich hat Yulia, abgesehen davon, dass sie Ana gedankt und ihr hervorragendes Essen gelobt hat, entweder nur mit ihrem Mann gesprochen oder geschwiegen.

Mögen die Esguerras sie aus irgendeinem Grund nicht? Jetzt fällt mir wieder ein, dass, als wir sie auf Zypern besuchten, Peter etwas in der Art gesagt hat, dass Esguerra sie auf seiner Abschussliste hat.

Ich muss Peter fragen, was dort passiert ist.

Es gibt auch einige Spannungen zwischen Peter und Lucas, aber sie sind nicht annähernd so ausgeprägt. Vielleicht macht Kents Hilfe bei unserer Rettung seine Schuld an meiner Flucht in Peters Augen wieder gut, und die beiden Männer betrachten sich nun als quitt.

Das Dessert ist schon halb gegessen – ein köstliches hausgemachtes Tiramisu –, als sich das Gespräch dem Thema zuwendet, das uns alle hierhergebracht hat.

Henderson.

»Es sieht so aus, als sei es heute Abend möglich«, sagt Esguerra zu

Peter. »Ich werde es in etwa einer Stunde mit Sicherheit wissen – Ihr Mann aus North Carolina macht Schwierigkeiten.«

Mein Mann runzelt die Stirn. »Dann bieten wir ihm mehr Geld an.«

»Das habe ich bereits«, sagt Kent. »Und ich habe ihm auch gesagt, dass er, wenn er nicht kooperiert, auf unsere Liste gesetzt wird. Also schätze ich, dass er es schaffen wird.«

»Was passiert heute Abend?«, frage ich und schaue mich am Tisch nach den Männern um. »Habt ihr Henderson schon gefunden?«

Esguerra und Kent schauen zu Peter, der kurz seinen Kopf schüttelt und ihnen die Erlaubnis verweigert, mich zu informieren. Dann konzentriert sich mein Mann auf mich. »Es ist nichts, worüber du dir Sorgen machen müsstest, Ptichka«, sagt er leise und greift über den Tisch, um meine Hand zu drücken. »Wir haben ihn noch nicht gefunden, aber wir werden, und heute Abend ist nur ein Schritt in diese Richtung.«

Ich knirsche mit den Zähnen und ich ziehe meine Hand weg.

Hier ist sie wieder, die Annahme, dass ich nicht mit etwas umgehen kann, was auch nur ansatzweise beunruhigend sein könnte.

Bevor ich etwas sagen kann, höre ich das kreischende Schreien eines Babys. Es klingt, als würde es sich dem Raum nähern. Einen Moment später kommt eine erschöpfte Rosa mit einer schreienden Lizzie in den Armen herein.

»Es tut mir so leid, zu stören, aber sie hört nicht auf zu weinen«, sagt sie. »Ich habe sie gefüttert und ihre Windel gewechselt, also weiß ich nicht, was ihr Problem ist.«

Zu meiner Überraschung steht Esguerra anstelle von Nora auf. »Ich nehme sie«, sagt er ruhig, geht zu Rosa hinüber, und dann nimmt er ihr das Baby erstaunlich sanft und professionell ab.

Seine Gesichtszüge werden weicher, als er auf das kleine, zerknitterte Gesicht blickt, und zu meiner Überraschung beruhigt sich das Baby, als er es sanft wiegt und unzusammenhängende Dinge mit seiner tiefen Stimme murmelt. Ihm scheint es egal zu sein, dass wir ihn in diesem zarten Moment beobachten; er ist voll und ganz in die kleine Kreatur in seinen Armen vertieft.

»Sehen Sie, was ich meine? Voll und ganz Papas Mädchen«, flüstert Nora mir ins Ohr, und ich schließe meinen Mund, als ich merke, dass ich ihren Mann ansehe, als wäre ihm gerade ein zweiter Kopf gewachsen.

Ich hatte *nicht* erwartet, dass der mächtige Waffenhändler so gut mit dem Baby umgehen würde.

»Er ist der Einzige, der sie beruhigen kann, wenn sie so ist«, fährt Nora leise fort, und als ich auf sie zurückblicke, sehe ich die völlige Hingabe, mit der sie ihren Mann und ihr Kind beobachtet.

Sie ist eindeutig in ihn verliebt.

In einen Mann, der sie entführt hat, als sie gerade erst die Highschool beendet hatte.

Ich nehme an, ich sollte nicht überrascht sein, wenn ich meine eigene Beziehung zu Peter betrachte, aber es ist immer noch ein bisschen ungewohnt, sie so zu sehen. Ein Teil von mir will ihr sagen, dass sie einen Psychiater wegen ihres Stockholm-Syndroms konsultieren sollte, während ein anderer, größerer Teil angesichts ihrer unorthodoxen Liebesgeschichte jubelt.

Wenn *sie* es langfristig schaffen, können Peter und ich es vielleicht auch.

Vielleicht sitzen wir in ein paar Jahren alle wieder an einem solchen Esstisch, nur dass es mein Baby in Peters Armen sein wird.

Unser Jüngstes, offensichtlich. Unser Ältestes wird bis dahin allein herumlaufen.

Ich bin so in diesen Tagtraum vertieft, dass ich meinen Moment mit Yulia fast verpasse. Sie hat sich bereits entschuldigt, und als sie das Esszimmer verlässt, bemerke ich, dass sie endlich auf die Toilette geht.

»Entschuldigung, ich bin gleich zurück«, sage ich Nora und Peter, und ohne auf eine Antwort zu warten, stehe ich auf und eile Yulia nach.

6 9

ara

ICH HOLE YULIA IM FLUR NEBEN DEM BADEZIMMER EIN.

»Warte, bitte«, sage ich ihr, als sie hineingehen möchte. Als mir klar wird, was ich gerade sage, korrigiere ich mich schnell: »Ich meine, warte nicht, wenn du dringend gehen musst. Ich werde hier draußen warten, bis du fertig bist.«

Sie tritt von der Badezimmertür weg. »Nein, bitte, du zuerst. Ich kann woanders hingehen. Es gibt viele Toiletten auf dieser Etage.«

»Was? Oh, nein, ich muss nicht.« Ich lache, als ich verstehe, dass sie denkt, dass ich das Badezimmer dringend brauche. »Ich wollte dich nur für eine Minute allein erwischen, um mich für die ganze Sache auf Zypern zu entschuldigen.«

Ihr schönes Gesicht spannt sich an. »Das ist nicht nötig. Das ist alles vergeben und vergessen.«

»Nein, ist es nicht. Ich habe die Kluft zwischen Peter und deinem Mann geschaffen. Das tut mir wirklich leid – und dass ich dir einen

683

falschen Eindruck von meiner Beziehung zu Peter vermittelt habe. Ich brauchte deine Hilfe, um zu entkommen, aber ich hätte ehrlicher sein sollen. Peter hat meinen ersten Mann getötet, und er hat mich gewaterboarded, wie ich es dir gesagt habe – aber das war am Anfang, bevor es auch bei uns kompliziert wurde. Ich meine, ich *war* seine Gefangene in deinem Haus – deshalb habe ich versucht zu fliehen –, aber ich hatte mich bis dahin auch in ihn verliebt und ...«

Yulia legt eine schlanke Hand auf meinen Arm. »Es ist okay, Sara.« Ihr blauer Blick wird weicher. »Du musst nicht ins Detail gehen. Ich verstehe es.«

»Wirklich?«

Sie nickt. »Ich bin keine Idiotin. Ich weiß, dass sich die Dinge ändern können, und dass die hässlichsten Anfänge mit der Zeit zu etwas Schönem führen können. Was die Flucht betrifft, bin ich sicher, dass ich an deiner Stelle dasselbe getan hätte. Eigentlich ...« Sie bleibt stehen. »Vergiss es. Ich bin einfach froh, dass du und Peter jetzt glücklich zusammen seid. Ich meine ... das seid ihr, oder?« Ihr Blick fällt auf meinen Bauch; dann schaut sie mit einer stillen Frage auf.

»Oh. Ja, natürlich.« Ich zucke innerlich zusammen, als ich mich daran erinnere, dass ich ihr gesagt habe, dass Peter beabsichtigte, mir ein Kind aufzuzwingen. Ich lege meine Hand auf meinen Bauch und sage fest: »Das hier ist ein Wunschkind«

Sie lächelt. »Gut. Ich freue mich, das zu hören. Wenn du mich jetzt entschuldigst ...« Sie blickt auf das Badezimmer.

Grinsend trete ich zurück, als ich bemerke, dass ich sie die ganze Zeit davon abgehalten habe. »Danke«, sage ich, als sie hineingeht. »Für deine Hilfe damals und für alles.«

»Es war mir ein Vergnügen«, sagt sie, und als sie die Tür schließt, gehe ich zurück ins Esszimmer und fühle mich unendlich erleichtert.

ALS ICH ZURÜCKKOMME, SIND ALLE AUFGESTANDEN UND STEHEN MIT Drinks um den Tisch herum, und kurz darauf verabschieden wir uns.

»Danke. Alles war wunderbar«, sage ich Nora aufrichtig, und sie grinst.

»Ich kann Ihr Lob gar nicht annehmen. Ana hat alles gemacht«, sagt sie, und in diesem Moment ruft ihr Mann von oben ihren Namen.

»Ich komme«, ruft sie zurück, tritt nach vorne und umarmt mich schnell.

»Kommen Sie jederzeit vorbei, okay?«, sagt sie, und ich verspreche, das zu tun.

Sie verschwindet nach oben, und ich wende mich Yulia zu. Sie und Lucas wohnen im Haupthaus, also steht sie im Flur neben ihrem Mann und schaut dabei zu, wie wir gehen. Ich gehe zu ihr und umarme sie ebenfalls spontan.

»Nochmals vielen Dank«, sage ich ihr, als wir uns trennen, und sie lächelt mich herzlich an.

»Viel Glück, Sara. Ich hoffe, wir sehen uns.«

»Das werden wir«, sage ich ihr. »Tschüss, Lucas.« Ich winke ihm lächelnd zu, und er schaut mich eisig an.

Okay, also hat mir bisher nur einer der Kents vergeben.

»Bereit?«, fragt Peter, schlingt seinen Arm um meine Taille, und ich nicke und lehne mich zu ihm hinüber, während er mich wegführt.

Zurück zu unserem vorübergehenden Zuhause.

eter

»ALSO, WAS IST MIT YULIA UND DEN ESGUERRAS LOS?«, FRAGT SARA beim Frühstück am nächsten Morgen. »Beim Abendessen kam es mir vor, als gäbe es dort Spannungen, und ich erinnere mich daran, dass du in Zypern etwas darüber erwähnt hast.«

»Oh, das?« Ich gebe ihr noch etwas mehr Haferflocken mit Beeren. Ich habe begonnen, mich mit der optimalen Ernährung für schwangere Frauen zu befassen, und ich plane, Saras Diät auf gesündere Lebensmittel umzustellen. »Ja, es gibt definitiv Spannungen – und das aus gutem Grund.«

Sie legt ihren Löffel ab. »Ach?«

Ich überlege, die hässliche Geschichte zu beschönigen, aber sie hatte heute Morgen und gestern Abend keine Rückblenden, die mit ihren Eltern oder einem der traumatischen Ereignisse zu tun hatten, die sie erlebt hat. Also beschließe ich, es ihr zu sagen, besonders da sie sich gestern Abend mit Kents blonder Frau anzufreunden schien.

»Erinnerst du dich daran, dass ich dir gesagt habe, dass Esguerra einmal von einer terroristischen Gruppe gefangengenommen wurde und gerettet werden musste?«, frage ich. Als Sara nickt, sage ich: »Nun, es gab einen Grund, warum sie ihn gefangen nahmen. Sein Flugzeug war über Usbekistan abgeschossen worden, und *das* wegen einiger Informationen, die Yulia der ukrainischen Regierung gegeben hatte.«

»Was?« Saras Augen werden riesig. »Warum sollte sie das tun? War sie zu der Zeit nicht mit Lucas zusammen?«

»Soweit ich gehört habe, hatten sie kurz vor dem Unfall einen One-Night-Stand in Moskau. Und was das Warum betrifft, das war damals ihr Job. Sie arbeitete als Spionin für die ukrainische Regierung in Moskau.«

»Oh, wow, das ist …« Sara scheint sprachlos zu sein.

Ich lächele. »Ja, ich weiß. Kent war übrigens auch in dem Flugzeug. Genauso wie fast fünfzig von Esguerras Männern. So ziemlich alle sind umgekommen, weshalb Esguerra verwundet und ungeschützt in einem Krankenhaus in Taschkent landete.«

»Oh, fuck«, flüstert Sara. »Wie kann sie noch am Leben, geschweige denn mit Lucas verheiratet sein?«

Ich grinse. Mein kleiner Zivilist fängt an, so zu denken wie ich. »Ehrlich gesagt bin ich mir nicht sicher«, sage ich ihr. »Ich verließ das Anwesen, gleich nachdem die ganze Geschichte vorbei war. Aber ich schätze, sie lebt, *weil* sie verheiratet sind. Ich half ihm irgendwann dabei, sie aus Moskau zu holen, weil er sie persönlich bestrafen wollte, aber ich weiß nicht viel mehr darüber. Nur, dass sie irgendwie zusammenkamen und, allen Anzeichen nach, ziemlich glücklich sind.«

Sara schüttelt den Kopf. »Wow. Ich habe … Mir fehlen die Worte.« Sie stürzt sich auf ihre Haferflocken, und ich esse meine schnell auf, bevor ich aufstehe, um das Geschirr wegzuräumen.

Während ich die Geschirrspülmaschine fülle, beobachte ich sie heimlich. Sie scheint in Gedanken versunken, als sie ihren Tee trinkt, aber es gibt keine Anzeichen für diesen schrecklich leeren Blick, keine

Hyperventilations- oder Panikattacken, die mit den Rückblenden verbunden sind. Sie ist gestern Abend aus einem Alptraum aufgewacht, aber ich habe mit ihr geschlafen, und sie ist wieder eingeschlafen.

Vielleicht war gestern eine Anomalie, und mein Ptichka ist doch in Ordnung. Auf jeden Fall fliegt die Therapeutin heute Morgen ein und kann sie bereits am Nachmittag sehen.

Eine weitere gute Nachricht ist, dass die Operation gestern Abend reibungslos verlaufen ist. Dank Esguerras Ressourcen und meinen detaillierten Akten über Henderson haben wir alle bekommen, die wir wollten, was bedeutet, dass wir der Lösung der Situation einen Schritt näher gekommen sind.

Wenn es in Henderson auch nur einen Funken Mitgefühl gibt, wird er nachgeben.

Wenn nicht, werden wir ihn trotzdem finden – und er wird mit dem Wissen sterben, dass er all diese Todesfälle auf dem Gewissen hat.

71

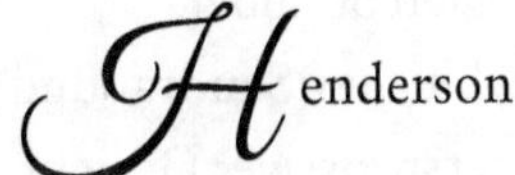

Henderson

ICH STARRE AUF MEINEN COMPUTERBILDSCHIRM, UND MEINE HAUT kribbelt vor Entsetzen. Ich hatte erwartet, dass Sokolov und die anderen ihre sämtlichen Ressourcen darauf verwenden würden, mich zu finden, aber das hatte ich nicht erwartet. Die Nachrichten, die meinen Posteingang füllen, sind surreal.

Mein Onkel. Meine Cousins. Bonnies Familie. Alle unsere Freunde.

Fort.

Entführt aus ihren Häusern, Schulen, auf dem Weg zur Arbeit und aus ihren Kirchen.

Mit zitternden Fingern klicke ich auf CNN und öffne einen Videostream darüber. »Es wird angenommen, dass die Entführungsserien von gestern Abend in Asheville, Charleston und Washington D.C. zusammenhängen könnten«, informiert der Nachrichtensprecher die Kamera mit kaum verhaltener Aufregung.

»Bislang wurden keine Forderungen gestellt, aber die Polizei erwartet, dass sie jeden Moment von den Entführern hört. Insgesamt wurden neunzehn Bürger als vermisst gemeldet, wobei eine der Entführungen auf einer Überwachungskamera aufgezeichnet wurde.«

Das Video zeigt ein körniges Filmmaterial von zwei maskierten Gestalten, die Onkel Ian packen, während er sein Auto an einer Tankstelle betankt. Die Bewegungen der Entführer sind reibungslos und koordiniert – sie sind eindeutig Profis, die wissen, was sie tun.

»Eigenartig ist außerdem, dass eine Reihe dieser Bürger in der jüngsten Vergangenheit Opfer von Entführungen und Überfällen waren«, fährt der Sprecher fort, und die Kamera schwenkt auf eine weinende Rothaarige – die Frau meines Freundes Jimmy, Sandra.

Gott sei Dank haben sie sie in Ruhe gelassen. Es ist schlimm genug, dass mein ältester Freund – nach dem wir unseren Sohn benannt haben – sich in ihren rücksichtslosen Klauen befindet.

»Warum passiert uns das immer wieder?«, schluchzt Sandra, und ihre Wimperntusche läuft ihr über das sommersprossige Gesicht. »Letztes Mal haben sie ihn zusammengeschlagen und angeschossen, und er musste sich aus der Armee zurückziehen. Und jetzt das hier? Warum? Was wollen sie von uns?«

Mich. Sie wollen mich.

Bittere Galle brodelt in meinem Hals.

Die Polizei wird keine Forderungen der Entführer sehen, da die Forderungen direkt an mich gerichtet wurden.

Oder besser gesagt an die CIA, da sie gewusst haben müssen, dass ich noch Kontakte dort habe.

Ich hätte das vorhersehen und einige Schritte unternehmen sollen, um das zu verhindern, aber ich hatte angenommen, dass jeder, den Sokolov vorher verhört hatte, in Sicherheit war, da er beim ersten Mal nichts gewusst hatte.

Ich hatte mich auf die Operation Air Drop konzentriert und unterschätzt, wie soziopathisch meine Gegner sind.

Mein Hals krampft, und der allgegenwärtige Schmerz wird zu

einer richtigen Qual, als ich das Video pausiere und in meinen Posteingang klicke, wo ich die letzte E-Mail noch einmal lese.

Neunzehn Stunden, neunzehn Leben, lautet die Botschaft, die die CIA bekommen hat. *Der Countdown beginnt um 12.00 Uhr EST. Stell dich, Wally, oder sieh sie alle sterben, einen nach dem anderen.*

S ara

Nach dem Frühstück geht Peter hinaus, um etwas mit Esguerra und seiner russischen Crew zu besprechen, und ich beschließe, Nora im Haupthaus zu besuchen. Zum ersten Mal seit einer Woche fühle ich mich weder angespannt noch ängstlich. Mein Magen ist völlig ruhig, und mein Herz schlägt in einem normalen Tempo.

Ich summe vor mich hin und genieße das Gefühl der warmen, feuchten Luft auf meiner Haut, während ich dorthin gehe. Ich fühle mich gut, fast so, wie ich es getan habe, bevor das alles passiert ist, bevor meine Eltern …

Mein Verstand schaltet sich ab, und eine Wand der Taubheit nimmt ihren Platz ein, als ein dritter Schuss ertönt.

Ich schaue auf meinen Mann, der blutend auf dem Rücken liegt, und dann auf den Beamten in der Türöffnung, der sein Gesicht vor Hass verzieht, während er auf Peters Kopf zielt.

Mein Blick fällt auf die Waffe, die Peter beim Ringen mit dem anderen Beamten verloren hat.

Sie liegt einen Meter von mir entfernt.

Ich greife nach ihr und hebe sie auf. Sie liegt kalt und schwer in meiner Hand und verstärkt die eisige Taubheit in meinem Herzen.

Meine Eltern sind tot.

Peter steht kurz davor, ermordet zu werden.

Ich ziele und drücke den Bruchteil einer Sekunde früher ab als der Agent.

Meine Kugel verfehlt ihn, aber der Schuss erschreckt ihn und lässt seinen Schuss ins Blaue gehen.

Er dreht sich zu mir, und ich schieße erneut.

Diesmal treffe ich seine Weste, und der Schuss wirft ihn zurück.

Ohne zu zögern, gehe ich zu ihm hinüber und hebe meine Waffe erneut an.

»Nein ...«, sagt er erstickt, ringt um Luft, und ich drücke ab.

Sein Gesicht explodiert in Blut- und Knochenstücke. Es ist wie ein hyperrealistisches Videospiel, komplett mit Geruch, Geschmack und –

»Scheiße! Sara, was ist passiert? Was ist los?«

Ich werde zurück in die Realität gerissen und schnappe nach Luft. Ich liege auf dem Boden, zusammengerollt in Embryonalstellung, und Lucas Kent ist über mich gebeugt. Seine harten Gesichtszüge sind angespannt vor Sorge, und seine blassen Augen betrachten mich von Kopf bis Fuß. Als er keine offensichtlichen Verletzungen sieht, greift er nach meinen Schultern und zieht mich auf die Füße.

Meine Knie sind schwach, ich zittere überall, und mein schweißgebadetes T-Shirt klebt an meinem Körper. Außerdem ist mir so kalt, dass ich friere, obwohl die Hitze der Sonne auf meine Haut niederprasselt.

»Geht es dir gut?«, fragt Kent und hält mich an meinen Schultern fest. Als ich automatisch nicke, lässt er mich los und fragt: »Was ist passiert? Hat dir etwas Angst eingejagt oder dich verletzt?«

Ich schüttele den Kopf und atme immer noch zu schnell, als dass ich sprechen könnte.

»Okay. Diego!« Er winkt der Wache zu, die gerade vorbeikommt.

Es ist derselbe Mann, der uns zum Haus geführt hat, wie ich benommen bemerke.

»Bleib bei ihr«, befiehlt Kent, als der junge Mann zu uns eilt. »Ich hole Peter.«

Und bevor ich protestieren kann, läuft er los.

73

eter

ICH IGNORIERE DEN QUÄLENDEN SCHMERZ IN MEINER SEITE UND TRAGE
Sara zurück zu unserem Haus. Sie ist in der Lage, eigenständig zu
gehen – ich weiß das, weil sie es mir mit zittriger Stimme gesagt hat
–, aber das ist mir scheißegal. Sie sieht so blass und zerbrechlich aus,
dass ich sie einfach halten muss, ihren schlanken Körper an mich
drücken muss, damit ich weiß, dass sie körperlich unverletzt ist.

Damit ich so tun kann, als ob es ihr und dem Baby gut geht.

Mein Blut ist erstarrt, als Kent aufgetaucht ist, und ich habe mich
immer noch nicht vollständig erholt. Es hilft nicht, dass mein Ptichka,
als ich bei ihm ankam, noch blasser war als jetzt … noch
zerbrechlicher aussah.

»Wir sind schon da«, sage ich beruhigend, als wir uns dem Haus
nähern. »Wir stellen dich sofort unter die Dusche, okay?« Ihre
Kleidung ist mit Schmutz und Grasflecken übersät, ebenso wie ihre
Handflächen, Knie und eine Hälfte ihres Gesichts.

Sie protestiert nicht – weder gegen die Dusche noch gegen meine Hilfe beim Ausziehen –, was mir zeigt, wie schrecklich sie sich fühlt. Gestern wollte sie mich noch davon überzeugen, dass es ihr gut geht.

Als sie nackt ist, schalte ich das Wasser ein und warte, bis sich die Temperatur eingestellt hat. Dann führe ich sie hinein und ziehe meine eigene Kleidung aus, bevor ich mich zu ihr unter den warmen Strahl stelle. Das Wasser durchweicht sofort meine Verbände, aber das ist mir egal. Ich bin mir ziemlich sicher, dass diese Dinger jetzt abgehen könnten und es mir nichts ausmachen würde.

»Was hast du gesehen, mein Liebling?«, frage ich sanft, während ich Seife in meine Hand gieße. Trotz meiner Sorge um sie verhärtet sich mein Schwanz wegen ihrer seidigen Haut und ihrer rosa Brüste. Ich ersticke den Drang, etwas anderes zu tun, als sie zu waschen, im Keim. Sex wird das nicht in Ordnung bringen, egal wie sehr ich mir das wünsche.

Meine Sara muss sich den Dämonen stellen, gegen die sie kämpft.

Sie muss mich – und sich selbst – hereinlassen.

Sie schließt ihre Augen und schüttelt den Kopf. »Ich kann nicht darüber reden. Es tut mir leid.«

Verdammt. Ich will meine Faust in die Glaswand der Duschkabine schlagen, aber stattdessen fange ich an, Sara zu waschen und mich darauf zu konzentrieren, so sanft wie möglich zu sein.

Sie braucht keine Gewalt mehr.

Sie hat schon zu viel gesehen.

BESORGNIS, VERMISCHT MIT EINER GESUNDEN DOSIS SCHULDGEFÜHL, frisst mich immer noch von innen auf, als ich Sara das Mittagessen koche. Ich hätte sie diese dreißig Minuten nicht allein lassen sollen. Ich hätte bei ihr sein müssen, etwas tun sollen, um das zu verhindern.

Zum Teufel, ich hätte sie vor dem Trauma schützen sollen.

Zu meiner Erleichterung scheint sie sich nach dem Duschen noch mehr zu erholen – bis zu dem Punkt, an dem sie wieder versucht, so zu tun, als wäre alles in Ordnung, so als ob Kent sie nicht wie ein verletztes Kind auf dem Rasen zusammengerollt gefunden hätte.

»Warum lassen wir die Therapeutin nicht nach ihrem Flug ausruhen«, fragt sie, als ich ihr mitteile, dass ich sie sofort nach dem Essen zur Ärztin bringe. »Morgen wird es früh genug sein, um die Sitzungen zu beginnen.«

»Sie wird sich ausruhen, nachdem sie mit dir gesprochen hat.« Ich werde das nicht verschieben – nicht nach dem, was ich gesehen habe. Esguerra hat mir eine Nachricht geschickt, weil er wollte, dass ich nach dem Mittagessen in seinem Büro vorbeikomme, aber ich lasse sie nicht wieder allein.

Henderson und all der Scheiß kann warten.

Sara seufzt, stochert in ihrem Grünkohlsalat herum und schaut dann auf. »Du weißt, dass ich nicht magisch geheilt werde, wenn ich mit dieser Ärztin rede, stimmt's?« Ihre haselnussbraunen Augen sind beunruhigt. »In solchen Situationen hilft die Therapie nicht immer.«

Wenigstens erkennt sie endlich an, dass es eine »Situation« gibt.

Ich stehe auf und gehe um den Tisch herum zu ihrem Stuhl. »Ich weiß, mein Liebling«, sage ich leise und schaue auf ihr nach oben gerichtetes Gesicht. Ich lege meine Hände auf ihre Schultern, massiere sie und spüre die Anspannung in den empfindlichen Muskeln. »Es wird keine Zauberei sein, aber zumindest ein Anfang.«

Und ich sinke neben ihrem Stuhl auf die Knie, lege meine Arme um sie und halte sie fest, um ihren Herzschlag an mir zu spüren.

Ich muss mich davon überzeugen, dass ich den Schaden, den ich angerichtet habe, wiedergutmachen kann.

eter

»Wo ist Kent?«, fragt Esguerra, als ich das kleine, moderne Gebäude betrete, das als sein Büro dient. Er zieht es vor, Geschäfte außerhalb des Hauses und der Familie zu tätigen – obwohl Nora hervorragend über sein illegales Imperium informiert ist.

»Woher soll ich das wissen?«, antworte ich, als ich mich neben Yan setze, der auf sein Handy schaut. Ilya und Anton sind auch schon hier, und Ilya kaut fröhlich auf einem Keks von der Platte, die Ana wieder hingestellt haben muss. »Wohnt er nicht bei Ihnen im Haus?«

Esguerra runzelt die Stirn. »Er hat heute Morgen die Runde mit den Wachen gemacht.« Er blickt auf einen der vielen Monitore, die die Wände säumen, und schaut dann zu uns. »Sieht so aus, als müssten wir ohne ihn anfangen. Ich habe gleich eine Telefonkonferenz.« Sein Blick wandert zu mir. »Irgendwas von Henderson gehört?«

»Nein, und ich erwarte auch nicht, dass das bald passiert. Wir sind immer noch«, ich schaue auf die Uhr auf einem der Monitore, »etwa eine Stunde vor dem Beginn der Frist. Ich schätze, wir müssen unserer Drohung mindestens ein paar Leichen folgen lassen, bevor er merkt, dass wir es ernst meinen.«

Esguerra nickt. »In Ordnung. Ich habe unseren Männern bereits die Anweisungen gegeben, welche Geiseln zuerst getötet werden sollen. Haben Sie irgendwas von Ihren Hackern gehört?«

»Ja«, sagt Yan und schaut von seinem Handy auf. »Sie haben gerade den Scharfschützen für uns aufgespürt, der den Beamten während Peters Verhaftung erschossen hat.«

Meine Hand ballt sich auf dem Tisch zu einer Faust. »Wer ist er?«

»*Er* ist anscheinend eine *Sie*«, sagt Yan und richtet seine Augen wieder auf sein Handy. »Heißt Mink und kommt aus der Tschechischen Republik. Moment, das Bild wird gerade geladen.«

»Was ist mit unseren Doppelgängern?«, fragt Anton. »Irgendwas Neues von den Wichsern?

Yan antwortet nicht, und als ich ihn anschaue, sehe ich eine Ader an seiner Schläfe zucken, während er auf den Bildschirm seines Telefons starrt.

»Was ist los?«, fragt Ilya, runzelt die Stirn, und sein Zwilling reicht ihm wortlos das Telefon.

Ilyas rundes Gesicht scheint sich in Stein zu verwandeln. »Sie?« Er schaut zu seinem Bruder auf. »*Sie* ist Mink?«

Was zum Teufel …? Ich schnappe mir das Telefon aus Ilyas Hand und betrachte das Foto auf dem Bildschirm.

Das Gesicht der Frau, das von der Kamera im Halbprofil eingefangen wurde, ist jung und ziemlich hübsch, mit zarten Gesichtszügen, die durch das kurze, blonde Haar betont werden, das um ihr blasses Gesicht absteht. Auf einer Seite ihres Halses befindet sich ein kleines Tattoo von etwas Unerkennbarem, und ihr kleines Ohr ist mit einem Dutzend Piercings bestückt.

»Wer ist sie?«, frage ich und schaue zu den Zwillingen auf. »Woher kennt ihr sie?«

Yans Gesicht ist angespannt. »Das spielt keine Rolle.« Er nimmt mir das Telefon ab. »Ich schicke Männer, um sie zu uns zu bringen – sie weiß vielleicht, wo Henderson ist.«

»Es spielt eine Rolle«, sagt Esguerra, während Yans Daumen wütend auf den Bildschirm klopft. »Wer zum Teufel ist sie?«

»Wir haben sie in Budapest getroffen«, sagt Ilya, als Yan die Frage ignoriert. »Sie hat als Kellnerin in einer Bar gearbeitet.«

Eine Kellnerin aus Budapest? Warum kommt mir das bekannt vor?

»Ist das die, mit der du damals geschlafen hast?«, fragt Anton und starrt Yan an. »Diejenige, derentwegen Ilya sauer war?«

Ilyas massiver Kiefer spannt sich an. »Ich war nicht sauer. Aber ja, *er*«, er deutet mit den Daumen auf seinen Bruder, »hat sie gefickt.«

Yan legt sein Handy auf den Tisch. »Halt deine verdammte Klappe.«

Ich beobachte die Szene mit Erstaunen. Der coole, beherrschte Yan ist so kurz davor, die Kontrolle zu verlieren, wie ich es noch nie bei ihm gesehen habe.

Ilyas Gesicht wird rot, und er steht so abrupt auf, dass sein Stuhl auf dem Boden landet.

Ich springe auch auf, weil ich weiß, dass ein Kampf bevorsteht – und in diesem Moment platzt Kent herein.

»Sara«, sagt er und keucht, als ob er einen Kilometer in unter zwei Minuten gelaufen wäre. »Peter, du musst sofort mit mir kommen.«

Sara

DIE ÄRZTIN IST EINE GROßE FRAU ENDE VIERZIG. HÄTTE SANDRA
Bullock in *Der Teufel trägt Prada* die stylische böse Chefin gespielt,
hätte sie vielleicht so wie diese Therapeutin ausgesehen, bis hin zur
trendigen Designer-Brille.

»Hallo«, sagt sie und streckt ihre schlanke, perfekt gepflegte Hand
aus. »Ich bin Dr. Wessex.«

»Hi.« Ich gebe ihr die Hand. »Ich bin Sara.«

Wir sind in einem kleinen Büro mit einem Fenster zur Straße, das
sich in einem Haus befindet, das dem von Peter und mir ähnelt. Ich
kann Peter sehen, wie er draußen hin und her läuft; Dr. Wessex
bestand darauf, dass er während meiner Therapiesitzung nicht
anwesend sein kann.

»Es ist schön, Sie kennenzulernen, Sara.« Sie nimmt hinter einem
Hochglanztisch Platz, und ich setze mich auf den Sessel auf der
anderen Seite. »Ihr Mann hat mir ein wenig darüber erzählt, was Sie

heute zu mir führt, aber ich würde es gerne mit Ihren eigenen Worten hören.«

Ich rutsche hin und her. »Ich würde wirklich lieber nicht darüber reden.«

Sie legt ihren Kopf auf die Seite. »Warum nicht? Ist es, weil es Ihnen wehtut?«

Ich atme durch, während mein Brustkorb enger wird. »Nein. Ich meine, ja, natürlich. Ich will nur … nicht darüber nachdenken.«

»Weil Ihre Eltern getötet wurden?«

Ich zucke zusammen und schaue zur Seite.

»Oder weil etwas anderes passiert ist?«, fragt die Ärztin weiter. »Vielleicht etwas, was Sie nicht verarbeiten können?«

Meine Atmung beschleunigt sich, und ich balle meine Hände zusammen. Der kleine Schmerz, während sich meine Nägel in meine Handflächen graben, hilft mir, mich auf die Gegenwart zu konzentrieren.

Ich kann nicht darüber nachdenken.

Ich werde nicht darüber nachdenken.

Da ich weiterhin schweige und mich weigere, sie anzusehen, seufzt Dr. Wessex und fragt: »Haben Sie jemals von Eye Movement Desensitization and Reprocessing oder EMDR gehört?«

Ich starre sie fragend an und schüttele den Kopf.

»Das ist eine ziemlich neue, alternative Psychotherapie, mit der ich im letzten Jahr sehr erfolgreich gearbeitet habe. Der Gedanke dahinter ist, dass Sie Ihre negativen Erfahrungen durchleben, während Sie sich auf einen externen Stimulus konzentrieren. Konkret werde ich Sie bitten, meinen Handbewegungen mit den Augen zu folgen, während Sie eine bestimmte schmerzhafte Erinnerung erzählen.«

Ich blinzele. »Was?«

Sie lächelt. »Ich werde *das* tun«, sie bewegt ihre Hand hin und her, so als ob sie mein Sehvermögen überprüfen wollte, »und Sie werden dieser Bewegung mit Ihren Augen folgen. Üben wir es erst einmal.«

Sie nimmt die Bewegung von einer Seite zur anderen wieder auf, und ich folge ihren Fingern mit meinen Augen, wie eine Katze, die einen Laserpointer verfolgt. Ich verstehe nicht, wie das helfen soll, aber ich versuche es.

»Okay, gut«, sagt sie, als es klappt. »Jetzt konzentrieren wir uns auf eine beunruhigende Erinnerung. Sagen wir … Ihre letzte Rückblende. Was war es, was Sie heute Morgen gesehen haben? Welches Ereignis haben Sie noch einmal erlebt? Oder wenn Sie sich lieber nicht auf dieses konzentrieren möchten, wählen Sie etwas anderes – oder wir können auch ganz von vorne anfangen.«

Ich verfolge ihre Handbewegungen immer noch mit den Augen, und das macht es irgendwie einfacher, mich vom vulkanischen Druck in meiner Brust zu lösen. Ich kann das enorme Gewicht spüren, aber es ist, als ob es jemand anderem passiert.

Meine Augen huschen von einer Seite zur anderen und folgen ihren Fingern, während ich anfange zu sprechen. Langsam und zögerlich durchlaufe ich die Ereignisse jenen Tages, von der Ankunft des SWAT-Teams bis zu dem Moment, als ich zum ersten Mal den Abzug gedrückt habe.

Aber dort höre ich auf und kann kein Wort mehr sagen, weil ich zu heftig zittere. Zu meiner Erleichterung zwingt mich Dr. Wessex nicht dazu. Stattdessen sagt sie mir, dass ich mich darauf konzentrieren solle, wie mein Körper reagiert und welche Gedanken ich in diesem Moment habe. Und die ganze Zeit bewegt sie ihre Hand hin und her und lässt mich fokussieren, lenkt mich von den erstickenden Schmerzen und der Trauer ab.

ALS PETER KOMMT, UM MICH ABZUHOLEN, BIN ICH EMOTIONAL UND körperlich so ausgewrungen, dass wir direkt nach Hause gehen und ich sofort einschlafe.

Eineinhalb Stunden später wache ich von gedämpften Männerstimmen auf. Ich werfe mir einen Bademantel über, schleiche mich zum Fenster und schaue durch die geschlossenen Jalousien.

Es sind Kent, Esguerra, Peter und Yan. Sie stehen draußen und diskutieren etwas.

Ich halte den Atem an und versuche zu hören, was sie sagen.

»Noch nichts«, sagt Kent und sieht angewidert aus. »Sind wir sicher, dass die Nachricht überhaupt bei ihm ankam?«

»Oh, sie ist angekommen«, sagt Peter grimmig. »Der Wichser ist einfach zu feige, um etwas dagegen zu unternehmen.«

Esguerra schaut Yan an. »Was ist mit deinem One-Night-Stand? Wann soll er hier ankommen?«

Yans Kiefer strafft sich sichtbar, aber dann scheint er die Kontrolle wiederzuerlangen. »Bald«, sagt er emotionslos. »Sehr bald.«

»Gut.« Ein angsteinflößendes Lächeln erscheint auf Esguerras Lippen. »Sobald wir sie haben, ist es vielleicht egal, ob Henderson etwas Edles tut oder nicht. Wir werden den Bastard sowieso finden.«

Die Männer verschwinden, und ich gehe vom Fenster weg, verwirrt, aber hoffnungsvoll.

Ich weiß immer noch nicht genau, was sie tun, aber es klingt, als würden sie mit Henderson Fortschritte machen – und so falsch es auch ist, ich kann es kaum erwarten, dass der ehemalige General das bekommt, was er verdient.

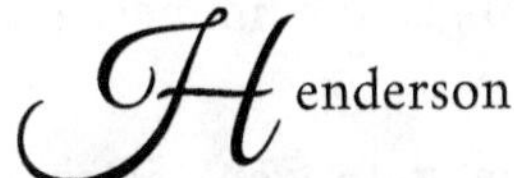 enderson

»DU BIST EIN VERDAMMTER PSYCHOPATH! VERSTEHST DU MICH? EIN Psychopath!« Bonnie schreit, weint, und Rotz läuft ihr über das Gesicht. »Fünf Menschen, die uns wichtig sind, sind tot, und dir ist das alles scheißegal!«

Ich ducke mich, als sie ein Glas wirft und dieses gegen die Wand hinter mir knallt, wobei es beim Aufprall zerbricht. Jedes Wort, das sie in meine Richtung wirft, ist so tödlich wie ihre Geschosse, und die dadurch in mir ausgelöste Wut verbindet sich mit meiner Migräne, und mein Blickfeld füllt sich mit roten Flecken.

Ich hätte nicht vergessen sollen, ihre Medikamente nachzufüllen. Sie sollte betäubt im Bett liegen, ohne meine E-Mails durchzugehen und die verdammten Nachrichten zu sehen.

Ein Teller fliegt an meinem Ohr vorbei, und ich raste aus.

»Das ist mir scheißegal!«, brülle ich und umrunde den Tisch, um ihre knöchernen Schultern zu greifen. »Meine Cousine Lyle ist unter diesen toten Menschen. Aber was soll's? Sie werden sie alle töten. Und dich und Amber und Jimmy auch. Denkst du, ich sollte mich diesen Mördern einfach auf einem Silbertablett präsentieren? Ist es das, was ich verdammt nochmal tun sollte?«

Ich schüttele sie so sehr, dass ihre Zähne in ihrem leeren Schädel klappern, aber sie weigert sich nachzugeben.

»Vielleicht solltest du das verdammt nochmal!«, schreit sie, und ihre Spucke spritzt mir ins Gesicht. »Wir wären alle besser dran, wenn du tot wärst!«

Wütend stoße ich sie weg – und sie stürzt in den Kühlschrank, als unsere Tochter die Küche betritt.

»Mom? Dad?« Ihre großen, blauen Augen huschen von mir zu Bonnie. »Was ist los?«

Verdammt. Amber sollte das nicht sehen.

Von meinen beiden Kindern ist sie diejenige, die immer auf meiner Seite ist.

»Nichts, Schätzchen«, gelingt es mir ruhig zu sagen. »Deine Mutter braucht nur ihre Medizin, das ist alles.«

Und ich lasse Bonnie schluchzend auf dem Boden liegen, während ich meine Tochter wegführe, zurück in ihr Zimmer.

Ich kann nicht jeden retten, der mir wichtig ist, aber ich *werde* meine Familie beschützen.

Auch wenn diese Undankbaren es mir verdammt schwer machen.

ICH HABE ENDLICH DEN GRUNDRISS VON ESGUERRAS ANWESEN IN Kolumbien in die Finger bekommen, und ich studiere ihn für die Operation Air Drop, als mir auffällt, wie still es im Haus ist.

Zu still.

Ich höre keine Explosionen von Videospielen im Wohnzimmer, kein Klappern von Geschirr in der Küche, obwohl es Essenszeit ist.

Mein Blutdruck steigt, als ich von Raum zu Raum gehe.

Nichts.

Niemand ist hier.

Unsere Hütte in Island ist so kalt und leer wie die schneebedeckten Straßen draußen.

Ich laufe in die Garage, und tatsächlich fehlt der Jeep. Bonnie muss ihn genommen haben, um mit den Kindern in die Stadt zu fahren.

Diese dumme Schlampe. Ich schlage meine Handfläche gegen die Wand. Ich habe ihr millionenfach gesagt, dass wir nicht einen Schritt aus diesem Ort heraustreten können. Wie konnte sie angesichts dessen, was mit all unseren Freunden und Verwandten passiert, ein solches Risiko eingehen? Ist ihr nicht klar, dass meine Feinde sie Stück für Stück auseinandernehmen werden?

Es sei denn … Meine Brust krampft sich zusammen, und die Luft verlässt meine Lungen.

Das würde sie nicht tun.

Das könnte sie nicht.

Das würde sie verdammt nochmal nicht wagen.

Dennoch laufe ich zurück ins Haus, in ihr Zimmer. Ich hatte nur kurz hineingeschaut, gerade lange genug, um zu sehen, dass sie nicht da war.

Jetzt trete ich also ein und schaue mich um – und die Wut kocht mich fast bei lebendigem Leib.

Auf ihrem Nachttisch, unter ihrer Fernbedienung für den Fernseher, finde ich ein kleines Stück Papier mit ihrer Handschrift.

Wir gehen, steht da. *Wir versuchen lieber unser Glück da draußen, als hier bei dir »in Sicherheit« zu sein.*

eter

ICH BETRETE DEN VERHÖRRAUM, WO EINE JUNGE FRAU GEFESSELT AUF einem Stuhl sitzt. Ihr kleines Gesicht ist mit blauen Flecken übersät, und ihre Unterlippe ist aufgeplatzt, was ihr einen schmollenden Gesichtsausdruck verleiht. Ihr Blick ist jedoch klar und trotzig.

Sie ist kein Schwächling, diese hübsche Scharfschützin. Ich frage mich, ob Yan ihr diese blauen Flecken während des Verhörs verpasst hat oder ob sie von dem Kampf stammen, den sie gestern während ihrer Gefangennahme geführt hat.

Ich höre Schritte, drehe mich um und sehe Yan und Ilya den Raum betreten.

»Wir haben gerade die Akten über die Männer bekommen, deren Namen sie uns gegeben hat«, sagt Ilya und reicht mir sein Telefon. »Unsere Doppelgänger haben einen interessanten Lebenslauf. Alle vier sind ehemalige Delta Force, gleiche Einheit. Sie und einige ihrer

Freunde wurden vor fünfzehn Jahren vor das Kriegsgericht gebracht, weil sie ein sechzehnjähriges Mädchen in Pakistan vergewaltigt haben. Sechs von ihnen wurden verhaftet, aber die anderen holten sie raus und sie flüchteten. Seitdem machen sie hier und da Gelegenheitsjobs, von kleinen Attentaten bis hin zum Bombenbau für terroristische Organisationen.«

Während er spricht, blättere ich durch die Fotos auf dem Bildschirm. Sie hatten eindeutig hervorragende Verkleidungen, als sie sich für uns ausgaben. Die Gesichter, die mich anschauen, haben sehr wenig Ähnlichkeit mit unseren eigenen; bestenfalls sieht einer mir vage ähnlich – und selbst dessen Haar ist dunkelblond.

Mir fällt etwas ein. »Wer hat ihr Make-up und ihre Verkleidungen gemacht?«, frage ich die Scharfschützin und bleibe vor ihrem Stuhl stehen. »Es sieht so aus, als sei es jemand sehr Gutes gewesen.«

Sie behauptet, nicht zu wissen, wo sich Henderson versteckt, und dieser feige Ublyudok hat nicht nachgegeben, sondern seine Freunde und Verwandten an seiner Stelle sterben lassen, also müssen wir anders an ihn herankommen – vielleicht über das Team, das er benutzt hat, um den Sprengstoff zu platzieren.

Sie schweigt für einen Moment; dann sagt sie mürrisch: »Ich. Ich habe das gemacht.«

Ich ziehe meine Augenbrauen skeptisch in die Höhe. »Wirklich?«

Ihre Nasenlöcher beben. »Warum sollte ich lügen? Ich habe Ihnen bereits all diese Namen gegeben. Eine weitere Sache macht es dann auch nicht mehr fett.«

Ihr Englisch ist so rein wie das aller Amerikaner. Ich frage mich, wann und wie ein tschechisches Mädchen gelernt hat, es so gut zu sprechen.

»Das wird leicht herauszufinden sein«, sagt Yan und tritt vor, um sich neben mich zu stellen. »Sie kann heute Abend ihre Fähigkeiten bei mir zeigen.«

»Und bei mir.« Ilyas Hände zucken an seinen Seiten, während er seinen Bruder wütend anstarrt.

Großartig. Sie gehen sich immer noch gegenseitig darüber an die Kehle, wer sie ficken darf.

Ich schiebe meine Irritation beiseite und stelle dem Mädchen noch ein Dutzend Fragen, und sie beantwortet sie alle, wenn auch widerstrebend. Da sie eine private Auftragnehmerin ohne besondere Loyalität zu irgendjemandem ist, hat sie sich klugerweise entschieden, mit uns zusammenzuarbeiten, um ihr Leben und ihre eventuelle Freiheit zu erhalten.

Ich plane trotzdem, sie zu töten – ihretwegen sind Saras Eltern tot – aber im Moment macht es mir nichts aus, sie glauben zu lassen, dass sie überleben wird.

So oder so ist sie nicht so nützlich, wie ich gehofft hatte. Sie hat gesagt, dass sie Henderson nur einmal persönlich getroffen und keine Ahnung hat, wo er sich verstecken könnte. Sie weiß auch nicht, wo unsere Doppelgänger sind, obwohl sie in der Vergangenheit häufig mit ihnen gearbeitet hat.

Noch eine Sackgasse, aber ich verliere die Hoffnung nicht.

Wir haben jetzt mehr Namen, nach denen wir suchen können, und einer von ihnen wird uns sicher zu unserem Ziel führen.

ALS ICH NACH HAUSE KOMME, BIN ICH ERLEICHTERT, ZU SEHEN, DASS Sara noch schläft, genauso wie die letzten zwei Nachmittage. Obwohl sie es nicht zugeben will, fordern die Schwangerschaft und die damit verbundene Morgenübelkeit einen hohen Tribut von ihr, ganz zu schweigen von den Therapiesitzungen mit Dr. Wessex. Was auch immer die Therapeutin mit Sara macht, scheint sie so sehr zu erschöpfen, dass sie einschläft, sobald sie nach Hause kommt.

»Was für eine Art von Therapie macht sie mit dir?«, habe ich Sara gestern Abend gefragt, und sie hat mir von den Augenbewegungen erzählt und wie sie ihr Gehirn trainieren sollen, die traumatischen Erinnerungen anders zu verarbeiten. Ich bin mir nicht sicher, ob ich es richtig verstehe, aber sie hatte nur eine kleine Rückblende seit Beginn der Therapie – zumindest soweit ich weiß.

Es ist durchaus möglich, dass sie sie vor mir verheimlicht. Sie hat immer noch nicht geweint oder mit mir über das Geschehene gesprochen, also weiß ich, dass es in ihr eingeschlossen ist, all die Trauer und der Schmerz, die Leere füllen, die das Ableben ihrer Eltern hinterlassen hat.

Das Seltsame ist, dass ich etwas davon auch fühle – nicht nur als Echo ihres Schmerzes, sondern als meinen eigenen Verlust. In den vier Monaten nach unserer Hochzeit hatte ich Chuck und Lorna kennengelernt und begonnen, sie beide sehr zu mögen und zu respektieren. Sie waren gute Menschen gewesen, liebevolle Eltern, und obwohl sie allen Grund gehabt hatten, mich zu hassen, hatten sie sich langsam für mich geöffnet und mich ein Teil ihres Lebens werden lassen.

Ein Teil ihrer Familie – eine Familie, die ich wieder einmal nicht beschützt habe.

Leise ziehe ich mich aus dem Schlafzimmer zurück, und meine Brust ist schmerzhaft eng. Ich weiß nicht, ob ich mir jemals verzeihen werde, was passiert ist, weil ich nicht vorausgesehen habe, dass der Feind, den ich so fleißig gejagt habe, sich vielleicht nicht damit begnügt, aus dem Schatten zu kommen und sein Leben wiederaufzunehmen.

Weil ich nicht vorausgesehen habe, welche verräterische Form seine Rache annehmen würde.

Meine Stimmung ist immer noch düster, als ich das Wohnzimmer betrete und meinen Laptop öffne, um den verschlüsselten E-Mail-Account zu überprüfen, von dem aus ich Hendersons Mann bei der CIA kontaktiert habe. Alle unsere neunzehn Gefangenen sind jetzt tot, also erwarte ich keine Nachricht – ich überprüfe den Posteingang eher aus Gewohnheit.

Deshalb fällt mir völlig überraschend eine Nachricht von einem unbekannten Absender auf.

Ich öffnete die E-Mail und lese sie – und dann lese ich sie noch einmal, unfähig, meinen Augen zu trauen.

Wenn Sie Wally wollen, treffen Sie mich am Mittwoch um 9 Uhr morgens im Marison Café in London. Kommen Sie allein.

-Bonnie Henderson

 ara

»... GANZ KLAR EINE FALLE«, HÖRE ICH ILYA SAGEN, ALS ICH DAS Schlafzimmer verlasse und nach meinem Nickerchen gähne. »Er versucht, dich rauszulocken, das ist alles.«

»Natürlich, aber wir müssen die Spur trotzdem verfolgen«, sagt Kent, als ich noch außerhalb der Sichtweite im Flur stehen bleibe und ins Wohnzimmer schaue.

Peter, Esguerra, Kent und die drei russischen Teamkollegen meines Mannes sind um einen Laptop auf dem Couchtisch gedrängt und füllen den kleinen Raum mit so viel Testosteron, dass ich es förmlich spüren kann. »Tödliche Männlichkeit« sind die Worte, die mir in den Sinn kommen, als ich ihre großen durchtrainierten Körper und harten Gesichter betrachte.

Tödliche, anziehende Männlichkeit.

Ich entscheide, dass Peter natürlich viel magnetischer als die anderen ist, während sie weiterreden, ohne meine Anwesenheit zu bemerken. Der blonde Kent erinnert mich an einen plündernden Wikinger, und ich spüre etwas definitiv Grausames in Esguerra – und bis zu einem gewissen Grad in Yan und Anton. Ilya ist der Einzige, der einen Funken Menschlichkeit in sich zu besitzen scheint, aber er ist definitiv nicht mein Typ – auch wenn ich sehen kann, warum viele Frauen diese extrem großen Muskeln und den tätowierten Schädel attraktiv finden.

»Sind wir uns überhaupt sicher, dass Peter derjenige ist, der allein kommen soll?«, fragt Esguerra und kauert sich hin, um auf den Laptop-Bildschirm zu schauen. »Die E-Mail ist nicht an eine bestimmte Person gerichtet.«

Mein Atem stockt in meiner Brust, und alle Gedanken an das Aussehen der Männer verschwinden aus meinem Kopf.

Jemand versucht, Peter dazu zu bringen, allein irgendwo hinzugehen?

»Unsere Hacker verfolgen die E-Mail gerade«, sagt Yan und schaut auf sein Handy. »Wir werden bald die IP-Adresse wissen, von der aus sie gesendet wurde.«

Peter winkt ab. »Es wird keine echte IP-Adresse sein. Henderson weiß, wie man seine Spuren verwischt.«

»Aber was ist, wenn es nicht Henderson ist?« Esguerra steht auf. »Was, wenn es seine Frau *ist*?«

Ilya schnaubt. »Ja, sicher. Und wenn wir das glauben, hat er einen Ansatzpunkt, um …«

»Nein, Julian hat recht«, unterbricht Peter. »Etwas daran ist sehr untypisch für Henderson. Wenn er mich herauslocken wollte, würde er eine glaubhaftere Spur bieten – indem er sich als, sagen wir, sein CIA-Kontakt oder Ähnliches ausgibt. Diese E-Mail mit dem Namen seiner Frau zu unterschreiben ist, als würde man uns direkt sagen, dass es eine Falle ist. Man muss nicht für den Geheimdienst gearbeitet haben, um zu wissen, dass es eine Taktik ist, die wahrscheinlich am wenigsten erfolgreich ist.«

»Vielleicht benutzt er sie deshalb«, meint Kent. »*Weil* sie so absurd und unglaublich ist.«

»Oder vielleicht, weil er nicht derjenige ist, der die E-Mail geschrieben hat.« Esguerra verschränkt die Arme vor seiner Brust. »Ich sage dir, sie könnte von seiner Frau sein.«

»Warum sollte seine Frau Peter kontaktieren?«, fragt Anton und kratzt sich am Bart. »Wir haben gerade neunzehn ihrer Freunde und Verwandten getötet und die Leichen zurückgelassen, damit die Polizei sie finden kann. Glaubt ihr, sie hat Todessehnsucht?«

»Vielleicht hat sie das«, sagt Yan, während ich meine Hand über meinen Mund lege und einen entsetzten Atemzug unterdrücke.

Neunzehn Leute?

Sie haben auf der Suche nach Henderson *neunzehn unschuldige Menschen* getötet?

»Denk darüber nach«, fährt Yan fort, ohne das dröhnende Hämmern meines Herzschlags zu bemerken. »Wir sind seit Jahren hinter ihrem Mann her. Denk an den Stress, dem die ganze Familie ausgesetzt war. Ist es nicht das, was wir dachten, was passieren könnte, als wir das erste Mal zu den Leuten gingen? Hatten wir nicht gehofft, dass jemand in Hendersons Familie – Frau, Tochter, Sohn – unter dem Druck nachgeben und solche Fehler machen würde?«

»Das ist mehr als ein Fehler«, sagt Kent. »Wir haben sie nicht gefunden, weil sie ihre Freunde aus Sorge kontaktiert hat. Sie hat sich an *uns* gewandt – an die E-Mail-Adresse, die nur Henderson und sein CIA-Kontakt haben.«

»Es sei denn, sie hat auf die E-Mail ihres Mannes zugegriffen und die weitergeleitete Nachricht von der CIA gesehen«, sagt Esguerra. »Dann hätte sie sie auch.«

Noch immer halte ich meine Hand über meinen Mund und gehe zurück, ohne ein Geräusch zu machen.

Ich verstehe jetzt, warum Peter mir keine Einzelheiten über ihren Plan mitteilen wollte.

Es liegt nicht an meinem psychischen Zustand – es liegt daran, dass das, was sie getan haben, auf Massenmord hinausläuft.

eter

Wir sind mitten in der strategischen Planung, wie wir die Situation am besten angehen können, als Sara ins Wohnzimmer kommt.

»Da bist du ja«, sage ich lächelnd. »Wie war dein Nickerchen?«

Unsere Blicke treffen sich kurz, bevor ihre Augen schnell wieder weghuschen. »Es war gut. Hallo zusammen.« Sie winkt den Männern ohne zu lächeln zu.

»Lasst uns heute Abend weitermachen«, sagt Esguerra und steht vom Sofa auf. »Acht Uhr, mein Büro.«

Ich blicke auf Sara, die an uns vorbei in die Küche geschlüpft ist und sich ein Glas Wasser eingießt. Ich will sie nicht allein lassen – deshalb hatte ich alle hierherbestellt.

Esguerra erkennt mein Dilemma und sagt: »Sara, Nora hat sich gefragt, ob Sie ihr heute Abend mit Lizzie helfen würden. Es ist Rosas freier Abend«

Sara schaut hinüber, und ihr Gesicht ist ausdruckslos. »Sicher, das würde ich gerne.«

Esguerra nickt zufrieden, und alle verschwinden, so dass wir wieder allein sind. Ich bin froh darüber, denn ich mag diese seltsame Stimmung, in der Sara sich befindet, nicht.

Ist etwas passiert, während sie geschlafen hat?

»Ptichka.« Ich betrete die Küche und bleibe vor meiner Frau stehen. »Hattest du heute Nachmittag wieder eine Rückblende?«

Sie blinzelt mich an. »Was? Nein, hatte ich nicht.«

Ich blicke sie zweifelnd an. »Bist du sicher?«

Ihr zarter Kiefer strafft sich. »Ja. Es geht mir gut.« Sie stellt ihr Wasserglas auf den Tresen und dreht sich weg.

Aber ich werde sie nicht mit einer so offensichtlichen Lüge davonkommen lassen. Ich packe ihren Arm und drehe sie zu mir. »Was ist es dann?«, frage ich. »Was ist passiert?«

Sie schaut zu mir auf, und ich sehe eine eigentümliche Leere in ihren weichen haselnussbraunen Augen. »Nichts. Nichts ist passiert.«

»Sara … schließe mich nicht aus.«

Etwas Qualvolles flackert in ihrem Blick, bevor sie es mit dieser Leere bedeckt. »Ich sage doch, es ist nichts.«

»Es ist nicht nichts, wenn du dich weigerst, mit mir zu reden. Ptichka …« Ich lasse ihren Arm los, um eine gewellte Haarsträhne hinter ihr Ohr zu streichen. »Bitte, mein Liebling, sag mir, was los ist.«

Ihr Gesicht spannt sich an. »Nichts. Lass es einfach.«

Lass mich einfach allein. Ich lasse meine Hand fallen und höre die unausgesprochenen Worte so deutlich, als hätte sie mich angeschrien. Die E-Mail hatte mich vorübergehend von meiner dunklen Stimmung abgelenkt, aber jetzt ist es wieder da, das Wissen, dass ich an dem Schuld bin, was auf mich drückt und mich mit seinem widerlichen Gewicht erstickt.

Ich habe Sara das angetan.

Ihre Eltern sind meinetwegen gestorben.

Sie hat ihr altes Leben meinetwegen verloren.

Weil ich sie nicht verlassen habe.

Weil ich sie nie verlassen kann.

»Hasst du mich?«, frage ich leise. »Ich würde es dir nicht verübeln, wenn du es tätest.«

Sie starrt mich an, und ihre Pupillen verdunkeln sich, während sich ihre Atmung beschleunigt. Sie leugnet es nicht, und warum sollte sie es tun?

Ohne meine Besessenheit von ihr wären ihre Eltern noch am Leben.

»Ich sollte.« Ihre Stimme ist angespannt. »Ein normaler Mensch würde es tun.«

Der Druck auf meine Brust wächst, und die Schmerzen in meinem Innersten werden immer stärker. Natürlich sollte sie das. Ich bin an alldem schuld.

»Es tut mir leid.« Die ungewohnten Worte drängen sich durch meine Kehle und schaben sie auf dem Weg hindurch auf. »Es tut mir leid, wegen dem hier, wegen allem. Ich habe es nicht geschafft, sie zu beschützen … dich zu beschützen. Ich hätte erwarten sollen, dass er so etwas tun würde, aber …« Ich höre auf, weil ich weiß, dass ich keine wirkliche Entschuldigung habe.

Mit all den Leibwächtern und den Sicherheitsmaßnahmen, die ich getroffen hatte, war ich darauf vorbereitet, dass meine Feinde zuschlagen, aber nicht auf diese Weise.

Saras Augen weiten sich, während ich spreche, und bevor ich fertig bin, beginnt sie, den Kopf zu schütteln. »Wovon redest du?«, fragt sie, als ich schweige. »Das ist es nicht, was ich – denkst du, ich gebe dir die Schuld für den Tod meiner Eltern?«

Ich runzele verwirrt die Stirn. »Tust du nicht?«

»Natürlich nicht! Wenn überhaupt, dann bin ich diejenige, die …« Jetzt bricht sie ab, und ihre Augen glitzern schmerzhaft feucht. Bevor ich etwas sagen kann, fährt sie fort. »Der Punkt ist: Henderson ist schuld an dem, was passiert ist, nicht du. *Er* hat den Sprengstoff deponiert und all diese unschuldigen Menschen getötet, damit er dich für ihren Tod verantwortlich machen konnte. *Er* hat das SWAT-Team zu meinen Eltern geschickt.«

»Ich weiß. Aber er war *mein* Feind.«

»Ja, und du bist *mein* Mann.« Tränen schwimmen jetzt in ihren Augen. »*Ich* habe mich in dich verliebt. *Ich* habe dich in ihr Leben gebracht. *Ich* habe auf das so genannte normale Leben in einem Vorort bestanden. Hätte ich meine Gefühle für dich früher akzeptiert, hätten wir in Japan glücklich leben können. Und dann wäre nichts davon passiert, und meine Eltern wären immer noch …«

»Versuchst du wirklich zu sagen, dass du für all das verantwortlich bist?«, unterbreche ich sie ungläubig. Ich nehme ihre Hände in die meinen und drücke sie sanft. »Sara, Ptichka … hast du den Eindruck, dass du irgendwie für das verantwortlich bist, was passiert ist?«

Erinnert sie sich nicht daran, wie sie überhaupt in Japan gelandet ist? Wie ich mich in ihr Leben gedrängt und sie geraubt habe?

Die Tränen in ihren Augen schimmern heller, und sie versucht, wieder wegzuschauen, aber ich lasse sie nicht. Wir werden der Sache auf den Grund gehen. Jetzt. Heute. Egal, wie schwer das ist.

Weil mein Ptichka sich endlich öffnet und darüber spricht, was passiert ist.

»Sara …« Ich lasse ihre Hände los und streichele ihr zartes Kinn. »Mein Liebling, du bist an nichts schuld. Es liegt alles an mir – alles. Vom ersten Moment an, als ich dich sah, wollte ich dich, und ich habe mich durch nichts davon abhalten lassen – nicht einmal von deinen Gefühlen. Ich war ein Dreckskerl und bin es immer noch, denn selbst nach allem, was passiert ist, kann ich mich nicht dazu bringen, das Richtige zu tun.«

Ihre anmutige Kehle schluckt. »Das Richtige?«

»Wegzugehen. Dich gehen zu lassen.« Mein Mund verzieht sich, während ich meine Hand sinken lasse. »Das ist es, was ein guter Mann tun würde. Ein Mann, der seine Sünden bereut. Aber das bin nicht ich. Das kann ich nicht machen. Die neun Monate, in denen wir getrennt waren, haben mich fast zerstört – und ich würde eher für alle Ewigkeit in der Hölle brennen, als ein Leben ohne dich zu verbringen.«

Sie zuckt zurück, und ich sehe erneut die Qualen in ihrem Blick, bevor sie ihn ausdruckslos werden lässt. »Das musst du nicht tun«, sagt sie abgehackt. »Ich bitte dich nicht, mich zu verlassen. Ich *will* nicht, dass du mich verlässt. Das ist das Letzte, was ich will – und ich gebe dir definitiv nicht die Schuld für das, was mit meinen Eltern passiert ist.«

»Was meintest du dann, als du sagtest, dass du mich hassen solltest? Dass ein normaler Mensch mich hassen würde?«

Ihre Atmung wird wieder schneller, und sie tritt zurück und schüttelt den Kopf, während mehr Feuchtigkeit aus ihren Augen fließt. »Vergiss es.« Ihre Stimme zittert. »Vergiss es einfach.«

Ich starre sie an, und ein neuer Verdacht kommt mir in den Sinn. »Wann bist du aufgewacht?«, frage ich vorahnungsvoll.

Ein sichtbares Zittern fährt über ihre Haut, und ich weiß, dass ich richtig geraten habe.

Sie hat uns belauscht.

Ich versuche, mich daran zu erinnern, was genau wir gesagt haben, und zucke innerlich zusammen.

Die neunzehn Leichen wurden definitiv erwähnt.

Ich gehe zu ihr und ergreife ihre schlanken Schultern. »Es tut mir leid, dass du das gehört hast«, sage ich vorsichtig. »Ehrlich gesagt hatte ich damit gerechnet, dass Henderson sich für mindestens einige dieser Leute eintauscht.«

Sie schluckt. »Natürlich.«

»Wäre es dir lieber, wenn ich nichts täte? Willst du, dass er frei herumläuft, nach allem, was er getan hat?«

Ihre Brust hebt sich. »Ich sollte.« Ihre Stimme ist angespannt, und sie blickt mich an. »Er sollte nicht frei herumlaufen, sondern verhaftet werden. Auf die normale Art und Weise für seine Verbrechen bezahlen.«

»Und das willst du?«, frage ich leise. »Wenn du einen Zauberstab schwenken und ihn wegen seiner Verbrechen ins Gefängnis bringen könntest, würde dich das zufriedenstellen? Wäre das genug, wenn man bedenkt, was er getan hat? Was er uns, Tamila und Pascha … und deinen Eltern angetan hat?«

Ihre Atmung beschleunigt sich mit jedem Wort, das ich spreche, weiter, und ich kann sehen, wie sie anfängt zu zittern. Sie dreht sich aus meinem Griff heraus und will weggehen, aber ich ergreife ihr Handgelenk und drehe sie zu mir.

»Sag es mir, Sara.« Rücksichtslos ziehe ich sie näher an mich heran. Ich will alles ans Licht bringen, um zum Kern dessen zu gelangen, was sie bedrückt. »Ist es das, was du für ihn willst? Normale Strafverfolgung? Oder willst du, dass er leidet? Den wahren Schmerz und Verlust kennenlernt?«

Ihre Tränen laufen über und bedecken ihre Wangen mit Feuchtigkeit. »Hör auf«, sagt sie erstickt und zerrt an ihrem Handgelenk. »Ich weiß nicht … Ich bin nicht …«

»Nicht so?« Ich weigere mich, sie loszulassen. »Bist du dir da sicher, mein Liebling? Es gibt keinen Teil von dir, der nur ein kleines bisschen froh ist, dass der Stiefvater deiner Patientin seine gerechte Strafe bekommen hat? Dass *du* mit der Waffe auf den Beamten geschossen hast, der deine Mutter getötet hat? Dass Henderson, obwohl er noch da draußen ist, bereits für seine Verbrechen in Fleisch und Blut bezahlt?«

Die Tränen fließen schneller, und ich fühle, wie sie zittert, als ich leise sage: »Er verdient es, Sara. Du weißt, dass er das tut. Es ist bedauerlich, dass andere an seiner Stelle sterben mussten, aber so funktioniert diese Welt. Sie ist nicht fair. Sie ist es einfach nicht. Ich weiß es – denn wenn es irgendeine Fairness in diesem Leben gäbe, wäre mein Sohn heute hier bei uns. Anstatt mit einem Spielzeugauto in seiner Faust zu sterben, würde er aufwachsen und irgendwann die echte Version fahren. Er würde zur Schule und auf Dates gehen. Und eines Tages, irgendwann in der Zukunft, würde er jemanden treffen, den er so sehr lieben würde wie ich dich – jemanden, der ihn die brutalen Lektionen des Lebens vergessen lassen würde.«

Sie weint jetzt, schlägt mir auf die Brust und schluchzt, und ich lege meine Arme um sie und halte sie fest, während der Damm schließlich bricht und sie ihrem Schmerz nachgibt.

Sich ihrer Trauer und ihrem Verlust stellt.

8 0

Sara

ICH WEINE GEFÜHLTE STUNDEN LANG, BIN SO SEHR IN MEINEN SCHMERZ gefangen, dass ich es kaum spüre, als Peter mich hochhebt und auf die Couch im Wohnzimmer trägt. Als er mich auf seinem Schoß hält und mich sanft hin und her schaukelt, trauere ich um meine Eltern und um den Mann, den ich getötet habe, um Peters Opfer, um Pascha und Tamila. Und vor allem trauere ich um die Frau, die ich einmal war, eine, die sich nicht vorstellen konnte, ein Leben zu nehmen ... oder einen Mörder zu lieben.

Sie treffen mich in Wellen, der Schmerz, die Schuldgefühle und die Wut. Gott, da ist so viel Wut. Ich wusste nicht, dass ich sie in mir habe. Wenn Henderson jetzt hier wäre, würde ich ihn mit bloßen Händen töten. Ich würde ihm beim Sterben zusehen und mich in jedem grausamen Moment sonnen. Trotz aller Widerstände hatten Peter und ich unser Traumleben zusammen aufgebaut – nur um es in ein paar verheerenden Minuten zu verlieren.

War es so für Peter gewesen, als Pascha und Tamila getötet wurden? Hat es sich so angefühlt, als hätte seine Welt plötzlich aufgehört, sich zu drehen?

Während ich weine, erlebe ich all die Erinnerungen, gegen die ich so hart gekämpft habe. Ich höre das Geschützfeuer und das Gebrüll des Hubschraubers, rieche den Geruch von Blut und die Panik in der Luft. Ich sehe meine Eltern sterben und fühle das kalte Gewicht der Waffe in meiner Hand, während ich den Abzug drücke … einmal, zweimal, dreimal.

Ich erinnere mich, wie es sich anfühlte, das Gesicht des Beamten explodieren zu sehen und zu wissen, dass ich ein Menschenleben genommen habe – dass ich tief im Inneren zu den gleichen Dingen wie Peter fähig bin.

Ich weine deshalb, und weil ich weiß, dass mein Kind nie ein wirklich friedliches Leben kennenlernen wird, dass es in einer Welt aufwachsen wird, die von Schatten der Dunkelheit durchzogen ist. Ich weine um meinen Vater, der nie Großvater werden konnte, und um meine Mutter, die ihre letzten Momente über den toten Körper ihres Mannes gebeugt verbracht hat.

Ich weine um sie, und ich weine über das Schicksal, und die ganze Zeit über ist Peter da und hält mich fest.

Er gibt mir seine Kraft, damit ich zerbrechen kann, ohne zu brechen.

eter

ICH WARTE, BIS SARAS SCHLUCHZEN ABEBBT, BEVOR ICH MICH DER dunklen Hitze hingebe, die in meinen Adern kocht. Eine ganze Stunde lang habe ich sie auf meinem Schoß gehalten und gespürt, wie ihr geschmeidiger Körper zitterte und erschauderte. Ihr wohlgeformter Arsch hat über meine Leistengegend gezuckt, während ihre weichen Brüste gegen meine Brust gerieben haben.

Es ist falsch, sie so zu begehren, wenn ich gerade die Tiefe ihres Leidens erlebt habe, aber ich kann nicht anders. Ihre Qual hat mich aufgerieben und die dünne Schicht der Zivilisation entfernt, die meine niederen Triebe verdeckt.

Ich bin ein Tier, das entfesselt wurde, und sie ist meine Beute.

Ich küsse sie hemmungslos, schmecke das Salz der Tränen, die auf ihren Lippen trocknen, während meine Hände an ihrer Kleidung reißen und ihre glatte Haut entblößen. Sie ist anfangs passiv, ausgelaugt durch den emotionalen Sturm, dem sie ausgesetzt war, aber schon bald umschlingen mich ihre schlanken Arme, und sie küsst mich zurück, während ihre Hände mit derselben Wildheit an meiner Kleidung zerren.

Mein T-Shirt landet auf dem Boden, schließt sich dem Haufen ihrer Kleidung an, und dann zieht sie am Reißverschluss meiner Jeans, während sie sich nackt mit gespreizten Beinen auf meinen Schoß setzt.

»Lass mich«, sage ich heiser, als sie scheinbar ewig braucht, aber sie hat es schon geschafft, und mein Schwanz springt heraus, geschwollen und schmerzend, verzweifelt, sich in ihrer engen, nassen Hitze zu begraben.

»Ich liebe dich«, keucht sie, als ich tief in sie eintauche, und ich fühle, wie ihre inneren Muskeln um mich herum krampfen, mich zusammendrücken, mich willkommen heißen, trotz des Schmerzes, den ich verursachen muss.

So wie sie mich trotz all der Leiden, die ich in ihr Leben gebracht habe, umarmt.

Ich verdiene ihre Liebe, ihre Vergebung nicht, aber als ich meine Finger in ihr Haar schiebe, sie festhalte und sie mit meinem Kuss verschlinge, weiß ich, dass ich sie habe.

Dass sie wirklich mir gehört, in guten wie in schlechten Zeiten.

8 2

ara

»BIST DU SICHER, DASS ES DIR GUT GEHEN WIRD?«, FRAGT PETER ZUM zehnten Mal, als wir uns nach dem Abendessen der Villa der Esguerras nähern, und ich nicke, als ich seinen besorgten Gesichtsausdruck sehe.

»Keine Sorge. Mir wird es gut gehen.«

Zum ersten Mal seit anderthalb Wochen lüge ich nicht. Meine Augen fühlen sich an, als hätte ich sie mit Sandpapier abgerieben, und ich habe starke Kopfschmerzen von all dem Weinen – ganz zu schweigen von leichten Schmerzen von unserem Sex im Wohnzimmer – aber das ist alles nicht wichtig. Der schlimmste Teil des Schmerzes – die Trauer und die Schuldgefühle, die ich in den ganzen Tagen nicht zulassen konnte – nimmt ab, auch wenn sie vielleicht nie ganz verschwinden.

Natürlich gibt es immer noch die neunzehn toten Geiseln, aber ich versuche, nicht darüber nachzudenken. Wozu auch?

Mein Mann mag ein Monster sein, aber ich kann ohne ihn nicht mehr leben, so wie er ohne mich nicht mehr leben kann.

»Ich muss nicht gehen«, wiederholt Peter noch einmal. »Wir können uns einfach umdrehen und nach Hause zurückkehren.«

»Du meinst zurück zum Haus, das die Esguerras uns zur Verfügung gestellt haben? Derselbe Esguerra, dessen Gastfreundschaft darauf basiert, dass du ihm hilfst, Henderson schnell zu bekommen?«

Peter hebt seine breiten Schultern zu einem Achselzucken und sieht unbekümmert aus. »Er wird verstehen, wenn ich es nicht zum Meeting schaffe.«

Ich lächele ihn an, und meine Brust wird von glühender Wärme überschwemmt. Mein dunkler Ritter – immer bereit, in meinem Namen in den Kampf zu ziehen. »Vielleicht – aber das ist nicht nötig. Mir geht es gut. Und, um ehrlich zu sein, möchte ich wirklich Zeit mit Nora und Lizzie verbringen.«

»In Ordnung, mein Liebling. Wenn du dir sicher bist«, sagt er, als wir an der Haustür der Villa anhalten. »Ruf mich, wenn du etwas brauchst, okay? Ich werde nicht weit weg sein.« Er zeigt auf ein kleines Gebäude in der Nähe – das muss das Büro sein, von dem er gesprochen hat.

»Klingt gut. Wir sehen uns bald wieder.« Ich lege meine Hände auf seine breiten Schultern, stelle mich auf Zehenspitzen und drücke meine Lippen auf seine. Es sollte ein Abschiedskuss sein, aber er schlingt einen Arm um meine Taille und schiebt eine Hand in mein Haar, damit ich stillhalte, während er den Kuss vertieft und meinen Mund beansprucht, als hätten wir seit Monaten keinen Sex mehr gehabt, anstatt vor nur wenigen Stunden. Meine Herzfrequenz beschleunigt sich, und Wärme breitet sich tief in meinem Unterleib aus, während sein Schwanz sich an meinen Bauch verhärtet.

Einen Moment lang bin ich fast versucht, seinem unausgesprochenen Vorschlag zuzustimmen und unseren Verpflichtungen heute Abend nicht nachzukommen, damit wir zurück zum Haus gehen und die nächsten zwei Stunden im Bett verbringen können.

Erst als Peter den Kuss beendet, um Luft zu holen, wird mein Kopf klar genug, um zu erkennen, dass wir auf der vorderen Veranda von Esguerras Villa sind und dass der Vorhang am Fenster in der Nähe zuckt, als ob jemand hinausschaut.

»Warte …« Ich atme schwer, winde mich aus seinem Griff und trete zurück. »Wir können nicht – wir sollten das nicht hier tun.«

Er starrt mich an, seine mächtige Brust hebt und senkt sich, und ich weiß, dass er, wenn wir nicht in der Öffentlichkeit wären, schon in mir sein würde.

»In Ordnung«, sagt er mit belegter Stimme, und seine großen Hände spannen sich an seinen Seiten an. »Aber bleib nicht zu lange hier … Vergiss nicht, in erster Linie gehörst du mir.«

Und mit dieser primitiven Aussage dreht er sich um und geht weg.

Sofern Nora meine rot umrandeten, geschwollenen Augen bemerkt, ist sie taktvoll genug, nichts zu sagen, als ich sie zu Lizzies Zimmer begleite. Stattdessen unterhält sie mich mit einer Geschichte über einen scharlachroten Ara, den sie heute auf ihrem Morgenlauf entdeckt hatte, und anderen interessanten Begegnungen mit der lokalen Tierwelt.

»Es klingt, als würden Sie es hier lieben«, sage ich lächelnd, als sie sich über die Krippe beugt, um ihre Tochter hochzunehmen. Das Baby gibt ein verärgertes Geräusch von sich, aber kuschelt sich dann in die Arme seiner Mutter und legt den winzigen Kopf auf Noras schlanke Schulter.

»Ich liebe es wirklich.« Nora strahlt mich an, während sie sich in einen Schaukelstuhl setzt und Lizzies Rücken sanft tätschelt. »Das habe ich von Anfang an. Und bitte sag einfach du zu mir.«

Ich setze mich auf das kleine Sofa neben dem Stuhl und kaue auf meiner Unterlippe. Dunkle Neugierde nagt an mir, aber ich weiß nicht, ob ich mit dieser jungen Frau gleich so persönlich werden sollte. »Liebst du *alles* daran?«, traue ich mich endlich zu fragen.

Ich spreche nicht über das Wetter oder die hiesige Natur, und ich sehe, dass Nora mich versteht. Dennoch ist meine Frage vage genug, damit sie sie so beantworten kann, wie sie möchte – ich will ihr auf keine Weise Unbehagen bereiten.

Ihre Augen sind dunkel und nachdenklich, während sie mich betrachtet. »Nein«, sagt sie leise. »Nicht alles – aber ich liebe *ihn*.«

Natürlich tut sie das. Ich habe es beim Abendessen gesehen. Und er liebt sie … obwohl man denken könnte, dass ein solcher Mann nicht zu solch tiefen Gefühlen fähig ist.

Bevor ich Peter traf, hätte ich der Annahme zugestimmt, aber wie alles andere in meinem Leben haben sich meine Ansichten zu diesem Thema in den letzten zwei Jahren verändert und weiterentwickelt.

Ich weiß jetzt, dass rücksichtslose Killer lieben können, und dass es dem Herzen an einem moralischen Kompass mangeln kann.

»Weißt du von ihrer letzten Operation?«, frage ich leise, als Nora schweigt. »Die mit den ganzen Geiseln?«

Ich sollte wahrscheinlich nicht darüber nachdenken, aber ich kann die neunzehn Toten immer noch nicht aus dem Kopf bekommen.

Nora nickt. »Das tue ich. Ich nehme an, du auch?«

»Peter wollte es mir nicht sagen, aber heute Nachmittag habe ich es gehört.« Ich schlucke. »Also ja, jetzt weiß ich es.«

»Ah. Ich habe mich das wegen deiner …« Sie deutet auf meine Augen und lächelt reumütig. »Schon gut.«

Ich lege meinen Kopf zur Seite und wundere mich, wie ruhig sie aussieht, wie unbeeindruckt sie von alldem ist. »Stört dich das nicht?«, frage ich, unfähig, mir diese Frage zu verkneifen. »Findest du so etwas nicht … schrecklich?

Sie seufzt und legt das Baby an die andere Schulter. »Das tue ich. Natürlich tue ich das. Ich bin nicht wie Julian; ich wurde nicht für diese Art von Leben geboren.«

»Also, wie machst du es dann? Wie lässt man es von sich abprallen?«

»Um ehrlich zu sein«, sagt sie leise, »ich weiß nicht. Alles, was ich weiß, ist, dass ich ihn liebe … dass ich ihn brauche, wie der Regenwald die Sonne braucht. Meine Welt ist dunkler mit ihm in ihr, aber sie ist auch heller, in vielerlei Hinsicht reicher.«

Ich beiße mir auf die Wange. Ich verstehe sie so gut, dass es beängstigend ist. »Hast du dich jemals gefragt, ob du es bist … ob etwas in dir falsch und gebrochen ist?«, frage ich, als das Baby anfängt zu zappeln. »Ob normale Frauen vielleicht nicht … du weißt schon?»

Sie seufzt wieder und legt Lizzie zurück auf ihre andere Schulter. »Das ist möglich. Ich weiß, dass Julian und ich … Nun, die Art und Weise, wie wir zusammen sind, ist nichts für jedermann, das ist sicher.« Sie ist im Begriff, mehr zu sagen, aber Lizzies Unruhe wächst, und Nora steht stattdessen auf und wiegt das Baby hin und her, um es zu beruhigen.

Ich stehe auch auf. »Darf ich sie halten?«

Nora grinst, als die Unruhe des Babys in Schreien mündet. »Jetzt? Bist du sicher?«

»Ich brauche die Übung«, sage ich schief. »Und dein Mann sagte, du könntest die Hilfe gebrauchen.«

»In dem Fall, bitte schön. Dieses Bündel Freude gehört ganz dir.« Sie übergibt das Baby mit übertriebener Eile.

Zu meiner Überraschung hört Lizzie sofort auf zu weinen und starrt mich mit großen blauen Augen an.

»Du kleine Verräterin«, sagt Nora mit vorgetäuschter Empörung zu ihrer Tochter. »Sieh zu, wie du heute Abend gestillt wirst.«

Ich lache, wiege das Baby in meinen Armen, und als sie gluckst, greift ihre winzige Faust nach meinen Haaren, und ich fühle, wie noch mehr von dem Druck in meiner Brust nachlässt, und die dunklen Wolken sich lange genug heben, um einen Hauch von Licht durchzulassen.

Henderson

NIRGENDWO ZU FINDEN.

Die Worte wirbeln durch mein migränegeplagtes Gehirn, während sich die Buchstaben auf dem Bildschirm wie Schlangen winden.

Alle meine Kontakte sagen mir, dass meine Frau und meine Kinder nirgendwo zu finden sind. Es ist, als hätten sie sich in Luft aufgelöst.

Mein Hals krampft vor Schmerzen, und die Qualen strahlen bis in meinen linken Arm aus. Ich will wie ein Tier heulen und eine Packung Pillen schlucken, aber ich kann nicht.

Für mein Vorhaben brauche ich einen klaren Verstand.

Die Wahrscheinlichkeit ist hoch, dass Sokolov sie bereits hat. Was könnte sonst noch ihr Verschwinden erklären? Es gibt keine Aufzeichnungen darüber, dass sie Island verlassen haben, keine Flugtickets, die an Personen ausgestellt wurden, die ihrer Beschreibung entsprechen.

Sie müssen gefangen genommen und entführt worden sein.

Bald werde ich die Forderung bekommen, mich selbst auszuliefern, zusammen mit einigen Körperteilen meiner Kinder. Sokolov wird sie nicht verschonen – nicht nach dem, was er mit dem Rest unserer Freunde und Familie gemacht hat.

Nicht nachdem, was mit seinem Sohn in diesem beschissenen kleinen Dorf passiert ist.

Es gibt nur noch eine Sache zu tun, einen letzten verzweifelten Plan, den ich ausprobieren kann.

Ich nehme das Telefon und wähle die Nummer auf meinem Schreibtisch.

»Operation Air Drop beginnt«, sage ich, als der Mann am anderen Ende abnimmt. »Machen Sie das Team bereit. Wir schlagen nächsten Samstag zu, in einer Woche.«

eter

ICH GEHE MIT MEINEM TEAM, KENT UND ESGUERRA, NOCH EINMAL Plan A durch. Dann gehen wir die Pläne B, C, D und E durch.

Im Gegensatz zu einem Attentat gehen wir mehr oder weniger blind hinein. Die Falle könnte aus allen Richtungen kommen, und sie könnte jede Form haben, die Hendersons CIA-ausgebildeter Verstand heraufbeschwören kann. Von Scharfschützen über den MI5 bis hin zu Interpol könnten wir auf hundert verschiedene Arten angegriffen werden, und wir müssen auf sie alle vorbereitet sein.

Wir müssen auch die unwahrscheinliche Möglichkeit berücksichtigen, dass es *keine* Falle ist und sich wirklich Bonnie Henderson gemeldet hat.

Deshalb werde ich trotz meiner extremen Abneigung, für längere Zeit von Sara getrennt zu sein, am Dienstag, also übermorgen, mit meinem Team nach London fliegen.

Ich kann mir nicht vorstellen, dass mein Ptichka erfreut darauf reagieren wird, aber ich habe keine andere Wahl. Kent und Esguerra werden auch mitkommen, um uns mit ihren eigenen Teams zu unterstützen.

Wir müssen Henderson finden und das hier beenden.

Wir haben keine andere Wahl.

»Was denkst du, wie Nora darauf reagieren wird, dass Sie persönlich gehen?«, frage ich Esguerra, als wir fertig sind.

Er zuckt mit den Achseln, obwohl sich sein Gesichtsausdruck anspannt. »Sie wird nicht erfreut sein, aber sie weiß, dass es wichtig ist. Ich kann nichts so Großes delegieren; weich zu werden ist in unserer Branche gefährlich. Außerdem seid ihr vier in der größeren Gefahr. Kent und ich werden nur eingreifen, wenn alles andere scheitert … und im Gegensatz zu euch tauchen unsere Gesichter nicht überall in den Abendnachrichten auf«

 eter

AM MONTAGABEND BEREITE ICH ALLE LIEBLINGSGERICHTE VON SARA ZU und öffne eine Flasche prickelnden Traubensaft zum Abendessen. Obwohl es jetzt schon ein paar Tage her ist, dass Sara irgendwelche Rückblenden hatte, hasse ich den Gedanken, sie so lange allein zu lassen.

Selbst wenn sie im Haus der Esguerras wohnt, mit Nora und Yulia in Rufweite, werde ich mir die ganze Zeit über Sorgen machen, wenn ich weg bin.

»Warum musst du fahren?«, fragt sie noch einmal, und ihr herzförmiges Gesicht sieht angespannt aus. Ihr Teller, gefüllt mit ihrer Lieblingspasta, steht vor ihr, ebenso wie ihr Champagnerglas mit dem prickelnden Saft. Sie hat den ganzen Tag nichts gegessen – nicht, seit sie erfahren hat, dass ich nach London fliege.

»Du weißt, dass es fast sicher eine Falle ist«, fährt sie fort, während ich darüber nachdenke, wie ich sie dazu bringen kann, einige Kalorien zu konsumieren. »Er lockt dich raus, indem er die E-Mail seiner Frau als Köder benutzt.«

»Ich weiß – und das haben wir eingeplant«, erinnere ich sie geduldig, als ich ihr den Korb mit frisch gebackenem Brot reiche. »Es ist trotzdem eine Chance, eine Spur zu finden. Es ist schwer, eine Falle zu stellen, ohne Spuren zu hinterlassen; irgendwo, irgendwie wird er es vermasseln.«

»Aber was ist, wenn er es nicht tut?« Sie schiebt den Korb weg. »Was ist, wenn es ihm gelingt, dich gefangen zu nehmen?«

»Ptichka …« Ich seufze. »Du weißt, dass er uns immer wieder verfolgen wird. Ich habe einmal versucht, es hinter mir zu lassen, und schau, was passiert ist. Wenn ich den Deal nicht angenommen und die Jagd auf ihn aufgegeben hätte …«

»Nein.« Saras Augen glitzern schmerzhaft. »Denk nicht so darüber. Ich habe dir doch gesagt, dass es nicht deine Schuld ist. Ich weiß, wie schwer es für dich war, diesen Deal einzugehen, und egal was passiert, ich werde immer dankbar sein, dass du es versucht hast … dass du diese Art von Opfer für mich gebracht hast.«

»Dann iss. Bitte.« Ich schiebe den Brotkorb wieder in ihre Richtung. »Wenn nicht für dich, dann für mich und unser Baby.«

Sie blinzelt, als ob sie erst jetzt merkt, dass sie nicht einmal einen Bissen von dem gegessen hat, was ich zubereitet habe. Sie nimmt ein Stück Brot, beißt gehorsam hinein und schiebt sich dann eine Gabel Pasta in den Mund.

Ich sehe einen Fleck Sauce, der auf ihrer Oberlippe zurückgeblieben ist, und als ob sie meine Gedanken lesen würde, fährt sie mit ihrer Zunge darüber, und mein Körper spannt sich an.

Fuck, ich will an diesen weichen, vollen Lippen knabbern … spüren, wie sie gegen meine Eier gedrückt werden, während sie mich mit dieser Zunge verwöhnt.

Die Lustwelle ist so stark, dass sie mich unvorbereitet erwischt. Meine Herzfrequenz steigt an, und ich gehe in einer Sekunde von einer leichten Erregung zu einer ausgewachsenen Erektion über. Das

Einzige, was mich davon abhält, sie auf diesen Tisch zu legen, ist, dass sie endlich isst.

Widerwillig und mit einem offensichtlichen Mangel an Appetit, aber sie isst.

Ich bändige meine Lust, beende meine eigene Mahlzeit und beobachte sie die ganze Zeit aufmerksam.

Sie isst etwa die Hälfte der Pasta auf ihrem Teller, bevor sie aufgibt und sagt, dass sie voll ist. Ich überrede sie, ein Dessert zu essen – eine Schüssel Beeren mit Kokossahne – und dann gebe ich endlich meinem eigenen Hunger nach.

Ich lasse das Geschirr auf dem Tisch stehen, hebe sie hoch und trage sie in unser Schlafzimmer.

Sara

PETER IST HEUTE ABEND VORSICHTIG MIT MIR, UNGEWÖHNLICH SANFT, und ausnahmsweise ist diese Zärtlichkeit auch genau das, was ich will. Seit heute Morgen, als er mir gesagt hat, dass er nach London reist, bin ich vor Sorgen wie gelähmt, habe so viel Angst um ihn, dass ich kaum atmen kann.

Er ist immer noch nicht vollständig geheilt, obwohl er so tut, als ob die Wunden keine Rolle spielen. In den letzten zwei Tagen hat er das Training mit Anton und den Zwillingen wiederaufgenommen und dabei Kraft- und Ausdauerleistungen erbracht, die nur wenige unverletzte Athleten hätten erbringen können. Trotzdem bin ich mir sehr wohl bewusst, dass er nicht übermenschlich ist – dass er bluten und an Kugeln sterben kann, genau wie jeder andere.

Ich habe nach dem Mittagessen mit Nora gesprochen, während Peter die letzten logistischen Punkte mit ihrem Mann und den anderen entschieden hat. Sie war äußerlich ruhig, aber ich konnte sehen, dass sie genauso besorgt ist und ihre Angst genauso tief sitzt. Sie hat mir einige weitere Details des Plans beschrieben – dass Kent und Esguerra die Backup-Teams leiten und dass sechs Dutzend ihrer am besten ausgebildeten Wachmänner an der Operation teilnehmen. Dass die Männer über fünfzig verschiedene Simulationen durchlaufen haben und sich auf alles, was passieren könnte, vorbereitet haben.

Das hätte mich beruhigen sollen, aber die alles verzehrende Grube der Angst in meinem Magen ist nur noch schlimmer geworden. Wenn überhaupt, hat mir dieses Gespräch klargemacht, wie gefährlich das ganze Unterfangen ist – besonders für Peter und seine Teamkollegen.

Da sie auf allen Fahndungslisten stehen, gehen sie direkt in die Höhle des Löwen.

Ich schließe die Augen und versuche, nicht daran zu denken, sondern mich nur auf Peters Lippen zu konzentrieren, die so sinnlich über meinen Rücken fahren. Ich liege auf dem Bauch, und er küsst jeden Wirbel meiner Wirbelsäule, während seine schwieligen Handflächen mit köstlicher Rauheit über meine Haut gleiten, mich überall streicheln und massieren. Jede Berührung seiner gemeißelten Lippen sendet prickelnde Wärme durch meinen Körper, jede Bewegung seiner großen Hände entspannt und erregt mich zugleich.

»Du bist so süß«, flüstert er ehrfürchtig und lässt Küsse auf die Kurven meiner Taille, meines Arsches und die empfindliche Unterseite meiner Pobacken regnen. »Überall so schön.« Seine tiefe Stimme mit dem leichten Akzent ist wie gebürsteter Samt in meinen Ohren, was die Hitzeentwicklung in meinen Venen und die pulsierende Spannung in meinem Unterleib verstärkt.

Seine Finger gleiten zwischen meine Beine, finden meine nasse Öffnung, und ich stöhne, als er mit zwei Fingern in mich eindringt, mich ausdehnt und mich füllt, bis ich vor Verlangen poche. Ich bin schon so erregt, dass ich kurz davor bin, zu kommen, und als er die Finger in mir krümmt und auf meinen G-Punkt drückt, spannt sich mein Körper an, und meine Entladung schwappt wie eine warme Flutwelle durch mich hindurch.

Ich komme immer noch von dem High herunter, als er mich umdreht und mich mit seinem harten, muskulösen Körper bedeckt. »Ich liebe dich«, murmelt er und schaut auf mich herab, während er sich auf einen Ellbogen stützt. Seine freie Handfläche legt sich um meinen Kiefer, sein Daumen streichelt sanft über meine Wange, und die Zärtlichkeit in seinem metallischen Blick lässt mich bis auf die Knochen schmelzen.

»Ich liebe dich auch«, flüstere ich, und meine Brust schmerzt. »Und ich werde es immer tun, mein Liebling … egal, welches Schicksal uns bevorsteht.«

Seine Pupillen weiten sich, seine Augen verdunkeln sich, und als er sich nach vorne beugt, um meinen Mund einzufordern, gibt es eine neue Heftigkeit in seinem Kuss, einen heißeren, dunkleren Hunger. Seine Hand verlässt mein Gesicht, gleitet zwischen unsere Körper, und ich spüre, wie sein Schwanz gegen meinen Eingang drückt, während er seine Knie zwischen meine Beine klemmt und sie spreizt.

Er hebt seinen Kopf an, fängt meinen Blick mit seinen Augen ein und dringt dann mit einem sanften Stoß komplett in mich ein. Ich atme durch die plötzliche Fülle, Hitze und den Druck so tief im Inneren abgehackt ein.

»Sag es mir noch einmal«, befiehlt er grob. »Ich will hören, wie du es sagst, während ich dich ficke.«

»Ich liebe dich«, keuche ich, als er sich zurückzieht, bevor er erneut tief eintaucht. »Ich liebe dich so sehr.« Er stößt noch tiefer hinein. »Ich werde dich immer lieben.« Ich klinge immer atemloser, je schneller seine Bewegungen werden. »Ich werde dich für immer und ewig lieben, solange wir beide am Leben sind.«

ALLE MEINE SINNE SIND GESCHÄRFT, ALS ICH MICH DEM CAFÉ NÄHERE, in dem ich Bonnie Henderson treffen soll. Da die Zwillinge die gefangene Scharfschützin noch nicht getötet haben, habe ich mich entschieden, ihr Geschick für Verkleidungen zu nutzen, und sehe mir nicht mehr ähnlich. Mein Bauch ist dick wie ein Fass, und ich bin nicht nur mit rötlich-blonden Haaren übersät, sondern auch mit einem zurückweichenden Haaransatz und einem Doppelkinn.

Wenn ich eine Mutter hätte, hätte nicht einmal sie mich noch erkannt.

Sechsunddreißig von Esguerras Männern sind rund um das Restaurant positioniert und sichern einen Radius von zehn Blocks gegen Scharfschützen und Strafverfolgungsbehörden gleichermaßen. Im Moment scheint es keine ungewöhnlichen Aktivitäten zu geben, aber das hat nichts zu sagen – deshalb sind Kent und Esguerra in der

Nähe, jeweils mit einem Ersatzteam, falls Henderson eine schnelle Nummer abzieht.

Und ich erwarte von ihm, dass er einen schnellen Zug macht.

Was die Situation erschwert, ist, dass eine Frau, die auf Bonnie Hendersons Beschreibung passt, fünfzehn Minuten zuvor beim Betreten des Cafés beobachtet wurde. Ich bezweifele sehr, dass sie es ist – es ist unmöglich, dass Henderson seine eigene Frau so benutzen würde – aber es bedeutet, dass ich mich der Bonnie-Doppelgängerin nähern muss, um die winzige Möglichkeit auszuschließen, dass das alles echt ist.

Als ich direkt gegenüber vom Café ankomme, bleibe ich stehen und stelle sicher, dass meine versteckten Waffen in Reichweite sind. Durch das winzige Mikrofon in meinem Ohr informieren mich meine Teamkollegen, dass immer noch nichts Verdächtiges vor sich geht, also atme ich tief durch und überquere die Straße.

Ich sehe sie sofort in dem Café. Sie sitzt an einem kleinen Tisch im hinteren Bereich, mit Blick auf die Tür. Meine Verkleidung funktioniert: Ihr Blick geht direkt an mir vorbei, während ich die Kellnerin mit einem nasalen britischen Akzent über meine Reservierung informiere. Der Tisch ist bereits vorbereitet – dafür hat Yan gesorgt –, und ich folge der Hostess zu einem Tisch, der einige Meter von dem entfernt liegt, wo meine Zielperson sitzt.

Ich setze mich mit Blick auf sie hin. Ich klappe die Frühstückskarte auf und betrachte die Frau heimlich, um Hinweise auf ihre wahre Identität zu entdecken. Aber verdammt, sie sieht aus wie all die Bilder und Videos von Hendersons Frau, die ich im Laufe der Jahre gesehen habe. Jede Kleinigkeit passt – auch die Tatsache, dass sie älter wirkt als auf all diesen Bildern und ihr dünnes Gesicht müde und mitgenommen aussieht. Sie ist immer noch eine attraktive Frau – ich kann verstehen, warum Henderson sie vor all den Jahren geheiratet hat – aber das Leben auf der Flucht hat eindeutig seinen Tribut gefordert.

Oder vielleicht ist es das, was Henderson mich denken lassen wollte, als er diese CIA-Agentin angeheuert hat, oder wen auch immer er als seine Frau ausgibt.

Der Kellner kommt zu meinem Tisch, und ich bestelle Pfannkuchen und ein Omelett, während ich mein Ziel weiterhin betrachte. Es sind noch zehn Minuten, bis wir uns treffen sollen, aber die Frau scheint nervös zu werden, schaut auf die Tür, dann mit zunehmender Nervosität durch das Café.

Ihr Blick schweift einmal über mich, aber ohne besonderes Interesse.

Der Kellner bringt zuerst die Pfannkuchen, und ich tue so. als würde ich sie mit Begeisterung verschlingen, obwohl ich sie kaum schmecke. Wenn diese »Bonnie«, oder wen auch immer Henderson noch in das Restaurant geschickt hat, nach einem anormalen Verhalten sucht, werden sie es an meinem Tisch nicht finden.

Es ist fünf nach neun, als sie anfängt, wirklich nervös zu werden. Sie steht auf, als ob sie gehen wollte, aber setzt sich dann wieder hin.

Nicht sehr professionell für einen CIA-Agenten.

Mein Omelett kommt, und als ich den ersten Bissen in meinen Mund nehme, steht sie auf, und ihr dünner Körper ist vor Angst angespannt. Sie kaut auf ihrer Lippe, schaut sich wieder um und beginnt dann, zum Ausgang zu gehen.

Nun, das ist interessant.

Instinktiv ergreife ich ihr Handgelenk, als sie an meinem Tisch vorbeigeht.

»Bonnie Henderson?«, sage ich mit dem britischen Akzent, und sie versteift, während Angst ihre Gesichtszüge verzerrt.

»Lassen Sie mich gehen«, zischt sie in einem tiefen, verängstigten Ton. »Ich werde nicht zu ihm zurückkehren. Lassen Sie mich los, oder ich werde verdammt nochmal schreien.«

Noch interessanter.

»Ich bin Peter Sokolov«, sage ich mit meinem normalen Akzent und lasse ihr hauchdünnes Handgelenk los. »Sie wollten mich treffen?«

Sie erstarrt wieder und betrachtet mich eindringlich. »Aber Sie ...«

»Das ist eine Verkleidung«, sage ich ruhig. »Bitte, setzen Sie sich.«

Sie ergreift den Stuhl mir gegenüber, und ihre Hände zittern, als sie ihn hervorzieht. Wenn ich ein Gentleman wäre, würde ich aufstehen und ihr helfen, aber dafür bin ich nicht hier.

Wenn das wirklich Hendersons Frau ist – und ich beginne zu denken, dass sie es sein könnte –, wird sie mich auf die eine oder andere Weise zu ihrem Mann führen.

Der Kellner kommt neugierig auf die plötzliche Begleitung an meinem Tisch herüber, und ich bestelle zwei Tassen Kaffee, damit er wieder geht. Etwas Seltsames scheint mit *Bonnie* zu passieren. Jetzt, da sie mir gegenüber am Tisch sitzt, sieht sie ruhiger und gelassener aus – zumindest, wenn man das leichte Zittern ihrer Hände ignoriert.

»Sie haben mir eine E-Mail geschickt«, sage ich, als der Kellner weg ist. »Warum?«

Sie holt tief Luft. »Weil ich es musste. Dieser Wahnsinn muss ein Ende haben.«

»Dem stimme ich zu.« Ich lächele kalt. »Wie nett von Ihnen, sich so auszuliefern.«

»Sie verstehen mich falsch.« Sie ballt ihre Hände auf dem Tisch zu festen Fäusten, um ihr Zittern zu verstecken. »Ich werde mich nicht ausliefern. Ich gebe Ihnen, was Sie wollen: meinen Mann.«

Ich lege meinen Kopf schief. »Im Austausch für was?«

Sie hebt ihr Kinn an. »Dafür, dass Sie mich und meine Kinder in Ruhe lassen.«

Ah. Mir war die Vermutung gekommen, dass es so etwas sein könnte. Dennoch ergibt das nicht hundertprozentig Sinn. Warum ihren Mann verraten und sich einer solchen Gefahr aussetzen?

»Warum sollte ich dieses Geschäft akzeptieren, wenn ich Sie schon habe?«, frage ich. »Es sei denn, Sie denken, dass Sie in Sicherheit sind, weil wir uns in der Öffentlichkeit treffen?«

Ihre Kehle bewegt sich, als sie schluckt. »Ich bin keine Idiotin. Ich weiß, wozu Sie fähig sind.«

»Aber trotzdem sind Sie hier. Interessant.«

Der Kellner taucht in diesem Moment wieder auf, und wir

schweigen beide und warten darauf, dass er uns Kaffee einschenkt und geht.

Als er weg ist, ergreift Bonnie ihren Becher und nimmt einen Schluck der brühend heißen Flüssigkeit. »Er wird sich nicht für mich eintauschen.« Ihre Stimme zittert leicht, als sie den Becher absetzt. »Also können Sie es vergessen, mich als Druckmittel zu benutzen. Es wird nicht besser funktionieren als bei den Geiseln.«

Also weiß sie davon. Das hier wird von Sekunde zu Sekunde faszinierender.

»Was schlagen Sie dann vor? Ich verspreche Ihnen, Sie und Ihre Kinder nicht zu töten, und Sie führen mich zum Versteck Ihres Mannes?«

»Ja. Nun, nicht ganz.« Sie atmet tief ein. »Ich kann Sie nicht direkt zu ihm führen, weil ich nicht weiß, wo er ist. Er hat wahrscheinlich unser letztes Versteck verlassen, als er mitbekommen hat, dass ich mit den Kindern geflohen bin – für den Fall, dass Sie uns gefunden haben.«

»Also, was *bieten* Sie an? Und warum sind Sie weggelaufen?«

Sie zögert und fragt dann leise: »Wissen Sie, wie Wally und ich uns kennengelernt haben?«

Ich versuche mich zu erinnern, ob ich in der riesigen Akte, die ich über Henderson habe, auf diese Informationen gestoßen bin. »Nein«, gebe ich nach einem Moment zu. »Das tue ich nicht.«

Ihre Lippen werden zu einer schmalen Linie. »Das dachte ich mir. Niemand weiß wirklich davon. Wally erzählt den Leuten gerne, dass wir uns in einer Bar getroffen haben, aber das ist nicht der Fall. Ich meine, wir sind in einer Bar zusammengekommen, aber wir haben uns früher getroffen – als ich eine frische Auszubildende beim Geheimdienst war, und er der Star-Agent … und mein Lehrer.«

Ich verberge meine Überraschung. Ich hatte zunächst gedacht, dass sie eine Agentin ist, die die Rolle von Hendersons Frau spielt, aber ich habe nicht erwartet, dass Hendersons echte Frau tatsächlich von der CIA ist.

Sie ist viel zu überzeugend als nervöses Anhängsel.

»Keine Sorge, ich bin kein Agent«, sagt sie schnell, als ob sie Angst hat, dass ich sie für diese Offenbarung erschießen werde. »Ich habe das Trainingsprogramm abgebrochen, nachdem Wally mich geschwängert hatte. Am Ende habe ich das Kind verloren, aber ich bin nie zurückgegangen. Wally und ich haben geheiratet, und er verließ den Geheimdienst kurz darauf, um eine Karriere beim Militär zu machen, damit er ein stabileres Familienleben führen konnte – was bedeutete, dass ich mit den Kindern zu Hause bleiben musste.«

Ich hebe meine Tasse Kaffee an. »Und Sie sagen mir das alles … warum?«

»Weil ich will, dass Sie verstehen, warum ich hier bin.« Ihre Augen brennen sich in mein Gesicht, während ich die heiße, bittere Flüssigkeit trinke. »Ich bin zum Geheimdienst gegangen, weil ich eine Patriotin bin, Mr. Sokolov. Weil ich unser Land vor Bedrohungen aus dem In- und Ausland schützen wollte … vor Terroristen, die ein Gebäude einfach so in die Luft jagen.«

Die Puzzleteile fügen sich schließlich zusammen.

Natürlich.

Das hat das Fass zum Überlaufen gebracht.

»Wann haben Sie es erfahren?«, frage ich und stelle den Kaffee ab.

»Dass Wally hinter dem FBI-Angriff in Chicago steckt? Vor ein paar Tagen – zur gleichen Zeit, als ich erfuhr, dass er alle unsere Freunde und Verwandten sterben ließ, anstatt Ihren Forderungen nachzugeben.« Sie klingt fast ruhig, als sie das sagt, aber ich kann sehen, was es sie kostet.

Wie auch immer sie auf diese Information gestoßen ist, es muss ein schmerzhafter Schock gewesen sein.

»Aber warum kommen Sie zu mir?«, frage ich und betrachte sie eindringlich. »Mit Sicherheit müssen Sie mich dafür hassen, was ich Ihnen und Ihrer Familie angetan habe. Warum haben Sie Ihren Mann nicht einfach den Behörden übergeben? Ich nehme an, die Beweise, die Sie haben, sind ziemlich vernichtend.«

Sie nickt. »Das sind sie – und das ist eine weitere Sache, die ich Ihnen anbieten kann. Wenn Sie Ihren Teil der Abmachung einhalten, werde ich mein Bestes tun, um Ihren Namen, zumindest für dieses spezielle Verbrechen, reinzuwaschen. Was die Gründe angeht, warum ich hier bin und mit Ihnen rede, so ist das ganz einfach.« Sie holt tief Luft. »Ich bin müde, Mr. Sokolov. Ich bin erschöpft davon, Sie zu fürchten und zu hassen, und meine Kinder sind es auch. Wally auszuliefern würde diesen Alptraum für uns nicht beenden; der Prozess würde sich über Jahre hinziehen, und die ganze Zeit über würden Sie versuchen, über uns zu ihm zu gelangen. Das hier ist der beste Weg – der einzige Weg, um das zu beenden. Ich werde Ihnen nie verzeihen, was Sie meiner Familie angetan haben, aber ich werde dieses Geschäft mit Ihnen abschließen.« Ihre Stimme bricht. »Alles, was ich will, ist, dass es vorbei ist … dass meine Kinder ihr normales Leben wiederaufnehmen können.«

Sie ist überzeugend, das muss ich ihr lassen. So überzeugend, dass ich versucht bin, ihr zu glauben. Aber es gibt noch eine weitere Sache, die ich wissen muss. »Als ich Sie angesprochen habe, dachten Sie, ich sei jemand, den Ihr Mann geschickt hat. Ich nehme an, das bedeutet, dass er nach Ihnen sucht. Wie kommt es, dass er Sie mit all seinen Verbindungen nicht schon gefunden hat?«

Ihr Gesicht spannt sich wieder an. »Ich habe eigene Verbindungen, Mr. Sokolov. Mein Mann hat das nie verstanden. Er denkt, dass sein Erfolg auf seiner eigenen Brillanz beruht, aber ich war die ganze Zeit an seiner Seite, habe den Weg geebnet, Freundschaften mit den richtigen Leuten und vor allem Ihren Ehefrauen geschlossen …« Sie hört auf, als ob sie merken würde, wie sinnlos ihre bitteren Erinnerungen sind. »Auf jeden Fall«, fährt sie fort, »bereite ich mich seit zwei Jahren darauf vor, nur für den Fall, dass ich als Witwe mit Ihnen im Rücken ende. Ich hatte Papiere für mich und die Kinder, zusammen mit Geld und allem anderen, was nötig war, um uns alleine zu verstecken. Aber dann ist das passiert.«

»Und Sie haben Ihren Notvorrat benutzt, um stattdessen vor Ihrem Mann wegzulaufen.«

Ihre Lippen werden schmal. »Richtig. Also sagen Sie mir, Mr.

Sokolov: Haben wir einen Deal? Wenn ich Ihnen meinen Mann ausliefere, lassen Sie uns dann in Ruhe?«

Ich nehme meinen Kaffee wieder in meine Hand. »Sie haben gesagt, dass Sie nicht wissen, wo er ist.«

»Ich weiß es nicht – aber ich weiß, was er mehr liebt als alles andere auf der Welt.«

»Und das ist?«

Sie schaut mich ruhig an. »Unsere Tochter. Amber. Sie ist die einzige Person außer sich selbst, die er wirklich liebt.«

Ich muss erneut meine Überraschung verbergen. Denkt diese Frau wirklich darüber nach, uns ihre Teenager-Tochter als Geisel zu geben?

Ist sie verrückt geworden?

»In Ordnung«, sage ich und stelle den Becher ab. Selbst wenn sie es *wäre*, würde ich jetzt einem geschenkten Gaul nicht ins Maul schauen. »Das klingt nach einem guten Plan – und ja, wenn es uns gelingt, ihn mit Ihrer Tochter herauszulocken, werde ich Sie und Ihre Kinder in Ruhe lassen.« Und ich meine es auch so. Obwohl ich gerne Henderson mit dem Wissen leiden lassen würde, dass seine Familie tot ist, war ich nie wirklich hinter seiner Frau und seinen Kindern her.

Es ist *sein* Kopf, den ich will.

»In diesem Fall, bitte schön.« Sie nimmt ein Telefon heraus und schiebt es über den Tisch zu mir. »Das ist alles, was Sie im Moment brauchen, aber da, wo das herkommt, gibt es noch mehr – solange Sie mich heute unbehelligt gehen lassen.«

Ich drücke auf dem Video auf dem Bildschirm auf »Play«, und eine Minute später merke ich, dass Hendersons Frau nicht verrückt ist – und dass, obwohl sie den Geheimdienst verlassen hat, der Geheimdienst sie nie verlassen hat.

ara

ICH SCHREITE DURCH DEN SPEISESAAL DER ESGUERRAS, UND DIE ANGST bohrt ein Loch in meine Brust. Nora und Yulia sind beide hier, ebenso wie der junge Wachmann, Diego. Er erhält über seine Kopfhörer Live-Updates über die laufende Operation, so dass ich weiß, dass Peter gerade das Café betreten hat und sich wahrscheinlichen gerade der Falle stellt.

»Er spricht jetzt mit ihr«, sagt Diego und blickt nach zwanzig qualvollen Minuten von seinem Laptop-Bildschirm auf, und ich eile hinüber, um ein verschwommenes Bild eines Mannes zu sehen, der nicht wie Peter aussieht und einer dünnen Frau gegenübersitzt.

»Das ist von einer Langstreckenkamera«, erklärt Diego. »Wir wollen sie nicht erschrecken, indem wir zu nahe kommen.«

»Aber alles ist noch ruhig?«, fragt Yulia und beugt sich über seine Schulter, und er nickt.

»Hendersons Männer sind entweder übernatürlich gut – oder es ist niemand da.«

Ich schaue zu Nora hinüber. Im Gegensatz zu Yulia und mir sitzt sie ruhig da und stellt keine Fragen. Wenn ich nicht ihren Todesgriff um Lizzies Kinderwagen sehen würde, würde ich denken, dass sie das alles kaltlässt.

Als ich meine Aufmerksamkeit wieder auf den Bildschirm richte, sehe ich, dass der getarnte Peter und die Frau immer noch reden.

»Keine Sorge«, sagt Yulia leise zu mir. »Wenn jemand im Restaurant auch nur falsch niest, werden unsere Scharfschützen ihn im Visier haben.«

»Ja, ich weiß.« Ein trockenes Lächeln erscheint auf meinen Lippen. »Es ist erstaunlich, wie beruhigend es sein kann, Scharfschützen zu haben.«

Sie lächelt zurück, und wir verstehen uns. Als ich jedoch zu Nora hinüberblicke, schaut sie niemanden von uns an.

Natürlich. Durch die ganze Aufregung hatte ich vergessen, dass sie ein Problem mit Yulia hat.

Ich frage mich, ob es sie stört, dass ich das nicht habe.

»Er kommt aus dem Restaurant«, sagt Diego plötzlich, und mein Blick fällt zurück auf den Bildschirm.

Tatsächlich ist Peter bereits auf der Straße.

Diego verstummt und hört aufmerksam zu, welche Informationen das Londoner Team ihm übermittelt, und als ich sehe, wie sich ein großes Lächeln auf seinem Gesicht ausbreitet, geben meine Knie vor Erleichterung nach.

Die E-Mail *war* von Hendersons Frau.

Peter und die anderen sind in Sicherheit.

enderson

ICH GEHE DIE LOGISTIK FÜR UNSERE OPERATION AM SAMSTAG DURCH, als eine Nachricht auf meinem Bildschirm erscheint. Es ist eine E-Mail von meinem CIA-Kontakt.

Sorry, lautet die Betreffzeile.

Alles in mir wird zu Eis, als ich den Text und den Videoanhang sehe, den er weiterleitet.

Ich habe das Gefühl, dass ich mich gleich übergeben muss, als ich *Play* drücke.

Das schmutzige, tränenüberströmte Gesicht meiner Tochter füllt den Bildschirm. »Daddy«, schluchzt sie, als die Kamera herauszoomt und sie gefesselt an einen Stuhl in einem unscheinbaren Raum mit weißen Wänden zeigt. »Daddy, bitte hilf mir. Sie haben gesagt, dass sie uns töten. Bitte, Daddy, hilf mir!«

Das Video ist zu Ende und lässt mich nach Luft schnappen.

Sokolov hat sie. Er hat sie alle.

Das ist jetzt eine Tatsache.

Zitternd lese ich den weitergeleiteten Text.

Du weißt, was ich will, steht da. *Plaza de Bolivar, Bogotá, Donnerstag um 15 Uhr. Sei dort oder beobachte, wie sie stirbt.*

Ich erwartete das, wusste, dass es kommen musste, aber es trifft mich trotzdem wie ein Schlag in den Bauch.

Amber. Meine süße, treue Tochter.

Dieses Monster wird sie töten. Er wird sie nicht verschonen, auch wenn ich tue, was er sagt.

Es bleibt keine Zeit mehr, die Logistik zu planen, keine Möglichkeit, die letzten Probleme zu lösen.

Operation Air Drop kann nicht bis Samstag warten.

Sie muss heute Abend passieren.

90

*S*ara

»GLAUBST DU IMMER NOCH, ES KÖNNTE EINE FALLE SEIN?«, FRAGE ICH Nora, als wir eine Stunde später in ihrem Pool in olympischen Ausmaßen schwimmen. Nach der unmittelbaren Krise ist Yulia zurück in ihr Zimmer gegangen und hat Nora taktvoll ihre Anwesenheit erspart, so dass nur wir beide auf der wunderschönen Terrasse der Villa sind.

Na ja, und Rosa mit Lizzie, aber sie schlafen beide im Schatten.

»Alles ist möglich, aber Julian denkt es nicht«, antwortet Nora und dreht sich um, um sich auf ihrem Rücken treiben zu lassen. Ihr Körper im Bikini ist so schlank und athletisch, dass es schwer zu glauben ist, dass sie erst Monate zuvor ein Kind bekommen hat.

Ich trage auch einen Bikini – einen, den ich mir von Yulia geliehen habe, da wir trotz des Höhenunterschieds fast die gleiche Größe haben. Die Shorts und T-Shirts, die ich getragen habe, waren wirklich ihre. Sie hat die Kleidungsstücke in Kents Haus vergessen, als sie nach

Zypern gezogen sind, und sie ist mehr als glücklich, dass ich sie tragen kann.

»Lass mich wissen, wenn du noch etwas brauchst«, hat sie mir heute Morgen angeboten, als wir über die Kleidung sprachen. »Lucas bewahrt immer einen Koffer mit meinen Sachen in unserem Flugzeug auf, nur für alle Fälle, also bin ich voll ausgestattet.«

Als ich meine Aufmerksamkeit wieder auf Nora richte, frage ich: »Was glaubst du wird morgen passieren? Denkt Julian, dass Henderson tatsächlich in Bogotá auftauchen wird?«

»Zumindest hofft er es«, sagt sie und dreht sich um, um mit einer kräftigen Freistilbewegung zu schwimmen. Ich bin eine gute Schwimmerin, aber ich muss mich anstrengen, um mit ihr mitzuhalten, während sie durch das Wasser pflügt und im Handumdrehen die andere Seite des Pools erreicht.

Es ist offensichtlich, dass sie nicht über dieses Thema sprechen will, aber ich kann es einfach nicht ignorieren. »Was, wenn er es nicht tut?«, frage ich, als sie langsamer wird. »Er hat sich bis jetzt für keine der Geiseln gestellt.«

Sie hält inne, stellt sich hin und streicht ihr nasses Haar glättend mit beiden Händen zurück. »Sie waren nicht seine Tochter«, sagt sie und schaut gegen die Sonne, als sie mich ansieht. »Aber so oder so, auch wenn die Dinge nicht nach Plan laufen, werden Julian, Lucas und Peter etwas improvisieren. Das ist es, was sie tun, und sie sind gut darin.«

Obwohl Nora nicht mehr über das, was passieren wird, weiß als ich, lässt ein Teil der Enge in meiner Brust nach, als sie mich an Peters Fähigkeiten erinnert.

Mein Mann *ist* gut darin.

Erschreckend gut.

Wir schwimmen eine weitere Stunde lang, plaudern über angenehmere Dinge, wie Noras bevorstehende Kunstausstellung in Berlin – anscheinend ist sie eine ernstzunehmende Malerin –, und als Lizzie aufwacht und Essen verlangt, gehen wir zurück ins Haus.

Mit etwas Glück ist morgen alles vorbei.

Henderson

»WIR WERDEN GENAU HIER LANDEN«, SAGE ICH UND HEBE MEINE Stimme, um über das Gebrüll der Motoren gehört zu werden, während ich auf eine Ansammlung von Bäumen auf dem Satellitenbild zeige. »Und dann machen wir uns auf den Weg dorthin.« Ich klopfe mit meinem Finger auf das weiße Gebäude in der Mitte.

»Verstanden.« Danser streicht sein schmutzig-blondes Haar zurück, und sein Gesicht im Profil erinnert mich unheimlich an Sokolovs. »Haben Sie Fotos von den Zielen?«

»Hier.« Ich gebe ihm das Foto von Esguerras Frau. »Wir wollen entweder diese Frau oder ihr Baby bekommen – am besten beide. Sie sind unsere Sicherheit, um das Anwesen wieder verlassen zu können.«

Barrett schaut über Dansers Schulter auf das Foto. »Sie sieht klein aus. Sollte einfach genug sein.«

»Diese hier würde auch funktionieren, aber ich weiß nicht, ob sie im Haupthaus sein wird.« Ich hole ein Bild von Sara Sokolov heraus und gebe es Danser und seinen Teamkollegen. »Und diese hier«, ich zeige ihnen ein Ganzkörper-Foto von Kents Frau, »wäre ein schöner Bonus, aber sie könnte auch überall auf dem Gelände sein .«

»Oh, fuck. Sieh dir das blonde Haar und die Beine an.« Kilton schnappt sich das Bild von mir. »Mit der würde ich es mit Sicherheit machen.«

»Ich würde alle drei nehmen, ohne das Baby«, sagt Russ und streichelt anzüglich über seinen Bart. »Vielleicht alle drei auf einmal.«

Ich muss meine gesamten schauspielerischen Fähigkeiten aufwenden, um mein instinktives Schnauben zu unterdrücken. Ich kann es mir nicht leisten, diese vier Arschlöcher oder sonst jemanden im Team zu beleidigen. Also was soll's, wenn sie dumm genug sind, mit ihren Schwänzen zu denken? Sie haben gute Arbeit geleistet, als sie den Sprengstoff im FBI-Gebäude platziert haben, und sie haben Erfahrung mit HALO-Sprüngen.

Dafür brauche ich sie.

Sie sind meine einzige Chance, Amber zu retten.

Ich massiere die schmerzhaften Knoten in meinem Hals und schaue zu den anderen sechs Männern in unserem Militärtransportflugzeug. »Habt ihr eure Aufgaben verstanden?«

»Haben wir«, sagt Danser, bevor jemand anderes antworten kann. »Das Alpha-Team wird die Wachen an der Nordgrenze um null Uhr achtundfünfzig ablenken, und das Beta-Team wird mit dem Hubschrauber an der Auszugsstelle an der Südgrenze auf Sie warten.«

»Was, wenn Esguerra das Haus nicht verlässt, um nach den Störungen an der Nordgrenze zu sehen?«, fragt Barrett. »Töten wir den Wichser?«

»Nein, nur verwunden«, sage ich. »Wir wollen ihn lebend, damit er Sokolov zwingen kann, den Tausch für meine Familie durchzuführen. Wenn der Waffenhändler tot ist, wird es niemanden interessieren, ob wir seine Frau und sein Kind haben. Wenn wir

Glück haben und auf Sokolovs Frau stoßen, wäre das natürlich noch besser.«

»Also, nur um das klarzustellen«, sagt Kilton. »Wir wollen Esguerras Frau oder auch das Baby als Geiseln lebendig vom Gelände holen und sie gegen Ihre Familie eintauschen. Aber wenn wir zufällig auf Sokolovs Frau oder die heiße Blondine stoßen, schnappen wir sie uns auch.«

»Richtig«, sage ich. »Mit Sokolovs Frau als Priorität von den beiden. Wenn wir sie haben, wird es keine Rolle spielen, ob Esguerra getötet wird. Sokolov wird den Handel sowieso machen.«

»Was ist mit Kent?«, fragt Russ. »Was machen wir, wenn er da ist?«

»Wenn wir seine Frau nicht haben, dann tötet ihn«, sage ich. »Aber wenn wir sie als Geisel haben, dann nicht.«

Je mehr Einfluss ich auf meine Feinde habe, desto besser. Als ich anfing, diese Mission zu planen, war das Ziel, die von uns genommenen Geiseln zu benutzen, um Sokolov und die anderen in eine Falle zu locken und sie zu töten, aber die Gefangennahme meiner Familie hat den Einsatz erhöht.

Die Priorität ist nun, Amber zu retten.

»Glauben Sie nicht, dass Kent mit Sokolov in Bogotá ist?«, fragt Danser und gibt mir die Fotos zurück.

»Ich weiß nicht, ob Sokolov selbst in Bogotá ist«, antworte ich und stecke sie in meine Jacke. »Nur weil er mir gesagt hat, dass ich morgen auf dem Platz sein soll, bedeutet das nicht, dass *er* da sein wird. So oder so, seien Sie auf alles vorbereitet. Da die Grenzen des Geländes undurchdringlich sind, schreibt es die Logik vor, dass das Haus selbst nicht besonders gut bewacht wird – aber es gibt natürlich keine Garantien.«

»Nun«, Russ grinst, »das sollte Spaß machen. Sind Sie sicher, dass Sie mit uns mitkommen wollen, alter Mann?«

Ich ignoriere die Bemerkung dieses Idioten, schnappe mir meine Sauerstoffflasche und fange an, mich für den Sprung zu rüsten. Bis dieses Video in meinem Posteingang ankam, wollte ich mich ihnen auf dieser wahnsinnig gefährlichen Mission nicht anschließen, aber jetzt habe ich keine Wahl.

Diese Operation ist nicht nur meine einzige Chance, meine Geiseln zu bekommen, sondern auch Amber selbst könnte sich auf dem Gelände befinden. Ich weiß das natürlich nicht mit Sicherheit; sie könnten sie in Bogotá oder irgendwo anders auf der Welt festhalten. Aber da der angegebene Treffpunkt in Kolumbien, in Esguerras Gebiet, liegt, besteht zumindest die Möglichkeit, dass sie sie auf dem Grundstück des Waffenhändlers verstecken.

Wenn wir Glück haben, werden wir nicht nur mit den Geiseln zurückkehren.

Wir könnten auch meine Tochter retten.

Sara

NACHDEM LIZZIE GEFÜTTERT WURDE, GIBT MIR NORA EINE FÜHRUNG durch das Haus. Es ist so groß, wie es von außen erscheint, und umfasst über ein Dutzend Räume, darunter eine eigene Bibliothek, ein Heimkino mit einem riesigen Bildschirm, ein Fitnessstudio mit allen möglichen Geräten und einen sonnigen Raum, der als ihr Kunstatelier dient.

Die halbfertigen Gemälde im Inneren sind eine beeindruckende Mischung aus Surrealismus und modernem Expressionismus, mit vertrauten Formen und Objekten, wie Bäumen, die zu etwas faszinierend Unheimlichem verzerrt sind. Die Farbpalette lehnt sich stark an Rot und Schwarz an, so als ob alles vom Feuer verschlungen werden würde.

»Du bist unglaublich talentiert«, sage ich ehrlich, und Nora grinst und dankt mir. Während die Tour weitergeht, erklärt sie mir, dass sie anfing zu malen, um sich davor zu bewahren, auf der privaten Insel, auf der Julian sie gefangen hielt, verrückt zu werden, nachdem er sie zum ersten Mal entführt hatte.

Ich möchte ihr eine Million Fragen dazu stellen, aber wir sind bereits in dem Zimmer angekommen, in dem ich wohne, während Peter weg ist – einem wunderschön dekorierten Schlafzimmer, das ein paar Türen entfernt von der Hauptsuite liegt und an Yulias Zimmer angrenzt. Nora entschuldigt sich, um sich um ein paar Geschäfte zu kümmern, und ich beschließe, ein kurzes Nickerchen zu machen, da ich müde bin.

Schwangere brauchen offensichtlich genauso viel Schlaf wie Kindergartenkinder, zumindest kommt es mir so vor.

Als ich aufwache, ist Essenszeit, und ich gehe wieder ins Esszimmer zu Nora. Yulia ist nicht hier, und als ich Nora frage, wo sie ist, erklärt sie mir, dass Kents Frau bereits gegessen hat.

»Sie hat sich immer noch nicht an die Zeitumstellung gewöhnt«, erklärt sie mir mit einem angespannten Lächeln, als Ana das Essen bringt.

Ich beschließe, sie nicht weiter zu bedrängen – es muss unangenehm sein, die Frau, die deinen Mann fast getötet hätte, als Gast unter deinem Dach zu haben. Stattdessen frage ich sie während des Essens nach ihrer Familie und was sie über ihre Ehe mit Julian denkt.

»Oh, sie hoffen immer noch, dass ich zur Besinnung komme und mich von ihm scheiden lasse«, sagt sie und schneidet ihren Lachs. Während sie mich mit den angespannten Interaktionen ihres Vaters mit ihrem Mann unterhält, erinnere ich mich, wie nett Peter zu meinen Eltern gewesen war – wie sehr er sich angestrengt hatte, ihre Bedenken über ihn zu zerstreuen.

Wie weit er gegangen war, um sicherzustellen, dass sie Teil meines Lebens sind.

Meine Brust zieht sich erneut zusammen, und in meinen Augen steigen Tränen auf, aber diesmal schrecke ich nicht vor den Schmerzen zurück. Die Qual des Verlustes ist noch frisch, die Wunde unerträglich groß, aber ich kann jetzt an meine Eltern denken, kann trauern, ohne mich in meinem Entsetzen über ihren Tod zu verlieren.

Ich bemerke nicht, dass mir die Tränen herunterlaufen, bis Nora mir schweigend eine Serviette reicht.

»Es tut mir leid, Sara«, sagt sie düster. »Das war unsensibel von mir.«

»Nein, ich bin …« Ich versuche ein wässriges Lächeln. »Es geht mir gut, wirklich. Es ist nur so, dass …«

»Du hast sie gerade verloren, ich weiß.« Ihre dunklen Augen zeigen ein grimmiges Verständnis. Hat sie auch jemanden verloren, der ihr nahestand?

Bevor ich sie fragen kann, kommt Rosa mit Lizzie in das Esszimmer, und ich wende mich ab, um unauffällig die Feuchtigkeit auf meinen Wangen abzuwischen. Ich will nicht, dass Noras Freundin und Nanny mich so sieht.

Es ist schon schlimm genug, dass Nora das miterleben musste.

Nora entschuldigt sich, um das Baby wieder zu füttern – Lizzie wird sich in ein schreiendes Monster verwandeln, wenn sie nicht sofort gefüttert wird, erklärt sie bedauernd – und ich beende meine Mahlzeit und gehe auf mein Zimmer.

Als ich an Yulias Tür vorbeikomme, höre ich sie am Telefon auf Russisch sprechen. Ihre Stimme ist warm und zärtlich, so als ob sie mit einem Kind oder einem Liebhaber spricht, und für eine Sekunde überrascht mich das. Aber dann erinnere ich mich an die Fotos eines Teenagers in ihrem Haus – desjenigen, den ich für ihren Bruder gehalten habe, weil er genauso aussieht wie sie.

Könnte sie gerade mit dem Jungen sprechen?

Ich bin sehr neugierig auf ihre Geschichte mit dem ganzen Spionage-Teil und allem, aber ich will sie nicht stören, während sie am Telefon ist. Ich betrete meinen Raum, schließe die Tür und gehe zum Fenster hinüber, um mir den Sonnenuntergang über den Bäumen anzuschauen.

Ich vermisse Peter.

Gott, ich vermisse ihn so sehr.

In diesem Moment sollten er und die anderen in der Luft sein, auf dem Weg zum Treffen morgen in Bogotá. Wenn alles gut geht, wird er morgen Abend um diese Zeit wieder bei mir sein, und seine Suche nach Rache wird endlich vorbei sein.

Ich gehe zu einem Bücherregal, schnappe mir einen Thriller und kuschele mich in einen Sessel, um das Buch zu lesen. Obwohl ich erst vor ein paar Stunden von meinem Nickerchen aufgewacht bin, bin ich wieder müde, und bevor ich richtig begonnen habe zu lesen, ertappe ich mich beim Einnicken.

Gähnend dusche ich kurz und gehe ins Bett. Und dann kann ich, vorhersehbarerweise, nicht einschlafen.

Ich stehe auf, lese noch ein wenig und schreibe dann die Worte zu einer Melodie, die mir den ganzen Tag durch den Kopf gegangen ist, auf. Sie ist wütend und dunkel, weit weg von meiner üblichen Musik, aber etwas daran fühlt sich richtig an – ungeschminkt, ehrlich und heilend.

Als ich wieder müde werde, gehe zurück ins Bett, und diesmal falle ich in einen unruhigen Schlaf.

enderson

EISIGE LUFT HUSCHT AN MEINEN OHREN VORBEI UND ÜBERTÖNT DAS
verängstigte Gebrüll meines Herzschlags, als wir aus neuntausend
Metern Höhe vom pechschwarzen Himmel stürzen. Die Nacht ist auf
unserer Seite; die Wolken verbergen selbst das schwache Leuchten
des Mondlichts.

Meine Nachtsichtbrille ist über meine Sauerstoffmaske geschnallt,
und ich sehe die vier anderen Gestalten neben mir. Wir befinden uns
für eine gefühlte Ewigkeit im freien Fall , bevor ich einen heftigen
Ruck spüre und die Fallschirme sich über uns öffnen.

»Da«, sagt Danser über unsere Kommunikationsgeräte, als die
Umrisse der Baumkronen unten erscheinen. »Das ist unser
Landeplatz.«

Es ist ein bewaldeter Fleck im Herzen von Esguerras Anwesen,
weit weg von den Wachtürmen am Rande. Die größte Gefahr hier

sind die Drohnen, die in der Luft patrouillieren, aber dank der neuesten Ausrüstung des CIA habe ich eine Lösung dafür.

Als wir direkt über der Baumgrenze sind, erkennt mein Gerät die sich nähernden Drohnen und synchronisiert sich automatisch mit ihnen, so dass mein Kontakt bei der CIA die Kameras steuern kann, während wir in Reichweite sind. Diejenigen, die die Drohnenbilder kontrollieren, werden nichts anderes als die übliche Landschaft sehen, wenn unsere Fallschirme vorbeifliegen.

Da ich seit zwei Jahrzehnten keine Höhensprünge mehr gemacht habe, bin ich mit Danser zusammen gesprungen, und seine Füße berühren zuerst den Boden und nehmen die Hauptlast des Aufpralls auf sich. Dennoch geben meine Knie beim Landen fast nach und wir vermeiden es knapp, von einem Baumzweig aufgespießt zu werden. Als ich mich bücke, um Luft zu holen, löst Danser die Fallschirmspringerausrüstung von uns beiden und stopft sie in die Büsche.

Der Rest des Teams macht dasselbe, und als sie fertig sind, kann ich fast aufrecht stehen.

»Bereit?«, fragt Danser durch die Kommunikatoren, und ich nicke und ignoriere die restliche Schwäche in meinen Gliedmaßen.

Bisher ist alles nach Plan verlaufen, und ich werde nicht der Grund dafür sein, dass wir scheitern.

Leise kriechen wir durch die Dunkelheit und benutzen die Bäume als Deckung. Der schwierigste Teil wird die offene Fläche um das Haus herum sein, aber dafür ist die Ablenkung an der Grenze da.

Wir halten am Rande des bewaldeten Gebietes inne und warten auf das Signal des Alpha-Teams. Die Minuten vergehen mit qualvoller Langsamkeit, und ich fühle, wie Schweiß auf meinem Rücken herabläuft, während ich auf das weiße Gebäude vor mir starre.

Verdammte Luftfeuchtigkeit im Dschungel.

Sie ist schlimmer als die trockene Hitze im Irak.

Wie wir vermutet haben, scheint Esguerras eigentlicher Wohnsitz nicht stark bewacht zu sein. Und warum sollte er es auch sein?

Zwischen den Drohnen und der ganzen Sicherheit an den Grenzen könnte die Villa genauso gut in einer Festung sitzen.

Es gibt nur zwei Wachen, die im Kreis um das Haus herumlaufen, und als sie in unserer Nähe vorbeikommen, feuern Russ und Kilton schallgedämpfte Schüsse direkt auf ihre Stirn ab.

Erstes Hindernis beseitigt.

»Wir greifen jetzt an«, sagt der Alpha-Teamleiter durch den Funk, und ich höre Schüsse im Hintergrund.

»Wir werden fünfzehn Minuten warten, um zu sehen, ob jemand rauskommt«, sagt Danser, und wir warten und starren gespannt auf das Haus.

Es gibt keine Anzeichen von Bewegung im Inneren, kein Licht geht an.

Esguerras Wachmänner haben ihren Chef entweder nicht darüber informiert, was passiert, oder er glaubt nicht, dass dies seine Anwesenheit erfordert.

Oder, wenn wir Glück haben, ist er überhaupt nicht zu Hause.

Nur um auf der sicheren Seite zu sein, warten wir weitere zwanzig Minuten, und dann macht uns Danser eine Geste, damit wir uns bewegen.

Wir laufen geduckt über die große Rasenfläche und benutzen die gepflegten Sträucher an den Seiten als Deckung, während wir uns dem Poolbereich auf der Rückseite nähern.

Auch hier ist es ruhig.

»Na los«, flüstert mir Danser zu, als wir an der Hintertür anhalten. »Mach deinen verfickten Zauber.«

Ich nicke und ziehe das CIA-Gerät wieder hervor. Es verbindet sich mit dem Wi-Fi des Hauses und synchronisiert sich mit den Kameras und dem Alarmsystem, so dass mein Kontakt Zugang hat, um alles zu deaktivieren.

Während er das tut, aktiviere ich einen Zellsignalverschlüsseler, falls jemand versucht, Hilfe zu rufen.

»Alles erledigt«, sage ich leise, als ich die Bestätigung von meinem Kontakt erhalte. »Es ist Showtime.«

9 4

 ara

ICH SCHLAFE UNRUHIG UND WACHE GEFÜHLT JEDE HALBE STUNDE AUF. Jedes Mal, wenn ich wegdöse, verbinden sich ängstliche Träume über Peter mit Fragmenten von Alpträumen über den Tod meiner Eltern und wecken mich auf. Als ich zum fünften Mal aufwache, stolpere ich verschlafen zum Badezimmer, und beschließe danach, ein wenig zu lesen, um mein überaktives Gehirn abzulenken.

Ich ziehe mir einen Seidenbademantel über, den ich mir von Nora geliehen habe, schalte die Nachttischlampe ein, schnappe mir ein Buch und mache es mir gähnend im Sessel gemütlich.

Mit etwas Glück werde ich nicht lange aufbleiben müssen.

Ich bin schon halb durch mit dem nächsten Kapitel, als ich es höre.

Ein knarrendes Geräusch direkt vor meiner Tür.

Erschrocken schaue ich hinüber und sehe, wie sich die Tür öffnet.

Eine große, in schwarz gekleidete Gestalt steht in der Türöffnung – ein bärtiger Mann, den ich noch nie zuvor gesehen habe. Seine

767

Augen weiten sich, als er mich sieht, und das Sturmgewehr in seinen Händen fliegt nach oben und zeigt auf mich.

Ich reagiere rein instinktiv.

Mit einem durchdringenden Schrei lasse ich mich vom Stuhl fallen.

Ein großer Körper landet auf mir und schlägt mir die ganze Luft aus der Lunge, bevor ich wegrollen kann. »Halt die Klappe, du Schlampe«, knurrt mir der Mann ins Ohr, während sich eine behandschuhte Hand über meinen Mund legt. Der stechende Geruch von männlichem Schweiß und abgestandenen Zigaretten erstickt meine Nasenlöcher, und dann zieht er mich an meinen Haaren hoch, wobei seine Hand weiter auf meinem Mund liegt und meinen Schmerzensschrei unterdrückt.

Entsetzt kratze ich an seiner behandschuhten Hand und kämpfe mit aller Kraft, aber genau wie damals mit Peter in meiner Küche gibt es nichts, was ich tun kann, als er mich aus dem Raum schleppt und sein rauer Griff an meinen Haaren diese fast mit den Wurzeln herausreißt. Schmerzenstränen strömen über mein Gesicht, als er mich den Flur halb entlangzieht, halb trägt und meine panischen Schreie von seiner Handfläche gedämpft werden.

Er geht, wie ich entsetzt bemerke, zur Hauptsuite, wo Nora und das Baby sind, und dann sind wir schon da.

Er tritt die Tür mit seinem Stiefel auf und schiebt mich hinein. »Ich habe Sokolovs Schlampe«, verkündet er triumphierend, und ich sehe zwei weitere bewaffnete Männer in dem Raum.

Einer hält ein Messer an Noras Hals, und der andere greift nach dem schlafenden Baby in der Krippe.

eter

WIR SIND DABEI, UNSEREN ABSTIEG NACH BOGOTÁ ZU BEGINNEN, ALS Julian die Nachricht erhält.

»Das ist merkwürdig.« Er runzelt die Stirn und starrt auf sein Handy. »Diego hat mir gerade eine E-Mail geschickt, dass es am nördlichen Rand des Anwesens eine Schießerei mit unbekannten Eindringlingen gab. Niemand wurde verletzt, und die Eindringlinge sind zurück in den Dschungel verschwunden, bevor sie gefangen genommen werden konnten. Er hat ein Team losgeschickt, um nach ihnen zu suchen, aber bisher erfolglos.«

Ich stehe auf, und mein Puls steigt, während meine Instinkte in höchster Alarmbereitschaft sind. »Wer würde versuchen, so auf Ihr Gelände einzudringen? Und was würden sie nachts im Dschungel tun?«

»Genau.« Sein Gesicht verdunkelt sich, als er aufsteht und mit dem Telefon an seinem Ohr zur Kabine des Piloten geht. »Ich rufe Nora an.«

Ich folge ihm, während er die Strecke mit langen Schritten zurücklegt und die fragenden Blicke auf den Gesichtern meiner Teamkollegen ignoriert.

»Ihr Telefon geht direkt auf die Mailbox«, sagt er angespannt, als wir das Cockpit betreten.

Kent schaut zu uns auf.

»Es gab eine Schießerei an der Nordgrenze, und ich kann Nora nicht erreichen«, informiert Esguerra ihn kurz und bündig. »Ich werde die Kamerakanäle im Haus aufrufen. Kannst du Yulia anrufen?«

Kent nickt, und sein Kiefer strafft sich, als er nach seinem Handy greift. »Ich bin schon dabei.«

Verdammt. Ich habe Sara ein Prepaidhandy gegeben, bevor wir abgeflogen sind, aber ich wollte sie nicht anrufen – es ist weit nach Mitternacht, und ich will, dass sie ungestört schläft. Aber mein Gefahrenalarm wird mit jeder Sekunde lauter.

Saras Telefon leitet den Anruf auch gleich zur Mailbox, und als ich zu Kent hinüberblicke, kann ich an seinem Ausdruck erkennen, dass dasselbe mit Yulias Telefon passiert.

»Die Kameras sind tot. Ich schicke die Wachen rüber«, sagt Esguerra angespannt, und ich sehe die bis ins Knochenmark durchdringende Angst, die ich fühle, auch in seinen Augen.

Irgendetwas stimmt nicht auf dem Anwesen.

Überhaupt nicht.

»Ich setze Kurs auf das Anwesen«, sagt Kent grimmig, und das Flugzeug vibriert unter mir, als die Triebwerke mit einem Brüllen aufheulen.

 ara

»ICH HABE DAS HIER GEFUNDEN«, SAGT EIN VIERTER MANN UND ZIEHT eine kämpfende Rosa im Nachthemd herein. Er hat auch seine Hand über ihren Mund gedrückt und dämpft ihre panischen Schreie. »Sieht so aus, als hätten wir Glück gehabt. Der Rest des Hauses ist leer. Keine Spur von Esguerra, Kent oder Sokolov.« Wie seine drei Kameraden ist er schwer bewaffnet, mit einem Sturmgewehr, das über die Schulter geschlungen ist, und zwei Handfeuerwaffen, die an seinem Gürtel befestigt sind.

Wer auch immer diese Männer sind, sie meinen es ernst, und wir sind ganz auf uns allein gestellt, wird mir voller Entsetzen klar. Die Wachen sind nicht in der Nähe des Hauses, und da Peter und die anderen weg sind, kommt uns niemand zu Hilfe.

Der Mann, der über Lizzies Krippe gebeugt ist, richtet sich auf, wobei er das noch schlafende Baby vor sich hält. »Keine Blondine?«, fragt er mit offensichtlicher Enttäuschung.

»Nein, tut mir leid«, sagt Rosas Entführer und dreht sie herum, um sie anzusehen. Ihr Mund öffnet sich für einen Schrei, aber bevor sie einen Laut von sich geben kann, schlägt er seine Faust in ihren Kiefer, Upper-Cut-Syle, und sie fällt bewusstlos auf den Boden.

Ich versteinere und starre mit ungläubigem Entsetzen, wie Blut aus einem ihrer Mundwinkel tropft.

Er hat sie so beiläufig geschlagen, als ob sie kein Mensch wäre.

Als sei es ihm egal, ob sie lebt oder stirbt.

»Wir werden uns mit diesen beiden begnügen müssen«, fährt er fort und nickt mir und der leichenblassen Nora zu, deren Entführer sie festhält, indem er eine Hand auf ihren Mund drückt und mit der anderen das Messer an ihren Hals hält. Wie ich trägt sie einen dünnen Seidenbademantel, aber im Gegensatz zu meinem klafft er oben auf und offenbart die inneren Kurven ihrer Brüste.

Rosas Angreifer leckt sich die Lippen und starrt auf dieses goldhäutige V, und mein Magen zieht sich vor krankem Entsetzen zusammen.

Planen sie, uns zu vergewaltigen?

Uns umzubringen?

»Wo ist der alte Mann?«, fragt Noras Entführer, während ich meine panische Gegenwehr fortsetze, und ich merke, dass mir etwas an ihm vertraut vorkommt, so als ob wir uns schon einmal getroffen hätten.

»Er ist das kleine Gebäude in der Nähe überprüfen gegangen. Hat etwas darüber gesagt, dass er nach seiner Familie suchen wollte«, antwortet mein Angreifer und fesselt mich. »Hier, bring mir etwas Klebeband. Diese hier wird lebhaft«, fügt er grunzend hinzu, als ich meinen Ellbogen in seinen Brustkorb schlage.

»Schlag die Schlampe einfach nieder«, rät ihm das Arschloch, das Rosa geschlagen hat, aber bringt ihm trotzdem das Band. Ich habe nur Zeit, einen kurzen Schrei loszulassen, bevor mir ein Tuch in den Mund geschoben und das Tape darübergeklebt wird.

»Das ist besser«, murmelt mein Entführer und greift nach meinen Armen. »Jetzt mach auch ihre Handgelenke.«

Der andere Mann beginnt gerade damit, als Lizzie mit einem Schrei aufwacht.

»Scheiße. Bring dieses Kind zum Schweigen«, befiehlt der Mann, der Nora hält, als das Baby mit voller Lautstärke zu brüllen beginnt, weil es verärgert darüber ist, von einem unbekannten Mann gehalten zu werden.

Noras Gesicht wird noch weißer, und ihre Augen brennen wie Kohlen, als Rosas Angreifer herüberkommt und das Klebeband über den winzigen Mund des Babys klebt, um seine wütenden Schreie zu dämpfen.

Wenn Blicke töten könnten, würde er auf der Stelle umkippen.

»Geh und such Henderson«, sagt Noras Entführer zu dem Mann, der Rosa bewusstlos geschlagen hat. »Wir treffen euch beide unten.«

Der Mann gehorcht und verlässt den Raum, während ich diese Enthüllung verarbeite.

Henderson?

Natürlich. Darum geht es hier also.

Wie eine in die Enge getriebene Ratte ist Peters Feind zum Angriff übergegangen.

Ich verdaue die Entwicklungen immer noch, als ein blonder Haarschopf in der Türöffnung meine Aufmerksam erregt.

Mein Herzschlag beschleunigt sich.

Ich hatte Yulia völlig vergessen.

Sie haben sie nicht gefunden, aber sie *war* in dem Raum neben meinem.

Ich habe nur eine Millisekunde Zeit, um ihre halbnackte Erscheinung zu verarbeiten – und die Waffe in ihrer Hand – denn im nächsten Moment bricht die Hölle los.

Ohne zu zögern, feuert Yulia entschlossen auf Noras Entführer und trifft ihn ins Gesicht.

Dann richtet sie die Waffe auf meinen.

Die Zeit scheint sich zu verlangsamen, der Moment dehnt sich zu einer Ewigkeit aus. Ich sehe die starke Konzentration in ihren blauen Augen, spüre die plötzliche Anspannung in den Händen, die meine

Arme von hinten festhalten, und das kleine bisschen, an das ich mich von Peters Selbstverteidigungstraining erinnere, steuert meine Reflexe.

Als ich meine Beine vom Boden hebe, werde ich zu einem toten Mann im Griff meines Gegners, wodurch mein Kopf ein Stück nach unten rutscht – und als Yulias Waffe die Kugel ausspuckt, spüre ich einen warmen Blutstrahl, als sein Kopf über dem meinen explodiert.

Als der Körper meines Entführers hinter mir zusammenbricht, schlägt mein Hintern hart auf den Boden auf, und mein Steißbein schreit vor Schmerzen.

Yulia bewegt sich bereits wieder und zielt auf den Mann, der Lizzie hält, aber das ist nicht nötig.

Er liegt bereits am Boden, wobei das Messer von Noras Angreifer tief in seiner Kehle vergraben ist – und das Baby sicher von den Armen seiner Mutter festgehalten wird.

Hat sich Nora ihre Tochter geschnappt, während sie ihn getötet hat?

Heilige Scheiße, sie ist schnell.

Ich schüttele mein Entsetzen ab, stelle mich hin und reiße an dem Klebeband, das meinen Mund bedeckt. »Der vierte Mann«, keuche ich. »Er ist …«

»Tot oder k. o.«, sagt Yulia und senkt ihre Waffe. »Ich habe ihm im Flur das Gehirn rausgepustet.« Ihre Gelassenheit ist erschreckend – bis ich mich daran erinnere, dass sie einmal eine Spionin war.

Ich bin dabei, Henderson zu erwähnen, als ich eine weitere Bewegung in der Tür sehe.

»Yulia!«, schreie ich und springe nach vorne, aber es ist zu spät.

Ein in schwarz gekleideter Arm schlingt sich mit Lichtgeschwindigkeit um ihre Kehle, und eine Waffe wird gegen ihre Schläfe gedrückt.

»Nicht so schnell«, sagt der ältere Mann leise und benutzt Yulia als Schild, während er den Raum betritt. »Bewegt einen Muskel, und sie stirbt.«

 eter

»WARUM SIND DEINE VERDAMMTEN WACHEN SO LANGSAM?«, FAHRE ICH Esguerra an, als er wütend auf seinem Laptop tippt – vermutlich mit Befehlen an diese Wachen. »Es sind schon zwei Minuten vergangen. Weißt du, was in zwei Minuten passieren kann? Sie sind in diesem Haus, allein, ungeschützt ...«

»Ich weiß!«, brüllt Esguerra. Eine Vene pulsiert auf seiner Stirn, als er den Laptop zuschlägt und auf die Füße springt. »Glaubst du, ich weiß das verdammt nochmal nicht? Sie sind auf dem Weg und fahren, so schnell sie können. Die beiden Wachen der Hauspatrouille antworten nicht; wer auch immer die Kameras und das Handysignal manipuliert, muss sie bereits ausgeschaltet haben.«

Verdammt. Ich möchte meine Faust gegen die Wand schlagen, aber es ist zu gefährlich mit all den Bedienelementen in der Kabine des Piloten. »Bist du sicher, dass sie noch im Haus sind?«

»Ich weiß, dass Nora es ist«, faucht Esguerra. »Sie hat diese

Trackingimplantate, erinnerst du dich? Vor zwei Sekunden war sie noch am Leben und in unserem Zimmer.«

Scheiße. Er hat recht, ich hatte die Tracker für einen Moment vergessen. Wenn Nora lebt, dann hoffentlich auch Sara – was es umso wichtiger macht, dass sich die Wachen beeilen.

»Es muss Henderson sein«, sagt Kent hart, und seine Knöchel sind weiß auf der Steuerung. »Diese verdammte Schlampe hat uns rausgelockt, damit er angreifen kann.«

»Das wissen wir nicht sicher«, sagt Yan, und damit weiß ich, dass er zu uns ins Cockpit gekommen ist. Seine grünen Augen schweifen zu Esguerra. »Könnte es nicht ein anderer Ihrer Feinde sein?«

Fast haue ich Yan eine rein. »Es spielt keine Rolle, wer es ist. Sara ist da drin, verstehst du? Sie ist drin, mit wem auch immer.«

Ich kann nicht einmal anfangen, an sie mit Henderson zu denken, einem Mann, der verzweifelt genug ist, diese Art von Risiko einzugehen.

Einem Mann, der nicht gezögert hat, genau das Land, dem er geschworen hatte, es zu beschützen, anzugreifen, um mich zu bekommen.

Was wird er mit Sara machen, wenn er sie in seinen Klauen hat? Werde ich dorthin kommen, nur um sie und unser ungeborenes Kind zu begraben … genau wie ich Pascha und Tamila begraben habe?

Nein. Ich schiebe den lähmenden Gedanken beiseite.

Das werde ich nicht zulassen.

Nicht noch einmal.

»Flieg schneller«, sage ich grimmig zu Kent. »Und Julian, wenn deine Wachen es nicht rechtzeitig dorthin schaffen, werde ich sie alle ausweiden, jeden Einzelnen.«

9 8

_S_ara

EINE MILLION GEDANKEN RASEN DURCH MEINEN KOPF. IN EINEM winzigen Augenblick nehme ich die Waffen an den toten Männern und auf dem Boden wahr – alle sind in Reichweite, aber keine ist nah genug ist, um sie zu ergreifen, bevor Henderson eine Kugel in Yulias Gehirn jagt.

Mein verängstigter Blick trifft auf Noras, und ich sehe das gleiche sinnlose Kalkül in ihren Augen.

Selbst wenn wir gut genug wären, um Yulias Entführer zu treffen, ohne sie zu töten, wären wir nicht schnell genug.

Nicht, wenn Hendersons Waffe an ihre Schläfe gedrückt ist.

»Tretet diese Waffen weg«, befiehlt er, und ich zögere eine Sekunde lang, bevor ich wie betäubt gehorche und Nora dasselbe tut.

Wir wären nicht nur zu langsam, sondern Henderson ist auch nicht viel größer als die langgliedrige Yulia. Da er sie als Schild

777

benutzt, würde nicht einmal ein ausgebildeter Scharfschütze den Schuss abgeben.

Mein Blick fällt auf das Baby, das eng an Noras Brust gedrückt ist. Lizzie hat immer noch das Klebeband über ihrem Mund, und ich sehe, wie ihr kleines Gesicht rot wird, während sie sich bemüht, dumpfe Schreie zu erzeugen.

Nora hält sie so, als würde sie sie nie gehen lassen – und das wird sie auch nicht, wie ich an ihrem Todesgriff erkenne.

Ich kann nicht mehr darauf zählen, dass Esguerras Frau mir hilft – nicht, wenn sie ihre Tochter beschützen muss.

Ein Plan formt sich in meinem Kopf, und bevor ich ihn zu Ende denken kann, schaue ich zu Henderson und sage ruhig: »Ich weiß, wo Ihre Tochter ist.«

Er zuckt, als sei er angeschossen worden. Er erholt sich schnell und fragt: »Wo?«

»Ich kann Sie dorthin bringen«, sage ich und ignoriere die Angst, die mir die Luft nimmt. »Wir können sofort gehen – wenn Sie die anderen frei lassen.«

Ich habe keinen ausgearbeiteten Plan. Ich weiß nur, dass ich will, dass seine Waffe nicht mehr auf Yulias Kopf gerichtet ist – und auch so weit weg von Lizzie und Nora wie möglich. Selbst wenn ich nichts über die Verbrechen wüsste, die er begangen hat, hätte etwas an diesem ehemaligen General Gänsehaut bei mir hervorgerufen. Es ist nichts äußerlich Sichtbares – er ist schlank und fit, in guter Verfassung für einen Mann Ende fünfzig, und seine Gesichtszüge, umrahmt von vollem grau-schwarzem Haar, sind relativ angenehm.

Trotzdem riecht er nach dem Verfall, nach der Fäulnis, die tief darunter lauert.

Bei meinem Angebot verengen sich seine Augen. »Denkst du, ich bin ein Idiot? Ihr drei werdet mich zu meiner Tochter bringen – oder ich erschieße sie.« Er richtet die Waffe auf Yulias Schläfe und lässt sie zusammenzucken.

Verdammt nochmal.

»Sie brauchen *sie* nicht«, versuche ich es noch einmal. »Sie können mich als Geisel benutzen. Ihr Problem ist mein Mann – und er wird alles für mich tun.«

»Nun, ist das nicht süß«, höhnt er. »Eine Liebe für die Ewigkeit. Vielleicht töte ich dich später und lasse ihn zusehen. Wie klingt das?«

Ich starre ihn an, ohne zu zucken, und ignoriere die Übelkeit, die sich in mir ausbreitet.

Ich werde diesem Monster keine Angst zeigen.

Diese Befriedigung wird es nicht bekommen.

Bei meiner mangelnden Reaktion werden seine Gesichtszüge wütend. »Gut«, fährt er uns an. »Wie ich schon sagte, ihr drei kommt alle mit mir. Du und die mit dem Baby«, er streckt sein Kinn in Richtung Nora, »werdet vor mir gehen. Und denkt daran, eine falsche Bewegung, und diese hier«, er richtet die Waffe wieder auf Yulias Kopf, »wird sterben. Verstanden? Jetzt kommt zu mir.«

Ich schlucke, während ich in Richtung Tür gehe, und Nora folgt mir vorsichtig, wobei sie die zappelnde Lizzie gegen ihre Brust drückt. Henderson schirmt sich immer noch mit Yulia ab, als er sich in den Flur zurückzieht, und als wir aus dem Raum sind, befiehlt er uns, nach unten zu gehen.

»Du *wirst* mich zu meiner Tochter führen, verstanden?«, sagt er drohend, als wir zur Treppe gehen. »Wenn du etwas versuchst, irgendetwas, werde ich jede einzelne von euch Schlampen erschießen – und auch Esguerras Dämonenbrut.«

Ich strecke meine Beine aus, um meine Knie davon abzuhalten, zu zittern, und nähere mich der breiten, geschwungenen Treppe. Der Boden ist eisig unter meinen nackten Füßen, und mein Herz fühlt sich an, als würde es aus meinem Hals springen. Ich weiß nicht, was ich tun soll, wie ich uns aus dieser Situation herausholen kann. Hendersons Tochter ist sicher und gesund weit weg von hier – alles, was Peter hat, ist das gefälschte Video, das ihm Bonnie gegeben hat – aber Henderson würde mir nicht glauben, wenn ich ihm das sagen würde. Und selbst wenn er mir glauben würde, würde er uns wahrscheinlich alle töten.

Ob er es merkt oder nicht, er ist nicht hierhergekommen, um seine Familie zu retten.

Er ist hier, um sich zu rächen.

Tief im Inneren weiß er, dass er bereits verloren hat, und er kam auf diese selbstmörderische Mission, um Peter und die anderen leiden zu lassen, bevor er selbst stirbt.

Meine Hände spielen mit dem Knoten an meinem Bademantel, um nicht zu zittern, während ich so langsam wie möglich mit Henderson und Yulia einen Schritt hinter mir hinuntergehe. Nora geht rechts von mir, und ihr Gesicht ist völlig ausdruckslos, während sie Lizzie schützend vor sich hält.

Sie würde alles für ihre Tochter tun, das weiß ich – genau wie ich für das kleine Leben, das in mir wächst.

Ein Leben, das nicht das Licht der Welt erblicken wird, wenn der Mann hinter mir seinen Willen durchsetzt.

Wir sind auf halbem Weg die Treppe hinunter, als ich Scheinwerfer durch eines der Wohnzimmerfenster sehe und höre, wie die Haustür aufgebrochen wird, gefolgt von Stiefelklappern auf dem Holzboden.

Mein Herz rast gleichermaßen vor Erleichterung und Entsetzen.

Die Wachen sind hier.

Irgendwie haben sie herausgefunden, dass wir in Schwierigkeiten sind – und jetzt ist Henderson wirklich in die Enge getrieben.

Allein, ohne sein Team, hat er keine wirkliche Chance, zu entkommen.

Ich höre ihn leise hinter mir fluchen, und ich habe eine Idee.

Ich gehe im gleichen langsamen Tempo weiter, ziehe an meinem Gürtel, um meinen Bademantel zu öffnen, und die kühle Luft fegt über meine nackte Haut, als die Seide auf die Treppe hinter mir fällt – direkt unter Yulias und Hendersons Füße.

Die Wachen stürzen in das Foyer, und ich springe zu Nora, um sie mit meinem Schwung gegen das Geländer zu drücken.

Da Henderson sich auf die Wachen konzentriert, rutschen er und Yulia beide auf dem am Boden liegenden Bademantel aus – und sein

Schuss verfehlt Yulia, als diese die Treppe auf ihrem Po hinunterrutscht.

Ohne zu zögern, feuern die Wachen auf Henderson, und Nora und ich drängen uns zusammen und schützen Lizzie, während wir ihn fallen hören.

eter

Es ist einen Tag her, seit wir zurück sind, und ich kann immer noch nicht aufhören, Sara zu berühren, kann nicht aufhören, sie in meinen Armen zu halten. Jede zweite Minute kämpfe ich auch gegen den Drang an, sie von Kopf bis Fuß zu untersuchen – auch wenn Dr. Goldberg das bereits getan und sie und das Baby für gesund erklärt hat.

Ich streichele ihr Haar, atme ihren süßen Duft ein, und ein Zittern läuft jedes Mal durch meinen Körper, wenn ich darüber nachdenke, wie nah ich daran war, sie zu verlieren … wie die Wachen sie eine Stunde, bevor wir endlich hineinstürmten, nackt zusammengekauert auf der Treppe gefunden haben.

Sie hat Henderson mit ihrem Seidenbademantel zum Ausrutschen gebracht, und dabei sich selbst, Nora und Yulia gerettet.

Die drei Frauen haben gegen bewaffnete Söldner gekämpft und gewonnen.

»Es ist in Ordnung. Es geht uns gut«, murmelt sie, hebt den Kopf, und ich merke, dass ich das Letzte laut gesagt habe. Ihre haselnussbraunen Augen schimmern sanft, als sie ihre schlanke Hand um meinen Kiefer legt. »Ich verspreche dir, dass, abgesehen von Yulias Steißbein und dem Kiefer der armen Rosa, alles in Ordnung ist.«

»Ich weiß«, murmele ich. »Und es ist ein verdammtes Wunder.« Ich bedecke ihre Hand mit meiner, schließe meine Augen, atme tief ein und versuche, das verrückte Klopfen meines Herzens zu beruhigen.

Genau wie ich waren Kent und Esguerra schon beinahe verrückt geworden, bis wir endlich landeten, obwohl Diego uns bereits mitgeteilt hatte, dass Henderson tot war und unsere Frauen sich in Sicherheit befanden. Es war nicht genug gewesen, das gesagt zu bekommen; die schreckliche Angst hatte mich fest im Griff, bis ich Sara sah.

Bis ich sie in meinen Armen halten konnte und das Gefühl hatte, dass sie am Leben und gesund ist.

»Du hast alle gerettet«, sage ich mit belegter Stimme und öffne meine Augen, als sie ihre Hand zurückzieht. »Nicht nur auf der Treppe, sondern auch schon vorher. Kent hat mir gesagt, dass dein Schrei Yulia rechtzeitig aufgeweckt hat, um sich unter dem Bett zu verstecken und dann zu eurer Rettung zu kommen. Wenn das nicht gewesen wäre …«

»Wir hätten sie auch anders besiegt«, unterbricht Sara mit einem ruhigen Lächeln. »Ich bin mir sicher, dass wir es geschafft hätten.«

Die Überzeugung in ihrer Stimme ist sowohl absurd als auch bewundernswert. Aus welchem Grund auch immer scheint der gestrige Angriff mein Ptichka, anstatt es zu retraumatisieren, auf irgendeine Weise lebendiger gemacht zu haben. Ich habe immer gewusst, dass sie stark und fähig ist, aber sie selbst scheint das nicht geglaubt zu haben – bis sie meinen Feind bekämpfte und gewann.

»Manchmal kann es pervers heilsam sein, ein Trauma zu wiederholen«, hat Dr. Wessex mir erklärt, als ich heute Morgen mit ihr gesprochen habe, nachdem Sara die Nacht ohne Alpträume durchgeschlafen hat und so optimistisch aufgewacht ist, wie ich sie lange nicht gesehen habe. »Im Gegensatz zu dem, was mit ihren Eltern geschah, konnte sie diesmal etwas tun – und niemand, der ihr nahestand, wurde getötet oder ernsthaft verletzt.«

Ich weiß nicht, ob ich der Therapeutin glaube – es ist erst ein Tag vergangen, und es könnte Sara später noch treffen –, aber ich bin vorsichtig optimistisch, was ihre psychische Verfassung anbelangt.

Bei meiner eigenen bin ich mir weniger sicher. Gestern Nacht konnte ich kaum schlafen, weil ich gegen Alpträume angekämpft habe und kalte Schweißausbrüche hatte.

»Ich lasse dich nie wieder aus den Augen«, sage ich zu ihr, und das ist kein Witz. »Keine Aufträge mit Übernachtungen getrennt von dir mehr, keine Arbeit, die uns für irgendeine Zeit voneinander trennt. Und ich habe bereits meinen eigenen Satz Trackerimplantate bei Esguerra bestellt; sobald sie ankommen, setze ich sie dir ein.«

Sara blinzelt nicht, ich habe ihr bereits von Noras Trackern erzählt. »In Ordnung«, sagt sie. »Aber nur, wenn du sie auch bekommst. Ich will auch immer wissen, wo du bist.«

Ich schaue ihr in die Augen. »Deal.«

Ich werde alles tun, was mein Ptichka will – solange sie glücklich und in Sicherheit ist.

»Bist du wütend, dass du keine Chance hattest, ihn zu töten?«, fragt sie, als wir ein paar Stunden später im Bett liegen. Obwohl wir gerade erst Sex hatten, streichele ich sie überall, da ich nicht genug davon bekommen kann, sie zu berühren, ihre warme, seidige Haut unter meinen Handflächen zu spüren. »Ich weiß, dass es dir wichtig war«, fährt sie fort, während ich ihren Hals streichele und den süßen Duft ihres Haares einatme.

Ich will jetzt nicht an Henderson denken, aber Sara scheint entschlossen zu sein, über jeden Aspekt dessen zu sprechen, was passiert ist. Und als ich mich daran erinnere, wie schwierig es für sie gewesen war, über den Tod ihrer Eltern zu sprechen, kann ich es ihr nicht abschlagen.

Wenn es ihr hilft, Dinge zu verarbeiten, werde ich ihr alles darüber erzählen, wie ich davon träume, Henderson Zelle für Zelle zu zerlegen, dass die bloße Erwähnung seines Namens jeden schrecklichen Moment im Flugzeug zurückbringt.

Also tue ich genau das. Ich erzähle ihr alles, alles darüber, wie verängstigt ich war, dass wir zu spät kommen würden … dass ich es nicht schaffen würde, sie zu beschützen, so wie es bei Pascha und Tamila der Fall gewesen war. Ich beschreibe die Alpträume, die ich gestern Nacht hatte, und dass ich immer noch zittere, wenn ich daran denke, wie nah daran ich gewesen war, sie zu verlieren.

Ich sage ihr, wie sehr es mich umbringt, dass ich nicht da war, um meinem Feind entgegenzutreten, um sie und unser ungeborenes Kind zu beschützen.

Sie hört zu, und ihr Kopf liegt auf meiner Schulter, während ihre Finger mit meinen Haaren spielen. Als ich fertig bin, sagt sie leise: »Du hast uns beschützt. Es war die Bewegung, die du mir beigebracht hast – meine Beine anzuheben, um zum toten Mann zu werden, wenn man hinten gepackt wird –, die uns dreien geholfen hat, diese Söldner zu besiegen. Und es waren du, Kent und Esguerra, die die Wachen geschickt haben, die Henderson getötet haben.«

Ich presse meine Augen zusammen, und meine Arme spannen sich um sie herum an, während sich in meinem Kopf abspielt, wie das mit dem Seidenbademantel und allem anderen abgelaufen sein muss. Ein Schaudern durchfährt meinen Körper, und sie umarmt mich, hält mich fest, beruhigt mich mit ihrer Wärme, ihrer Lebendigkeit, ihrer Kraft.

Ich brauche mehrere tiefe Atemzüge, bevor ich meinen erstickenden Griff um sie lösen kann. Trotzdem lasse ich meinen Arm um sie herum liegen und halte sie fest. Es wird Jahre dauern, bis ich mich von diesem Tag erholt haben werde – oder eher Jahrzehnte.

Das heißt, vorausgesetzt, ich erhole mich überhaupt jemals davon.

»Was ist mit seiner Frau?«, fragt Sara und lenkt mich von einer Fantasie ab, in der ich in der Lage bin, in der Zeit zurückzureisen und Henderson mit seinem eigenen Darm zu erwürgen, bevor er in ihre Nähe kommt. »Wirst du deinen Deal mit ihr einhalten?«

Meine freie Hand ballt sich an meiner Seite zu einer Faust. »Die Jury ist sich immer noch nicht sicher, ob sie uns absichtlich weggelockt hat.«

»Nein, hat sie nicht«, unterbricht Sara und hebt ihren Kopf von meiner Schulter, um mich anzusehen. »Zumindest glaube ich nicht, dass sie das getan hat. Henderson dachte wirklich, wir hätten seine Tochter, und wenn seine Frau daran beteiligt gewesen wäre, hätte er gewusst, dass es nur ein Trick war. Außerdem sagten diese Männer, als sie uns gefangen nahmen, etwas davon, dass es kein Zeichen von euch dreien gibt, so als ob sie erwartet hätten, euch hier zu finden, und überrascht waren, als sie es nicht taten.«

»Ah.« Mit Mühe öffne ich meine Finger. »Das ändert die Dinge.«

Wenn Bonnie Henderson wirklich unschuldig ist, werde ich sie in Ruhe lassen – besonders, wenn sie alle Beweise für ihren Mann dem FBI übergibt und unsere Namen reinwäscht.

Ich will das für Sara. Ich möchte ihr ein normales, friedliches Leben zurückgeben.

Ich schiebe meine Hand in ihr Haar, betrachte ihr herzförmiges Gesicht und bewundere ihre Schönheit. Ihre Augen blicken klar und direkt in meine, und dann murmelt sie: »Ich liebe dich«, bevor sie sich für einen zarten Kuss nach vorne beugt.

Meine Brust dehnt sich mit einem Ansturm von Gefühlen aus, die so intensiv sind, dass sie die verweilende Dunkelheit überdecken. »Ich liebe dich auch, Ptichka«, sage ich leise, und als sich unsere Lippen berühren, weiß ich, dass wir gemeinsam überwinden werden, was die Zukunft auch bringen möge.

Unabhängig davon, wie unsere Liebe geboren wurde – jetzt ist sie stark genug.

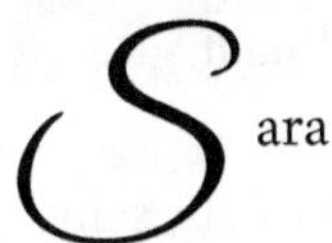

EPILOG

SECHS JAHRE SPÄTER

*S*ara

»Papa! Papa!«

Ich schaue von meinem Laptop aus auf, als mein fünfjähriger Sohn durch die Tür schießt und seine Wangen rosa von der Kälte sind, während seine Stiefel überall Schneespuren hinterlassen. Er bemerkt mich nicht auf der Couch, läuft direkt zu Peter in die Küche und wirft seinen kleinen Körper mit voller Geschwindigkeit auf ihn.

Grinsend tritt mein Mann von der Geburtstagstorte zurück und fängt ihn in seinen kräftigen Armen auf, bevor er ihn anhebt, um ihn über seinem Kopf zu drehen.

Charlies lachende Schreie erfüllen die Luft, vermischen sich mit dem aufgeregten Bellen unseres Hundes, und meine Brust zieht sich zusammen – wie jedes Mal, wenn ich diesen Blick auf Peters dunklem, wunderschönen Gesicht sehe.

Freude. So eine ungehemmte Freude.

Ich werde nie müde, die beiden zusammen zu sehen.

Meinen Vom-Peiniger-zum-geliebten-Ehemann und unseren Sohn.

Wenn Glück in einem Bild definiert werden könnte, wäre es das für mich.

»Mom! Charlie hat einen Schneeball auf mich und Bella geworfen«, schreit Maya und rennt in den Raum, wobei Schnee und Eis von ihrer Jacke fallen. Ihr kleines Gesicht ist empört, und ihre winzigen Hände sind zu Fäusten geballt. »Und Lizzie hat ein Schimpfwort für ihn benutzt!«

Lachend lege ich meinen Laptop beiseite und fange meine verräterische Dreijährige mit einer Umarmung ab. »Das ist okay, mein Liebling«, beruhige ich sie und streichele ihre verworrenen kastanienbraunen Locken, als Toby, unser Golden Retriever, herüberkommt, um den Schnee von ihrem Mantel zu lecken. »Dein Bruder hat nur gespielt. Er ist ein wenig in Bella verknallt, das ist alles.«

»Das bin ich nicht!« Charlies empörter Ton passt zu dem seiner Schwester. »Sie ist viel zu blond und seltsam, und sie spricht kaum Russisch.«

»Hey, stopp jetzt«, tadelt Peter und setzt ihn ab. »Das ist nicht nett.«

»Bella Kent spricht so viel Russisch wie du, du Idiot«, sagt Maya hochnäsig, und ihr kleines Kinn richtet sich nach oben, als sie aus meiner Umarmung tritt. Sie schiebt Toby weg und fügt hinzu: »Und überhaupt ist sie erst vier Jahre alt. Ihr Vokabular wird wachsen, wie deins. Nicht jeder wird so klug geboren wie ich.«

Peter und ich tauschen einen Blick aus. Dann brechen wir in schallendes Gelächter aus.

Unser Geburtstagskind ist gut drauf heute.

Charlie war zweieinhalb Jahre alt, als Maya geboren wurde, aber im vergangenen Jahr hat sie angefangen, ihm Mathematik und Lesen beizubringen – Letzteres auf Englisch, Russisch, Französisch und Japanisch. Ihr Verstand ist wie ein Schwamm, und ihre Brillanz wird nur von ihrem Ego übertroffen.

Trotz ihres Überflieger-IQs ist Bescheidenheit ein Konzept, das ihr dreijähriges Gehirn nicht ganz verstehen kann.

»Ich dachte, du hast mir gesagt, dass du kein *Kindergenie* warst?«, hatte Peter erstaunt zu mir gesagt, als unsere Tochter im Alter von zwei Jahren begann, Musik zu komponieren. »Dass du wegen deiner Eltern so jung Ärztin geworden bist, und nicht, weil du wahnsinnig klug warst.«

»Und das ist alles wahr. Ich weiß nicht, woher das kommt«, habe ich ihm ebenso verwirrt geantwortet. »Vielleicht hast du eine Genie-DNA in dir.«

Nicht, dass Charlie, unser erstes Kind, nicht auch klug wäre. Er ist intelligent, neugierig und energisch – alles, was wir uns immer von einem Sohn wünschen könnten. Er geht in seiner Privatschule hier in der Schweiz auf, und laut seiner Lehrer ist er mehr als klug.

Maya ist jedoch auf einer ganz anderen Ebene.

Sie wäre einschüchternd, wenn sie nicht so umwerfend süß wäre.

»Geh und sag den anderen, dass sie reinkommen sollen«, sage ich, als ich sie an ihrer Kapuze erwische. »Es ist Zeit für den Kuchen.«

Ihr winziges Gesicht – eine Miniaturreplik von meinem – leuchtet auf, und sie rennt mit Charlie auf den Fersen aus dem Raum. Toby springt auf die Couch, um sich neben mir zusammenzurollen, und ich nutze die ruhige Minute, um den neuen Song, den ich komponiere, zu überprüfen, bevor ich meinen Laptop schließe.

Da alle für Mayas Geburtstag hier sind, werde ich keine Zeit haben, ihn heute zu beenden.

Nachdem Bonnie Henderson geholfen hatte, Peters Namen reinzuwaschen, hatten wir die Möglichkeit, nach Chicago zurückzukehren und dort unser Leben wieder aufzunehmen. Wir haben uns jedoch dagegen entschieden. Nicht nur, dass wir überall, wo wir hingegangen wären, misstrauischen Blicken ausgesetzt gewesen wären, weil unsere Gesichter nach dem Bombenangriff überall in den Nachrichten gewesen waren, sondern ohne meine Eltern gab es auch nichts, was mich wirklich an Homer Glen binden würde. So beschlossen wir stattdessen, uns ein neues Zuhause in den

Schweizer Alpen aufzubauen, in der Nähe der Privatklinik, wo mir während der Flucht ein Job angeboten wurde.

Ich hatte begonnen, dort hauptberuflich zu arbeiten, aber innerhalb eines Monats stellten Peter und ich fest, dass es nicht ideal war, weil es mit der Schwangerschaft zu anstrengend für mich wurde – und wir nicht länger als ein paar Stunden am Stück getrennt sein wollten. Also eröffnete ich meine eigene Praxis im ersten Stock unseres Hauses, wo ich meine eigenen Stunden festlegen und Peter den ganzen Tag über sehen konnte. Bald darauf begann die Klinik, ihre schwangeren Patientinnen an mich zu überweisen, und ich wurde zur Gynäkologin für Frauen mit Verbindungen zur Unterwelt.

Das funktioniert gut, zumal Peter beschlossen hat, seine Fähigkeiten und Kontakte für eine neue Aufgabe einzusetzen: ehemalige Soldaten zu rekrutieren und auszubilden, um als Söldner für Organisationen wie Esguerras zu arbeiten.

Es ist nicht gerade das friedliche zivile Leben, das wir uns vorgestellt haben, aber es ist viel weniger gefährlich als hochkarätige Attentate – und für Peter viel interessanter, als den Normalbürgern die Grundkenntnisse der Selbstverteidigung beizubringen. Was mich betrifft, so habe ich mit meiner flexiblen Arbeitszeit nicht nur Zeit für Peter und unsere beiden Kinder, sondern auch für meine Musik.

Ich trete nicht mehr live auf oder habe einen YouTube-Kanal – nach allem, was passiert ist, ist Peter zu paranoid geworden, was meine Sicherheit betrifft – aber ich habe die Genugtuung, dass meine Songs von einigen der berühmtesten neuen Stars aufgeführt werden, die mich gut dafür bezahlen, dass ich ihr Ghostwriter bin. Besonders beliebt sind meine düstereren Texte, und zwei meiner Songs führten wochenlang die Charts an.

»Kuchen! Kuchen! Kuchen!« Die Kinder stürmen wie schneebedeckte Tornados herein, wobei der fünfjährige Mateo Esguerra in Führung liegt und Bella, Lizzie, Charlie und Maya ihn verfolgen. Die Kinder umgeben quietschend Peter, der feierlich drei Kerzen aufstellt, und Toby springt von der Couch, rennt zu ihnen hinüber und bellt sich vor Aufregung den Kopf weg.

Die Erwachsenen kommen als Nächstes herein. Wie immer hat Julian einen Arm um Nora gelegt und drückt sie an sich, als ob er Angst hätte, dass sie davonläuft. Lucas ist bei Yulia unauffälliger, aber angesichts der nassen Abdrücke auf ihren Jacken ist klar, dass sie im Schnee gerollt sind – und ich kann nur hoffen, dass es außerhalb der Sichtweite der Kinder war.

Charlie, ein unerschrockener Entdecker von allem und jedem, hat sie bereits einmal in ihrem Fitnessstudio in Zypern bei *Doktorspielen* überrascht.

So oder so, ich bin froh, dass sie alle hier sind. Während Peter und ich die Esguerras halbwegs regelmäßig besuchen, war Yulia so beschäftigt mit ihren Restaurants, dass ich sie dieses Jahr nur zweimal gesehen habe. Glücklicherweise ist die kleine Bella Kent nicht so ganz heimlich von unserem Charlie besessen, der behauptet, sie zu hassen, aber nie eine Chance verpasst, ihre Aufmerksamkeit zu erregen – also hatten Lucas und Yulia keine andere Wahl, als zu Mayas Geburtstagsparty zu kommen.

Ihr wunderschöner blonder Engel hätte sie sonst mit ihrem Welpenblick umgebracht.

Ich gehe hinüber und begrüße Nora und Yulia mit einer Umarmung. Dann versammeln wir uns alle neben unseren Kindern um den Kuchen, und als Maya ihre Kerzen ausbläst, treffe ich Peters Blick und wünsche mir etwas.

Ich will, dass er mich für immer so quält – mich für immer mit all der Dunkelheit in seinem Herzen liebt.

LESEPROBEN

Vielen Dank dafür, dass Sie dieses Buch gelesen haben! Ich hoffe, Ihnen hat der Abschluss der Geschichte von Peter & Sara gefallen, und würde mich über eine Bewertung von Ihnen freuen. Wenn Sie darüber benachrichtigt werden möchten, wann mein nächstes Buch erscheint, melden Sie sich bitte unter www.annazaires.com/book-series/deutsch/ für meinen Newsletter an.

Möchten Sie mehr von diesen Charakteren lesen? Dann verpassen Sie nicht:

- *Verschleppt: Die komplette Trilogie* – Nora und Julians dunkle Geschichte, in der Peter zum ersten Mal erscheint und seine Liste erhält.
- *Ergreife Mich: Die komplette Trilogie* – Lucas' und Yulias atemberaubende Liebesgeschichte, in der sie von Feinden zu einem Liebespaar wurden.

Bereit für meine anderen knisternden Geschichten? Dann stöbern Sie hier:

- *Wall Street Titan – Der Börsenhai* – eine Liebesroman, mit einem unwiderstehlichen Alpha-Milliardär, in dem sich Gegensätze anziehen.
- *Mia & Korum: Die komplette Krinar Chroniken Trilogie* – Ein dunkler Science-Fiction-Liebesroman
- *Die Gefangene des Krinar* – Ein abgeschlossener dunkler Science-Fiction-Liebesroman
- *Das Krinar-Exposé* – meine glühend heiße Zusammenarbeit mit Hettie Ivers, über Amy und Vair – und ihre Sexklubspielchen.

Bevorzugen Sie Action, Fantasy und Science-Fiction? Schauen Sie sich diese Kooperationen mit meinem Ehemann Dima Zales an:

- *Das Mädchen, das sieht* – die spannende Geschichte von Sasha Urban, einer Bühnenillusionistin, die unerwartete geheime Kräfte entdeckt.
- *Gedankendimensionen 0, 1 und 2* – die actiongeladenen Urban-Fantasy-Abenteuer von Darren, der die Zeit anhalten und Gedanken lesen kann.
- *Die letzten Menschen: Die komplette Trilogie* – die futuristische, dystopische Science-Fiction-Geschichte von Theo, der in einer Welt lebt, in der nichts so ist, wie es zu sein scheint.
- *Mensch++* – der atemberaubende Technothriller mit dem Risikokapitalgeber Mike Cohen, dessen Brainozytentechnologie die Welt für immer verändern wird.
- *Der Zaubercode* – die epischen Fantasy-Abenteuer des Zauberers Blaise und seiner Schöpfung, der schönen und mächtigen Gala.

Und jetzt blättern Sie bitte für einen kleinen Vorgeschmack auf *Twist*

Me - Verschleppt, *Capture Me – Ergreife mich* und *The Krinar Captive –
Die Gefangene des Krinar* um.

AUSZUG AUS TWIST ME - VERSCHLEPPT

Entführt und auf eine einsame Insel verschleppt.

Ich hätte niemals gedacht, dass mir so etwas passiert. Ich hätte mir niemals vorstellen können, dass eine zufällige Begegnung kurz vor meinem achtzehnten Geburtstag mein Leben völlig umkrempeln würde.

Jetzt gehöre ich ihm. Julian. Dem Mann, der genauso rücksichtslos wie gutaussehend ist – dem Mann, dessen Berührungen mich brennen lassen. Ein Mann, dessen Zärtlichkeit ich verstörender finde, als seine Grausamkeit.

Mein Entführer ist ein Rätsel für mich. Ich weiß nicht, wer er ist, oder warum er mich verschleppt hat. In ihm ist eine Dunkelheit – eine Dunkelheit, die mir genauso Angst macht, wie sie mich anzieht.

Mein Name ist Nora Leston und das ist meine Geschichte.

~

Jetzt ist schon Abend. Mit jeder Minute, die vergeht, werde ich ängstlicher bei dem Gedanken daran, meinen Peiniger wiederzusehen.

Ich kann mich nicht länger auf den Roman konzentrieren, den ich gerade gelesen habe. Ich lege ihn weg und drehe Runden in dem Zimmer.

Ich habe die Sachen an, die Beth mir vorhin gegeben hat. Es ist keine Kleidung, die ich mir selber ausgesucht hätte, aber sie ist besser als ein Bademantel. Ein sexy Spitzenhöschen und einen dazu passenden BH als Unterwäsche. Ein hübsches blaues Sommerkleid zum vorne zuknöpfen. Alles passt mir verdächtig gut. Hat er mich schon eine ganze Weile verfolgt? Hat er alles über mich herausgefunden, einschließlich meiner Kleidergröße?

Mir wird schlecht bei dem Gedanken daran.

Ich versuche, nicht darüber nachzudenken, was noch alles passieren kann, aber das ist unmöglich. Ich weiß nicht warum ich mir so sicher bin, dass er heute Nacht zu mir kommen wird. Es ist natürlich möglich, dass er einen ganzen Harem voller Frauen hier auf dieser Insel festhält und jede nur einmal die Woche besucht, wie das die Sultane damals taten.

Und trotzdem weiß ich irgendwie, dass er bald hier sein würde. Die letzte Nacht hatte lediglich seinen Appetit angeregt. Ich weiß, dass er noch nicht mit mir fertig ist, noch lange nicht.

Endlich geht die Tür auf.

Er kommt herein, als würde ihm dies alles hier gehören. Was es natürlich auch tut.

Und wieder bin ich von seiner männlichen Schönheit beeindruckt. Mit so einem Gesicht hätte er ein Model oder ein Filmstar sein können. Wenn es auf dieser Welt Gerechtigkeit gäbe, wäre er klein oder hätte einen anderen Makel, der von seinem Gesicht ablenken würde.

Hat er aber nicht. Sein Körper ist groß und muskulös, mit perfekten Proportionen. Ich erinnere mich daran, wie es ist, ihn in mir zu haben und fühle ein unwillkommenes Aufflackern von Erregung.

Er trägt wieder Jeans und T-Shirt. Diesmal ein graues. Er scheint eine Vorliebe für schlichte Kleidung zu haben und das ist clever von ihm. So kommt sein Aussehen am besten zur Geltung.

Er lächelt mich an. Mit diesem Lächeln, dass ihn wie einen gefallenen Engel aussehen lässt – dunkel und verführerisch. »Hallo Nora.«

Ich weiß nicht, was ich ihm sagen soll, also platze ich mit dem ersten heraus, das mir in den Sinn kommt. »Wie lange wirst du mich hier fest halten?«

Er legt seinen Kopf leicht zur Seite. »Hier in diesem Raum? Oder auf der Insel?«

»Beides«

»Beth wird dir morgen die Umgebung zeigen und mit dir schwimmen gehen, falls du Lust dazu hast«, sagt er und kommt dabei immer näher. »Du wirst nicht mehr eingesperrt sein, außer du machst Dummheiten.«

»Wie zum Beispiel?« frage ich und mein Herz klopft, als er neben mir stehen bleibt und seine Hand hebt, um mein Haar zu berühren.

»Versuchen, dir oder Beth etwas anzutun.« Seine Stimme war sanft und sein Blick hypnotisierend als er zu mir hinunter sieht. Die Art und Weise, wie er mein Haar berührt, war sonderbar entspannend.

Ich zwinkere, um seinen Zauber zu brechen. »Und was ist mit der Insel? Wie lange wirst du mich hier festhalten?«

Seine Hand streichelt jetzt mein Gesicht und fährt an meiner Wange entlang. Ich erwische mich dabei, wie ich mich seiner Berührung hingebe, wie eine Katze, die gekrault wird, und versteife augenblicklich.

Seine Lippen verziehen sich zu einem wissenden Lächeln. Dieser Bastard weiß genau welche Wirkung er auf mich hat. »Eine lange Zeit, hoffe ich«, sagt er.

Aus irgendeinem Grund bin ich nicht überrascht. Er würde sich nicht die Umstände gemacht haben, mich bis hierherzubringen, wenn er mich nur einige Male ficken wollte. Ich habe Angst, aber bin nicht wirklich verwundert.

Ich nehme all meinen Mut zusammen und frage die nächste logische Frage. »Warum hast du mich entführt?«

Das Lächeln verschwindet aus seinem Gesicht. Er antwortet nicht, sondern schaut mich nur mit einem undurchschaubaren melancholischen Blick an.

Ich fange an zu zittern. »Wirst du mich töten?«

»Nein, Nora, ich werde dich nicht töten.«

Seine Verneinung beruhigt mich, auch wenn er mich gerade anlügen könnte. Ich bin ein kleines bisschen ruhiger, aber es gibt da noch eine weitere Sache, die ich unbedingt wissen muss. »Wirst du mir wehtun?«

Einen Moment lang antwortet er wieder nicht. Etwas Dunkles flackert kurz in seinen Augen auf. »Wahrscheinlich«, sagt er ruhig.

Und dann beugt er sich hinunter und küsst mich, mit seinen warmen Lippen weich und zärtlich auf meine.

Eine Sekunde lang stehe ich stocksteif da, ohne irgendeine Reaktion. Ich glaube ihm. Ich weiß, dass er mir die Wahrheit sagt, wenn er behauptet, dass er mir wehtun wird. Er hat etwas an sich, das mir Angst Macht – das mir schon von Anfang an Angst gemacht hat.

Er ist überhaupt nicht wie die Jungs, mit denen ich Verabredungen hatte. Er ist zu allem fähig.

Und ich bin ihm völlig ausgeliefert.

Ich denke darüber nach, mich zu wehren. Das wäre das Normale, was man in meiner Situation machen würde. Das wäre mutig.

Und trotzdem mache ich es nicht.

Ich kann die dunklen Abgründe in ihm fühlen. Irgendetwas stimmt mit ihm nicht. Seine äußere Schönheit verbirgt etwas Grauenvolles im Inneren.

Ich möchte diese Dunkelheit nicht entfesseln. Ich weiß nicht, was passieren wird, wenn ich es tue.

Also stehe ich bewegungslos in seiner Umarmung und lasse mich von ihm küssen. Und als er mich aufhebt und zum Bett trägt, versuche ich überhaupt nicht, etwas dagegen zu machen.

Stattdessen schließe ich meine Augen und gebe mich den Empfindungen hin.

Alle drei Bücher der Trilogie *Verschleppt* sind jetzt erhältlich. Um mehr darüber zu erfahren, besuchen Sie bitte meine Seite www.annazaires.com/book-series/deutsch/ und tragen Sie sich für meinen Newsletter zu Neuerscheinungen ein.

AUSZUG AUS CAPTURE ME –
ERGREIFE MICH

Anmerkungen der Autorin: Dieser Ausschnitt wird aus Yulias Perspektive erzählt. Für alle diejenigen, die die *Twist Me – Verschleppt* Reihe kennen: diese Szene spielt sich zu dem Zeitpunkt in Moskau ab, als Lucas und Julian sich dort mit den russischen Funktionären treffen.

~

Sie fürchtet ihn von dem Moment an, in dem sie ihn das erste Mal sieht.

Yulia Tzakova kennt gefährliche Männer. Sie ist mit ihnen aufgewachsen. Sie hat sie überlebt. Aber als sie Lucas Kent trifft, weiß sie, dass dieser ehemalige Soldat der gefährlichste von allen sein könnte.

Eine Nacht – das sollte alles sein. Eine Gelegenheit, um einen verpatzten Auftrag wiedergutzumachen und Informationen über

Kents Boss, einen Waffenhändler, zu bekommen. Sobald das Flugzeug abstürzt, sollte alles vorbei sein.

Stattdessen fängt es gerade erst an.

Er will sie von dem Moment an, in dem er sie zum ersten Mal sieht.

Lucas Kent hatte schon immer eine Schwäche für Blondinen mit langen Beinen und Yulia Tzakova ist ein besonders schönes Exemplar. Die russische Übersetzerin mag versucht haben, seinen Boss zu verführen, aber landet stattdessen in Lucas' Bett – und er hat definitiv vor, sie erneut dort zu haben.

Dann stürzt sein Flugzeug ab und er erfährt die Wahrheit.

Sie hat ihn verraten.

Jetzt wird sie dafür bezahlen.

Er betritt mein Apartment sobald sich die Tür öffnet. Er zögert nicht, er grüßt nicht — er tritt einfach ein.

Überrascht weiche ich zurück und der kurze, enge Flur fühlt sich plötzlich bedrückend klein an. Ich hatte ganz vergessen wie groß er ist, wie breit seine Schultern sind. Für eine Frau bin ich groß — groß genug um so zu tun als sei ich ein Model, falls es für einen Auftrag nötig ist — aber er überragt mich um einen Kopf. Mit der schweren Daunenjacke die er trägt, nimmt er fast den ganzen Flur ein.

Immer noch schweigend schließt er die Tür hinter sich und kommt auf mich zu. Instinktiv trete ich noch weiter zurück, da ich mich wie eine in die Ecke getriebene Beute fühle.

»Hallo Yulia«, murmelt er und hält an, als wir aus dem Flur treten.

Sein blasser Blick ruht auf meinem Gesicht. »Ich habe nicht erwartet, dich so zu sehen.«

Ich schlucke und mein Puls rast. »Ich habe gerade gebadet.« Ich möchte ruhig und selbstsicher wirken, aber er hat mich völlig aus dem Konzept gebracht. »Ich habe keine Besucher erwartet.«

»Das kann ich sehen.« Ein leichtes Lächeln erscheint auf seinen Lippen und die harte Linie seines Mundes wird weicher. »Und trotzdem hast du mich hineingelassen. Warum?«

»Weil ich mich nicht weiter durch die Tür hindurch unterhalten wollte.« Ich atme beruhigend ein. »Kann ich dir einen Tee anbieten?« Es ist dumm das zu fragen wenn man bedenkt weshalb er hier ist, aber ich benötige noch einen Augenblick um mich zu fangen.

Er zieht seine Augenbrauen in die Höhe. »Tee? Nein, Danke.«

»Kann ich dir deine Jacke abnehmen?« Offensichtlich kann ich nicht damit aufhören die Gastgeberin zu spielen, da ich mit der Höflichkeit meine Angst überspiele. »Sie sieht ziemlich warm aus.«

Ein Hauch von Belustigung flackert in seinem eisigen Gesichtsausdruck auf. »Gerne.« Er zieht seine Daunenjacke aus und reicht sie mir. Er trägt einen schwarzen Pullover und eine dunkle Hose, die er in schwarze Winterstiefel gesteckt hat. Die Jeans sitzt eng an seinen muskulösen Oberschenkeln und kräftigen Waden, und an seinem Gürtel sehe ich eine Waffe in einem Holster.

Ungewollt atme ich bei seinem Anblick schneller und muss mich anstrengen, damit meine Hände nicht zittern während ich ihm die Jacke abnehme und sie in meinen winzigen Kleiderschrank hänge. Es ist keine Überraschung, dass er eine Waffe trägt — ich wäre entsetzt wenn das nicht der Fall wäre — aber die Waffe erinnert mich deutlich daran, wer Lucas Kent ist.

Was er ist.

Das ist keine große Sache, sage ich mir um meine angespannten Nerven zu beruhigen. Ich bin an gefährliche Männer gewöhnt. Ich wuchs unter ihnen auf. Dieser Mann ist nicht anders. Ich werde mit ihm schlafen, so viele Informationen herausholen wie ich kann und dann wird er aus meinem Leben verschwunden sein.

Genauso wird es sein. Je schneller ich es hinter mich bringe, desto eher wird das ganze vorbei sein.

Ich schließe die Schranktür, setze mein geübtes Lächeln auf und drehe mich herum um ihn anzuschauen, da ich endlich bereit bin, in die Rolle der selbstsicheren Verführerin zu schlüpfen.

Aber er befindet sich bereits neben mir, da er offensichtlich lautlos den Raum durchquert hat.

Mein Puls rast erneut und ich verliere meine neuerrungene Fassung. Er steht so dicht neben mir, dass ich die grauen Schlieren in seinen blassblauen Augen erkennen kann, so nahe bei mir, dass er mich berühren könnte.

Und eine Sekunde später tut er es auch.

Er hebt seinen Arm, um mit seinem Handrücken über mein Kinn zu streichen.

Ich blicke ihn an und werde von der augenblicklichen Reaktion meines Körpers überrascht. Meine Haut erwärmt sich, meine Nippel werden hart und meine Atmung beschleunigt sich. Es ergibt keinen Sinn, dass mich dieser harte, rücksichtslose Fremde so sehr erregt. Sein Chef sieht besser aus, und trotzdem reagiert mein Körper auf Kent. Er hat nur mein Gesicht berührt. Das sollte mir nichts bedeuten, aber trotzdem geht es mir nahe.

Es geht mir nahe und verwirrt mich.

Ich schlucke erneut. »Herr Kent — Lucas — bist du sicher, dass ich dir nichts zu trinken anbieten kann? Vielleicht einen Kaffee oder —« Meine Worte enden damit, dass ich nach Luft schnappe als er nach dem Gürtel meines Bademantels greift und so selbstverständlich daran zieht, als würde er ein Paket auspacken.

»Nein.« Er sieht dabei zu, wie der Bademantel zu Boden gleitet und meinen nackten Körper freigibt. »Keinen Kaffee.«

Und dann berührt er mich wirklich, bedeckt meine Brust mit seiner großen, harten Handfläche. Seine Finger sind schwielig und rau. Und kalt, da er gerade von draußen kommt. Sein Daumen streicht über meinen harten Nippel und ich spüre tief in mir ein

Ziehen, ein wachsendes Bedürfnis, das sich genauso fremd anfühlt wie seine Berührung.

Ich kämpfe gegen meinen Drang an, zurückzuweichen, und befeuchte meine trockenen Lippen. »Du bist sehr direkt.«

»Ich habe keine Zeit für Spielchen.« Seine Augen blitzen auf, als sein Daumen erneut über meinen Nippel streicht. »Wir wissen beide, warum ich hier bin.«

»Um Sex mit mir zu haben.«

»Ja.« Er gibt sich keine Mühe die Dinge zu beschönigen, mir etwas anderes als die brutale Wahrheit zu sagen. Er bedeckt meine Brust immer noch so mit seiner Hand, als hätte er das Recht dazu, mein nacktes Fleisch zu berühren. »Um Sex mit dir zu haben.«

»Und wenn ich nein sage?« Ich weiß nicht einmal, warum ich ihn das frage. So war das Ganze nicht geplant. Ich sollte ihn verführen und nicht versuchen, ihn vom Sex abzubringen. Trotzdem wehrt sich etwas in mir gegen seine selbstverständliche Annahme, dass er mich einfach so nehmen kann. Andere Männer sind auch davon ausgegangen und es hat mich nicht ansatzweise so sehr gestört. Ich weiß nicht, was dieses Mal anders ist, aber ich möchte, dass er zurücktritt und aufhört mich zu berühren. Ich möchte es so sehr, dass sich meine Hände an meinen Seiten zu Fäusten ballen und sich meine Muskeln anspannen, da ich den Drang verspüre, gegen ihn anzukämpfen.

»Sagst du nein?« Er fragt ruhig während seine Daumen über meine Brustwarze kreist. Als ich nach einer Antwort suche, fährt er mit seiner anderen Hand in mein Haar und umfasst besitzergreifend meinen Hinterkopf.

Ich blicke ihn an und atme stockend. »Und wenn ich es tun würde?« Zu meinem Missfallen klingt meine Stimme dünn und verängstigt. Es ist, als sei ich wieder eine Jungfrau, die von ihrem Trainer in der Umkleidekabine in die Ecke getrieben wird. »Würdest du gehen?«

Einer seiner Mundwinkel verzieht sich zu einem halben Lächeln. »Was denkst du?« Seine Finger verstärken ihren Griff in meinem

Haar und ziehen genau so fest, dass ich einen Hauch von Schmerzen verspüre. Seine andere Hand, die auf meiner Brust liegt, ist immer noch zärtlich, aber das bedeutet nichts.

Ich weiß meine Antwort bereits.

Als seine Hand meine Brust verlässt und meinen Bauch hinunterfährt, wehre ich mich nicht. Stattdessen öffne ich meine Beine und lasse ihn meine glatte, frischgewachste Muschi berühren. Als sein harter, direkter Finger in mich stößt, versuche ich nicht, mich wegzubewegen. Ich stehe einfach nur da und versuche meine abgehackte Atmung zu kontrollieren, versuche mich davon zu überzeugen, dass sich dieser Auftrag nicht von den anderen unterscheidet.

Aber er tut es.

Ich möchte nicht, dass es so ist, aber genau das ist der Fall.

»Du bist feucht«, murmelt er und betrachtet mich, während er seinen Finger tiefer hineinschiebt. »Sehr feucht. Wirst du immer so feucht bei Männern, die du nicht begehrst?«

»Warum denkst du, dass ich dich nicht begehre?« Zu meiner Erleichterung ist meine Stimme diesmal fester. Meine nächste Frage hört sich sanft an, fast amüsiert, während ich seinen Blick erwidere. »Ich habe dich hineingelassen, oder etwa nicht?«

»Du hast dich ihm angeboten.« Kents Kiefer spannt sich an und seine Hand auf meinem Hinterkopf bewegt sich, greift nach einem Büschel meiner Haare. »Vor einigen Stunden hast du ihn gewollt.«

»Das habe ich.« Diese Darstellung typisch männlicher Eifersucht macht mich sicherer, da ich mich durch sie auf vertrauterem Terrain befinde. Meine Stimme wird noch sanfter, noch verführerischer. »Und jetzt möchte ich dich. Stört dich das?«

Kents Augen verengen sich. »Nein.« Er zwängt einen zweiten Finger in mich und drückt gleichzeitig seinen Daumen auf meine Klitoris. »Überhaupt nicht.«

Ich will etwas Intelligentes sagen, eine knackige Antwort geben, aber ich kann nicht. Die Lust überkommt mich durchdringend und überraschend. Meine inneren Muskeln ziehen sich zusammen, umschlingen seine rauen, eindringenden Finger und ich kann nichts Anderes tun, als wegen der Gefühle die mich überkommen laut aufzustöhnen. Ungewollt hebe ich meine Hände an und greife nach seinem Unterarm. Ich weiß nicht, ob ich versuche ihn wegzudrücken oder möchte, dass er weitermacht, aber das ist auch unwichtig. Der Arm unter der weichen Wolle seines Pullovers ist voller stahlharter Muskeln. Ich kann seine Bewegungen nicht kontrollieren — alles was ich tun kann, ist, mich an ihm festzuhalten während er mit diesen harten, gnadenlosen Fingern immer tiefer in mich eindringt.

»Das gefällt dir, nicht wahr?«, murmelt er, schaut mir in die Augen und ich ziehe scharf Luft ein als er beginnt, mit seinem Daumen über meine Klitoris zu streichen, von links nach rechts, von oben nach unten. Er krümmt seine Finger in mir und ich unterdrücke ein Stöhnen, als er einen Punkt berührt der eine noch schärfere Lustwelle durch meine Nervenbahnen jagt. Eine Spannung beginnt sich in mir aufzubauen, die Lust wird stärker und intensiver, und mit Entsetzen wird mir klar, dass ich kurz vor einem Orgasmus stehe.

Mein Körper, der normalerweise sehr langsam reagiert, pocht mit schmerzhafter Begierde nach der Berührung eines Mannes, der mir Angst macht — eine Entwicklung, die mich erstaunt und mich verunsichert.

Ich weiß nicht, ob er das von meinem Gesicht ablesen kann oder ob er die Anspannung in meinem Körper spürt, aber seine Pupillen weiten sich und seine blassen Augen werden dunkel. »Ja, genau so.« Seine Stimme ist ein leises, tiefes Grollen. »Komm für mich, meine Schöne« — sein Daumen drückt fest auf meine Klitoris — »jetzt.«

Und ich komme. Mit einem unterdrückten Stöhnen ziehe ich mich um seine Finger zusammen und die harten Kanten seiner kurzen, stumpfen Fingernägel bohren sich in mein kontaktierendes Fleisch. Mein Blick verschwimmt, meine Haut prickelt heiß als ich auf einer Welle aus Gefühlen reite, bevor ich zusammensacke und nur von seiner Hand in meinen Haaren und seinen Fingern in meinem Körper gehalten werde.

»Na bitte«, sagt er belegt und als ich meine Umwelt wieder

wahrnehmen kann, sehe ich, dass er mich eindringlich betrachtet. »Das war doch nett, oder nicht?«

Ich kann nicht einmal nicken, aber er scheint meine Bestätigung auch nicht zu benötigen. Und warum auch? Ich kann die Feuchtigkeit in mir fühlen, die Nässe, die diese rauen männlichen Finger bedeckt — Finger, die sich langsam aus mir zurückziehen, während er die ganze Zeit mein Gesicht anschaut. Ich will meine Augen schließen oder mich wenigstens von seinem stechenden Blick abwenden, aber ich kann nicht.

Nicht, ohne dass er bemerken würde, wie viel Angst er mir macht.

Anstatt meinem eigentlichen Bedürfnis nachzugeben, betrachte ich ihn ebenfalls und sehe Zeichen von Erregung auf seinen starken Gesichtszügen. Sein Kiefer ist angespannt, während er mich anblickt und ein kleiner Muskel neben seinem rechten Ohr pulsiert. Selbst durch den sonnengebräunten Teint seiner Haut kann ich die rötlichere Farbe auf seinen flügelartigen Wangenknochen erkennen.

Er will mich unbedingt — und dieses Wissen gibt mir den Mut zu handeln.

Ich fasse nach unten und bedecke die harte Ausbeulung im Schritt seiner Jeans mit meiner Hand. »Es war nett«, flüstere ich und sehe zu ihm hoch. »Und jetzt bist du dran.«

Seine Pupillen werden noch größer und seine Brust weitet sich durch ein tiefes Einatmen. »Ja.« Seine Stimme ist voller Begehren, als er seine Hand in meinem Haar dazu benutzt, mich näher an ihn heranzuziehen. »Ja, ich denke das bin ich.« Und bevor ich darüber nachdenken kann, ob es clever war ihn so unverhohlen zu provozieren, beugt er seinen Kopf hinunter und nimmt meinen Mund mit seinem in Besitz.

Ich schnappe nach Luft, meine Lippen öffnen sich überrascht und er nutzt diese Tatsache sofort aus, um den Kuss zu vertiefen. Sein Mund, der so hart aussieht, fühlt sich erstaunlich weich an, seine Lippen sind warm und glatt als seine Zunge hungrig meinen Mund erforscht. In diesem Kuss verbinden sich Können mit Selbstsicherheit; es ist der Kuss eines Mannes der weiß, wie er einer Frau Lust verschaffen kann, wie er sie mit nichts weiter als der Berührung seiner Lippen verführen kann.

Die Hitze, die in mir glüht, verstärkt sich und die Anspannung in mir nimmt zu. Er hält mich so nahe bei sich, dass meine nackten Brüste gegen seinen Pullover drücken und die Wolle gegen meine aufgestellten Nippel reibt. Ich kann seine Erektion durch das raue Material seiner Jeans spüren. Sie drückt sich in meinen Unterbauch und lässt mich erkennen, wie sehr er mich will, wie schwach seine vorgespielte Kontrolle in Wirklichkeit ist. Ich bekomme kaum mit, dass der Bademantel von meiner Schulter geglitten ist und ich jetzt komplett nackt bin, aber ich vergesse die Tatsache sofort wieder, als in seiner Kehle ein knurrendes Geräusch ertönt und er mich gegen die Wand stößt.

Der Schreck über die kalte Oberfläche an meinem Rücken lässt mich einen Moment lang zu klarem Verstand kommen, aber er öffnet bereits den Reißverschluss seiner Jeans, seine Knie zwängen sich zwischen meine Beine, spreizen sie und er hebt seinen Kopf um mich anzublicken. Ich höre das Geräusch einer Folie die geöffnet wird und dann nimmt er meine Pobacken in seine Hände und hebt mich hoch. Mit rasendem Herzen halte ich mich instinktiv an seinen Schultern fest, als er mir rau befielt: »Schlinge deine Beine um mich« — und mich auf seinen steifen Schwanz hinabsinken lässt, ohne auch nur einen Moment lang seinen Blick von mir abzuwenden.

Sein Stoß ist hart und tief, da er komplett in mich eindringt. Mein Atem stockt wegen der Gewalt dieses Eindringens, seiner kompromisslosen Brutalität. Meine inneren Muskeln ziehen sich um ihn zusammen und versuchen erfolglos, ihn nicht hineinzulassen. Sein Schwanz ist so groß wie sein restlicher Körper, so lang und dick dass er mich bis zu einem Punkt ausdehnt, der schmerzhaft ist. Wäre ich nicht so feucht, hätte er mich zerrissen. Aber ich bin nass und nach einigen Augenblicken gibt mein Körper nach und gewöhnt sich an seine Dicke. Unbewusst hebe ich meine Beine an und umschlinge seine Hüfte, genauso wie er es befohlen hat. Diese neue Stellung lässt ihn noch tiefer in mich hineingleiten und ich schreie wegen der überwältigenden Sensation auf.

Jetzt beginnt er sich zu bewegen und seine Augen funkeln, als er mich betrachtet. Jeder Stoß ist genauso hart wie derjenige, der uns vereinigt hat, aber mein Körper versucht nicht länger, sich dagegen zu wehren. Stattdessen gibt er mehr Feuchtigkeit ab, um seinen Weg zu erleichtern. Jedes Mal wenn er in mich stößt, drückt seine Lende gegen mein Geschlecht, presst sich auf meine Klitoris, und die Anspannung tief in mir ist wieder da, wächst mit jeder Sekunde die vergeht. Fassungslos wird mir klar, dass ich mich meinem zweiten Orgasmus nähere … und dann ist er auch schon da. Die Anspannung erreicht ihren Höhepunkt und ich explodiere so stark, dass ich nicht mehr denken kann, sondern nur noch meine geladenen Nervenbahnen spüre.

Ich fühle mein eigenes Pulsieren, spüre, wie sich meine Muskeln immer wieder abwechselnd um seinen Schwanz zusammenziehen und ihn freigeben. Ich bemerke, dass sein Blick abschweift und er gleichzeitig aufhört zuzustoßen. Ein raues, tiefes Stöhnen entweicht seiner Kehle als er sich in mir reibt und ich weiß, dass er ebenfalls gekommen ist, ihn mein Orgasmus mitgerissen hat.

Meine Brust hebt und senkt sich schwer während ich zu ihm hochblicke um dabei zuzusehen, wie sich seine blassblauen Augen wieder auf mich richten. Er ist immer noch in mir und plötzlich kann ich diese Intimität nicht mehr ertragen. Er ist niemand für mich, ein Fremder, und trotzdem hat er mich gefickt.

Er hat mich gefickt und ich habe es zugelassen, weil es mein Job ist.

Ich schlucke, drücke gegen seine Brust und meine Beine geben seine Hüfte frei. »Bitte, lass mich runter.« Ich weiß, ich sollte ihn umschmeicheln und sein Ego polieren. Ich sollte ihm sagen wie unglaublich es war, und dass er mir mehr Lust bereitet hat als jemals ein anderer Mann zuvor. Das wäre nicht einmal gelogen — ich bin noch nie zweimal hintereinander gekommen. Aber ich kann das nicht tun. Ich fühle mich zu verwundet, zu überfallen.

Bei diesem Mann verliere ich die Kontrolle und dieses Wissen macht mir Angst.

Ich weiß nicht, ob er das spüren kann oder ob er einfach nur mit mir spielen will, aber ein ironisches Lächeln erscheint auf seinen Lippen.

»Es ist zu spät um es zu bereuen, meine Schöne«, murmelt er und bevor ich etwas erwidern kann, setzt er mich ab und nimmt seine Hände von meinem Po. Sein erschlaffendes Geschlecht gleitet aus meinen Körper als er zurücktritt und ich sehe ihm ungleichmäßig atmend dabei zu, wie er beiläufig das Kondom abnimmt und es auf den Boden fallen lässt.

Aus irgendeinem Grund erröte ich deshalb. Etwas an diesem Kondom, das hier liegt, ist falsch und schmutzig. Vielleicht ist der Grund dafür, dass ich mich wie dieses Kondom fühle: benutzt und weggeworfen. Ich sehe meinen Bademantel auf dem Boden und bewege mich um ihn aufzuheben, aber Lucas Hand auf meinem Arm hält mich davon ab.

»Was tust du?«, fragt er und blickt mich dabei an. Es scheint ihn überhaupt nicht zu stören, dass seine Jeans immer noch einen geöffneten Reißverschluss haben und sein Schwanz heraushängt. »Wir sind noch nicht fertig.«

Mein Herz setzt einen Schlag aus. »Sind wir nicht?«

»Nein«, sagt er und tritt näher an mich heran. Entsetzt bemerke ich, dass er sich schon wieder aufrichtet, da er meinen Bauch berührt. »Wir sind noch lange nicht fertig.«

Und damit führt er mich an meinem Arm zum Bett.

Capture Me – Ergreife mich ist jetzt erhältlich. Falls Sie mehr darüber erfahren möchten, besuchen Sie bitte meine Homepage www. annazaires.com/book-series/deutsch/.

AUSZUG AUS THE KRINAR CAPTIVE – GEFANGENE DES KRINAR

Anmerkungen der Autorin: *The Krinar Captive – Die Gefangene des Krinar* ist ein abgeschlossener Roman, der ungefähr fünf Jahre vor der Trilogie *Die Krinar Chroniken* spielt.

~

Emily Ross hatte in keinem Moment erwartet, ihren tödlichen Absturz im costa-ricanischen Dschungel zu überleben, und mit Sicherheit hatte sie nicht damit gerechnet, in einer eigenartig futuristischen Unterkunft aufzuwachen und von dem schönsten Mann gefangen gehalten zu werden, den sie jemals gesehen hatte. Einem Mann, der mehr als menschlich zu sein scheint …

Zaron befindet sich auf der Erde, um die krinarische Invasion vorzubereiten – und die schreckliche Tragödie zu vergessen, die sein Leben zerstört hat. Als er den verletzten Körper des menschlichen Mädchens findet, ändert sich allerdings alles. Zum ersten Mal seit Jahren fühlt er mehr als nur Wut und Trauer, und Emily ist der Grund dafür. Sie gehen zu lassen, würde seine Vorhaben verraten, aber sie zu behalten, könnte ihn erneut zerstören.

Ich will nicht sterben. Ich will nicht sterben. Bitte, bitte, bitte, ich will nicht sterben.

Diese Worte wiederholten sich in ihrem Kopf, ein hoffnungsloses Gebet, das nie erhört werden würde. Ihre Finger rutschten weitere Zentimeter auf dem hölzernen Brett entlang, und ihre Nägel brachen ab, als sie versuchte, nicht den Halt zu verlieren.

Emily Ross krallte sich – im wahrsten Sinne des Wortes – an einer kaputten, alten Brücke fest. Hunderte Meter unter ihr rauschte das Wasser über die Felsen, da der Gebirgsbach durch die jüngsten Regenfälle angeschwollen war.

Diese Regenfälle waren zum Teil verantwortlich für ihre derzeitige Notlage. Wäre das Holz auf der Brücke trocken gewesen, wäre sie vielleicht nicht ausgerutscht und hätte sich auch nicht den Fuß dabei verdreht. Und sie wäre mit Sicherheit nicht auf das Brückengeländer gefallen, das unter ihrem Gewicht zerbrochen war.

Allein ihr verzweifeltes Zugreifen in der letzten Sekunde hatte verhindert, dass Emily nach unten in den Tod stürzte. Während des Fallens hatte ihre rechte Hand einen kleinen Vorsprung an der Seite der Brücke zu fassen bekommen, so dass sie jetzt einige hundert Meter über den harten Steinen in der Luft hing.

Ich will nicht sterben. Ich will nicht sterben. Bitte, bitte, bitte, ich will nicht sterben.

Das war nicht fair. Das hätte nicht passieren dürfen. Das waren ihre Ferien, ihre Zeit, wieder zu sich zu finden. Wie konnte sie jetzt sterben? Sie hatte noch nicht einmal begonnen zu leben.

Bilder der letzten zwei Jahre gingen Emily durch den Kopf, wie die PowerPoint-Präsentationen, mit deren Erstellung sie so viele Stunden verbracht hatte. Jedes Arbeiten bis spät in die Nacht, jedes Wochenende, das sie im Büro verbracht hatte – das alles war umsonst gewesen. Sie hatte ihren Job während der letzten Entlassungswelle verloren, und jetzt war sie kurz davor, ihr Leben zu verlieren.

Nein, nein!

Emily ruderte mit den Beinen und grub ihre Nägel tiefer in das Holz. Sie hob den anderen Arm in die Höhe und streckte ihn nach oben zur Brücke aus. Das würde nicht geschehen. Das würde sie nicht zulassen. Sie hatte zu hart gearbeitet, um sich von einem blöden Dschungel alles kaputtmachen zu lassen.

Blut lief an ihrem Arm hinunter, als sie sich an dem rauen Holz die Haut ihrer Finger abschürfte. Ihre einzige Hoffnung, doch noch zu überleben, war, zu versuchen, mit ihrer linken Hand die andere Seite der Brücke zu ergreifen, damit sie sich wieder hochziehen konnte. Es gab hier niemanden, der ihr helfen konnte, niemanden, der sie retten konnte, wenn sie sich nicht selbst rettete.

Die Möglichkeit, dass sie allein im Regenwald sterben könnte, war ihr nicht in den Sinn gekommen, als sie diese Reise angetreten hatte. Sie ging häufig wandern und zelten. Und trotz der Hölle, die ihr Leben in den letzten zwei Jahren gewesen war, war sie immer noch gut in Form, kräftig und durchtrainiert vom Laufen und den ganzen anderen Sportarten, die sie an der Highschool und an der Uni ausgeübt hatte. Costa Rica wurde durch seine niedrige Kriminalitätsrate und seine touristenfreundliche Bevölkerung als ein sicheres Reiseziel angesehen. Und ein billiges – ein wichtiger Aspekt bei ihrem schnell schwindenden Sparguthaben.

Sie hatte diese Reise schon vorher gebucht. Bevor die Börse erneut eingebrochen war, bevor eine neue Entlassungswelle kam, die Tausende von Menschen, die an der Wall Street arbeiteten, ihre Jobs gekostet hatte. Bevor Emily am Montag zur Arbeit gegangen war, übernächtigt von der ganzen Wochenendarbeit, nur um am gleichen Tag das Büro mit einem kleinen Karton zu verlassen, in dem sich alle ihre privaten Habseligkeiten befanden.

Bevor ihre Beziehung nach vier Jahren zerbrochen war.

Ihr erster Urlaub in zwei Jahren, und sie war kurz davor, zu sterben.

Nein, das darfst du nicht denken. Das wird nicht passieren.

Aber Emily wusste, dass sie sich selbst belog. Sie konnte spüren, wie ihre Finger weiter abrutschten und ihr rechter Arm und ihre Schulter von der Anstrengung brannten, das Gewicht ihres ganzen Körpers halten zu müssen. Ihre linke Hand war nur noch einige Zentimeter davon entfernt, die andere Seite der Brücke zu erreichen, aber diese Zentimeter hätten genauso gut Meter sein können. Ihr Halt war nicht stark genug, um sich mit nur einem Arm hochzuziehen.

Tu es, Emily! Denk nicht lange darüber nach, tu es einfach!

Sie nahm ihre ganze Kraft zusammen, schwang ihre Beine in die Luft und nutzte die Schwungkraft, um ihren Körper für den Bruchteil einer Sekunde etwas in die Höhe zu ziehen. Ihre linke Hand ergriff das hervorstehende Brett, hielt sich daran fest ... und das schwache Holzstück zerbrach. Die überraschte Emily schrie entsetzt auf.

Ihr letzter Gedanke, bevor ihr Körper auf dem Boden aufschlug, war, dass sie hoffentlich augenblicklich tot sein würde.

Der vollmundige und kräftige Geruch der Dschungelvegetation umspielte Zarons Nase. Er atmete tief ein, damit die feuchte Luft seine Lunge füllen konnte. Dieses winzige Fleckchen Erde hier war so sauber, so unverschmutzt wie sein Heimatplanet.

Genau das brauchte er gerade. Er brauchte die frische Luft, die Isolation. In den letzten sechs Monaten hatte er versucht, vor seinen Gedanken wegzulaufen, nur den Augenblick zu leben, aber das war ihm nicht gelungen. Selbst Blut und Sex reichten ihm nicht mehr. Er konnte sich zwar während des Fickens ablenken, aber der Schmerz kam danach sofort zurück, genauso stark wie immer.

Schließlich war ihm das alles zu viel geworden: der Schmutz, die Menschenmengen, ihr Gestank. Sobald er nicht von einem Nebel der Ekstase umgeben war, wurden seine Sinne von der vielen Zeit, die er in menschlichen Städten verbrachte, überreizt. Hier, wo er Luft holen konnte, ohne Gift einzuatmen, wo er Leben anstatt Chemikalien riechen konnte, war es besser. In einigen Jahren würde alles anders sein, und er könnte vielleicht erneut versuchen, in einer menschlichen Stadt zu leben, aber jetzt noch nicht.

Nicht, bis sie sich nicht vollständig hier niedergelassen hatten.

Das war Zarons Aufgabe: die Niederlassung zu überwachen. Er hatte jahrzehntelang Nachforschungen über die Flora und Fauna der Erde durchgeführt, und als der Rat ihn um seine Hilfe bei der anstehenden Kolonisation gebeten hatte, hatte er nicht gezögert. Alles war besser als zu Hause zu sein, wo die Erinnerungen an Laritas Gegenwart überall waren.

Hier gab es keine Erinnerungen. Trotz seiner Ähnlichkeiten mit Krina war dieser Planet fremd und exotisch. Sieben Milliarden Menschen auf der Erde – eine unglaubliche Anzahl –, und sie pflanzten sich mit einer schwindelerregenden Geschwindigkeit fort. Wegen ihrer kurzen Lebensspanne fehlte ihnen allerdings ein gewisses Langzeitdenken, und sie verbrauchten die Ressourcen ihres Planeten, ohne auch nur das kleinste bisschen an die Zukunft zu denken. Auf eine gewisse Weise erinnerten sie ihn an die Schistocerca gregaria – eine Spezies der Grashüpfer, die er vor einigen Jahren untersucht hatte.

Natürlich waren die Menschen intelligenter als Insekten. Einige Individuen wie Einstein ähnelten den Krinar in einigen ihrer Denkweisen sogar. Das überraschte Zaron nicht besonders; er hatte immer angenommen, dass das die Absicht des großen Experiments der Ältesten gewesen war.

Während er durch den costa-ricanischen Wald lief, dachte er über seine Aufgabe nach. Dieser Teil des Planeten war vielversprechend; er konnte sich leicht vorstellen, dass essbare Pflanzen von Krina hier gedeihen würden. Er hatte den Boden ausgiebigen Tests unterzogen, und jetzt hatte er einige Ideen, wie er ihn für die krinarische Flora noch verbessern könnte.

Der Wald um ihn herum war saftig und grün, roch nach blühenden Helikonien, und Zaron konnte das Rauschen der Blätter und das Gezwitscher der einheimischen Vögel hören. In einiger Entfernung ertönte der Schrei eines Alouatta palliata, eines in Costa Rica heimischen Mantelbrüllaffen, und etwas anderes.

Zaron runzelte seine Stirn und hörte genauer hin, aber das Geräusch wiederholte sich nicht.

Neugierig eilte er in die Richtung, aus der es gekommen war, da seine Jagdinstinkte in Alarmbereitschaft versetzt worden waren. Eine Sekunde lang hatte das Geräusch ihn an den Schrei einer Frau erinnert.

Zaron, der mit Leichtigkeit die dichte Vegetation des Dschungels durchdrang, begann zu rennen, wobei er über einen kleinen Bach und einige Büsche sprang, die sich in seinem Weg befanden. Hier draußen, weit entfernt von menschlichen Augen, konnte er sich wie ein Krinar bewegen, ohne sich Sorgen machen zu müssen, dabei gesehen zu werden. Nach einigen wenigen Minuten nahm er einen durchdringenden, metallischen Geruch wahr, durch den sein Mund wässrig und sein Schwanz steif wurde.

Blut.

Menschliches Blut.

Als er sein Ziel erreichte, blieb Zaron stehen und starrte auf den Anblick vor ihm.

Vor ihm befand sich ein Bach, ein Gebirgsbach, der wegen der jüngsten Regenfälle angeschwollen war. Und auf den großen schwarzen Steinen in der Mitte, unter einer alten Holzbrücke, die über den Bach führte, befand sich ein Körper.

Der gebrochene und verdrehte Körper eines menschlichen Mädchens.

The Krinar Captive – Die Gefangene des Krinar wir in Kürze erhältlich sein. Bitte besuchen Sie meine Homepage www.annazaires.com/book-series/deutsch/, um mehr zu erfahren und sich für meinen Newsletter zu Neuerscheinungen einzutragen.

ÜBER DIE AUTORIN

Anna Zaires ist eine *New York Times, USA Today* und Internationale Nr.1 Bestseller Autorin. Anna Zaires hat sich schon im zarten Alter von fünf Jahren in Bücher verliebt, in dem ihr ihre Großmutter das Lesen beibrachte. Kurz darauf schrieb sie auch schon ihre erste Geschichte. Seitdem lebt Anna neben der realen Welt auch ständig in einer Phantasiewelt, in der ihr nur ihre eigene Vorstellungskraft Grenzen setzen kann. Zurzeit lebt die verheiratete Autorin in Florida, zusammen mit ihrem Traummann, dem Sience-Fiction und Fantasy Romanautoren Dima Zales, der auch eng mit ihr zusammenarbeitet.

Bitte besuchen Sie www.annazaires.com/book-series/deutsch/ um mehr zu erfahren.